Selected Studies of Chinese Literature
in the 20th Century

20世纪中国文学研究论文选

Selected Studies of Chinese Literature
in the 20th Century

Selected Studies of Chinese Literature
in the 20th Century

20世纪中国文学研究论文选

清 代 卷

丛书主编　张燕瑾　赵敏俐

汪龙麟　选编

社会科学文献出版社
SOCIAL SCIENCES ACADEMIC PRESS (CHINA)

教育部人文社会科学重点研究基地

首都师范大学中国诗歌研究中心规划项目

目 录

前　言

汪龙麟

与整个中国文学研究一样，清代文学研究与 20 世纪的社会变革和文化建设息息相关。它的起步，它的发展，它的变化，无不受时代政治和社会文化思潮变迁的影响，大多数研究者都无法完全超越于他所生活的时代，其研究成果也都或多或少、或隐或显地打上了时代烙印。为了明了清代文学研究在 20 世纪的学术嬗变之轨迹，这里我们将其划分为四个大的时段予以描述，即清末民初、三四十年代、从 50 年代初到 70 年代末，以及 20 世纪的最后 20 年。

在此需做说明的是，本文中涉及的不少很有价值的论文著作，鉴于本书选编论文的体例要求和版面限制而不能入选，恳望读者朋友能够谅解。

一　清末民初（1898~1928）：新观念新方法初试牛刀

从 19 世纪末到 20 世纪初的 30 年，也就是通常所讲的清末民初，是中国社会急剧变革的年代。在这一时期，新与旧两种文化并存，一方面是传统学术的师承，另一方面则是新观念、新方法的输入，这在有关清代文学的研究中表现得也很突出，尤其是运用新的观念和方法审视清代文学，可说是直接开启了清代文学研究的近代化进程。因此，尽管这一时期罕见专门的清代文学研究著作，人们对清代文学的认识多从属于文学史和分体文学史，或从属于更广义的整理国故，但却为后来清代文学研究的发展奠定了基础。

借用西洋新观念研究清代文学，是从《红楼梦》研究开始的。20 世纪中国文学研究近代化的开创者王国维，他所写的中国第一篇近代性质的论文，就是《红楼梦评论》[①]。"五四"前后，"文学改良"运动的倡导者胡适，在将目光转向"改良"古典文学研究时，他的第一个对象也是《红楼梦》，即其于 1921

年问世的著名论文《红楼梦考证》②。

王、胡二人的《红楼梦》研究不仅于红学领域，即便是对整个 20 世纪的清代文学乃至中国古典文学研究都极具创新意义。王氏的《红楼梦评论》将传统的"知人论世"原则与德国叔本华的哲学和美学理论相结合，对《红楼梦》一书于哲学、美学、伦理学上之价值和意义做了颇为全面和系统的阐释。在王国维之前，从未有过这样带有现代意味的研究文章。胡氏的《红楼梦考证》，不仅"打破从前种种穿凿附会的'红学'"，而且"创造科学方法的《红楼梦》研究"。这种"科学方法"便是胡适倡导的将中国传统考据学与美国实用主义哲学家杜威（John Dewey）的理论观点相整合而成的实证研究法。经由胡适"大胆的假设，小心的求证"，《红楼梦》作者曹雪芹渐露"庐山真面目"。

王、胡二人对西人思想理论的大胆借鉴，开启了后此学人的研究视野，这一时期的清代诗、词、文及戏曲研究，也颇多以西人思想为观照视角之作。如杨鸿烈《袁枚评传》共十一章，其中有八章分别探讨了"袁先生的思想的根本"、"袁先生的人生哲学"以及袁枚在文学、史学、政治经济学和法律学、教育学、民俗学、食物学等诸多领域中的造诣③。所谓政治经济学、法律学、教育学、民俗学、食物学等，显然是从西人理论视角对袁枚思想理论体系的观照。胡梦华《文学批评家李笠翁》一文，也时以西洋剧论为参照审视笠翁曲论，并认为中国戏曲之结构"与西洋戏剧暗合，虽折数之多寡与幕数（act）、场数（scene）有悬殊，然剧情格局则颇相似"，"从学理上研究中国戏剧——传奇的本质，和西洋戏剧比较起来，可说是大同小异：不过缺少一门布景（spectacle）"④。这类分析，确实道前人所未道。而其中的不少见解，即使拿到今天来看，仍然是基本适当的，并无落伍之嫌。

除上述诸家外，这一时期于清代文学研究方面卓有建树的还有鲁迅（《中国小说史略》、《中国小说的历史的变迁》二书，于清代小说有精到论述。二书系鲁迅 1920~1924 年在北京大学和西安讲授中国小说史课程之讲稿，由北京大学新潮社于 1923、1924 年出版）、蔡元培（《石头记索隐》，商务印书馆，1917）、俞平伯（《红楼梦辨》，上海亚东图书馆，1923）、胡怀琛（《中国八大诗人》，其第八篇为"王士禛"。商务印书馆，1925）、徐珂（《清代词学概论》，上海大东书局，1926）、刘师培（《论近世文学之变迁》，《国粹学报》第 26 期，1907）、厉谷静（《桐城派文章的研究》，《觉悟》，1925）、黄人（《国朝文汇》，又名《清文汇》，与沈粹芬合编。上海国学扶轮社，1910）、梁启超（《桃花扇注》，收于中华书局 1936 年版《饮冰室专集》，实际成书在 1925 年）等等。他们率皆近代学术史上重要人物，其共同特点是学识精深。他们都主张向西方学习，引进新的思想观念来改造中国的传统文化，使之适应现代文化的需要；但在本国古典文学的研究上，他们并没有废弃传统的朴学方法，而是充分地加以利用。因此，他们有关清代文学的研究，既有传统学术的精谨深密，也不乏西学思想的新颖通脱，从而具有了经典性的学术品格。对于后生学子来说，这一代学术大师们的学术行为和课题选择，无疑起到一种引导和垂范的作用，这对 20 世纪清代文学研究传统的确立，以及研究队伍的成长，都具有关键影响和意义。

二　三四十年代（1929~1949）：中西文学比较研究渐趋成熟

这 20 年的清代文学研究，其突破性的进展表现在两个方面。一是对西人批评方法的运用更为自觉和圆熟，尤其是比较文学研究的方法，在这一时期的清代文学研究领域结出了丰硕的果实。二是马克思主义文艺批评方法开始进入清代文学研究领域，成为一些思想前沿学人的趋鹜对象。

中西文学比较这种新的研究方法在中国学术界的肇始，有人认为："比较文学作为一种理论概念也在'五四'初期开始被介绍到中国来。1920 年章锡琛译日本学者本间久雄的《新文学概论》，发表于《新中国》杂志，从此在我国首次出现'比较文学'这个名词。"⑤论者显然忽略了清末民初学界在这方面的努力，实际上，早在 1902 年，梁启超在《论小说与群治之关系》一文中，便呼吁"文学是无国界的，研究文学，自然不限于本国"⑥。1906 年，黄人（摩西）在其《中国文学史》中为文学定义时就写道："立读者之标准，当为一般的而非特殊的，薄士纳所著《比较文学》有云：'文学者，与其呈特别之智识，毋宁呈普通之智识。'"⑦薄士纳即英国学者波斯奈特（H. M. Posnett），曾于 1866 年写成并出版被誉为"划出了一个新时代"的力作《比较文学》。可见，我国学者在五四运动十多年前，便已开始关注比较文学这一簇新的研究方法了。只是早期学界多是做些简单的比附，如以《包公案》为中国的侦探小说，以《镜花缘》为中国的科学小说，等等⑧。也有人试图检视中西文学创作的差异，如曼殊就人物的多寡、情节的繁简、描述的文野等方面对中西小说异同的比较，侠人从分类、叙事、布局诸项对中西小说短长的评估，知新主人（周桂笙）从阅读体验角度对中西小说叙事技巧的比较⑨，蒋观云从中西政界对戏剧的不同看法于戏剧创作之影响的比较⑩，等等，但都只是些随感与杂谈，尚未进入理论层面的探讨。

五四新文化运动以后，比较研究方法因得到新文化运动倡导者们的大力提倡而更深地切入了中国古典文学研究之中。就清代文学研究而言，陈受颐和陈铨于 30 年代后对明末清初小说、戏曲在西方国家的流播与影响的考察，是颇具理论开启意义的。

陈受颐《〈好逑传〉之最早的欧译》一文以《好逑传》在西方各国的译本情况为线索，共列举了 1761~1930 年间英、法、德、荷、美等国有关《好逑传》的 13 种译本，并逐一予以评述，阐明其流变。在明清诸多人情小说中，《好逑传》并非上乘之作，与当时欧洲已趋近代化的小说比起来，亦瞠乎其后，然却为何屡被欧洲各国译介？陈文对此进行了探讨，认为有三方面的原因。一是由于"大抵两国文学初起接触之时，从事翻译的人，每无选择材料的眼光，更无选择材料的机会"，《好逑传》之被译，纯属偶然，"这完全是《好逑传》的幸运"。二是"因为《好逑传》篇幅较短"，"适投译述者的心理"。三是《好逑传》中"描写中国事物风俗人情之处颇多，而种类亦颇不少，不患单调"①。

陈铨曾先后写有《歌德与中国小说》、《中国纯文学对德国文学的影响》等论文②，后又扩充而为《中德文学研究》一书③。书中荟集、罗列、考辨了大量的材料，全面检视了 18、19 世纪，中国古典诗歌、小说、戏曲在德国的传播及对德国文学的影响。书中认为歌德是"德国第一个认识中国小说价值的人"，因为他"对于自己读过的小说，有直觉了解的能力，他从行间字里认清了作者的灵魂，他仿佛亲身感受了孔子世界里的空气"④。陈著同时也指出，由于东西方文化的差异，不少德译本的中国文学作品也不可避免地存在着误译、误解之处，这自是对中国民族和文化缺乏了解所使然。此外，还有些德国小说家，竟利用零碎的翻译材料，来改编创作小说，结果由于认识的肤浅，知识的贫弱，"他们仅能利用中国素材来发挥自己对人生的见解，而达不到用中国精神来创作新文学的境界"。所以，"这一百多年来"德国对中国文学的翻译，还是"一场材料同适当表现方法的激烈战争"，而"这一个时代，只能算预备的时代，而不应该是最后的止境"⑤。

可见，二陈对于中西两方的文学理论和文学史，都相当熟悉，因而所阐述问题，皆能切合实际，入于情理，其论点也比较妥贴，体现了近代文学科学进入了一个新的境界，发展到了新的阶段。因之，二陈之作的具体论点并不重要，重要的是他们在运用现代学术方法上，做了极为出色的示范演练。而对于清代文学研究来说，二人的论著，也象征着本分支学科在三四十年代的新开拓。总之，民国学界以比较研究方法运用于中国古典文学研究领域，是取得了重大成就的。其重要意义在于，这一代学人以其深厚的国学修养和外文功底，不仅使得他们的比较研究不再流于肤泛和浅薄，而且走向了深入和系统，并为后世学者的比较研究树立了典范。

三四十年代，传入中国的马克思主义逐渐在思想界占主导地位，社会学的批评模式在文学研究界也随之确立起来。只是在这一时期的清代文学研究界，学者们对马克思主义文艺批评方法的运用还显得有些粗糙乃至稚嫩。学者们显然更为注重的是社会、历史环境对文学的影响，"第一我们应当先明白中国的社会，其生产力是怎样，其经济的关系是怎样。次之，在其上所建立的政治、道德、法律诸形式是怎样；其上所表现的如哲学、思想、观念等各种意识形态又是怎样。倘若这些没有明白认识，那么所谓国故的整理、文艺的研究至多能做到分类排比次序的功夫。"[⑯]其中并无多少与文学自身之特点相关。至于在这一时期盛行的"没有斗争就没有戏剧，小说也离不开矛盾，离不开斗争"等阶级斗争论，其于文学自身之特性更是毫不搭边。诚然，以唯物史观和阶级斗争论研究文学，在对文学作品思想内涵的揭示上不为无助，但也必须看到，这种加于文学之上的过重的政治负担，不独导致对文学美学批评的忽略，而且其批评自身也常因游离出文学批评之外而显得幼稚和浅薄，如陈独秀以阶级分析法研究《水浒传》，以为一部《水浒》的意义集中体现在"赤日炎炎似火烧"那首诗里。这种肤浅的批评在学界对清代小说的研究中也时时可见，如王瑶有关《儒林外史》研究的三篇文章，即《与〈儒林外史〉有连续性的三部小说》、《论〈儒林外史〉的结构》、《论〈儒林外史〉的人物讽刺》。[⑱]三文均是从《儒林外史》之反封建的"叛逆性"、"战斗性"角度立论，如将《儒林外史》看作一部"清代覆亡史"，吴敬梓的目的，是要"用小说直接分析中国社会问题，直接攻击社会的"，"作者借被讽刺的人物，代言人民的痛苦，控诉社会的罪恶，抗议满清帝国主义的暴力统治"。对吴敬梓及《儒林外史》的"政治品性"极力拔高，这自与这一时期盛行的唯物史观密切相关。

尽管如此，清代文学研究在三四十年代还是表现出了与前此学界迥然不同的学术风范。这一辈学者一方面继承了"五四"那一代人的民主和科学精神，同时他们又接触了更多的西方"现代"的学术思潮与文化，这就使得他们的意识比他们的前辈更加"近代化"。正是依赖于这样一批拥有全新的学术思维的学者们的不懈努力，不仅清代文学研究园囿多彩纷呈，而且获得了深度的开掘，涌现出许多极具开拓力度的学术成果。

以下一些成果，堪称本时期清代文学研究的代表作：李玄伯《曹雪芹家世新考》（《故宫周刊》第 84、85 期，1931），王昆仑《红楼梦人物论》（国际文化服务社，1948），周汝昌《〈红楼梦〉作者曹雪芹生卒年之新推定》（天津《民国日报》"图书"第 71 期，1947）；刘阶平《蒲留仙遗著考略》（商务印书馆东方杂志社，1948），罗尔纲《〈聊斋文集〉的稿本及其价值》（《图书季刊》第 2 卷第 1 期，1935）；孙楷第《李笠翁与〈十二楼〉》（《图书馆学季刊》第 9 卷第 3、4 合期，1935），许翰章《李笠翁年谱》（《南风》第 10 卷第 1 期，1936），顾敦鍒《李笠翁朋辈考传》（《之江学报》第 1 卷第 4 期，1935）；吴梅《〈长生殿〉传奇斠律》（中央大学《文艺丛刊》第 1 卷第 2 期，1934），容肇祖《孔尚任年谱》（《岭南学报》第 3 卷第 2 期，1934）；吴翌凤《吴梅村先生编年诗集》（世界书局，1936），靳荣藩《吴诗集览》（中华书局，1938），方浚师《随园先生年谱》（大陆书局，1933）；张任政《纳兰性德年谱》（《国学季刊》第 2 卷第 4 号，1930），唐圭璋《纳兰容若评传》（《中国学报》第 1 期，1944），陈乃乾《清名家词》（开明书店，1937）；李崇元《清代古文述传》（商务印书馆，1940），姜书阁《桐城文派评述》（商务印书馆，1930）；等等。

三 50 年代初至 70 年代末（1950~1978）：学术一统化、运动化与政治化批评倾向

进入 50 年代，中国的社会制度发生了翻天覆地的变化，大陆的古典文学研究强调以马克思的历史唯物主义作指导，把文学定义为用形象来反映社会生活的语言艺术，视为一种社会意识形态。本着社会存在决定社会意识的唯物反映论原则，内容决定形式，政治标准第一，也就成为古典文学研究者必须遵循的批评标准。对待文学遗产的态度是区分精华与糟粕，批判继承，而以批判为主，以至学术上的是非，也用意识形态领域的政治批判方式解决。到六七十年代，强调以阶级斗争为纲，进而将古典文学研究作为进行思想意识形态斗争的工具而"古为今用"，极"左"思潮泛滥，庸俗社会学盛行，文学研究沦为政治的奴婢而失去了学术品格。

就清代文学研究而言，也由于这种政治气候的影响，出现了一系列的带有政治倾向的大讨论。其中影响颇大的有：1954 年关于《红楼梦》研究问题的批

判，1954 年关于《长生殿》研究问题的讨论，1956、1957 年关于《十五贯》的讨论，1962 年关于曹雪芹卒年的论战，1962 年关于《桃花扇》研究问题的讨论等。这几次大讨论几乎都表现出浓厚的政治批评倾向，如以"阶级斗争教科书"去看待《红楼梦》，将"美化投降变节分子侯方域"作为《桃花扇》的一个"根本性的缺陷"，等等。但我们也必须看到，这几次大讨论是取得了一定的学术成就的。如关于曹雪芹卒年问题的论争，关于洪昇、孔尚任有无民族意识的探讨，等等，对某些长期引起误解的历史问题起到一定的澄清作用。尤其是关于曹雪芹卒年问题的探讨，参加讨论的学者不少，如周汝昌、周绍良、吴恩裕、吴世昌、陈毓罴、邓允建、朱南铣等，均为其时学界名流，尽管最终未能达成共识，但却为人们深入研究曹雪芹家世生平铺平了道路，也显示出较高的学术含量。

然而，在机械唯物论和庸俗社会学流行的年代里，仍有人能够运用唯物史观的基本原理，去比较科学地、客观地研究古典文学，做出了不少成绩。如周汝昌《红楼梦新证》（上海棠棣出版社，1953），何其芳《论红楼梦》（人民文学出版社，1958），吴恩裕《有关曹雪芹八种》（中华书局，1958），蒋和森《红楼梦论稿》（人民文学出版社，1959）；何满子《论儒林外史》（上海出版公司，1955），何泽翰《儒林外史人物本事考略》（古典文学出版社，1957）；何满子《蒲松龄和聊斋志异》（上海出版公司，1955），路大荒《蒲松龄集》（中华书局，1962）；王季思、苏寰中《桃花扇校注》（人民文学出版社，1959），袁世硕《孔尚任年谱》（山东人民出版社，1962），徐朔方《长生殿校注》（人民文学出版社，1958），等等。

上所列诸多论著，均产生于 1962 年以前，其时学术界的思想改造运动尚未大规模展开，故诸多学者虽主要仍以唯物史观为其研究之指导思想，但在具体问题的探讨上，基本上还是近代社会科学加上传统"知人论世"的方法。尤其是由于这些学者中有不少曾接受过旧式教育，即便是在这一时期崭露头角的新人，也大都曾为前一时期某一著名学者之弟子，因而他们学术功底深厚、扎实，学术态度严谨，所以他们对学术问题一般都能尽量作理性化处理，所得出的结论也大都比较切实合理。正是这一批学者的努力，才使得在本时期学术一统化、学术政治化、学术运动化的大背景下仍取得了一定的成就。

四 20 世纪后二十年（1979~1999）：宽松学术环境与多元化发展

1978 年后，随着以实践为检验真理的唯一标准而带来的思想解放，以及改革开放的基本国策的确立，中国的社会经济生活及文化建设开始走上正轨。得益于学术大环境的改善，清代文学研究也于 1980 年前后开始复苏，经历了文学研究的方法论热、鉴赏热和文化热，呈现出全方位多元发展的繁荣景象。这主要体现在以下三个方面。

首先，本时期清代文学研究进入了全方位多元发展的阶段。其特征有三：一是研究对象的"全面化"。举凡清代所有文学品类、文学样式以及在文学史上有一定地位的作家，都进入了研究者的视野，成为研究的对象和课题。那些在前三个时期中甚少为学界提及甚或为学界"禁区"的作家、作品，在这一时期都得到了重新检视，如阳湖派散文，常州词派，明末清初才子佳人小说、戏曲，等等。过去少有人提及、在一般文学史上根本不占篇幅的清代边塞诗、清代帝王诗词以及《歧路灯》、《浮生六记》等清代二三流小说，现在也开始了系统的研究。对于单个作家的研究，也有了明显的深入。如吴伟业，前此学界因唾弃其"二三其德"，甚有斥之为"投降派"者，至本时期竟获学界高度关注，相关论文在百篇左右，并有多部研究著作出版⑩，而在评价态度上也甚为公允。二是研究眼光的"宏阔化"。一些研究者跳出传统的研究路子，不再就作家论作家，就作品论作品，而是开始作横向、纵向的以及外向的打通式研究，以及形而上的研究。如清代思想文化与文学研究，清代诗、词、文、小说、戏曲等文体之间关系演变研究，清代民族融合对文学的影响，域外文化对清代文学的启迪，等等，研究空间比以前有了很大的拓展。三是研究方法的"多元化"。老一辈学者所擅长的历史考据学，五六十年代成长起来的中年学者所擅长的马克思主义文艺社会学，以及 80 年代后成长起来的许多青年学者对西方人文科学的新批评思维诸如系统论、控制论、符号学、叙事学等的大胆借鉴，使得这一时期的古典文学研究领域，呈现出真正的"百花齐放，百家争鸣"的繁荣景象。清代文学研究也在这种学术氛围中获得了深层的开拓。

其次，就具体研究情况看，本时期的清代文学研究在理论研究与资料搜集上，均取得了许多重要成就。就理论开启而言，如郭英德《明清文人传奇研究》（台北文津出版社，1991），马积高《清代学术思想的变迁与文学》（湖南人民出版社，1996），叶嘉莹《清词丛论》（河北教育出版社，1997），张仲谋《清代文化与浙派诗》（东方出版社，1997）等，均极具理论概括力和涵容性，这些著作，对于如何把握清代文学的精神特征及其流变，无疑提供了重要的参照，对于其他研究者也具有思路上的启发作用和宏观的指导意义。就资料整理而言，本时期学界取得的成就更为显著。在清代文学作品的校注方面，如陈多《李笠翁曲话校注》（湖南人民出版社，1980），李少雍校注《梅村词》（广东人民出版社，1985），张俊等校注《红楼梦》（北京师范大学出版社，1987），张草纫《纳兰词笺注》（上海古籍出版社，1995），等等。在研究资料的搜集与整理方面，如朱一玄相继推出的《聊斋志异资料汇编》（中州古籍出版社，1985），《红楼梦资料汇编》（南开大学出版社，1985），《儒林外史资料汇编》（南开大学出版社，1998），李汉秋《儒林外史研究资料》（上海古籍出版社，1984），刘梦溪《红学三十年论文选编》（分上、中、下三卷，百花文艺出版社，1982~1984）等，都是本期清代文学研究界的重大收获。此外，一些作家作品总集在本期也多有出版，如刘季高校点《方苞集》（上海古籍出版社，1983），单锦珩等校点本《李渔全集》（浙江古籍出版社，1990），王英志主编校点本《袁枚全集》（江苏古籍出版社，1993），等等。尤其值得一提的是《全清词》的编纂，是书由著名词学专家程千帆教授领衔主编，南京大学中文系承担。1994 年，《全清词·顺康卷》由中华书局陆续出版。据饶宗颐《全清词顺康卷序》知《顺康卷》初选时共收 2298 人，"今兹定本实得 2140人，共五百余万言"。作为继《全明词》之后的"历代倚声总结集之殿军"[20]，《全清词》于世于学之伟大意义，自不待言。

再次，本时期还出现了许多有关清代文学整体研究的各类断代史著作，标志着本分支学科已走向了成熟。如唐富龄《明清文学史》（清代卷）（武汉大学出版社，1991），朱则杰《清诗史》（江苏古籍出版社，1992），李汉秋、胡益民《清代小说》（安徽教育出版社，1989），张俊《清代小说史》（浙江古籍出版社，1997），严迪昌《清词史》（江苏古籍出版社，1990），周妙中《清代戏曲史》（中州古籍出版社，1987），邬国平、王镇远《中国文学批评通史》（清代卷）（上海古籍出版社，1996）等。这诸多文学史著作，都试图对清代文学予以总体宏观的把握，尽管内容各有侧重，观念和写法各有千秋，在具体开启上也因限于各家学养而深浅各别，但这种努力显然是积极的和有意义的。

毋庸置疑，20 世纪的清代文学研究是取得了巨大成就的，但同时我们也必须看到，在本分支学科的百年发展中，还有很多学术问题未曾受到应有的重视，有不少方面有待改进提高。大略而言，主要有三。

首先，是对清代文学的总体宏观把握不甚着力。

对清代文学进行宏观总体性的审视并探求其内在的发展、演变规律，20 世纪以来学界在这方面似乎显得缺乏兴趣。百年来出版的各种中国文学史以及 80 年代后出版的诸多有关清代文学的断代文学史，多是着眼于清代的社会环境、历史背景对清代文学的影响，至于清代文学之总体特征为何，继承或超越前人之处何在，则乏所陈述。对清代文学史上某些文学流派，如桐城派、阳湖派、浙西词派、阳羡词派、常州词派等等，以某一作家作品为中心的文学圈，如《红楼梦》、《聊斋志异》及其仿、续作系列，人们关注较多，而对这些文学现象之间的关系及其生成原因等方面，则缺少深入的解释。这种情况，实际上反映出人们对清代文学的土壤和生长环境的综合把握还很不够，难以形成深刻的见解。

其次，是对清代文学的某些关键问题的研究还不够透彻。

如八股文是明、清两代文人进身之阶，士大夫阶层无有不习八股者，故而文人于文学创作中，均无法摆脱八股文的潜在影响。然八股文对清人文学创作产生了何种影响？仅仅只是表现为在文学创作中对八股文或出于科场不遇的切肤之痛而作的批判否定，或出于维护封建统治的拳拳忠心而大唱颂歌？八股文对清代各文学体制的外在形式和内在文章理路是否也产生了影响？这类问题似乎很少有人予以关注。我们往往看到或者是对八股文及科举制度本身的历史渊源的梳理，或者是对作家于文学作品中对八股文的态度予以阐析，而前者是如何导引出后者来的，前者对后者的创作思维产生了何种影响？这就需要对二者作"整合"的研究、渗透的研究，在这方面的成果还很少见。此外，如清代在文化上采取高压与怀柔的两手政策，其对清代文人心态到底产生了何种影响？清代商品经济已颇为发达，文化传播业也甚为兴旺，这对文人的创作有何影响？清代文人文学与民间文学、少数民族文学与汉民族文学之间的关系又应如何理解？……这些对于把握清代文学都是至关重要的，然 20 世纪学界于这些问题的探讨是很有限的。

再次，是对清代文类特征的研究甚为薄弱。

有清一代，文类繁多，可以说，前代文学的各种文类在这一时期均得到了不同程度的丰富和发展。然长期以来，人们更多关注的是清代文类的丰富性，而对清代各文类的自在文体特征的研究甚为冷漠。其实，清代各文类均与传统文类不甚相侔。如李渔的话本小说体制与明代拟话本小说便大异其趣，孔尚任《桃花扇》也与明代的戏曲传奇在体制、格律等诸多方面多所扞格……尽管也曾有某些零散的论文探讨过这方面的问题，然多是着眼于某些单个作家作品的形式创新，且只是以形式的表层特点为主，缺少对文体本质特点的把握，更遑论对整个有清一代某一文体特征的高屋建瓴式的把握和探讨了。这或许是受传统重质轻文观念的影响，人们颇疏于对文体的研究，没有充分认识到文体特征的形成及其变化，乃是把握一时代文学精神的极重要方面。文体的形成及其变化不是"纯形式"性的，它有着广泛的关联因素，而文化精神则往往起决定性作用。即使是从形式的层面看，文学的一些本体性特点，其实往往是通过它来实现的。所以形式问题，万不可忽略。可是直到20世纪末，我们仍很少看到这方面的有分量的研究，这表明，研究者头脑中对于文学内容与形式关系的理解，仍然存在着传统观念的无形束缚。

总之，和整个中国古代文学研究一样，20世纪的清代文学研究固然取得了足令后世学者为之惊叹的巨大成就，但也存在着诸多不足。对于21世纪学者而言，如何站在前辈学者的肩膀上以求更大进展固然重要，但如何避免乃至弥补前人的不足也同样是一个不容忽视的问题。

注释

① 王国维：《红楼梦评论》，《教育世界》1904年连载，1905年收入《静安文集》。

② 胡适：《红楼梦考证》，载《胡适文存》1集3卷，上海亚东图书馆1921年版。初稿写于1921年3月27日，改定稿写于1921年11月12日。

③ 杨鸿烈：《袁枚评传》，上海商务印书馆1927年版。

④ 胡梦华：《文学批评家李笠翁》，《小说月报》1927年6月，第17卷号外。

⑤ 林秀清编《现代意识与民族文化——比较文学研究文集》，复旦大学出版社1987年11月版，第15页。

⑥ 梁启超：《论小说与群治之关系》，《新小说》第1卷第1期，1902年10月。

⑦ 黄人：《中国文学史》，系东吴大学堂讲义，上海国学扶轮社1906年初版。

⑧ 《小说丛话》中定一语，《新小说》第13、15号，1905年。

⑨ 苏曼殊、侠人、知新主人等人之论均见《小说丛话》，载《新小说》第11、13、20号，1904~1905年。

⑩ 蒋观云：《中国之演剧界》，《新民丛报》第65号，1905年3月20日。

⑪ 陈受颐：《〈好逑传〉之最早的欧译》，《岭南大学学报》第1卷第4期，1930年9月。

⑫ 陈铨：《歌德与中国小说》，载《大公报》"文学副刊"，1932年8月22日；《中国纯文学对德国文学的影响》，《国立武汉大学文哲季刊》第3卷第2-3期，第4卷第1期，

1934 年。

⑬ 陈铨：《中德文学研究》，商务印书馆 1936 年 4 月版。

⑭ 上引均见陈铨《中德文学研究·歌德与中国小说》。

⑮ 上引均见陈铨《中德文学研究·结论》。

⑯ 仲云：《唯物史观与文艺》，《小说月报》第 21 卷，1930 年。

⑰ 姚雪垠：《小说是怎样写成的》，《大时代文艺丛书》第 2 集，商务印书馆 1943 年版。

⑱ 王璞三文分别载于《东方杂志》第 42 卷第 5、6、10 期，1946 年。

⑲ 据不完全统计，80 年代后，有关吴伟业诗研究的论文在 60 篇以上，词作研究论文 40 篇左右。研究专著也有多部问世，代表作如王勉《吴伟业》（上海古籍出版社 1987 年版）、裴世俊《吴梅村诗歌创作探析》（宁夏人民出版社 1999 年版）等。

⑳ 饶宗颐：《全清词顺康卷序》，《南京大学学报》1989 年第 1 期。

论近世文学之变迁

刘师培

宋代以前，义理考据之名未立，故学士大夫莫不工文。六朝之际，虽文与笔分，然士之不工修词者鲜矣。唐代之时，武夫隶卒均以文章擅长，或文词徒工，学鲜根柢。若夫于学则优，于文则绌，唐代以前未之闻也。至宋儒立义理之名，然后以语录为文，而词多鄙倍。（顾亭林《日知录》曰："典谟爻象，此二帝三王之言也。《论语》、《孝经》，此夫子之言也。文章在是，性与天道亦在是，故曰：'有德者必有言。'善乎游定夫之言，曰：'不能文章，而欲闻性与天道，譬犹筑数仞之墙，而浮埃聚沫以为基，无是理矣！'后之君子，于下学之初，即谈性道，乃以文章为小技，而不必用力。然则夫子不曰'其旨远，其辞文'乎？不曰'言之无文，行之不远'乎？曾子曰：'出词气，斯远鄙倍矣！'尝见今讲学先生，从语录入门者，多不善于修词，或乃反子贡之言以讥之曰：'夫子之言性与天道，可得而闻；夫子之文章，不可得而闻也。'"又引杨用修之言曰："文，道也；诗，言也，语录出，而文与道判矣；诗话出，而诗与言离矣！"又钱竹汀曰："释子之语录始于唐，儒家之语录始于宋，儒其行而释其言，非所以垂教也。君子之出词气必远鄙倍，语录行而儒家有鄙倍之词矣。有德者必有言，语录行则有德而不必有言矣。"）至近儒立考据之名，然后以注疏为文，而文无性灵。夫以语录为文，可宣于口而不可笔之于书，以其多方言俚语也；以注疏为文，可笔于书而不可宣之于口，以其无抗堕抑扬也。综此二派，咸不可目之为文。

何则？周代之时，文与语分，故言语、文学，区于孔门。降及战国，士工游说，纵横家流，列于九家之一，抵掌华屋，擅专对之才，泉涌风发，辩若悬河，虽矢口直陈，自成妙论，及笔之于书，复经史臣之修饰，如《国语》、《国策》所载是也。在当时虽谓之语，自后世观之，则语而无异于文矣。若六朝之时，禅学输入，名贤辩难，间逞机锋，超以象外，不落言诠，善得言外之旨，然此亦属于语言；而语录之文，盖出于此。且所言不外日用事物，与辞旨深远者不同。其始也，讲学家口述其词，弟子欲肖其口吻之真，乃以俗语笔之书，以示征实。至于明代，凡自著书者，亦以语录之体行之，而书牍序记之文，杂以俚语，观其体制，与近世演说之稿同科，岂得列之为文哉？

若考据之作，则汉、魏之笺疏，均附经为书，未尝与文学相混。惟两汉议礼之文，博引数说，以己意折衷，近于考据；然修词贵工，无直情径行之语。若石渠、白虎观之议，则又各自为书。唐、宋以降，凡考经订史之作，咸列为笔记，附于说部之中，诚以言之无文，未可伍于文学之列也。近世以来，乃崇斯体。夫胪列群言，辨析同异，参互考验，末下己意，进退众说，以判是非，所解之书，虽各不同，然篇成万千，文无异轨。观其体制，又略与案牍之文同科，盖行文之法，固不外征引及判断二端也。昔阳湖孙氏，分著述与考据为二，以考订经史者为考据，抒写性灵者为著作。立说虽疏（已为焦理堂所驳），然以考据之作，与抒写性灵者不同，则固不易之确论。此亦不得谓之文者也。

乃近世以来，学派有二：一曰宋学，一曰汉学。治宋学者，从语录入门；治汉学者，从注疏入门。由是以语录为文，以注疏为文，及其编辑文集也，则义理考订之作，均列入集部之中，目之为文。学者互相因袭，以为文能如是，是亦已足，不复措意于文词，由是学日进而文日退。古人谓文原于学，汲古既深，摛辞斯美（如杜诗"读书破万卷，下笔如有神"是），所谓读千赋者自善赋也。今则不然，学与文分。义理考证之学，迥与词章殊科，而优于学者，往往拙于为文，文苑、儒林、道学，遂一分而不可复合，此则近世之异于古代者也。故近世之学人，其对于词章也，所持之说有二：一曰鄙词章为小道，视为雕虫小技，薄而不为；一以考证有妨于词章，为学日益，则为文日损（如袁枚之箴孙星衍是）。是文学之衰，不仅衰于科举之业也，且由于实学之昌明。（证以物理之学，则各物均有不相容性。实学之明，以近代为最，故文学之退，亦以近代为最，此即物理家所谓不相容也。《左传》亦曰："物莫能两大。"）此文学均优之士所由不数觏也。

然近世之文，亦分数派：明代末年，复社、几社之英，以才华相煽，敷为藻丽之文（如陈卧子、夏考功、吴骏公之流是）。顺、康之交，易堂诸子，竞治古文，而藻丽之作，易为纵横。若商邱侯氏，大兴王氏（昆绳）、刘氏（继庄），所为之文，悉属此派。大抵驰骋其词，以空辩相矜，而言不轨则，其体出于明允、子瞻。或以为得之苏、张、史迁，非其实也。余姚黄氏，亦以文学著名，早学纵横，尤长叙事，然失之于芜，辞多枝叶。且段落区分，牵连钩贯，仍蹈明人陋习。浙东学者多则之。季野、榭山，咸属良史，惟斐然成章，不知所裁，然浩瀚明畅，亦近代所罕觏也。时江、淮以南，吴、越之间，文人学士，应制科之征，大抵涉猎书史，博而不精，谙于目录、词章之学，所为之文，以修洁擅长，句栉字梳，尤工小品。然限于篇幅，无奇伟之观，竹垞、次耕，其最著者也。钝翁、渔洋、牧仲之文，亦属此派。下迨雍、乾，董浦、太鸿，犹沿此体，以文词名浙西，东南名士咸则之，流派所衍，固可按也。望溪方氏，摹仿欧、曾，明于呼应顿挫之法，以空议相演，又叙事贵简，或本末不具，舍事实而就空文，桐城文士多宗之。海内人士，亦震其名，至谓天下文章莫大乎桐城。厥后桐城古文，传于阳湖、金陵，又数传而至湘、赣、西粤。然以空疏者为之，则枯木朽荄，索然寡味，仅得其转折波澜。惟姬传之丰韵，子居之峻拔，涤生之博大雄奇，则又近今之绝作也。

若治经之儒，或治古文家言，或治今文家言，及其为文，遂各成派别：东原说经，简直高古，逼近《毛传》，辞无虚设，一矫冗长之习。说理记事之作，创意造词，浸以入古，唐宋以降，罕见其匹，后之治古学者咸宗之。虽诂经考古远逊东原，然条理秩如，以简明为主，无复枝蔓之词，若高邮王氏、仪征阮氏是也。故朴直无文，不尚藻绘，属辞比事，自饶古拙之趣。及掇拾者为之，则剿袭成语，无条贯之可寻。侈征引之繁，昧行文之法，此其弊也。常州人士，喜治今文家言，杂采谶纬之书，用以解经，即用之入文，故新奇诡异之词，足以悦目。且江南之地，词曲尤工，哀怨清迢，近古乐府，故常州之文，亦词藻秀出，多哀艳之音，则以由词曲入手之故也。庄氏文词，深美闳约，人所鲜知。其以文词著者，则阳湖张氏、长州宋氏，均工绵邈之文，其音则哀而多思，其词则丽而能则。盖征材虽博，不外谶纬、词曲二端。若曲阜孔氏，亦工俪词，虽所作出宋氏之上，然旨趣略与宋氏同，则亦治今文之故也。近人谓治《公羊》者必工文，理或然欤！若夫旨乖比兴，徒尚丽词，朝华已谢，色泽空存，此其弊也（近人惟谭仲修略得张、宋之意）。

数派以外，文派尤多。江都汪氏，熟于史赞，为文别立机杼，上追彦昇，虽字酌句斟，间逞姿媚，然修短合度，动中自然，秀气灵襟，超轶尘壒，于六朝之文，得其神理。或以为出于《左传》、《国语》，殆誉过其实。厥后荆溪周氏，编辑《晋略》，效法汪氏，此一派也。邵阳魏氏、仁和龚氏，亦治今文之学。魏氏之文，明畅条达，然刻意求新，故杂奇语以骇俗流。龚氏之文，自矜立异，语羞雷同，文气佶聱，不可卒读。或语求艰深，旨意转晦，此特玉川、彭原之流耳。或以为出于周秦诸子，则拟焉不伦。此又一派也。若夫简斋、稚威、仲瞿之流，以排奥自矜，虽以气运辞，千言立就，然俶乱而无序，泛滥而无归，华而不实，外强中干，或怪诞不经，近于稗官家言，文学之中，斯为伪体，不足以言文也。

近代文学之派别，大约若此。然考其变迁之由，则顺、康之文，大抵以纵横文浅陋，制科诸公，博览唐、宋以下之书，故为文稍趋于实。及乾、嘉之际，通儒辈出，多不复措意于文，由是文章日趋于朴拙，不复发于性情，然文章之征实，莫盛于此时。特文以征实为最难，故枵腹之徒，多托于桐城之派，以便其空疏；其富于才藻者，则又日流于奇诡。此近世文体变迁之大略也。

近岁以来，作文者多师龚、魏，则以文不中律，便于放言，然袭其貌而遗其神。其墨守桐城文派者，亦囿于义法，未能神明变化，故文学之衰，至近岁而极。文学既衰，故日本文体，因之输入于中国。其始也，译书撰报，据文直译，以存其真，后生小子，厌故喜新，竞相效法。夫东籍之文，冗芜空衍，无文法之可言，乃时势所趋，相习成风，而前贤之文派，无复识其源流，谓非中国文学之厄欤？

《国粹学报》1907年第26期

顾亭林先生学侣考序

谢国桢

谨按亭林先生交游遍天下，而不喜立门庭讲学，其生平可考见者，仅在德州程先贞家讲《易》一次，故及门者甚鲜；然喜揄扬人物，交天下良士。《广师》云："炎武自揣鄙劣不足以当过情之誉，而同学之士有苫文所未知者，不可以遗也；辄就所见评之。夫学究天人，确乎不拔，吾不如王寅旭（名锡阐，《诗集》有寄王高士锡阐诗数首，传别见）；读书为己，探赜洞微，吾不如杨雪臣（名瑀，《诗集》有寄杨高士瑀一首）；独精三礼，卓然经师，吾不如张稷若（名尔岐，《文集》有《仪礼郑注句读序》，《诗集》有赴济阳访张稷若等等诗，张穆撰《年谱》顺治十四年，由青州至济南，与张稷若尔岐定交）；萧然物外，自得天机，吾不如傅青主（名山，《诗集》有赠傅处士山诗数首，'张谱'康熙二年，至太原访傅青主）；坚苦力学，无师而成，吾不如李中孚（名颙，《诗集》有重过代州赠李处士诗，'张谱'康熙二年过访李处士中孚于鳌墅，遂订交，传别见）；险阻备，尝与时屈伸，吾不如路安卿（名泽溥，《诗集》有赠路舍人诗数首。'张谱'顺治九年过路舍人泽溥于虎邱）；博闻强记，群书之府，吾不如吴任臣（名志伊，诗文集中无可考者）；文章尔雅，宅心和厚，吾不如朱锡鬯（名彝尊，《诗集》有与竹垞诗数首。'张谱'康熙五年，游太原，时秀水朱锡鬯彝尊客晋藩，过访先生于东郊，因与订交）；好学不倦，笃于朋友，吾不如王山史（名宏撰，《文集》有《华阴王氏宗祠记》，又有《与王山史书通》，《诗集》有和王山史燕中对菊等诗，'张谱'康熙二年，游西岳、太华，过访王山史宏撰于华阴，十六年，六谒天寿山，及怀宗攒宫，与山史偕，入陕尝主其家。十八年山史欲建朱子祠，兼营书院，以居先生，因迁入山史家）；精心六书，信而好古，吾不如张力臣（名弨，《诗集》有寄张文学弨诗数首，'张谱'康熙六年，开雕《音学五书》于淮上，张力臣父子任校写之役）。"其他见于诗文集、及年谱者。挚友则有陈太仆子龙，顾推官咸正，杨主事廷枢，及推官二子天遴、天逵，先后死难，各以诗吊之。节士吴炎、潘柽章、吴沆，均为先生之至友，而殉国难者。先生早年入复社，与同归庄为友（《诗集》有与归高士诗数首。"张谱"先生与玄恭有归奇顾怪之目。康熙十二年玄恭卒，先生适在章邱，为设祭于蔡家庄）。叶奕荃为先生少年交；杨永言尝举先生为兵部司务；杨彝则先生尝为作《祠堂记》，其友顾麟士及其子湄则交亦甚笃。至山阳则与山阳王略、徐州万寿祺定交，寿祺友沛县阎尔梅亦曾识于京师（据吴其锽《阎古古年谱》，古古数谒先生）。在京师其在江以南者，则有贾必选、王潢、林古度、顾与冶（《文集》有为作诗序）、吕章成（《文集》有为作千字文序）、戴笠、朱明德（《文集》有为作广宋遗民录序）、钱澄之、朱鹤龄、汪琬、施闰章、李天馥、李良年、陆翼、萧企昭、任大均、谭吉聪（"张谱"云先生书中屡称谭年翁）、赵吉士、陆庆臻（"张谱"时吉士为交城令，尝与先生及陆庆臻剪烛赋诗）、方月斯，均有诗文往来，或致书以贻之（凡仅有诗文者，故未一一考注于下，后仿此）。时汤文正公斌，亦相与通问讯焉。

　　先生之治音韵之学也。盖始于避仇家之怨，游山东，至掖县，寓赵士完、任唐臣家，假得吴才老《韵补》，于是始为音韵之学。其在德州则曾讲《易》于程先贞、李涛家，于其里人，谢重辉、李源、李浹，亦甚重之（《诗集》均有与之诗）。于邹则识马骕；于曲阜则与颜光敏定交；于长山则识刘孔怀；至章邱则访张光启；于济南则识徐元善（徐夜初名元善，《诗集》均有诗赠之）。先生之治水利之学，盖尝读耿橘《水利书》而善之，为舆地之学自此始。至河南则尝谒孙征君奇逢。其识冀北之学者，则有刘永锡、殷岳、申涵光（《诗集》均有诗赠之）。先生之西行之关中也，则与富平李因笃、王宏撰交最笃；（山史已见上，《诗集》中与子德唱酬最繁），因笃尝脱先生于难；而戴枫仲好延揽天下之士，丹枫之阁，亦尝为先生置读书之堂；阎若璩则尝相遇于太原，先生出所撰《日知录》，百诗尝为改订数条，先生虚心从之。其他关中学者，则胡庭、王建常、康乃心诸君，先生均尝称许之。先生游太原，南海屈大均，亦自关中来会焉。

　　自甲申明祚既逐以还，先生虽不屈，而名乃益高，其欲引而致之者，乃不乏人。若其同里叶方霭，长洲韩菼，均以封疆大吏，欲以先生名应鸿博；尚书熊赐履则欲以先生修明史者。虽先生之志节高怀，终不可动，然诸君者要不可谓不慕先生之风者也。先生之家学，则有其从叔父穆庵公，其弟纾，先生之甥徐乾学、秉义、元文，均以显宦著，其从弟履忱则以风雅胜者。从先生游能继先生之学者，可少名于世者，则仅潘耒、陈芳绩二人；私淑先生者，则黄汝成，考证先生所著《日知录》颇详，亦可谓笃学之士也。以上先生之学侣可考见其行略者，大抵如是。

　　观先生所交之友，大率多耿介卓绝之士，而先生少年所交之友，尤多殉节死难之流。先生性虽耿介，而虚心纳善，其学问之增进，亦往往因师友之见闻而益增：如假韵谱于任唐臣；闻水利于耿橘；赞张尔岐之礼；许李颙之卓行，盖无处而不虚己而从人。吾友吴子馨其昌尝语余曰："宁人先生赋性耿介是其天性，然少固治词章之学者，及后观世之变，愤欲有为，而又不可以卒行其志，于是由经世而为实用之学。"旨哉斯言，盖于此可见境地之足易人，而取友之有关系于学问也如此，故备而论之，以见夫当时之学风，人士之卓磊。而先生之学，乃能集众之长，以开有清三百年学术之端，俨然成一世之大儒也。今兹所录，则以先生《广师》所称为先；而节烈不苟之士次之；苟能慕先生之风者，虽以权贵而亦附见之；其先生之家学，及门人则附之于末。若夫有其名，而无其实；或确有其实，而无裨于人者，则别之而为人名别录焉。丙寅仲冬，安阳谢国桢记。

《国学论丛》1927年1月1日第1卷第1号

性灵说

郭绍虞

一　绪言

《虞书》言"诗言志"，《诗序》言"诗者志之所之也"，凡一切言诗以言志的论调，都可说是性灵说的滥觞。《诗序》言"情动于中而形于言"，《文赋》言"诗缘情而绮靡"，凡一切言诗以宣情者，也都可说是性灵说的滥觞。锺嵘《诗品》之论阮籍称其"咏怀之作可以陶性灵发幽思"，刘勰《文心雕龙·情采篇》亦有"综述性灵敷写器象"之语，颜之推《颜氏家训·文章篇》又称"文章之体标举兴会，发引性灵"，以性灵二字聊缀为词，这更可说是性灵说的滥觞。《诗品》云"吟咏情性亦何贵用事"，《文心雕龙·明诗篇》云"感物吟志莫非自然"，凡一切因主言志宣情之故而以为诗宜尚质，尚真，尚自然者，更可以说性灵说的雏形已经相当的完成了。然而我们不能称此为性灵说，因为性灵说的特点之一，在发现有我。

李白《古风》云："丑女来效颦，还家惊四邻，寿陵失初步，笑杀邯郸人；一曲斐然子，雕虫丧天真。"似乎知道有我了；白居易《与元九书》云："文章合为时而著，歌诗合为事而作。"似乎也知道重在我所处的环境了。白氏又云："故仆志在兼济，行在独善，奉而始终之则为道，言而发明之则为诗，谓之讽谕诗，兼济之志也，谓之闲适诗，独善之义也，故览仆诗者，知仆之道也。"似乎他所说的更重在诗中能反映他的人格了。邵雍《无苦吟》一首有云："行笔因调性，成诗为写心，诗扬心造化，笔发性园林。"又《闲吟》一首有云"忽忽闲拈笔，时时乐性灵。"更可说是抒写自我，描状自得之趣了。然而我们也不能称此为性灵说，因为性灵说之又一特点，乃在对于正统派或格调派的反抗。

近人之言性灵诗说者，每以杨万里、袁宏道、袁枚三人为言。这三人诚足为性灵说的代表，然而有些分别：杨万里之诗论重在前一义，而袁宏道与袁枚之诗论则重在后一义。由前一义言，所以犹近于神韵说；由后一义言，所以只成为格调说的反动。

二 杨万里

1. 禅味

杨万里（1124~1206）字廷秀，号诚斋，吉水人，官至宝谟阁学士，谥文节，《宋史》四百三十三卷《儒林》有传，所著有《诚斋集》，集中有《诗话》一卷。

诚斋论诗颇带禅味，其诗论中禅味最足者，如《戏用禅观答曾无逸问山谷语》（《诚斋集》三十二），这犹不足见其论诗主张，姑不赘述。此外，如《书王右丞诗后》云："晚因子厚识渊明，早学苏州得右丞。忽梦少陵谈句法，劝参庾信谒阴铿。"（《诚斋集》七）又《读唐人及半山诗》云："不分唐人与半山，无端横欲割诗坛；半山便遣能参透，犹有唐人是一关。"（《诚斋集》八）《送分宁主簿罗宏材秩满入京》云："要知诗客参江西，政如禅客参曹溪。不到南华与修水，于何传法更传衣。"（《诚斋集》三十八）《答徐子材谈绝句》云："受业初参且半山，终须投换晚唐间。国风此去无多子，关捩挑来祇等闲。"（《诚斋集》三十五）这些诗都是以参禅谈诗理，故作不了了语，颇落禅家机锋。所以翁方纲《石洲诗话》即议其《读唐人及半山》一绝，以为"此与严沧浪论半山之语相合，岂沧浪用此邪？然诚斋之参透半山，殊似隔壁听耳。又不知所谓唐人一关在何处也？"这些，很可看出诚斋诗论是受苏轼、韩驹、吴可诸人的影响。

因其受东坡影响，所以也与东坡一样，颇阐司空图所谓味外之味之说。他知道味在酸咸之外，所以他重在辨味。司空图《与李生论诗书》说："愚以为辨于味而后可以言诗也。"诚斋即是如此。其《习斋论语讲义序》云："读书必知味外之味；不知味外之味而曰我能读书者，否也。《国风》之诗曰'谁谓荼苦，其甘如荠。'吾取以为读书之法焉。夫含天下之至苦，而得天下之至甘，其食者同乎人，其得者不同乎人矣。同乎人者味也，不同乎人者非味也。"（《诚斋集》七十七）其论学如此，其论诗更是如此。他于《江西宗派诗序》中说：

> 江西宗派诗者，诗江西也，人非皆江西也。人非皆江西而诗曰江西者何？系之也。系之者何？以味不以形也。东坡云：江瑶柱似荔枝，又云杜诗似太史公书，不惟当时闻者怃然阳应曰诺而已，今犹怃然也。非怃然者之罪也，舍风味而论形似，故应怃然也。形焉而已矣：高子勉不似二谢，二谢不似三洪，三洪不似徐师川，师川不似陈后山，而况似山谷乎？味焉而已矣：酸咸异和，山海异珍，而调腼之妙，出乎一手也，似与不似，求之可也，遗之亦可也。
>
> 大抵公侯之家有阀阅，岂惟公侯哉，诗家亦然。窭人子崛起委巷，而一旦纡以银黄，缨以端委，视之言公侯也，貌公侯也，公侯则公侯乎尔！遇王谢弟子，公侯乎！江西之诗，世俗之作，知味者当能别之矣。（《诚斋集》七十九）

这种重味而不泥形的主张，便很有些近于神韵。所以从这一点言，颇开沧浪论诗的风气。他破了江西诗这一关，便要进而至唐，故其衡量宋诗，颇与一般眼光不同。他不随声附和着推尊苏、黄，而特别心折者乃在半山，即因半山之诗，在一般宋诗中为最近唐音。其《读诗》一首云："船中活计只诗编，读了唐诗读半山；不是老夫朝不食，半山绝句当朝餐。"（《诚斋集》三十一）其对荆公倾倒如此。大抵宋时论诗风气，凡尚唐音者，无不宗半山，如魏泰、叶梦得诸人皆然。当然的，诚斋船中活计所瓣香奉之者，除了唐诗便是半山了。盖宋诗风气，正在变唐，苏、黄作风尤其是变之甚者。所以欲转移此种作风，复标唐音，也是自然的趋势。其《双桂老人诗集后序》云："近世此道之盛者，莫盛于江西，然知有江西者，不知有唐人。"（《诚斋集》七十八）是则使得人家知道唐人之诗，即正所以药江西诗末流之病了。《石洲诗话》谓《沧浪诗话》有用诚斋之说，当即指这一方面。

2．悟后之义

以禅论诗的结果，总偏于悟。韩驹《赠赵伯鱼》诗云："学诗当如初学禅，未悟且遍参诸方；一朝悟罢正法眼，信手拈出皆成章。"（《陵阳先生诗》二）吴可《学诗》诗云："学诗浑似学参禅，头上安头不足传；跳出少陵窠臼外，丈夫志气本冲天。"（《诗人玉屑》一引）禅悟的结果归于自得，禅悟的结果发见自我，所以诚斋《和李天麟诗》也说："学诗须透脱，信乎自孤高。"（《诚斋集》四）到此地步，心目中岂复有法在！江西诗人所提出的句法诗律种种问题，即因论诗主悟的关系，不肯为牛后人；即因论诗主悟的关系，所以要规矩备具而能出于规矩之外。诚斋固曾说过："问侬佳句如何法？无法无盂也没衣。"（《酬阁皂山碧崖道士甘叔怀赠十古风》）这是他所以从江西派自我，所从江西派出的原因。说得再明白一些的，即是《跋徐恭仲省干近诗》所谓"传派传宗我替羞，作家各自一风流，黄陈篱下休安脚，陶谢行前更出头。"（《诚斋集》二十六）到此，他不仅不从江西派出，并且坚立反江西派的旗帜了。入室操戈，他竟喊着打倒江西派的口号。然而，这正是江西诗论所应有的结果。

正因这一点所以诚斋论诗虽亦以禅相喻而其结论却不同沧浪一样。盖从悟罢以后无法无盂一点言，则诚斋之说，又适为以后随园性灵说的先声。他既知道"作家各自一风流"那肯再同沧浪这样标举盛唐，宗主李杜！才破一法，复立一法以自缚，这在诚斋诗论的体系上岂不自相矛盾！因此，诚斋之标举唐诗，与沧浪诗话所论，其不同之点有二：（1）诚斋把唐诗看作最后一关而不是奉为宗主。他说："半山便遣能参透，犹有唐人是一关。"乃是说破了江西一关以后犹有半山，参透半山以后犹有唐人，要并唐人这一关一并打破以后才见本来面目。不归杨，则归墨，彼善于此，则有之矣，便可奉为宗主，则未必然。沧浪论诗，正逗留在唐人一关，所以说来虽似头头是道，而实在真是隔靴搔痒。翁方纲仍以神韵之说去看诚斋，所以觉得"诚斋之参透半山殊似隔壁听耳"。唐人一关原在唐人一关，有什么不知道在何处！这是诚斋与沧浪论唐不同之一点。（2）诚斋于唐也不随流俗之见，推奉李杜；他所欣赏乃在晚唐。其《读笠泽丛书》三首之一云："笠泽诗名千载香，一回一读断人肠，晚唐异味同谁赏，近日诗人轻晚唐。"（《诚斋集》二十七）这才是悟后有得之言。沧浪论诗，颇有后台喝彩的习气，即因随人脚跟，所得在皮毛之间而已。他能体会到晚唐的异味，所嗜便与众人不同。参透了半山以后便到晚唐，参透了晚唐以后便到国风。何也？唯其真也，惟其真而犹有余味故也。这是他《诗话》中所谓微婉显晦的意义。讲到此，然后知道《答徐子材谈绝句》一诗所谓"受业初参且半山，终须投换晚唐间，国风此去无多子，关捩挑来祇等闲。"的意义。

他于《颐庵诗稿序》中也说："三百篇之后此味绝矣，惟晚唐诸子差近之。"（《诚斋集》八十三）此种见解，岂是无所见而云然！因此，我再想到陆放翁读诚斋所寄《南海集》的一绝："飞卿数阕峤南曲，不许刘郎夸竹枝，四百年来无复继，如今始有此翁诗。"（《剑南诗稿》十九）恐怕也是见到此意吧！

有此关系，所以诚斋论诗颇与后来随园相似。《随园诗话》中似有暗袭诚斋之说之处。顾远芗《随园诗说的研究》中已经举出三点：（1）推崇晚唐，（2）新和翻案，（3）反对和韵。虽则于此三点之外还有剩义，但是这是小节，所以也不再补说了。

诚斋从禅悟的关系，悟到作家各自一风流，由神韵以折入性灵；稍后，姜白石（夔）又从性灵以折向神韵，其《诗集自序》之一谓"异时泛阅众作，已而病其驳如也，三熏三沐师黄太史氏，居数年，一语噤不敢吐，始大悟学即病，顾不若无所学之为得，虽黄诗亦偃然高阁矣。"他于这种关系上发见了自我，原可以自出机轴，走入性灵一路。但是他《诗集自序》之二又说："作者求与古人合，不若求与古人异。求与古人异不若不求与古人合而不能不合，不求与古人异而不能不异。彼惟有见乎诗也，故向也求与古人合，今也求与古人异；及其无见乎诗已，故不求与古人合而不能不合，不求与古人异而不能不异。"这又是从性灵折向神韵的理由。所以《白石诗话》，在《渔洋诗话》中称引之而且赞许之，在《随园诗话》中也称引之而且赞许之。前一期的性灵说，重在发见自我，所以常与神韵之说为近。

三　袁宏道

1. 公安派的产生

袁宏道（1568—1610）字中郎，号石公，公安人，举万历二十年进士，知吴县，官终稽训郎中，《明史》二百八十八卷《文苑》有传，所著有《潇碧堂》、《瓶花斋》诸集，后人合刻为《袁中郎全集》。

中郎与兄伯修、弟小修并有名，号三袁，而中郎尤著。他是公安派的领袖，他是反对王、李的健将。在明代的文学与文学批评，极明显的可以看出古与新这两种潮流。守旧的以正统自居，总带复古的思想；喜新的，虽不致以叛徒自居，却较富革命的精神。而中郎，便是代表着新的潮流的人物。

因此，我们先得说明此新的潮流之形成。我觉得当时形成此新的潮流者，有二种力量，一是文学上的关系，一是思想上的关系。公安派，即是因于此二种关系之合流而产生的。

现在，先说文学上的关系。自元以后，戏曲小说特别发展，这种新文学的产生显然与传统的文学有些不同。于是因此新文学之奠定与发展而渐渐转移一般人对于文学的眼光。所谓新的潮流，实在也即是新文学的嗜好者，赏识者，与提倡者。

徐文长（渭）（1521—1593），是中郎所最心折的人。中郎所撰《徐文长传》称读其诗不觉惊跃，与陶周望在灯下读复叫，叫复读，可见其倾倒之情，而徐文长即是以《四声猿》著名的人，即是撰《南词叙录》的人。虞淳熙（长孺）之《徐文长集序》称"元美于鳞，文苑之南面王也……李长须而修下，王短鬓而丰下，体貌无奇异，而囊括无异士，所不能包者两人，顾伟之徐文长，小锐之汤若士也。"在复古潮流振荡一世之时而所不能包者即是戏曲作家，此中消息不是值得注意的吗？固然，我们也可以说前后七子对于戏曲也都相当的了解，李空同曾说董解元《西厢词》可以直继《离骚》，康对山（海）、王敬夫（九思）诸人又都是剧曲作家，然而求其真能了解戏曲而对于传统文学也能另用一副手法，另取一种眼光者，则不得不推徐、汤诸氏了。徐氏《答许北口书》云："公之选诗可谓一归于正，复得其大矣。此事更无他端，即公所谓可兴可观可群可怨一诀尽之矣。试取所选者读之，果能如冷水浇背，陡然一惊，便是兴观群怨之品；如其不然，便不是矣。然有一种直展横铺，粗而似豪，质而似雅，可动俗眼，如顽块大窬，入嘉筵则斥，在屠手则取者，不可不慎之也。"（《青藤书屋文集》十七）他所说的，虽仍是兴观群怨的旧话，然而意义不同，他是要取其"能如冷水浇背，陡然一惊"者，这便是另一种心眼，另一副手法了。

怎样才能如冷水浇背陡然一惊呢？求之于内则尚真，求之于外则尚奇。尚真则不主模拟了，尚奇则不局一格了。不主模拟，不局一格，则诗之实未亡，而兴观群怨之用以显。他说：

> 人有学为鸟言者，其音则鸟也，而性则人也。鸟有学为人言者，其音则人也，而性则鸟也。此可以定人与鸟之衡哉！今之为诗者何以异于是，不出于己之所自得，而徒窃于人之所尝言，曰某篇是某体，某篇则否，某句似某人，某句则否，此虽极工逼肖而已不免于鸟之为人言矣。（《青藤书屋文集》二十，《叶子肃诗序》）

这即是不主模拟之说。他又说：

> 韩愈、孟郊、卢仝、李贺诗近颇阅之，乃知李杜之外复有如此奇种，眼
> 界始稍宽阔。不知近日学王、孟人，何故伎俩如此狭小？在他面前说李、杜
> 不得，何况此四家耶！殊可怪叹！菽粟虽常嗜，不信有却龙肝凤髓都不理
> 耶？（《青藤书屋文集》十七，《与季友》）

这又是不局一格之意。这种意思，都与复古派的论调不合，实在即受民间俗文
学的影响。文长论"兴"，更有一个妙解，其《奉师季先生书》中有云："诗
之兴体，起句绝无意味，自古乐府亦已然，乐府盖取民俗之谣，正与古国风一
类。今之南北东西虽殊，而妇女儿童耕夫舟子，塞曲征吟，市歌巷引，若所谓
竹枝词，无不皆然，此真天机自动，触物发声，以启其下段欲写之情，默会亦
自有妙处，决不可以意义说者，不知夫子以为何如？"（《青藤书屋文集》十
七）此意是前人所未发。友人顾颉刚君以研究吴歌之故也曾悟出此理，而不知
文长在数百年前早已说过。盖明人以重视此种新体文学之故，于是对于市歌巷
引也有相当的认识。小曲的流行，即因此种关系而起的。所以我说还是受了民
间俗文学的影响。这是研究中郎文论所不可不注意的一点。

于次，再就思想上的关系言。友人嵇文甫君之《左派王学自序》谓"明中
叶以后，整个思想界走上一个新阶段，自由解放的色彩，从各方面表现出来。
前有白沙，后有阳明，都打出道学革新的旗帜，到王学左派而这种潮流发展到
极端了。道学界的王学左派，和文学界的公安派、竟陵派，是同一时代精神的
表现。综合看来，弥觉其富有历史意义。"这话极是。而在左派王学之中影响
中郎思想最大者，又当推李卓吾（贽，1527—1602）。中郎也曾写一篇《李温
陵传》。① 当中郎见卓吾的时候，卓吾大加赏识，赐有诗，至有"诵君玉屑句，
执鞭亦欣慕，早得从君言，不当有老苦"之语，盖卓吾以老年无朋，作书曰老
苦故也（见《公安县志·袁宏道传》）。卓吾喜中郎至，有诗云："世道由来未
可孤，百年端的是吾徒。"中郎访卓吾也题诗云："李贽便为今李耳，西陵还
似古西周。"两心相印，契合无间，中郎能不受卓吾的影响吗？能不受卓吾大

---

① 案《袁中郎集》中无此文，惟《国粹丛书》本《李氏焚书》卷首有之，题袁宏道撰。
考袁中道《珂雪斋游居柿录》卷一称"予所作《李温陵传》，新安夏道甫用行书书数纸甚可
观"云云，是则此文乃中道撰，非中郎作也。

刀阔斧直往直来的影响吗？王李之学，又如何牢笼得住！

人家诋卓吾为狂禅，他何尝顾虑到流俗的毁誉，他只行吾心之所是而已。他"平生不爱属人管"（见《焚书》四《豫约篇感慨平生条》），而他"是非又大戾昔人"（见《焚书》六《读书乐引》），所以颇有许多惊人的言行。袁小修《珂雪斋游居柿录》（九）论中郎诗文，称其"才高胆大，无心于世之毁誉，聊以舒其意之所欲言耳。"此种态度，恐即受卓吾的影响。何况卓吾论文，实在又足为中郎之先声呢？

卓吾文论之最足为中郎先声者，即在一篇《童心说》（《焚书》三）。"童心者真心也"；"童心者，绝假纯真，最初一念之本心也"；"童子者人之初也；童心者，心之初也。""失却童心便失却真心；失却真心，便失却真人"，他是基于此种理由以重在存其真。这些话原自阳明致良知之说转变得来。而他为要做"真人"，存"真心"，所以以为道理闻见都是童心之障。这样，是非大戾于时人，是非也大戾于昔人。他说：

> 然童心胡然而遽失也？盖方其始也，有闻见从耳目而入，而以为主于其内而童心失；其长也，有道理从闻见而入，而以为主于其内而童心失。其久也，道理闻见日以益多，则所知所觉，日以益广，于是焉又知美名之可好也，而务欲以扬之，而童心失；知不美之名之可丑也，而务欲以掩之，而童心失。夫道理闻见，皆自多读书识义理而来也。古之圣人曷尝不读书哉！然纵不读书，童心固自在也。纵多读书，亦以护此童心而使之勿失焉耳。非若学者反以多读书识义理而反障之也。

"童心既障，于是发而为言语，则言语不由衷；见而为政事，则政事无根柢；著而为文辞，则文辞不能达。"一般人方以道理闻见，为立言之要，为载道之文，而他却以为"非内含以章美也，非笃实生辉光也！"而他却以为"欲求一句有德之言卒不可得！"理既非天下之至理，文亦难成天下之至文，而一般人方且以为"有德者必有言"，蹈常习故，陈陈相因，所以他不得不作狮子吼，醒世人之耳目了。

> 夫既以闻见道理为心矣，则所言者皆闻见道理之言，非童心自出之言也。言虽工，于我何与！岂非以假人言假言，而事假事，文假文乎？盖其人既假，则无所不假矣。由是而以假言与假人言则假人喜，以假事与假人道则

假人喜，无所不假则无所不喜。满场是假，矮场何辩也！然则虽有天下之至文其湮灭于假人而不尽见于后世者，又岂少哉！何也，天下之至文未有不出于童心焉者也。

苟童心常存，则道理不行，闻见不立，无时不文，无人不文，无一样创制体格文字而非文者。诗何必古选，文何必先秦，降而为六朝，变而为近体，又变而为传奇，变而为院本，为杂剧，为《西厢曲》，为《水浒传》，为今之举子业，大贤言，圣人之道，皆古今至文，不可得而时势先后论也。

这种论调，正是公安派中最明显、最痛快的主张。"诗何必古选，文何必先秦"，他早已对于格调派加以攻击了。"更说甚么六经，更说甚么《语》、《孟》乎？"同时他又对于正统派加以攻击了。主格调者，标举秦汉，而他以为"无时不文，无人不文，无一样创制体格文字而非文者"；守正统者宗主唐、宋，侈谈性理，而他却又以为"六经、《语》、《孟》乃道学之口实，假人之渊薮也：断断乎其不可以语于童心之言明矣。"他真可以代表着当时新的潮流的主张。

他是本于这样见解以推重所谓童心之言，所以他以为：

且夫世之真能文者，比其初皆非有意于为文也。其胸中有如许无状可怪之事，其喉间有如许欲吐而不敢吐之物，其口头又时时有许多欲语而莫可所以告语之处。蓄极积久，势不能遏，一旦见景生情，触目兴叹，夺他人之酒杯，浇自己之垒块，诉心中之不平，感数奇于千载。既已喷玉唾珠，昭回云汉，为章于天矣，遂亦自负，发狂大叫，流涕恸哭不能自止，宁使见者闻者切齿咬牙，欲杀欲割而终不忍藏于名山，投之水火。（《焚书》三，《杂说》）

要"蓄极积久不能自遏"，要"发狂大叫流涕恸哭不能自止"，同时又要"宁使见者闻者切齿咬牙欲杀欲割而终不忍，藏之名山，投之水火"，这即是公安派人所常说的"一段精光"。必须有这一段精光者，他们才认为是天下之至文。他们又是站在这种立场上以推尊戏曲小说的。所以他说："孰谓传奇不可以兴，不可以观，不可以群，不可以怨乎？饮食宴乐之间，起义动概多矣，今之乐犹古之乐，幸无差别视之其可。"（《焚书》四，《红拂》）这也是我们研究中郎文论时所不可不注意的一点。

2．与时文之关系

我们假使于一时代取其代表的文学，于汉取赋，于六朝取骈，于唐取诗，于宋取词，于元取曲，那么，于明代无宁取时文。时文，似乎是昌黎所谓"俗下文字，下笔令人惭"者，然而，时文在明代文坛的关系，则我们不能忽略视之。正统派的文人本之以论法，叛统派的文人本之以知变。明代的文人殆无不与时文生关系；明代的文学或文学批评，殆也无不直接间接受着时文的影响。所以这一点，也是我们研究公安派的文论所应当注意的。

《公安县志·袁宏道传》称其"总角，工为时艺，塾师大奇之，入乡校，年方十五六，即结文社于城南，自为社长，社友年三十以下者皆师之，奉其约束不敢犯，时于举业外，为声歌古文辞"，可知中郎便是长于时文的能手。本来，刘将孙已曾说过，"时文之精即古文之理"，"本无所谓古文，虽退之之政未免时文耳。"古文与时文相通之处，昔人早已见到，何况再经卓吾的提示！

大抵中郎受卓吾的影响很深，小修之论中郎诗文，谓"《锦帆解脱》，意在破人之缚执，故时有游戏语"（《珂雪斋游居柿录》九），可知他们都是以新姿态来廓清旧思想的。不过卓吾是思想家而中郎毕竟是文人，所以卓吾的影响与建树是多方面的，中郎的影响与建树则仅在文学批评而已。人家都知道中郎是反王、李的，实则中郎何止反王、李！上文已经说过，卓吾文论一方面攻击宗主秦汉的格调派，一方面又何尝不攻击宗主唐、宋的正统派！我们于论述中郎文论时也应注意这一点。由中郎对于戏曲小说的认识，对一切俗文学的认识，于是重在真；由中郎对于时文的认识，于是重在变。惟真才能见其变，所谓前无古人；亦惟变才能见其真，所谓各有本色。由真言，所以应反王、李；由变言，所以也不妨反归、唐。中郎毕竟是诗人，所以即就文学批评而论，其影响与建树也偏在诗论一方面；因此，后人遂只见中郎之反王、李，而不见其反归、唐了。实则，照中郎的理论推之，宗主唐宋的正统派又何曾在他眼底！

真与变，是中郎文论的核心，所以我们于知道他对戏曲小说的认识以外，更须知道他对于时文的认识。他正因对于这两方面有深切的认识，所以真与变在他文论中是不可分离的。不仅如此，重在真，所以反王、李，而所以反王、李者，是为文学与情的问题；重在变，所以反归、唐，而所以反归、唐者，又为文学与理的问题。于情，不欲其品之卑，于是再论趣；于理，不欲其语之腐，于是又重在韵。韵与趣，我们虽这般分别言之，而在中郎也是不可分离的。中郎思想所以不如卓吾之积极，中郎主张所以不如卓吾之澈底，而中郎生活所以会倾向到颓废一路，中郎成就所以会只偏于诗文方面，其原因又全在于此。正因他重在韵，重在趣，于是虽受了新的潮流的洗礼，而不妨安于象牙之塔了。这样，所以卓吾始终是左倾分子，而中郎呢，逐渐地成为向右转了。所

以小修也说"然其后亦渐趋谨严。"（《珂雪斋游居柿录》九）

此种关系，全可于其论时文的见解见之。其《与友人论时文书》云：

> 当代以文取士，谓之举业，士虽备以取世资，弗贵也，厌其时也。走独谬谓不然，夫以后视今，今犹古也，以文取士，文犹诗也，后千百年，安知不瞿、唐而卢、骆之，顾奚必古文词而后不朽哉！且公所谓古文者，至今日而敝极矣！何也？优于汉，谓之文，不文矣；奴于唐，谓之诗，不诗矣；取宋元诸公之余沫而润色之，谓之词曲诸家，不词曲诸家矣。大约愈古愈近愈似愈赝，天地间真文渐灭殆尽。独博士家言，犹有可取，其体无沿袭，其词必极才之所至，其调年变而月不同，手眼各出，机轴亦异，二百年来，上之所以取士，与士子之伸其独往者，仅有此文，而卑今之士反以为文不类古，至摈斥之，不见齿于词林。嗟夫！彼不知有时也，安知有文。夫沈之画，祝之字，今也，然有伪为吴兴之笔，永和之书者，不敢与之论高下矣。宣之陶，方之金，今也，然有伪为古钟鼎及奇柴等窑者，不得与之论轻重矣。何则？贵其真也。今之所谓可传者，大抵皆假骨董，赝法帖类也。彼圣人贤者，理虽近腐而意则常新，词虽近卑而调则无前，以彼较此，孰传而孰不可传也哉！（《袁中郎全集》二十一）

他所取于时文者，取其真，取其"伸其独往"：取其变，取其"年变而月不同，手眼各出，机轴亦异。""理虽近腐而意则常新，词虽近卑而调则无前"，于是所谓韵与趣者亦寓于其中。其《时文叙》云"举业之用，在乎得隽，不时则不隽；不穷新而极变，则不时"。时即由穷新极变得来，所以我说："叛统派的文人本之以知变。"

3．论变与真

中郎论变似有二义：一是同体的变，一是异体的变。同体的变，是风格的变；异体的变，是体制的变。《时文叙》云："才江之僻也，长吉之幽也，《锦瑟》之荡也，《丁卯》之丽也，非独其才然也，体不更则目不艳，虽李、杜复生，其道不得不出于此也，时为之也。"此指风格而言，于同一体制之中正以独创风格为奇。《雪涛阁集序》云："夫古有古之时，今有今之时，袭古人语言之迹而冒以为古，是处严冬而袭夏之葛者也，骚之不袭雅也，雅之体穷于怨，不骚不足以寄也。后人有拟而为之者，终不肖也，何也，彼直求骚于骚之中也。至苏、李述别，及十九等篇，骚之音节体制皆变矣，然不谓之真骚不可也。"(《袁中郎全集》一)这即是指体制而言，于同一情调之中又以不袭迹貌为高。前者是同体的变，后者是异体的变，这是他所谓变。无论是同体或异体的变，要之都是艺术技巧上的进步。他《与丘长孺尺牍》中说：

今之君子，乃欲概天下而唐之，又且以不唐病宋。夫既以不唐病宋矣，何不以不《选》病唐，不汉魏病《选》，不《三百篇》病汉，不结绳鸟迹病《三百篇》耶。果尔，反不如一张白纸。诗灯一派，扫土而尽矣。夫诗之气，一代减一代，故古也厚，今也薄；诗之奇之妙之工之无所不极，一代盛一代，故古有不尽之情，今无不写之景。然则古何必高，今何必卑哉！（《袁中郎全集》二十一）

他《与江进之尺牍》中又说：

近日读古今名人诸赋，始知苏子瞻、欧阳永叔辈，见识真不可及。夫物始繁者终必简，始晦者终必明，始乱者终必整，始艰者终必流丽痛快。其繁也，晦也，乱也，艰也，文之始也。如衣之繁复，礼之周折，乐之古质，封建井田之纷纷扰扰是也。古之不能为今者，势也。其简也，明也，整也，流丽痛快也，文之变也。夫岂不能为繁，为乱，为艰，为晦，然已简安用繁，已整安用乱，已明安用晦，已流丽痛快安用赘牙之语、艰深之辞。辟如《周书》《大诰》、《多方》等篇，古之告示也，今尚可作告示不？《毛诗》、《郑》、《卫》等风，古之淫词媟语也，今之所唱银柳系挂针儿之类，可一字相袭不？世道既变文亦因之，今之不必摹古者，亦势也。张、左之赋，稍异扬、马，至江淹、庾信诸人，抑又异矣。唐赋最明白简易，至苏子瞻直文耳。然赋体日变，赋心益工，古不可优，后不可劣，若使今日执笔，机轴尤为不同，何也，人事物态有时而更，乡语方言，有时而易，事今日之事，则亦文今日之文而已矣。（《袁中郎全集》二十二）

他是这样本于历史的演变以反抗当时之复古潮流的，因此，他对于初盛中晚之说又有特殊的见解。

今代为诗者，类出于制举之余，不则其才之不逮，逃于诗以自文其陋者。故其诗多不工，而时文乃童而习之。萃天下之精神，注之一的，故文之变态，常百倍于诗。迫于今雕刻穿凿，已如才江、锦瑟诸公，中唐体格，一变而晚矣。夫王、瞿者，时艺之沈、宋也，至太仓而盛，邓、冯则王、岑也，变而为家太史，是为钱、刘之初，至金陵而人巧始极，遂有晚音，晚而文之态不可胜穷矣。公琰为诗，为举子业，取之初以逸其气，取之盛以老其格，取之中以畅其情，取之晚以刻其思，富有而新之，无不合也。（《袁中郎全集》一，《郝公琰诗叙》）

梁任公之《清代学术概论》谓"佛说一切流转相，例分四期，曰：生住异灭；思潮之流转也正然，例分四期，一启蒙期（生）；二全盛期（住）；三蜕分期（异）；四衰落期（灭）。无论何国何时代之思潮，其发展变迁，多循斯轨。"乃不谓袁中郎之论初盛中晚正有些同此见解。

他何以要这样重在变呢？即所以存其真。"古有古之时，今有今之时"，此所以存其时之真；"我而不能同君面，而况古人之面貌乎"，此又所以存其人之真。"唐自有诗也，不必选体也，初盛中晚自有诗也，不必初盛也，李、杜、王、岑、钱、刘下迨元、白、卢、郑各自有诗也，不必李、杜也；赵宋亦然，陈、欧、苏、黄诸人，有一字袭唐者乎？又有一字相袭者乎？"（见《与丘长孺尺牍》）所以必惟变才能见其真。因此，他不反对复古，而反对赝古，反对以剿袭为复古。其《雪涛阁集序》云：

夫法因于敝，而成于过者也。矫六朝骈丽钉饾之习者，以流丽胜，钉饾者固流丽之因也，然其过在轻纤；盛唐诸人以阔大矫之，已阔矣，又因阔而生莽，是故续盛唐者，以情实矫之；已实矣，又因实而生俚，是故续中唐者，以奇僻矫之；然奇则其境必狭，而僻则务为不根以相胜，故诗之道至晚唐而益小。有宋欧、苏辈出，大变晚习，于物无所不收，于法无所不有，于情无所不畅，于境无所不取，滔滔莽莽，有若江河，今之人徒见宋之不唐法，而不知宋因唐而有法者也。如淡非浓，而浓实因于淡。然其敝至以文为诗，流而为理学，流而为歌诀，流而为偈诵，诗之弊又有不可胜言者矣。近代文人，始为复古之说以胜之。夫复古是已，然至以剿袭为复古，句比字拟，务为牵合，弃目前之景，抚腐溢之辞，有才者诎于法而不敢自伸其才，无之者拾一二浮泛之语，帮凑成诗，智者牵于习，而愚者乐其易，一唱亿和，优人驺从，共谈雅道，吁！诗至此抑可羞哉！

革新的复古，以复古为变，是他所赞同的；雷同的复古，以复古为袭，是他所反对的。变则存其真，袭则亡其真，所以他师心而不师法。法，是格调派喊出的口号；心，是公安派宣传的旗帜。其分野在是。于是他说：

> 诗道之秽未有如今日者，其高者为格套所缚，如杀翮之鸟，欲飞不得，而其卑者，剽窃影响，若老妪之傅粉，其能独抒己见，信心而言，寄口于腕者，余所见盖无几也。（《袁中郎全集》一，《叙梅子马王程稿》）
>
> 往与伯修过董玄宰，伯修曰，近代画苑诸名家，如文征仲、唐伯虎、沈石田辈，颇有古人笔意不？玄宰曰，近代高手，无一笔不肖古人者；夫无不肖，即无肖也，谓之无画可也。余闻之，悚然曰，是见道语也。故善画者师物不师人，善学者师心不师道，善为诗者师森罗万像，不师先辈。法李唐者，岂谓其机格与字句哉！法其不为汉不为魏，不为六朝之心而已，是真法者也。是故减灶背水之法，迹而败未若反而胜也。夫反，所以迹也。今之作者，见人一语肖物，目为新诗，取古人一二浮滥之语，句规而字矩之，谬谓复古，是迹其法，不迹其胜者也，败之道也。嗟夫！是犹呼傅粉抹墨之人，而直谓之蔡中郎，岂不悖哉？（《袁中郎全集一》，《叙竹林集》）

格调派，本于沧浪所谓第一义之悟而欲取法乎上，原也有他们理论上的根据；不过在公安派看来，知正更须知变，这无所谓第一义与第二义的分别。盖一是文学家评选的眼光，一是文学史家论流变的眼光。一则所取的标准严，一则所取的标准宽，所以各不相同。因此，格调派讲优劣而公安派不讲优劣。其《叙小修诗》云：

> ……足迹所至，几半天下。而诗文亦因之以日进。大都独抒性灵，不拘格套，非从自己胸臆流出不肯下笔，有时情与境会，顷刻千言，如水东注，令人夺魄，其间有佳处，亦有疵处，佳处自不必言，即疵处亦多本色独造语。然予则极喜其疵处，而所佳者，尚不能不以粉饰蹈袭为恨，以为未能尽脱近代文人气习故也。盖诗文至近代而卑极矣，文则必欲准于秦汉，诗则必欲准于盛唐，剿袭模拟，影响步趋，见人有一语不相肖者，则共指以为野狐外道。曾不知文准秦汉矣，秦汉人曷尝字字学六经软！诗准盛唐矣，盛唐人曷尝字字学汉魏软！秦汉而学六经，岂复有秦汉之文；盛唐而学汉魏，岂复有盛唐之诗！唯夫代有升降，而法不相沿，各极其变，各穷其趣，所以可

贵，原不可以优劣论也（《袁中郎全集》一）。

中郎便不肯立一标准的格，所以要各极其变，各穷其趣；所以佳处固可称，疵处亦有可取。何则？以其变也，以其变而能存其真也。

一方面，固然是成而后能存其真；反过来说，亦惟真而后能尽其变。何则，翻尽窠臼，自出手眼，是真也，而亦变也。所以他说："文章新奇，无定格式，只要发人所不能发，句法字法调法一一从自己胸中流出，此真新奇也。"所以他说："若只同寻常人一般知见，一般度日，众人所趋者，我亦趋之，如蝇之逐膻，即此便是小人行径矣。"（均见《袁中郎全集》二十四，《答李元善》）新奇变态都须从自己胸中流出，假使随波逐流，亦步亦趋，不能真，也便不能变。雷思霈之序中郎《潇碧堂集》，谓"真者精诚之至，不精不诚不能动人，强笑者不欢，强合者不亲，夫惟有真人而后有真言，真者识地绝高，才情既富，言人之所欲言，言人之所不能言，言人之所不敢言。"即是所谓由真而尽变之意。此意，在中郎《与张幼于尺牍》中说得更痛快。

> ……至于诗，则不肖聊戏笔耳。信心而出，信口而谈，世人喜唐，仆则曰唐无诗，世人喜秦汉，仆则曰秦汉无文。世人卑宋黜元，仆则曰诗文在宋元诸大家。昔老子欲死圣人，庄生讥毁孔子，然至今其书不废。荀卿言性恶，亦得与孟子同传。何者？见从己出，不曾依傍半个古人，所以他顶天立地，今人虽讥讪得，却是废他不得。不然，粪里嚼渣，顺口接屁，倚势欺良，如今苏州投靠家人一般，记得几个烂熟故事，便曰博识，用得几个见成字眼，亦曰骚人。计骗杜工部，囤扎李空同，一个八寸三分帽子，人人戴得，以是言诗，安在而不诗哉！不肖恶之深，所以立言亦自有矫枉之过。公谓仆诗亦似唐人，此言极是。然要之幼于所取者，皆仆似唐之诗，非仆得意诗也。夫其似唐者见取，则其不取者断断乎非唐诗可知。既非唐诗，安得不谓中郎自有之诗，又安得以幼于之不取，保中郎之不自得意耶？仆求自得而已，他则何敢知。近日湖上诸作，尤觉秽杂，去唐愈远，然愈自得意，昨已为长洲公觅去发刊，然仆逆知幼于之一抹到底，决无一句入眼也。何也？真不似唐也。不似唐是干唐律，是大罪人也，安可复谓之诗哉！（《袁中郎全集》二十二）

他是要顶天立地见从己出的，所以愈真亦愈变，愈变亦愈奇。中郎诗云："莫把古人来比我，同床各梦不相干"（《袁中郎全集》三十八，《舟居诗》之七)，真到极点，亦即变到极点，奇到极点。"天下之物孤行则必不可无，必不可无虽欲废焉而不能；雷同则可以不有，可以不有，则虽欲存焉而不能"（见《叙小修诗》)，这即是所谓"今人虽讥讪得却是废他不得"。惟其不讲优劣，所以讥讪得；惟其真，所以废他不得。

4．论韵与趣

"今人虽讥讪得却是废他不得"，这即是雷思霈所谓"言人所不敢言"，这即是袁小修所谓"为宇宙间开拓多少心胸"。易言之，实即是李卓吾所谓"宁使见者闻者切齿咬牙，欲杀欲割而终不忍藏于名山投之水火"。然而此中自有分际。有心中了了而举似不得者，藉妙笔妙舌以达之，此则所谓言人之所欲言；有不可摹之境与难写之情，而能片言释之或数千言描写之，此则所谓言人之所不能言；有人所不经道之语，一经拈出推翻千古公案，此则所谓言人之所不敢言。布格造语，巧夺造化，所谓"句法字法调法一一从自己胸中流出"，这是中郎之所谓真与变。他的成功，是在文学上开辟许多法门，创造许多境界，而不是在思想上建立许多新奇可怪之论。这是与李卓吾的不同处。因此，中郎之所谓真与变不能离韵与趣。

中郎之《叙陈正甫会心集》云：

> 世人所难得者唯趣，趣如山上之色，水中之味，花中之光，女中之态，虽善说者不能下一语，唯会心者知之。今之人慕趣之名，求趣之似，于是有辨说书画，涉猎古董以为清，寄意玄虚，脱迹尘纷以为远，又其下则有如苏州之烧香、煮茶者，此等皆趣之皮毛，何关神情。夫趣，得之自然者深得之学问者浅。当其为童子也，不知有趣，然无往而非趣也，面无端容，目无定睛，口喃喃而欲语，足跳跃而不定，人生之至乐，真无逾于此时者。孟子所谓不失赤子，老子所谓能婴儿，盖指此也；趣之正等正觉，最上乘也。山林之人，无拘无缚，得自在度日，故虽不求趣而趣近之。愚不肖之近趣也，以无品也，品愈卑，故所求愈下，或为酒肉，或为声伎，率心而行，无所忌惮，自以为绝望于世，故举世非笑之不顾也，此又一趣也。迨夫年渐长，官渐高，品渐大，有身如桔，有心如棘，毛孔骨节，俱为闻见知识所缚，入理愈深，然其去趣愈远矣。（《袁中郎全集》一）

又其《寿存参张公七十序》云：

山有色，岚是也；水有文，波是也；学道有致，韵是也。山无岚则枯，水无波则腐，学道无韵则老学究而已。昔夫子之贤回也，以乐；而其与曾点也，以童冠咏歌。夫乐与咏歌，固学道人之波澜色泽也。江左之士，喜为任达，而至今谈名理者，必宗之，俗儒不知，叱为放诞，而一一绳之以理，于是高明玄旷清虚澹远者，一切皆归之二氏，而所谓腐滥纤啬，卑滞局局者，尽取为吾儒之受用，吾不知诸儒何所师承，而冒焉以为孔氏之学脉也，且夫任达不足以持世，是安石之谈笑，不足以静江表也；旷逸不足以出世，是白、苏之风流，不足以谈物外也。大都士之有韵者，理必入微，而理又不可以得韵。故叫跳反掷者，稚子之韵也；嬉笑怒骂者，醉人之韵也。醉者无心，稚子亦无心。无心，故理无所托而自然之韵出焉。由斯以观，理者是非之窟宅，而韵者，大解脱之场也。（《袁中郎全集》二）

此即李卓吾《童心说》之意，童心易失，韵趣难求，所以他以为"世情当出不当入，尘缘当解不当结，人我胜负心当退不当进。"（《袁中郎全集》二十四，《答李元善》）这样，或者还庶几保存童心于万一。而即因此种关系，造成了中郎的生活态度，形成为中郎的诗文风格。

盖所谓真，有主观之真，有客观之真。写客观之真，且不能刻划求似。"画有工似，有工意，工似者亲而近俗，工意者远而近雅，作诗亦然。"这是他《书风林纤月落诗后》的话（见《袁中郎全集》三十六）。雅俗之见又时萦绕于中郎胸际，所以"有身如梏，有心如棘"，固然为中郎之所不喜，然而"面无端容，目无定睛"，却也是中郎之所难为。无已，欲求其所谓不失赤子，求其所谓能婴儿，只有如山林之人无拘无缚得自在度日为最近于趣了。"叫跳反掷者稚子之韵也；嬉笑怒骂者醉人之韵也。"事实上已为成人，不能返老为童；事实上清醒白醒，又不能无端嬉笑怒骂。于是觉得只有旷逸任达，为差近于稚子醉人。何以故？因为都是无心故。物的方面遁迹山林，庶不为闻见知识所缚；心的方面，放诞风流绝无挂碍，自然也有波澜色泽。这是他所谓"世情当出不当入，尘缘当解不当结"的理由。要是不然，"论画以形似，见与儿童邻"，这是东坡之诗。由童心求之，正以"工似者亲而近俗"为妙，何尝欲其远而近雅呢？

写客观之真，犹且要相当的距离，写主观之真，也是如此。他在《行素园存稿引》中说：

物之传者必以质。文之不传，非曰不工，质不至也。树之不实，非无花叶也，人之不泽，非无肤发也，文章亦尔。行世者必真，悦俗者必媚，真久必见，媚久必厌，自然之理也。故今之人所刻画而求肖者，古人皆厌离而思去之。古之为文者刊华而求质，敞精神而学之，唯恐真之不极也。博学而详说，吾已大其蓄矣，然犹未能舍诸心也；久而胸中涣然，若有所释焉，如醉之忽醒，而涨水之思决也。虽然，试诸手犹若掣也，一变而去辞，再变而去理，三变而吾为文之意忽尽，如水之极于澹，而芭蕉之极于空，机境偶触，文忽生焉。风高响作，月动影随，天下翕然而文之，而古之人不自以为文也。曰是质之至焉者矣，大都入之愈深则其言愈质，言之愈质则其传愈远。夫质犹面也，以为不华而饰之朱粉，妍者必减，媸者必增也。（《袁中郎全集》三）

此文自状其作文步骤，学文经历，颇与昌黎《答李翊书》、老泉《上欧阳内翰书》相类。博学而详说以大其蓄，反求诸心以归于约，如醉之忽醒，如涨水之思决，这即是所谓真；然而未也，必待一变而去辞，再变而去理，三变而吾为文之意忽尽，然后机境偶触而文生焉：这即是所谓距离。必待层层剥落，而后所谓真者乃益显。直到"吾为文之意忽尽"，即是上文所谓"无心"。无心故理无所托而自然之韵出焉，所以我说："中郎之所谓真与变不能离韵与趣"。

最后，以中郎《叙呙氏家绳集》中语作结，也可看出此中之关系。

苏子瞻酷嗜陶令诗，贵其淡而适也。凡物酿之得甘，炙之得苦，唯淡也，不可造；不可造，是文之真性灵也。浓者不复薄，甘者不复辛，唯淡也无不可造；无不可造，是文之真变态也。风值水而漪生，日薄山而岚出，虽有顾、吴，不能设色也，淡之至也，元亮以之。东野长江，欲以人力取淡，刻露之极，遂成寒瘦。香山之率也，玉局之放也，而一累于理，一累于学，故皆望岫焉而却，其才非不至也，非淡之本色也。（《袁中郎全集》一）

四　袁枚

1. 与当时诗坛之关系

袁枚（1716—1797）钱塘人，字子才，号简斋，居于小仓山之随园，世称随园先生，晚年自号仓山居士，或随园老人。乾隆初试鸿博报罢，旋成进士，改庶吉士，出知溧水、江浦、沐阳、江宁等县，年甫四十即告归，所著有《小仓山房集》、《随园诗话》等书。

随园诗论颇为一般人所误解。误解的原因，我想约有几种：（1）由于他的为人，放诞风流，与旧礼教不相容，于是轻视其诗，于是抹煞其诗论。章实斋，便可算是这方面的代表。不仅如此，即在与随园齐名的赵瓯北，犹且有不满的论调。不过章实斋说得严正一些，而瓯北则以游戏笔墨出之，多少带些幽默风味而已。（2）由于他的为诗，淫哇纤佻，与正统派不相容，于是以其诗为野狐禅，而诗论遂也连带遭殃了。王兰泉等又可说是这方面的代表。沈归愚所以与之往复辩难者也在这一点。（3）由于他的诗话，收取太滥，不加别择。梁章钜《退庵随笔》二十亦称其"所录非达官即闺媛，大意在标榜风流，颇无足观"。此也是招实斋攻击的一点。因此，论诗之语亦不复为人所注意。（4）由于他的为学，随园虽喜博览，也谈考据，然不免芜杂，不免浮浅。孙志祖《读书脞录》中订正其诗话谬误之处，便有好几条。在清代考据学风正盛之时，此类书籍，当然不易为人所推重。

有了上述的几种原因，所以随园诗论，在当时虽也曾披靡一时的诗坛，然而到了身后，非惟继起无人，即求不背师说者已不可多得了；非惟不背师说，即求不至入室操戈者也不可多得了。吴嵩梁《石溪舫诗话》中称"攻之者大半即其门生故旧"。恽敬《孙九成墓志铭》称"天下士人名子才弟子，大者规上第冒膴仕；下者亦可奔走形势，为囊橐酒食声色之资，及子才捐馆舍，遂反唇睒目，深诋曲毁以立门户。"（《大云山房文稿》二集四）此中关系，我以为决不是很简单的势利问题。世固有以捧先师为文坛登龙之术者矣！假使他的学说，并不为人误解，决不致如此的。虽则，这也脱不了一些势利的关系。

我尝以为一个人的诗论，与其诗的作风，固然有关系，然也不必一定有太密切的关系。《沧浪诗话》之论诗，其所见到的，未必即是《沧浪吟卷》中所做到的。因此，我们看《小仓山房诗集》中的诗，他所做到的，未必全是《随园诗话》中所论到的。一般人不满意于他诗的淫哇纤佻，遂以为性灵说只是为此种作风之护符而已。以这种关系去看性灵说，于是也减低了性灵说的价值。随园之门生故旧，生前则喜其标榜，身后则反唇相讥，恐怕全从这种误解上来的。

然则在他生前，何以不便早立门户呢？那又有所不能。恽敬在《孙九成墓志铭》中说过："子才以巧丽宏诞之词动天下，贵游及豪富少年，乐其无检，靡然从之。其时老师宿儒与为往复，而才辨悬绝，皆为所摧败，不能出气且数十年。"这话是很确实的。他有绝大的天才，利用这天才，所以他有"言伪而辩，记丑而博，顺非而泽"的本领。横说竖说，反正全是他的理由。老师宿儒犹且为所摧败不能出气，一般少年，尤其所谓聪明的少年，还不投其门下为小喽啰吗？待至"规上第冒鹿仕"，地位确定，一方面没有随园的才气，一方面又恐为正统派所指摘，于是向之趋附随园者，转以攻击随园指斥随园为能事。"声气盛衰至于如此，亦可叹也"，恽敬的感喟也不是徒然的。胡适之先生的《章实斋年谱》即称章实斋的攻击随园，也在随园死的那年。不敢攻之于生前，而大放厥辞于死后，这种态度固然不足取，然而一方面却正可反证出随园在生前虽则遭到一般人的嫉视，而不能不承认他有自己辩护他自己的本领。

我们须知随园的天分既高，其所持论也确能成立系统。论其诗的作风，诚不免有纤佻之弊，卖弄一些小智小慧，有使诗走上魔道的危险，至于由其诗论而言，则四面八方处处顾到，却是无懈可击。所以我说随园的诗论埋没在他的《诗话》中间，而被误会于其诗的作风。

所以我们对于他的诗论，应当注意两点：（1）为什么在其身后遭到后人的攻击、诋諆？这即是我们上文所论述的。除了这点，我们更应注意：（2）为什么在他生前却又遭到时人的拥护，却不见当时的论难，却只见他的摧败他的论敌？"笔阵横扫千人军"，在当时，整个的诗坛上，似乎只见他的理论，其他作风，其他主张，都成为他的败鳞残甲。这更是值得注意的一点。

近人每谓他的诗论是格调派、神韵派和考证诗的反动（顾远芗《随园诗说的研究》页七十），实则随园对于神韵说还相当的推崇，而且王渔洋的时代较早，神韵一派在当时已成强弩之末，只有沈归愚所创导的格调派，却正在幸运的时期，假使说他对于当时诗坛的反抗，那么无宁指格调一派为较为近理。格调派很有些像明代的前后七子，有褒衣大袑气象，立论不可谓不正，而所得在肤廓形貌之间；随园则又有些公安、竟陵的派头，好与正统派反抗。然而沈归愚的论诗主张，既搀以温柔敦厚的成分，袁随园的论诗主张，也不全是公安的话头。所以公安、竟陵之诗论，犹易为人所诟病，而随园之诗论，虽建筑在性灵上面，却是千门万户，无所不备。假使仅就诗论而言，随园的主张却是无可非难的。

随园的诗论，除了对格调派表示反抗外，其次便是对于浙派的反抗。格调派执了当时诗坛的牛耳，浙派则执了随园本乡诗坛的牛耳。此二种诗风，恐怕给与随园的不快之感为最深一些。他说："七子击鼓鸣钲，专唱宫商大调，易生人厌。"（《诗话》四）他说："明七子貌袭盛唐，而若辈（浙派）乃皮传残宋,弃鱼菽而噉豨苓,尤无谓也。"(《文集》十一,《万柘坡诗集跋》)受了这种刺激,所以他要标举性灵二字,以为当时诗流的针砭。

这些都是指诗人之诗。又当时诗坛,实在再有一派是学者之诗。清代学者既以淹博自矜,那么作诗当然要填书塞典,一字一句自注来历了。这些诗,也是随园所反对的。一言性灵,这些诗全在打倒之列。他在诗坛,既四面八方的树敌,当然也须建立四平八稳的诗论,才足以应付他的诗敌。

所以随园诗论由好的方面说,是面面顾到,成为一种比较完善的纯粹诗人的诗论。由坏的方面说,则正因如此关系,所以《随园诗话》中又多攘窃昔人诗论的地方。他可以吸收,接受或征引昔人的诗论,但是他不应盗袭或攘窃昔人的诗论。《随园诗话》中引他人之说,而加以说明者,不是我们所应指摘的地方。至如论诗有力量犹弓之斗力,见《彦周诗话》,论元遗山《有情芍药》一首出《归田诗话》;此外采冯班《钝吟杂录》、叶燮《原诗》及李重华《贞一斋诗说》者也有好些条,都不曾注明出处,则是随园为要建立四平八稳的诗论,为要善取人长,而不免取他人之说为己有了。

朱东润先生《袁枚文学批评论述评》谓"随园论诗亦言变,其说实承横山之遗蕴",实则,随园不仅接受横山之遗蕴,也且接受以前一切诗论之遗蕴。他接受以前一切诗论,同时又破除以前一切诗论。这是他性灵说所以能组成系统的主要原因。沈归愚自谓承横山遗教,实则所得至浅,横山《原诗》所论,也是多方面的,而归愚则仅得其一端而已。千秋论定,横山知己,乃在随园,是亦至堪惊异之事矣。

2. 性灵与神韵

我于民国十六年旧作《中国文学批评史上之神气说》一文,以为沧浪论诗拈出神字,渔洋论诗更拈出韵字。论神,如画中之神品;论神韵,则如画中之逸品。神品难到,故前后七子为沧浪所误,只成肤廓之音;而逸品之入妙者自然也入神境,所以渔洋之诗风神独绝,自成一格。因此,再论到超尘绝俗之韵致,自有个性存在着,所以能肖其为人。因此,再说到性灵之说,即从神韵说转变而来。

这话,说得不很详尽,或者犹易引起误解。我以为神韵说中所以能流露个性,即在神韵境界多出于情与景的融洽。王船山的诗论,即因指出这一点,所以虽不曾标举神韵之目,实已含有神韵之义。因此,在神韵诗中虽不见其个人强烈的情感,却易见其个人的风度。神韵说与性灵说同样重在个性,重在有我,不过程度不同,神韵说说得抽象一些,性灵说说得具体一些而已。

在这一点上，随园与渔洋是并不反对的。其《再答李少鹤尺牍》云："足下论诗讲体格二字固佳，仆意神韵二字尤为要紧。体格是后天空架子，可仿而能；神韵是先天真性情，不可强而至。"这即是我谓神韵说所以必须有我的原因。讲格调可以离性情，讲神韵却不能离性情。所以他的《续诗品》论神悟云："鸟啼花落，皆与神通，人不能悟，付之飘风；惟我诗人，众妙扶智，但见性情，不著文字。"神韵诗之妙，正在"但见性情不著文字"，使无性情可见，则神韵也流为空格调耳。不过神韵诗之见其性情，是在情景融浃之中，所以说来不着迹象，不呆相，不滞相。须于鸟啼花落之中皆与神通，然后才见诗人之能事。所以我说神韵说之于性情，不过说得抽象一些而已，不过是间接的关系而已，却并非可以不顾性灵也。渔洋之失，正在拈出神韵二字，所以落了王、孟格调。王船山便比他聪明，只讲情景融浃之妙，却不肯建立门庭。随园诗说中于这一方面恐怕未加注意，否则他对于船山诗说，一定可有相当的发挥。

我们明白了上文所述，然后知道了随园对于渔洋的批评，所谓"清才未合长依傍，雅调如何可诋諆，我奉渔洋如貌执，不相菲薄不相师"云云（《论诗》），所谓"本朝古文之有方望溪，犹诗之有阮亭，俱为一代正宗，而才力自薄，近人尊之者诗文必弱，诋之者诗文必粗"云云（《诗话》二）。所谓"阮亭于气魄性情俱有所短"云云（《诗话》四），这些话若由性灵说的立场而言，不能不说是极公允的评论。

3．怎样建立他的性灵说

先一言在旧礼教观念下一般人对于随园的批评。

我们不能不承认袁子才是性情中人。赵瓯北说："有百金之赠辄登诗话揄扬。"（《两般秋雨盦随笔》一，《赵翼戏控袁简斋词》）这在随园也并不讳言的。人家虽诋为"斯文走狗"，然而他于生平受恩知己念念不忘，这即是其性情厚处。[①] 又章实斋说："诬枉风骚误后生，猖狂相率赋闲情，春风花树多蝴蝶，都是随园蛊变成。"（《题随园诗话》十二首之一）这在随园也是承认的。他并不自讳其短，所以他不欲删去集中被一般人所认为轻薄的华言风语（见《答朱石君尚书》）。这也即是其性情真处。前一点是他的为人，与诗论无关；后一点是他的为诗，正是他诗论的出发点。

---

① 见《批本随园诗话》页第69页，又李元度《先正事略》中所述袁简斋事亦屡言其孝友天性，接人待物忠厚诚恳之处。

冯钝吟与袁随园的诗论，实在都是为艳体诗找到根据。钝吟无艳行，不致像袁枚这样被洪亮吉称为通天神狐，故其论诗以温柔敦厚为旨。以温柔敦厚为旨则美人香草别有寄托，所以不妨为艳体。随园则不然。"占人间之艳福，游海内之名山"，"引诱良家子女，蛾眉都拜门生"，这都是赵瓯北戏控文中所定的罪案。他为这种关系，受到赵瓯北游戏态度的骂，受到章实斋严肃态度的骂。生前受到骂，死后还挨着骂。然而随园却并不介意。他要"暴生平得失于天下，然后天下明明然可指可按，而后以存其真"（见《小仓山房尺牍》三，《答宗惠缳孝廉》）。"掩不善以著其善"，"先已居心不净"（见《答朱石君尚书》），所以他于国风所有男女慕悦之诗，不主风刺之说，而以为男女自述淫情；他不必再讲有什么寄托，他不妨大胆地说这是自述淫情。因此，他在这方面便建立他的性灵说。

然而，假使他仅仅在这方面建立他的性灵说，似乎犹觉得无谓。我们须知他是一个独来独往的人，他是一个思想解放的人。他做古文，不归附桐城派，他讲考据不附和吴派或皖派，因此，他做诗更不喜欢集于沈归愚的旗帜之下。他处处在表现自己，他有他自己一贯的思想。因此，他不讲理学，不讲佛学，以及不信任何阴阳术数。他在《答朱石君尺牍》中说得好："枚今年八十一矣，夕死有余，朝闻不足，家数已成。试称于众曰，袁某文士，行路之人或不以为非；倘称于众曰，袁某理学，行路之人，必掩口而笑。"（《小仓山房尺牍》九）他要成他自己的家数，所以不为传统思想所束缚，所以不随时风众势为转移。于是，随园在众人的心目中，便几乎成为叛徒了。

"三代后无真理学，六经中有伪文章"，这是杨用修的话，而随园却最称赞这两句（见《诗话》二）。本于这种见解以论诗，所以他重在"着我"。"竟似古人，何处着我"，这虽是他《续诗品》中的话，实在也可以算是随园的中心思想。盖他处处重在自我表现，所以要着我以存其真。"举生平得失于天下"，所以他不自讳其跅弛之处；"惟其无所愧于心，是以无所择于口"（见《答朱石君尚书》），所以一方面不是假道学，而一方面也不是奖励轻薄。人家看他是礼教的叛徒，他却有他自我的人生观。易言之，也即可说是真理学。由这一点看来，所以他的性灵说，还并不是专为艳体诗辩护。照他这一套思想理论推衍下去，当然不废艳体，但是须注意，却不是奖励艳体。随园是一个极通达的人，我们研究随园的思想，假使拘泥着看，假使偏执着看，也不会得随园之真的。所以冯钝吟的诗论我们可以说他为艳体诗找到了根据，袁随园的诗论虽也近似而其实不然。

他是在这种思想上面建立了他的性灵说。

何以说他是个极通达的人呢？他有两句很幽默的话。他在七十三岁的时候，以腹疾不愈作歌自挽，在那时，他曾有《答钱竹初书》，解释所以自挽之故。他说："闲居无俚，不善饮，不工博奕，结习未忘，作诗自挽，邀人共挽，借游戏篇章聊以自娱，不自知其达，亦不自知其不达也。"（《尺牍》七）"不自知其达亦不自知其不达"，正是他的通达之处。他绝对不肯执着一端的。正因他不肯执着一端，所以我上文说他，四面八方树立诗敌，而却能四平八稳建立诗论。我们看他的为人，看他的思想，看他的学问，都应着眼在这一点。

所以他这样主张"真"，却是真而不率。他也曾说过当时诗坛的流弊，而"全无蕴藉，矢口而道，自夸真率"者，也是他的所谓三弊之一（见《诗话补遗》三）。随园论学，本不赞成陆象山、王阳明的良知之说。其书《大学补传后》云："孟子所谓良知者，即言人性善之绪余耳。扩充四端，正有无穷学力，非教人终身诵之，肫然如新生之犊也。"（《小仓山房文集》三十）他虽重在天才，但是他不废后天的学问经验。知道他这一点思想，然后知道他的性灵说，虽重在真，而并不废学。我总觉得偏执着一端以窥测随园，总如盲人扪象，难见其全。

4．性灵说的意义

于是，我们可以讲到他性灵说的意义。近人顾远芗《随园诗说的研究》，曾有一章讨论过这问题。他说："前人所用的性灵的意义，很不一致；有作情感解，有作灵悟解，有作智慧解，又作天趣解。"（页三五）他以为这种解释，都与随园所谓"性灵"不全同。因此，他举了随园《钱屿沙先生诗序》中"既离性情，又乏灵机"一语，以为是性灵的意义。因说：

> 在人的内性包括感情和感觉；感情是由于刺激，感觉则属于理智。随园所说的性情，即是指感情和从感觉得来的独见，有人名之曰，独在的领会。所以随园的话，就是说，他们缺乏浓厚的感情，和灵敏的感觉。简单地说缺乏内性的灵感。
>
> 由此可见性灵诗说的性灵，是不能用前人的几种解释来解释。这里的性灵是作内性的灵感讲。所谓内性的灵感，是内性的感情和感觉的综合。（页五一）

他以性灵为内性的感情和感觉的综合，也未尝不是。不过我的看法，也是上文所说在他人可以偏执一端者，在他却融会贯通之以另成一种新说。所以可以说是诸种近于矛盾观念的综合。

假使说"性"近于实感，则"灵"便近于想像。而随园诗论也即是实感与想像的综合。《诗话》卷十云："予最爱言情之作，读之如桓子野闻歌辄唤奈何。"这即是重在实感说的。他不肯和他友人的《扈从纪事诗》，他以为"目之所未瞻，身之所未到，勉强为之，有如茅檐曝背，高话金銮。"（《尺牍》四《答云坡大司寇》）即是说想像也须从实感引起。由想像言则可以说："星月驱使，华岳奔驰"（《续诗品·用笔》），由实感言则毕竟是"心为人籁，诚中形外"（《续诗品·斋心》），所以说"诗难其真也，有性情而后真"（《诗话》七）。

因此，假使说"性"是情的表现，则"灵"便是才的表现，而随园诗论也可说是情与才的综合。他说："才者情之发，才盛则情深。……苟非弇雅之才难语希声之妙"（《外集》二《李红亭诗序》），即是说情的表现有藉于才。他批评"东坡诗有才而无情"（《诗话》七），是又说才的表现也有藉于情。《诗话》九云："诗有音节清脆，如雪竹冰丝；非人间凡响，皆由天性使然，非关学问"，此所谓"天性"，固有才的成分，而似重在情。《诗话》十五云："诗文自须学力，然用笔构思全凭天分"，此所谓天分，也有情的成分，而似重在才。至性出于天赋，灵机亦本天成。

假使说"性"近于韵，则"灵"便近于趣。随园诗论又可说是韵与趣的综合。他说："诗如言也，口齿不清，拉杂万语，愈多愈厌；口齿清矣，又须言之有味，听之可爱方妙。若对妇絮谈，武夫作闹，无名贵气，又何藉乎。"（《诗话》三）"口齿不清"，即由无韵，生就俗骨，便强托风雅不来。"言之有味听之可爱"即由有趣。谈笑风生，便是趣的表现。他批评"东坡诗多趣而少韵"（见《诗话》七），东坡虽不能谓为俗物，以口齿不清相拟，然而他不足于东坡者乃在其"近体少蕴酿烹炼之功……绝无弦外之音，味外之味"（《诗话》三），则是由于才掩其情，所以有此情形。不解风趣，固是不妙；太讲风趣，似乎觉得风光狼籍，也有些煞风景。

因此，由情与韵的表现则重在真；由才与趣的表现则重在活，重在新。《诗话》三引王阳明说云："人之诗文先取真意。譬如童子，垂髫肃揖，自有佳致，若带假面，伛偻而装须髯，便令人生憎。"又引顾宁人说云："足下诗文非不佳，奈下笔时胸中总有一杜一韩，放不过去，此诗文所以不至也。"所以他论诗处处重在一"真"字。真，是性分的事，然而仍不能不涉及笔性，"笔性灵则写，忠厚节义俱有生气；笔性笨虽咏闺房儿女，亦少风情"（《诗话补》二），所以要重在活。《诗话补遗》卷五云："一切诗文总须字立纸上不可字卧纸上，人活则立，人死则卧，用笔亦然"，立即活的表现。《诗话》卷十五云："人可以木，诗不可以木。"木即是不灵，即近于死。所以引陆放翁诗云："文章切忌参死句。"（《诗话》七）不参死句参活句，这便是灵分的事。活句如何参？在戛戛生新，在超隽能新。《诗话》四引姜白石云："人所易言，我寡言之；人所难言，我易言之，诗便不俗。"所以他论作诗之法，常讲到进一步着想，常讲到从翻案着想。这样，自然新也自然活。惟活能创造新，也惟新能显出活。

看到他"真"与"活"和"新"这几点意义，然后知道他的性灵说，处处在这几点开发。《诗话补遗》九引左兰城说云："凡作诗文者宁可如野马不可如疲驴。"又卷十云："诗不能作甘言，便作辣语荒唐语亦复可爱。"这是真，然而真中带着活气。《诗话》六谓："诗情愈痴愈妙。"因举红兰主人《归途赠朱赞皇》句"此宵我有逢君梦，梦里逢君见我无"等为例。这也是真，然而真中有新意。《诗话补遗》十云："左思之才，高于潘岳；谢朓之才，爽于灵运。何也？以其超隽能新故也。"这是新，然而新中有活气，有真意。《诗话》卷一云："熊掌豹胎，食之至珍贵者也，生吞活剥，不如一蔬一笋矣；牡丹芍药，花之至富丽者也，剪采为之，不如野蓼山葵矣。味欲其鲜，趣欲其真，人必知此而后可与论诗。"这即是他的性灵说。

5．修正的性灵说

如上文所述，仅仅可以说明性灵说的意义，然而尚不能窥见随园诗论之全。我们须知如上文所述，是杨万里、袁宏道诸人所同具的见解，随园似乎更进乎此。后来一辈人，对于性灵诗的误解，对于性灵诗论的误解，全由于只见到这一点。最明显的例，如铃木虎雄的《中国古代文艺论史》中说随园所谓性情，殆是近于以妓女嫖客的性情为性情，这即是误解了性灵诗论。他再说："性灵派所贵的一言以蔽之曰才。""任才的诗是给与读者以反省的余地的。给与以反省的余地的，同时也给与以批评的余地。一面读，一面批评，故只是玩弄，不能使人感动。"这实在又是误解了性灵诗。这种解释的错误，顾远芗氏已经指摘过。然而顾氏却没有指出为什么他会有这种误解？

大概随园也就恐怕人家会有这种误解，所以他不赞成"矢口而道自夸真率"的诗。（《诗话补遗》三）所以他要分别淡之与枯，新之与纤，朴之与拙，健之与粗，华之与浮，清之与薄，厚重之与笨滞，纵横之与杂乱（见《诗话》二及《续诗品辨微》）。我们须知随园论诗虽重天分，然而却不废工力；随园作诗虽尚自然，然而却不废雕琢。他正因要防范这种真而带率新而近纤的流弊，故其论诗，天分与学力，内容与形式，自然与雕琢，平淡与精深，学古与师心，举凡一切矛盾冲突的观点，总是双管齐下，不稍偏畸的。这样讲性灵诗，然后有性灵诗之长，而没有性灵诗的流弊。

性灵诗的流弊是什么？即是滑，即是浮，即是纤佻。纤佻之弊，由于卖弄一些小聪明，尽管小涉风趣，而总嫌其露，总嫌其薄，读过数首以上便不免令人生厌了。欲医此病，端赖学力。有学力才能生变化，才能耐寻味。生变化则不觉其单调，耐寻味则不觉其浅薄。所以说："万卷山积，一篇吟成，诗之与书，有情无情。钟鼓非乐，舍之何鸣！易牙善烹，先羞百牲。不从糟粕，安得精英！曰'不关学'，终非正声。"（《续诗品·博习》）这是为初学说的。"初学者正要他肯雕刻方去费心，肯用典方去读书。"（《诗话》六）初学不怕没有才，只怕没有学。到了晚年，学问成就，但是老手颓唐，所谓"老去诗篇浑漫与"，即杜老也不能免此。所以不怕没有学，只怕不肯精思。于是又有浮与滑之病。随园为此，又屡为老年人说法。其《人老莫作诗》一首云："莺老莫调舌，人老莫作诗，往往精神衰，重复多繁词。香山与放翁，此病均不免，奚况于吾曹，行行当自勉。"（《小仓山房诗集》二十五）《诗话》十四亦申此意。《续诗品》中论《精思》云："疾行善步，两不能全；暴长之物，其亡忽焉。文不加点，兴到语耳！孔明天才，思十反矣。惟思之精，屈曲超迈，人居屋中，我来天外。"

因此，由随园之诗言，或不免有浮滑纤佻之作；由随园之诗论言，实在并未主浮滑纤佻之旨。不仅如此，并且有力戒浮滑纤佻之意。谓予不信，再观下论。

他以为诗有先天，有后天。"诗文之作意用笔，如美人之发肤巧笑，先天也；诗文之征文用典，如美人之衣裳首饰，后天也。"（《诗话补遗》六）作意用笔关于才，征文用典关于学，天分学力两不可废。于是再以射喻："诗如射也，一题到手，如射之有鹄，能者一箭中，不能者千万箭不能中；能之精者正中其心，次者中其心之半，再其次者与鹄相离不远，其下焉者则旁穿杂出，而无可捉摸焉。其中不中，不离天分学力四字。孟子曰，'其至尔力，其中非尔力。'至是学力，中是天分。"（《诗话补遗》六）据此，他何尝偏重在天分方面！"诗难其真也，有性情而后真；否则敷衍成文矣；诗难其雅也，有学问而后雅；否则俚鄙率意矣。"（《诗话补遗》六）提出一雅字为目标，所以他并不反对师古，也不反对用典，因为这是后天的事。《续诗品·安雅》云："虽真不雅，庸奴叱咤，悖矣曾规，野哉孔骂。君子不然，芳花当齿，言必先王，左图右史。沈夸征栗，刘怯题糕，想见古人，射古为招。"论诗到此，几疑随园诗论，自相凿枘了。"诗以真性情为标榜，势不得不搁置学问"（语见朱东润《袁枚文学批评论述》），但是随园的诗论，却正要以学问济其性情。

诗既有先天后天之别，于是也有天籁人巧之分。《诗话》四云："萧子显自称凡有著作，特寡思功，须其自来，不以力构。此即陆放翁所谓'文章本天然，妙手偶得之'也。薛道衡登吟榻构思，闻人声则怒。陈后山作诗，家人为之逐去猫犬，婴儿都寄别家。此即少陵所谓'语不惊人死不休'也。二者不可偏废，盖诗有从天籁来者，有从人巧得者，不可执一以求。"天籁人巧也难偏废，所以随园论诗也并不偏重在天籁方面。不仅如此，他正要以人巧济天籁。《诗话》一云："人称才大者如万里黄河与泥沙俱下，余以为此粗才，非大才也。大才如海水接天，波涛浴日，所见皆金银宫阙，奇花异草，安得有泥沙污人眼界耶？""才人胆大"，所虑的便是恃才奔放，不加检点。《诗话》五引叶书山语云："人功未极则天籁亦无因而至，虽云天籁，亦须从人功求之。"这即是我所谓以人巧济天籁的意思。

以学问济性情，以人巧济天籁，然后有篇有句，方称名手。《诗话》五云："诗有篇无句者，通首清老，一气浑成，恰无佳句，令人传诵；有有句无篇者，一首之中非无可传之句，而通体不称，难入作家之选。二者一欠天分，一欠学力。"以学问济性情，以人巧济天籁，然后用的虽是名家的工夫，而到的却可以是大家的境地。《诗话》一云："余道作者自命当作名家，而使后人置我于大家之中，不可自命为大家，而转使后人屏我于名家之外。"这般注意，然后大家才气与名家工夫可以合而为一。《诗话》三云："诗虽奇伟，而不能揉磨入细，未免粗才；诗虽幽俊，而不能展拓开张，终窘边幅。有作用人，放之则弥六合，收之则敛方寸，巨刃摩天，金针刺绣，一以贯之者也。"我所谓他于矛盾观念中而得到调和者便是如此。

现在，索性再讲一些关于诗的后天的事。

他不反对藻饰。《续诗品·振采》云："明珠非白，精金非黄。美人当前，烂如朝阳。虽抱仙骨，亦由严妆。匪沐何洁！非熏何香！西施蓬发终竟不藏。若非华羽，曷别凤凰！"又《答孙俌之》云："诗文之道总以出色为主，譬如眉目口耳，人人皆有，何以女美西施，男美宋朝哉！无他，出色故也。"（《尺牍》十）《诗话》七亦有此说，并引韩昌黎、皇甫持正之语，以伸色采贵华之说。他以为"圣如尧舜，有山龙藻火之章；淡如仙佛，有琼楼玉宇之号。彼击瓦缶，披裋褐者，终非名家"。然而我们假使根据这些言语便以为随园论诗，重在藻饰，那便大误。《诗话》卷十二又引宋诗话云："郭功甫如二十四味大排筵席，非不华侈而求其适口者少矣。"以为此喻当录之座右，然则随园岂肯仅仅在藻饰上用工夫的。《诗话补遗》四云："今之描诗者东拉西扯，左支右捂，都从故纸堆来，不从性情流出。"可知词藻原应以性情为根本。

他不反对音节。他以为音韵风华都不可少（见《诗话》五）。"同一著述，文曰作，诗曰吟"（见《随园诗话补遗·卷一》），便可知诗之音节不可不讲。因此，凡"但贪序事毫无音节者"不能谓为诗之正宗。"落笔不经意，动乃成韩、苏"，这正是彼之所戒（见《诗话》二）。不过他虽重音节而对于"开口言盛唐，及好用古人韵者"，他讥谓木偶演戏（见《诗话》五）；对于"讲声调而圈平点仄以为谱者，戒蜂腰、鹤膝、叠韵、双声以为严者"，他也认为诗流之弊（见《诗话补遗》三）。那么他又何尝专在音节上作考究！

他也不反对用典。他自谓每作咏古咏物诗必将此题之书籍无所不收（《诗话》一），可知他也不废獭祭的工夫。他以为"用典如陈设古玩，各有攸宜，或宜堂，或宜室，或宜书舍，或宜山斋"（《诗话》六），可知他又何尝一定要废典不用。"不从糟粕，安得精英"！他对于初学，正以为"肯用典方去读书"呢？然而他又以为杜诗、韩文无一字无来历，乃宋人之附会，二人妙处正在没有来历。"怜渠直道当时事，不着心源傍古人"，这是元微之称杜甫的话。"惟古于词必己出，降而不能乃剽贼"这是韩愈铭樊宗师的话。二人之诗文何尝以来历自豪（见《诗话》三）。其《仿元遗山论诗》云："天涯有客太（《诗话》五太作号）呤痴，错（《诗话》作误）把抄书当作诗，抄到钟嵘《诗品》日，该他知道性灵时。"（《小仓山房诗集》二十七）则又显然的以为"诗之传者都自性灵不关堆垛"了（见《诗话》五）。"用一僻典，如请生客，如何选材，而可不择"（《续诗品·选材》）则僻典不宜用也；"人有典而不用，犹之有权势而不逞"（《诗话》一），则即普通之典亦不宜多用也。用典虽如陈设古玩，然而明窗净几，正有以绝无一物为佳者。那么，专想以用典逞能者，又适为随园之所笑了。

他也不反对学古。《诗话》五谓"古来门户虽各自标新，亦各有所祖述"；又谓"古人各成一家，业已传名而去，后人不得不兼综条贯，相题行事"。由前一义言，是标新立格，全由学古得来；由后一义言，是各种风格各种体制，都可研习以猎取精华。然而才说学古，便又说学古之弊。"不学古人法无一可；竟似古人，何处着我！"（《续诗品·着我》）所以说："人悦西施，不悦西施之影,明七子之学唐,是西施之影也。"(《诗话》五)这样,所以要得鱼忘筌,不要刻舟求剑(见《诗话》二),要与之梦中神合,不可使其白昼现形(见《诗话》六),要字字古有而言言古无(见《续诗品·着我》),所以说:"人闲居时不可一刻无古人,落笔时不可一刻有古人,平居有古人,而学力方深,落笔无古人而精神始出。"然则他的主张还是以性灵为根本。

此外,他不主理语,而又以《大雅》"于缉熙敬止,不闻亦式,不谏亦入"诸语,为何等古妙!(《诗话》三)谓考据家不可与论诗,然又谓太不知考据者,亦不可与论诗(《诗话》十三)。类此诸例,多不胜举,总之他关于诗的后天诸事,是才立一义便破一义,才破一义复立一义的。为什么要如此?他即怕人家执着,即怕人家不达。扶得东来西又倒,为诗说教,他不得不有这番苦心。

我们须认清,他所讲的许多诗的后天的事,仍是以性灵为根本。惟其以性灵为根本,所以不要在这些问题上,充分讲究以别立一格。他盖以一般讲性灵者,只重在先天的方面而不注意后天的方面,所以颇有流弊。他便想矫正这些流弊,所以兼顾到诗的后天的事。由其不欲在这问题上充分讲究以别立一格言,所以他才立一义便破一义,才破一义复立一义者,不为矛盾自陷。由其不欲只重在诗之先天的方面而兼顾到后天的方面言,所以他一方面讲性灵,而一方面讲音节风华等等也不为自相凿枘。

所以我们称他为修正的性灵说。

一般性灵说所标榜者为自然,为浑成,为朴,为淡。随园所论,也是如此;不过他较人家为多用一番工夫。"诗宜朴不宜巧,然必须大巧之朴;诗宜淡不宜浓,然必须浓后之淡。"(《诗话》五)大巧之朴,朴而不拙,浓后之淡,淡而不枯。毫厘之差,失以千里,其分别在是,其所以欲辨别者也在是。《诗话》七引陆钶语云:"凡人作诗一题到手,必有一种供给应付之语,老僧常谈,不召自来,若作家必如谢绝泛交,尽行麾去,然后心精独运,自出新裁,及其成后又必浑成精当,无斧凿痕方称合作。"《诗话》八引《漫斋语录》云:"诗用意要精深,下语要平淡。"总之都是深入显出之义。"得之虽苦,出之须甘,出人意外者,仍须在人意中"(《诗话》六),这两句,真是至理名言。论及随园诗论,不可不注意及此。

惟然,所以他要勇改。《续诗品》云:"千招不来,仓卒忽至;十年矜宠,一朝捐弃。人贵知足,惟学不然,人功不竭,天巧不传。知一重非,进一重境,亦有生金,一铸而定。"惟然,所以他于勇改之后更要灭迹。《续诗品》

又云："织锦有迹，岂曰蕙娘；修月无痕，乃号吴刚。白傅改诗，不留一字，今读其诗，平平无异。意深词浅，思苦言甘，寥寥千年，此妙谁探。"

这即是所谓以学问济性情，以人巧济天籁的意思。《诗话》三云："诗不可不改，不可多改。不改则心浮，多改则机窒。要像初椽黄庭，刚到恰好处。"不可不改者指人巧言，不可多改者指天籁言。从人巧再还到天籁，这是随园与一般主性灵说者不同的地方。

随园论诗，何以会如此呢？这有二因。其一，即我们以前屡屡提及的清代文学批评共同的风气。他们都想于调和融合之中以自成其一家之言。其二，我们更须知道随园诗论与其诗的作风有关。舒铁云《瓶水斋诗话》有云："袁简斋以诗古文主东南坛坫，海内争颂其集，然耳食者居多。惟王仲瞿游随园门下，谓先生诗惟七律为可贵，余体皆非造极。余读《小仓山房集》一过，始叹仲瞿为知言。尝论七律至杜少陵而始盛且备，为一变；李义山瓣香于杜而易其面目为一变；至宋陆放翁专工此体，而集其成为一变；凡三变而诸家之为是体者不能出其范围矣。随园七律又能一变，虽智巧所寓，亦风会攸关也。"我觉得此论颇具卓识。论随园诗，论随园的诗论，都应看出这一点。随园正因长于七律，所以他论诗之谈，真将此中甘苦，和盘托出者，也在七律的方面。《诗话》五有一节便论到这问题。

> 作古体诗，极迟不过两日，可得佳构；作近体诗或竟十日不成一首。何也？盖古体地位宽余，可使才气卷轴，而近体之妙须不着一字自得风流。天籁不来，人力亦无如何。今人动轻近体而重古风，盖于此道未得甘苦者也。叶庶子书山曰，"子言固然，然人功未极则天籁亦无因而至，虽云天籁亦须从人功求之"，知言哉！

这一节话很有关系。他所谓"天籁不来，人力亦无如何"，即是他的性灵说。叶氏所谓人功未极则天籁亦无因而至，即是他的修改的性灵说。一般主性灵说者不一定长于律诗，所以可以搁置学问；而随园却欲于七律之中讲究性灵，则安得不顾到学问，安得不注重人巧！因此，其非自相凿枘明甚。

《燕京学报》1938 年第 23 期

论《圆圆曲》

——《李自成》创作余墨

姚雪垠

由于写《李自成》这部小说，我必须将有关的历史问题进行研究，得出我自己的认识。首先求得了对历史事件的认识之后，然后从事小说情节的艺术构思，进行创作。至于小说的情节如何运用或不采用某一史实或传说，是按照小说的主题思想和艺术需要而定。我将这种写历史小说的原则归结为两句话："深入历史，跳出历史，而深入是基础。没有深入，便无所谓跳出。"根据我的这一原则，我不得不重新审查明末妓女陈圆圆的故事，细读吴伟业的《圆圆曲》和其它有关资料。陈圆圆的故事关系着我们应如何认识李自成进北京后迅速失败的原因，如何认识吴三桂降清的真正原因，以及对刘宗敏的如何评价等重大问题。

三百多年来，在史学家和文人的著作中，绝大多数将吴三桂的降清归因于陈圆圆的被夺，所以一个妓女竟被看成了历史的关键人物，十分出名。陈圆圆的故事之所以流行甚广，深入人心，并不是由于记载在《明史》、《清史稿》和《贰臣传》所附的《吴三桂传》中，这三种书只有历史研究者查阅。明清之际的一些野史，一般读者也很少接触。陆次云的《圆圆传》和钮琇的《圆圆》，人们只作为传奇小说看。可以说，三百多年间在社会上影响最大的是清初的著名诗篇《圆圆曲》和现代的历史名著《甲申三百年祭》。所以，我今天专论《圆圆曲》的性质和写作背景，辨析这一桩家喻户晓的历史旧案，就正于当代学人和喜欢读《圆圆曲》的广大读者。

一 陈圆圆故事的出现和传奇化

历史上许多流传很广、影响深远的故事传说，常常是从简单到复杂，逐步积累完成的。陈圆圆的故事，也不例外。

在大顺军占领北京期间，北京社会上还没有出现一个故事将陈圆圆和刘宗敏联系在一起。赵士锦在《甲申纪事》中写他于崇祯十七年三月二十日亲眼看到的一件事："是日，予在宗敏宅前，见一少妇美而艳，数十女人随之而入，系国公家媳妇也。"这里没有提到陈圆圆。可注意的是，当时在北京的、留心时事的人们在他们记述北京事变的著作中都没有提陈圆圆被刘宗敏所得的事。孙承泽在《思陵典礼记》卷二说："田宏遇南中进香回，带茅元仪、杨宛至家，教其次女写字。"此事在当时颇为社会所知，所以谈迁也收入他的《北游录》中。聋道人（徐应芬）在《遇变纪略》中说："二十九日，贼闻平西伯吴三桂请大兵（按指清兵）十万入关复仇，因令吴三桂父吴襄作书招降。不从，遂禁襄及其家人于狱。"这里写得明白，吴襄全家被拘是因为吴襄不肯作书招吴三桂投降，虽有错误，但重要的是对陈圆圆事一字未提。钱邦芑的《甲申纪变实录》中说："宁远总兵平西伯吴三桂拥兵不至，贼挟其父手书招之。三桂得书不发，八拜谢父，咬断中指，扯裂家书，遂约王永吉借清兵十万以图恢复。"这是写当时在北京误传吴三桂是明朝的一个大忠臣，而绝无关于陈圆圆的传说。

仅举以上各书，可证在甲申三月到四月间，北京城内并没有关于陈圆圆的传说。

陈圆圆的传说最初是怎样起来的，如今还不清楚。时隔很久，才有关于陈圆圆传说的记载，或说被刘宗敏得去，或说被李自成得去，并不统一。关于陈圆圆为李自成所得的说法，最早见于无名氏的《明亡述略》。后来出现的《四王合传》、陆次云的《圆圆传》、钮琇的《圆圆》，都采用李自成夺去陈圆圆的说法。

另一派说法是将陈圆圆同刘宗敏相联系，比前一派影响大。这是因为刘宗敏住在田宏遇宅，同陈圆圆的故事联系起来似乎有点合理，而说李自成得到陈圆圆，不管从哪方面看都不合理。最初将陈圆圆传说与刘宗敏相联系的传说，可以钱𫲡在其所著的《甲申传信录》卷八的一段记载为代表，事情的脉络比较清楚：

> 先是，十六年春，戚畹田宏遇游南京，吴阊歌妓陈沅、顾寿名震一时。宏遇欲之，使人市顾寿，得之，而沅尤幽艳绝世，价最高。客有干宏遇者，以八百金市沅，献之。是岁宏遇还京，病卒。后襄入京，三桂遣人持千金随襄入田宏遇家买沅，即遣人送之平西。
>
> 闯入京师，伪权将军刘宗敏处田宏遇第，闻寿从优人潜遁，而沅先为襄市去，乃枭优人七人而系襄索沅。襄具言遣送宁远，已死。宗敏坚疑不信，故掠襄。

钱𣓿字稗农，是一个留心经史的人。他于崇祯十六年八月到北京，甲申三月十五日出朝阳门、二十六日到遵化，复于四月十六日回到北京。在北京住了三年，有许多事是他在北京亲见亲闻。后来他看了十几家关于甲申"国变"的记述，感到都不满意。他从顺治四年开始写《甲申传信录》，到十年秋天完成，前后经过七年时间。这部书记载大顺军在北京的事有较多参考价值；在记载李自成进北京以前的事，因得自道听途说，参考价值较小。另外，此书在清代经过长期手抄流传，错字和后人整段加入的地方都有。例如：吴襄的"襄"字全抄作"勷"，《吴三桂入关之由》，整段自别处抄来。又如：《滇南潜位》一段，不但与"甲申"无关，而且是该书写成二十年以后的事。就本书所记陈圆圆一段文字看，除说陈圆圆是崇祯十六年到北京有错误，刘宗敏因索陈沅不得拷掠吴襄系误传外，别的话都值得重视。这里开始将陈圆圆的故事同刘宗敏联系起来，还写明陈圆圆予崇祯十六年田宏遇死后到了宁远，在大顺军进入北京前已经死了。这地方十分重要。后来谈迁在《国榷》卷一百中也基本上采纳此说，只是没有说陈沅已经在宁远病死。

《鹿樵纪闻》是否为吴伟业所著，一直存在疑问。假若确是吴氏所著，必是他去北京之前写成的，其中与《绥寇纪略》颇有矛盾。对于陈圆圆的故事，也是根据传闻，颇近小说，而在《绥寇纪略》中则对陈圆圆的事一字不提。《鹿樵纪闻》所记陈圆圆故事如下：

> 初，上宠田妃。妃殁，上念之不置。戚畹田宏遇欲娱上意，游吴门，出千金市歌姬陈沅、顾寿等，将以进御。上知为青楼妇，却之。宏遇死，寿随一优人逸去，而沅归三桂。贼据京师，刘宗敏居宏遇故第。因有誉二姬色之都、技之绝者，宗敏于是系襄索沅。三桂闻之，即还兵据山海关，刑牲盟众，誓兴复明室。报至京师，自成切责宗敏，立释襄，厚加抚慰，使作书谕三桂。三桂不从。

从这一段记载看，与刘宗敏联系的陈圆圆故事已经接近完成，与《圆圆曲》基本相合。这段记载只说田宏遇死后陈圆圆归了吴三桂，但没有说她是否留在北京，也没有说她是否被刘宗敏得去。但从文气看，分明刘宗敏只是向吴襄索沅，并未得去。

吴伟业在《绥寇纪略》中写明田妃死于崇祯十五年七月，田宏遇死于十六年，而《鹿樵纪闻》的这段记载说田宏遇在田妃死后游吴门，买到陈沅。《绥寇纪略》中写到崇祯帝很讨厌田宏遇，几乎要治他的罪，这里却写田宏遇竟敢以妓女献进宫中，极不近理。按田妃有一妹妹，小名淑英。田妃死前曾将她叫进承乾宫，让崇祯一见。崇祯看中了她，亲手摘一朵花插在她的头上，说："这是我家的人。"田妃死后，崇祯曾下旨准备选淑女，目的是想将田妃的妹妹选进宫中，后因大局崩解而停止举行。此事在《烈皇小识》卷七有记载，而吴伟业在《绥寇纪略补遗》中也说田妃死后，"上深思之，心知其女弟殊美，然竟不求也"。假若田宏遇未死，想献美女，他的次女是最好的候选人，用不着买一个妓女献上。况且，明朝"宫壸整肃"（《明史·后妃传》中语），"家法"极严，如何敢将妓女送进宫中？有什么途径送进宫中？这种情况，吴伟业完全知道。可见《鹿樵纪闻》一书或系伪托之作，或系吴氏入京以前之作，而《圆圆曲》是有意采取不合理的传闻以写诗抒亡国之愤。

大约在顺治十年左右，陈圆圆故事在演变过程中完成了一个重要阶段，开始进入传奇化阶段了。

二 互相矛盾的故事传说

在吴伟业的《圆圆曲》之后，到康熙年间出现了陆次云的《圆圆传》和钮琇的《圆圆》两篇散文，继续扩大陈圆圆故事的影响。这两篇散文在重大关键问题上互相矛盾，而陆作《圆圆传》与吴氏《圆圆曲》也有不少相合处。由于吴翌凤对历史的无知，竟然在《梅村诗集笺注》中将陆的《圆圆传》全文录入。殊不知，陆次云的《圆圆传》和钮琇的《圆圆》，都不是纪史之作，而是传奇。纪史和传奇，在性质上截然不同。文学家写传奇，主观目的不在传信史，而是要逞文彩，传奇闻，以供读者欣赏，可以恣意虚构、夸饰，对于历史真伪并不重视。这种短篇传奇文学作品有的就是小说，有的近似小说，盛于唐代，历宋、元、明、清继承不绝。明白了陆次云的《圆圆传》和钮琇的《圆圆》都是传奇之作，就不至受其所惑。

陆次云的《圆圆传》比钮琇的《圆圆》影响更大，现在我先就《圆圆传》的重要荒谬处逐事批驳，其不重要的枝节错误，姑置之不论。《圆圆传》说：

> 田畹者，怀宗妃之父也。甲申春，流氛大炽，怀宗忧废寝食。妃谋所以解帝忧者于父。畹乃以圆圆进。圆圆扫眉而入，冀邀一顾。帝穆然也，旋命之归畹第。

作者陆次云对明朝制度和史实，实在缺乏常识，十分可笑。田妃的父亲名宏遇，并非名畹。畹是戚畹一词之略，意即皇亲。作者见别的书上有田畹二词，即以为田妃的父亲名畹。这是第一个谬误。田妃死于崇祯十五年七月十六日，到甲申春已死去一年零七八个月；田宏遇死于崇祯十六年，也没有活到甲申春。这是第二个谬误。还有第三个谬误是：作者不知道明朝选妃规定必须选清白良家姑娘，像崇祯那样皇帝，田宏遇纵然未死，也绝不敢将妓女送进宫中。如果崇祯知道，定然严加治罪。这问题在前边已经谈过。

再看《圆圆传》下边写道：

> 时闯贼将逼京畿矣。帝亟召三桂对平台，赐蟒玉，赐上方，托重案，命守山海关。

甲申春天，大顺军过黄河进入山西，朝廷上为着是否调吴三桂回救北京，争议很久。最后，直到三月上旬，才决定命吴三桂放弃宁远，回救北京，已经来不及了。这里说崇祯帝召见吴三桂于平台云云，如同梦话。不但甲申春天吴三桂没有到过北京，而且在甲申前几年内也没有进京机会。明朝总兵官是方镇统兵大员，俗称镇帅或总镇，不奉召不能进京。崇祯十三年清朝在义州集结重兵，整个辽东军事形势紧张，吴三桂在松山附近同清兵作战。十四年春天，因祖大寿在锦州被围日久，洪承畴奉命率领八总兵救援锦州，吴三桂为八总兵之一。这年八月，援锦之师溃败，吴三桂突围回到宁远，洪承畴被围松山。宁远直接面对清军，居于边防第一线。我们从文献上找不到这几年中，吴三桂曾经奉召进京的任何资料；按照当时军事形势看，也绝无离开防地的可能。《圆圆传》说吴三桂在北京的田府宴席上与陈圆圆相遇，一见钟情，不是很荒唐么！

陆次云接着用纯粹小说笔法写陈圆圆与吴三桂如何相见，如何到了吴三桂手中，如何又到李自成手中，当李自成打了败仗后，她又如何劝说李自成将她还给吴三桂，等等。我在前边已经从事实上说明田宏遇早已死去，吴三桂未到北京，所以这些小说故事就不值一驳了。但不妨指出两点，以见作者对明末历史的无知。第一，作者不知吴三桂的父亲名吴襄，全都写作吴骧。第二，他写道："帝促三桂出关。三桂父督理御营名骧者恐帝闻，留圆圆府第，勿令往。三桂去而闯贼旋拔城矣。"这话不但与吴三桂正在奉诏进关来北京事实相背，而且不知道吴三桂部下眷属多在辽东，他自己将新买的爱妾携至辽东根本不用害怕皇帝知道。

钮琇的《圆圆》也是作为传奇小说写的，所以收入他的笔记小说《觚剩》中。它是前后叙事，中间全录吴伟业的《圆圆曲》。钮琇所写的是另一种曾经流行的传说，将陈圆圆献进宫者不是田宏遇，而是周奎：

> 维时田妃擅宠，两宫不协；烽火羽书，相望于道，宸居为之憔悴。外戚周嘉定伯以营葬归苏，将求色艺兼绝之女，以母后进之，以纾宵旰忧，且分西宫之宠。因出重资购圆圆，载之以北，纳于椒庭。一日侍后侧，上见之，问所从来。后对："左右供御鲜同里顺意者。兹女吴人，且娴昆伎，令侍栉盥耳。"上制于田妃，复念国事，不甚顾，遂命遣还，故圆圆仍入周邸。延陵方为上倚重，奉诏出镇山海。……

钮琇同陆次云一样不知道田妃早死，吴三桂不是山海关总兵，而且也不知道大顺军向北京进兵时吴三桂驻守宁远。他不是奉诏出镇山海关，而是奉诏进关勤王。其它违背历史的枝节问题，不值批驳。

按照吴伟业的《圆圆曲》和陆次云的《圆圆传》，都说陈圆圆是在战场上被吴三桂的部队得到，而钮琇的《圆圆》则为另一种说法，写道：

> 延陵追度固关至山西，昼夜不息，尚未知圆圆之存亡也。其部将已于都城搜访得之，飞骑传送。延陵方驻师绛州，将渡河，闻之大喜，遂于玉帐结五彩楼，备翟茀之服，从以香舆，列旌旗三十里，亲往迎迓。虽雾鬟风鬓，不胜掩抑，而翠消红泫，娇态愈增。

这一段传奇小说笔墨，离开史实很远。按之史实，五月初四日大顺军与吴三桂追兵于定州北十里清水铺发生战斗，谷可成阵亡。第二日李自成亲自督战，受了箭伤。第三天一早，李自成拔营西走，度固关，入山西。吴三桂不能进固关，奉多尔衮命，暂回北京。十月间，吴三桂随英王阿济格作为西征军的北路军，走长城以外的路线，称为边外军，进攻榆林和延安。从固城入山西的是叶臣指挥的清军，钮琇文中说吴三桂"追度固关入山西，昼夜不息"，又说他"驻师绛州"，全无其事。

此外还要附带说一下，所谓吴襄因陈圆圆被拷掠，全家被抄，也是无稽之谈。各种野史所提供的追赃拷掠的名单中没有吴襄，只在谈到陈圆圆故事时提到此事。陈圆圆故事既属虚构，此事也就没有。李自成后期对明朝的武将采用广泛的招降政策，在陕西时已经招降了朝廷大将左光先、白广恩、马科、陈永福等，在进军北京的路上招降了大将姜瓖、唐通。到北京后，又驰檄招降南方诸镇大帅，包括高杰在内。为招降左良玉，他将左的恩人侯恂从狱中放出，特加礼遇。吴三桂更是李自成的重点招降对象，所以派出文武官各一员，携带李自成的敕谕一道、吴襄的书信一封、白银万两、黄金千两、锦缎千匹，前往山海关招降，封吴三桂为侯，比伯提高一级。当然在当时对吴襄及其全家是保护优待的，直到山海关大战之后，才在永平的樊家庄杀掉吴襄，回到北京时杀了吴襄全家。

三百年来我国史学界受陈圆圆故事的影响很深；到了现代，郭沫若同志在这个问题上又继续作了宣传，扩大了错误影响。《甲申三百年祭》论刘宗敏进北京后所犯的两大错误，其一就是索取陈圆圆。郭沫若同志写道："而且把吴三桂的父亲吴襄绑了来，追求三桂的爱姬陈圆圆，'不得，拷掠甚酷'；虽然得到了陈圆圆，而终于把吴三桂逼反了的，却也就是这位刘将军。这关系实在是并非浅鲜。"这样评论，不仅错误地断定刘宗敏夺去了陈圆圆，而且错误地断定了吴三桂的降清只是为着陈圆圆，完全上了清朝一部分谣言的当，制造那些谣言的动机既是鞭挞吴三桂，同时也诬蔑刘宗敏。诬蔑刘宗敏也就是诬蔑大顺军。

三　清初人的异议

根据前边的分析考证，我们认为陈圆圆的故事全不可信，而且互相矛盾，迄未统一。其实清初就有人对此事持否定态度，今略举数例如下：

有两个山海关的士绅，亲身参与吴三桂叛闯投清活动。一个叫佘一元的，在追叙吴三桂的这段历史经过时只说："甲申之役，流寇陷京师。平西伯中途闻变，旋师山海。"另一个人名叫程儒珍，在《关门举义诸公记》中也只写道："崇祯甲申四月，吴三桂奉诏入援，兵五万人，号称十五万。进至玉田，闻京师已陷，旋兵山海关，召邑中绅士议之。'诸公以大义劝之，于是南郊阅兵。凡一切措饷城守事宜，众慨然任之。歃血定盟，遣人东乞王师，又遣人给贼缓师。"佘一元在《述旧事五首》中写吴三桂自玉田退回山海关说：

> 进至无终地，故主已升遐。
> 顿兵不轻进，旋师渝水涯。

无终地即玉田县。渝水涯指山海关。以上是山海关当时当地和亲身参与其事的人们所写的诗文，不仅对陈圆圆事一字不提，也没提吴襄全家被拘。

顾炎武于顺治十六年到山海关内外考察地理形势，采访历史资料，写过一首政治性很强的咏史诗《山海关》。在这首诗中写到吴三桂降清的事，一字未提陈圆圆，只是说：

> 神京既颠陨，国势靡所托。
> 启关元帅降，歃血名王诺。

如果吴三桂确实因陈圆圆降清，顾炎武决不会不作诛心的鞭挞，而只是写他的降清是因为北京已经失守，"国势靡所托。"

文秉是崇祯朝大臣文震孟的儿子，留心朝政和国故，于明亡后曾著有《烈皇小识》一书，为研究晚明史者所重视。他所写的吴三桂叛闯投清的经过如下：

> 先是，三桂闻京师失守，先帝殉难，统众入关投降。而三桂父吴襄，故辽东总兵也。逆闯李自成执襄，诛求金宝，索诈甚酷。三桂知之，即时返师出关。适清摄政王统兵将入大同，中途相遇。三桂即剃发诣营，叩头诉冤，愿假大兵复仇，歃血立誓。……

这一段记载虽然有许多错误，但有一点很重要，即对陈圆圆事只字未提。文秉是一个有民族气节的人，倘若果真有陈圆圆事，他不会不写出来，狠狠鞭挞吴三桂的投降清朝是为着一个妓女。

彭孙贻别号管葛山人，也生在明末清初，具有强烈的民族感情。他曾经收集资料写了一部满洲的兴起和明清之间战争的历史书，叫做《山中闻见录》，又写了一部记载明末国内战争的历史书，叫做《平寇志》。他在《平寇志》卷十写到吴三桂叛闯一事时仅仅说："乙卯，宁前总兵平西伯吴三桂兵入山海关，贼将不能御，三桂移檄远近勤王。"对于陈圆圆事，只字不提。最可注意的是下面一段文字：

> 管葛山人曰：余游江右，德安马大令告余曰：有客平西幕者云，世传提督（吴）襄作书招平西，平西告绝于父，起兵勤王，非也。都城既陷，三桂屯山海。自成遣使招三桂，三桂秘之，大集将士，告之曰："都城失守，先

帝宾天。三桂受国厚恩，宜以死报国，然非藉将士力不能以破敌。今将若之何?"将士皆默然，三问不敢应。三桂曰:"闯王势大，唐通、姜瓖皆已降。我孤军不能自立。今闯王使至，其斩之乎?抑迎之乎?"诸将同声应曰:"今日死生惟将军命!"三桂乃报使于自成，卷甲入朝。至永平，遇父襄苍头与一姬连骑东奔，惊问之，(则襄爱姬苍头通焉，乘乱窃而逃焉者也。)诡对三桂曰:"老将军被收矣。一门皆为掳，独与姬得脱，东归报将军。将军其速为计!"三桂乃翻然复走山海，拥兵自守，使人于本朝乞师共击贼也。

上引一则为"马某"转述一位曾做过吴三桂的幕僚的人物所谈实际经过，来源清楚。一般记载都是说吴三桂先决定投降李自成，行至玉田变卦，退回山海关，乞兵清朝，与此人所谈的情况符合。值得注意的一点是:吴家私逃的一对男女对吴三桂只是诡云:老将军被收了，一门都被拘了，一字未涉及陈圆圆。

全祖望平生留心明清之际的史实，富有民族感情。他有几句话很值得我们重视:

> 吴逆进退失据，无所置辨。至谓其以陈沅故叛闯，则亦近乎下流之归。据杨宛叔言，与沅同见系于刘宗敏，既而沅为宗敏所携去，不知所往。则国难时，沅尚未归吴也，其亦安所考而得其实乎?(《鲒埼亭集》外编卷二十九)

全祖望认为投降清朝这是由于他当时"进退失据"，是非不须再说，但是说他是为陈圆圆叛闯投清，那大概是因为他已经做了坏人，人们就把更多的坏事丑闻往他身上加。这个道理，正如子贡说的:"纣之不善，不如是之甚也。是以君子恶居下流，天下之恶皆归之。"(《论语·子张》)但是全祖望说的另一种情况也不可信:"据杨宛叔言，与沅同见系于刘宗敏，既而沅为宗敏所携去，不知所往。"实际上，刘宗敏并没有见过陈沅。

杨宛叔就是杨宛，宛叔是她的字，也写作宛淑。她是明末江南名妓，归田宏遇之后曾教田妃的妹妹写字。杨宛自北京回到江南，被盗所杀。全祖望生于康熙四十三年(公元1704年)，不会见过杨宛。他诞生的这一年与李自成破北京整整相隔六十年，到他懂事的年纪有七十多年。大概他所说的杨宛的话，是得自辗转误传，不应作为信史看待。

现在剩下一个问题必须解答:关于陈圆圆的传说都互相矛盾，把她与吴三桂联系在一起的说法是怎样出现的？难道也是凭空而起的么？

我认为陈圆圆确实曾被吴三桂买去做妾，但是时间是在崇祯十六年，到宁远不久就病死了，后来出现的种种传奇故事，都是在她曾被吴三桂买去这一点历史基础上虚构出来的。我在前边引了《甲申传信录》的一段记载，说崇祯十六年田宏遇在江南得到顾寿和陈沅的事，跟着说明："是岁宏遇还京，病卒。后襄入京，三桂遣人持千金随襄入田宏遇宅买沅，即遣人送之平西。"后来又说到刘宗敏"系襄索沅。襄具言遣送宁远，已死"。谈迁在《国榷》中也说刘宗敏"系襄索沅。襄言已归宁远"。这一说法为计六奇的《明季北略》和叶梦珠的《续绥寇纪略》所采用。所以，虽然说刘宗敏拷打吴襄要陈圆圆是胡扯，但陈圆圆早去宁远而且已经病故，却是合乎情理的。

吴三桂于陈圆圆死后不久就遇甲申之变，投降清朝，受封王爵，气势煊赫，王府中事外人很难知道。加之他带兵入陕，入川，入滇，后来建藩昆明，陈圆圆事更不易知道清楚。康熙十二年吴三桂举兵叛清，到康熙二十年兵败，清兵打进昆明，查抄伪宫，竟不见陈圆圆踪迹，不知其下落，宫中册籍也不见她的名字，于是又传说她已出了家。其实，她早在三十八年前已离开人世了。

四 论《圆圆曲》的传奇性质

我已经一层一层地剥去了围绕着陈圆圆故事的迷雾，对论证《圆圆曲》本身就不难了。

清初大诗人吴伟业的《圆圆曲》自从写成以后，不胫而走，脍炙人口，影响深远。特别是诗中名句："痛哭三军俱缟素，冲冠一怒为红颜"，最为读者欣赏，传诵。这两句是诗篇中画龙点睛之笔，对叛臣的诛心之论，等于为吴三桂的降清原因作了定谳。吴伟业还写了一首七律，也咏陈圆圆事，不象《圆圆曲》那样著名，现在抄录出来，以便与《圆圆曲》一起分析：

> 武安席上见双鬟，血泪青娥陷贼还。
> 只为君亲来故国，不因女子下雄关。
> 取兵辽海哥舒翰，得妇江南谢阿蛮。
> 快马健儿无限恨，天教红粉定燕山。

这首诗是一组《杂感》的第五首，同《圆圆曲》一样，都写出吴三桂为了陈圆圆的被夺而一怒投降清朝，引清兵入关，攻破北京。这诗中说"快马健儿无限恨，天教红粉定燕山"，同《圆圆曲》中的如下四句诗的意思是一致的："尝闻倾国与倾城，翻使周郎受重名。妻子岂应关大计，英雄无奈是多情。"关于吴三桂初见陈圆圆是在田宏遇府中的酒宴上，《杂感》诗的"武安席上见双鬟"说得十分明确。武安是汉景帝的王皇后的异父同母弟田蚡，后封武安侯，此处借指田宏遇。《圆圆曲》比《杂感》之五写成的时间较晚，有四句诗也应该同样理解。这四句诗是：

> 相见初经田窦家，侯门歌舞出入花。
> 许将戚里空侯伎，等取将军油壁车。

"田窦"代表汉朝两家皇亲，但用在此处是修辞学上的"单义复词"，着重在一个"田"字。可见吴伟业在两首诗中都明白地写出陈圆圆是在田宏遇的酒席上同吴三桂初次相见。但《圆圆曲》是七古长诗，七律《杂感》所不能写出的，在《圆圆曲》中可以写出。关于陈圆圆从江南到北京后的生活经历，在《圆圆曲》中有一段诗代表一种流行的传说，值得注意：

> 前身合是采莲人，门前一片横塘水。
> 横塘双桨去如飞，何处豪家强载归！
> 此际岂知非薄命，此时只有泪沾衣。
> 熏天意气连宫掖，明眸皓齿无人惜。
> 夺归永巷闭良家，教就新声倾座客。
> 座客飞觞红日暮，一曲哀弦向谁诉？
> 白皙通侯最少年，拣取花枝屡回顾。
> 早携娇鸟出樊笼，待得银河几时渡？
> 恨杀军书底死催，苦留后约将人误。
> 相约恩深相见难，一朝蚁贼满长安。
> 可怜思妇楼头柳，认作天边粉絮看。
> 遍索绿珠围内第，强呼绛树出雕栏。
> 若非壮士全师胜，争得蛾眉匹马还？
> 蛾眉马上传呼进，云鬟不整惊魂定。
> 蜡炬迎来在战场，啼妆满面残红印。

这一节诗对于我们研究《圆圆曲》的叙事是否可信，十分重要。按照这一节诗看，陈圆圆的出身并非妓女，而是良家少女。诗中先说她"前身合是采莲人，门前一片横塘水"，后边又说"教我新声倾座客"，这是说陈圆圆原是良家少女，被买到田府以后才教会歌唱。后边又有："教曲妓师怜尚在，浣纱女伴忆同行。"前一句的"教曲妓师"是指在北京"教就新声"的师傅，后一句的"浣纱女伴"是指苏州家乡的女伴，不是妓女。"浣纱"一词即令不必死看，只看作借用西施的典故，但是西施也是良家出身，所以此诗中说陈圆圆是良家姑娘，完全与事实不符。陈圆圆是苏州的著名歌妓，被称许为"色艺双绝"。吴伟业的朋友冒襄在其所作的《影梅庵忆语》中写到的陈姬就是陈圆圆，说她"擅梨园之胜"。关于她的被皇亲强掠而去，曾有两次风波。崇祯十四年八月，冒襄从衡阳省父回来，到了西湖，"便询陈姬，则已为窦霍家掠去，闻之惨然"。等他到了苏州，偶然晤见一个朋友，谈到陈姬的事，"有佳人难再得之叹"。这个朋友告他说："你弄错了。前被人以势劫去的是个假的，她本人藏匿的地方距此甚近。我同你去看她！"冒襄同这位朋友前去，果然见到。次年二月，冒襄又去苏州，不料"十日前复为窦霍门下客以势逼去"。这次激起的风浪更大。冒襄写道："先，吴门有匿之者，集千人哗劫之。势家复为大言挟诈，又不惜数千金为贿。地方恐贻伊戚，劫出复纳入。"可见陈圆圆是一位"擅梨园之胜"的名妓，被强迫买走时曾引起不小风波，根本不是无名的良家少女。

这一节诗中有一句是："夺归永巷闭良家"，什么意思？

按永巷一词自来都指宫中。这句诗分明说陈圆圆曾经被送进宫中，又从宫中出来，但不是一般地放出，而是"夺归"。清初有一种传说，说周后的父亲将陈圆圆献进宫去，崇祯皇帝因忧劳国事，未曾召见。后来趁放出宫女的机会，田妃叫人将陈圆圆的名字写在她父亲家中，于是陈圆圆就归田宏遇所有。吴伟业用的是这个传说，所以诗中用"夺归"一词。"熏天意气连宫掖"，指的是皇后的父亲周奎；"无人惜"的"人"，指崇祯皇帝。

这一句诗所反映的故事是不合情理的，绝无其事。崇祯一朝，从没有一个皇亲和大臣向宫中献过美女，这一类事当时是绝对不允许的。周奎更不敢。有一个传说，说周后为要分田妃之宠，叫她的父亲买到陈圆圆送进坤宁宫中，故意让崇祯看见，但崇祯受制于田妃，没有要她。其实，当时崇祯、周后和田妃之间的关系绝对不是这样。第一，周后和田妃之间虽然有矛盾，但田妃并没有专宠后宫。周后生得很美，同田妃的年纪差不多，又与崇祯在魏忠贤擅权时期结婚，共过忧患，所以一般说来崇祯待她相当好。当田妃恃宠骄傲的时候，她就以皇后的身分"裁之以礼"，而当田妃谪居启祥宫的时候，她又设法救她。我在《李自成》中写崇祯、周后、田妃和袁妃这四个人之间的关系，基本上是从这史实出发的。将陈圆圆从苏州强买进京的人既不是皇后的父亲周奎，也绝无周后要用陈圆圆分田妃之宠的事。第二，田妃于崇祯十四年五皇子死之后就经常害病，于崇祯十五年七月十六日去世。陈圆圆于崇祯十五年二月间离苏州来北京，当时路上时有阻碍，估计得走一两个月，到北京应是在四月间。此时田妃的病势已经很重了。周后更不需要献美人以分田妃之宠。第三，明朝制度，妃嫔必须选自家世清白的人家。周后绝不敢叫她的父亲将妓女献进宫中。第四，假若陈圆圆进到宫中，后被放出，这是属于司礼监的职掌，田妃绝不敢干预，她既不敢也无权指示司礼监将陈圆圆的名字改写到田家。总之，《圆圆曲》中的这一情节完全不合理，绝无其事。

诗中说："座客飞觞红日暮，一曲哀弦向谁诉？白皙通侯最少年，拣取花枝屡回顾。"这是吴三桂在田宏遇府中的酒宴上见到歌妓陈圆圆，双方一见倾心。这四句诗也不合事实。

吴三桂是崇祯十七年二月间封为平西伯，所以说他是"通侯"。这种用法，吴伟业在《杂感》之六中也用过。瞿式耜被南明永历皇帝封为临桂伯，诗中说："万里从王拥节旄，通侯青史姓名高。"但关键问题是，这时候吴三桂不在北京，朝廷为讨论是否调吴三桂从宁远回救北京，争执甚烈，耽误了时间。不但甲申春天吴三桂没有到过北京，而且以前数年内也没有去北京的可能。甲申二月间，崇祯召见过吴襄，询问他儿子吴三桂兵力和所需粮饷问题。可见这四句诗跟史实相距多远！同《杂感》之五诗中说"武安席上见双鬟"一样，从历史角度看是荒谬的。

"早携娇鸟出樊笼，待得银河几时渡？"这是从陈圆圆方面着笔，写陈圆圆希望吴三桂赶快将她从田宏遇府中带走，不要让她在田府等待。"恨杀军书底死催，苦留后约将人误"，这是说皇上催吴三桂立即离京，只好将陈圆圆留在田府，铸成大错。也可以解释为留在吴府，但既说是"后约"，可见并未成亲。我们对这个问题且不去管。既然吴三桂不曾到北京，诗中的这些描写自然都是架空虚构之词。

但是如果拿吴诗对照史实，还有更可笑的地方不妨指出。第一，田宏遇死于崇祯十六年，大概是夏天，距甲申春有半年以上，如何设宴请客？第二，甲申春二月，崇祯是催促吴三桂赶快从宁远来救北京，而诗中却说是催促吴三桂赶快出京，岂不是驴唇不对马嘴？

"若非壮士全师胜，争得蛾眉匹马还！蛾眉马上传呼进，云鬟不整惊魂定。蜡炬迎来在战场，啼妆满面残红印。"这六句诗是说吴三桂在追击大顺军的路上重新得到陈圆圆，却没有说出在什么地方。有关吴三桂在战败大顺军的过程中如何得到陈圆圆，都是出于谣传或文人虚构，并没有史实根据，这问题留到后边去谈。

通过前边的考辨，可以清楚《圆圆曲》的故事，跟历史的真实情况完全不符。那末，吴伟业是不是对陈圆圆的情况和明清之际的历史事变完全不知？不，我认为除陈圆圆早已去宁远这一个问题外，别的情况他完全清楚。对于《圆圆曲》，只能看作是他的一篇政治抒情诗，而不是纪事写实之作。人们把它当作历史看，所以上了大当。

五　吴伟业写《圆圆曲》的目的和历史背景

要理解吴伟业写《圆圆曲》一诗的目的和使用的艺术手法，我们对吴伟业这个人必须有一点基本了解。《清史稿》对他有一段评介：

> 伟业学问博赡，或从质经史疑义及朝章国故，无不洞悉原委。诗文工丽，蔚为一时之冠，不自标榜。性至孝。生际鼎革，有亲在，不能不依违顾恋。俯仰身世，每自伤也。临殁，顾言："吾一生遭际，万事忧危，无一时一境不历艰苦。死后殓以僧装，葬我邓尉、灵岩之侧。坟前立一圆石，题曰'诗人吴梅村之墓'。勿起祠堂，勿乞铭。"闻其言者皆悲之。（《清史稿》卷四百八十四《文苑传》一）

吴伟业在明清之际是一个著名诗人，也是一个比较有学问的人。崇祯四年中进士后，授翰林院编修。后来充东宫讲官，升为左庶子。崇祯亡国时他已经不在京城做官，住在家乡。他是苏州府太仓县人，距苏州不远。苏州是江南人文荟萃之地，所以他常去苏州。他得到崇祯亡国的消息时，曾打算自杀殉节，被母亲和家人劝住。顺治初，他与他的朋友、著名的散文家魏禧约定宁死不做清朝的官。到了顺治九年，终于因为他的文名太大，被清朝的两江总督马国柱荐给朝廷。他不同意是不行的，终于被迫上道。于顺治十年四月到了北京，还是做史官。顺治十三年升为国子监祭酒，才过几个月，因他母亲亡故，辞官回乡，于十四年二月离京。这一次在北京将近四年。他本来就是一个留心史学、以熟悉朝章国故知名，这次到北京，更有意收集崇祯亡国史料，并与具同样目的的人物经常往还。如孙承泽在当时就有名望，著过《春明梦余录》、《思陵典礼记》、《宛署杂记》等书，是他的同年朋友。又如布衣谈迁也常去拜望他，后来写成一部一百卷的明代史书《国榷》，两部有史料价值的笔记书《北游录》和《枣林杂俎》。吴伟业也完成了一部重要著作《绥寇纪略》。

他被迫短期间做了清朝的史官和国子监祭酒，抱恨终生。后来在他的诗中流露出他的悔恨和痛苦感情，很为感人。例如他说："误尽平生是一官，弃家容易变名难。"（《自叹》）又如："浮生所欠只一死，尘世无由识九还。我本淮王旧鸡犬，不随仙去落人间。"（《过淮阴有感》）在他死前不久，写了一首《贺新郎》词，题为《病中有感》，感情十分沉痛，责备自己说："故人慷慨多奇节，为当年沉吟不断，草间偷活。"又说："脱屣妻孥非易事，竟一钱不值何须说！"他在作人的品格上和钱谦益不同。钱在政治上是一个投机分子，而他则不是。他的这些具有真实感情的诗句和他的临死遗言都能够使人同情。

他是一个有忠君爱国思想的士大夫文人，既痛恨农民起义攻破北京，逼得崇祯帝后上吊，又痛恨吴三桂投降清朝，勾引清兵入关，统治整个中国。对于农民革命领袖他可以看为流贼，尽情攻击；但是对于满洲统治者他敢怒而不敢言，怕惹灭门之祸。尽管如此，他还是写了一些与故君有关的人物和事件，以志他的亡国之痛，也写出歌颂抗清殉节的瞿式耜，算是够大胆的了。对于满洲入主中原，在当时被汉族有民族思想的士大夫看做是最痛心的事，他不能直接写入诗中，而把一腔忿恨发泄到吴三桂身上。满洲人占领北京后的宣传是说他们的天下是夺自"流贼"，他们的入关是为明朝的臣民"报君父之仇"。吴三桂也宣传他借清兵是为"报君父之仇"，说他为先帝"缟素"发丧，兴兵复仇。甲申四月十二日夜间，"京城之外，遍张吴三桂榜，约士民缟素复仇。一时都人皆密制素帻。"（见《国榷》卷一〇一）这可能是北京郊区的反大顺势力自己搞的宣传，假托吴三桂的名义。但也可见为崇祯帝"缟素复仇"的宣传当时很能够影响人心。吴伟业写《圆圆曲》的用意就是要揭露吴三桂的虚伪宣传，说他什么为先帝复仇，三军缟素，尽是鬼话，而实际情况是"冲冠一怒为红颜"。这一愤怒的揭露就是此诗的写作目的和主题思想所在。

诗人认为单有"冲冠一怒为红颜"一句诗还不够表达他的愤怒感情，也担心读诗的人们不能充分理解，所以诗到将近结束时又痛快地加了几句：

尝闻倾国与倾城，翻使周郎受重名。

妻子岂应关大计，英雄无奈是多情。

全家白骨成灰土，一代红妆照汗青。

诗中的周郎指吴三桂，是说他在田宏遇宅中听陈圆圆歌唱而爱上了她，使她后来出了大名。诗人讽刺说：妻子本来不应该左右军国大计，无奈吴三桂是个多情的人（解作好色的人），不惜使全家被杀，而使一个妓女青史留名。

吴伟业写《圆圆曲》的时间，也需要附带一说。道光年间顾师轼所编的《梅村先生年谱》将《圆圆曲》的写成时间记在顺治元年，是根据吴三桂叛闯降清之年，实在是欠缺常识，连《圆圆曲》也未读懂。按诗中有"传来消息满江乡，乌桕红经十度霜"，可见这诗写于顺治十年左右。诗中提到秦川、金牛道、斜谷、散关四个地名，最南的是金牛道，即陕西沔县至剑门关的一段栈道。诗的结尾又提到一个地名古梁州。今四川和陕西南部一带地方在上古称为梁州，为《禹贡》九州之一。可见吴伟业写《圆圆曲》时，吴三桂已经从陕西进入四川。《梅村诗集笺注》对古梁州加的注释是："《明史·地理志》：云南，《禹贡》梁州徼外地。"这注释是错误的。这是先认为吴三桂已在云南，然后将云南注为"古梁州徼外地"。其实，吴伟业写此诗时，只知道吴三桂在四川，根本没说云南。

吴三桂于顺治八年九月奉命同李国翰向四川进兵。次年七月，清军占领重庆、成都。但明军尚有几次反攻，与清军争夺四川，曾将吴三桂、李国翰打得大败。后来经保宁一战，明军刘文秀部因疏忽致败，四川才渐次被清军占稳。顺治十四年十二月，清廷命吴三桂自四川，赵布泰自广西，罗托自湖南，三路进攻贵州。估计吴三桂离开四川是在十五年正二月间，当年六月攻占遵义。他与多尼、赵布泰等攻占云南省会是在十六年正月。同年三月，清廷命他镇守云南。据以上史实看，《圆圆曲》大概作于顺治十年之后，尤其以十二年三月以后到十四年冬天之前，较为合理。诗中没有一字提到贵州和云南的地名，也没有牵涉到吴将南征，所以可以判断诗写于顺治十四年冬天以前。

由于《圆圆曲》是顺治十二年以后的作品，所以他采用了过去十年间已经形成的传说写入他的政治抒情诗。他在北京住了三年多，留意收集明清交替之际的史料，修订了入北京以前所写的《绥寇纪略》。为着证明《圆圆曲》所叙故事不能作历史看，吴伟业有意不按照他所知道的史实写，我有必要谈一淡他的一部重要历史著作《绥寇纪略》。

据朱彝尊《曝书亭集》中跋《绥寇纪略》说，此书是吴伟业于顺治壬辰（九年）馆于嘉兴万寿宫编纂成书的，这话不完全可信。这部书尽管站在封建统治阶级立场，毛病很多，但它是系统地编纂明末农民战争史事的开创之作，资料相当丰富，决不可能在短期间编纂成书。谈迁在《北游录·纪邮上》记了一件事："吴太史示《流寇辑略》。"这件事是记在崇祯十一年三月辛丑。可见此时吴伟业对他的这部著作尚未确定书名，暂时定名为《流寇辑略》。大概此书在嘉兴时只是初稿，到北京后继续补充与订正。由于他曾经用力编纂此书，所以他对明清之际的史料比较熟悉。拿《绥寇纪略》和《圆圆曲》对照研究，越发可以证明他写《圆圆曲》时故意抛开他所熟知的历史事实。《纪略》是史书，写作目的在"纪实"，所以不采用陈圆圆的传奇故事，而且书中的纪事与《圆圆曲》往往相抵触。《圆圆曲》是文学创作，写作的目的不是著史，故采用社会上的流行传说故事，以抒其亡国之痛和对叛臣的愤恨之情。那首《杂感》七律，也是在这样心情中写出来的。

当吴伟业到北京以后，史学家谈迁也到了北京。谈迁于顺治十年十月到京，十二年十月离去。他在北京努力访求鼎革之际的历史资料，与吴伟业常有来往，颇受吴的重视。吴有重要的新作品都给他看，他就抄录保存。他的《北游录》中全文抄录了吴的《田家铁狮歌》、《崔青蚓》、《萧史青门曲》、《临淮老伎行》、《王郎曲》。在《枣林杂俎》中全文抄录了吴的《永和宫词》。像《圆圆曲》这样的诗却没被谈迁抄录，值得注意。不过，《枣林杂俎》也有甲申以后的材料不少，不像《北游录》内容在时间上有严格限制。《北游录》不收《圆圆曲》，可以旁证此诗写于顺治十二年三月之后。会不会写于吴梅村到北京之前？也有可能，但可能性较小，因为一则有"乌柏红经十度霜"一句诗，二则吴伟业需要一个敢于用诗歌鞭挞吴三桂的条件才行。而且，诗中所写的情况，显然吴三桂已经在四川取得了胜利，气焰很高。

《圆圆曲》的结尾也值得注意，它是这样几句：

君不见？
馆娃初起鸳鸯宿，越女如花看不足。
香径尘生鸟自啼，屧廊人去苔空绿。
换羽移宫万里愁，珠歌翠舞古梁州。
为君别唱吴宫曲，汉水东南日夜流。

这是用"借古讽今"的手法拿吴王夫差宠爱西施影射吴三桂宠爱陈圆圆。越女指西施，影射陈圆圆。馆娃和屧廊都是春秋时吴王宫中的地方，前者为西施所居之宫，后者为西施在吴宫中穿木跟鞋所走之廊，为名响屧廊。诗中借用春秋时的吴宫影射吴三桂的平西王宫，用"吴"字联系古今。这几句诗不是吊古，而是预言。他故意写出古代吴宫香径尘生，好鸟自啼，屧廊人杳，苔痕空绿，一片荒凉景象，借以预言今日在四川的吴宫纵然珠歌翠舞，盛极一时，也会像春秋时的吴宫一样，不免落得个"换羽移宫万里愁"。"古梁州"是双关词，既是曲调名称（即〔凉州曲〕），也是古地名，而诗人的实际用意是指四川地方。"换羽移宫"也是双关词，表面指乐调变换，实际指人事兴废。"万里愁"点明乐极生悲。诗人要唱出新的"吴宫曲"，像前人凭吊夫差的吴宫遗迹那样凭吊四川的平西王宫。尽管日后新的"吴宫"也将一片荒凉，仅供凭吊，但汉水不管人世沧桑，依然日夜东流。因为吴三桂是从汉中入川，四川靠近汉水，所以诗句中特用汉水这个地名。

像这样影射吴三桂必将失败，同写"冲冠一怒为红颜"一样，需要很大胆量，不怕报复。当时吴三桂正在向极盛的顶峰攀登，儿子也尚了公主。但吴伟业能够预言他的荣华不长，必然在诗人心中有几分把握。写《圆圆曲》时吴伟业在北京做官，名重朝野，吴三桂只能在四川为所欲为，却不可能对他进行报复，所以诗人才敢于写得如此尖锐和露骨。当时，吴三桂同清廷的矛盾已经暴露，北京官场的上层人物是清楚的。他在四川渐见骄横，部下多做出不法的事情，虐害百姓，为担心巡按御史郝浴向朝廷报告，他常常禁止沿路塘报，对朝廷进行封锁。这些情形，朝廷是清楚的。吴三桂在四川的各种不法问题以及拥兵观望情况，经郝浴揭发之后，朝廷只惩治了他麾下的永宁总兵柏永馥、广元副将胡一鹏，而不敢过问吴三桂本身的罪。那时正在对南明作战，清廷迫于形势，只能对吴隐忍；当吴对郝浴反扑时，朝廷便牺牲郝浴，以安其心。郝浴劾奏吴三桂的罪恶一案是公开事件，朝廷对吴三桂的政策也不是秘密，这一切吴伟业全然清楚。这就是吴伟业创作《圆圆曲》的历史背景。

六　结论

陈圆圆虽然是一个妓女，但因为她的故事混淆了重要史实，掩盖了历史的真实面貌，所以有考辨澄清的必要。

根据史料分析，我们可以断定历史的基本情况如下：陈圆圆大约于崇祯十五年二月间被田宏遇从苏州买去，四月间到了北京。崇祯十六年北京从春末开始大疫，夏天死人极多。田宏遇大概得了传染病，死于夏天或初秋。秋后，疫情稍衰，吴襄从宁远移家北京。吴三桂闻陈圆圆的艳名，派人随吴襄到京，从田府将她买去，送往宁远。她到了宁远后，心情悒郁，又过不惯关外生活，不久病死。当时北京人对辽东消息隔膜，偏又值崇祯亡国前夕，局势紧张，社会情况混乱，所以北京士大夫间不仅不知道陈圆圆病死辽东，甚至知道她离开北京的人也不多。她本是江南名妓，被誉为"色艺双绝"，忽然在世上消失了，因此后来容易在她的身上产生谣言，编造传奇故事。

大顺军进入北京时她已在宁远早死。关于她被李自成或刘宗敏所得，以及刘宗敏为索她拷掠吴襄，全是胡说。

清初大多数士大夫和读书人既痛恨李自成破北京，逼死他们的故君，亡了明朝，又痛恨吴三桂勾引清兵入关，得了明朝江山，成了中国之主。具有这种心情的人相当普遍。有人不明白吴三桂已经决定投降李自成，走到玉田忽然变卦，返回山海关向多尔衮投降的真实原因。吴三桂借兵为先帝复仇的宣传，起初还骗了些人，随后就被清朝定都北京的事实戳穿。于是就有人说吴三桂是因为陈圆圆被李自成或刘宗敏夺去而投降并勾引清兵入关。这谣言很投合当时汉族一般人，包括读书人的政治思想和感情，所以容易传播开，容易被偏听偏信，连一部分较有知识的人也不肯考辨真伪。

李自成在士大夫眼中虽然被看作是一个逼死"君父"的"逆贼"，但社会上都知道他有不贪色、不爱财种种美德。说他拷掠吴襄，夺去陈圆圆，与理不合。刘宗敏因受委负责在北京的追赃事，特别为上层社会所切齿。一般人也不明白他是执行大顺军一贯的政策，不是他个人索钱。恰好他又住在田宏遇宅中。因为这些原因，人们在传说中将陈圆圆的故事同刘宗敏联系得比较紧。尽管到康熙年出现了陆次云的《圆圆传》和钮琇的《圆圆》，都写陈圆圆被李自成所得，也不能减弱刘宗敏索取陈圆圆这一传说的影响。

吴伟业的《圆圆曲》带有浓厚的传奇色彩。传奇故事加饱满的政治抒情，这就是《圆圆曲》的基本特色。在《圆圆曲》中所抒写的不仅是诗人的个人感情，而是广大汉族（包括读书人）共有的感情。即使是那一类已经投降了清朝，做了大官的人们，内心深处仍不会根除民族感情。谁都不敢直接对清朝发泄不满之情，很多人甚至连想也不敢想。妙的是《圆圆曲》是在吴三桂的身上进行鞭挞，发泄亡国之痛，民族之情，这就唤起了广泛的内心共鸣。而且，《圆圆曲》是一篇艺术性很高的诗，感情充沛，词彩绚丽，用事典雅，音节铿锵流转，在清代就有人说它的艺术性超过《长恨歌》，我也有同样看法。因以上两个原因，所以它在清代读书人中间影响很大；直到今天，在老一代读书人的心中，仍有深刻影响。我虽然论证了它所写的故事与史实不符，但丝毫不贬低它的艺术价值。

《文学遗产》1980年第1期

论八股文

周作人

　　我考查中国许多大学的国文学系的课程，看出一个同样的极大的缺陷，便是没有正式的八股文的讲义。我曾经对好几个朋友提议过，大学里——至少是北京大学应该正式地"读经"，把儒教的重要的经典，例如易，诗，书，一部部地来讲读，照在现代科学知识的日光里，用言语历史学来解释它的意义，用"社会人类学"来阐明它的本相，看它到底是什么东西，此其一。在现今大家高呼伦理化的时代，固然也未必会有人胆敢出来提倡打倒圣经，即使当日真有"废孔子庙罢其祀"的呼声，他们如没有先去好好地读一番经，那么也还是白呼的。我的第二个提议即是应该大讲其八股，因为八股是中国文学史上承先启后的一个大关键，假如想要研究或了解本国文学而不先明白八股文这东西，结果将一无所得，既不能通旧的传统之极致，亦遂不能知新的反动之起源。所以，除在文学史大纲上公平地讲过之外，在本科二三年应礼聘专家讲授八股文，每周至少二小时，定为必修科，凡此课考试不及格者不得毕业。这在我是十二分地诚实的提议，但是，呜呼哀哉，朋友们似乎也以为我是以讽刺为业，都认作一种玩笑的话，没有一个肯接受这个条陈。固然，人选困难的确也是一个重要的原因，精通八股的人现在已经不大多了，这些人又未必都适于或肯教，只有夏曾佑先生听说曾有此意，然而可惜这位先觉早已归了道山了。

　　八股文的价值却决不因这些事情而跌落，它永久是中国文学——不，简直可以大胆一点说中国文化的结晶，无论现在有没有人承认这个事实，这总是不可遮掩的明白的事实。八股算是已经死了，不过，它正如童话里的妖怪，被英雄剁作几块，它老人家整个是不活了，那一块一块的却都活着，从那妖形妖势上面看来，可以证明老妖的不死。我们先从汉字看起，汉字这东西与天下的一切文字不同，连日本、朝鲜在内：它有所谓六书，所以有象形会意，有偏旁；有所谓四声，所以有平仄。从这里，必然地生出好些文章上的把戏。有如对联，"云中雁"对"鸟枪打"这种对法，西洋人大抵还能了解。至于红可以对绿而不可以对黄，则非黄帝子孙恐怕难以懂得了。有如灯谜，诗钟。再上去，有如律诗，骈文，已由文字游戏而进于正宗的文学。自韩退之文起八代之衰，化骈为散之后，骈文似乎已交末运，然而不然：八股文生于宋，至明而少长，至清而大成，实行散文的骈文化，结果造成一种比六朝的骈文还要圆熟的散文诗，真令人有观止之叹。而且破题的作法差不多就是灯谜，至于有些"无情搭"显然须应用诗钟的手法才能奏效，所以八股不但是集合古今骈散的精华，凡是从汉字的特别性质演出的一切微妙的游艺也都包括在内，所以我们说它是中国文学的结晶，实在是没有一丝一毫的虚价。民国初年的文学革命，据我的解释，也原是对于八股文化的一个反动，世上许多褒贬都不免有点误解，假如想了解这个运动的意义而不先明了八股是什么东西，那犹如不知道清朝历史的人想懂辛亥革命的意义，完全是不可能的了。

其次，我们来看一看八股里的音乐的分子。不幸我于音乐是绝对的门外汉，就是顶好的音乐我听了也只是不讨厌罢了，全然不懂它的好处在哪里。但是我知道，中国国民酷好音乐，八股文里含有重量的音乐分子，知道了这两点，在现今的谈论里也就勉强可以对付了。我常想中国人是音乐的国民，虽然这些音乐在我个人偏偏是不甚喜欢的。中国人的戏迷是实在的事，他们不但在戏园子里迷，就是平常一个人走夜路，觉得有点害怕，或是闲着无事的时候，便不知不觉高声朗诵出来，是《空城计》的一节呢，还是《四郎探母》，因为是外行我不知道，但总之是唱着什么就是。昆曲的句子已经不大高明，皮簧更是不行，几乎是"八部书外"的东西，然而中国的士大夫也乐此不疲，虽然他们如默读脚本，也一定要大叫不通不止，等到在台上一发声，把这些不通的话拉长了，加上丝弦家伙，他们便觉得滋滋有味，颠头摇腿，至于忘形；我想，这未必是中国的歌唱特别微妙，实在只是中国人特别嗜好节调罢。从这里我就联想到中国人的读诗，读古文，尤其是读八股的上面去。他们读这些文章时的那副情形大家想必还记得，摇头摆脑，简直和听梅畹华先生唱戏时差不多，有人见了要诧异地问：哼，一篇烂如泥的烂时文，何至于如此快乐呢？我知道，他是麻醉于音乐里哩。他读到这一出股："天地乃宇宙之乾坤，吾心实中怀之在抱。久矣夫，千百年来已非一日矣。溯往事以追维，曷勿考记载而诵诗书之典要。"耳朵里只听得自己琅琅的音调，便有如置身戏馆，完全忘记了这些狗屁不通的文句，只是在抑扬顿挫的歌声中间三魂渺渺七魂茫茫地陶醉着了。（说到陶醉，我很怀疑这与抽大烟的快乐有点相近，只可惜现在还没有充分的材料可以证明。）再从反面说来，做八股文的方法也纯粹是音乐的。它的第一步自然是认题，用做灯谜、诗钟以及喜庆对联等法，检点应用的材料，随后是选谱，即选定合宜的套数，按谱填词，这是极重要的一点。从前的一个族叔，文理清通，而屡试不售，遂发愤用功，每晚坐高楼上朗读文章（《小题正鹄》?)，半年后应府县考皆列前茅，次年春间即进了秀才。这个很好的例可以证明八股是文义轻而声调重，做文的秘诀是熟记好些名家旧谱，临时照填，且填且歌，跟了上句的气势，下句的调子自然出来，把适宜的平仄字填上去，便可成为上好时文了。中国人无论写什么都要一面吟哦着，也是这个缘故，虽然所做的不是八股，读书时也是如此，甚至读家信或报章也非朗诵不可，于此更可以想见这种情形之普遍了。

其次，我们再来谈一谈中国的奴隶性罢。几千年的专制养成很顽固的服从与模仿根性，结果是弄得自己没有思想，没有话说，非等候上头的吩咐不能有所行动，这是一般的现象，而八股文就是这个现象的代表。前清末年有过一个笑话，有洋人到总理衙门去，出来了七八个红顶花翎的大官，大家没有话可讲，洋人开言道"今天天气好。"首席的大声答道"好。"其余的红顶花翎接连地大声答道好好好……其声如狗叫云。这个把戏，是中国做官以及处世的妙诀，在文章上叫作"代圣贤立言"，又可以称作"赋得"，换句话就是奉命说话。做"制艺"的人奉到题目，遵守"功令"，在应该说什么与怎样说的范围之内，尽力地显出本领来，显得好时便是"中式"，就是新贵人的举人进士了。我们不能轻易地笑前清的老腐败的文物制度，它的精神在科举废止后在不曾见过八股的人们的心里还是活着。吴稚晖公说过，中国有土八股，有洋八股，有党八股，我们在这里觉得未可以人废言。在这些八股做着的时候，大家还只是旧日的士大夫，虽然身上穿着洋服，嘴里咬着雪茄。要想打破一点这样的空气，反省是最有用的方法，赶紧去查考祖先的窗稿，拿来与自己的大作比较一下，看看土八股究竟死绝了没有，是不是死了之后还是夺舍投胎地复活在我们自己的心里。这种事情恐怕是不大愉快的，有些人或者要感到苦痛，有如洗刮身上的一个大疗疮。这个，我想也可以各人随便，反正我并不相信统一思想的理论，假如有人怕感到幻灭之悲哀，那么让他仍旧把膏药贴上也并没有什么不可罢。

总之我是想来提倡八股文之研究，纲领只此一句，其余的说明可以算是多余的废话，其次，我的提议也并不完全是反话或讽刺，虽然说得那么地不规矩相。

十九年五月

《骆驼草》1930年5月19日

清代骈体文的复兴与考据学

马积高

本文论述清代骈体文的复兴首先是受到我国文学传统中浓淡、奇偶两对审美情趣交互兴降的规律的推动，是明代诗文复古运动的发展，与清乾隆后翰林院考试律赋也有密切关系。考据学的兴盛对骈文发展的影响主要是：形成了骈文与"古文"争文章正统的局面，扩大了骈文的应用范围，较少道学腐气，以及文词典雅或博丽等特点，并由此形成清代骈文的优点与缺点。

正如讲清代桐城派的古文，人们常常提到它与理学的关系一样，讲清代骈体文的复兴，人们也往往提到它与考据学的关系。但骈文（包括骈赋）在明末就开始复兴了，至清初已形成一种声势，而考据学则如梁启超所说，清初还处于启蒙期，至乾、嘉才大盛。明末清初在学术上占主导地位的还是由明末东林党人所倡导的经世致用之学，只是规模大得多了，内容也丰富多了。当然也不能说清代骈文的复兴和发展同考据学的兴盛没有关系。所谓考据学，实际主要是古文献学，它的产生，本亦由于经世致用的学者的提倡，目的是纠正宋明理学家空谈心性，对同现实有密切联系的历史文献不作深入的研究。就是说，它本是起于为研究现实而追溯历史，后因清朝已经巩固，又文网甚密，研究现实之风受阻，才发展成以研究古文献为主要目的的考据学。相对于唐宋古文来说，骈文是更古老的文体。考据学家研究经学主张从注疏入手，注多出两汉，疏本于南北朝而成于唐初，这也正是骈文逐渐形成到兴盛的时期，由研经而兼及骈文，这不能不说是顺理成章的事。但这毕竟只是问题的一面，另一面是：经世致用之学和考据学都是崇实的（考据学也叫朴学），而骈文是尚华的，二者从本质上说处于深刻的矛盾之中，不可能不互相排斥。因此，这是一个很复杂的问题。为了比较清楚地弄清它们间的关系，我想先探求一下促使骈文复兴的其他原因（主要是文学本身的原因），然后再考察它与考据学在发展过程中的联系和矛盾，并借以对清代骈体文的成就和局限谈一点看法。

一　清代骈文复兴的两个基本原因

清代骈体文的复兴首先是受到我国文学传统中浓淡、奇偶两对审美情趣交互兴降的规律的推动，是明代诗文复古运动的必然发展。

从中唐起，我国散文的发展长期受淡与奇两种审美观念的支配。明代中叶的复古运动主张散文在格调上复古，语言以古雅为尚，已含有改变语言向平淡化发展的趋向。他们提出"汉无骚"、"唐无赋"的观点，所作辞赋更有追求词采浓郁、兼容声律排偶的倾向，如李攀龙的《锦带赋》之类就是很典型的骈赋，带骈句的赋更多。其影响所及，《文选》日益受到文人的关注，前后七子之间的杨慎即重视《文选》中的文、赋，在《丹铅杂录》中多有评论；稍晚的屠隆则颇吸取六朝的风华来润色散文，而反复古的汤显祖也沉酣《文选》，多作骈赋。注释和批评《文选》者也多起来，据今所知，嘉、隆以后即有陈与郊《文选章句》、张凤翼《文选纂注》、齐闵华《文选瀹注》、孙𬭩《孙批文选》。此外，尚有刘节的《广文选》、周应治《广广文选》、胡震亨《续文选》，以扩充《文选》所收作品的范围；而梅鼎祚所辑先隋各代《文纪》，则为网罗前此各代遗文（骈文占很大的比例）打下了基础，张燮所辑《七十二家集》、张溥所辑《汉魏百三名家集》又为研究、学习先隋骈文名家提了方便。这些都是骈文复兴的先导，到明清之际的陈子龙、陆圻（丽京）等复古派就倡导作骈文。陈子龙虽在顺治四年（1647）反清殉难，陆圻则至康熙六年（1668）才弃家出走，不知所终。然陈子龙虽早死，其学生除夏完淳亦早死外，陈维崧、毛先舒却都是清初骈文名家，清初另一骈文名家毛奇龄也受过他的奖掖。只有吴绮，我们尚未知他是否受到陈子龙的影响。但即此已可断定：清初骈文的复兴，明代复古派的殿军陈子龙实起着很重要的作用。

值得注意的是：张溥是明末的复社领袖，陈子龙是几社的领袖，都是提倡经世致用之学的，陈子龙还主编过《皇明经世文编》、整理过徐光启的《农政全书》，对推动明清之际经世之学的发展起过重要作用。为什么他们在文学上却不废骈文（张）或提倡作骈文（陈）呢？这个问题，我们在陈子龙的文集中颇难找到直接的答案，只从他的有关论述及其学生的言论中找到消息，张溥则有较为明确的论述。

张溥一生行事、评文的基本准则可用他的两句话来概括："欲以事相难，则考理而已；欲以文相难，则论文而已。"（《七录斋集·洛如社序》）他所谓理，从其一贯强调"尊经复古"（《五经征文序》）来看，当然以符合儒家的基本思想为准则。但明末人讲尊经，往往是针对理学家只尊程、朱、陆、王语录及理学家经注而言，即针对同时钱谦益所谓"俗学"而言。所以，他所谓"理"，应不是理学家所言"性理"之理，而是泛指不悖于儒家经典准则的事理之"理"。这个理既是在事上体现的，自然要落实到人的行为，包括人的文。这样，评文自然就要考察其人，把人品与文品统一起来以考察其真伪高下，所谓"则论人而已"即此意。他说过："才有浅深，无有古今；文有真伪，无有故新……身立乎惚，不摇其建，驭文谋篇之鬷归也。"（《行卷荴露序》）可作为注脚。根据这个总的观点，他在《汉魏六朝百三家集自叙》中对于这一时期的文学提出这样的看法：

> 两汉风雅，光并日月，一字或留，寿且亿万。魏虽改元，承流未远。晋尚清微，宋尚新巧。南齐雅丽擅长，萧梁英华迈俗。总言其概：椎轮大辂，不废雕几；月露风云，无伤骨气。江左名流，得与汉朝大手同立天地者，未有不先质后文，吐华含实者也。

这里所要注意的是：其所谓质，不包括文字风格的质朴，而专指与文相对的内容，包括内容的真伪。故先质后文，是指文必须附于质，即"吐华含实"不虚饰浮辞。由此推论，文辞的华美只要"无伤气骨"，不惟无害，而且是进步发展的必然，即所谓"椎轮大辂，不废雕几"。正惟如此，他虽极推崇两汉的诗文（这是复古派的观点，也可为唐宋派所接受），但对魏以下的"大手"都作了肯定。他对各代文风的概括如"清微"、"雅丽"，都非贬词，"英华迈俗"，更是赞叹之至。这可说是对唐以来对六朝文学评价的大翻案。联系他对一些作家的评价，可知他都确是有所据依而言，如谓萧梁"英华迈俗"，所依据的主要是徐、庾之作，因为他感到徐陵有些文章"感慨兴亡，声泪并发"。庾信的文则"与孝穆（徐陵）并体，辞生于情，气馀于彩，乃其独优"。他犹恐人忸于骈散的成见，在徐陵集《题辞》中特别加以驳辨：

> 然夫三代以前，文无声偶，八音自谐，司马子长所谓铿锵鼓舞也。浸淫六季，制句切响，千英万杰，莫能跳脱。所可自异者，死生气别耳。历观骈体，前有江左，后有徐庾，皆以生气见高，遂称俊物。

这就是说，不应只依骈、散来判别文，对骈文当辨其有无生气，有则为俊物，无则如"寿陵学步，菁华先竭"（同上引）。这在散文又何尝不然？所以他在庾信集《题辞》中对唐人之诋诃徐、庾者深致不满："夫唐人文章去徐、庾最近，穷形尽态，模范是出，而敢于毁侮，殆将讳所从来，先纵寻斧欤？"此论颇忽视历来改革者虽吸收传统而每以反传统的面貌出现的事实，非独唐人为然，但不可说不是精警之论。

陈子龙论文的要旨，可用他自己两句话来概括："文章之道，既以其才，又以其遇"。（《百雪草自序》）"故情以独至为真，文以范古为美。"（《佩月堂诗稿序》）用现代的话来阐释，就是既要有创作才能，又要有丰富的阅历；既要有独到的思想情感，又要学习古人的修词。这都是通诗文来说的。强调遇和真，这反映他作为一个关心经世之务的志士的思想品格，由于所遇为乱世，故他又强调对丑恶现实应抒发怨愤，赞扬屈原、庄周"高才而善怨。"（《谭子庄骚二学序》）这又体现其文学观的时代特点。惟"范古"一词则比较模糊。特别是对文来说他往往没有规定一个时限（他论诗则明确规定为规范汉魏及三唐）。他在自撰《年谱》中累言"致力于古文词"，"盖切劘为古文辞"、"从事于古文词"……也未定一个时限，颇易于与前后七子混同。但他的学生王沄给予了明确的说明，其所作《春藻堂宴集序》指出：陈子龙及其友人所谓古文辞，乃是"上溯三百，下迄六朝。"（见《陈子龙诗集》附录《年谱》注引）所以，陈子龙所谓"古文词"，不但如《明代文学批评史》的著作所说，与唐宋派古文家所说的"古文"一词不同，也与复古派所说的"视古修词"的古有异。即复古派主要宗秦汉之文（复古派也不废唐代古文，请参看拙著《宋明理学与文学》），除辞赋以外不及六朝，陈子龙等则推广到了六朝，即包括了骈体文。

从张、陈之论，我们得到一个启示：评量文学，首先看它有无真感情，有无生气，而或质或华或骈或散，都无所不可。这自是一种明通之论。他们的这种观点，到陈子龙的学生毛先舒、陈维崧有进一步的发挥，毛氏之说尤有较严谨的理论性。他首先从哲学的高度来阐述骈体产生的原因："原夫太极，是生两仪，由兹而来，物非无偶。日星则联珠而璧合，华木亦并茂而同枝……物类且尔，况人文哉。是皆天壤自然之妙，非强比合而成之也"。又针对古文家反驳道："或谓三古六经，气尚淳朴，先秦西京宋，体并高古，焉用骈组，聿开浮华？岂知万邦九族之语，已见诸《虺诰》，水湿火燥之句，亦载《文言》。嚆矢权舆，引厥端矣。至若武灵王之论骑射，丞相斯之谏逐客，往复征引，排比颇多，战国龙门，云何损格？"（《湖海楼文集序》）这里首先抬出《周易》来以证俪体出于"天壤自然之妙",更从先秦古籍找出俪体的起源,简直是以俪体为人文正宗,以与古文(散体)相抗。其说盖自刘勰《文心》推衍而出。然刘氏处在骈体盛行之世,毛氏处在古文盛行之时,意义自不相同。且刘氏之书,沉埋多年,文士间事征引,亦不过片言断句,毛氏独能注意其《原道》篇引出此论,亦为有识。这是清初致用的学风中包含着学术复古思潮的一种反映。稍后《文心》经黄叔琳注释,就为更多的士人注意了。近人但知嘉道间阮元有《文言说》为骈体争正宗,不知毛氏在约一百年前已先发之,只是没有那样明确罢了。陈维崧之论不及吴氏之系统,其《词选序》云:"客或见今才士所作文类徐庾体,辄曰:'此齐梁小儿语耳。'……夫客又何知?客亦知开府《哀江南》一赋,仆射在河北诸书,奴仆《庄》《骚》,出入《左》《国》,即前此史迁、班橡诸书,未见礼先一饭。"这同张溥之说相较,在理论上并无发展,只是把徐、庾抬得更高一些。这也是一种时代思潮的反映。陈维崧生活的康熙时期,虽然民族斗争大风暴逐渐过去了,陈本人也通过康熙十八年博学鸿儒试而出仕,然由明入清的士人尚多不能无亡国之痛,陈维崧父贞慧为复社领袖人物之一,以气节自许,明亡隐居不出,维崧更应受到薰染。清初夏完淳曾仿庾信《哀江南赋》作《大哀赋》,毛奇龄亦尝作《哀江南赋》(今不传)。维崧的故国之思虽不如夏完淳的强烈,也不能不与徐庾此类作品共鸣。其特别倾心于徐、庾,是不能仅用艺术趣味来解释的。

清初骈文的复起,是文学本身发展的一种趋势,还可以从顾炎武、王夫之也染指骈文写作得到印证。他们写的骈文都不多,顾氏尤少,但都颇工。船山的《连珠》以古雅的偶句写深邃的思想,在骈体文字中尤为难得,其文词虽稍逊陆机、庾信之作,足可方驾唐燕、许与陆贽。此外,吴伟业等的散文时杂骈句,也体现人们不以单行文字(散文)为满足的趋势。

但是,在清初,骈文作家毕竟还是不多的,声势不大,骈文在清代能由兴而盛,则与康熙间的鸿博考试和乾隆以后翰林庶吉士的考试有关系,它是清代骈文兴盛又一个基本原因。

清代科举考试主要经义(八股文),经义中间要作对,不能说同骈文的生存、发展没有一点因缘。王夫之论经义,即谈到作对的问题(《见夕堂永日绪论·外编》)晚明骈体文受到注意,可能亦与当时经义的属对越来越巧不无关系。但明代考试经义二百余年,至明末骈文才复起,这就不能说它同骈文复兴有必然的联系。清代的鸿博考试与翰林庶吉士考试则不同,前者虽仅举行两次(康熙一次,乾隆一次),但康熙的一次搜集罗积学之士颇多,毛奇龄、朱彝尊、潘耒等人都入选，颇为文士所艳称和向慕，这次考试主要试古赋和诗，古赋为骈文所自出，且作古赋必须有学、有文彩，对改变崇尚平淡的文风自然有重要意义。乾隆以后的庶吉士考试，每年都举行，所试为律赋，而入翰林院为庶吉士是进士们所最欣羡的。因而正常科举考试虽不试律赋，在中进士前学习律赋者不少，地方学官也有以律赋教士或预备场考律赋的。今传李调元《赋话》中的《新话》即李氏在广东为学官时为训士而作，晚清李元度的《律赋正鹄》则是李氏家居时为课子弟而编。按规定律赋是押韵的骈文，有了作律赋的基础去作其他骈文，自然容易（当然也可能使骈文的境界不高），而有了作各体骈文的工夫去作律赋，也可收到事半功倍之效。这样，作骈体文的人自然就多起来了。

二 考据学对骈文的影响

清代骈文复兴的基本原因虽如上述，但考据学对骈文的影响也不能忽视，在考察这个问题时，我想先分析一下清代主要骈文作家与考据学的关系。

清代究竟有多少骈文作家，无法统计。代表作家旧有前十家、后十家之说。张之洞《书目答问》则列十九家，互有出入，合之得三十一家，他们是：毛奇龄（1623~1716）、陈维崧（1625~1682）、张贲弨（？~1700）、胡天游（1696~1758）、胡浚（乾隆初举鸿博）、袁枚（1716~1797）、邵齐焘（1718~1769）、王太岳（1722~1785）、刘星炜（乾隆十三年进士）、汪中（1744~1794）、洪亮吉（1746~1809）、吴锡麒（1746~1818）、朱珪（1731~1806）、孔广森（1752~1786）、曾燠（1760~1831）、杨芳灿（1753~1815）、阮元（1764~1849）、凌廷堪（1755~1809）、吴鼒（1755~1821）、彭兆荪（1768~1821）、刘嗣绾（1762~1820）、刘开（1784~1824）、梅曾亮（1786~1856）、方履籛（1790~1831）、董基诚（嘉庆二十二年进士）、董祐诚（1791~1823）、谭莹（1800~1871）、周寿昌（1814~1884）、傅桐（道光拔贡）、赵铭（同治举人）。这些人是否已可代表清代骈文家，姑不具论，至少应补入清初的吴兆骞和晚清的李慈铭。这33人中，以学者而兼作骈文的仅毛、汪、洪、孔、阮、凌、董（祐诚）、周、李、王9人。王闿运虽治经学尚不能算考据家，则实为九人，不到1/2。这个比例还较大，若按曾燠《国朝骈体正宗》、姚燮《骈文类苑》、王先谦《骈文类纂》（清人部分）统计，其比例要更少一点。当然，这只是一种参考，实际文学作家并不一定从事某种学术研究，却可以受到某种学风的影响；也有其治学的风格与其为文的风格不相一致的。但清代考据学家多只作征实之文，他们对古文家讲求开合、呼应、顿宕……等法度已深致不满，对骈文家们的讲求对偶、声律自亦不屑，故清代考据家多，而兼作骈文者少，即使为之者也不斤斤于笃守绳墨，而思有以有自异。这从清代骈文家的创作和主张中也可看得出来。

清以前的骈文，大体言之有三种不同的体格：一是魏晋南北朝的古骈体，它又包括骈散兼行和大体为骈的两种，通常以魏晋骈体和南北朝骈体区别之。一是唐代的四六骈体，一是宋代以散文气势所作的骈体，清代骈文家大抵厌薄宋体，鲜有效之者。而对古骈与唐骈的态度则大体呈现这样一种倾向：以考据学家为主的学者们多作古骈，而文士们则多效唐四六体，只有少数能兼宗徐庾。由于宗尚的不同，在风格上形成了两种基本的派别：前一种人大抵文辞繁缛，后一种人大抵古雅清淡。前一种人可以陈维崧、胡天游、方履籛为代表，后一种可以汪中、洪亮吉、王闿运为代表。不过，这是就其大体而言，学者中如董祐诚的文彩就较华丽，文士中袁枚、刘开、梅曾亮的文词也比较清淡，这是因为董氏力追徐、庾，而袁枚等兼工古文的缘故。袁氏清新流利，尤较杰出。

但是从清代骈文的总体发展趋势来看，也有其受当代学风影响的特点。

1.从以骈文与古文并存到争取骈文的正宗地位，这是伴随着考据学被称为汉学与理学之被称为宋学、彼此相立而产生的。清代考据学起于明末清初学者钱谦益、顾炎武等之治经宗汉唐注疏，但当时并无汉学之名，只称经学以别于理学或代替理学，亦有称汉儒、宋儒以别二代之说不同者。汉学之名盖起于乾隆嘉庆间，至嘉庆间江藩作《汉学师承记》而其帜始著。因宗宋者多欲合程朱道统与唐宋八家文统为一（以桐城文派为代表），于是阮元本南朝文笔相分之说作《文言说》以反之，其言曰：

> 孔子于乾、坤之言，自名曰"文"，此千古文章之祖也。为文章者，不务协音以成韵，修词以达远，使人易诵易记，而惟以单行之语，纵横恣肆，动辄千言万字，不知此乃古人所谓直言之言，论难之语，非言之有文者也，非孔子之所谓文也，……孔子以用韵比偶之法，错综其言而自名曰"文"，何后人必欲反孔子之道，而自命曰"文"，且尊之曰"古"也。

这就是说：古文家之所谓"古文"，不过是"直言之言，论难之语"而已，根本不能算文，只有押韵和排偶之文才是文。这比前此毛先舒之论是更激进了。

同时李兆洛选《骈体文钞》并自为《序》，其言稍缓和。他认为"天地之道，阴阳而已，奇偶也，方圆也，阴阳相并而生，故奇偶不能相离，方圆必相为用"。似乎并不专主有韵和排偶方得称文。然他又说："文之体，至六代而其变尽矣，沿其流极而溯之，以至乎其源，则其所出者一也，吾甚惜乎歧奇偶而二之者之毗于阴阳也，毗阳则躁剽，毗阴则沉膇，理所必至也，于相杂之旨，均无当也"。则其意仍以奇偶相生方为文之正，而这正是六朝古骈的特色，其落脚点仍在于骈体，只是认为不必通体皆对偶罢了。他所选的文除韵文外多为骈中带散，亦有散中带骈者，正反映他的旨趣所在。其实阮氏以《易·文言》为文章之祖，也不过取其中有偶句和有韵语，非谓必通体皆骈或押韵乃可谓文，他们的意见还是相通的。阮氏、李氏都是考据学家兼骈文作家，阮氏的声望尤高。他们的议论虽出现较晚，实际上前他们的汪中、洪亮吉在写仆实践上已是走这条路，而后乎他们的学者兼骈文家如李慈铭、王闿运则是承其风了。到晚清，骈文尚能与桐城派古文相抗，成为一股创作潮流。阮氏、李氏是起了作用的。

2.与欲同古文平分秋色到争统相联系，清代骈文家对骈文的应用范围有所扩展。骈文在六朝，除史类记述文字外几乎无所不包，但实践证明：用骈体作论说性文字和行状墓志之类的记述文，都是难以胜任的。唐宋古文家正是在这两方面得以逞其长，而尤以带论说性序记说等文章为最工，山水游记六朝人所作少，唐宋古文家努力开拓，也取得很高的成就，故两宋以后，人们几乎不再用骈体来写这些类型的作品，而只用来写公文（制、诏、启等）或某些抒情性的文章。明代公文不用骈体，故骈文最少。清代一些骈文家既有意与古文家争席乃至争文统，凡六朝人已用骈体来写的体裁固然用骈体来写；唐宋古文家所开拓的文章领域，他们也试图用骈体来写。由于他们多有较雄厚的学力，又借鉴了古文家的某些经验，他们在处理某些难以用骈体驾驭的题材、体裁时确能因难见巧。如胡天游的《三洞璇华序》、孔广森《戴氏遗书序》、凌廷堪《西魏书后序》、刘开《跋郝氏山海经疏》、董祐诚《石鼓文跋》、毛奇龄《沧崖袁公墓志铭》、吴锡麒《岳飞论》，真可谓惨淡经营，锻炼以出。然极力譬况形容，终觉词繁意少，不如以简洁生动的散文了之。汪中、王闿运最解此，故凡不宜俪体者皆以雅炼的散文去写，袁枚等亦知分体，而间不免强用骈文作墓志。

3.在语言上避熟求雅，注意用典与白描相结合，高手尤其如此。所谓避熟，就是回避用得太多了的形容词和烂熟的典故；求雅，就是注意从唐以前的古书中选择有表现力的词汇，不用后世流行的俗语。此事大抵至乾隆以后愈精，用典亦然。汪中、洪亮吉、李慈铭、王闿运等均精于此道，汪中尤少用典，其名文《吊旧苑马守员文序》、《自叙》皆以雅淡的语言出之。洪氏虽用典较多，然多取足达意，不炫其学，如所作《钱献之九经通借字考序》等，以骈文而说考证，本极难，而能约其旨以入短篇，董祐诚《五十三家历术序》亦有此优点，至于洪氏的抒情写景文，如《出关与毕侍郎笺》、《青山庄访古图记》、《游武夷山记》，则更情文并茂，用典与白描融化无迹了。王闿运之《秋醒词序》、《游华山记》亦然。不过，清代骈文家能如他们这样务求简约者不多，受清初学者主张"博学于文"及考据家多务博览的学风的影响，骈文家颇以多用典为有学，以多铺张描述为有才，名家如陈维崧、胡天游、吴锡麒等有时皆不免此病，如陈与龚鼎孳本极谂熟，陈又为名家之子（其父为明末四公子之一的陈贞慧），家世早为人知，而《与芝麓先生书》历述家世之恨，实为词费。胡天游尤好作长篇，如《逊国名臣赞序》之类。虽才气纵横，堪称雅丽，然如"今以石不可卷，而谓卷者妄焉；白不可涅，而谓涅者悖焉。至美者不可丑，而企其易貌，鄙焉；至刚者不可柔，而将以绕指，谬焉。"数句只说一意，亦少夸矣，吴氏尤多平庸冗沓之辞，不举例了。

总之，清代考据学对骈文的影响有两个方面：一是骈文本与博学相联系，考据学的兴起，正与之相应，因而助长其发展，并为其特点的形成起了一定的作用。二是骈文本与理学无缘，清代考据学兴起后所形成的汉、宋学术之争和汉学家的高张其帜，更促使骈文家与理学分离，故清代骈文较少的道学的酸腐气。前者可说有正负两方面的作用，后者则主要是积极的。

三　余论：对清代骈文的评价

对清代的骈文，近人有的评价颇高（如刘麟生《中国骈文史》），有的评价很低（如姜书阁《中国骈文史论》）。我在上面实际上也作了某些评价，但主要是联系它与考据学的关系来说的。倘要全面地评价，则必首先解决两个问题：一是骈文的范围，一是评价的标准。

骈文即讲究声律对偶之文，这是没有什么争议的。但是它的范围却从来没有人明确地加以界定，唐柳宗元在《乞巧文》中以"骈四俪六"的文字与他所提倡的古文相对，应该包括骈赋（俳赋）及律赋而言，我们可称为广义的骈文。宋司马光在神宗时以不能作骈文为名，辞知制诰，似指辞赋以外的俪体文，不妨称为狭义的骈文。清代李兆洛编选《骈体文钞》、曾燠编选《国朝骈体正宗》，都不收赋，可视为狭义的骈文，姚燮的《骈文类苑》、王先谦的《骈文类纂》都收赋《包赋古体赋》，可视为广义的骈文。清代辞赋发达，无论从思想内容或艺术造诣来说，名篇佳作都很多，（请参阅拙著《赋史》）特别是就艺术的精工来说，远远地超过明代，甚至为宋所不及，若以狭义的骈文论，则内容就不免平庸和逊色了。

但即使就狭义的骈文来看，清代的骈文也非没有珍品，它至少比宋元的骈文成就要高得多，问题是你用什么眼光去看它。前面说过，骈文是不适宜于论说和叙述的，清代骈文家虽努力以赴，还是写不出好作品来，只好让给别的文体，不少骈文家同时兼作散文和赋，即是各适其用。

所以要在这方面去要求骈文，希望从中找出对广阔的社会生活的描述，找出新颖的思想见解，那确实很难，如刘嗣绾《与蔡浣霞书》之写河患、汪中《吊黄祖文》之别出机杼，殊不多见，在以前的骈文中也不易得（唐代陆贽的奏议算是特出的）。清代骈文（狭义的），也同过去的骈文中一样佳制多在抒情，写景的小品，其他体制较小。如毛奇龄，他写长篇墓志铭不见佳，《陆莐思新曲题词》和一些俪体书简就生趣盎然了，如陈维崧，他的某些逞才炫学的作品不佳，短简《与张芭山先生书》之类就如姚燮所说，"情辞婉纡，识议超卓"了。如胡天游，长篇未免以繁芜为累，短章如《贻友人书》、《报友人书》之类，就情思勃郁，一个失意的士人的悲感婉然纸上了。此外，如袁枚的《莺脰湖庄诗序》、《重修于忠肃公碑》，刘星炜之《为胜国阎陈二公征诗启》，孔广森之《书乌岩图后》、《书周长生先生画像赞后》，彭兆荪之《天池记》、《林氏子哀辞》，阮元之《四六丛话序》，李慈铭之《息荼庵记》、《轩翠舫记》……等以及前举汪（中）、洪（亮吉）、王（闿运）之文，殊不可胜数，大抵清人骈文的长处在于雅炼而有光泽，其缺点在稍欠自然。它与桐城派古文分道扬镳，而长短若相表里，惟桐城派古文家多为道学所拘，骈文家则以积学见累为异。当然也有较能自拔者，如前举汪中、洪亮吉、李慈铭、王闿运及袁枚、刘开、梅曾亮即是。然刘、梅初习骈文，后又从姚鼐学古文，故其学宗程朱不如姚门其他弟子之固，而其骈文则稍嫌单薄，殊少光彩，可见时会使然，逃杨则归墨，能自外是颇困难的。

纳兰成德传

张荫麟

纳兰成德殁于清康熙二十四年五月三十日，即西历一六八五年七月一日，故本月一日适为纳兰成德阳历逝世纪念日，本月六日则为其阴历逝世纪念日。成德为清代第一大词人，惟其传记材料迄今尚未有人为充分之搜集与整理，兹特借此机会，将张君研究结果刊布，以饷读者。编者识。

纳兰成德以避嫌讳改名性德，字容若，号楞伽山人，满洲正黄旗人。纳兰本作纳喇，为金三十一姓之一。明初纳喇星恳达尔汉据有库伦叶赫之地，为部落长，内附于明。其后二百馀年，中国所谓"北关"者，即其地也。六传至养汲弩，为容若高祖，养汲弩有子三人，其第三子金台什（或作锦台什）为容若曾祖，有女嫔清太祖，生太宗，叶赫故附明。清太祖崛起，陵吞邻部，与叶赫积不相能。万历四十七年（清太祖天命四年，西历纪元一六一九年），遂灭之，金台什死焉，金台什二子德勒格、尼雅哈（或作倪迓韩），降满太祖，悯之，厚植其宗，俾延世祀。尼雅哈任佐领，屡从征有功，世祖定鼎燕京，予骑都尉世职。清顺治三年（西历一六四六年）卒，长子振库袭。其次子明珠，即容若父也。容若母为爱亲觉罗氏，其家世不详（本节据《国朝耆献类征初篇》九采《国史·明珠传》；徐乾学《憺园全集》卷三十一《纳喇君神道碑文》，又卷二十七《纳兰君墓志铭》；韩菼有《怀堂文稿》卷十四《纳兰君神道碑》，又卷二十一《祭成容若同年文》）

容若以顺治十一年十二月（是年十二月朔，当西历一六五五年一月八日），生于北京（此据徐乾学《墓志铭》；《续疑年录》作顺治十二年，误）。时明珠年甫二十，容若为明珠长子（此据徐撰《墓志》及《啸亭杂录》卷九）。有两弟，今仅知其一名揆叙，字恺功，少容若二十岁（查慎行《敬业堂集》卷十七"恺功将有塞外之行，邀余重宿郊园，赋此志别"，中云："忆子从我游，翩翩富词章。十三见头角，已在成人行。"而慎行之初馆明珠家，据本集卷八《人海集·序》，乃在康熙丙寅，以此推之，恺功少容若二十岁）。容若十七岁以前之事迹，除下列一类笼统之考语外，别无可稽。

（一）韩菼《神道碑》："自少已杰然见头角，喜读书，有堂构志，人皆曰宫傅有子。"

（二）徐乾学《墓志铭》："君自龆龀，性异恒儿，背诵经史，常若夙习。"

（三）徐乾学《神道碑》："自幼聪敏，读书一再过，即不忘。善为诗，在童子已出惊人之句，（中略）数岁即善骑射。"

综观之，容若盖自幼已敏慧逾恒，喜读书，有远志，讽习经史，尤嗜诗歌，斐然有作，读书之外兼习骑射。在此十七年中，明珠方腾达宦场。明珠始官侍卫，继授銮仪卫治仪正，迁内务府郎中，任此诸职之起讫年，今不可详。康熙三年（时容若十岁）擢内务府总管，五年授弘文院学士，六年充世祖实录副总裁，七年奉命察阅淮扬河工，旋迁刑部尚书，八年改都察院左都御史，十年二月充经筵讲官，十一月复迁兵部尚书。明珠性格，盖精明果敢，第乏学术，故使权招贿，无殊于寻常显吏。此七年中，其兴革之见于史书者，惟康熙十年八月奏停巡盐御史遍历州县之例一事而已（《耆献类征》采国史馆本传）。然明珠颇知亲附风雅（《熙朝雅颂》卷二有明珠《汤泉应制诗》一首，苟其不出捉刀，则明珠亦亲翰墨者也），结交词臣，延纳名士。一时江南以才华显著之文匠骚人、词客学者，罕有不先后为其座上之宾，故后世《红楼梦》索隐家，致有以十二金钗为指明珠馆中所供养之名士者焉，此固半缘于容若与彼辈声气之相投。然使非明珠好客礼贤，一世倜傥欿奇之士，曷能容身于其馆第？以明珠崇尚风雅，当容若少时，或颇注意其学业，观其后此馆查慎行于家，使课其次子若孙而可知也。

明珠邸宅，盖在内城西北（《宸垣识略》卷八"内城西北属正黄旗"。又《敬业堂集》卷八言"馆明珠家，有移馆北门"之语。）虽不知其皇丽如何，要当与其豪贵相称。又于玉泉山之麓，营一别墅，名渌水亭（《宸垣识略》卷十四），容若于其中读书、馆客焉。渌水亭景物之胜，试读以下诗词而可想见：

（一）朱彝尊：《台城路·夏日饮容若渌水亭》（《曝书亭集》卷二十六）

一湾裂帛湖流远，沙堤恰环门径。岸划青秧，桥连皂荚，惯得游骢相并。林渊锦镜，爱压水亭虚，翠螺遥映。几日温风，藕花开遍鹭鹚顶。　　不知何者是客，醉眠无不可，有底心性。研粉长笺，翻香小曲，比似江南风景，算来也胜。只少片禾斜树头帆影，分我鱼矶，浅莎吟到暝。

（二）严绳孙：《渌水亭观荷》（《秋水诗集》卷四）

久识林塘好，新亭惬所期。花底随燕掠，波动见鱼吹。凉气全侵席，轻阴尚覆池。茶瓜留客惯，行坐总相宜。

远见帘纤雨，都随断续云。渍花当径合，添涨过城分。树杪惊残角，鸥边逗夕曛。渔歌疑可即，此外欲何闻。

宫云湿更浮，清漏接章沟。抗馆烟中远，疏泉天上流。银鞍临水映，金弹隔林收。多谢门前客，风尘刺漫投。

碧瓦压堤斜，居人半卖花。却思湖上女，并舫折残霞。蘸绿安帆幅，搴红卷袖纱。空留薜萝月，应识旧渔家。

（三）姜宸英：《渌水亭送张丞》（《苇间诗集》卷三）

忆过桑干别业时，禁城寒食柳丝丝。行看篱落参差影，开到杏花三两枝。落照村边逢猎骑，清流石上对围棋。（下略）

此林泉幽秀之地，实容若大部分生活之背景也。

康熙十年，容若年十七，补诸生，读书国子监。时昆山徐元文为祭酒，深器重之，谓其兄乾学曰："司马公子，非常人也。"次年秋八月，举顺天乡试，主考官为德清蔡立齐，副主考官为徐乾学。他日徐之自述曰："余忝主司宴（容若）于京兆府，偕诸举人拜堂下，举止闲雅。越三日，谒余邸舍，谈经史原委及文体正变，老师宿儒，有所不及。"乾学与明珠接近，此后容若遂师事之。

容若完婚之年，诸碑传俱无可征，亦不见别记，其词《浣溪沙》有一阕云：

十八年来堕世间，吹花嚼蕊弄冰弦。多情情在阿谁边。　紫玉钗头灯影背，红绵粉冷枕函偏。相看好处却无言。

据此，则容若在十八岁时，已有闺中之友，惟不知其成婚是否即在此年，抑在此年以前，又前若干时？容若所娶乃两广总督卢兴祖（镶白旗人，康熙六年卒。《耆献类征》卷一五二有传。）之女，虽非翰墨之友，然相爱极笃，读上引一词已可见。盖容若生性浪漫，肫厚恳挚，善感多情，其对幼弟，对朋友，对素不相识之人，犹且"竭其肺腑"（徐乾学语），而况于夫妇之间乎？读《饮水诗词》，其伉俪间之柔情密意，雅趣逸致，随处流露。兹摘引数则以见其概：

　　红药阑边携素手，暖语浓于酒。盼到园花铺似绣，却更比春前瘦。（《回犯令》下半阕）

　　夕阳谁唤下楼梯，一握香荑，回头忍笑阶前立。总无语，也相宜。（《落花时》上半阕）

　　花径里，戏捉迷藏，曾惹下萧萧井梧叶。（《琵琶仙·中秋》）

　　水榭同携唤莫愁，一天凉雨晚来收。戏将莲菂抛池里，种出花枝是并头。（《四时无题诗》之七）

　　露下庭柯蝉响歇，纱碧如烟，烟里玲珑月。并着香肩无可说，樱桃暗吐丁香结。　笑卷轻衫鱼子缬，试扑流萤，惊起双栖蝶。瘦尽玉腰沾粉叶，人生那不相思绝。（《临江仙·夏夜》）

　　最忆相看，娇讹道字，手剪银灯自拨茶。（《沁园春》句）

　　芭蕉影断玉绳斜，风送微凉透碧纱。记得夜深人未寝，枕边狼藉一堆花。（《别意》之四）

　　挑镫坐，坐久忆年时。薄雾笼花娇欲泣，夜深微月下杨枝，催道太眠迟。（《忆江南》上半阕）

容若《沁园春》词有一阕自序云：

　　丁巳重阳前三日，梦亡妇淡妆素服，执手哽咽。语多不复能记，但临别有云："衔恨愿为天上月，年年犹得向郎圆。"妇素未工诗，不知何以得此也。（下略）

据此，则是时（康熙十六年）容若已赋悼亡，惟卢氏究卒于何年耶？容若悼亡词之有时间关系可考者，其中有一首云：

　　谢家庭院残更立，燕宿雕梁。月度银墙，不辨花丛那瓣香。　此情已自成追忆，零落鸳鸯。雨歇微凉，十一年前梦一场。（《采桑子》）

就本文可知，此词作于卢氏卒后十一年，而此词之作，最迟不能后于容若逝世之年，故卢氏之卒，最迟不能后于容若卒前十一年，即不能后于康熙十三年甲寅，时容若年二十。又《金缕曲》（亡妇忌日有感）一词中有"滴空阶寒更雨歇，葬花天气"之句，则卢氏之卒乃在暮春。上举之《沁园春》中有"几年恩爱"之句，可见其结婚至悼亡之间，有"几年"之久。上文言容若之结婚，不知其是否即在十八岁。由今观之，若假定其为十八岁，则自十八岁至二十岁之春至多不过两年，容若不当云几年恩爱，然结婚过早又不类，大略以十六七为近。假定如此，又就最低限度假定"几年"为三年，则容若悼亡当在十九与二十岁之间也。现在大略可推测者如此，须俟他日新发现材料之证实，今可确知者，容若与卢氏之同居生活，为期不过数年。绮梦之促，比似昙花，缱绻之心，忽然失寄，其伤痛之深，思念之苦，不待言矣。容若悼亡之词甚夥，皆缠绵惨恻，今不具引，但读其"回廊一寸相思地，落月成孤倚。背灯和月就花阴，已是十年踪迹十年心"及"零落鸳鸯，雨歇微凉，十一年前梦一场"诸句，怀念之心，十余年如一日，其相爱之挚可见。卢氏死后，容若续娶官氏，不知其事在何年，然"鸾胶纵续琵琶，问可及当年绿萼华"，"知否那人心，旧恨新欢相半。谁见？谁见？珊枕泪痕红泣"。然容若对后妻似亦有相当情爱，观其行役思闺之作而可知也。

容若虽出贵盛之家，生长纨绮之丛，却不慕荣华，不事享乐，若戚戚然于富贵，而以贫贱为可安者。身在高门广厦，常有山泽鱼鸟之思。其所自述，则"曰余餐霞人，簪绂忽如寄"（《拟古》之一），"仆亦本狂士，富贵轻鸿毛"（《野鹤吟·赠友》）。其居处也，"闲庭萧寂，外之无扫门望尘之谒，内之无裙屐丝管呼卢秉烛之游。每凤夜寒暑，休沐定省，片晷之暇，（辄）游情艺林"（严绳孙《秋水文集》卷一《成容若遗集序》）。初尤致力词章，诗摹开元大历间风格，尝辑《全唐诗选》，尤喜长短句，自唐五代以来诸名家词，皆有选本，独好观北宋以上之作，不喜南渡诸家。尝以洪武韵改并联属，名《词韵正略》，以词为诗体正宗，刻意制作。其《论词》也，曰：

> 诗亡词乃兴，比兴此焉托。往往欢娱工，不如忧患作……芒鞵心事杜陵知，只今惟赏杜陵诗。古人且失风人旨，何怪俗眼轻填词。词源远过诗律近，拟古乐府特加润。不见句读参差三百篇，已自换头兼转韵？（《饮水诗集》卷上《填词》）。

近人有谓苏辛始以词作新体诗，然盖皆未尝自觉者，自觉的以词作新体诗，当推容若为首也。容若词初印行者名《侧帽词》，不知刊于何年。其第二次刻本名《饮水词》，刊于康熙十九年闰三月（榆园丛刻本顾贞观序），吴绮之于此集之序（《林蕙堂文集》续刻卷四载此文题作《饮水词二刻序》，故知此为二次刊本），中云：

> 一编侧帽，旗亭竞拜双鬟。千里交襟，乐部惟推只手。吟哦送日，已教刻遍琅玕。把玩忘年，行且装之玳瑁矣。

则是时《侧帽词》流播极广，尝诵一时，其去初印行之日当颇久，且新制增积，至有重刻之需要，亦须经过颇久之时间。约略推之，《侧帽词》之刻，当去容若乡举后不远。据阮吾山《茶馀客话》所载：

> 吴汉槎（兆骞）戍宁古塔，行笥携徐电发（釚）《菊庄词》，成容若（德）《侧帽词》，顾梁汾（贞观）《弹指词》三册，会朝鲜使臣仇元吉、徐良崎见之，以一金饼购去……良崎题《侧帽》、《弹指》二词云："使事昨渡海东边，携得新词二妙传。谁料晓风残月后，如今重见柳屯田。"以高丽纸书之寄来中国。《渔洋续集》有"新传春雪咏、蛮徼织弓衣"，指此。

按其涉及《侧帽词》之事，必有误。吴兆骞之戍宁古塔，乃在顺治十六年闰三月（看吴兆骞《秋笳集》卷四，又孟森《心史丛刊》一集《科场案》篇）。时容若才五岁，兆骞安得携其《侧帽词》也？（以上除注明出处者外，馀皆据徐乾学《墓志铭》及韩菼《神道碑》）

容若于诗词外，又工书法，摹褚河南临本《禊帖》，间出入于《黄庭内景经》，亦好罗聚故籍，评鉴书画，间以意制器，多巧倕所不能及。居恒慕赵孟頫之生平，为诗曰：

> 吾怜赵松雪，身是帝王裔。神采照殿庭，至尊叹昳丽。少年疏远臣，侃侃持正议。才高兴转逸，敏妙擅一切。旁通佛老言，穷探音律细。鉴古定谁作，真伪不容谛。亦有同心人，闺中金兰契。书画掩文章，文章掩经济。得此良已足，风流渺难继。（《拟古》之三十九）

盖半自传而半自期许也。尝读赵松雪自写照诗有感，即绘小像仿其衣冠，坐客或期许过当，弗应也。徐乾学谓之曰："尔何酷似王逸少。"心独喜之。（徐乾学《墓志铭》）

康熙十二年癸丑，容若年十九，会试中式，以患寒疾不及廷对（《通志堂经解》卷首载乾隆五十年二月二十九日上谕，谓容若"癸丑科中式进士，年甫十六"。盖据册籍填写之缩减耳）。于是益事"经济"之学，用力于《通鉴》及古文词，约自是年始，容若渐在"文人"社会中露头角，渐与当世才人交结。是时"文人"社会之状况为何如耶？明遗民中之钜子，若顾炎武、黄宗羲、王夫之、魏禧等，尚健在，然皆入山，惟恐不深，罕与市朝相接。贰臣则"江左三大家"（钱谦益、吴伟业、龚鼎孳）之文采犹照映诗坛。其年辈稍晚者，则首推"江南三布衣"（朱彝尊、姜宸英、严绳孙），名满公卿，上动宸听。诗则王士祯主盟坛坫。词则徐釚、顾贞观之作，海外争传。骈俪则陈维崧、吴绮，以雄放纤柔相颉颃。此外卓然名家者，若汪琬、邵长蘅等之于古文；施闰章、宋琬、吴雯、梁佩兰、吴兆骞之于诗；彭孙遹、秦松龄、李雯等之于词，未易悉数。上举诸人中，顾贞观（梁汾）、严绳孙（荪友）、姜宸英（西溟），后此成为容若之密友。其次，秦松龄（对岩）、朱彝尊（锡鬯）、陈维崧（其年），亦与容若有交谊。此外如王士祯（贻上）、吴绮（园次）、吴雯（天章）、梁佩兰（药亭），则皆尝为其坐上宾，与有酬唱之雅焉。其营救吴兆骞，则后世传为佳话者也。盖容若虚怀好客，肝胆照人，于单寒羁孤，侘傺困郁，守志不肯悦俗之士，咸能折己礼接之，生馆死殡，于资财无所吝惜，其或未一造门而闻声相思，必致之乃已。故海内风雅知名之士，乐得容若为归，藉之以起者甚众。

是年（康熙十二年）始交严绳孙、朱彝尊，时严不过生员，朱则布衣也。绳孙此后之自述曰：

> 始余与容若定交，年未二十，才思敏异，世未有过者也。（《秋水集》卷二《成容若遗集序》）

又曰：

> 余始以文章交于容若，时容若方举礼部，为应世之文。（《秋水集》卷二《成容若哀辞》）

彝尊此后之自述曰：

> 往岁癸丑，我客潞河。君年最少，登进士科。伐木求友，心期切磋。投

> 我素书，懿好实多。改岁月正，积雪初霁。绸履布衣，访君于第。君情欢剧，款以酒剂。命我题扇，炙砚而睇。是时多暇，暇辄填词。我按乐章，缀以歌诗。剪绡补衲，他人则嗤。君为绝倒，百诵过之。（《曝书亭集》卷八十《祭纳兰侍卫文》）

可见其初交时之情况。容若尝构一曲房，题其额曰"鸳鸯社"，属绳孙书之。（《修竹吾庐随笔》）

同年（癸丑）五月，容若所作《通志堂经序》中有"向余属友人秦对岩（松龄）、朱竹垞，购诸经籍藏书之家"之语，则是年已识秦松龄，惟不知是否自是年始耳。《通志堂经解》者，乃唐宋经注之汇刻，据徐乾学序，乃彼悉其：

> 兄弟家藏本，覆如校勘，更假秀水曹秋岳，无锡秦对岩，常熟钱遵王、毛斧季，温陵黄喻邰，及竹垞家藏旧版书若抄本，厘择是正……谋雕版行世，门人纳兰容若尤惓惓是举，捐金倡始，同志群相助成。

容若序亦谓：

> 先生（乾学）乃尽出其藏本，示余小子曰："是吾三十年心力所择取而校定者。"余且喜且愕，求之先生，钞得一百四十四种……请捐资经始，与同志雕版行世，是吾志也。

是则容若原未尝以校订之功自居，乾学亦未尝以此归之容若，而乾隆五十年二月二十九日上谕，乃指乾学校刊此书而托之容若，为之市名，以要结权贵，则于原书之首数页尚未一检，而信口加罪，其昏瞆有如是也。据上引二序，则校订之力，全出乾学，惟伍崇曜（实谭莹代作）粤雅堂丛书本《通志堂经解目录跋》云："经解其（容若）所刻而健庵（乾学）延顾伊人（湄）校定者"，不知何据（此文写成后，检知其据《八旗通志·艺文志》），其或然欤！全书凡一百若干种，其中有容若叙文者约六十种。据徐乾学序，此书之雕印，"经始癸丑，逾二年讫工"，然容若于各序文之记年，无在丙辰及丁巳之外者，岂书先刻成，然后作序欤？抑上引二语，乃乾学经始时之预算，而非事实欤？后说殆近。

当容若辈流连文酒之欢，议论铅椠之事，正南徼风云飚起之时，此后扰攘十年始已。是年三月，镇广东之平南王尚可喜请撤藩归辽东，吴三桂、耿精忠亦以是请。下议政大臣九卿等议，多谓吴三桂久镇云南，不可撤，独明珠与户部尚书米思翰、刑部尚书莫洛等坚持宜撤。诏从其议，立下移藩之谕。已而吴三桂兵起，廷臣争咎首谋者，上曰："此出联意，伊等何罪？"盖帝久有削灭诸藩之决心，明珠等之议适符其意也。十四年，明珠调吏部尚书。十五年（丙辰），耿精忠降。三藩已有敉平之望，以明珠主张撤藩称旨，授武英殿大学士。

是年容若应殿试，名在二甲，赐进士出身，旋授三等侍卫，后由二等擢至一等侍卫。自是年后，簪缨羁身，"值上巡幸，时时在钩陈豹尾之间，无事则平旦而入，日晡未退以为常"（《成容若遗集序》，《秋水文集》卷一）。即在休暇，亦旦夕有"正欲趋庭被急宣"（姜宸英赠容若句，《苇间诗集》卷三）之事，不复如前之逍遥自在矣。是年始友顾贞观，时贞观已举顺天乡试。先是以龚芝麓为之延誉，名声大起，据其同时人徐釚《词苑丛谈》所言：

> 顾梁汾舍人风神俊朗，大似过江人物。无锡严孙友诗："瞳瞳晓日凤城开，才是仙郎下直回。绛蜡未销封诏罢，满身清露落宫槐。"其标格如此。

顾自述曰：

> 岁丙辰，容若年二十二，乃一见即恨识余之晚。阅数日，即填此曲，为余题照。（《弹指词》卷下《金缕曲》自注）

此曲即《金缕曲》，其词曰：

> 德也狂生耳。偶然间，缁尘家国，朱衣门第。有酒惟浇赵州士，谁会成生此意。不信道、竟逢知己。痛饮狂歌俱未老，向尊前、拭尽英雄泪。君不见，月如水。　与君此夜须沉醉。且由他，蛾眉谣诼，古今同忌。身世悠悠何足问，冷笑置之而已。寻思起、从头翻悔。一日心期千劫在，后身缘、恐结他生里。然诺重，君须记。

读此可见容若之性情与气概焉。据徐釚《词苑丛谈》，此词都下竞相传写，于是教坊歌曲，无不知有《侧帽词》者。贞观之和作，亦极慷慨缠绵之致，兹并录如下：

且住为佳耳。任相猜、驰笺紫阁，曳裾朱第。不是世人皆欲杀，争显怜才真意。容易得、一人知己。惭愧王孙图报薄，只千金、当洒平生泪。曾不值，一杯水。　歌残击筑心逾醉。忆当年、侯生垂老，始逢无忌。亲在许身犹未得，侠烈今生已矣。但结托来生休悔。俄顷重投胶在漆，似曾相识屠沽里。名预籍，石函记。

容若友朋中，以与贞观为情谊最深。贞观有挚友吴兆骞，亦江南才士也，以科场案被累，戍宁古塔。是年冬贞观为《金缕曲》二阕，代书寄之，以稿示容若，其词曰：

季子平安否？便归来，生平万事，那堪回首。行路悠悠谁慰藉，母老家贫子幼。记不起，从前杯酒。魑魅搏人应见惯，总输他覆雨翻云手。冰与雪，周旋久。　泪痕莫滴牛衣透。数天涯依然骨肉，几家能够？比似红颜多命薄，更不如今还有，只绝塞苦寒难受。廿载包胥承一诺，盼乌头马角终相救。置此札，兄怀袖。

我亦飘零久，十年来，深恩负尽，死生师友。宿昔齐名非忝窃，只看杜陵穷瘦。曾不减，夜郎僝僽。薄命长辞知己别，问人生到此凄凉否？千万恨，为兄剖。　兄生辛未吾丁丑，共些时，冰霜摧折，早衰蒲柳。词赋从今须少作，留取心魂相守。但愿得，河清人寿。归日急翻行戍稿，把空名料理传身后。言不尽，观顿首。

贞观之自述曰：

二词容若见之，为泣下数行曰："河梁生别之诗，山阳死友之传，得此而三（《啸亭杂录》卷九作"都尉河桥之作，子荆楚雨之吟，并此而三矣。"）。此事三千六百日中，弟当以身任之，不俟兄再嘱也。"余曰："人事几何？请以五载为期。"恳之太傅，亦蒙见许，而汉槎果以辛酉入关矣。

明珠许救汉槎之事，据《随园诗话》所记如下：贞观之请救汉槎也，明珠方谦集，坐间手巨觥，引满，谓贞观曰："若饮此为救汉槎。"贞观素不饮，至是一醮而尽。明珠壮之，笑曰："余戏耳，君即不饮，余岂即不救汉槎耶？"又传："兆骞得释归，因诣明珠谢，留府中。闲行入一室，上书一行曰："顾梁汾为吴汉槎屈膝处。"（据杨寿枏《贯华丛录》引刘继增《顾梁汾诗传》）。此一事可见明珠、容若及顾贞观之性格，故备载之。

康熙二十年辛酉十二月，姜宸英始至京师（《苇间诗集》卷三）。其识容若，当在是时。方苞记姜西溟遗言云：

> 康熙丙子（时容若殁已十一年），同西溟客天津。将别之前，抚余（方苞）背而叹曰："吾老矣，会见不可期。吾自少常恐为文苑传中人，而蹉跎至今。他日志吾墓，可录者三事耳。（其一）吾始至京师，明氏之子成德延至其家，甚忠敬。一日进曰："吾父信我，不若信吾家某人。先生一与为礼，所欲无不得者。"吾怒而斥之曰："始吾以子为佳公子，今得子矣。"即日卷书装，遂与绝。

全祖望《姜宸英墓表》所记，则视此较详而稍异，其言曰：

> 枋臣（明珠）有长子，多才，求学先生。枋臣以此颇欲援先生登朝。枋臣有幸仆曰安三，势倾京师，内外官僚事之……欲先生一假借之而不得。枋臣之子乘间言于先生，曰："家君待先生厚，然而卒不得大有伙助。某以父子之间亦不能为力者，何也？盖有人焉。愿先生少施颜色，则事可立谐。某亦知斯言，非可以加之先生，然念先生老，宜降意焉。"先生投杯而起曰："吾以汝为佳儿也，不料其无耻至此。"绝不与通。于是枋臣之子百计请罪于先生，始终执礼。而安三闻之恨甚。（《文献征存录》卷二所载与此同，较略）

比观方、全二氏之记载，有微异者二处：（一）全氏所记容若之进言，视方记为婉转。（二）方记所示，似宸英一怒遂与容若永绝也者。惟据全表，则此后二人尚有往来。按，关于后一点，全表为信。宸英《苇间诗集》卷三有《哭亡友容若侍卫》四首，中有云："平生知己意，惟有泪悬河。"又于其死前一年，有"容若从驾还，值其三十初度，席上书赠"六首。则终容若之世，二人友谊如故也。宸英一生坎坷，读容若投赠之词，所以慰藉之者良厚，宜乎其有知己之感。虽然，宸英拒容若之劝，宜也。以此拂袖行，矫矣。为身后之名，不惜特彰挚友之失，且欲抹杀其以后之友谊焉（假设方苞所记为信）。吾有以知此自少即希为文苑传中人者之品格矣。

严绳孙言容若："丙辰以后，傍览百氏。"（《成容若哀辞》）今观《通志堂经解》中五十馀种之序录，皆丙辰及丁巳两年间所作。容若除草《经解序》外，又从事经学之著作。丁巳二月，辑成《合订删补大易集义粹言》八十卷，是书乃取宋陈友文《大易集义》及方闻一《大易粹言》合辑之。二书皆荟萃宋儒之《易》说，《集义》原书只有上下经，《粹言》兼具经传，惟《集义》所采，摭视《粹言》多十一家。容若因将二书合并，去其重复繁芜，又采十一家著作中论系辞诸传，为《集义》所未采者补之，"间以臆见，考其原委"（自序）。此书今刻《通志堂经解》中。《四库全书总目提要》（卷六）谓此书"相传谓其稿本出陆元辅，性德殁后，徐乾学刻入《九经解》中，始署性德之名，莫之详也。"予按，此缀辑之事，原属易易，宜为容若之智力所优为。至若迻录原文，搜寻资料，或假门客之助，原非异事，若谓其纯出捉刀，吾不信也。容若又有《陈氏礼记集说补正》三十八卷，刻《通志堂经解》中，前后无序跋，度亦作于此两年前后，此书乃

因（宋）陈澔《礼记集说》疏舛太甚，乃为条析而辨之。凡澔所遗者谓之补，澔所误者谓之正。皆先引经文，次列澔说，而援引考证，以著其失。其无所补正者，则经文与澔说并不载焉。颇采宋、元、明人之论，于郑注、孔疏亦时立异同，大抵考训诂名物者十之三四，辨义理是非者十之六七，以澔注多主义理，故随文驳诘者亦多也。凡澔之说皆一一溯其本自何人，颇为详核……凡所指摘，中者十之七八。（《四库全书总目提要》卷二十一）

康熙十七年三月（容若二十四岁），严绳孙在吴中，与吴绮共订定容若词集刻之，名《饮水词》（严绳孙《饮水词序》）。十月，清帝巡视北边（《东华录》卷七），容若盖在扈从之列。是年三藩已渐次戡定，清帝惩于此次大乱，知非恩络一世才智之士，无以服汉人。先是正月二十二日诏曰：

自古一代之兴，必有博学鸿儒振起文运，阐发经史，润色词章，以备著作顾问之选。朕万几时暇，游心文翰，思得博洽之士，用资典学……凡有学行兼优、文词卓越之人，无论已未出仕者，著在京三品以上，及科道官员，在外督抚布按，各举所知，朕将亲试录用。其馀内外各官，若果有真知灼见，在内开送吏部，在外开报于该督抚代为题荐。务令虚公延访，期得真才。（《鹤征录》卷首）

此即第一次博学鸿词之召举也。次年四月六日，考试既竣，诏取一等二十人，二等三十人，其中容若之友秦松龄、陈维崧、朱彝尊以一等见录，严绳孙以二等见录，皆授翰林院检讨（严、朱本布衣；陈本生员；秦本已革翰林院检讨），纂修《明史》，留居京师。然容若自官侍卫，日在禁中，罕友朋游宴之乐，观朱彝尊祭文云："迢我通籍，簪笔朵殿。君侍羽林，鲛函雉扇。或从豫游，或陪典宴。虽则同朝，无几相见。"又徐乾学墓志铭云："禁庭严密，其言论梗概有非外臣所得而知者。"从可想见矣。

康熙十年（辛酉）三月，清帝幸汤泉（在遵化州西北四十里福泉山下）行宫，明珠及容若皆扈从，并有应制诗。是年冬，滇师告捷，内乱全息。次年正月上元夜，清帝举行大庆祝，欢宴群臣。据严绳孙《升平嘉宴诗记》（《秋水文集》卷二）云：

十四日，赐宴乾清宫，日小迁，诸臣候宫门外……少焉，宫门洞启，雁行序进升阶。闻教坊乐作，天子乃登黼座，诸臣叩首就列。时圆月始上，万炬毕陈。陛立双盘龙柱，高殆数丈，周悬五采角灯，相续至地，流苏珠缀，天风微引，使人眩视。自墀历陛，御道中属文石栏楯，皆缀灯于柱端，上列鳌山。御屏之后，见山川人物，隐若海市。顷之，大学士明珠起进酒为寿，乐作，上饮毕，遂酌以赐明珠……（以下遍赐与会诸臣）……于是梨园奏阳春布令之曲，重农事也。终两阕，上命臣英谕诸臣无废言笑，于是执法罢纠，上下和畅。俄闻乐作于内，鳌山机转，帆樯人马，不运而驰，遂诏大臣更上纵观，因复命酒遍赐如前。夜分月午，群臣皆醉。

"内庭之宴，前此未有"（同上）。容若父子同预其盛，一时纷张眩异之情状，可想见焉。二月，清帝以云南底定，诣盛京陵寝告祭。癸巳启行（《东华录》卷七），容若随驾，徐乾学有诗赠别（《澹园集》卷八）。五月辛亥回京（《东华录》卷八），"秋奉使觇梭龙（疑即索伦），羌道险远，君间行疾抵其界，劳苦万状，卒得其要领还报。"（韩菼《神道碑》）因作出塞图纪念其事，姜宸英为题诗其上（诗见《苇间诗集》卷三）。及梭龙诸羌输诚，已在容若殁后旬日，清帝念其有劳于是役，遣宫使拊其几筵，哭而告之，此是后事（徐乾学《墓志铭》）。是时，明珠为清帝最宠信之人，廷议大抵以明珠之意见为主。"时诏重修《太祖太宗实录》，乃编纂《三朝圣训》、《圣治典训》、《平定三逆方略》、《大清会典》，皆以明珠为总裁官。两遇《实录》造成，加太子太傅，晋太子太师。"（国史馆本传）位既极乎人臣，权遂倾于中外。惜明珠未尝凭此机遇，为福民利国之谋，惟植势敛贿，以遂私欲。据康熙二十七年正月御史郭琇劾疏，所举明珠"背公营私实迹"如下：

（一）凡阁中票拟，俱由明珠指麾，轻重任意……皇上圣明，时有诘责，乃漫无省改。

（一）明珠凡奉谕旨，或称其贤，则向彼云由我力荐；或称其不善，则云上意不喜，吾当从容挽救。且任意增添，以示恩立威。因而结党群心，挟取货贿。至于每日启奏毕，出中左门，满汉部院诸臣及其心腹，拱立以待，皆密语移时，上意无不宣露。部院衙门稍有关系之事，必请命而行。

（一）靳辅与明珠、余国柱交相固结，每年糜费河银，大半分肥。

（一）科道官有内升出差者，明珠、余国柱悉皆居功要索。至于考选科道，即与之订约，凡有本章，必先行请问，由是言官多受其制。（《东华录》卷八）

他日倾跻之因，已预伏矣。然明珠所为，亦不过古今寻常肉食者之惯例，初非穷凶大憝，亦未尝为残贼人道之事，未可与严嵩、魏忠贤等同日语也。

后世读《饮水集》者，莫不讶容若"貂珥朱轮，生长华胈，而其词则哀怨骚屑，类憔悴失职者之所为。"（杨芳灿《饮水词序》，见榆园丛刻本）而容若自述亦曰：

余生未三十，忧愁居其半。心事如落花，春风吹已断。行当适远道，作计殊汗漫。寒食青草多，薄暮烟冥冥。山桃一夜雨，茵落随飘零。愿餐红玉草，一醉不复醒。（《拟古》之十三）

又曰：

冬郎一生极憔悴，判与三闾共醒醉。美人香草可怜春，凤蜡红巾无限泪。（《填词》）

其他类此之悲歌尚众，岂皆无病而呻吟哉？据其挚友严绳孙所记：

（己丑）岁四月（距容若卒前一月），余以将归，入辞容若。时座无馀人，相与叙生平之聚散，究人事之终始，语有所及，怆然伤怀，久之别去。又返我于路，亦终无所复语，然观其意若有所甚不释者。（《秋水文集》卷二《成容若哀辞》）

可见其中心确有难言之悲楚矣。今读书而想见其为人，盖其心境之怆恻，厥有三故：生性之多情善感，一也；爱情之摧挫，二也；理想与实现之冲突，三也。所谓理想与实现之冲突，又有二事。其（一），容若具浪漫性格，爱自由，爱闲逸，而其所官侍卫（换言之，即皇帝跟班），却为最不自由最戕灭个性之奴隶职，苦可知矣。此观其《野鹤吟赠友》而可证：

鹤本生自野，终岁不见人。朝饮碧溪水，暮宿沧江滨。忽然被缯缴，矫首望青云。仆亦本狂士，富贵鸿毛轻。冲举道无由，幡然逐华缨。动止类循墙，戢身避高名。怜君是知己，习俗共不更。安得从君去，心同流水清。

其（二），容若一生高洁，慕善亲贤，而目睹其父所为，龌龊苟且，黑幕重重而又无从规谏（观上述安三之事可见），更无从匡救，曷能无恫于中？严绳孙云：

容若年甚少，于世无所措意。既而论文之暇，亦间语及天下事，无所隐讳。顷岁以来，究物情之变态，辄卓然有所见于其中。或经时之别，一再接其绪论，未尝不使人爽然而自失也。盖其警敏如此……吾阁师（明珠）……方朝夕纶扉，以身系天下之望，容若起科目，擢侍殿陛，益密迩天子左右，人以为贵近臣无如容若者。夫以警敏若此，而贵近若此，其夙夜寅畏，视凡人臣之情必有百倍，而不敢即安者，人不得而知也。（《成容若哀辞》）

绳孙为明珠门客，此文又作于明珠炙手可热之时，其言自多委婉，然其言外之意可得而知也。虽然，容若岂独忧危虑倾而已哉，抑且其内心有洁污是非之搏战焉耳。

或谓容若别有难言之隐：

《红楼梦》中之宝玉，相传为即纳兰成德。黛玉未嫁，何以称潇湘妃子？

（第百十六回）言宝玉梦入宫殿，见黛玉非人世服，惊呼林妹妹，传者谓此王者妃，非林妹妹云云。黛玉不知何许人，盖与纳兰为表兄妹，曾订婚约而选入宫。纳兰念之。曾因宫中唪经，纳兰伪为喇嘛僧入宫相见，彼固不知纳兰之易装而入也。书中所言盖谓此。（万松山房丛书《饮水诗词集》署名"阿检"者跋语）

按宝玉影射纳兰之说，根本无据。此传说之来历不明，而清代宫禁森严，此事本身之可能性极小。凡兹悬测，允宜刊落。顾好事者或将曰，《饮水词》中，言私情密会，如"情知此后来无计，强说欢期，强说欢期，一别如斯，落尽梨花月又西"等类无题之作甚多，岂能无事实之背景欤？曰，若然，则欧阳修直一荡子矣！顾吾独有不解者，《饮水词》有《浣沙溪》一阕，题作《庚申除夜》（时容若年二十六），当是纪实之作。其辞曰：

> 收取闲心冷处浓，舞裙犹忆柘枝红。谁家刻烛待春风？　　竹叶将空翻彩燕，九枝灯施颤金虫。风流端合倚天公。

此所忆者为谁？若指前妻耶，则两广总督家之闺秀，当非舞女。殆容若悼亡之后，别有所恋而未遂耶？观其同时人之品评，谓容若："负信陵之意气，而自隐于醇酒美人；有叔原之词章，而更妙于舞裙歌扇。"（吴绮募修《香界庵疏》，《林蕙堂集》续刻卷六）窃恐其悼亡以后，所欢必有在妻室之外者也，惟不必牵入宫嫔之事耳。

　　二十三年壬午九月，清帝南巡，容若扈驾。辛卯启行，十月庚子，至济南，观趵突泉；壬寅至泰安，登泰山极顶；丙辰登金山，游龙禅寺，又登焦山，遂驻跸苏州，游无锡惠山。惠山，秦松龄、严绳孙、顾贞观钓游之乡也。是时，顾贞观方居里，容访之于其家，与贞观及姜宸英偕宿惠山忍草庵。（秦松龄《梁溪杂事诗》自注及《修竹吾庐随笔》，皆谓陈其年亦同宿庵中。按其年已卒于康熙二十一年，此处必误。）庵右有贯华阁，容若尝月夜与贞观登阁第三层，屏从去梯，作竟夕谈。容若诗有《桑榆墅同梁汾夜望》，即咏此时事。又尝与品茗于惠山之松苓、蟹眼二泉。时容若年甫三十，丰采甚都，贞观长性德十八岁，须鬓已苍。两人往来空山烟霭中，携手相羊，人望之疑为师若弟，而不知其为忘年交也。濒行，为书贯华阁额，并留小像而去。容若卒后，贞观奉其像于阁中。其后阁毁，像与题额皆亡。回述清帝南巡事，十一月车驾至江宁，自江宁回銮，经泗水东境，游泉林寺（相传为子在川上处），又至曲阜谒孔子庙，遂还京师。（本段除注明出处者外，余采《东华录》、《修竹吾庐随笔》及杨寿枬《贯华阁丛录》转载刘继增《成容若小传》）容若之扈驾出行，除上述各次外，又尝至南海子、西苑、沙河、西山、五台山、医无闾山等处。其年时不详。（徐乾学《墓志》及韩菼《神道碑》）

容若自在环卫，益习骑射，发无不中。其扈跸时，珊弓书卷，错杂左右；夜则读书，书声与他人鼾声相和（徐乾学《墓志铭》）；出则"常佩刀随从……每导行在上前，骑前却视，不失尺寸。遇事劳苦，必以身先，不避艰险"（徐乾学《神道碑》）。或据鞍占诗，应诏立就，因得帝眷，白金文绮中衣佩刀名马香扇上尊御馔之赐相属云（韩菼《神道碑》）。既还京，明年万寿节，清帝亲书唐贾至《早朝》七言律赐之。月馀令赋《乾清门》应制诗，译御制《松赋》，皆称旨。外庭佥言其简在帝心，将有不次之迁擢。乃遽得疾，七日不汗，以五月三十日己丑，即西历一六八五年七月一日卒，葬皂荚村（杜紫纶《云川阁诗集·登贯华阁诗》自注）。容若既得疾，清帝使中官侍卫及御医日数辈至第诊治。时清帝将出关避暑，命以疾增减报。日再三，疾亟，亲处方药赐之，未及进而卒。清帝为之震悼，中使赐奠，恤典有加焉。容若卒前未及一旬，尚有《夜合花同梁药亭顾梁汾吴天章姜西溟作》之诗，盖其绝笔矣。容若事亲以孝称，友爱弱弟，或出，遣亲近僮仆护之，反必往视，以为常云（以上未注出处者，据徐乾学《墓志铭》）。所生男子二，长名福哥，女子二。当容若卒时，诸儿俱幼。（此据韩菼《神道碑》，徐《志》作女子一，不知孰是）

容若既殁，徐乾学裒刻其遗著为《通志堂全集》，凡二十卷。卷一赋，卷二至卷五诗，卷六至卷九词，卷十至卷十三经解序，卷十四杂文，卷十五至卷十八渌水亭杂识，卷十九至二十附录墓志铭、神道碑、哀辞、诔、祭文、挽诗、挽词等。此书世希传本，所知惟八千卷楼藏书中有之，今未得见（上目录乃据伦明万丛山房丛书本《饮水诗词集》跋）。又韩菼所作《神道碑》，言顾贞观、姜宸英曾为容若作行状。今顾贞观文无传本，姜宸英集中复不载此状，余亦未得见，他日若发现此状及全集，其可以增补此文者当不少也。

容若遗物之流传于后世者，以余所知有二。（一）为容若玉印，一面镌绣佛楼，一面镌鸳鸯馆，曾藏武进费念慈（屺怀）所（叶昌炽《藏书纪事诗》注）。（一）为天香满院图，乃容若三十岁像。朱邸峥嵘，红阑绿曲，老桂数株，柯叶作深黵色，花绽如黄雪。容若青袍络缇，伫立如有所思，貌清癯特甚。禹鸿胪之鼎绘（沈宗畸《便佳簃杂志》），曾藏缪荃荪（小山）所。今二物皆不知流落何所，记此以当访问。闻图有影印本，予亦未见。

容若赠贞观词，有"后身缘恐结他生里"之句，殁后竟被附会而成一段神话。据《炙砚琐谈》所传如下：

> 侍中（容若）没后，梁汾旋亦归里。一夕，梦侍中至，曰："文章知己，念不去怀。泡影石光，愿寻息壤。"其夜嗣君（谓贞观子）举一子，梁汾就视之，面目一如侍中，知为侍中身后无疑也……月后，复梦侍中别去，醒起急询之，已卒矣。

至《锡金识小录》所传，则愈歧而愈繁，谓：

> 梁汾家居，一夕，梦容若至，曰："吾来践约矣。"厥明，报仲子举一孙。梁汾心异之，视其生命，决其必夭，遂名之曰益寿。资甚聪颖，十一岁而殇。时梁汾居惠山积书岩，夜梦容若曰："吾践约为子孙，今去矣。家人不予棺而欲以席裹我，何待我薄也。"梁汾凌晨归而益寿已死。问家人，无席裹事，询其母，曰有之。始死启姑，将具木治棺，姑以儿幼，取肆中棺殓之，母以市棺薄。心恚，哭不如席裹也。

荒唐之言，录之聊备掌故，亦以见容若与梁汾之友谊，最足吸引后世文人之想像也（上两段据《贯华丛录》引）。容若殁后一年，而查慎行（康熙间名诗人）来馆明珠家，课其子揆叙，时年十三。又二年（康熙二十七年二月），明珠为御史郭琇所劾，革大学士职，交与领侍卫大臣酌用，宾客星散。寻授内大臣，后屡从征，虽无陟擢，亦无大踬。四十七年卒，年七十有四。（国史馆本传）揆叙则由康熙二十三年甲戌翰林，历官翰林院掌院，位至副相（《敬业堂集》），著有《益戒堂诗》前后集及《鸡肋集》（《熙朝雅颂》卷六），今罕传本。《熙朝雅颂》（卷六至卷七）载其六十九首，亦一时作者也。

康熙二十二年辛酉四月，查慎行再馆明珠家。此时明府早已复兴，宾客云集。是时揆叙则：

> 结束随龙骧，腰悬八札弓。行逐楯橳郎……下笔尤老苍……贯穿及韩苏，结撰卑齐梁。居然希作者，耻与时颉颃。（《敬业堂集》卷十七，恺功将有塞外之游，邀余重宿郊园，赋此志别）

盖俨然一容若之仿影也。

明府另有别业，名自怡园，在海淀傍。此园经始于容若卒后一年，其胜也：

绮陌东西云作障，画桥南北草含烟。凿开丘壑藏鱼鸟，勾勒风光入管弦。

毯场车圩互相通，门径宽间五百弓。但觉楼台随处涌，不知风月与人同。（《敬业堂集》十七《过相国明公园亭》）

又是一番豪华气象矣，惟渌水亭则已荒芜不治。是年四月，查慎行《渌水亭与唐实君话旧》诗云：

镜里清光落槛前，水风凉逼鹭鹕肩。菰蒲放鸭空滩雨，杨柳骑牛隔浦烟。双眼乍开疑入画，一尊相属话归田。江湖词客今星散，冷落池亭近十年。（《敬业堂集》卷十七）

至于今，又二百四十四年矣。余读书于清华园且七载，去玉泉山甚近。春秋暇日，恒有登临，近始知渌水亭之址在是，然访其遗迹，已渺不可得，空对西山之落照，吊此多情短命之词人。

后　　记

此文写成后，得读清华大学朱保雄君《纳兰成德评传》稿本，中据高士奇《蔬香词题》注，考知容若生于顺治十一年十二月十二日，可补本传一大遗憾。又于容庚教授处得读燕京大学罗慕华君《纳兰成德传》稿本，其考容若世系及奉使索伦事，别有所据，视本传加详，惜未注明出处。待彼文发表后，读者可按其所列参考书目覆核之。余今未得罗君同意，无权力为此，亦无权力引录其文也。（亦深望罗君见此文后，能将上述两段录寄，并注明出处，则读者与作者当无限感幸。）更有一意外之获，近从伦明先生处，得读余数年来谒求而未得之《通志堂集》，喜可知矣。据此书可补正本传之处甚多。会余将有远行，他事相催，未及将本传改作，兹将可采用之新资料之重要者，分条写列于后：（若遍检高士奇著作，或更可得关于容若之资料。余今亦未能为是，附记于此，以待来者。朱保雄君又云，容若之弟除揆叙外，尚有一人，亦风雅士，一时未能检得出处，盼其检出录寄。）

（一）容若自乡举后，与徐乾学往还甚密。徐序《通志堂集》云："自癸丑（时容若年二十）五月始逢三六九日，（容若）黎明骑马过余邸舍，讲论书史，日暮乃去。至为侍卫而止。"则徐氏于《容若墓志铭》中谓其"于余绸缪笃挚，数年之中，殆以余之休戚为休戚"者当非夸也。徐序又言：

> 容若病且殆，邀余诀别，泣而言曰："性德承先生之教，思钻研古人文字……执经左右，十有四年，先生语之以读书之要，及经史百家源流，如行者之得路。然性喜作诗余，禁之难止，今方欲从事古文，不幸遘疾短命。

则容若之自然嗜好及其所受乾学之影响可知也。

（二）翁叔元《容若哀辞》（《通志堂集》卷十九）云："壬子同举京兆……同举之士百二十有六人，相与契合者数人而已。"此数人中，除叔元及韩菼（本集卷十三有与韩商榷明文选书，韩除为容若撰神道碑铭外，有祭容若文）较接近者外，当尚有王鸿绪、徐倬、李国亮、蒋兴苣、高珩（本集卷十九附有诸人与翁、韩合祭容若文，云："吾侪同年几人，盖十二三年来离合聚散，亦间会兴于寝门。"）叔元与容若过从尤密，其自述云：

> 明年（癸丑）或进士，余落第，君时过从，执手相慰藉，欲延余共晨夕。余时应蔡氏之聘不果就。是岁冬谓余曰："子久客不一归省坟墓，知子以贫故艰于行，吾为子治行。"于是余作客十五年，至是始得归拜先人丘垅。馆数椽，居妻子，君之赐也。迨余丙辰幸登第，留都门，往来逾密，君益肆力于诗、歌、古文词，时出以相示，邀余和，余愧不能也。亡何君入为侍卫，旦夕弼丞，出入起居，多在上侧，以是相见稀少，然时时读君诗及所与朋友往还笔墨。（《通志堂集》卷十九）

（三）本传据《苇间诗集》卷三，谓容若之识姜宸英，当在康熙辛酉。今据《通志堂集》卷十九附录宸英《祭文》，知实在癸丑。祭文中，且述与容若结交之经历，亦为极重要之传记材料。采录于下：

> 兄一见我，怪我落落，转亦以此，赏我标格。人事多乖，分袂南还，旋

复合并，于午未间。我蹶而穷，百忧萃止，是时归兄，馆我萧寺。人之狌狌，笑侮多方，兄不谓然，待我弥庄。俯循弱植，恃兄而强。继余忧归，涕泣涟涟，所以腆赗，怜余不子。非直兄然，太傅则尔，趋庭之言，今犹在耳。何图白首，复遄斯行。削牍怀椠，著作之庭。梵筵栖止，其室不远。纵谈良夕，枕席书卷。余来京师，刺字漫灭。举头触讳，动足遭跌。见辄怡然，亡其颠蹶。数兄知我，其端非一。我常箕踞，对客欠伸。兄不余傲，知我任真。我时嫚骂，无问高爵。兄不余狂，知余疾恶。激昂论事，眼瞪舌跻。兄为抵掌，助之叫号。有时对酒，雪涕悲歌。谓余失志，孤愤则那。彼何人斯？实应且憎。余色拒之，兄门固扃。充兄之志。期于古人。非貌其形，直肖其神。在贵不骄，处富能贫。宜其胸中，无所厌欣。忽然而夭，岂亦有云？病之畴昔，信促余往。商略文选，感怀凄怆。梁（佩兰）、吴（雯）与顾（贞观），三子实来。夜合之诗，分咏同裁。诗墨未干，花犹烂开。七日之间，玉折兰摧。

（四）容若与顾贞观之交谊，据顾之《祭容若文》（《通志堂集》卷十九），有可补记者如下：

屈指丙辰，以迄今兹，十年之中，聚而复散，散而复聚，无一日不相忆，无一事不相体，无一念不相注……吾母太孺人之丧，三千里奔讣，而吾哥（容若）助之以麦舟……每戆言之数进，在总角之交，尚且触恶忌于转喉，而吾哥必曲为容纳。洎谗口之见攻，虽毛里之戚，未免致疑于投杼，而吾哥必阴为调护。此其知我之独深，亦为我之最苦，岂兄弟之不为友生，至今日而竟非虚语。又若尔汝形忘，晨夕心数，语惟文史，不及世务。或子衾而我覆，成我触而子举。君赏余《弹指》之词，我服君《饮水》之句，歌与哭总不能自言，而旁观者更莫解其何故。又若风期激发，慷慨披露，重以久要，申其积素。吾哥既引我为一人，我亦望吾哥以千古。他日执令嗣之手而谓余曰："此长兄之犹子。"复执余之手而谓令嗣曰："此孺子之伯父也。"……吾哥示疾前一（？）日，集南北之名流，咏中庭之双树。余诗最后，读之铿然，喜见眉宇，若惟恐不肖观之落人后者。

（五）容若与严绳孙及秦松龄之交游，据二人合作之祭文（《通志堂集》卷十九），有可补记者如下：

绳孙客燕，辱兄相招。松龄客楚，惠问良厚。谓严君言，子才可取。虽未识面，与子为友。无可相见，去年冬暮，今岁春残，绳孙奉假，龄则去官（绳孙以是年四月请假出都，详于其《容若哀词》，则"去年冬暮"之别，指松龄也。）……别来无几，思我实深。两奉兄书，见兄素心。

（六）梁佩兰《祭容若文》（《通志堂集》卷十九）亦有传记材料可采者如下：

我离京师，距今（康熙乙丑）四年，此来见公，欢倍于前。留我朱邸，以风以雅，更筑闲馆，渌水之下。仲夏五月，朱荷绕门，西山飞来，青翠满轩。我念室家，南北万里，不能即归，暂焉依止。公为相慰，至于再三，谓我明春，同出江南。公昨乞假，恩许休沐。静披图史，闲聆丝竹。顷复入侍，上临乾清，谕以奏赋，振笔立成……四方名士，鳞集一时。埙箎迭唱，公为总持。良宵皓月，更赋夜合。或陈素纸，或倚木榻，陶筋抒咏，其乐洋洋。（集卷十三有《渌水亭谑集诗序》，以骈俪出之，无传记材料，今不录。）

（七）康熙辛酉，吴汉槎自塞外归，容若即延馆其家。《通志堂集》卷十四《祭吴汉槎》文中云：

皂帽归来，呜咽沾巾。我喜得子，如骖之靳。花间草堂，月夕霜辰。未几思母，翩然南棹……中得子讯，卧疴累月。数寄尺书，促子遄发。授馆甫尔，遂苦下泄。两月之间，遂成永诀。

汉槎弟兆宣能文，亦馆容若家，有《祭容若文》，见《通志堂集》卷十九。

（八）刘继增《成容若小传》（见本传引），记"康熙甲子容若扈驾过无锡，与顾贞观、姜宸英、陈其年偕宿惠山仞草庵。又与贞观徜徉山中，尝偕登贯华阁，屏从去梯，作竟夕谈。"前已考知其年草率，所记可疑，今读《通志堂集》卷十三与《顾梁汾书》云："扈跸遄征，远离知己，若留北阙，仆逐南云。"则是时贞观实不在里。刘传所记皆子虚也。考刘君及其前人所以致误者，盖彼等以容若有《桑榆墅同梁汾夜望》诗，又贞观《弹指词》注有"忆桑榆墅有三层小楼，容若与余昔年乘月去梯处"之语，因以为贞观所谓"桑榆"乃指其故里，而桑榆墅之小楼乃指贯华阁也，不知桑榆墅乃一专名，容若诗题可证。其所在虽不可考，今按《容若致梁汾书》，可决其非贯华阁也。容若扈驾南巡时与梁汾一段故事，二百余年来成为文学史上佳话，播于吟咏，施于画图，且构成贯华阁古迹上之重大意义，不谓今乃得知其幻。（惟容若登贯华阁留像、额题事，则有后人见证可信。）深望世之与贯华阁有关系者，更正前误，揭于阁中，使后来登临凭吊者得知其实，虽足以减却彼等之诗意与历史兴趣不少，然真理终属可爱也。

容若在南巡期内创作颇多，有《金山赋》、《灵岩赋》，诗有《泰山》、《曲阜》，《江行》、《圣驾临江赋》，《江行》、《江南杂诗》，《秣陵怀古》、《金陵病中过锡山》等作，词有《虎头词》（忆江南）十一首，附记于此。

（九）梁任公尝跋《容若渌水亭杂识》（见中华本《饮冰室文集》卷七十七），盛称道之。余曩草本传，以未得见其书为憾。传成后，朱保雄君告余，《昭代丛书》中有之，因循未及觅阅。旋得《通志堂集》中有之，凡五集。自序云：

> 癸丑病起披读经史，偶有管见，书之别简。或良朋莅止，传述异闻，客去辄录而藏焉。逾三四年遂成卷，曰《渌水亭杂识》。

盖十九至二十二三岁时所作也。是书以考古迹论述古事、古制占大部分，论文学次之，记异闻及感想又次之。兹据大书，参以集中他文，可考见容若之文学见解与普通思想。其论诗歌以性情为主，以"才"、"学"为用，以比兴与造意为最高技术，以模仿为初步，而以"自立"为终鹄，而力斥步韵之非。其论性情与才学之关系也，曰：

> 诗乃心声，性情之事也。发乎情止乎义，故谓之性。亦须有才乃能挥拓，有学乃不虚薄杜撰。才学之用于诗者如是而已。昌黎逞才，子瞻逞学，便与性情隔绝。

其论比兴也，曰：

> 雅颂多赋，国风多比兴，楚词从国风而出，纯是比兴，赋义绝少。唐人诗宗风骚，多比兴。宋诗比兴已少。明人诗皆赋也，便觉腐板少味。

容若所谓比兴，略即今日所谓明喻与暗喻。其论造意也，曰：

> 古人咏史，叙事无意，史也，非诗矣。唐人实胜古人，如"江流石不转，遗恨失吞吴"，"武帝自知身不死，教修玉殿号长生"，"东风不假周郎便，铜雀春深锁二乔"，"此日六军同驻马，当时七夕笑牵牛"，诸有意而不落议论，故佳。若落议论，史评也，非诗矣。

又曰：

> 唐人诗意不在题中，亦有不在诗中者，故高远有味。虽作咏物诗，亦必意有寄托，不作死句……今人论诗惟恐一字走却题目，时文也，非诗也。

其论模仿与自立也，曰：

> 诗之学古，如孩提不能无乳姆也，必自立而后成诗，犹之能自立然后成人也。明之学老杜，学盛唐者，皆一生在乳姆胸前过日。

其《原诗》一篇（本集十四），阐此说尤详尽痛快，文繁不引。其斥步韵之敝也，曰：

> 今世之为诗害者，莫过于作步韵诗。唐人中晚稍有之，宋乃大盛。故元人作《韵府群玉》，今世非步韵无诗，岂非怪事？诗既不敌前人，而又自缚手臂以临敌，失计极矣。愚曾与友人言此，渠曰："今以止是做韵，那是做诗。"此言利害，不可不畏。若人不戒绝此病，必无好诗。

凡此固不尽容若之创说，而其中允当透辟，后之论诗者，莫之能易也。

容若之文学史观，尤卓绝前人，彼确有见乎"时代文学"之理，故曰：

> 自五代兵革，中原文献凋落，诗道失传，而小词大盛。宋人专意于词，实为精绝，诗其尘羹涂改，故远不及唐人。

又曰：

曲起而词废，词起而诗废，唐体起而古诗废。作诗欲以言情耳。生乎今之世，近体足以言情矣。好古之士，本无其情，而强效其体，以作古乐府，殆觉无谓。

明乎词曲之为新体诗，明乎复古之无谓，此实最"近代的"见解。近代自焦循、王国维以至胡适之文学史观，胥当以容若为祖也。其论词之演化，亦极精绝。其言曰：

花间之词如古玉器，贵重而不适用。宋词适用而少贵重，李后主兼有其美，更饶烟水迷离之致。词离苏、辛并称，而辛实胜于苏。苏诗伤学，词伤才。

容若少笃好花间词（本集十三，《致梁药亭书》），为此言，见解已有转变，至更趋于成熟矣。

容若于诗词之选集，亦有独见。朱彝尊《词综》出，容若《与梁药亭书》（同上），论之曰：

近得……《词综》一选，可称善本。闻锡鬯所收词集，凡百六十余种，网罗之博，鉴别之精，真不易及。然愚意以为吾人选书，不必务博，专取精诣杰出之彦，尽其所长，使其精神风致，涌现于楮墨之间。每选一家，虽多取至什至佰无厌，其馀诸家，不妨竟以黄茅白苇，概从芟薙。仆意欲有选如北宋之周清真、苏子瞻、晏叔原、张子野、柳耆卿、秦少游、贺方回；南宋之姜尧章、辛幼安、史邦卿、高宾王、程钜夫、陆务观、吴君持、王圣与、张叔夏诸人，多取其词，汇为一集，余则取其词之至妙者附之，不必人人有见也。

容若于此书中，已具道有志于词之选集。徐乾学谓容若："自唐五代以来诸名家词皆有选本。"（见本传引）其言必不虚。今其书不可见，惟读上引其文，可窥见其选择之标准，与所选之人物焉。

容若又尝与顾贞观同选《今词初集》二卷，录同时人自吴伟业至徐灿女士凡百八十八家，书有鲁超序，作于康熙十六年。此书今存，余于伦明先生处得见之。

以上述容若之文学见解，并附记其选业竟。

本传中引容若以赵松雪自况之诗，中有云"旁通佛老言，穷探音律细"，盖非虚语。杂识中数谈音乐，且涉佛道之书，容若于佛道二家，有极开明之"近世的"态度，谓：

> 三教中皆有义理，皆有实用，皆有人物。能尽知之，犹恐所见未当古人心事，不能伏人。若不读其书，不知其道，惟恃一家之说，冲口乱骂，只自见其孤陋耳。昌黎文名高出千古，元晦道统自继孔孟，人犹笑之，何况余人。大抵一家人相聚，只说得一家话，自许英杰，不自知孤陋也。读书贵多贵细，学问贵广，开口提笔，驷马不及，非易事也。

梁任公评之曰："可为俗儒辟异端者当头一棒，翩翩一浊世公子，有此器识……使永其年，恐清儒中须让此君出一头地。"（《渌水亭杂识跋》）其言盖无溢美也。

容若亦与缁徒往来，共作哲理谈。《与某上人书》（本集十三）云：

> 昨见过，时天气甚佳，茗椀熏炉，清谈竟日……承示万法归一，一归何处，令仆参取，时即下一转语曰："万法归一，一仍归万。"此仆实有所见，非口头禅也……自有天地以来，有理即有数，数起于一，一与一对而为二，二积而成万，凡二便可见，一便不可见。故乾坤也，阴阳也，寒暑也，昼夜也。呼吸也，皆可见者也。一者何？太极也……吾儒太极之理，即在物物之中。则知一之为一，即在万法之中。竺氏亦知所谓太极者。彼误认太极为一物，而其教又主于空诸所有，并举太极而空之，所以有一归何处之语……求空而反滞于有，不如吾道之物物皆实，而声臭俱冥，仍不碍于空也。

此虽幼稚之言谈，然可见容若之好思而智力的兴趣之广也。

容若对于当时西方耶稣会教士所传入之异闻奇艺，亦颇留意。杂识中屡及之。尝言："西人取井水以灌溉，有恒升车，其理即中国风箱也。"其巧悟有如此。

（十）容若词集先后至少有四种原刻本。其一为《侧帽词》，刻于康熙十七年戊午以前；其一为《饮水词》，顾贞观以是年刻于吴下，皆详本传。今榆园丛刻本似即据康熙戊午本而增辑者，观其所冠序文及排列次序而可见。（此本卷四以前，以词之长短为次。最短者在前，而《忆江南》小令乃在卷五。此诸词如考定为作于戊午后，似前四卷为戊午原本。而卷五以下则为后来增辑者。）

其一为张纯修（容若诗词题注中之张见阳，即其人）所裒刻之《饮水诗词集》本，张序记时在"康熙（三十年）辛未秋"。其一为徐乾学《通志堂集》本。严绳孙序记时在"康熙三十年秋九月"。故二本之先后不易定。严氏《通志堂集序》云："今健庵先生已缀辑其遗文而刻之。"似其时书尚未刻成。而张氏《饮水诗词集》序云："既刻成，谨此笔而为之序。"似《饮水诗词集》成于《通志堂集》之前。今粤雅堂集丛书本及万松山房本《饮水诗词集》，即以张纯修刻本为祖者也。除第一次刊本不可考外，其馀三本中，以张刻本所收词为最多，羡于榆园本两首，《通志堂集》本最少，仅三百首。《通志堂集》本与张纯修本次序既相同，其本文除一二字之变异外，亦大体相同。惟以之较榆园本，不独次序不同，其本文亦恒有一句以上之差异。万松山房丛书中之翻张刻本，书题下有"锡山顾贞观阅定"一行，而张序亦云"此卷得之梁汾手授"。疑其不同者，由于贞观之得容若同意而点改者，即康熙戊午，亦非不经贞观等点改者。观顾序谓"与吴君园次共为订定"而可证。今日欲观容若词在被点改前之本来面目，盖无从矣。予确信榆园本之来源为较早。他日若编校纳兰词，凡可依此本者皆依之，庶几所失本来面目者较少焉。

《学衡》1927年7月第70期

纳兰性德年谱

张任政

自　序

　　诗词必具有真性情，所谓声律词采尤其次。然而有清之为词者，无虑数十百家，其能是者盖鲜。纳兰容若先生所著有《通志堂集》，凡赋，古文，诗，词，杂识五种，而于词尤瘁力焉。故在当时，都下已竞相传写，教坊歌曲无不知有《侧帽词》者。人谓其出于《花间》及小山，稼轩，乃仅以词学之渊源与功力言之；至其不朽处，固不在于此也。梁佩兰祭先生文曰："黄金如土，惟义是赴。见才必怜，见贤必慕。生平至性，固结于君亲；举以待人，无事不真。"夫梁氏可谓知先生者矣。先生之待人也以真；其所为词，亦正得一真字；此其所以冠一代排余子也。同时之以词名家者：如朱彝尊、陈维崧辈，非皆不工，只是欠一真切耳。故读先生词勿徒视为《花间》、晏、辛之嗣响，致失其所以为先生之词，庶可矣。顾先生之传于世，不仅以文字而已。先生笃友谊，生平挚友如严绳孙、顾贞观、朱彝尊、姜宸英辈；初皆不过布衣，而先生固已早登科第，虚己纳交，竭至诚，倾肺腑。又凡士之走京师，佗傺而失路者，必亲访慰藉；及邀寓其家，每不忍其辞去；间有经时之别，书札、诗、词之寄甚频。韩菼撰《神道碑》曰："或未一造门，而闻声相思，必致之乃已。"惟时朝野满汉种族之见甚深，而先生所友俱江南人，且皆坎坷失意之士；惟先生能知之，复同情之，而交谊益以笃。以故"先生之丧，有平生未识面者，皆为之出涕"，是岂偶然而得哉？先生弱冠时，已赋悼亡，缠绵哀感之作，居词集之半；声泪俱随，令人不能卒读。惜年月卒不可考，为兹编之憾事。余十八九岁时，即好读先生词。今年春始来故都，过先生之里第，复得睹遗著《通志堂集》。每于考览事迹，至待人接物性情诚厚之发露，有不禁泪落焉。自恨生晚，不及为先生执鞭。因欲纂述言行，聊以伸景慕之私；惜乎三百年来，人事迁改，所捃拾者，当什不一二。然考其原因，约有数端：一为先生本集及他家集中所记载，类皆无年月可稽，不敢凭抒臆见，致乖事实；故多阙漏。一为满族文献凋落，耆旧遗逸，皆叩之茫然，不能道其大略。一为终有清之始末，满汉种族之隔阂，未或解除；故搜载往事，致少及焉。一为太傅公为郭琇疏劾削官，及先生弟恺功涉拥立皇太子胤礽事，雍正初，夺其谥。又其后和坤与政，藉故籍家产。有此三厄，当时文士均不无贾祸之惧；即有传记文字，而复自删抹者，殆不免焉。尝考太傅公与恺功均身膺显爵，除有国史馆本传而外，别无传状、碑志之见于他籍，此一证也。什刹海第宅，乾隆册封成王，光绪改赐醇邸；近质于日人；余因原田氏之介，始得一履其地。宅之西偏有园，宽可六七亩。亭、榭、泉、石，虽历有改置，无复旧观；而先生读书之所，以及宾从吟谦之地，度即在兹，有余慕矣。先生后裔，白籍产后，渐式微。有名锟钰者，先生之后裔也。前数年卒。有子一，年甫壮，飘沦无室家。初依其族伯。族伯亦贫甚，不堪久依。今且执挽父之役，贾劳力以自为活。短衣鬣面，奔走于通衢间。盖自改国以还，满族之贫乏而不能为生者，什之八九，固不独先生之后为然也。余撰谱时，访求先生后裔，始得其详。而家谱卒以无存，求累月不得，最后竟获见道光三年抄本，曰《叶赫那兰氏·八旗族谱》，署有十四世玄孙额腾额修一行，适为北平图书馆新入藏者。由是纳兰氏世系，上自元末始祖，下逮先生之子若孙，厘然具在，殆先生默相之乎？先生遗像一，禹之鼎绘。即当日所以赠凌元焕者。先生殁后，严绳孙得自闽中，有绳孙题诗。流转数千里，幸未失去。遗容之传于世而得见者，止此矣！可不宝哉。先生手迹，闻有津人某氏藏墨本数页。数年前曾携请梁启超氏题跋。因不详姓氏，无从借观。仅以海盐吴氏所摹刻书札一通，与图像俱存诸卷端。其事迹之阙漏者，当俟异日考知。凡谱余材料，及先后各家之纪载文字，汇为一卷，曰《丛录》。遗著存佚种数，与先后各家刊本，并附弟恺功遗著，略加考述，曰《遗著考略》，均列附年谱后。总其名曰《后纪》。俾景行之士，得观览焉。

　　　　　　　　　　十九年冬，海宁张任政序于燕市寓庐。

　　纳兰氏，满洲正黄旗人，先世有叶赫之地，自明初内附中国。又其先为蒙古人，姓土默特，金代三十一姓之一，属扈伦国（一作呼伦）。后灭扈伦，所居张地之纳喇部，因姓纳喇（一作纳兰）。后迁叶赫河崖建国，遂号叶赫，所属有十五部落，地处威远堡东北，逼近铁岭开元，明时谓之北关。始祖名星恳达尔汉，生子席尔克明噶图。席尔克明噶图生齐尔克尼；齐尔克尼生褚孔格；褚孔格生太杵，太杵二子，一清汲弩，一养汲弩，兄弟各居一城，哈达国人多归之，兄弟遂皆称贝勒。万历十二年甲申，宁远伯李成梁以赐敕赏赉为名，诱清汲弩兄弟至开元，系汉寿亭侯庙中，并从兵皆杀之。养汲弩有二子，长名纳林布禄，其弟金台什，相继为贝勒。金台什居东城（叶赫新城），纳林布禄居西城；女弟为清太祖后，生太宗。时满洲强盛，叶赫为明外捍。清太祖天命四年，率兵围之，东西城俱破，金台什自燔死。城尽降，并杀明兵之助守者。卒以旧恩，存其世祀，凡传八代，嗣贝勒十一辈，在叶赫一百九十年。其子尼迓韩（一作尼雅哈）由佐领，定鼎燕京时，著有劳绩，授云骑都尉，任郎中。卒，其子郑库袭职，加至二等轻车都尉。其弟端范，讳明珠，原任保和殿大学士，数迁至武英殿大学士，屡充《方略》、《一统志》、《明史》诸总裁，累加太子太傅，晋太子太师，先生之父也。娶觉罗氏，子三人，先生居长。次揆叙，康熙三十五年授侍读，历官翰林院掌院，都察院左都御史。三揆芳和硕额驸。先生娶卢氏，汉军两广总督兴祖之女，前卒，赠淑人。继室官氏（未详），男子子二，长福格；次福尔敦，原任七品官。女子子一（徐乾学撰《墓志铭》作一人），适年羹尧（见雍正四年六月上谕。详后纪。又按韩菼撰《神道碑》作二人，未知孰是）（《以上据《八旗满洲氏族通谱》卷二十二，魏源《开国隆兴记》卷一，《清史稿》列传卷七十四，查慎行《人海记》卷下，徐乾学撰《墓志铭》）。孙瞻岱，乾隆三年甘肃提督。（见方氏《碧琳琅馆》精钞本《满洲名臣列传》卷四十七，《揆叙传》后，原文节录："乾隆二年，揆叙兄性德之孙副都统瞻岱奏言，臣祖性德，叔祖揆叙附葬曾祖明珠坟茔内，前立神道碑，一面未勒书。因揆叙身蹈重愆，勒其罪状，彼时着往员役，即刻于神道碑之上，今叨蒙诰命，伏乞天恩将原碑改刻明珠官衔。允之。"）

瞻岱传

瞻岱，正黄旗人，乾隆三年提都甘肃，廉干而慈祥，绝馈献，饬卒伍，兵民感悦。建储仓，捐资购麦粟贮之，每窘乏，减息出贷，以济营伍穷黎。卒于官，军民肖像，祀于东郊。

（《甘肃全省新通志》职官第五十六大吏传）

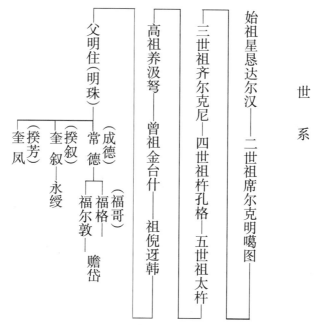

上表据道光三年纳兰氏十四世玄孙额腾额修家谱。

年　谱

先生姓纳兰，讳成德，后改性德，字容若，号楞伽山人。自幼读书敏异，常若夙习，擅骑射，工诗，尤长于词，有叔原风格，间近稼轩。书法摹褚河南。好聚故籍，薄荣利，闭门扫轨，萧然若寒素。为人至性固结，于交友必竭诚挚。尝筑渌水亭以居，宾从吟讌，炎炎者不敢进。邸在什刹后海西北，后改成亲王府，再改即今名醇王府。（徐乾学撰《墓志铭》，朱彝尊祭先生文）

曼殊震钧《天咫偶闻》卷四，成王邸，旧为大学士明珠第，按成王邸在什刹后海，乾隆五十八年赐邸于此。清光绪时成王后裔楠贝子迁于西直门内，将旧邸改为醇亲王府。读先生《茅斋诗》有云："我家凤城北，林塘似田野。"其景物今犹仿佛，盖什刹海在禁城之北也。

《啸亭杂录》十三卷，载成亲王府在净业湖北，为明珠宅。朱一新《京师坊巷志》即引其说。均以什刹海为净业湖，不知为今昔名称之不同，抑为净业湖与什刹海界中之堤岸改变之故，待考。又按《天咫偶闻》卷四十，什刹海后海则较前海为幽僻，两岸多古寺名园，诒晋斋居其北。按诒晋为成王斋名，据此，则明相第确在什刹后海无疑。

禄水亭据《宸垣识略》十四卷云，在玉泉山麓，且相传亦有是说，然按诸《通志堂集》中有关于禄水亭诸篇，均未尝稍涉玉泉山者，而尤以《禄水亭谯集诗序》一编，最足资研究之材料。严绳孙《禄水亭观荷诗》有云："渍花当径合，添涨过城分。"按什刹海水来自城外玉泉山，玩其语气，当在城内。又边袖石什刹海诗云："鸡头池涸谁能记，禄水亭荒不可寻。"考鸡头池，为什刹后海之别称，据此则禄水亭确在什刹海不在玉泉山无疑。

清顺治十一年甲午（公历一六五四），十二月十二日戊辰，先生生。先生生于京邸，时父端范公年十九岁。（徐乾学撰《神道碑》）

按徐乾学撰《墓志铭》，韩菼撰《神道碑》云：生于顺治十一年十二月。高士奇《蔬香词·摸鱼儿》题注，腊月十二日，成容若生日索赋，有句云："恰十九东坡十二君初度。"据此先生为生于顺治十一年十二月十二日。

又按顾贞观《弹指词》，书赠词后，岁丙辰容若年二十二，乃一见即恨识余之晚。韩菼撰《神道碑》曰："年十八九，联举京兆礼部试，又三年而当丙辰，廷对劲直。"按丙辰为康熙十五年，据顾说，为先生二十二岁。由此推之，则十八岁为康熙十一年壬子，举乡试，十九岁康熙十二年癸丑，成进士，至康熙二十四年乙丑卒，为三十一岁。按诸先生事实均合。惟自顺治十一年作一岁，至康熙十一年举乡试，则先生十九岁，至二十四年乃享年为三十二岁，转与前后事实均不符合。汉俗有以立春后生起算为一岁，按陈垣《二十史朔闰表》，是年并无闰月，则十二月十二日，谓已立春，更不成问题。或满俗有以残腊即以下年为一岁之例，亦未可知，兹编为确定至康熙二十四年先生三十一岁，并根据历年事实，定顺治十二年为一岁。

顺治十二年乙未（公历一六五五）先生一岁。

是年无锡秦留仙松龄十九岁成进士，授检讨。

顺治十三年丙申，先生二岁。
顺治十四年丁酉，先生三岁。

是年吴江吴汉槎（兆骞）二十七岁举乡试。

顺治十五年戊戌，先生四岁。

三月吴汉槎以丁酉科场事，自礼部逮捕至刑部。

顺治十六年己亥，先生五岁。

是年夏，吴汉槎谪戍宁古塔，七月十一日抵戍所。（见吴振臣《宁古塔纪略》）

顺治十七年庚子，先生六岁。

是年冬吴汉槎妻葛氏，自吴江起行，省夫戍所。（吴振臣《宁古塔纪略》）

顺治十八年辛丑，先生七岁。
康熙元年壬寅，先生八岁。
康熙二年癸卯，先生九岁。
康熙三年甲辰，先生十岁。

端范公擢内务总管。（国史馆本传）
是年吴汉槎生子振臣，小字苏还。（《宁古塔纪略》）

康熙四年乙巳，先生十一岁。

吴汉槎授徒自给。（《宁古塔纪略》）

康熙五年丙午，先生十二岁。

端范公授弘文院学士。
是年无锡顾梁汾（贞观）三十岁，由顺天南元，掌国史馆典籍。（《无

锡县志》卷十六）

康熙六年丁未，先生十三岁。

先生自幼天资英绝，读书一再过，即不忘，是年已通六艺。（徐乾学祭先生文）

端范公充修《世祖实录》副总裁。（国史馆本传）

是年九月顾梁汾扈驾东巡。（《弹指词》卷下）

康熙七年戊申，先生十四岁。

端范公与工部尚书玛尔赛阅淮扬河工，定议修复兴化县之白驹场旧闸，增凿黄河北岸，引河水以备蓄。是年授刑部尚书。（国史馆本传）

康熙八年己酉，先生十五岁。

端范公改迁都察院左都御史。（国史馆本传）

康熙九年庚戌，先生十六岁。

康熙十年辛亥，先生十七岁。

二月端范公充经筵讲官，八月奏停巡盐御史遍历州县之例。十一月迁兵部尚书。（国史馆本传）

补诸生贡，读书国子监，时昆山徐元文为祭酒，深器重之。（徐乾学撰《墓志铭》）

是年顾梁汾告归。（《弹指词》下卷）

康熙十一年壬子，先生十八岁。

中顺天乡试举人。徐乾学撰先生《墓志铭》曰："余忝主司宴于京兆府，偕诸举人青袍拜堂下，举止闲雅，越三日谒余邸舍，谈经史源委，及文体正变，老师宿儒，有所不及。"（徐乾学撰《墓志铭》）

主试官；德清蔡昆阳（启傅）；昆山徐原一（乾学）。

试题；卫公孙朝一章。修道之谓一句，后稷教民至人育。（法式善《清秘述闻》卷二）

康熙十二年癸丑，先生十九岁。

是年平南王尚可喜，请撤藩辽东；吴三桂，耿精忠亦以是请，上命议政王大臣九卿等会议。时有谓三桂当久镇云南，不可撤者，端范公与户部尚书莫洛坚持宜撤，上诏从之。（国史馆本传）

是年举进士，以病未与廷对，于是益肆力经济之学，熟读《通鉴》，及古人文辞。（徐乾学撰《墓志铭》）

会试主试官，顺天杜纯一（立德）；合肥龚孝升（鼎孳）；桐城姚若侯（文然）；孝感熊素九（赐履）。

试题，所谓平天一节。樊迟问知一章。尽其心者一节。（《清秘述闻》卷二）

假钞徐健庵家藏旧板，若钞本宋元以来诸儒说经之书，得一百四十四种，一千七百九十二卷，捐资经始，延顾伊人（湄）为之校定，雕板行世，曰《通志堂经解》。

徐乾学《通志堂经解序》云："经始于康熙癸丑，自《通志堂经解》出，宋元以来各家说经之作，厘然具存，否则早已散佚不传。"何义门虽力诋之，不可没也。或议其非己捉刀，然卷帙繁重，倩人助以校订之事，固未为异，观所撰《经解序》云："请捐资经始，与同志雕板行世。"徐健庵《经解序》云："门人纳兰容若尤怂恿是举，捐金倡始，同志群相助成。"是健庵固未尝以此归诸先生，而先生亦未以己一人居其功者。顾陈垿撰《唐孙华传》云："健庵以文章声气，笼盖一世，海内名士，奉为宗工。既尽出所藏经解，付门生纳兰容若校雠而梓之，辅注疏而行十年矣。"又按《通志堂集》卷十三《上座主徐健庵先生书》云：（上略）"承示宋元诸家经解，俱时师所未见，某常晓夜穷研，以副明训，其馀诸书，尚望次第以授，俾卒业焉!"据此是先生弱冠时已笃意经术。韩元少撰《神道碑》曰:"晚乃笃意于经史,且欲窥寻性命之学,将尽裒辑宋元以来诸儒说经之书以行世,其志盖日进而未止也。"杨惺吾《丛书举要》曰,《经解》康熙间徐乾学校,纳兰成德刊。《竹叶亭杂记》谓"《通志堂经解》,系徐健庵家刊本,镌成名携板赠之,序中绝不一语及徐氏也",乃好为訾诋,并乖事实。兹将《经解序》两篇节录于次,明源委焉。

（上略）"余兄弟家所藏本,覆加校勘,更假秀水曹秋岳,无锡秦对岩,常熟钱遵王、毛斧季,温陵黄俞邰,及竹垞家藏旧板书若抄本,厘择是正,总若干种,谋雕板行世。门人纳兰容若,尤怂恿是举,捐金倡始,同志群相助成,次第开雕,经始于康熙癸丑,逾二年讫工。藉以表彰先哲,嘉惠来学,功在发余,其敢掠美,因叙其缘起,志之首简。康熙十九年庚申,徐乾学序。"（上略）"间以启于座主徐先生,先生乃尽出其藏本示余小子曰,是吾三十年心力所择取而定者,余且喜且愕,求之先生,钞得一百四十种,自子夏易传外,唐人之书,仅二三种,其馀皆宋元诸儒所撰述。明人所著,间存一二,请捐资经始,与同志雕板行世,先生喜曰,是吾志也。遂略叙作者大意于各卷之首,而复述其雕刻之意如此。康熙十二年夏五月,纳兰成德谨序。"见《通志堂经解》卷首。

《上座主徐健庵先生书》,前半论尊师道,入后谓为臣贵勿有欺,引宋寇准、晏殊少时二事以自砥砺。末云:"承示宋元诸家经解,某当晓夜穷研,以副明训。其馀诸书,尚望次第以授,俾卒业焉。"（《通志堂集》卷十三《通志堂经解总序》）

作《渌水亭杂识》,序云:癸丑病起,披读经史,偶有管见,书之别简,或良朋莅止,传述异闻,客去辄录而藏焉。踰三四年,遂成卷,曰《渌水亭杂识》,以备说家之浏览云尔。

是年翁叔元下第,先生时过从慰藉,并为之治行,归省坟墓。翁叔元撰先生哀辞云:"癸丑余落第,君时过从,执手相慰藉,欲延余共晨夕。时余应蔡氏之聘,不果就。是岁冬,谓余曰:"子久客不一归省坟墓,知子以贫故,艰于行,吾为子治行。"于是余作客十五年,至是始得归拜先人邱垄,傤数橡以居妻子。（《通志堂集附录》）

五月起，逢三、六、九日过徐健庵邸讲论经史，每抵暮方去。（《憺园集·通志堂集序》）

定交无锡严荪友（绳孙）（五十二岁）。（《通志堂集·附录》荪友祭先生文）

识姜西溟（宸英）（四十七岁）。（《湛园未定稿》祭先生文）

朱竹垞访先生于邸。（《曝书亭集》祭先生文）

是年徐健庵以主壬子乡试，疏误，获罪南归，先生有七律四章送之。（粤雅堂本《饮水诗集》）

吴汉槎授经宁古塔巴将军之子。（《秋笳集》卷八《致顾舍人书》）

康熙十三年甲寅，先生二十岁。

挽富川知县刘钦邻有诗。（《通志堂集》）

刘钦邻，仪征人，康熙十三年死三桂之难，谥忠节。（《广西通志》卷二百五十三《宦绩》）

弟揆叙生。

揆叙字恺功，号惟实居士，著有《益戒堂集》十六卷，《鸡肋集》一卷，《隙光亭杂识》六卷，《后识》六卷，辑《历朝闺雅》十二卷，均罕传本。惟《熙朝雅颂》五、六两卷载其古近体诗六十九首。徐倬《修吉堂文稿》恺功诗序云："夏重又为余言恺功虽居乌衣朱桁，而意致洒闲，常若在灞桥风雪中，诗得力于浣花、昌黎、眉山之学。"《雪桥诗话》卷三："恺功诗功力实过于乃兄。孙恺似序《益戒堂集》，谓其辞必达意，语必肖题，非虚语也。"康熙三十五年，官翰林院侍读，历官都察院左都御史，五十六年卒，谥文端。（《满洲名臣列传》卷四十七，《清史稿列传》卷七十四）

按徐倬《修吉堂文稿》卷一，恺功诗序："恺功为宰辅明公之子，余同年，常侍容若之弟，学诗于查夏重。"按《敬业堂集》卷八，《人海集》序云："故人吴汉槎殁后，有以不肖姓名达于明相国，遂延致门馆，令子若孙受业焉。"自注起丙寅十一月，尽戊辰正月。又第十七卷："闻恺功有塞外之行，邀余重宿郊园，赋此志别。"诗云："忆子从我游，翩翩富辞章。十三露头角，已在成人行。"据此则丙寅之岁恺功十三岁，时在先生卒后一年，计之当于是年生。

康熙十年乙卯，先生二十一岁。

  端范公调吏部尚书。（国史馆本传）

康熙十五年丙辰，先生二十二岁。

  殿试二甲七名，赐进士出身。徐健庵曰："条对剀切，书法遒逸，读卷执事各官，咸叹异焉。"又曰："当入对殿廷，数千言立就，点画落纸，无一笔非古人者。"（《历科题名碑录》，徐乾学撰《墓志铭》，《天咫偶闻》卷四）

  主试官：江夏吴正治（当世），高阳李景霁（霨），长洲宋右之（德宜），阳城田兼山（六善）。

  试题：君子义以一节，诚者天之一节，人有恒言至在身。（《清秘述闻》）

授三等侍卫。（《天咫偶闻》卷四）

《通志堂经解》刊成。

  徐健庵《通志堂经解序》云："经始癸丑，逾二年讫工。"按先生所撰经解各序，均在丙辰、丁巳二年间，至健庵之序，则在庚申，计已逾癸丑六年，所云逾二年讫工，殆指经解，其序跋或于竣工后所刊者。

《拟设东宫官属谢表》（《通志堂集》卷十四）

是年识顾梁汾，为题侧帽投壶图《金缕曲》一首。徐釚《词苑丛谈》曰："词旨镵奇磊落，不啻坡老、稼轩，都下竞相传写，于是教坊歌曲无不知有侧帽者。"

  《容若见赠次原韵》   **顾贞观和作**

  且住为佳耳。任相猜、驰笺紫阁，曳裾朱第。不是世人皆欲杀，争显怜才真意。容易得一人知己。惭愧王孙图报薄，只千金、当洒平生泪，曾不值，一杯水。 歌残击筑心逾醉，忆当年、侯生垂老，始逢无忌。亲在许身犹未得，侠烈今生已已。但结托来生休悔。俄顷重投胶在漆，似旧曾相识屠沽里。名预籍，石函记。

  附注：岁丙辰，容若年二十二，乃一见即恨识余之晚，阅数日填此阕为

余题照，极感其意，而私讶他生再结，殊不祥何意，为乙丑五月之谶也，伤哉！（见《弹指词》）

毛际可和先生《金缕曲》韵，题顾梁汾侧帽投壶图（《安序堂集》）。十二月十二日生辰，赋《瑞鹤仙》一阕自寿，起用《弹指词》句，并寄张见阳（纯修）。（榆园丛刊本《纳兰词》卷四）

十二月秒，顾梁汾寄吴汉槎书，并《金缕曲》二，词见《弹指词》，下卷。题注寄吴汉槎《宁古塔》以词代书，丙辰冬，寓京师千佛寺，冰雪中。

先生见梁汾寄吴汉槎《金缕曲》为泣下数行，曰："河梁生别之诗，山阳死友之传，得此而三。此事三千六百日中，当以身任之，不俟兄再嘱也。"梁汾曰："人寿儿何，请以五载为期。"恳之太傅，亦见许，而汉槎果以辛酉入关。（《弹指词》下卷附载）

撰《子夏易传序》，《赵氏复斋易说序》，《汉上易传》，并《易图丛说序》，《童氏周易程朱氏说序》，《三易备遗序》，《水村易镜序》，《朱文公易说序》，《丙子学易编节本序》，《时氏增修东莱书说序》，《书集传或问序》，《傅氏禹贡集解序》，《黄氏尚书说序》，《朱孟章诗经疑问序》，《蔡元度毛诗名物解序》，《文潜书说跋》，《聂氏三礼图序》，《涪陵崔氏春秋本例序》，《春秋集传释义大成序》，《孙泰山春秋尊王发微序》，《春秋皇纲论序》，《吕氏春秋集解序》，《春秋经传类对赋题辞》，《程绩斋春秋序》，《东谷郑先生易翼传序》，《周易玩辞序》，《永嘉蔡氏论语集说序》，《建安蔡氏孟氏集说序》。（见《通志堂经解》）

吴汉槎以巴将军移镇兀喇，遂失馆，然执经者仍不乏人，所以仅供薪水。（《宁古塔纪略》）

严荪友南归。（高士奇《城北集》卷七）

康熙十六年丁巳，先生二十三岁。

端范公授武英殿大学士。（国史馆本传）

拟御制大德景福颂贺表。（《通志堂集》卷十四）

撰《易数钩隐图序》，《王湜易学序》，《崇仁吴氏易璇玑序》，《周易义海撮要序》，《王巽卿大易辑说序》，《周易本义集成附录序》，《胡一桂易本义附录纂注启蒙易传合序》，《董氏周易会通序》，《雷思齐二种易序》，《周易参疑序》，《周易禆传序》，《书疑序》，《王氏尚书纂传序》，《今文尚书纂言序》，《尚书通考》，《程泰之禹贡图论序》，《书传遗说序》，《王鲁斋诗疑序》，《仪礼序说序》，《周礼订义序》，《卫氏礼记集说序》，《清江张氏春秋集注序》，《春秋经荃序》，《春秋五论序》，《清全斋读春秋编序》，《赵氏春秋集传序》，《叶石林春秋传序》。（《通志堂经解》）

九月有《沁园春》一阕。序云：丁巳重阳前三日，梦亡妇淡妆素服，执手哽咽，语多不复能记。但临别有云："衔恨愿为天上月，年年犹得向郎圆。"妇素未工诗，不知何以得此也，觉后感赋长调。

"瞬息浮生，薄命如斯，低徊怎忘。自那番摧折，无衫不泪（一作记绣床倚遍，并吹红雨）。几年恩爱，有梦何妨（一作雕阑曲处，同送斜阳）。最苦啼鹃，频催别鹄（一作好梦难留，诗残莫续），赢得更阑（一作深）哭一场。遗容在，只灵飙一转，未许端详。重寻碧落茫茫，料短发朝来定有霜。信（一作便）人间天上，尘缘未断，春花秋月，触绪堪伤（一作还伤）。欲结绸缪，翻惊漂泊（一作摇落），两处鸳鸯各自凉（一作减尽荀衣昨日香）。真无那，把声声檐雨（一作邻笛），谱入愁乡（一作出回肠）。"（录《榆园丛刊》《纳兰词》卷四）

先生是年，已赋悼亡，惟无从考得确实年月。按集中有"悼亡"两阕，"代悼亡"一阕，皆苦无年月可稽，又考之严、顾诸集中，及其他笔记杂著之类，冀有或有关于此点之佐证，但亦遍觅无得。观上《沁园春》一阕，仅得知二十三岁时，已赋悼亡，正未必即是年耳。"几年恩爱"一句，可知其与前妻卢氏夫妇时间，必在二三年以上。

康熙十七年戊午，先生二十四岁。

题陈其年《填词图菩萨蛮》一首。（榆园丛刊本卷一）

按缪艺风抄本，《陈其年填词图卷》字句互异，录此备考。词曰："乌丝词付红儿谱，洞箫按出霓裳舞。舞罢鬐鬟偏，风姿最可怜。倾城与名士，千古风流事，低语属卿卿，卿卿无那情。"

送友人马云翎归江南，赋诗赠之。

　　马云翎，名翀，无锡人，康熙壬子举人，工诗，吴梅村，王阮亭俱见称赏，是年落第归，至秋卒，年仅三十。先生有柳枝词云："马卿苦忆红泥阁，我亦伤心碧树村。病骨缠绵词客死，更谁攀折与招魂。"下注"绿杨天半红泥阁，紫襟风前翠袖人。亡友马孝廉云翎柳枝词句"，即此已见马诗之工。王阮亭尝称其得柳枝词三昧。（《苍岘山人集》卷三《马云翎传》，《通志堂集》卷五）

　　按云翎初次应会试，在癸丑岁与先生定交，先生送归江南诗云："之子吾友人，南归事簦笠。交情如谷风，澹澹复习习。"赠诗云："物本相感生，相感乃相亲。吁嗟人生不可拟，君南我北三千里。一朝倾盖便相知，两人心事如江水。"（《通志堂集》卷四）

闰三月，顾梁汾、吴园次共订定《饮水词》，序而行之。（顾贞观《饮水词序》）

　　按先生词初刊印行者曰《侧帽词》，《榆园丛刊》《纳兰词》附赵函序云：向所见者，惟《侧帽词》刻本，是年顾刊名《饮水词》，盖引先生自曰"如鱼饮水，冷暖自知而已"。（见张纯修《饮水词序》）

姜西溟来京。（见祭先生文）
严荪友，朱锡鬯，举博学鸿词至京。（高士奇《苑西集》卷一）
康熙十八年己未，先生二十五岁。

　　是年开博学鸿词科，严荪友，秦留仙，朱锡鬯，陈其年授检讨。（《清秘述闻》）

　　夏日集朱锡鬯，陈其年，严荪友，秦留仙，姜西溟，张见阳渌水亭观荷，锡鬯，其年，各赋《台城路》词。荪友，西溟各赋五言律诗四首。（《江湖载酒词》，《湖海楼词》，《台城路》题注）
　　送张见阳令江华有《菊花新》词。（《榆园丛刊》《纳兰词》卷二）

张纯修，字子敏，号见阳，浭阳人，隶汉军正白旗，贡生，累官庐州府知府。康熙十八年令江华县，先生卒后六年，为刊诗词集于扬州。（《八旗文经》附传，《湖南省志·职官》十五）

康熙十九年庚申，先生二十六岁。

除夜有《浣溪纱》词。（榆园丛刊本《纳兰词》卷一）

徐健庵撰《通志堂经解序》。（《通卷经解》首卷）

姜西溟奔母丧，归慈溪。先生赋《金缕曲》赠别，并遣使厚为赙恤。西溟途次有致先生书。

按榆园丛刊本《纳兰词》卷四："西溟言别，赋此赠之，《金缕曲》一首，语虞韵。"按《湖海楼词》卷十九有《送西溟南归》，和成容若韵《金缕曲》，题注时西溟丁内艰。

按西溟致先生书与严荪友送西溟奔母丧词皆不纪年月，乃从《曝书亭集·姜孝洁先生墓志铭》考得。孝洁，西溟父谥也，西溟书录次。

与容若　　　　　　　　　　　　　　　　　　　　　　　**姜宸英**

经年游子，失侍晨昏，驯至大故，闻讣奔殒，百身莫赎，此宜为大君子所不齿。而过承垂唁，有逾常等。昨进辞太傅公，接见之次，情辞悯恻，甚以贫贱而失养之可悲者，至于使者辱临，赙恤备至。窃念公以上相之尊，燮理庙堂，而曲体下情，至不遗于一芥之贱士。仁兄少都华胄，希风望泽者骈肩接足，乃独轸念贫交，施及存殁，使藐然之孤，虽不得尽奉养于生前，犹得慰所生于地下，而免于不孝之诛者，此皆仁人君子之用心。特其身受感激，而不知所以图报之方，亦惟有中心藏之而已。舟已于前日南发，专此布谢，无任凄咽。

康熙二十年辛酉，先生二十七岁

人日有《青玉案》一阕。

是年三月六日，上以仁孝皇后、孝昭皇后山陵之役，并巡视塞外，驻跸鲇鱼池，扈从诸臣，皆敕赐观温泉，兼令赋诗应制，刻石其上。先生赋《汤泉应制》七律四首。（《通志堂集》卷四，高士奇《松亭行纪》）

三月二十六日扈驾马兰峪，赋《赐观温泉》十韵。

五月扈驾回京。

是年冬，吴汉槎放归田里，馆先生家。先生有喜吴汉槎归自关外，次徐健庵座主韵。（《通志堂集》卷四）

按汉槎入关，先生之力为多。徐釚撰《吴汉槎墓志铭》曰：（上略）"无锡顾梁汾舍人，与汉槎为鬐龀交，时在东阁，日诵汉槎平日所著诗赋于纳兰侍卫性君所，如谢榛之于卢楠者，性君固心异之，思有以谋归汉槎矣。会今皇帝御极二十有一载，诏遣侍臣致祭长白山。长白山者，东方之乔岳也，地与宁古塔相连。汉槎为《长白山赋》数千言，词极瑰丽，藉使臣归献天子，天子亦动容咨询，有尼之者，不果召还。而纳兰侍卫因与司农、司寇，暨文恪相国，酿金以输少府佐匠作，遂得循例放归。"吴兆宜撰先生哀词云："宜兄兆骞，少与梁汾友善。公耽志友朋，娱情竹素，以梁汾言，怜骞才而拯之。王孙甲第，穷鸟入怀；公子华池，涸鱼出水。"又曰，"生平素昧，激发初由一言；意气相孚，风期已堪千古。父生而母鞠，惟公得成之焉；马角而乌头，非公孰急之焉。"（《碑传集》卷一百三十八《通志集》附录）

先生寄梁汾《金缕曲》云："绝塞生还吴季子，算眼前，此外皆闲事。"又祭汉槎文曰："自我昔年，邂逅梁溪。子有死友，非此而谁？金缕一章，声与泣随。我誓返子，实由此词。"观此可知先生之殚心拯救矣。先生与汉槎本未识面，特笃于梁汾之谊，兼以爱才，竟使生入玉门，并及汉槎弟兆宜，均延馆之。逾二年，汉槎病殁京寓，为之纪丧，恤存孤稚。皆先生一人之力（徐健庵撰祭文）。韩元少撰《神道碑》曰："或未一造门，而闻声相思，必致之乃已。故海内风雅之士，乐得君为归，藉君以起者甚众。"陆肯堂挽先生诗云："有誉皆邀赏，无才不受怜。"梁药亭祭先生文曰："黄金如土，惟义是赴。见才必怜，见贤必慕。生平至性，固结于君亲，举以待人，无事不真。"先生一生之行谊，类如此也。

七月，朱锡鬯典江南乡试。

是年秦留仙充日讲起居注官，秋典江西乡试，十二月还。

康熙二十一年壬戌，先生二十八岁，

端范公奏诛耿精忠、曾养性等，是年耿、曾俱伏诛。

端范公奉诏修太祖太宗《实录》，及编纂《三朝圣训》，《政治》，《典训》，《平定三逆方略》，《大清会典》，《一统志》总裁官，两遇《实录》告

成，加太子太傅，晋太子太师。（国史馆本传）

三月扈从东巡。是年上以云南荡平，祭告永陵，福陵，昭陵，祀长白山。先生赋《兴京陪祭福陵》。又《盛京松花江》，《龙泉寺》，《龙泉寺书扇柳条边》诸诗，《浣溪纱·姜女祠》词均于是行作。（高士奇《扈从东巡日录》，《通志堂集》）

徐健庵赋九绝句送先生行。

第一首云："珠虎峥嵘阅阀高，西京相业冠萧曹。笑他子弟无才思，输与君家紫凤毛。"其二云："木叶山边陪辇日，松花江岸网鱼时。平沙落照回金勒，顷刻吟成绝妙辞。"（《憺园集》卷八）

四月扈驾回京师。

六月严荪友赋《西苑侍直》二十绝句，先生步原韵和之。（《通志堂集》卷五）

《曝书亭集》三十七，严中允《瀛台侍直诗》序云：诗作于二十一年六月。按先生八月奉使梭龙，和诗度于奉使前作，故第十五章有云"几日乌龙江上去，回看北斗是天南"句。（梭龙在黑龙江，一作索伦）。

八月与副都统郎谈等奉使觇梭龙、打虎儿，徐健庵送先生行有诗。（《圣祖实录》，徐乾学撰《墓志铭》）

丁零逾鹿塞，敕勒过龙沙。绝漠三秋暮，穷阴万里赊。行边依羽骑，乘鄣咽霜笳。地轴图经外，车书总一家。（《憺园集》卷八）

抵梭龙与经岩叔夜话有诗。（《通志堂集》卷三）

十二月使梭龙还。（详《圣祖实录》，《东华录》）

按《圣祖实录》，二十一年八月遣副都统郎谈等率兵往打虎儿、索伦，声言捕鹿，以觇其情形。将行，谕曰："罗刹犯我黑龙江一带，侵扰虞人，近闻蔓延更甚。尔等还时须详察陆路远近，沿黑龙江图经，薄雅克萨城下，勘其居址形势，黑龙江至额苏里、宁古塔察其水行路程。万一罗刹出战，姑

勿交锋，但率众引还，朕别有区画。"（下略）

韩元少撰先生《神道碑》曰：康熙二十一年秋，奉使觇梭龙，羌道险远，君间行疾，抵其界，劳苦万状，卒得要领还报。后梭龙诸羌输款，而君已殁。上时出关，遣官使拊其几筵，哭而告之，重悯其劳也。朱锡鬯挽先生诗："出塞同都护，论功过贰师。华堂属旷日，绝域受降时。凄恻传天语，艰难定月氏。敛魂有未散，消息九京知。"盖亦指此。

寄朱锡鬯诗，江南。（《通志堂集》卷三）
吴汉槎归吴江省亲。（徐釚撰《吴汉槎墓志铭》）
陈其年卒。
康熙二十二年癸亥，先生二十九岁。

译御制《松赋》，赋《乾清门应制诗》，上皆称善，知其有文武才；于是外庭佥言，将不久于宿卫，行付以政事。（《通志堂集附录》）

按圣祖《松赋》，列在初集，初集止于癸亥。徐健庵撰先生《墓志铭》，"是岁万寿节，上亲书贾至《早朝》七言律赐之，月余令赋《乾清门应制诗》，译御制《松赋》，皆称旨，于是外庭佥言上知其有文武才，非久且迁擢矣。呜呼！意其七日不汗死也！"韩元少撰《神道碑》曰："赋《乾清门应制诗》，译御制《松赋》，上皆称善，中外咸谓君将不久于宿卫，行付以政事；君益自感奋，而不幸遽病，病七日遂不起。"玩其语气，似距卒年甚近。圣祖癸亥以后诗、文，既不属初集，爰置是年。（《松赋》见《圣祖初集》三十卷，文长三百五十字）

二月十二日扈从巡五台，十五日至龙泉关，二十日度长城岭，二十三日至菩萨顶，三月二日过赵北口，有《登五台》五律诗。（《东华录》《通志堂诗》）
三月七日扈驾回京。（高士奇《扈从西巡日录》）
严荪友，秦留仙充《平定三逆方略》纂修官。
是年冬吴汉槎自吴江回京，馆先生邸。（查慎行《癸亥遄归集》，有《过吴汉槎禾城寓楼诗》，下注时汉槎将携家入燕）
康熙二十三年甲子，先生三十岁。

五月扈从避暑古北口，吴汉槎有《和恺功送令兄侍中扈从之作》：

玉舆避暑出黄华，千里霓旌映塞沙。为问帷宫谁珥笔，马卿词赋烂如霞。广庭花月自幽闲，一曲骊歌怅度关。应识鹧鸪原上意，长依龙武辇前山。（《秋笳集》卷八）

按是年恺功十一岁，受业于汉槎。读恺功《读秋茄集有感诗》，有"我昔从游骑竹年"之句。（《熙朝雅颂》卷五）

与梁药亭书，趣其北行，共选南北宋诸家词。

（上略）"仆意欲有选，如北宋之周清真，苏子瞻，晏叔原，张子野，柳耆卿，贺方回，秦少游；南宋之姜尧章，辛幼安，高宾王，程钜夫，陆务观，吴君特，王圣与，张叔夏诸人。多取其词，汇为一集，馀则取其词之妙者附之，不必人人有见也。不知足下乐与我共事否？处此雀喧鸠闹之场，而肯为此冷淡生活，亦韵事也。望之，望之！"

是年顾梁汾来京师。（先生《与梁汾书》）

九月扈从南巡，十月抵济南，高邮，金山，苏州，无锡；十一月至江宁，曲阜，兖州。

抵无锡寄顾梁汾一书，历叙所经山川之胜，而于姑苏，无锡以平生师友尽在是邦，尤所爱慕。致书中有"来生夙愿"之语。

（上略）"金阊锡岭，兰枻可通。侍绛帐于昆冈，结芳邻于吾子。平生师友，尽在兹邦，此仆来生之夙愿，昔梦所常依者也。"又云："品名泉于萧寺，歌鸟语于花溪，昔人所云茂林修竹，清流激湍者，向于图牒见之，今以耳目亲之矣。且其土壤之美，风俗之醇，季札遗风，人多揖让；言偃故里，士尽风流。"末云："倘异日者，脱履宦途，拂衣委巷，渔庄蟹舍，足我生涯，药白茶铛，销兹岁月。恒抱影于林泉，遂忘情于轩冕；然而不敢必也。悠悠此心，惟子知之，故为子言之。"

登惠山贯华阁，留以三十绘像，并为书贯华阁额。

按杜诏《云川阁诗集》卷二，同梁汾先生登贯华阁，观成侍中三十小像，感赋两绝句，并示邹可远。诗云："此照还同此阁存，几人能唱忆王孙。风流休数鸳鸯社，只是伤心皂莢屯。""宛然侧帽影徘徊，弹指韶华老泪垂。谁取沉香熏小像，十年流落一香眉。"注，邹可远有《香眉词》。又按赵函道光壬辰撰《纳兰词序》云："余尝登惠山之阴，有贯华阁者，在群松乱石间，远绝尘轨。容若扈从南来，时尝与迦陵、梁汾、苏友信宿其处。旧藏容若绘像，及所书贯华阁额，近毁于火，为可惜也。"

按赵函序，谓容若扈从南来，时与迦陵、梁汾、苏友信宿其处，此事不确，缘是年苏友、梁汾俱在京师，特辨正之。

十一月还京师。是行有《金山赋》，《灵岩山赋》，《祀东岳》，《平原过樊侯墓》，《虎阜》，《金陵》，《江南杂诗》，《平山堂》，《秣陵怀古》《圣驾临江恭赋》等诗。词有《忆江南》十一阕，"题曹子清先人所构栋亭，亭在江宁署中"，《满江红》一阕。

十二月先生三十初度，姜西溟赋六绝句见赠。（《苇间集诗》）

七月严绳孙迁右春坊，右中允，兼翰林院编修，敕授承德郎。冬典顺天闱乡试，事竣假归。

九月秦松龄以辛酉主江西乡试，被勘南归。

十月吴汉槎卒（五十四岁）。时先生扈从南巡，至十一月闻耗金陵。故祭文有云："青溪落月，台城衰柳，哀讣惊闻，未知是否。"原文除《通志堂集》外，不散见，爰录于次：

呜呼！我与子爱居爱处，谁料倏忽，死生异路。自我别子，子病虽遽，款款话言，历历衷素。初谓奄旬，尚可聚首，俄然物化，杨生左肘。青溪落月，台城衰柳，哀讣惊闻，未知是否？畴昔之夜，元冕垂缨，呼我永别，号痛就醒，非子也耶？仿佛精灵，我归不闻，子笑语声，传言是矣。惟堂而哭，寡妻弱子，七十之母，远在故里，返輤何日，倚闾何俟。嗟嗟苍天，何厚其才，而啬其遇，亦孔艰哉！弱龄克赋，左马右枚，未题雁塔，先泣龙堆。中郎朔方，亭泊辽海，萧萧寒吹，荒荒破垒，子穷过此，二十四岁。凌云欲奏，狗监安在，自我昔年，邂逅梁溪，子有死友，非此而谁，金缕一章，声与泣随，我誓返子，实由此词。皇恩荡荡，磅礴无垠，皂帽归来，呜咽沾巾。我喜得子，如骖之靳，花间草堂，月夕霜晨。未几思母，翩然南棹，凭舻发咏，临流垂钓。舟还巨壑，鹤归华表。朋旧全非，容颜乍老。中得子讯，卧疴累月，数寄尺书，趣子遄返，授馆甫尔，遂苦下泄，两月之间，便成永诀。自古才人，易夭而贫。黄金突兀，白玉岣嵝，以彼一日，易我千春。知子不愿，卓哉斯文。子志未竟，子劳已息。有子与女，块然坫席。言念交期，慰尔营魄，灵兮鉴之，无嗟远客，尚飨！（《通志堂集》卷十四）

冬得惠山听松庵故物，明王孟端，李西崖所为竹炉诗画卷。
　　是年秋，梁汾以庵之竹炉，年久损坏，为仿旧式制之，恒叹旧图之不可复得，及来都下，忽见之先生所，先生遂以赠焉。并题七律一首。（见《京师坊巷志》卷九引《曝书亭》一节）

　　先生题《竹炉新咏卷诗》，附序云："惠山听松庵，竹茶炉年久损坏，甲子秋梁汾仿旧制，复为置积书岩中，诸名士作诗以纪其事。是冬余适得一卷，题曰"竹炉新咏"，则明时王舍人孟端、李相国西崖所为竹炉诗、画并在，实听松故物也。喜以归梁汾，即名其岩曰"新咏堂"。

康熙二十四年乙丑（公历一六八五），先生三十一岁。
　　任一等侍卫。

　　先生二十二岁授三等侍卫，其后晋二等、一等，始于何年，殆不可考。查《实录》，《东华录》，均未之载。惟先生以一等侍卫终，谨志是年。

　　四月严荪友南归，入辞，先生赋诗送别。严祭文云："时坐无馀人，相与叙平生之聚散，究人事之终结，语有所及，怅然伤怀。久之别去，又送我于路，亦终无所复语，其意若有所不甚释者。"
　　五月下旬，先生示疾，前一日，同梁药亭，顾梁汾，吴天章，姜西溟咏夜合花。
　　诗云："庭前双夜合，枝叶敷华荣，疏密共晴雨，卷舒因晦明。影随筠箔乱，香杂水沉生，对此能消忿，旋移近小楹。"（张纯修刻《饮水集》题注"五月下弦"四字）

　　顾梁汾撰祭文云："示疾之前一日，集南北之名流，咏中庭之双树。"姜西溟撰祭文"夜合之花，分咏同裁，诗墨未干，花犹烂开。七日之间，玉折兰摧。"朱锡鬯撰祭文"夜合惺忪，花散签帙，联吟比调，曾未旬日。"是先生作此诗时，距逝世仅七日耳，盖绝笔矣。

先生得寒疾，上遣中官侍卫及御医数辈，络绎至第诊治。于时上将出关，命以病增减报日再三。疾呕，亲处方药赐之。已七日不汗，未及进，而先生殁，时五月三十日己丑也。上为震悼，使赐祭奠，典恤有加。初临终时，邀徐健庵诀，泣而言曰："性德承先生之教，思钻研古人文字，以有成就，今已矣。生平诗文本不多，随手挥写，辄复散佚，不甚存录。辱先生不弃，执经左右十有四年，先生语以读书之要，及经史子百家源流，如行者之得路。然性喜作诗余，禁之难止，今方欲从事古文，不幸遘疾短命，长负明诲，殁有余恨。"（徐健庵《通志堂集序》）

六月梭龙诸羌输款，上于行在遣宫使拊几筵哭而告之，以先生有劳于是役也。（韩元少撰《神道碑》）

顾梁汾祭先生文：

呜呼！吾哥其敬我也，不啻如兄；而爱我也，不啻如弟，而今舍我去耶？吾哥此去长往，何日重逢何处？不招我一别，订我一晤耶？且擗且号，且疑且愕，日晻晻而遽沉，天苍苍而忽暮，肠惨惨而欲断，目昏昏而如瞀。其去耶，其未去耶？去不去尚在梦中，而吾两人俱未寤耶？吾哥去，而堂上之两亲何以为怀？膝前之弱子，何以为怙？辇下之亲知僚友何以相资益？海内之文人才子或幸而遇，或不幸而失路无门者，又何以得相援而相煦也。欲状吾哥之生平，既声泪俱发，而不忍为追维。欲述吾两人之交情，更声泪俱竭，而莫能为覼缕。盖屈指丙辰以迄今兹，聚而散，散而复聚，无一日不相忆，无一事不相体，无一念不相注。第举其大者言之，吾母太孺人之丧，三千里奔赴，而吾哥助之以麦舟；吾友吴兆骞之厄，二十年求救，而吾哥返之戍所。每謇言之数进，在总角之交，尚且触忌于转喉，而吾哥必曲为容纳。洎谗口之见攻，虽毛里之戚，未免致疑于投杼，而吾哥必阴为调护。亦其知我之独深，亦为我之最苦。岂兄弟之不如友生，至今日而竟非虚语。又若尔汝形忘，晨夕心数，语惟文史，不及世务。或子衾而我覆，或我觞而子举，君赏余《弹指》之词，我服君《饮水》之句。歌与哭总不能自言，而旁观者更莫解其故。又若风期激发，慷慨披露，重以久要，申其积愫，我哥既引我为一人，我亦望吾哥于千古。他日执令嗣之手，而谓余曰，此长兄之犹子。

复执余之手谓令嗣曰，此孺子之伯父也。呜呼！此意敢以冥冥而相负耶？总之吾哥胸中，浩浩落落，其以世味也甚淡，直视勋名如糟粕，势利如尘埃。其以道义也甚真，特以风雅为性命，朋友为肺腑。人见其掇科名，擅文誉，少长华阀，出入禁御，无俟从容政事之堂，翱翔著作之署，固已气振夫寒儒，抑且身膺夫异数矣。而要之吾哥所欲试之才，百不一展；所欲建之业，百不一副；所欲遂之愿，百不一酬；所欲言之情，百不一吐；实造物之靳乎斯人，而并无由达之君父者也。犹忆吾哥见赠之词，有曰："一日心期千劫在，后身缘，恐结他生里。"又曰："惟愿把来生祝取慧业，同生一处。"呜呼！又岂偶然之言，而他人所得预者耶？吾哥示疾之前一日，集南北之名流，咏中庭之双树，余诗最后出，读之铿然，喜见眉宇，若惟恐不肖观之落人后者。已矣！伯牙之琴，盖自是终身不复鼓矣。何身可赎？何天可吁？音容僾然，涕泣如澍。再世天亲，誓言心许，魂兮归来，鉴此惊愫！"

《通志堂集》附刊碑，志，哀，祭，诗文为二卷，篇什既富，所作皆当时名流，然往往称述其家世勋贵，无足当先生生平者。其中惟严绳孙、姜宸英、梁佩兰诸篇，皆叙述交谊，而恳切真挚，尤以顾贞观一篇为最。顾氏著作，今惟词有传本，古文则向所罕见，爰专录顾文于此。

康熙二十五年丙寅。

先生葬皂荚屯。徐健庵撰《神道碑》文，表诸阡。

按杜诏《云川阁诗》卷三，同梁汾先生登贯华阁，观成侍中三十绘像，有诗云："只是伤心皂荚屯。"下注，皂荚屯，其葬处也。徐健庵撰《神道碑》曰："侍卫纳兰君容若之既葬，太傅泣而告余曰：'吾子之丧，君既铭而掩诸矣，余犹惧吾子之名，传之勿远也，揭而表诸道，庶其不磨。'"又云："会上亦有意将大用之，人皆为君喜，忽于去年五月晦得寒疾而卒。"观此可知健庵撰文当在丙寅。又按健庵撰《墓志铭》："始容若之丧，而余哭之恸也，今其弃余也数月矣，其葬盖未有日也"。读健庵前后两文，计之当于是年营葬。

后　记

容若虽履盛处丰，生长华绮，乃抑然不自多，于世无所芬华，韩菼撰《神道碑》曰：“若戚戚于富贵，而以贫贱为可安者。身在高门广厦，常有山泽鱼鸟之想。”当二十二岁廷对后，即被擢侍卫，处身宫禁。然本性放达不拘，对此为生平最不慊意事；其抑郁多感，半由于此。读其《拟古》第一首云：“曰余餐霞人，簪绂忽如寄。”第七首云：“丈夫故豁达，身世何汲汲；外物信非意，潦倒翻成泣。”第四十首云：“我本落拓人，无为自拘束，倜傥寄天地，樊笼非所欲。”《野鹤吟》云：“鹤生本自野，终岁不见人，朝欲碧溪水，暮宿沧江滨。忽然被赠缴，翘首盼青云。仆亦本狂士，富贵鸿毛轻；欲隐道无由，幡然逐华缨。动止类循墙，戢身避高名。怜君是知己，习俗苦不更；安得从君去，心同流水清。”凡此皆自述也，可以见其志趣。高士奇赠《金缕典》有句云：“谁识胸中才八斗，任浮沉执戟鸾旌下。”盖亦深致惋惜。顾梁汾撰祭文云：“其于世味也甚淡，直视勋名如糟粕，势利如尘埃；其于道义也甚真，特以风雅为性命，朋友为肺腑。”又曰：“所欲建之业，百不一副；所欲遂之愿，百不一酬；所欲言之情，百不一吐。”非相知如梁汾，孰能道此？

“侧帽风前花满路，”晏小山《清平乐》句也。容若平生服膺晏词，其弱冠时所作曰《侧帽词》有承平乌衣少年樽前马上之概，自后所刊，更名《饮水》，盖在悼亡以后，所为诗词，辄寄哀音。先生自曰：“如鱼饮水，冷暖自知而已。”可知其十年之间，有此两种身世。观集中自悼亡卢氏后，伤感怀念之作，缠绵恻怆，至终身如是，几无一字一句，不使人凄然以感也。即平素于友朋酬赠送别之作，或相忆之寄，亦无不披沥肝胆，激发至情；凡此皆得之集中，可一一覆按。夫惟情真，斯文字之所由工也。

容若古之伤心人，其失意之事，可得之于文字者，如《忆桃源塌》之“寄声珍重，加餐千万，而今始会当时意”。《菩萨蛮》之“记得别伊时，桃花柳万丝”。《念奴娇》之“怕见人去楼空，柳枝无恙，犹扫窗间月，无分暗香深处住，悔把兰襟亲结”。《浣溪纱》之“旧游时节好花天，断肠人去自今年”。《减字木兰花》之“自惜寻春来较晚，知道今生那见卿”。《鹊桥仙》之“人去似春休，别自有人桃叶渡”。观上所述，似缔盟之后，事复不谐，故有“别自有人桃叶渡”，与“自惜寻春来较晚”之句。又似一别之后，不复再见，故有“知道今生那见卿”之句。其尤显明而可以探索其事实者，则更有《昭君怨》一阕，词云：“深禁好春谁惜，薄暮瑶阶伫立；别院管弦声，不分明。又是梨花欲谢，绣被春寒今夜；寂寂锁朱门，梦承恩”。其末了两句，最足注意，所谓锁朱门，何地也？梦承恩，何事也？除宫闱以外，更何有承恩之事！又观其赠梁汾《金缕曲》云：“御沟深、不似天河浅。”至是言皆有归，非泛为之辞矣。后宫深禁，故有不复再见之感。如曰《昭君怨》为咏宫怨之词，则清初如彭羡门、王士禛辈固尝好为此体；惟容若一生，独不肯作此无谓作品。凡所谓宫怨闺怨，于诗词两集中，不能找得一首，况《昭君怨》有"又是梨花欲谢"一句，已置身题内，且有所指，为非咏宫怨明矣。入宫之事，本诸相传，无确实证据，近读其词，特拈而书之，以见作者身世之感受，惜其时其人未得所详。

《饮水词》句中，用"回廊""梨花"特多，意必于时于地，有所实指。如《青衫湿》："到而今、独伴梨花影。"《采桑子》："落尽梨花月又西。"《沁园春》："趁星前月底，魂在梨花。"《唐多令》："为梨花深掩重门。"《虞美人》："春情只到梨花薄。"《苏幕遮》："划地梨花，彻夜东风瘦。"《清平乐》："黄昏只对梨花。"《昭君怨》："又是梨花欲谢。"《金缕曲》："任梨花落尽无人管。"《红窗月》："犹记回廊影里誓三生。"《金缕曲》："依回廊新月在。"《木兰花》："回廊一寸相思地。"《浪淘沙》："梦里蹩遇回廊。"《青衫湿》："教寻梦也回廊。"

明珠相业与徐昆山均在毁誉参半之间，惟撤藩之举，与米思翰坚力主之；及平定三藩时，赞理军务，以致成功，固不可没也。其后连结党羽，援引靳辅、余国柱辈，权倾朝廷，致有二十七年郭琇疏劾，削大学士职，降为内大臣，时在容若卒后三年。先是容若赠梁汾《金缕曲》有"一日心期千劫在"之句，似察微忧危，已萌先见。又观严荪友撰《祭文》曰："初容若年甚少，于世无所措意。既而论文之暇，间语天下事，无所隐讳。比岁以来，究物情之变态，辄卓然有所见，于其中或经时之别，一再接其绪论，未尝不使人爽然而自失也。盖其警敏如此，使更假以年，吾安知其所极哉！夫容若为吾师相国子，师方朝夕纶扉，以身系天下之重。容若起科目，寻擢侍殿陛，益密迩天子，左右人以为贵近臣无如容若者。夫以警敏如彼，而贵近若此，此其夙夜畏寅，视凡人臣之情，必有百倍，而不敢即安者，人不得而知也。"又云："余以将归，入辞容若。时坐无馀人，相与叙平生之聚散，究人事之终结，语有所及，怅然伤怀。久之别去，又送我于路，亦终无所复语，其意若有所不甚释者。"荪友此文，作于明珠在朝之时，其言自多委婉；然言外之意，可得而知。读此可见其用心，确有难言之悲楚矣。

从 录

《饮水词》，《西郊冯氏园看海棠，因忆香严词有感·浣溪纱》一阕，有

"旧游时节好花天，断肠人去自今年"之句，按龚芝麓有香严斋所著词曰：
《香严词》龚尝有蓦山溪，"重来门巷，尽日飞红雨"二句，为当时所传诵，
观容若此词，似不胜重来之感。云忆《香严词》未知何指，《通志堂集》原本
复将此题删去，王俨斋谓为柔情一缕，能令九转肠回，虽"山抹微云，君不能
道也"。

《采桑子》云："谢家庭院残更立，燕宿雕梁，月度银墙，不辨花丛那辨
香。此情已自成追忆，零落鸳鸯，雨歇微凉，十一年前梦一场。"后之读此词
者，无不疑及与悼亡有关，并引以推证其悼亡年月。余近读梁汾《弹指词》有
和前韵一首，词云："分明抹丽开时候，琴静东厢，天样红墙，只隔花枝不隔
香。檀痕约枕双心字，睡损鸳鸯，孤负新凉，淡月疏棂梦一场。"观上二首，
咏事则一，句意又多相似，如谓容若词为悼亡妻作，则闺阁中事，岂梁汾所得
言之？

《饮水词》咏红姑娘眼儿媚，按红姑娘一名洛神珠，一名灯笼草，即酸浆
草也。元樱桃殿前有草名红姑娘，见《清吟堂集·咏红姑娘诗》题注。

陈其年《湖海楼词》卷一，有《点绛唇·和成容若韵》，卷十九《金缕曲赠
成容若》，词云："丹凤城南路，看纷纷崔卢门第，邹枚诗赋。独炙鹅笙潜趁
拍，花下酒边闲谱。已吟到最销魂处，不值一钱张三影。倩旁人拍手揶揄汝，
何至作，温韦语。 总然不信填词误，忆平生几枝红豆，江东春暮。昨夜知
音才握手，笛里飘零曾诉。长太息，钟期难遇。斜插侍中貂更好，箭骹鸣、从
猎回中去。堂堂甚，为君舞。"

梁药亭《六莹堂集》，赠成容若侍中五古："崇兰郁深涧，青松挺高冈。
志士无外营，气味同孤芳。掩户二十年，坐卧惟一床。耒苗事东皋，垂钓歌沧
浪。高秋八九月，朔雁纷南翔。讵期故人书，托雁相衔将。上言报亲友，下言
抒哀肠。劝我入帝京，结束衣与裳。自从届仲冬，大江动帆樯。日月翻飞波，
天地归微茫。走马渡黄河，冰寒人马僵。砂碛乘飞尘，肌肤切严霜。不辞途路
艰，来登君子堂。堂上何巍峨，棻戟树两傍。云楣耀黄扉，虹霓贯干将。及尔
见君子，和颜悦而康。顾念我草泽，自忘躬貂珰。令德美在中，粹然著圭璋。
共陈风雅言，正音讽洋洋。国风为不淫，小雅少怨伤。三百久矣衰，愿君今复
倡。鼓瑟闻鲦鱼，弹琴志螳螂。麟游表符瑞，凤举鸣归昌。古来重知音，牙旷
垂誉望。清渭无浊流，曒日凝祥光。道义苟可求，金石镌久长。"

朱竹垞《曝书亭集》《江湖载酒词》卷，有《和成容若见寄秋夜词临江
仙》一阕，按《饮水词》中前后《临江仙》十二阕，皆非其题，原作殆已散

佚。又《浣溪纱》联句一阕，亦见《曝书亭集》，《通志堂集》未载，录下。

出郭寻春春已阑（陈维崧），东风吹面不成寒（秦松龄）。青村几曲到西山（严纯孙），并马未须愁路远（姜宸英）。看花且莫放杯闲（朱彝尊），人生别易会常难（成德）。

高士奇《疏香词》，有《苑西梳妆楼和成容若·齐天乐》，《和种桃花发·沁园春》，腊月十二日，成容若生日，索赋，《摸鱼儿》送成容扈从，《贺新凉》四阕。

吴天章《莲洋集》卷十一，题《楞伽出塞图》，五古云："出关塞草白，立马心独伤。秋风吹雁影，天际正茫茫。岂念衣裳薄，还惊鬓发苍。金闺千里月，中夜拂流黄。"按容若号楞伽山人。又观其《送顾梁汾诗》云："故人零落怅何之，犹把楞伽幼妇词。"是必指容若矣。《饮水词》有自题小照《太常引》二阕，第一首上半截云："西风乍起峭寒生，惊雁避移营，千里暮云平，休回首，长亭短亭。"似出塞之音也。

《赌棋山庄词话》，"镇洋汪仲安元治《纳兰词》，凡五卷，三百二十三阕，比之袁本多百馀阕，可谓搜罗无遗，仲安刻是书竟，曾填《齐天乐》一阕，词云：'骖鸾返驾人天杳，伤心尚留兰畹。艳思攒花，哀音咽笛，当日更番肠断。乌丝漫展，认蠹粉芝烟，旧痕凄惋，拥被微吟，怎禁清泪暗承眼。终惭替人过许，只为零落甚，重为排卷。自蓺晨书，青灯夜校，忍记三生幽怨。蓉城梦远，可相逢此情深浅，传遍词坛，有愁应共澣。'仲安填词，有纳兰再世之目，替人句谓此也。"

《渌水亭与唐实君话旧》："镜里清光落槛前，水风凉逼鹭鸶肩。菰蒲放鸭空滩雨，杨柳骑牛隔浦烟。双眼乍开疑入画，一樽相属话归田。江湖词客今星散，冷落池亭近十年。"（查慎行《敬业堂集卷》）

《吴天章送顾梁汾南归》云："谷帘泉好曾参谒，夜合花开罢赋诗。金马才名狂客散，斜川风景酒人知。"盖伤乙丑五月事也。（《莲洋集》卷十一）

顾梁汾登黄鹤楼赋《大江东去》末云，"等闲孤负第三层上风月"附注云："呜呼！容若已矣！余何忍复拈长短句乎？是日狂醉，忆桑榆墅有三层小楼，容若与余乘月去梯，中夜对谈处也。因寓此调，落句及之"。（《弹指词》下卷）

姜西溟跋《同集书》后："往年容若招余与荪友、梁汾集花间草堂，剧论文史，摩挲书画云云。"而梁汾晚年于端文公祠后，构室三楹，南窗对惠山，颜曰花间草堂，其惓惓于昔游如此。（毛际可《安序堂文钞》卷十四《花间草堂记》）

姜西溟跋同集书后："往年容若招予往龙华僧舍，日与荪友、梁汾诸子集花间草堂，剧论文史，摩挲书画。于时禹子尚基亦间来同此风味也。自后改葺通志堂，数人者复晨夕相对，几案陈设，尤极精丽，而主人不可复作矣。荪友已前出国门，梁汾羁栖荒寓，行一年所，今亦将妻子归矣。落魂而留者，惟余与尚基耳。阅荪友、容若此书，不胜聚散存殁之感！而予于容若之死，尤多慨心者，不独以区区朋游之好已也。此殆有难为不知者言者。若余书偶然涉笔，不知尚基何缘收此，然亦足以见姓名于其间，志一时之胜概云尔"。（四库本《湛园未定稿》卷八）

余旧有《菊庄词》，为吴孝廉汉槎在宁古塔寄至朝鲜，有东国会宁都护府记官仇元吉题余词云："中朝买得《菊庄词》，读罢烟霞照海湄。北宋风流何处是，一声铁笛起相思。"故王阮亭先生有"新传春雪咏，蛮缴织弓衣"之句。益都相国冯公有"记载三长衿虎观，风流一调动鸡林"之句。皆一时实录也。同时有以成容若《侧帽词》、顾梁汾《弹指词》寄朝鲜者，朝鲜人有"谁料晓风残月后，而今重见柳屯田"句。惜全首不传。（徐釚《词苑丛谈》卷五）

阮葵生《茶余客话》所载，有吴汉槎戍宁古塔，行箧携《菊庄》，《侧帽》，《弹指》三词之语。按汉槎出塞，容若年仅五岁，安有携其《侧帽词》之理？徐釚《词苑丛谈》则云：有以成容若《侧帽词》、顾贞观《弹指词》寄朝鲜，则非汉槎携去明矣。《茶馀客话》又云，有朝鲜使臣仇元吉、徐良畸以一饼金购去，《词苑丛谈》则云寄至朝鲜，此篇系徐氏记载本人事实，当无不确，特录之以正阮氏之误。

成德氏纳喇，亦作纳兰，太傅明珠子。康熙癸丑进士，选侍卫，爱才好客，所与游皆一时名士。尝集宋元以来诸儒说经之书，刻为《通志堂经解》一千八百余卷。精鉴藏，善书能诗，尤工于词，所刻《饮水》、《侧帽》词，传写遍于村校邮壁，有《通志堂集》。（吴修《昭代名人尺牍小传》卷八）

纳兰容若，大学士明珠子，少聪敏，过目成诵，十九成进士，二十二授侍卫，拥书数万卷，萧然若寒素。弹琴歌曲，评书画以自娱。所作《饮水诗词集》，《通志堂文集》，《周易集义粹言》，《礼记集说补正》，所居名珊瑚阁。（《天咫偶闻》卷四）

按《通志堂集》为赋、诗词，古文杂识合订而成，得十八卷，所云《通志堂文集》，误。

成容若十七为诸生，十八举乡试，十九成进士，二十二授侍卫。天姿英绝，萧然若寒素。弹琴歌曲，评书画以自娱，不知为宰相子也。书学褚河南，幼善骑射，自入环卫，益便习，发无不中。扈跸塞垣，琱弓牙箭列麛帐，以意制器，多巧倕所不能到。尝读赵松雪自写诗有感，即绘小像仿其衣冠，座客或期许太过，皆不应。徐东海曰："尔何酷似王逸少?"乃大喜。（《茶馀客话》）

成容若，为纳兰太傅之长子，中康熙癸丑进士。时太傅权震当时，而侍卫素嗜丹铅，与名士交接，初不干预政事。惟吴汉槎谪戍黑龙江，以顾贞观舍人向侍卫乞怜，故侍卫阅其寄吴小词，辞甚凄苦，恻然曰："都尉河桥之作，子荆楚雨之吟，并此而三矣。此事三千六百日中，弟当专任其事，毋烦更多言也。"贞观曰："人寿几何? 顾以十载期之。"侍卫乃白太傅，援例赦还，一时贤名大著。又刻宋元明诸家经解数千卷，名《通志堂经解》，一时传诵焉。（《啸亭杂录》）

"尝读吕汲公《杜诗年谱》，首开元辛巳，年已三十，盖晚成者也。李长吉未及三十已应玉楼之召，若比少陵，则毕生无一诗矣。然破锦囊中，石破天惊，卒于少陵同寿，千百年大名之垂，彭殇一也。优昙之花，刹那一现，灵椿之树，八千岁为春秋，岂计修短哉?"此容若书《昌谷集》后语也。容若较昌谷多四岁耳，其《侧帽》、《饮水》之篇，在当时已有"井水吃处，无不争唱"。今又百六七十年，倚声家直夐为李煜后一人，虽阳春、小山，不能到。其书昌谷殆若自道，岂非谶哉? 咸丰己未腊月，读此集一过，漫口其后，邵亭眠叟。（见北平图书馆藏莫友芝旧藏《通志堂集》）

"明月照积雪"，"大江流日夜"。"中天悬明月"，"黄河落日圆"。此种境界，可谓千古壮观，求之于词，惟纳兰容若塞上之作，如《长相思》之"夜深千帐灯"，《如梦令》之"万帐穹庐人醉，星影摇摇欲坠"，差近之。（王国维《人间词话》）"纳兰容若以自然之眼观物，以自然之舌言情，此由初入中原，未染汉人风气，故能真切如此，北宋以来，一人而已。"（《人间词话》）

陈聂恒《栩园词弁》录顾梁汾书云："国初辇毂诸公，尊前酒边，借长短句以吐其胸中；始而微有寄托，久则务为谐畅，香严、仙圃领袖一时，惟时戴笠故交，担簦才子，并与游谦之席，各传唱和之篇；而吴越操觚家，闻风竞起，选者作者，妍媸杂陈。渔洋之数载广陵，实为斯道总持；二三同学，功亦难泯。最后吾友容若，其门地才华，直越晏小山而上之。欲尽海内词人，毕出其奇，远方骎骎，颇有应者，而天夺之年，未几辄风流云散。渔洋复位高望重，绝口不谈，于是向之言词者，悉去而言诗古文辞，回视花间草堂，顿如雕虫之见耻于壮夫矣。虽云盛极必衰，风会使然，然亦颇怪习俗移人，凉燠之态，浸淫而入于风雅，可为太息。"

丁药园（澎）曰："容若填词，有《饮水》《侧帽》二本，大约于尊前马上得之。读之如名葩美锦，郁然而新。又如太液波澄，明星皎洁。宋初周待制领大晟乐府，比切声调十二律，柳屯田增至二百馀阕，然亦有昧于音节，如苏长公，犹不免铁绰板之讥。今容若以侍卫能文，少年科第，间为诗馀，其工于律吕如此，惜乎不能永年，悲夫！"

顾梁汾曰："容若词一种凄惋处，令人不能卒读，人言愁，我始欲愁。"

陈其年曰："《饮水词》哀感顽艳，得南唐二主之遗。"

聂晋人曰"容若为相国才子，少工填词，香艳中更觉清新，婉丽处又极俊逸，真所谓笔花四照，一字动移不得者也。惜乎早赴修文，所谓'天雨粟，鬼夜哭'，果有之耶。"

容若构一曲房，属藕渔书额曰鸳鸯社。顾梁汾有《桃源忆故人》词云："千金一刻三春夜，转眼水流花谢，已觉都成梦话，只是伤心也。分明有恨如何写，判得今生暂舍；还拟他生重借，领袖鸳鸯社。"玩此词语气，当作于容若去世之后？（《弹指词》下卷）

"忍草庵旧藏纳兰容若遗象，并所书贯华阁额，重九后二日，偕钟士奇访之，额与像俱已毁弃。慨然题壁：'中酒才过裂叶风，寻秋乱踏四山空，贯华阁子梦边鹿，饮水词人天外鸿。变灭浮岚攒紫翠，萧森老树碎青红。销魂绝代佳公子，侧帽风流想像中。"（赵函《乐潜堂集》卷一）

边袖石《十汊海诗》，五绝句录三："平泉花木翠回环，相国楼台占此间。二百年来人事改，夕阳青映隔城山。 饮水新词制最工，乌丝格调宛相同。笛床琴荐清歌夕，犹有平原结客风。 鸡头池涸谁能记，渌水亭荒不可寻。小立平桥一惆怅，西风凉透白鸥心"。（《健修堂集》卷十一）

"纳兰容若工书，妙得拨镫法，临摹飞动。晚乃笃志于经史，且欲窥性命之旨（《八旗文经》）。其书法摹褚河南临本《禊帖》，间出入《黄庭内景经》（《憺园集》）。所与游皆一时名士，尝集宋元以来说经之书，刻为《通志经解》。精鉴藏，善书，能诗，尤工于词。"（《昭代名人尺牍小传》，曼殊震钧《国朝书人辑略》卷二）

"纳兰容若为国初第一词人，其《饮水诗·论填词古体》云：'诗亡词乃盛，比兴此焉托。往往欢娱工，不如忧愁作。冬郎一生极憔悴，判与三闾共醒醉。美人香草可怜春，凤蠟红巾无限泪。芒鞵心事杜陵知，袛今惟赏杜陵诗。

古人且失风人旨，何怪俗眼轻填词。词源远过诗律近，拟古乐府特加润。不见句读参差三百篇，已自换头兼转韵。'容若承平少年，乌衣公子，天分绝高，适承元明词敝甚，欲推寻斯道，一洗雕虫篆刻之讥。独惜享年不永，力量未充，未能胜起衰之任。其所为词，纯任性灵，纤尘不染，甘受和，白受采，进于沉着浑至何难矣。慨自容若而后，数十年间，词格愈趋愈下。东南操觚之士，往往高语清空，而所得者薄；力求新艳，而其病也尖；微特距两宋若霄壤，甚且为元明之罪人。筝琶竞其繁响，兰荃为之不芳，岂容若所及料哉。"（况周颐《蕙风词话》卷五）

"容若与顾梁汾交谊甚深，词亦齐名，而梁汾稍不逮容若，论者曰失之肥。"（同上）

"如鱼饮水，冷暖自知。道明禅师答卢行者语，见《五灯会元》。纳兰容若诗词名本此。"（同上）

梁汾营救汉槎事，词家纪载綦详，惟《梁溪诗钞》小传注："兆骞既入关，过纳兰成德侍卫所，见斋壁大书'顾梁汾为吴汉槎屈膝处'，不禁大恸云云。此说他书未载，昔人交谊之重如此。"（同上）

"成德，字容若，避东宫嫌名，改名性德，纳喇氏，金三十一姓之一。先世星恳达尔汉，据有叶赫之地，所谓北关也。隶满洲正黄旗，叶赫东城贝勒金台什曾孙，大学士明珠子。康熙癸丑进士，丙辰廷对与十名中，授侍卫。尝奉使觇梭龙羌。乙丑五月卒，年三十有一。善为诗，尤工于词。尝辑《全唐诗选》、《词韵正略》，刻宋元以来经解，书学褚河南。有《通志堂集》十八卷。"（《八旗文经》卷五十七小传）

容若悼亡自度曲《青衫湿遍》，周之琦《怀梦词》有和此调，题曰："道光乙丑，余有骑省之戚，偶效纳兰容若为此，虽非宋贤遗谱，其音节有可述者。"（《怀梦词》）

梁任公《渌水亭杂识跋》"容若小词，直追李主。其刻《通志堂九经解》，为经学家津逮。其纪地胜，摭史实，多有佳趣。偶评政俗人物，见地超绝。诗文评益精到，盖有所自得也。卷末论释老，可谓明通。其言曰：'一家人相聚，只说得一家话，自许英杰，不自知孤陋也。'可谓僧儒辟异端者当头一棒。翩翩一浊世公子，有此器识，且出自满洲，岂不异哉。使永其年，恐清儒皆须让此君出一头地也。戊午八月病中读竟记。"（《饮冰室文集》七十七）

"纳兰容若者，北门相公之子也。负轶才，不永年。有弟纳兰恺功，方求知名士为师，而先生（按：指唐孙华）方客长洲宋文恪所，会文恪薨，北门相公遂礼先生而致之宾馆。恺功年富志锐，慧辨过人，每举史传僻事疑义，以相责难，先生引端竟绪，答无留滞；恺功心厌气析。后位至六卿，久长翰林，其视诸翰林，莫先生若。先生解组后，存问不绝，为刻诗集若干卷。晚年寄草堂资，而先生始有息庐之筑。（顾陈垿撰《唐孙华传》）

"天香满院图，禹之鼎绘，朱邸峥嵘，红阑绿曲，老桂数株，柯叶作深黛色，花绽如黄雪，一人青袍缇络，伫立若有所思，貌清癯特甚，容若三十一岁像也。江阴缪艺风藏。"（《蕙风词话》卷五）

按此图，今藏缪氏后人。无款识，无题跋，昔艺风于沪上，征名流题诗文甚多。据其语人云，系相传为容若像。然考之《通志堂集》及同时他家集中，均未之及，不足征信。今有正书局《中国名画集》第十集有影印片，录此备考。

双凤砚，为容若故物。朱竹垞镌跋，为某旗人藏，今以数百金质于日本某氏，有拓片。

抄手形砚（即火砚），左侧镌"纳兰成德藏"五字。右侧有梁节庵刻铭："天有日，人有心，戢山砚，泪涔涔。"十二字。今江宁邓氏藏。赵孟頫《鹊华秋色图》长卷，董香光跋，后入内府。庚午十月，获见于故宫锺粹宫。盖有"成德容若"方章二，"成德"方章二，"楞伽真赏"方章一，"容若书画"方章一，"楞伽山人"圆章四，"楞伽"圆章四。

雍正三年六月初七日上谕："且年羹尧又系明珠之孙婿。"按羹尧康熙三十九年进士（生年莫考。），是年揆叙仅二十七岁，必非妻揆叙女，容若长揆叙十九岁，是年四十六岁，则所谓明珠孙婿，当为容若之婿也。

遗著考略

《大易集义粹言》八十卷。是书乃取宋陈友文《大易集义》六十四卷，方闻一《大易粹言》七十卷合辑之。二书皆荟萃宋儒之易说。《集义》原书只有上下经，故所引未能赅备；《粹言》兼其经传。惟《集义》所采摭视《粹言》多十一家，容若因将二书合并，去其重复繁燕。又采十一家著作中论《系辞》诸传为《集义》所未采者，补之。间以己见考其源委，定其体例，合订删补成八十卷。

此书相传谓其稿本，出陆元辅，性德殁后，徐乾学刊入《九经解》中，始署性德之名，莫之详也。（《四库全书总目提要》卷六）

翁方纲《通志堂经解》书目，"按《大易粹言》今考定是宋方闻一撰，《宋史·艺文志》作曾穜，误也。"

陈氏《礼记集说补正》三十八卷，陈澔《礼记集说》，疏舛太甚，乃为条析而辨之。凡澔所遗者谓之补，澔所误者，谓之正。皆先引经文，次列澔说，援引考证，以著其失，颇采宋元明人之论，与郑注孔疏亦时立异同。大抵考古训名物者十之三四，辨析义理者十之六七，以澔主义理，故随文驳诘亦多也。凡澔之说，皆一一溯其本自何人，颇为详贳。凡所指摘，切中者十之八九。（《四库全书总目提要》卷二十一）

《渌水亭杂识》，《通志堂集》分四卷，自第十五卷至十八卷，康熙三十年梓版，刻本甚精，后刊入《昭代丛书》、张氏《适园丛书》，均不分卷数，有癸卯孟夏震泽杨复吉跋。

《通志堂集》，康熙三十年辛未，徐健庵辑其遗著，序而梓之，别为赋一卷，诗四卷，词四卷，经解序三卷，文二卷，《渌水亭杂识》四卷，《附录》（碑，志，哀，祭，）二卷，成二十卷。徐乾学、严绳孙序，每叶九行，行十九字，余所见为邵亭旧藏本，今北平图书馆藏。徐健庵《通志堂集序》曰："余里居杜门，检其诗词古文遗稿，太傅公所手授者及友人秦对岩，顾贞观所藏，并经解小序合而梓之，以存梗概，碑志哀祭附于卷后。"

《全唐诗选》，不详卷数。见《天咫偶闻》卷五，《八旗人著述书目》未见传本。

《词韵正略》，不详卷数。见《天咫偶闻》卷五，《八旗人著述书目》未见传本。

《今词初集》，与顾梁汾合选。卷首自吴伟业以下一百八十八家，有鲁超序于康熙三十年。近人东莞伦明（哲如）有藏本。

《名家绝句钞》，《通志堂集》卷十三《名家绝句钞序》云："与蒋宣虎，顾梁汾，吴汉槎，共相编定。"未见传本。

《侧帽词》，按赵函序汪珊渔刻《纳兰词》云："向所见者，惟《侧帽词》刊本。"又吴绮《林蕙堂文集续集》卷四，其所撰《饮水词》序题作《饮水词二刊序》，是知《饮水》之前，《侧帽词》已有刊本。徐釚《词苑丛谈》云：

时有以成容若《侧帽词》，顾贞观《弹指词》寄朝鲜者，朝鲜人有"谁料晓风残月后，而今重见柳屯田"句，今未见传本。

《弹指词》，《侧帽词》合刊本，赵函序汪珊渔《纳兰词》云："向所见者，惟《侧帽词》，并与顾梁汾合刊者。"按赵氏道光时人，彼时尚有传本也。

《饮水词》，顾贞观，吴绮校定，康熙十七年戊午刊于吴中。有吴绮、顾贞观序，卷数未详。

张纯修刊《饮水诗词集》，康熙三十年刻于扬州，雕工甚精，页九行，行二十字。纯修撰序，首页有"锡山顾贞观阅定"一行，词之篇数次序，及字句异同，大致与《通志堂集》原本相同，增有《过张见阳山居菩萨蛮》一阕，为曹子清题其先人所构楝亭，亭在金陵署中"《满江红》一阕。惟古近体诗比原本少一百八首，纯修原刻本流传绝罕，今所见有华亭张祥河序，为道光乙巳重梓本。版心缩小，合订一册。

万松山房本《饮水诗词集》，仿张纯修本刻，首页有"锡山顾贞观阅定"一行，合订一册，不分卷数，有康熙三十年鲁超序。按鲁超字文远，会稽人，著《谦庵词》一卷。

粤雅堂丛书《饮水诗词集》，篇数次序，悉照张纯修本，首页有"锡山顾贞观阅定"一行，合订一册，不分卷数。

袁兰村《饮水词钞》，赵函序汪珊渔刊《纳兰词》云："吾友兰村，近有刊本二百余阕，亦非其全。"按兰村钱唐人，名通。首页有"钱唐袁通兰村选录"一行，无序跋，词二百十一阕，刊入《随园三十种》，嘉庆二年锓板。

汪珊渔《纳兰词》，汪元浩序云："乃因顾梁汾原辑本，杨蓉裳抄本，袁兰村刊本，《昭代词选》，《名家词钞》，《词汇》，《词综》，《词雅》，《草堂嗣响》，《亦园词选》，汇抄得二百七十馀阕。其前后之次，择体编之，字句异同，悉加注明。并采词评，词话，录于卷首。"又赵函序云："闻吴门彭桐桥家有《通志堂集》，集中所刊词四卷，三百四阕，因寓书珊渔校原本，全刊之，光绪六年仁和许增《榆园丛刊》《纳兰词》，张预撰序云："乃仍娄东《纳兰词》旧本，蹥为斯刻。"并无复有增损与校勘之语。按榆园本，为三百四十二阕，并附汪本周僖，赵函，汪元浩三序，及词评，词话于卷端，盖存汪氏旧观也。惟汪元浩序云："汇抄得二百七十馀阕。"或当时于序后复有所增补者，汪氏既曾取校通志堂原本，则原本三百四阕，必不致脱去二十余阕之理。又按《赌棋山庄词话》，"镇洋汪仲安《纳兰词》凡五卷，三百二十三阕"，此说殆可信。

许增《榆园丛刊》《纳兰词》，分五卷，补遗二十一阕，以汪珊渔辑本重梓之，见张预撰序。其前后之次，字句异同，悉仍汪本。其不曰《饮水词》，曰《纳兰词》亦仍汪旧也。惟补遗二十一阕，为他本所无。

《纳兰一家言》，旧抄本，选录古今体诗七十一首，次序篇数，略与《熙朝雅颂》所选同。

《制艺文》，见旧抄本《梓里文萃》。此文《通志堂集》所未载；且自来言容若遗著者，均未之及。今东莞伦氏藏。

附第揆叙遗著考略

《陈光亭杂识》，是书谈经者居半，尤邃于《书经》。其书六卷，后二卷皆书注也。近人杨钟义（子勤）辑入《留垞丛刊》，尚未付梓。昔满人续廉藏有原本，后续氏殁，其书散佚，今东莞伦氏有藏本。

《益戒堂集》十六卷，自订前集起康熙三十一年壬申，讫四十二年癸未。后集起四十三年甲申，讫五十四年乙未。子仁山散骑永寿编，有自序，孙恺似序。刻本甚精，因雍正间犯禁，遂罕流传。今北平某氏藏有钞本一部，甚居奇，不轻示人。又闻有原刻本一部，为某旗人所藏，但系转述，未睹其书。又有稿本全部，闻藏涵芬楼。

《鸡肋集》一卷，系早年所刻，仅诗百篇，无序跋。东莞伦氏藏。

本书征引书目

(1) 《八旗通志》内府本　　　　(2) 《满洲八旗氏族通谱》

(3) 《满洲名臣列传》　　　　　(4) 《耆献类征》

(5) 《清史稿列传》　　　　　　(6) 《雍正上谕》

(7) 《叶赫那兰氏家谱》（抄本） (8) 《东华全录》

(9) 《甘肃全省新通志》　　　　(10) 《无锡金坛县志》

(11) 《康熙湖南通志》　　　　　(12) 《重修扬州府志》

(13) 《广西通志》　　　　　　　(14) 《历科题名碑录》

(15) 高士奇《扈从东巡日录》　 (16) 高士奇《扈从西巡日录》

(17) 魏源《开国隆兴记》　　　　(18) 高士奇《松亭行纪》

(19) 吴振臣《宁古塔纪略》　　　(20) 法式善《清秘述闻》

（21）《清圣祖实录》

（22）朱一新《京师坊巷志》

（23）钱仪吉《碑传集》

（24）盛昱《八旗文经》

（25）震钧《天咫偶闻》

（26）昭梿《啸亭杂录》

（27）姚元之《竹叶亭杂记》

（28）查慎行《人海记》

（29）戴璐《藤阴杂记》

（30）《听松庵竹炉纪事本末》

（31）《熙朝雅颂》

（32）王昶《国朝词综》

（33）徐乾学《憺园集》

（34）姜宸英《湛园未定稿》（四库本）

（35）吴兆骞《秋笳集》

（36）严绳孙《秋水集》

（37）吴雯《莲洋集》

（38）朱彝尊《曝书亭集》

（39）秦松龄《苍岘山人集》

（40）高士奇《苑西集》

（41）徐倬《修吉堂文稿》

（42）查慎行《敬业堂集》

（43）《清圣祖集》

（44）杜诏《云川阁诗集》

（45）梁佩兰《六莹堂诗钞》

（46）徐釚《南州草堂集》

（47）毛际可《安序堂文钞》

（48）赵函《乐潜堂诗》

（49）徐倬《通贵堂诗集》

（50）陈维崧《湖海楼集》

（51）边浴礼《健修堂集》

（52）梁启超《饮冰室文集》

（53）顾贞观《弹指词》

（54）高士奇《蔬香词》

（55）周之琦《怀梦词》

（56）《陈其年填词图卷》（缪艺风抄本）

（57）徐釚《南州草堂词话》

（58）陈聂恒《栩园词弁》

（59）徐釚《词苑丛谈》（四库本）

（60）吴衡照《莲子居词话》

（61）《古今词选》

（62）《赌棋山庄词话》

（63）况周颐《蕙风词话》

（64）王国维《人间词话》

（65）翁方纲《通志堂经解书目》

（66）吴修《昭代名人尺牍小传》

（67）震钧《国朝书人辑略》

（68）《通志堂经解》

（69）《通志堂集》

（70）榆园丛刊本《纳兰词》

（71）张祥河本《饮水集》

（72）《随园三十种》本《饮水词钞》

（73）张纯修本《饮水词》

（74）姜宸英《苇间诗集》

兹谱经始于十九年春，至二十年春，始获完稿。凡遗事琐屑，目有所及，悉以采入，盖恐久而愈湮，不复能详，故宁芜体例，不忍遗珠。任政记。

清代雅俗两种文化的对立、渗透和戏曲中花雅两部的盛衰

马积高

本文是作者"清代学术思想的变迁与文学"系列论文之一。论述清代俗文化在崇雅的文化思想统治下的艰难发展和雅、俗两种文化思想对戏曲的影响；从这一侧面探讨了昆剧衰落的原因和包括京剧在内的花部戏曲的发展道路，比较着重地探讨了花部戏虽很流行却缺乏很好的文学剧本的原因，在此基础上还对当前的戏曲改革提供了某些历史的经验教训。

这里所谓文化，主要指思想信仰和文学、艺术，而以后两者为主。要把这些意识形态区分为雅、俗两类是很困难的。拿思想信仰来说，在阶级社会既有阶级、阶层的区别，也有民族和地域的区别，甚至还有职业的区别，什么算是雅的、什么算是俗的，已很难辨析。何况"统治阶级的思想就是统治的思想"，被统治的阶级必然受到它的影响，要区分开来就更困难了。文学、艺术亦如此。以《诗经》中的诗乐为例，十五国风可以称为俗的，但既经采风者的采择，后来又尊为"经"，就成为雅的了。但雅、俗的区分相沿已久，对考察文化现象有一定的方便，所以这里仍袭用这两个术语，至于它们的区别，则只能给予一种模糊的说法，即经过精心创造的思想信仰理论体系和文学艺术是雅的，普及的但是比较质朴粗放的东西是俗的。还可说，在古代，民间的未经思想家、文艺作家提炼、加工或创造的简单的思想信仰和文艺作品可称为俗的，反之则可称为雅的。由于古代的思想家、文艺家多是统治阶级中人，因而雅的东西多带有统治阶级的思想情趣（所以古人每以雅正并称），而俗的东西则较多地反映下层民众的感情和愿望（所以有反正统思想的人多喜俗文艺）。当然，这都只是一种模糊的界限，其中互相渗透、转化的情况是颇多的。

雅、俗两种文化的分流、对峙和渗透、转化在我国古代有久远的历史，而以唐以后较为明显。其原因有三：（1）唐以来的封建经济较之以前有较大的发展，特别是城市和农村集镇的繁荣和兴起为民间俗文化的产生、传播提供了客观的条件，打破了上层统治阶级垄断文化的局面。清末从敦煌石窟发现的大

量唐代俗文化史料多是城镇民众的产物即是有力的证据。（2）我国汉以前的俗文化主要集中于巫术。它的普及的情况今不可详知，其内容以歌舞祀神和医、卜为主则略可想见。汉末巫术发展为道教，又传来佛教，经魏晋南北朝逐渐普及于民间。儒者也注意普及"教化"，自汉起，通过各种渠道，加强其尊天事祖和封建伦理的传播。至唐，由于统治者采取三教并容的政策，三教并行和合一遂成为一种文化思想的定势，并浸淫于民间，扩大了民俗文化的内容。（3）唐末五代以后，印刷术渐兴，书籍传播较易，民间识字者增多，也为俗文化的发展创造了条件。俗文化是发展和推动雅文化发展的泉源，这是历史早就证明了的。没有十五国风，雅、颂定将失色；没有楚巫歌、民歌，楚辞将不会产生；没有汉乐府民歌，五、七言诗将难以形成，两汉的音乐也将黯然失色；没有唐宋的民间曲子词、说唱文学和民间舞蹈，中国的白话小说和戏曲也不会应运而兴。这些尽人皆知的事实，说明古代优秀的士人对民俗文化是比较重视的。然而不容忽视的事实是：古代士大夫对民俗文化轻视、歧视的也较多，一定程度的轻视尤较为普遍，而一种俗文化是否能为士人迅速地容纳，则又视该种俗文化与传统的雅文化相异或对立的程度如何而不同，也视当时士大夫的文化心理状态而异。大致说来，民间歌舞因与古老的诗、乐、舞结合的传统相近，民歌的内容也多与国风、楚歌、乐府民歌一脉相承，士人可以较快地承认和吸取。由变文开端的说唱文学，则因其语言是由雅语变为俗语（近于白话或纯粹白话），内容和构造形式的新因素也较多，就曾长期无人仿效和整理，其中以说为主的话本尤少有人注意，历数百年至明代才受到一部分士人的重视和学习。至于民间戏曲兴起于宋、金，然北杂剧大盛于元，作者如林，名家不少；宋元南戏则迟至元明之际方为作家所注意，则不能不说是由于当时南北文化思想的差别。南方是理学的根据地，文化偏见极严重（不仅歧视俗文化，甚至轻视诗文），自然就无人问津了。

上面讲的是一般的情况，清代雅、俗文化的关系亦有与之相似的地方，但由于时代的变化，又有其特殊之处。

从占统治地位的文化思想来说，清代可称为空前的崇雅的时代。以儒学复古相提倡的经世致用的学者和考据学家固然崇雅；诗文作家除袁枚等外，无不以崇雅相号召；词和散曲也在雅的轨道上发展；甚至小说、弹词、鼓词、子弟书等本是通俗的文艺也在不同程度上走上雅化的道路。但是，清代俗文化的发展、壮大也是很显著的。如民间歌曲，正如郑振铎所说的："明人大规模的编纂民歌成为专集的事还不曾有过，都不过是曲选或'杂书'的附庸而已——除了冯梦龙的《挂枝儿》和《山歌》二书之外，但到了清代中叶，这风气却大开了。"郑氏本人搜集的各地平剧歌曲即"近一万二千余种"。如通俗小说，仅据孙楷第《中国通俗小说书目》所载即达三百余种，孙氏遗漏的尚不少。此外说书（包括说评话）、弹词（南词）、鼓词（包括子弟书、宝卷）……等说唱文艺，形式既多样，作品也很多。如弹词，据赵景深《弹词选》序言估计，即在三百种上下；宝卷，据郑振铎《中国俗文学史》，"总数约在百本以上"。而最为繁荣的则是与昆剧（传奇）相对称的花部戏曲，其剧种之多、剧目之富皆远非元明可比。据张庚、郭汉城《中国戏曲史》所录道光以前花部剧目即达二百种左右，《京剧剧目初编》所载京剧剧目则多达一千二百余种，真可谓洋洋大观了。

我们知道清朝对文化的统治很严酷，对雅文化和俗文化的禁制都很多，士人崇雅的风气又很浓，为什么俗文化却高度发展？这是一个值得研究的现象。从有关资料来看，主要有两个原因：一是经过明清之际的大动乱之后，封建经济又得到恢复和发展，特别是城镇的手工业生产和商品交换较明代有了扩展。一些交通较发达的地方已出现了较密集的手工业作坊和商业群，城镇的市民需要各种文化娱乐活动，这必然促进俗文化的发展。清代一些引人注目的形成了一定特色的俗文艺形式多集中在交通和工商业发达的城市，如天津的大鼓，山东济南一带的说书，扬州、苏州的南词；一些影响较大的地方戏也形成于较大的都会（如秦腔形成于西安，湘剧高腔形成于长沙，川剧集中于成都……等），即其例证。二是许多俗文艺的兴盛往往是同民间的信仰和习俗相联系的，具有深厚的群众基础，即俗文艺是整体的俗文化的一部分，尤与古代巫觋歌舞娱神的传统一脉相承。如傩戏就是从古代的驱疫驱鬼的传统而来。其它俗文艺虽或不如此直接，但在农村，多集中在某种与农事相关的祀神活动中表演。如清陈宏谋《风俗条约》即载："江南媚神信鬼……每称神诞，灯彩演剧……技巧百戏，清歌十番，轮流迭进。"（《培远堂偶存稿·文檄》卷四五，转引自《元明清三代禁毁小说戏剧史料》105页）《富平县志》载，民俗正月"二十三日，少年作百戏状，沿街而行，曰摆社福，又曰过不当。"（转引自《中华风俗志》216页）董含《尊公笔记》载江浙连界的枫泾镇，"每上巳赛神最盛，筑高台，邀梨园数部，歌舞达旦。"又清王端履《重论文斋笔录》引章苓白《楹谔崖脞说》云：江南"禳蝗之法，惟设台倩优伶搬演《目莲救母传奇》，列纸马斋供赛之。"（转引自《禁毁小说戏曲史料》168页）其他记载春种前祈年、秋收后报成在庙会、社会上演戏，旱灾祈雨演戏的资料尚多，不具引。此风在解放前的农村尚存，我曾累见其事。这些俗文化活动，既有根深蒂固的民间信仰（尽管含有迷信成份）作支柱，又反映了广大群众的文化娱乐要求，因而具有难以抑遏的生命力。乾隆间在陕西、江苏都厉行禁戏的陈宏谋，有时也不得不网开一面，称"秋成报赛敬神，还愿演戏，例所不禁。"故允许白昼演唱，只禁夜戏（转引自《禁毁小说戏曲史料》103 页）。此外，当时还有生日演戏、丧葬演戏的，大抵非富贵之家莫办，其观众除主家亲友外，是否杂有老百姓，未见记载，难以断定（本人所见旧日农村富户生日演戏，则允许附近农民观看），故其性质有所不同，不妨说是"恶俗"。但这种活动，客观上也有利俗文化的发展。这两方面的原因，近人多注意前者，实则后者尤不可忽视。以清代兴起的许多地方戏而论，其初多并无固定戏班和演出场所，演出者往往是农村的业余爱好者，即余治《得一采》引《宁郡公柬》中所谓"串客"，演出场所则不但是流动的，连戏台也多是临时搭的。它们一般要有较长的时间才形成戏班，然后再走出乡村，进入城市。河南梆子戏、湖南花鼓戏就都是这样成长起来的。

除上述两个原因之外，俗文化（主要是俗文艺）以其浓厚的生活气息，新鲜活泼的表现形式引起上层社会的兴趣，取得士人、官吏乃至宫廷的默许、赞扬或提倡，也是它得以生存、壮大的条件。我国古代很多俗文艺形式得以存在、发展，并由俗变雅或雅俗分流莫不是以这个条件作基础，清代也不例外。清代的不同只是：满洲贵族是以少数民族统治中国，时时担心汉人的反抗，而一些汉族的封建卫道士（尤其是理学家），总结历代特别是明末农民起义的教训，也害怕人民集会谋反。这就是清朝统治阶级不仅在文化思想上特别崇雅，而且对俗文化禁制甚严的由来。正是由于存在这种特殊的文化环境，清代雅、俗两种文化的对立、分化最为严重，文艺家走雅俗共赏的道路特别艰难。这在各种通俗文艺形式中都有表现，在最具群众性的戏曲中尤为显著。

清代的戏曲大致可分为两类：雅部和花部。花、雅的名称始于乾隆时，然其区别早就存在了。雅部指昆曲传奇（或昆剧），它是从明初南戏基础上发展起来的剧种。经过文人和戏曲音乐家的创造、加工，它已走上雅化的道路，并在明嘉、隆以后成为流行全国的剧种。在清乾隆以前，它仍保持舞台霸主的地位。此外还有早已雅化的杂剧，因其至清已基本从舞台上消失，故不入雅部之列，但为了论述的方便，我们不妨将它并入雅部。花部也称乱弹，指昆剧以外的地方剧种。从历史传统看，它又包括从明代弋阳腔演变而来的地方戏和清初以来新兴的一些地方戏两类。后一类按声腔又可分为若干类。从文学的角度看，弋阳诸腔戏的唱辞的体式与昆剧相近，都是有定式的长短句，即属于所谓词曲系的。新兴的各种地方戏的唱辞则多以七言诗句为主，与鼓词、弹词相近，属于所谓诗系。但用雅、俗的标准衡量，这两类戏曲是基本相同的，都是俗文艺，故当时即概称为花部。又道、咸以来在梆子、二黄两种地方声腔的基础上逐渐形成京剧，并发展成为全国性的剧种，因其剧本仍保持俗文学的本色，故不妨仍作花部看。清代雅、俗两种文化对立、渗透，即通过花、雅两部的分立和盛衰表现出来。

清代杂剧虽从舞台上消失，但其剧本见于傅惜华《清人杂剧全目》、庄一拂《古典戏曲存目汇考》者很多。一部分非名家的作品我未得寓目，就所见者言，可用一言概括，就是比明杂剧更加诗化、抒情化和雅化，故从舞台演出的角度看，他们几乎是没有多少价值的。但从文学角度看，却并非没有珍品。从清初的吴伟业、王夫之、尤侗、嵇永仁到乾隆以后的杨潮观、桂馥等，其杂剧都有可观，是清代雅文学中的一份珍贵的遗产。

昆曲传奇剧本见于庄一拂《古典戏曲存目汇考》者也很多，未能尽读，就一些名家和较易找到的加以考察，它与清杂剧有所不同：从清初起，传奇作家就有两种倾向，一部分向雅的方向发展，一部分颇注意走雅俗共赏的道路。但其主导倾向是崇雅。从吴伟业、洪昇、孔尚任到张坚、沈起凤、夏伦、蒋士铨以及黄燮清等基本上都是崇雅的。从文学的角度说，这些人的剧作也有程度不同的成就，《长生殿》和《桃花扇》更是传奇剧本中的两座高峰，这早有定评，无用多说。需要指出的是，他们中并非都不注意舞台效果。洪昇《长生殿》的曲辞多精美而不难懂，几可雅俗共赏；孔尚任《桃花扇》的情节周密，高潮迭起，引人入胜；这两个剧还创造了雷海青、李香君、柳敬亭等可爱的小人物；蒋士铨的《冬青树》、《临川梦》等的曲辞亦颇生动，黄燮清颇注意克服昆剧剧本多见的缺点，其传奇一般三十出以下即其例。但是，从整体来说，这类作家剧中的下层人物较少，主要是反映上层社会的生活，而且作者自我抒情的色彩较浓，剧中人物、事件和所蕴含的思想内容多是群众比较难于理解或比较隔膜的。即以南洪北孔而论，洪氏在《长生殿》中对李、杨爱情与唐代天宝时政局的双重评价，固非普通百姓所能理解；孔氏在《桃花扇》中对南明灭亡的深刻的历史总结，也为普通百姓所不易领会。概言之，他们的创作文学水准虽很高或颇高，然而所表现的生活、思想却与老百姓有这样或那样的隔阂，其情节、场面又较复杂，缺乏俗文艺的那种明快性、生动性。

与上述部分昆剧作家不同，另一部分昆剧作家较早地对昆剧雅化所带来的危机有所觉察，力图把它引向雅俗共赏或谐俗的道路。这由明末的阮大铖开其端，而由清初以李玉为主的苏州派作家与李渔扩其途。继之者有唐英、方成培等少数人。其中苏州派作家所作的尝试最值得注意。从现存李玉、张大复、邱园、朱佐朝，朱㿜（素臣）等人的作品来看，他们在促进昆剧兼谐雅俗方面是作了多方面的努力的：（1）他们多数作品所选择的题材无论是现实的或历史的，也不论是有本事或无本事的，大都较易为群众所理解和接受。例如写朝廷上忠、奸的斗争，本为明后期戏曲小说所习见，但戏曲如果把复杂的矛盾充分展开，像晚明的《鸣凤记》和后来的《桃花扇》那样，观众就难于理解和接受。李玉等四人合作的《清忠谱》和李玉作的《一捧雪》就不同，前者只围绕周顺昌被逮，市民颜佩韦等五人仗义抗争来写，后者只围绕严嵩子世蕃因欲夺"一捧雪"（玉杯）不得而构害王忬一事来写，这就易为群众所理解和接受了。此外他们还有一些剧作，是根据通俗小说改编，如李玉的《七国记》本于《孙庞斗法演义》，《麒麟阁》本于《隋唐演义》，《昊天塔》本于《杨家将演义》，李玉《风云会》、邱园《英雄概》本于《残唐五代演传》，李玉《占花魁》本于《醒世恒言·卖油郎独占花魁》，朱㿜《十五贯》本于《京本通俗小说》的《错斩崔宁》及《醒世恒言·十五贯戏言成巧祸》，张大复《醉菩提》本于关于济公的平话（今存较早者有《钱唐渔隐颠师语录》），《钓鱼船》本于《西游记》刘全进瓜的故事，《快活三》则系糅合《拍案惊奇》中的《转运汉巧遇洞庭红》与《陶家翁大雨留宾，蒋震卿片言得妇》而成等。这都有助于群众对剧情的理解和接受。而尤为重要的则是：他们在剧中写了许多小人物，如《清忠谱》中的颜佩韦等五人，李玉《占花魁》中的卖油郎秦重，妓女王美娘，朱佐朝《渔家乐》中的相士万家春和《万寿冠》中的蒲漆匠及其女儿蒲姿，邱园《党人碑》中的算命先生刘铁嘴，朱㿜《未央天》中的仆人马义夫妇、《十五贯》中的穷书生熊友兰兄弟以及《翡翠园》中的衙役王馒头、穿珠花姑娘赵翠儿等。他们写这些人时虽或不免过于渲染其所受封建伦理道德影响，甚至鼓吹过奴隶道德，然亦注意揭示其美好的品质，这自然更使普通观众感到亲切和接近。（2）除曲白写得较通俗外，针对昆剧剧本多拖沓冗长，不合广大观众的要求，他们的剧本一般都只有三十出左右，虽或未能尽删枝节，但省净多了。与内容相联系，在角色的配置上，他们还打破了一般昆曲剧本以生旦为主的旧格局，使丑、净、贴旦等角色在剧中占有重要的地位，甚至成为剧中的主角，塑造了孟良、郑恩（净，李玉《昊天塔》、《风云会》)、万家春（丑）、蒲漆匠（丑）、蒲姿（贴旦）、赵翠儿（贴）等生动的净、丑、贴的形象。这些人物不仅增加了剧情的风趣，也使老百姓有亲切感。与苏州派作家大致同时的李渔是戏曲理论家兼作家，他在《闲情偶寄》中提出戏曲要"立主脑"、"减头绪"、"贵显浅"、"重机趣"、"语求肖似"、"文贵洁净"以及重视科诨等，都是从"雅俗同欢，智愚共赏"的要求出发的，与苏州派作家的趋向大体相同，然其创作倾向有较大的差异。苏州派作家的剧本多有较浓厚的政治、伦理道德色彩，就是某些带有浪漫色彩的爱情剧和带荒诞色彩的幻想剧也多浸透着严肃的社会内容，像邱园《幻缘箱》那样的轻松的爱情喜剧很少。李渔虽说过戏曲之"可传于否，则在三事，曰情、曰文、曰有裨风教"（《笠翁一家言》卷一《香草亭传奇序》）。实际上他的创作是继承着明末阮大铖的传统，重在娱人，而不重在以深刻的社会冲突去感人。故他的创作大都是逗人笑乐的喜剧。虽然其中不无某种讽刺（如《风筝误》对丑冒美的讽刺等），但都蒙上了轻松的诙谐和色调。这种戏当然可备一格，后来的花部小戏中即有此种，然看多了就会兴味索然，特别是衍成整本大戏（尽管李渔的剧亦多在三十出左右），对观众来说，就是一种浪费了。稍后的唐英和方成培又不同。唐英主要是在花部兴起后将几个花部戏改编成昆剧，方成培则致力于把昆剧梨园旧本的《白蛇传》加以删润、提高。他们都对昆剧的群众化有所贡献。

应该加以研究的是，为什么一些昆剧作家在雅俗共赏方面作了不同程度的努力，也取得了一些成绩，然而昆剧在乾隆以后却不可逆转地逐步走上了衰落的道路？对这个问题最初作出解释的是嘉、道间的焦循，他在《花部农谭》中说：

> 梨园共尚吴音，"花部"者，其曲文俚质，共称为"乱弹"者也。乃余独好之。盖吴音繁缛，其曲虽极谐于律，而听者使未睹本文，无不知所谓。其《琵琶》、《杀狗》、《邯郸梦》、《一捧雪》十数本外，多男女猥亵，如《西楼》、《红梨》之类，殊无足观。花部原本于元剧，其事多忠、孝、节、义，足以动人；其词直质，虽妇孺亦能解，其音慷慨，血气为之动荡。

他又说：

> 传奇之体，要在使田畯红女闻之而趯然喜，悚然惧；若徒逞其博洽，使闻者不知为何语，何异对驴而弹琴乎？

焦循在这里以其亲身感受，对比昆剧与花部的区别，实际指出了昆剧衰落的原因。他讲的包括形式和内容两个方面。内容方面颇可议，显然带有维护封建道德的阶级偏见，也与事实不尽符。关于花部的内容，我将在下面谈到。昆剧《西楼》、《红梨》并非猥亵，也不只有十数本宣传忠、孝、节、义的作品，则是显然的。苏州派作家即写了不少伦理道德剧。但他对昆剧形式的缺点的分析则是精确的。其中所谓"徒逞其博洽"主要指曲白雅化而言，早为近人们所注意，但颇被忽视的"吴音繁缛"一语，实尤为重要。盖曲白即使写得较通俗，念起来或不难懂，一旦进入剧场，用"繁缛"的声调唱出来，不熟悉文本的人也就不懂了。后来的京剧，其唱辞非不质俚，然进入"繁缛"的声调，不熟悉文本者仍不知为何语，即其佐证。这才是尽管李玉、李渔等人从各个角度注意群众的要求，却仍不能防止昆剧衰落的重要原因。因为他们中的任何一个人都是严守音律，不敢越雷池一步的。

但"吴音繁缛"也不是昆剧衰落的唯一原因，昆剧中以题材言，才子佳人的爱情剧较多，其他题材的较少；以角色言，生、旦为主的戏较多，其他角色为主的戏较少；以文、武分类，文戏多，武戏少；以规模大小言，基本上是大戏，小戏少；以曲白言，文雅的多，本色的少。这些弱点，李玉等人只是初步尝试加以打破，并未完成根本的变革，扭转整个昆剧舞台的局面，有待继续发展。遗憾的是，雍、隆以后，循着他们开拓的方向前进的人却很少。究其原因，除了花部勃兴，转移了人们的注意力之外，不能不说同当世的学风、文风有关。

前已说过，清代占主导地位的学风、文风是崇雅，但它的形成发展有一个过程。清初的三四十年间，清朝的主要精力是用来收买归顺的汉族士大夫和镇压汉族的反抗分子，对文化问题的关注只限于与之直接相关的方面（包括科举考试、剃发、文字狱等），三藩之乱将要结束，以举行博学鸿儒考试为契机，康熙帝才比较全面地来考虑文化问题，除继续推行原有的高压、怀柔两手政策外，在大力提倡尊经和程朱理学（以实用为主）的同时，开始组织士人从事传统文化的整理和研究，《康熙字典》、《渊鉴汇函》等集书的编纂，《古文渊鉴》、《历代赋汇》、《全唐诗》等选集、总集的选辑，《钦定词谱》、《曲谱》的出台，都是为建立有特色的崇雅的文化服务。雍正、乾隆两朝继续加以发展，至乾隆时《四库全书》的编辑而臻于极盛。乾、嘉时桐城派大师姚鼐所倡导的义理、词章、考据合一，即在客观上代表着官方的崇雅的文化指导思想的内涵（尽管包括姚氏本人在内的文化人各有偏重）。这种情况至道、咸以后，才因清帝国的日趋衰败而逐渐发生变化。清朝官方文化思想的演变，对小说、戏曲等俗文艺都有影响。通俗小说在乾隆前期出现了《儒林外史》、《红楼梦》那样艺术水准很高的作品，即受到当时学风、文风的影响（尽管其内容有悖于"雅正"）。其对昆剧的影响则主要表现在两个方面：一是出现《长生殿》《桃花扇》那样的艺术高峰，使昆剧几有正式列入雅文学的资格，然因此也使多数昆剧作家走继续雅化的道路，日益脱离舞台、脱离群众。二是对多数士人来说，不仅对戏曲（包括昆剧）仍然轻视或歧视，甚至较晚明清初有所发展。晚明清初官僚、学人也有轻视乃至主张禁演戏曲的，但地方官下令禁止聚会演戏的则未见。清康熙以后则地方官禁演戏曲者层出不穷，学者诋毁、鄙薄戏曲者也较多（参见《元明清三代禁毁戏曲小说史料》，不具引）。其中多数虽是针对地方戏（尤其是小戏），然如汤斌之在陕西、江苏，朱轼之在江苏，陈宏谋之在江苏、陕西（均见上书），就不分剧种了。在这种风气下，创作剧本的文人已有减少的趋势，自然更少有人致力于改革昆剧，使之群众化了。

清朝的文化政策和崇雅的学风、文风对花部的发展也有影响，但花部有较深厚的群众基础，它顽强地表现群众的思想感情和审美情趣，因而表现形式不同，主要是：（1）由于清政府和一些士大夫连续不断地厉行或呼吁禁止"淫戏"或"淫靡荒乱"之乐，提倡"删其荒淫悖谬，但存其忠孝节义之事"（李光地《奏定乐章札子》，此类甚多，不具引）。清代花部剧目同明代传奇剧目相比，宣传忠、孝、节、义的剧增多了。不过所谓"淫戏"并未禁绝，不仅被卫道士指目为"淫戏"的反礼教的爱情剧未禁绝，连带有淫秽色情成分的戏也未禁绝，其他具有反封建倾向的戏（例如一部分水浒戏等）更未禁绝。那些为小民申冤的公案戏尤盛行不衰。这就形成地方戏内容的复杂性。（2）尽管由于"猎奇"或有感于花部的艺术魅力（如前引焦循之论），清代的许多文人也爱看花部戏，甚至皇帝也看花部戏，并在宫廷上演。然而抱着崇雅的偏见，在嘉、道以前，几乎没有一个有较高文艺修养的文人从事花部的改编和创作，稍加整理和选刊花部剧本的也只有乾隆中晚期的钱德苍和叶堂。而无论是钱的《缀白裘》或是叶的《纳书楹曲谱》，所选均以雅部（昆剧）的折子戏或唱辞为主，花部只占很少的分量。至咸、同间才有余治从卫道出发创作了《庶几堂今乐》，然思想反动，艺术水准低下。至晚清随着戏曲改良运动兴起才有汪笑侬对京剧、赵熙（尧生）对川剧进行改编和创作。大量刊行花部剧本（主要是京剧）也在光绪以后，这一情况对花部剧本的影响颇大。当然，花部在流行过程中由于民间艺人和杰出表演家的努力，也有提高，其中某些经累代艺人不断加工的场面、人物，还有非文人所能创造的。然其局限性也较大。除了艺人、表演家受自身条件的限制，缺乏更高的艺术综合能力，又受所扮角色的约束，未能兼顾全局外，难以摆脱片面追求舞台效应，过于投合观众趣味，也是一种缺陷。舞台效应当然不能不注意，然过于迁就观众的庸俗趣味，必然要降低艺术水准，并破坏全剧的统一。所以，如果说我国许多传统的俗文艺都经过了一个由俗到雅（金元杂剧即如此）或由俗到雅俗分流（宋元南戏发展到明中叶后即是雅的昆腔剧与俗的弋阳、海盐等腔分流的）的过程，那么，清代花部可以说尚未走完这一过程。

解放以后，京剧和各种地方戏的改革取得了较好的成绩。我们曾期望：这些从我国的泥土上生长出来的艺术之花将避免金元杂剧和宋元南戏的命运而走上雅俗共赏的道路。但近几年的情况却发生剧变。在商品浪潮和一些新的现代化的艺术形式的冲击下，京剧、各种地方戏和一度有复兴趋势的昆剧同样遇到危机，而京剧、昆剧尤甚。是它将走上比元杂剧更悲惨的命运从舞台和案头上都消失呢？还是尚可有生存、发展的希望呢？我无力作明确的回答，但总结历史的经验教训，有一点似可肯定：倘要生存、发展，必须加以改革，走雅俗共赏的道路；而当今的雅俗，必须包含尊重传统和现代化的内容，从剧本到舞台艺术都不例外，不能丢掉任何一方。别的且不说，即以舞台设计为例，不引进现代化的手段固不行，化得太厉害，脱离传统戏曲舞台设计简单可随时易地演出的特点，把观众限定在城市的一隅，把演出费用提高到惊人的地步，恐怕是难以生存，更不用说发展了。

《西北师范大学学报》（社会科学版）1994 年 3 月第 31 卷第 2 期

文学批评家李笠翁

胡梦华

　　戏曲创作家的李笠翁早已为世所重，文学批评家的李笠翁却还没有惹人注意；这大概由于他的十二种曲的超奇成就独占了欣赏界，以致他的曲评竟被忽略。其实他的批评和他的创作正是一般地赋有天才。假如他没有著十二种曲，他的曲评单独也尽足保持他在文学史上所有的地位和价值。论到他的批评系统和卓识，真可谓得刘勰之后，仅见之才。虽则他的学问不出曲的范围，未免失之偏。然下一转语为他辩护：其短正乃其长；其失在偏，其得在专。中国的文学批评大概是碎破的、散漫的杂感，偶而兴至，随笔录下；从没有人正正经经地把它当作学问做的。像《文心》、《诗品》两部书总算有间架的了；然而仔细再读，并不见有什么精义。因为刘勰、钟嵘当初并没有好好下工夫当件专业去做，只不过使兴弄了件小玩艺罢了。于今我有荣幸介绍这位下过专工的笠翁的文学批评——曲评，正不啻当年英法人士新译了亚里斯多德的《诗学》。

　　这个譬喻，或许有人要说过于推重了笠翁。是的，就学说论，笠翁自然不如亚里斯多德那样精深；就文学的体裁论，中国的曲也未必有希腊的史诗和悲剧那样伟大。但把他们的著作比较的研究一下，论见却颇有相同之处，而曲与悲剧的大体也很多相近之点。我想读过笠翁的《一家言》里面关于曲评一部分和亚里斯多德的《诗学》里面关于悲剧一部分的人总该有同样的感想。

　　曲始于元，蔚为一代杰作。焦里堂《易馀籥录》里说得好："一代有一代之所胜，欲自《楚骚》以下为撰一集，汉则专取其赋，魏晋六朝至隋则专录五言诗，唐则专录其律诗，宋专录其词，元专录其曲。"焦里堂所说的未必全对，而元曲独尚则为旨言。元曲好处在于自然；作者"但摹写其胸中之感想与时代之情状，而真挚之理与秀杰之气时流露其间"。而所写的时代情状以能自然之故，颇足供史家研究当时政治社会的资料。又曲中因须用衬字之故，每夹入许多俗字俗语，实为前此各种文学所未有，而足为今日白话文学之先河。惟元曲仅以意境胜，虽"写情则沁人心脾，写景则在人耳目，述事则如其口出"，然思想结构却极散漫。此则论曲者不可不知；而笠翁眼光独到，不拘泥于元曲一种，必取历来曲家之著作详观而并读之，取其优长，去其偏颇，发为曲评，故未曾迷信古人，贻误来者。此乃笠翁曲评特胜之处。先言其学说大要与比较，然后再论他的特殊价值。

笠翁曲评内容分词曲与演习二大部。词曲部又分六项三十七款——（一）结构：戒讽刺，立主脑，脱窠臼，密针线，减头绪，戒荒唐，审虚实；（二）词采：贵显浅，重机趣，戒浮泛，忌填塞；（三）音律：恪守词韵，凛遵曲谱，鱼模当分，廉监宜避，拗句难好，合韵易重，慎用上声，少填入韵，别解务头；（四）宾白：声务铿锵，词求肖似，词分繁简，字分南北，文贵精洁，意取尖新，少用方言，时防漏孔；（五）科诨：戒淫亵，忌俗恶，重关系，贵自然；（六）格局：家门，冲场，出脚色，小收煞，大收煞。以上六大项三十七小款，皆就学理立论。演习部亦分五项十六款——（一）选戏：别古今，剂冷热；（二）变调：缩长为短，变旧成新；（三）授曲：解明曲意，调熟字音，字忌模糊，曲严分合，锣鼓忌杂，吹合宜低；（四）教白：高低抑扬，缓急顿挫；（五）脱套：衣冠恶习，声音恶习，语言恶习，科诨恶习；以上五项十六款，皆就实验立论。这种分类的研究虽然很有点清儒治学的科学精神，但是分析和综合之间究竟还欠缺近世科学方法的缜密程度。好比词曲部第一项"结构"和第六项"格局"便大可并为一谈，而第二项"词采"里的"重机趣"并须包入；第一项"结构"里的"戒讽刺"、"戒荒唐"、"审虚实"等则当剔出别论。严格的讲，笠翁曲评的分项照近代剧理看来不免凌乱无序之讥。我们现在介绍他的学说且按照戏剧原则，由结构（plot）、介性描写（characterization）、题材（subject-matter）、文词（diction）、音律（metre）、谐语（joke）一件一件的讲来。这里，读者不可误会作者也是那种时髦人士硬把中国的曲本和西洋的戏剧勉强牵合，它们二者的本质确是十分相近，且看下文便知。

结构　论到曲的结构，应先立主脑。"一本戏中有无数人名，究竟俱属陪宾，原其初心止为一人而设。即此一人之身，自始至终，离合悲欢，中具无限情由，无穷关目，究竟俱属衍文，原其初心又止为一事而设。此一人一事即作传奇（戏曲）之主脑也。"既立主脑，次当减头绪。"后来作者不讲根源，单筹枝节，谓多一人可增一人之事，事多则关目亦多，令观者如入山阴道中，人人应接不暇。"此等思想实属大误。"作传奇者能以'头绪忌繁'四字刻刻关心，则思路不分，文情专一；其为词也，如孤桐劲竹，直上无枝。"主脑既立，头绪亦减，则当密针线，重机络。盖"编戏有如缝衣，其初则以完全者剪碎，其后又以剪碎者凑成……凑成之功全在针线紧密，一节偶疏，全篇之破绽出矣。每编一折必须前顾数折，后顾数折。顾前者欲其照映，顾后者便于埋伏。照映埋伏不止照映一人，埋伏一人；凡是此剧中有名之人，关涉之事，与前此后此所说之话节节俱要想到。""故填词之中勿使有断续痕……所谓无断续痕者，非止一出接一出，一人顶一人，务使承上接下，血脉相连。即于情事截然绝不相关之处，亦有连环细笋伏于其心，看到后来，方知其妙；如藕于未切之时，先长暗丝以待；丝于络成之后，才知作茧之精。"

以上系就大体而言，所谓埋伏照应，宜前宜后，尚有一定格局。"开场用末，冲场用生。开场数语包括通篇；冲场一出蕴酿全部：此一定不可移者。开手宜静不宜喧，终场宜冷不宜热；生旦合为夫妇，外与老旦非充父母即作翁姑，此常格也。然遇情事变更，势难仍旧，不得不通融兑换而用之。诸如此类皆其可仍可改，听人为政者也。""开场数语谓之家门。虽云为字不多，然非结构已完，胸有成竹者不能措手。""未说家门，先有一上场小曲，如《西江月》、《蝶恋花》之类，总无成格听人拈取。此曲向来不切本题，只是劝人对酒忘忧，逢场作戏诸套语。予谓词曲中开场一折，即古文之冒头，时人之破题，务使开门见山，不当借帽覆顶。即将本传中立言大意，包括成文与后说家门一词相为表里。前是暗说，后是明说。暗说似破题，明说似承题；如此立格始为有根有据之文。"

"开场第二折谓之冲场。冲场者人未上而我先上也。必用一悠长引子；引子唱完，继以诗词及四六排语，谓之定场白。""此折之一引、一词，较之前折家门一曲尤难措手。务以寥寥数言，道尽本人一腔心事，又且蕴酿全部精神，犹家门之括尽无遗也。同属包括之词，而分难易于其间者，以家门可以明说，而冲场引子及定场诗词全用暗射，无一字可以明言故也。非特一本戏文之节目全于此处埋根，而作此一本戏文之好歹，亦即于此时定价。""本传中有名脚色，不宜出之太迟。如生为一家，旦为一家，生之父母随生而出，旦之父母随旦而出，以其为一部之主，余皆客也。虽不定在一出二出，然不得出在四五折之后。太迟则先有他脚色上场，观者反认为主；及见后来人，势必反认为客矣。即净丑脚色之关乎全部者亦不宜出之太迟。"

"上半部之末出暂摄情形，略收锣鼓，名为小收煞；宜紧忌宽，宜热忌冷。""全本收场名为大收煞。此折之难在无包括之痕，而有团圆之趣。如一部之内，要紧脚色共有五人，其先东西南北各自分开，到此必须会合。此理谁不知之！但其会合之故，须要自然而然，水到渠成，非由车辟……骨肉团聚不过欢笑一场，以此收锣罢鼓，有何趣味？水尽山穷之处偏宜突起波澜，或先惊而后喜，或始疑而终信，或喜极信极而又致惊疑。务使一折之中，七情俱备，始为到底不懈之笔，愈远愈大之才，所谓有团圆之乐者也。"

综观传奇——戏曲之结构实与西洋戏剧暗合；虽折数之多寡与幕数（act）、场数（scene）有悬殊，然剧情格局则颇相似。传奇中第一折家门与第二折冲场之包括通篇、酝酿全部，犹如戏剧中第一幕第一、二场之暗示（hint），后来各种人物之意志与动作咸于此半露。自冲场以至小收煞犹如戏剧之第一幕以至第三、四幕之间，由系结（tying of knot）以至焦点（climax）。而戏剧第二幕以后无新脚色登场，亦正如传奇不容在第四、五折以后。自小收煞以至大收煞犹如戏剧自焦点以降，由解结（untying of knot）以至结局（catastrophe）。登场脚色至此并须会合以求结束，则戏剧与传奇之成例正属一样，而大收煞大都欢笑团圆，则又极似西洋之喜剧（comedy）与谐剧（farce）了。

个性描写　结构所以布置戏剧的动作，而显著之动作则端赖个性描写。笠翁曲评虽无专项说明，然推重之语散见篇中颇多，惟中国传奇偏于音乐，以歌唱动人，与西洋戏剧兼以表演取胜，略有区别。它的个性描写非以纯粹动作表示，乃从静的动作——语言中看出来，所以笠翁说："言者，心之声也。欲代此一人立言，先以代此一人立心。若非梦往神游，何谓设身处地？无论立心端正者，我当设身处地代生端正之想。即遇立心邪僻者，我亦当舍经从权，暂为邪僻之思。务使心曲隐微随口唾出，说一人肖一人，勿使雷同，弗使浮泛。若《水浒传》之叙事，吴道子之写生，斯称此道之绝技。""极粗极俗之语，未尝不入填词，但宜从脚色起见。如在花面口中，惟恐不粗不俗，一涉生旦之曲，便宜斟酌其词。无论生为衣冠仕宦，旦为小姐夫人，出言吐词当有隽雅从容之度。即使生为仆从，旦作梅香，亦须择言而发，不与净丑同声。以生旦有生旦之体，净丑有净丑之腔故也。"就是说到科诨笑话也须因人而别，"生旦有生旦之科诨，外末有外末之科诨。"古人传奇中之说白与科诨不合于时代与环境者，且应当改易；因为"凡人做事贵于见景生情。世道迁移，人心非旧，当日有当日之情态，今日有今日之情态。传奇妙在入情，即使作者至今未死，亦当与世迁移，自龁其舌，必不为胶柱鼓瑟之谈，以拂听者之耳。"如此改易，一方面因为迎合听众之嗜好，一方面亦所以求合现代之个性。

题材　文学题材，三事并重：情感，想像，思想。传奇不能自外于文学，当然也少不了这三种要素。笠翁评曲虽无专项及此，然东鳞西爪亦颇说得痛切。他论情感之妙用最为清楚："予谓传奇无冷热，只怕不合人情。如其离合悲欢皆为人情所必至：能使人哭，能使人笑，能使人怒发冲冠，能使人惊魂欲绝；即使鼓板不动，场上寂然，而观者叫绝之声反能震天动地。"情感妙用，在能唤起读者或听者之同感（sympathy），并滤清（purging off）他们胸中抑蓄之情，也被笠翁数语道尽："王道本乎人情，凡作传奇，只当求于耳目之前，不当索诸闻见之外。无论词曲、古今文字皆然，凡说人情物理者千古相传。"所谓情感之特质不仅是普遍的，并且是永久不废江河万古流的啊。

然人情物理一五一十老实的说来，则亦未必见奇；是必有待于想像。"传奇无实，大半皆寓言耳。欲劝人为孝，则举一孝子出名，但有一行可纪，则不必尽有其事；凡属孝亲所应有者悉取而加之。亦犹'纣之不善不如是之甚也，一居下流，天下之恶皆归焉'。其馀表忠、表节与种种劝人为善之剧，率同于此。"惟想像之极，乃能尽选择之能事，而最理想之人生得以表达；盖"未有真境之所欲为，能出幻境纵横之上者。"笠翁此语，真能窥见想像之妙用！

情感、想像既具，若无思想，则言之无物，笠翁于此也颇知注意；不过他的思想还不出儒家"文以载道"之说。所以他开宗明义便宣言说："传奇一书，昔人以代木铎。因愚夫愚妇识字知书者少，劝使为善，诫使勿恶，其道无由，故设此种文词，借优人说法与大众齐听。"所以他力劝人重道德而戒淫秽："于嬉笑诙谐之处包含绝大文章，使忠孝节义之心得此愈显。"但笠翁并不是一个道学先生把道德的话连篇累牍纪下来，作成训诲的文章。他是一个很讲风趣的人，他主张道德思想要用旁衬假托的法子写出来，所以他说："所谓无道学气者，非但风流跌宕之曲，花前月下之情，常以板腐为戒，即谈忠孝节义，说悲苦哀怨之情，亦当抑圣为狂，寓哭于笑。"

文词 文词分曲、白两种而言。曲文之奥义虽多，要以"意深词浅，全无一毫书本气"为贵。"其事不取幽深，其人不搜隐僻，其句则采街谈巷议。即有时偶涉诗书，亦系耳根听熟之语，舌端调惯之文，虽出诗书，实与街谈巷议无别者。""亦偶有用着成语之处，点出旧事之时，妙在信手拈来，无心巧合，竟似古人寻我，并非我觅古人。"

说白切忌"只要纸上分明，不顾口中顺逆"，"笠翁手则握笔，口却登场，全以身代梨园，复以神魂四绕，考其关目，试其声音，好则直书，否则搁笔。""更宜调声协律。世人但知四六之句，平间仄，仄间平，非可混施迭用，不知散体之文亦复如是。平仄仄平平仄仄，仄平平仄仄平平，乃千古作文之通诀，无一语一字可废声音者也。"且"北曲有北音之字，南曲有南音之字。如南音自呼为我，呼人为你，北音呼人为您，自呼为俺、为咱之类是也。"曲白宜求一律，不可南北混杂。"不宜频用方言，令人不解。"且"传奇之为道也。愈纤愈密，愈巧愈精。"故宜意取尖新。"当于著笔之初，以至脱稿之后，隔日一删，逾月一改，始能淘沙得金，无瑕瑜互见之失矣。"

音律　传奇音律须恪守词韵，凛遵曲谱，"'依样画葫芦'一语，竟似为填词而发；妙在依样之中别好歹，稍有一线之出入，则葫芦体样不圆，非近于方则类乎扁矣。葫芦岂易画者哉？"能"字字在声音律法之中，言言无资格拘挛之苦，如莲花生在火上，仙叟弈于橘中，始为盘根错节之才，八面玲珑之笔"。"凡作倔强聱牙之句不合，自造新言，只当引用成语；成句在人口头，即稍更数字，略变声音，念来亦觉顺口。"

谐语　谐语即是科诨。"插科打诨，填词之末技也。然欲雅俗同欢，智愚共赏，则当全在此处留神。文字佳，情节佳，而科诨不佳，非特俗人怕看，即雅人韵士，亦有瞌睡之时。作传奇者全要善驱睡魔；睡魔一至，则后乎此者，虽钧天之乐，霓裳羽衣之舞，皆付之不见不闻，如对泥人作揖、土佛谈经矣……若是则科诨非科诨，乃看戏之人参汤也。养精益神，使人不倦，全在于此；可作小道观乎？""科诨之妙，在于近俗，而所忌者又在于太俗，不俗则类腐儒之谈，太俗即非文人之笔。"又"妙在水到渠成，天机自露，我本无心说笑话，谁知笑话逼人来，斯为科诨之妙境耳。"我们在这里当能记得西洋戏剧专门有一种丑角（clown）、痴汉（fool）和诙谐的脚色（humorist），他们所说的话便和科诨一般儿功用。

从学理上研究中国戏剧——传奇的本质，和西洋戏剧比较起来，可说是大同小异；不过缺少一门布景（spectacle）。但这个在西洋古剧上并不重要，所以亚里斯多德论列悲剧六事，把它置于最后。就是后来到十六世纪的时候还是可有可无。莎士比亚的戏剧杰作便没有布景。有人替他辩护说：诗人想像中的背景（setting）是布不出来的，倒不如不布，让观众用自己的想象去悟会。我们引了上面的话，替中国戏曲勉强解释，亦未尝不可。但有需要改良的地方还是尽去改良为是。以前中国戏曲没有布景，不必去责备求全；以后倒不可不注意布景。更须好好提倡布景，俾中国戏曲有进于完美的机会。

至于演习部，则纯为笠翁经验之谭。他所举的选剧、变调、授曲，教白、脱套六项，即包括现在戏剧上剧本、导演、化装三大问题。现在就他的原意综合分析而解说于后。

剧本问题　"选剧授歌童，当自古本始，古本既熟，然后间以新词，切勿先今而后古。""而古本又必从《琵琶》、《荆钗》、《幽闺》、《寻亲》等曲唱起；盖腔版之正未有正于此者。此曲善唱，则以后所唱之曲，腔版皆不谬矣。"旧曲既熟，必须间以新词，切勿听拘士腐儒之言，谓新剧不如旧剧，一概弃而不习。戏曲限于曲调，他这种主张，自有他的相当价值；不能与西洋戏剧注重创作一例看。但他并不是一个迷信古本的人，他又主张变调；或缩长为短，或变旧为新；这种办法却像西洋戏剧里的"改作"（adaptation）。

导演问题　他仅顾到授曲、教白、声音恶习、语言恶习、科诨恶习一方面；换句话说，他仅顾到说唱，而没有顾到动作——姿势，这大概由于中国戏曲是专为"听"的，不是为"看"的习惯。在未授曲、教白之先，他主张先解明曲意。他说："解明情节和其意之所在，则唱出口时俨然此种神情；问者是问，答者是答；悲者黯然魂销而不致反有喜色，欢者怡然自得而不见稍有瘁容。且其声音齿颊之间，各种俱有分别。"这里他的目的要表情恰当，也是导演分内重要的事。

化装问题　他仅顾到衣饰一项；主张什么身分的人穿什么衣服；如"飘巾儒雅风流，方巾老成持重，以之分别老少，可称得宜。"现在演古装剧，服饰实是一个值得研究的艺术问题！

至于很重要的布景问题这里也未提，大约也因不重"看"之故。

论到文学批评的方法，笠翁和亚里斯多德完全一样，采的是归纳法。他搜集了元朝以来有名的曲家如高则诚、王实甫、汤若士、关汉卿一般人的著作，就如亚里斯多德根据希腊有名的戏剧家的著作，采为客观的标准，以供缜密的研究；然后抽出它们的共同的特质、特性，以建设一般的原理原则。"没有艺术，自然不能成全；没有自然，艺术无所寄托。"天才得法则而著，法则得天才而彰。所以一个成功的作家要多读名著，欣赏出其中的三昧。至于一本道出名著精华的著作，讲明一切义蕴，更属有益而便于作家取径了。笠翁"以生平底里和盘托出，并前人已传之书亦为取长弃短，别出瑕瑜，使人知所从违，而不为诵读所误。"良以"此是词家讨便宜法；开手即以告人，使后来作者未经捉笔，先省一番无益之劳。知笠翁为此道功臣。凡其所言，皆真切可行之事，非大言欺世者比也。"虽然，"非笠翁千古痴人不分一毫人我，不留一点渣滓者，孰肯尽出家私底蕴，以博慷慨好义之名乎？""后来作者，当赐予一字，命曰词奴，以其为千古词人尝效纪纲奔走之力也。"（引言皆笠翁语）笠翁在这里把他自己的贡献表白得很清楚。虽然我们现在看不出他的影响和成绩是怎样，但，就我们所知道的，自从亚里斯多德发表他的《诗学》以后，千百年来无论是作史诗和悲剧的或是论史诗和悲剧的都出不了这个范围，那么笠翁发表了他的曲评以后，千百年后，无论是作曲的或是论曲的当然也不能出了这个范围。这是笠翁的曲评学说中第一点可称赞的。

笠翁论曲，多发前人所未发；而注重结构、词采于音律之前，尤有独到之见。我们且听他自己说明理由："填字首重音律；而予独先结构者，以音律有书可考，其理彰明较著……至结构二字，则在引商刻羽之先，拈韵抽毫之始。如造物之赋形，当精血初凝，胞胎未就，先为制定全形，使点血而具五官百骸之势。倘先无成局，而由顶及踵，逐段滋生，则人之一身当有无数断续之痕，而血气为之中阻矣。工师之建宅亦然：基址初平，间架未立，先筹何处建厅，何方开户，栋需何木，梁用何材，必俟成局了然，始可挥斥运斧。倘造成一架而后再筹一架，则便于前者不便于后，势必改而就之，未成先毁。犹之筑舍道旁，兼数宅之匠资，不足供一厅一堂之用矣。""词采似可稍缓，而亦置音律之前者，以有才技之分也。文词稍胜者即号才人，音律极精者终为艺士。"我们看他说理何等明白，比喻何等精切。根据西洋戏剧注重结构（plot）之理由，并衡以普通情理，实不能不令人心折笠翁在中国曲中提倡结构之远识卓见。倘若我们再把亚里斯多德和他相比，那亚里斯多德之侧重悲剧结构过于音律，真可谓"英雄所见略同"了。至于先词采而后音律，以"才"、"艺"为准，尤见笠翁之重视天才与自由创造。所以笠翁又说："人惟求旧，物惟求新。新也者，文章事物之美称也。而文章一道较之他物尤加倍焉；戛戛乎陈言务去，求新之谓也。至于填词一道，较之诗词古文，又加倍焉……东施之貌未必丑于西施，止为效颦于人，遂蒙千古之诮。"明言妙语，可以唤醒只知修词拟句之诗赋家，而细玩东施效颦之言，又不禁为古今来多少文人拘于格调，以致埋没有用之天才可惜啊！这是笠翁曲评学说中第二点可称赞的。

笠翁的创造精神，改革思想一见于他先结构词采，而后音律，再见于他于填词之外，提倡宾白。"自来作传奇者，止重填词，视宾白为末著。常有《白雪》、《阳春》其词，而《巴人》、《下里》其言者……原其所以轻此之故，殆有说焉。元以填词擅长，名人所作，北曲多而南曲少。北曲之介白者每折不过数言，即抹去宾白而止阅填词，亦皆一气呵成，无有断续，似并此数言亦可略而不备者……在元人则以当时所重不在于此，是以轻之。后来之人又谓元人尚且不重，我辈工此何为？遂不觉日轻一日，而竟置此道于不讲也。"故以近人王国维对于元曲之激赏，犹未能见其短于宾白而提倡改革，则笠翁之卓识真有不可及了。我们且听他自己道出他的主张来："尝谓曲之有白，就文字论之则犹文之于传注；就物理言之，则犹栋梁之于榱桷；就人身论之，则如肢体之于血脉；非但不可相无，且觉稍有不称，即因此贱彼，竟作无用观者。故知宾白一道，当与曲文等视。有最得意之曲文，即当有最得意之宾白。"至此又进一步反诘而作更深之解说："填词曰填词，即当以词为主，宾白既名宾白，明言白乃其宾，奈何反主作客而犯树大于根之弊乎？笠翁曰：始作俑者实为予，责之诚是也。但其敢于若是与其不得不若是者，则均有说焉。请先白其不得不若是者：前人宾白之少，非有一定当少之成格。盖彼只以填词自任，留馀地以待优人。"且其曲"家弦户诵已久，童叟男妇，皆能备悉情由，即使一句宾白不道，止唱曲文，观者亦能默会……至于新演一剧，其间情事，观者茫然。词曲一道，止能传声，不能传情。欲观者悉其颠末，洞其幽微，单靠宾白一着。"

笠翁既申论宾白重要之理由，更大胆宣布他的文学革命主张："至其敢于若是者：则谓千古文章总无定格。有创始之人即有守成不变之人；有守成不变之人即有大仍其意，小变其形，自成一家而不顾天下非笑之人。"读了这段，我们可以知道文章变体乃自然之状态，一般守旧派以为由诗变为乐府、词、曲是退化，固然不对；一般革新派以为是进化，也不对；一般调和派以为是循环，更不对。——这种变化不过多添了一种文学体裁，至于这种体裁的高下如何是不能定的。笠翁推重宾白在传奇上自然是一大改进；而对于近今新剧之成立亦颇有影响。我们现在的新剧虽然大都是受舶来品的影响，当初止少当杂有若干传奇中宾白的成分。这是笠翁曲评学说中第三点可称赞的。

我们知道笠翁不仅是一个曲评家，并且是一个制曲的过来人，又是一个演曲的经验者。他的最大特长在他能时时念到"填词之设，专为登场"。他既已把他平时读曲、编曲、演曲的心得，写成《词曲部》学理之论，《演习部》经验之谈；他复能顾到观众（audience）的问题；他认清戏剧表演的时间限制（limit of time）的原理，于是有缩长为短的议论；他说："……人无论贵贱贫富，日间尽有当行之事，阅之未免妨工；抵暮登场则主客心安，无妨时失事之虑。古人秉烛夜游，正为此也。然戏之好者必长，又不宜草草完事，势必阐扬志趣，摹拟神情，非达旦不能告阕。然求其可以达旦之人，十中不得一二，非迫于来朝之有事，即限于此际之欲眠；往往半部即行，使佳话截然而止……与其长而不终，无宁短而有尾；故作传奇付优人先必示以可长可短之法。"他又认清曲情与观众之兴趣之关系，于是替他们预备着一剂科诨——兴奋剂。这是笠翁曲评学说中第四点可称赞的。

笠翁实在是一个值得称赞的文学批评家。他的旨趣大部属于归纳派（inductive criticism）；有时他研究曲的本质，别有心得，他便直率地提出他的改革主张，另创一种原理、原则，所以他半只脚又跨入推理派（speculative criticism）。在中国文学批评界里像笠翁这样大胆建设了许多原理、原则——有系统、有价值的原理、原则——实在是凤毛麟角，并且增高中国戏曲的地位不少。而西洋文学批评界自亚里斯多德以后，像他这种人才，也不多见。虽然，在学理方面，他没有提倡布景，在演习方面，他忽略了姿势、动作、化装、布景等要着；我们应当原谅他是受了时代和环境需要的支配结果。正如莫尔顿（Moulton）教授所说，假如亚里斯多德见着《圣经》（Bible），他的《诗学》（poetics）内容必定有多少改变。那末，假如笠翁能有读到近代西洋戏剧的机会，他的曲评将发生如何变化，正复相同。

《小说月报》1926年6月第17卷号外

李渔戏剧论综述

朱东润

一

元代以还，剧曲滋盛，论评剧曲者亦渐作，今所见者如《中原音韵》周德清之说，如《辍耕录》所载乔吉之说皆是，然其论皆主曲调，与戏剧之批评无涉。入明以后，戏剧之演变益繁，论剧之作亦益众，明初则有涵虚子之论，中叶以后有徐渭之《南词叙录》，沈德符之《顾曲杂言》，而万历间吕天成之《曲品》，王骥德之《曲律》尤著，此外则有王世贞之《艺苑卮言》，亦间论及词曲。吕氏之作，颇涉浮华，世贞之论，当时推为一代领袖，然论《西厢》，论《琵琶》，论其他元人诸作，所见仅仅在字句之间，骥德讥之以为"一经谈曲，多不中窾"者是也。就明代诸作中，要推《曲律》一书独为巨擘。

清初金人瑞论《西厢》，推为第六才子书，在当时固为惊人之语，实则推《水浒》与六经等视，为明季公安袁氏之常言，圣叹之说不过推波助澜之余事。独其于《西厢记》认定莺莺之人格为聪慧矜庄女儿，凡一字一句于此人格之完整发生障碍时，必为之解释，甚至删改而后已，此则圣叹特殊之见地也。然其所论，全是文人立场，于戏剧之甘苦，未能深知，故梁廷枏《曲话》云："金圣叹强作解事，取《西厢记》而割裂之，《西厢》至此为一大厄。"又云："圣叹以文律曲，故每于衬字删繁就简，而不知其腔拍之不协，至一牌画分数节，拘腐最为可厌，所改纵有妥适，存而不论可也。"梁氏此评于圣叹之病，言之甚核。要而论之，则圣叹本非戏剧作家，故所见仍在文字之间，李渔亦云："圣叹之评《西厢》，可谓晰毛辨发，穷幽极微，无复有遗议于其间矣，然以予论之，圣叹所评，乃文人把玩之《西厢》，非优人搬弄之《西厢》也。文字之三昧，圣叹已得之，优人搬弄之三昧，圣叹犹有待焉。如其至今不死，自撰新词几部，由浅及深，自生而熟，则又当自火其书，而别出一番诠解。甚矣此道之难言也！"笠翁此论，颇得圣叹之真，语见《闲情偶寄》。

所谓文人把玩，所谓以文律曲，此"文"皆指制义言。自明洪武三年设科取士，试本经义、四书义以后，而八股之局始定。《明史·选举志》云："科目沿唐、宋之旧，而稍变其试士之法，专取《四子书》及《易》、《书》、《诗》、《春秋》、《礼记》五经，命题试士，盖太祖与刘基所定，其文略仿宋经义，然代古人语气为之，体用排偶，谓之八股，通谓之制义。"八股之文，虽为当时应制之作，然一称文人，幼而习此，及其作为古文、诗歌，乃至戏剧，往往受此八股之影响。凡明代为唐宋派之古文者，以及清之方望溪，其文澄清无滓，得力在此，而其言之无物，不能为动荡排奡之文者，受病亦正在此。至于明代秦汉派之古文，则又抉去藩篱，甚者至于句读不相属，此又力反八股之条理，然其为受八股之影响者则一。清王士禛论诗至举制义与律诗并论，语见《带经堂诗话》，此则八股之影响于诗者。至若其文摹拟古人语气，不独代圣立言，甚则言乞食墦间，则必逡巡嗫嚅；言月攘一鸡，则必揎拳奋臂；则尤体近俳优，焦循《易余籥录》盖尝言之。杂剧虽兴于金、元，而戏剧之大盛，则在明代以后，岂文章之士习于摹拟，一转移间作为戏剧，有以使之然耶？

即以笠翁立论考之，亦往往举制义与戏剧并论。《闲情偶寄·词曲部》云："予谓词曲中开场一折，即古文之冒头，时文之破题，务使开门见山，不当借帽覆顶，即将本传中立言大意，包括成文，与后所说家门一词，相为表里，前是暗说，后是明说，暗说是破题，明说似承题，如此立格，始为有根有据之文。场中阅卷，看至第二、三行而始觉其好者，即是可取可弃之文，开卷之初，能将试官眼睛一把拿住，不放转移，始为必售之技。吾愿才人举笔，尽作是观，不止填词而已也。"其他如谓出场脚色，虽不定在一出、二出，然不得出四、五折之后，实即八股扣题之技；如谓上半部之末出，宜紧宜宽，宜热宜冷，宜作郑五歇后，令人揣摹下文，亦时文中应有之能事；又其论收煞云："场中作文，有倒骗主司入彀之法。开卷之初，当以奇句夺目，使之一见而惊，不敢弃去，此一法也。终篇之际，当以媚语摄魂，使之执卷留连，若难遽别，此一法也。收场一出即勾魂摄魄之具，使人看过数日而犹觉声音在耳，情形在目者，全亏此出撒娇，作临去秋波那一转也。"凡笠翁之论，如此类者甚众，不及备举，然以其人多能鄙事，重以行踪所至，北穷幽、燕，西抵秦、陇，泛舟荆、湘之际，留连吴、越之间，闻见既广，自非拘墟一隅者，可得并论。

二

李渔字笠翁，钱塘人，自称为湖上笠翁，诗集有《庚子举第一男时余五十初度》一首，庚子为清顺治十七年（1660），上溯五十年为明万历三十九年辛亥（1611）。又集中有《和张壶阳观察题层园》之诗。作于戊午，是年为康熙十七年（1678），是知笠翁一生适值明、清之交，文学极盛之时期。笠翁尝称汤若士、吴石渠，每有余生也晚之叹，实则若士下世在万历四十五年，石渠死于鼎革之际，笠翁生时已与二人相接，特不及相识耳。所著传奇有《风筝误》等十种，论剧之作见于《闲情偶寄》。书中自《词曲部》、《演习部》以外，尚有《声容部》、《居室部》、《器玩部》等，与戏剧无与。笠翁于此书特所重视，文集有《与韩子蘧》一札，自绳此书使人沉郁顿开，又《与刘使君书》自论所著诸书云："惟《闲情偶寄》一种，其新人耳目，较他刻为尤甚。"《闲情偶寄》又称偶集，与文集、诗集、余集同刻，称为《一家言》。

笠翁之生正值若士《临川四梦》、石渠《粲花五种》之后，其时直可称为传奇之全盛时期。然就传奇而论传奇，立论有极不易者。传奇之体，本与其他文字不同。诗、文之类，在作者独抒己见，自铸伟词，纵知音之士不能求之于当代，尽可期之于将来，但求此书一日不废，安知千百年后不得逢一知己；至于戏剧，则一时不能见谅于听众，即无以流传于来今。加以一旦登场，坐众杂遝，遍悦诸客，又势所不能，此又一难也。王骥德《曲律·杂论》亦云："戏剧之行与不行，良有其故，庸下优人遇文人之作，不惟不晓，亦不易入口，村俗戏本，正与其见识不相上下，又鄙猥之曲，可令不识字人口授而得，故争相演习，以适从其便，以是知过施文采以供案头之积，亦非计也。"所谓"案头之积"者，王氏盖慨乎言之。自有戏剧以来，作者之苦心孤诣，往往适足以压尽案头，笠翁亦见及此，故云："传奇不比文章，文章做与读书人看，故不怪其深，戏文做与读书人与不读书人同看，又与不读书之妇人、小儿同看，故贵浅不贵深。使文章之设，亦为与读书人不读书人及妇人、小儿同看，则古来圣贤所传之经传，亦只浅而不深，如今世之为小说矣。"笠翁持此说，故有贵显浅之论。

旧时演剧，每在中宵，华灯初上，正值酒醉饭饱之后，在演者轻歌妙舞，在听者已欠伸鱼睨，故编剧者势不得不以科诨，以热场救之，有如《西厢记》之惠明下书，白马解围，《还魂记》之御淮、折寇、围释诸折皆是。笠翁云；

"插科打诨，填词之末技也，然欲雅俗同欢，智愚共赏，则当全在此处留神。文字佳，情节佳，而科诨不佳，非特俗人怕看，即雅人韵士亦有瞌睡之时。作传奇者全要善驱睡魔，睡魔一至，则后乎此者，虽有钧天之乐，霓裳羽衣之舞，皆付之不见不闻，如对泥人作揖，土佛谈经矣。予尝以此告优人，谓戏文好处，全在下半本，只消三两个瞌睡，便隔断一部神情，瞌睡醒时，上文下文已不接续，即使抖起精神再看，只好断章取义，作零出观。若是则科诨非科诨，乃看戏之人参汤也。"又云："今人之所尚，时优之所习，皆在'热闹'二字，冷静之词，文雅之曲，皆其深恶而痛绝之者也。然戏文太冷，词曲太雅，原足令人生倦，此作者自取厌弃，非人有心置之也。然尽有外貌似冷而中藏极热，文章极雅而情事近俗者，何难稍加润色，播入管弦，乃不问长短，一概以冷落弃之，则难服才人之心矣。"此种易瞌睡爱热闹之听众，虽有圣手，亦无如之何。以汤若士之兀傲，《答孙俟居书》至云，"弟自谓知曲意者，笔懒韵落，时时有之，正不妨拗折天下人嗓子。"然《还魂记》石道姑演千字文一段，真是为下乘人说法者。就是以观，乃知剧场中之锣鼓喧天，以及全武行之上场，在识者知其全无用意，在演者固别有用心，正不能轻加抹煞也。

与此种时弊，其病相等，而为害于全剧之结构更大者，则为零出戏。此事在笠翁时方盛行，故笠翁言论每每及之。如《文集》卷三《家报之二》云："一事有一事之始终，一行有一行之进退，此番出门之日，至他日返棹进门之日，即是一本传奇之首尾，开场淹蹇者收场自然利达。尔等怨天尤人，直是作零出戏看，未尝计及全本耳。"所著《比目鱼·偕亡》一出，旦角刘藐姑亦云："第一件不演全本，要做零出。"在此种零出盛行之后，往往能使新进作家骛其心力于曲调之间，于全书之结构不更注意，而其弊之由来，往往因有贵客在坐，各点一出，遂至于此。笠翁所谓"尝见贵介命题，止索杂单，不用全本，皆为可行即行，不受戏文牵制计也"，语指此。即演全本戏时，贵客亦往往中席即去，全戏之精采，无从寓目，又不得不别图迁就之法。《闲情偶寄·演习部》又云："戏之好者必长，又不宜草草完事，势必阐扬志趣，摹拟神情，非达旦不能告阕，然求其可以达旦之人，十中不得一二，非迫于来朝之有事，即限于此际之欲眠，往往半部即行，使佳话截然而止。予尝谓好戏若逢贵客，必受腰斩之刑，虽属谑言，然实事也。与其长而不终，无宁短而有尾，故作传奇付优人，必先示以可短之法，取其情节可省之数折，另作暗号记之，遇清闲无事之人，则增入全演，否则拔而去之。此法是人皆知，在梨园亦乐于为此，但不知减省之中，又有增益之法。使所省数折虽去若存而无断文截角之患者，则在秉笔之人略加之意而已。"笠翁之言要为无法之法，宋玉东家之子"增之一分则太长，减之一分则太短，著粉则太白，施朱则太赤"，笠翁之言视之，不几为截鹤胫而续凫趾，唐突西施，刻划无盐哉？然此病要为当时好尚使然，笠翁不任其咎也。

上列诸病，在当时戏剧家皆难幸免，至于笠翁著作受病之处，又有出于一般作家之外者，则为随作随演，不及是正，而且一付剞劂，从此遂无修正之期。《闲情偶寄》论文贵洁净而终之云："余终岁饥驱，杜门日少，每有所作，率多草草成篇，章名《急就》，非不欲删，非不欲改，无可删可改之时也。每成一剧，才落毫端，即为坊人攫去，下半犹未脱稿，上半业已灾梨，非止灾梨，彼伶工之捷足者，又复灾其肺肠，灾其唇舌，遂使一成不改，终为痼疾难医。予非不务洁净，天实使之，谓之何哉！"笠翁之言，好为吊诡，然以文集《与某公书》证之，知其不诬。《书》云："此剧上半已完，可先付之优孟，自今日始，又为下场头矣。月杪必竣，竣后即行，观场盛举，恐不能与。演《西厢》、《琵琶》，不必实甫、则诚在座，譬之杜康造酒，未必自谙酒味孰清孰浊，某圣某贤，反不若刘伶、阮籍辈之能咀而善辨也。且虑周郎满座，十目相顾，咎有所归，不若匿形藏拙之为愈耳。"在此种情形之下，欲求著作之完善无疵，殆为必不可能之事，此则饥能驱人，亦无如之何者也。

能深知戏剧家必难幸免之病，然后不至为吹毛求疵，隔靴搔痒之批评，而持论始得其平，观笠翁之论，于戏剧之价值，及著作戏剧之乐趣，言之至切，此为其对于戏剧之认识处。说如次：

> 填词一道，非特文人工此者足以成名，即前代帝王亦有以本朝词曲擅场，遂能不泯其国事者，请历言之。高则诚、王实甫诸人，元之名士也，舍填词一无表见，使两人不撰《西厢》、《琵琶》，则沿至今日，谁复知其姓字？是则诚、实甫之传，《琵琶》、《西厢》传之也。汤若士明之才人也，诗文尺牍尽有可观，而其脍炙人口者，不在尺牍诗文，而在《还魂》一剧，使若士不草《还魂》，则当日之若士已虽有而若无，况后代乎？是若士之传，《还魂》传之也。此人以填词而得名者也。历朝文字之盛，其名各有所归，汉史唐诗，宋文元曲，此世人口头语也。《汉书》、《史记》，千古不磨，尚矣。唐则诗人济济，宋有文士跄跄，宜其鼎足文坛，为三代后之三代也。元有天下，非特政刑礼乐，一无可宗，即语言文字之末，图书翰墨之微，亦少概见，使非崇尚词曲，得《琵琶》、《西厢》以及《元人百种》诸书，传于

后代，则当日之元亦与五代、金、辽，同其泯灭，焉能附三朝骥尾，而挂学士文人之齿颊哉！此帝王国事以填词而得名者也。（《笠翁偶集》卷一）

笠翁又谓"文字之最豪宕最风雅，作之最健人脾胃者，莫过填词一种"，且云："我欲做官，则顷刻之间，便臻荣贵；我欲致仕，则转盼之际，又入山林；我欲作人间才子，即为杜甫、李白之后身；我欲娶绝代佳人，即作王嫱、西施之元配；我欲成仙作佛，则西天蓬岛，即在砚池笔架之前；我欲尽孝输忠，则君治亲年，可跻尧、舜、彭、篯之上。"此语于创作之乐，言之累累若贯珠，故笠翁自诩以为自少至长，自长至老，总无一刻展眉，"惟于制曲填词之顷，非特郁结以舒，蕴为之解，且尝僭作两间最乐之人，觉富贵荣华，其受用不过如此，未有真境之为所欲为，能出幻境纵横之上者"。幻境与真境为戏剧与人世之分野，惟作剧者乃能于人世以外，别辟幻境，此则其乐之所在矣。

明末士大夫席狂猖之余风，放言高论，敢为一切可惊可喜之谈。笠翁值鼎革之后，目睹金圣叹之猖狂获祸，则遁而为吊诡，然其敢为可惊可喜之谈，则与明人同风。《偶集》卷二云："千古文章总无定格，有创始之人，即有守成不变之人，有守成不变之人，即有大仍其意，小变其形，自成一家而不顾天下非笑之人。古来文字之正变为奇，奇翻为正者，不知凡几。"惟其认定文章总无定格，于是认定人事亦无定格。于《巧团圆》传奇结尾，生旦合唱之《解醒歌》中，笠翁直摅其怀抱，至云：

完节操，奇而能趣，买爷娘，巧也如愚，滑稽男子诙谐女，持笑柄，转天枢。褆躬不学迂腐儒，作事先查铁板书。无故步，更谁趋，唐虞之上少唐虞，临变局，保全瑜，忠臣不必尽沟渠。

"衣不经新，何由得故"一语，正可为"无故步，更谁趋"下一注脚。至云"唐虞之上少唐虞"，则实于实境以外，必欲辟一幻境。笠翁所著十种曲中如《慎鸾交》华中郎之风流道学，《意中缘》杨云友之旖旎坚贞，要皆为笠翁心目中戞戞独造之人物，其他类此者尚难尽举，故论及戏剧，辄重变调，如云：

变调者变古调为新调也，此事甚难，非其人不行，存此说以俟作者。才人所撰诗赋古文，与佳人所制锦绣花样，无不随时更变，变则新，不变则腐，变则活，不变则板。至于传奇一道，尤是新人耳目之事，与玩花赏月，同一致也，使今日看此花，明日复看此花，昨夜对此月，今夜复对此月，则不特我厌其旧，而花与月亦自愧其不新矣。故桃陈则李代，月满则魄生，花月无知，亦能自变其调，矧词曲出生人之口，独不能稍变其音，而百岁登场，乃为三万六千日雷同合掌之事乎？（《偶集》卷二）

惟其敢于如此，故《十种曲》不袭古人悲欢离合之陈迹，而自成其为一代喜剧。《风筝误》下场诗云："传奇原为消愁设，费尽杖头歌一阕。何事将钱买哭声，反令变喜成悲咽？惟我填词不卖愁，一夫不笑是我忧。举世尽成弥勒佛，度人秃笔始堪投。"不啻为笠翁宣言。《与韩子蘧书》亦云："大约弟之诗文杂著，皆属笑资，以后向坊人购书，但有展阅数行而颐不疾解者，即属赝本。"意亦相同。

笠翁持论，敢于趋新立异，不止一端，实则南、北曲既兴，文体别创，势固不得更以沿袭之格律论之，故贯云石序《阳春白雪》，谓"疏齐媚妩如仙女寻春，自然笑傲，冯海粟豪辣灏烂，不断古今心事"，又谓"关汉卿、庾吉甫造语妖娇，适如少女临杯，使人不忍对殢"。此中豪辣灏烂、妖娇媚妩之境地，皆非诗文中所常有，所以然者，其体制固绝异也。故论剧曲者，不得以衡诗文之道论之。笠翁亦云："纤巧二字，行文之大忌也，处处皆然，而独不戒于传奇一种。传奇之为道也，愈机愈密，愈巧愈精，词人忌在老实，老实二字，即机巧之怨家敌国也。然纤巧二字，为文人鄙贱已久，言之似不中听，易以尖新二字，则似变瑕成瑜，其实尖新即是纤巧，犹之暮四朝三，未尝稍异。同一语也，以尖新出之，则令人眉扬目展，有如闻所未闻，以老实出之，则令人意懒心灰，有如听所不必听。"戏剧之作，本以娱乐视听，一转移间，遂为规正风俗之具。笠翁《偶集·凡例》亦云："以索隐行怪之语，而责其全返中庸，必不得之数也。不若以有道之新，易无道之新，以有方之异，变无方之异，庶彼乐于从事，而吾点缀太平之念，为不虚矣。是集所载，皆极新极异之谈，然无一不轨予正道。"十种曲中《凰求凤》下场诗云："倩谁潜挽世风偷，旋作新词付小优。欲扮宋儒谈理学，先妆晋客演风流。由邪引入周行路，借筏权为浪荡舟。莫道词人无小补，也将弱管助皇猷。"其言指此。

明人好言元曲，称《西厢》、《幽闺》、《琵琶》者不绝于口，而臧晋叔之力称元人尤甚，其所选之《元人百种》，为元杂剧之总集。晋叔叙其《元曲选》云："今南曲盛行于世，人人自谓作者，而不知其去元人远也。"又谓诗变而词，词变而曲，其源本出于一，而变益下，工益难。因列举元曲三难：曰情词稳称之难，曰关目紧凑之难，曰音律谐叶之难。晋叔又论汪伯玉《高唐》、《洛川》四南曲，其失在靡；徐文长《祢衡》、《玉通》四北曲，其失在鄙；"豫章汤义仍庶几近之，而识乏通方之见，学罕协律之功，所下句字，往往乖谬，其失也疏。他虽穷极才情，而面目愈杂，按拍者既无绕梁遏云之奇，顾曲者复无辍味忘倦之好，此乃元人所唾弃而戾家蓄之者也。予故选杂剧百种以尽元曲之妙，且使今之为曲者，知有所取则云尔。"晋叔之言意在尊元而其病则在佞元。何则？戏剧之作，本为日新月异之具，由四折之杂剧，一变而为数十折之传奇，由一人独唱之北曲，一变而为数十人合唱之南曲，其规模体制既已迥殊，必欲举元人为准绳，此刻舟求剑之论也。笠翁之论，推重元人处者固不少，而于元人所短，知之亦甚明。故云："予非敢于雠古，既为词曲立言，必使人知取法，若狃于世俗之见，谓事事当法元人，吾恐未得其瑜，先有其瑕，人或非之，即举元人藉口。乌知圣人千虑，必有一失，圣人之事，犹有不可尽法者，况其他乎？"笠翁此言，颇得其平。又云："传一事也，其中义理分为三项，曲也，白也，穿插联络之关目也。元人所长者止居其一，曲是也，白与关目皆其所短，吾于元人但守其词中绳墨而已矣。"

笠翁论戏剧者，共分六部：结构第一，词采第二，音律第三，宾白第四，科诨第五，格局第六。语繁不可悉举，今试就曲、白、关目三者，分别言之，以笠翁意所轻重者为次。

关目者，笠翁称为穿插联络之事，此则就其为用之小者而言。就其大者言之，则当谓之结构。元人杂剧，通常不过四折，间加楔子，此犹题跋尺牍小品之文，必欲谓布局若何，起结若何，不免词费。至明、清以来，传奇一编，多至四五十出，此犹万言之书，非结构森严，关目紧凑，读者徒见其汗漫洋溢而不得其意之所在。非必后人独以结构之长，遂能凌跨元人，元人所长，不在此也。笠翁论剧，首言结构，计分七款：戒讽刺，立主脑，脱窠臼，密针线，减头绪，戒荒唐，审虚实。其言结构，譬之于造物赋形，工师造宅，在五官百骸未具之先，千门万户伊建之始，必先有一成局而后始能告成。"故作传奇者不宜卒急拈毫，袖手于前，始能疾书于后，有奇事方有奇文，未有命题不佳，而能出其锦心，扬为绣口者也。尝读时髦所撰，惜其惨淡经营，用心良苦，而不得被管弦付优孟者，非审音协律之难，而结构全部规模之未善也。"

结构一项，虽分七款，要而言之，自以立主脑、密针线为重。笠翁云："一本戏中有无数人名，究竟俱属陪宾，原其初心，止为一人而设，即此一人之身，自始至终，离合悲欢，中具无限情由，无穷关目，究竟俱属衍文，原其初心，又止为一事而设。此一人一事，即作传奇之主脑也。"由是以推，则谓一部《西厢》，止为张君瑞一人，而张君瑞一人，又止为白马解围一事；一部《琵琶》，止为蔡伯喈一人，而蔡伯喈一人，又止为重婚牛府一事。笠翁之论《西厢》、《琵琶》主脑所在，言者容有异同，然认为每戏一本，必为一人一事而作，此为颠扑不破之论。又云："后人作传奇，但知为一人而作，不知为一事而作，尽此一人所行之事，逐节铺陈，有如散金碎玉，以作零出则可，谓之全本，则为断线之珠，无梁之屋，作者茫然无绪，观者寂然无声，无怪乎有识梨园，望之而却走也。"

次于主脑者则为针线，自制义盛行，而作文之士，句句照应，语语贯穿，针线之密，至是而极，操觚者以作制义之法而作戏剧，在此一面，自然突过元人。笠翁云："每编一折必须前顾数折，后顾数折，顾前者欲其照映，顾后者便于埋伏，照映埋伏，不止照映一人，埋伏一事，凡是此剧中有名之人，关涉之事，与前此后此所说之话，节节俱要想到，宁使想到而不用，勿使有用而忽之。吾观今日之传奇，事事皆逊元人，独于埋伏照映处，胜彼一筹。非今人之太工，以元人之所长，全不在此也。"

关目之次，当言宾白，宾白一曰说白，有定场白，则初出场时以四六饰句者是也，有对口白，则各人散语是也。元人杂剧，于宾白往往非所重。《曲律·杂论》云："元人诸剧为曲皆佳，而白则猥鄙俚亵，不似文人口吻，盖由当时皆教坊乐工，先撰成间架说白，却命供奉词臣作曲，谓之填词。凡乐工所撰，士流耻为更改，故事款多悖理，词句多不通，不似今作南曲者，尽出一手，要不得为诸君子疵也。"今观元刻杂剧，往往不录宾白，则此事不出作家而出之伶工，显然可见。盖当时才士，止以作曲为重，初不重宾白也。入明以后，作者始知宾白之不易为，《曲律·杂论》论宾白云："定场白稍露才华，然不可深晦……对口白须明白简质，用不得太文字，凡用之乎者也，俱非当家……句字长短平仄，须调停得好，令情意宛转，音调铿锵，虽不是曲，却要美听。诸戏曲之工者，白未必佳，其难不下于曲。"王骥德此语，确为戏剧演进已深后之言论。独臧晋叔《元曲选序》，谓"曲白不欲多……观《西厢》二十一折，则白少可见"，诚为拘墟之论。笠翁论宾白，其言又在骥德之后，则演进之常理，固可知者。其言宾白，共分八款：声务铿锵，语求肖似，词别繁减，字分南北，文贵洁净，意取尖新，少用方言，时防漏孔。其论宾白之重要者语至切，录之于次：

尝谓曲之有白，就文字论之，则犹经文之于传注，就物理论之，则如栋梁之于榱桷；就人身论之，则如肢体之于血脉，非但不可相无，且觉稍有不称，即因此贱彼，竟作无用观者，故知宾白一道，当与曲文等视。有最得意之曲文，即当有最得意之宾白，但使笔酣墨饱，其势自能相生，常有因得一句好白而引起无限曲情，又有因填一首好词而生出无穷话柄者。是文与文自相触发，我止乐观厥成，无所容其思议。此系作文恒情，不得幽渺其说而作化境观也。

"宾白一道，当与曲文等视"，语与王骥德之言"其难不下于曲"者，可以并观。笠翁又谓"传奇中宾白之繁，实自予始，海内知我者与罪我者半。知我者曰，从来宾白作说话观，随口出之即是。笠翁宾白当文章做，字字俱费推敲……罪我者曰，填词既曰填词，即当以词为主，宾白既名宾白，明言白乃其宾，奈何反主作客，而犯树大于根之弊乎？笠翁曰，始作俑者，实实为予，责之诚是也，但其敢于若是，与其不得不若是者，则均有说焉"。今以笠翁之作考之，宾白之繁，实殊于众。《意中缘·画遇》一出，〔降黄龙〕后对口白至七八百字，他调以后称是，可谓繁矣。《比目鱼·改生》一出，〔生查子〕后对口白至一千五百字，《骇聚》〔括地风〕后，亦一千字，其繁更甚。皆开前人剧本所未有，启后人话剧之先声，此又笠翁所谓"千古文章，总无定格"者也。至其对于说白之高低抑扬，亦所注重，《偶集·演习部》云："宾白虽系编就之言，说之不得法，其不中肯綮等也，犹之情人传语，教之便说，亦与念白相同，善传者以之成事，不善传者以之偾事，即此理也。"

笠翁论曲，言上声宜慎用，谓此声利于幽静之词，不利于发扬之曲，即幽静之词，亦宜偶用间用。又言"入声韵脚最易见才，而又最难藏拙，工于入韵即是词坛祭酒，以入韵之字雅驯自然者少，粗俗倔强者多，填词老手用惯此等字样，始能点铁成金，浅乎此者，运用不来，熔铸不出，非失之太生，则失之太鄙"。其言皆辩。至其言词贵显浅，以汤若士《牡丹亭》证之，语尤绝是。如云：

汤若士《还魂》一剧，世以配飨元人，宜也。何其精华所在，则以《惊梦》、《寻梦》二折对。予谓二折虽佳，犹是今曲，非元曲也。《惊梦》首句云："袅晴丝，吹来闲庭院，摇漾春如线。"以游丝一缕，逗起晴丝，发端一语，即费如许深心，可谓惨淡经营矣，然听歌《牡丹亭》者，百人之中，有一二人解出此意否？若谓制曲初心，并不在此，不过因所见以起兴，则瞥见游丝，不妨直说，何须曲而又曲，由晴丝而说及春，由春与晴丝而悟其如线也？若云，作此原有深心，则恐索解人不易得矣。索解人既不易得，又何必奏之歌筵，俾雅人俗子，同闻而共见乎。其余"停半晌，整花钿，没揣菱花偷人半面"及"良辰美景奈何天，赏心乐事谁家院？遍青山啼红了杜鹃"等语，字字俱费经营，字字皆欠明爽。此等妙语，止可作文字观，不得作传奇观。至于末幅"似虫儿般蠢动把风情扇"与"恨不得肉儿般团成片，也逗的个日下胭脂雨上鲜。"《寻梦》曲云："明放着白日青天，猛教人抓不到梦魂前，是这答儿压黄金钏匲。"此等曲则去元人不远矣。（《偶集》卷一）

笠翁又谓"元人非不读书，而所制之曲，绝无一毫书本气，以其有书而不用，非当用而无书也……元人非不深心，而所填之词，皆觉过于浅近，以其深而出之以浅，非借浅以文其不深也。"言亦明晰。元周德清《中原音韵》谓书生语不可入曲，又云："造语必俊，用字必熟，太文则迂，不文则俗，文而不文，俗而不俗。"《曲律·曲禁》四十则，亦悬太文语，大晦语，经史语，学究语，书生语，及堆积学问为禁。大抵曲白好用诗文词藻，其事盛于明万历后，迄明末而更甚。此种演进，亦为必然之结果。元代杂剧以及南戏，大抵为民间娱乐之具，即于显贵席次，偶然献技，此时高坐堂上者，自非深目高鼻之胡虏，即为搂狗卖浆之故人，求其了解，剧本自不容过于雕饰。明代而后，士大夫之阶级复兴，昆曲又为此阶级所特赏，直与乌纱头巾作伴，其时戏剧，复由朴素而归于华饰，盖观众文野之程度既别，则剧本之浅深，亦由之而异也。迨昆曲既经盛行，复由士大夫阶级占有之娱乐，解放而为一般民众所享有，同时复值鼎革之后，贩夫走卒又与异族杂进，则斯时所通行之剧曲，必求其显浅，庶几雅俗共赏，亦势所必至也。

三

述笠翁对于戏剧之总论既竟，更述其对于作品之批评，大抵可分两节：一对于元代戏剧之批评，二对于明代戏剧之批评。

元代南戏，为明人所艳称者为《琵琶记》，言者以与杂剧之《西厢》并称，太祖尝称为布帛菽粟，故终明之世，《琵琶记》几于家喻户习。王世贞《艺苑卮言》论之云："则诚所以冠绝诸剧者，不唯其琢句之工，使事之美而已，其体贴人情，委曲必尽，描写物态，仿佛如生，问答之际，了不见扭造，所以佳耳。至于腔调微有未谐，譬如见锺、王迹，不得其合处，当精思以求诣，不当执末以议本也。"《卮言》此语，颇为《琵琶》左袒，而持论未得其平。至胡应麟《庄岳委谈》虽并推《西厢》、《琵琶》，以为《西厢》主韵度风神，为太白之诗，《琵琶》主伦理名教，为少陵之作，亦云"近时左袒《琵琶》者，或至品王、关上，余以《琵琶》虽极天工人巧，终是传奇一家语，当今家喻户习，故易于动人，异时俗尚悬殊，戏剧一变，后世徒据纸上，以文义摸索之，不几于齐东、下里乎？《西厢》虽饶本色，然才情逸发处，自是卢、骆艳歌，温、韦丽句，恐将来永传，竟在彼不在此"。胡氏此言，在当时全出揣测，在今日已得佐验。王骥德《曲律》于《琵琶记》亦认为独多芜语颣字，且谓"蔡别后赵氏寂寥可想矣，而曰'翠减祥鸾罗幌，香消宝鸭金炉，楚馆云闲，秦楼月冷'，后又曰'宝瑟尘埋，锦被羞铺，寂寞琼窗，萧条朱户'等语，皆过富贵，非赵所宜。二十六折〔驻马听〕'书寄乡关'二曲，皆本色语，中著'啼痕缄处翠绡斑'二语，及'银钩飞动彩云笺'二语，皆不搭色，不得为之护短。至后八折，真伧父语，或以为朱教谕所续，头巾之笔，当不诬也！"《曲律》于《琵琶记》所短，言之已甚明，至笠翁《偶集》，则于《西厢》、《琵琶》之优劣，言尤历历不爽，首云："至于古曲之中，取其全本不懈多瑜鲜瑕者，惟《西厢》能之，《琵琶》则如汉高用兵，胜败不一，其得一胜而王者，命也，非战之力也。"笠翁虽盛称牛府《赏月》四曲，以为"同一月也，牛氏有牛氏之月，伯喈有伯喈之月"，然于则诚之不善用人韵，至云"'两处堪悲，万愁怎摸'，愁是何物而可摸乎？"又云："若以针线论，元曲之最疏者，莫过于《琵琶》。无论大关节目，背谬甚多，如子中状元三载而家人不知，身赘相府，享尽荣华，不能自遣一仆，而附家报于路人，赵五娘千里寻夫，只身无伴，未审果能全节与否，其谁证之？诸如此类，皆背理妨伦之甚者。"

元人南戏自《琵琶》外，通举《荆》、《刘》、《拜》、《杀》，王骥德以为不可晓，因斥以为优人戏单语，又谓"《荆钗》、《白兔》……《杀狗劝夫》等记，鄙俚浅近，若出一手，岂其时兵革孔亟，人士流离，皆村儒野老途歌巷咏之作耶？"笠翁则谓"《荆》、《刘》、《拜》、《杀》之传，则全赖音律，文章一道置之不论可矣"。又尝推论显浅之用，以为一味显浅，则将日流粗俗，求为文人之笔而不可得。且云："元曲多犯此病，乃矫艰深隐晦之弊而过焉者也。极粗极俗之语，未尝不入填词，但宜从脚色起见，如在花面口中，则惟恐不粗不俗，一涉生旦之曲，便宜斟酌其词……以生旦有生旦之体，净丑有净丑之腔故也。元人不察，多混用之，观《幽闺记》之陀满兴福，乃小生脚色，初屈后伸之人也，其《避兵》曲云：'遥望巡捕卒，都是棒和枪。'此花面口吻，非小生曲也。"

笠翁于明代诸家，独推汤若士、吴石渠，《偶集》中二人并举之处不一。如云：

> 吾于近剧中取其俗而不俗者，《还魂》而外，则有《粲花》五种，皆文人最妙之笔也。《粲花》五种之长不仅在此才锋笔藻，可继《还魂》，其稍逊一筹者，则在气与力之间耳。《还魂》气长，《粲花》稍促，《还魂》力足，《粲花》略亏。虽然，汤若士之四梦，求其气长力足者，惟《还魂》一种，其余三剧，则与《粲花》比肩，使粲花主人及今犹在，奋其全力，另制一种新词，则词坛赤帜，岂仅为若士一人所攫哉？
>
> 汤若士之《牡丹亭》、《邯郸梦》，得以盛传于世，吴石渠之《绿牡丹》、《画中人》，得以偶登于场者，皆才人微幸之事，非文字必传之常理也。

在明代诸作家中，汤若士独负奇才，张梦泽尝索其古文行世，若士谢之云："各亦命也，如弟薄命，韵语自谓积精焦志，行未可知，韵语行无容兼取，不行则固命也。"其兀傲处可以概见。臧晋叔持论，动辄以元曲绳人，独于若士不敢轻议。吕天成《曲品》推之为上之上，王骥德《曲律》则谓"临川尚趣，直是横行，组织之工，几与天孙争巧，而屈曲聱牙，多令歌者咋舌"。要之若士之为若士，自有其真价值也。石渠之作，以《绿牡丹》最得名，中间诋娸明末文人轻薄恶习，颇有言外之意。《倩笔》一折，写墨染红绡之韵事，《闺赏》一折，评影接绿苔之新诗，以及《友谑》一折之俏皮，《逐馆》一折之跌宕，皆为不易得之作。然以气力较之，自在《牡丹亭》之下，笠翁之言是也。至若推石渠以配若士，而深致慨于中年殒折，尤见评骘之得当，用心之回护矣。

李笠翁朋辈考传

顾敦铩

序　言

　　把李笠翁的朋辈查考一番以后，觉得不但对于他本人认识得更清楚一些，就是对于清朝早期的政治经济文学艺术，也得到了一个概观。这在吾个人是意外的愉快，同时也是使吾把此文公之大众的一个有力原因。现在开卷之初，且让吾先把编写本文的原因，就是为什么研究李笠翁，为什么又作《朋辈考传》，这两个问题，说明一下。

　　明末清初，江南有三大曲家，就是吴梅村、李笠翁和尤西堂。三百年来，在传统的文坛上，吴、尤之名，都高于李氏。其实用现代的文学眼光，尤其是用戏曲的观点来看，笠翁应当有较高的地位。吾尝说，吴梅村的曲，缠绵宛转，是词人的曲；尤西堂的曲，矜才使气，是诗翁的曲；只有李笠翁的曲，既是好文章，又是好曲子，更是好戏剧，耐读、耐听、耐看，真是曲家的曲。诗词是片面的艺术，梅村、西堂的曲，总不能出此范围。戏曲是综合的艺术，要众美齐备，笠翁的《十种曲》，便有此妙处，所以不愧为当行的作家。

　　笠翁既有此高才，有此杰作，而竟不为传统的文坛所认识，这是文学史上一大不平事。所以吾觉得有把他表彰一番的必要。吾计划作六篇文章。一，《李笠翁年谱》；二，《李笠翁评传》；三，《李笠翁词学》；四，《李笠翁戏曲研究》；五，《李笠翁著作考》；六，《李笠翁朋辈考》。现在先写了第一，第三，第五，第六，四个草稿。《年谱》是研究的骨干，《著作考》是研究的资料和根据，当然先写。《词学》是《戏曲》的前导，也可先写。但是为什么要先写《朋辈考》呢？这不是舍本逐末，急其所当缓么？其实不然。西谚说，"要知道他的为人，只要看他的朋友。"这是有经验的话，可以取法的。吾们也只有多明白笠翁朋辈，才能多明白笠翁本人。本此意义，吾才不嫌这种工作的笨重，"城头上出棺材，远兜远转"的来研究笠翁。笠翁朋辈的著录，有两个大本营。一是笠翁诗文中所提及的人。一是笠翁作品上面所载的许多评家，他们都是同时的友好。钩稽的结果，共得四百馀人。笠翁交游之广，竟到如此程度。这是一桩惊人的发现。

吾又进而翻阅《国朝耆献类征初编》、《碑传集》、《清史稿》、《感旧集小传拾遗》、《国朝画征录》、《吴郡名贤图传赞》、《楚宝》、《大清畿辅先哲传》、《浙江通志》、《安徽通志》、《杭州府志》、《湖州府志》、《苏州府志》、《扬州府志》、《江宁府志》、《钱塘县志》、《兰溪县志》，以及《人名辞典》等，把有关的材料，或全抄，或节录，或撮缀，共成长短一百六十馀传。为便利分类起见，各传都照现行行政区域排列。其于今地不符者，仍其旧名；籍贯有疑或无可查考者，列入"其他"一栏。编成本文，名之曰：《李笠翁朋辈考传》。

由上述研究的结果，吾们可以得到五种认识。第一是笠翁有很多的曲友。他们可分为两类。一类是作曲家，如吴梅村、尤西堂、徐冶公等，为数尚少。一类是爱好笠翁的戏曲，常去欣赏的朋友。本文所录有于胜斯、余澹心、周栎园、吴冠五、方邵村，周沛甄、何省斋、顾愿圃、方楼冈、张力臣、顾赤方等。其无传者，更有高凤翥、何紫雯、余霁岩、林象鼎、沈乔瞻、宋澹仙、吴睿公、熊元献、李仁熟、褚天柱、熊荀叔、李申玉、陆驭之、汤圣昭、彭观吉、娄镜湖、郑季房、严修仁等一大批人，详拙作《李笠翁朋辈考》。著录的朋辈已经有这许多，其他爱好笠翁戏曲的人们，一定更多。他们对于笠翁的曲艺的贡献和鼓励，是可以意想得到的。

第二，笠翁是个文学家，朋辈中自然会有不少文学家。最著的，如号称"江左三大家"的吴梅村、钱牧斋、龚芝麓。"燕台七子"中有丁药园、宋荔裳、施愚山、严灏亭四人；"海内八大家"中，除宋、施二人外，有王西樵、王阮亭、曹顾庵三人；"西泠十子"中除丁药园外，有毛稚黄、陆丽京二人。顾梁汾、吴园次、沈遹声的词，杜于皇、孙无言、徐方虎、徐电发、宗定九等的诗，都是传诵一时的。他如毛会候、方尔止、朱石钟、何鸣九、叶修卜、陈伯玑、韩子遽等，也都是一时文坛健者。

第三是笠翁朋辈中还有一辈艺术家。女画家有王玉映、黄皆令。樊会公的山水、谢文侯的罗汉、王安节的《芥子园画谱》，各擅一场。查伊璜、沈贲园，更书画兼长。张力臣、王山史精金石碑帖之学。朱次公、姜次生的图章，也是艺林珍重的。至于徐周道、郑汝器等的医道，则又扩而到应用科学方面去了。这许多人，吾以为，对于这位《闲情偶寄》的作者，都有相当的影响的。

第四，清初有一个史学运动，因为前朝的历史即须编修，而本朝在关外的记载也有待整理与润色。笠翁朋辈，便有不少是参与这个运动的。王俨斋、徐健庵、李坦园都曾做过《明史》总裁官。另外，王、李又纂修《平定三逆方略》，李、徐纂修《大清会典》。徐更纂修《一统志》、《宋元通鉴》，李则纂修《太祖实录》、《太宗实录》。汪蛟门、汪舟次也曾入馆修《明史》。蛟门又补《崇祯实录》；舟次则有《使琉球录》和《中山沿革志》，为海外留不少有价值的史料。谷苍霖著《明史纪事本末》，曹秋岳著《崇祯五十辅臣传》和《续献征录》，也都是史学佳制。姜西溟的《刑法志序》和倪闉暗公的《艺文志序》，并称杰作。这些史学朋友的发现，正为吾解释了"为什么文学家的李笠翁又写《别集》两卷，发挥历史的兴趣来"这一个疑问。

第五，笠翁一生游幕，所以交游中仕宦阶级实居最多数。显贵的如丁泰岩、王汤谷、王涓来、李湘北、李邨园、李坦园、徐健庵、徐立斋、陈司贞、冯易斋、张飞雄、董默庵、贾胶侯、刘耀薇、慕鹤鸣、蔡仁庵、魏贞庵、严灏亭、严存庵、严力贻、龚芝麓、屠粹中、程端伯、索愚庵等，或是殿阁公卿，或是封疆大员。至如翰苑谏署，司道县丞，那就更仆难数了。

总之，笠翁是朋友交得多，地方到得多，所以于世故人情，能看得深而说得透。这就是他的文章的得力所在。

二十四年五月二十一日，于秦望山之洗江楼

一　江苏

金坛　潘大生　潘永圜（一作永因），字大生，清金坛人。有《读史津逮》、《宋稗类钞》（《人名辞典》）。

《诗集》六，《喜潘大生至》。

江宁　白仲调　白梦鼐，字仲调，号孟新，又号蝶庵，江南江宁人。康熙庚戌进士，官大理评事。梦鼐少与兄梦鼎俱崇尚志节，罹党狱，几不免，时有二白之目。及居官，多所平反，都御史魏象枢亟称之。庚戌补行福建乡试，梦鼐为考官，得士极盛。（参《述闻谌瑶录》；《江宁志》四十，十二，《人名辞典》）

《文集》四，《寿方太夫人七秩》评。——《词集》八，《摸鱼儿·和黄仙裳别予归广陵》评等。

纪伯紫　纪映锺，字伯紫，别号戆叟，上元人。崇祯间为诸生，时张溥（天如）、张采（受先）、杨廷枢（维斗）、周锺（介生）辈肇举复社。四方云集响应，各以类从。金陵为陪京重地，山川妍淑，风物清华，钟鼓声闻，衣冠都雅。是时扶质垂条，星奔川骛者，则以纪伯紫、顾与治二君为职志。与治早没，而伯紫独领袖群英。继丁阳九之尾，一时名士，糜身湛族，取义成仁，而一瞑不顾者，固不乏人。而歧路参差，苍黄反复，赋空房难独守者，正复悉数而未可终。伯紫以青云白雪之身，蹈然不滓，躬耕养身，古所谓隐不违亲，贞不绝俗者，其庶几焉。少时与龚宗伯友善，宗伯既贵，为招之京，京华下榻焉，岁且十稔。此外未尝轻谒一人，轻投一刺。如天半朱霞，可望而不可即。诗若干卷，宗伯为绣梓以传。近代徐天池、卢次楩、陈白云皆得知己一人，死以不恨；而伯紫更躬逢其盛矣。（节郑方坤撰《小传》）

《文集》三，《与纪伯紫》。——《诗集》六，《寄纪伯紫》。叙云："伯紫旧居去予芥子园不数武，俱在孝侯台侧。孝侯即周处，台其读书处也。"

叶天木 叶舟，字天木，又字星槎，江宁人。中丁亥科进士，起家陕西华阴县令，征拜兵部郎，后改御史，巡按江浙。回部，升延安知府，以艰去。再补南昌。天木负怀肮脏，少奇穷，行商江楚间。年二十，始折节读书，遂中制科，为名御史。出为郡，非其好也。甫壮而髭须尽白。守南昌，清声劲节，为十三郡冠。致政乞身，年才五十，归买田宅于南城回光寺之左，故啸峰倪给谏旧园，水竹萧疏，天木葛巾道服，宴坐高眠。门谢杂宾，一二老婢苍头，仅供扫除炊煮。斋阁宽丈许，书卷画帙，位置庄严。傍床贮一棺，每指之而笑谓客曰："此老生之安宅也。"天木非忘世者，事上信，与友忠，服官勤慎。特性狷急，不肯为人下。使得志行道，为国家驱使戮力，盖一代之贤大夫也。（参黎士宏撰《传》）

《诗集》六，《赠叶天木太守》叙云："由直指出为郡伯，与予居址相邻。"

樊会公 樊圻（沂）弟，字会公，工画山水，并精花卉人物。与龚贤（字半千），高岑（字蔚生），邹喆典之子（字方鲁），吴宏（字远度），叶欣（字荣木），胡造（字石公），谢荪（字细西），号金陵八大家。曲阜孔东塘客游金陵赠会公诗云："又头桃出古云烟，混入时流乞游钱。内府收藏君总在，标题半是启、祯年。"观此，可想见其人矣。（参《国朝画征录》卷上十一及《人名辞典》）

《诗集》六，《寄怀樊会吴远度二韵友》。

郑汝器 郑簠，字汝器，号谷口，清上元人。能医，工诗。（《人名辞典》）

《诗集》六，《赠郑汝器》。叙云："汝器文人也，能诗，工书，且笃友谊。以岐黄术噪名于世，疾者盈门，车无停轨。自以为苦，欲逃其名而不得。

故作是诗以勉之。"

松江　王俨斋　王鸿绪，初名度心，字季友，号俨斋，江南松江府华亭县人。年十七，补博士弟子员。壬子，举顺天乡试。癸丑，会试中式，名在第四。仁皇帝策多士于廷，公以第二人及第。越二年，乙卯，充日讲官起居注官。其秋，典顺天乡试。丁巳迁右春坊右赞善，兼翰林院检讨。寻转左。己未，迁翰林院侍讲。庚申，以讲幄劳，加侍读学士。壬戌，奉命充《明史》总裁官。癸亥，迁右春坊右庶子。其冬，擢内阁学士，兼礼部侍郎。寻充纂修《平定三逆方略》总裁官。甲子，迁户部右侍郎。乙丑正月，入直南书房。逾月，转左充会试总裁官。夏四月，充殿试读卷官。九月，充武会试总裁官。丁卯，擢左都御史，旋以父忧归。己巳，服阕，将赴补左都御史，郭琇劾鸿绪与高士奇招权纳贿，皆予休致。甲戌八月，奉特旨起用，依原官食二品俸，总裁《明史》。戊寅冬，入直南书房。己卯五月，拜工部尚书。十二月，奉命督催高家堰工程。庚辰九月，还朝。癸未正月，扈驾南巡。四月，充殿试读卷官。十月充经筵讲官，又充武殿试读卷官。丁亥春，复扈驾南巡。戊子五月，转户部尚书。乙丑正月，以原官解仕归里。癸巳春，赴京祝仁皇帝六秩万寿。乙未二月特旨召还朝，为纂修《诗经》总裁官。戊戌，书成。十二月，命为《省方盛典》总裁。书未成而捐馆，时雍正元年。（参张伯行撰《墓志铭》，《清史稿·列传》五十八）

《文集》四，《赠王俨斋太史》。叙云："癸丑第二人。"

袁若遗　袁国璋，字若遗，华亭人，历任嘉禾、衡州太守。（《资》二，十八，二十四）

《文集》四，《嘉禾太守袁若遗公祖》。

张蓼匪　张安茂，字蓼匪，清松江人。顺治进士，官至浙江提学金事，有《泮宫礼乐全书》。（《人名辞典》）

《别集》十，《论唐太宗》，《殿庭教射》评。——又《论刘知远先正位后兴师》评。

青浦　沈赉园　沈白，字涛思，号赉园，又号天庸子。以布衣耽高尚，随父鸣求隐于诸翟镇之梅花原，故王圻别业也。有萧闲堂，海棠径诸胜。赉园工书，真行草皆妙，亦善山水，纵横疏远，有别趣。（参《青浦县志》，冯金伯录《国朝画识》）

《文集》三，《复沈赉园》。

太仓　吴梅村　吴伟业，字骏公，号梅村，江苏太仓人。先生生有异质，少多病，辄废读，而才学辄自进。迨为文，下笔顷刻数千言。时经生家崇尚俗学，先生独好三史。西铭张公溥见而叹曰："文章正印，其在子矣。"因留受业，相率为通经博古之学。年二十，补诸生。未逾年，中崇祯庚午举人。辛未会试第一，殿试第二。西铭公乡会皆同榜，文风为之不变。时有攻辛未座主宜兴相者，借先生为射的。庄烈帝御批其卷，有"正大博雅，足式诡靡"之语，言者乃止。授翰林院编修。先生尚未授室，给假归娶，当世荣之。乙亥，入朝充纂修官。值乌程柄国，先生与同年杨廷麟辈，挺立无所附。乌程去，武陵、靳水相继入相，先生皆与之忤。先是，吴有奸民张汉儒、陆文声之事，乌程实阴主之，欲制刃东南诸君子。先生以复社著名，为世指目。淄川传乌程衣钵，先生首书攻之，直声动朝右。丙子，主湖广乡试，所拔多知名士。戊寅三月二十四日，召对，先生进端本澄源之论，欲重其责于大臣，而广其才于庶寮。乃昌言曰："冢臣职司九品。若冢臣所举不当，何以责之台省？辅臣任寄权衡。若辅臣所用不贤，何以责之卿寺？"言极剀切，上为之动容。已与杨公士聪谋劾史㙟。㙟惧，而阴毒遂中于先生。己卯，衔命封延津、孟津两王于禹州。㙟谋以成御史勇事，牵连坐先生。会㙟死，事寝。升南京国子监司业，甫三日，而漳浦黄公道周论武陵夺情拜杖信至。先生遣太学生涂仲吉入都，上书为漳浦讼冤，干上怒，严旨责问主使，先生几不免。庚辰，晋中允、谕德。癸未，晋庶子。甲申之变，先生里居，攀髯无从，号痛欲绝。乙酉，南中召拜少詹事，加一级。越两月，先生知天下事不可为，又与马、阮不合，遂拂衣归里，一意奉父母欢。易世后杜门不通请谒。每东南狱起，常惧收者在门，如是者十年。世祖章皇帝素闻其名，有司敦迫至严，不得已，乃扶病入都，授秘书院侍讲、国子监祭酒。精锐销夷，辄被病，弗能眠。间一岁，乞归，乃徜徉山水间，不复问世事。所居故铨部王公士骐之贲园，先生阔而大之，垒石凿池，灌花莳药，翳然有林泉之胜。与士友觞咏其间，终日无倦色。先生之学，博极群书，归于至精。有问经史疑难，古今典故，与夫著作原委，旁引曲证，词若指掌，多先儒之所未发。诗文炳耀铿锵，其词调气格，皆足以追配古人。而虚怀推分，不务标榜，尤人所难。海内之士与浮屠老子之流，以文为请者，日集于庭，麾之弗去。一篇之出，家传人诵，虽遐方绝域，亦皆知所宝爱。雅善书，尺牍便回，人争藏弄以为荣。所著有《梅村集》四十卷，《春秋地理志》十六卷，《春秋民族志》二十四卷，《绥寇纪略》十二卷，又《乐府杂剧》三卷。生于明万历己酉五月二十日，卒于清康熙辛亥十二月二十四日，享年六十有三。（参顾湄《吴先生伟业行状》；《碑传集》四十三，十八）

《诗集》六，《梅村》。叙云："吴骏公太史别业。"——《词集》八，《满庭芳》"十余词吴梅村太史席上作"。——又《莺啼序·吴梅村太史园内看花，各咏一种，分得十姊妹》）。

吴县　尤展成　尤侗，字同人，更字展成，别字悔庵，又曰艮斋，晚自号西堂老人，江苏长洲人。少博闻强记，弱冠补诸生，才名籍甚。历试于乡，不售。康熙十八年，荐举博学鸿儒科，试列二等，授检讨，分修《明史》，撰志传多至三百篇。居三年，告归。先是，侗所作诗文，流传禁中，世祖章皇帝以"才子"目之。后入翰林，圣祖仁皇帝称为"老名士"，天下羡其荣遇，比于唐李白云。三十八年春，圣驾南巡至苏州，侗献《平朔颂万寿诗》，上嘉焉，赐御书鹤栖堂匾额。四十二年，驾复幸吴，赐御书一幅，即家授侍讲，盖异数也。侗性宽和，与物无忤，汲引后进，一才一艺，奖借不容口。兄弟七人，友爱无间，白首如垂髫。康熙四十三年甲申卒，年八十七。其诗词古文，才既富赡，复多新警之思，体物言情，精切流丽，每一篇出，传诵遍人口。著述甚富，《全集》五十卷，《馀集》七十卷，《鹤栖堂集》十卷。（参国史馆本传，朱彝尊撰《墓志铭》）

《文集》卷一，《蟹赋序》有云"惟吾友尤子展成一作"等语。——又，《次韵和尤悔庵水哉亭四首》。——《诗集》七，"端阳前五日，尤展成、余澹心、宋澹仙诸子，集姑苏寓中观小鬟演剧。澹心首创八绝，依韵和之"。——《词集》八，《二郎神侵》"和尤悔庵观家姬演剧次原韵"。

许竹隐　许虬，字竹隐，长洲人，居甫里。弱冠好读书，即交当世名士。顺治十五年进士，观政后授部郎，以廉翰称。出为绍兴守。会稽故名郡，山水清嘉，而吏多谲诈。公至，惩不法者，讼牒不敢上下其手，公府一清。登临谦赏，宾从杂遝，名篇丽句，得之镜湖、禹庙间。晚与汪琬、尤侗辈相善，著述见称文苑。卒年六十五。（参《吴郡名贤图传赞》卷十七，第二十五页）

《词集》八，《忆秦娥》"杂家第一夜"评。——又，《玉楼春》"春眠"评等。

虞玄洲　虞巍，字玄洲，勾吴人。

《怜香伴序》。——又批评。

虞以嗣　虞镂，字以嗣，勾吴人。

《风筝误序》。

常熟　钱牧斋　钱谦益，字受之，号牧斋。明万历进士，官至礼部侍郎，坐事削籍归。福王时召为礼部尚书。清多铎定江南，谦益迎降，授礼部右侍郎。旋归乡里，以文章标榜东南，后进奉为坛坫。尝辑明人诗为《历朝诗集》，所著《初学》、《有学》二籍，乾隆时以其语涉诽谤，板被禁毁，清末始复有印行者。谦益藏书极富，构绛云楼以贮之。未几尽毁于火，中有宋刻孤本，劫后不可再得者甚多。论者谓绛云一炬，实为江左图书之一厄。（《人名辞典》）

《文集》卷一，《龙灯赋》评。——《文集》二，《东安赛神记》评等。

许青浮 许山，字山如，号青浮、橄彩子，清常熟人，仕为兵部员外郎。精绘事，喜写秋虫，病蝶，落雁，寒蝉。兼工诗，不求仕进，有《弃瓢集》。（《人名辞典》）

《文集》二，《许青浮像赞》。

许橄彩 许橄彩，常熟人。明季以婺郡别驾即擢婺郡司马。怜才好士，客笠翁于署中者凡二年。鼎革以后，去婺，旋卒。

《文集》二，《许青浮像赞》。——《诗集》六"乱后无家，暂入许司马幕"。——又，"许司马乱中得家报，为赋志喜"。

昆山　　徐立斋 徐元文，字公肃，号立斋，昆山人，家半山桥东。初冒姓陆，通籍后复姓。少端重有大志，与兄乾学、秉义倡为古学，有声于时，称为三徐。顺治十六年进士第一，授修撰，累迁至文华殿大学士，以原官致仕。公立朝三十年，清介刚直，始终一节，有古大臣风。天性孝友，笃于师友，与兄乾学，并好奖诱后进。乾学豪放，颇招权利，劾论罢。而元文，性方严，不苟言笑，动必以礼，门庭肃然。家居未一年卒，年五十六，葬虎邱山后黄土桥。所著有《含经堂集》三十卷。（参《吴郡名贤图传像赞》卷十八，第十六页，《清史稿列传》三十七，第十二页）

《文集》四，《赠徐健庵、彦和、立斋三太史》。

徐果亭 徐秉义，字彦和，号果亭，昆山人。刑部尚书乾学弟，大学士元文兄。康熙十二年癸丑第三人及第，官至吏部侍郎，内阁学士。四十三年，乞休归。四十四年，圣祖南巡，赐御书"恭谨老诚"匾额。五十年四月，卒于家，年七十有九，著有《耘圃培林堂代言集》。康熙朝士评昆山三徐曰："公肃仁人君子，健庵大人君子，果亭正人君子。"副都御史许三礼劾乾学疏，亦曰："独其弟徐秉义，文行兼优，实系当代伟人。"其见重于时，有如此者。（参吴修撰《传略》，陈康祺撰《纪闻》，徐健学国史馆本传）

《文集》四，《赠徐健庵、彦和、立斋三太史》。——《诗集》六，《送徐果亭太史典试还朝》。

徐健庵 徐乾学，字原一，号健庵。八岁能文，为顾锡畴所知。十三通五经。康熙庚戌进士第三，授编修。壬子，主试顺天。乾学尝病士子治经义，不务实学，专趋时好，人才日坏。至是，苦心搜阅，拔韩菼于遗卷中。明年，菼遂魁天下，文体为之一变，世服其藻鉴之精。升右赞善，丁内艰归。以近世丧葬礼阙不讲，辑成《读礼通考》一书，其详备古未有也。服除，补故官，充日讲起居注官，《明史》总裁。历升侍讲学士，詹事，内阁学士，教习庶吉士，转礼部侍郎，一切礼制，酌古准今，有不便者，多所厘正。奉命总裁《一统志》、《会典》及《明史纂辑》、《鉴古辑览》、《古文渊鉴》。凡著作之任，无不领。寻充经筵讲官，升左都御史，饬台纲，察军政，劾罢江西、河南巡抚，及山西、甘肃总兵官。时方分南北党，诸御史倚乾学，弹劾不避，结怨益深。在台五月，充戊辰会试总裁，即闱中转刑部尚书。出，甫就职，会湖广巡抚张汧以罪被逮，诬乾学尝通贿。事白，上疏乞归。上不听去，令解部务，仍领各总裁。明年，复为副都御史许三礼所劾，再疏乞归。命携《一统志》，《宋元通鉴》，即家编辑。总督傅腊塔疏论其子侄家人，居乡不法。事上，置不问。后又坐潍县令朱敦厚事，落职。甲戌，卒于家。其传是楼藏书甲天下，梓行唐宋以来先儒经解，尤有功于学者。所著《读礼通考》一百二十卷，《澹园集》三十卷，其他著述甚多。（节石韫玉撰《传》）

《文集》四，《赠徐健庵、彦和、立斋三太史》，叙云："健庵登庚戌榜第三，彦和登癸丑榜第三，立斋为己亥状头。一门三鼎甲又属同胞，前此未之有也。"

吴江　徐电发　徐釚，字电发，吴江人，故又自号虹亭。康熙十八年，由国学生荐举博学鸿儒，试刊二等，授检讨。会当外转，遽乞归。后以原官起用，不就，卒，年七十三。釚好古博学，弱冠天才骏发，摇笔数千言。其诗始尚华秀，比壮游，与四方豪俊相切劚，格调一变，成《南州草堂集》，三十卷。又尝刻《菊庄乐府》，昆山叶方蔼称其绵丽幽深，耐人寻味。朝鲜贡使仇元吉见之，以金饼购去。贻诗云："中朝携得菊庄词，读罢烟霞照海湄。北宋风流何处是？一声铁笛起相思。"釚既工倚声，因辑《词苑丛谈》十二卷，援据详明，具有鉴裁。（参国史馆本传，郑方坤撰《小传》）

《文集》三，《与徐电发》。——《诗集》六，《赠徐子电发》。

武进　许青屿　许之渐，字青屿，江南武进人。顺治乙未进士，任户部主事，擢御史。疏救科臣杨雍建，参革义王孙可望，惩庄头刘七，皆著风采。旋巡视陕西茶马，归卒。（《述闻谮瑶录》）

《别集》十，《论唐太宗周秦修短之议》评。

陶康叔 陶三宁，字康叔，武进人，兰溪大尹。（《资》十，四十二）

《文集》二，《严陵西湖记》。

无锡 **顾梁汾** 顾贞观，字华封，号梁汾，江苏无锡人。以举人官秘书院典籍。才调清丽，尤善填词。为人俊爽，笃古谊。初契吴江吴兆骞。兆骞戌宁古塔，贞观洒涕要言曰："必归季子。"纳兰成德者，与贞观交，而相国子也，雅善兆骞。贞观作《金缕曲》二词，示成德，寄戌所。成德读之，悉力处办赎锾，相国为之地，兆骞卒得生入关。兆骞既归，言塞外多暴骨。贞观即募僧心月者，敛金，遍历战场，收瘗之。贞观自少名噪东南，慎交社。晚构积书岩于惠山祖祠之旁，著有《弹指词》，《炉塘诗》一洗绮靡之习。（参秦瀛撰《传》，《国朝耆献类征初编》卷百四十二，第十三页）

《文集》三，《与顾梁汾典籍》。——《诗集》五，"丁巳小春，偕顾梁汾典籍，吴云文文学，集吴念庵斋头，啖蟹甚畅，即席同赋，韵限蟹头鱼尾。"——《诗集》六，《赠顾梁汾典籍》。——又，《顾梁汾典籍以人赠蔬果见贻代束赋谢》。——又，"秋日同于胜斯郡司马，顾梁汾典籍，高凤翥邑侯，集何紫雯使君署中，听新到梨园度曲"。

张秋绍 张夏，字秋绍，清无锡人。孝友力学，尝入东林书院，受业于高世泰之门。其学先经后史，博览强记，而归本自治。世泰即没，推夏主讲席。有《孝经解义》，《小学论注》，《雒闽源流录》。（《人名辞典》）

《别集》九，《论袁盎却座》评。——又，《论吉黯不拜大将军》评等。

泰兴 **季沧苇** 季振宜，字诜兮，号沧苇，江南泰兴人。顺治丁亥进士，官御史。家藏宋元版书，精本最富，有《沧苇书目》及《静思堂诗稿》。（参吴修撰《小传》）

《文集》卷一，《季太翁万太夫人双祭文》。叙曰："沧苇侍御，关山仁山二使君。孝廉之太翁大母也。"

张力臣 **郯度** **让三** 张弨，字力臣，又字亟斋，山阳人。父致中，字信符，为复社魁首，以经明行修举，未授官卒。弨不应试，家虽贫，储藏鼎彝碑板文甚富，以贾为业，博雅好事。尝登焦山，乘江潮落，往山岩之下，藉落叶而坐，仰读《瘗鹤铭》。聚四石绘为图，聊以宋人补刻字，证为顾况书。朱彝尊举《逋翁集》中王郎中见赠《琴鹤诗》以宝之。他日，题王副使《焦山剔铭图》则云："审视要非唐后勒，昔年曾与张弨论。"朱亦不坚持其说也。入秦拜唐昭陵，遍观从葬诸王公表碣，潜珉断碣，必三复而联缀成篇。过村寺，有碑碣埋没榛莽者，悉椎拓之。尝抚岘山石幢，并以《瘗鹤铭辨》、《昭陵六马图赞辨》各一篇,寄新城王士禛。士禛悉其雅意,以七言诗祝答之。年老矣,又耳聋,携两子一孙,客京师,翻撰不辍。尤善六书之学,顾炎武音学五书,玿所写定也。玿尝校娄机《汉隶字原》为之叙,盖谨守叔重家法,其学迥出戴侗、杨桓上。画花鸟亦工雅。(钱林撰《文献征存录》)

《诗集》六,"舟泊清江,守闸陆驭之,司农汤圣昭、刺史彭观吉、张力臣诸文学,移樽过访,是夕外演杂剧,内度清歌。"——又,《赠张力臣、郏度、让三、三昆仲》。

江都　吴园次　吴绮,字园次,其先由歙徙扬之江都,遂为江都人。少颖悟,为诸生,有声艺林。以明经贡入太学。会世祖章皇帝求异才,备顾问。用朝臣荐,授秘书院中书舍人。奉诏谱杨椒山乐府,大加称赏,迁武选司员外郎,盖即以椒山原官官之,宠异至矣。已由工部郎中出知湖州府,多惠政,不畏强御,湖人德之,号为"三风太守",谓"多风才,尚风节,饶风雅"也。未几以失上官意,坐劾罢归。既解组,贫不能治装,侨居姑苏者数年。吴兴士大夫数请还郡,力谢之,后乃复归于扬。好作诗,务言其意之所欲出,不甚规摹初盛唐体格。选《宋金元诗》永行世,足征其得力所自矣。为文喜作徐孝穆、庾子山语,见世之优孟韩、苏,饾饤史汉者,道有所不谋,神有所不与也。所作填词小令,儿童妇女皆能习之。有毗陵女子,日诵其"把酒嘱东风,种出双红豆"句,以为秦七、黄九复出,故又号红豆词人云。(郑方坤撰《小传》)

《词集》八,《临江仙·偶兴》评。——又,《苏幕遮》,《山中待月月果至》评等。

汪舟次　汪楫,字舟次,别字悔斋,安徽休宁人,寄籍江苏江都县,岁贡生,署赣榆训导。康熙十八年,巡抚慕天颜荐应博学鸿儒科,试列一等,授翰林院检讨,纂修《明史》。楫言于总裁,先仿宋秦长编,凡诏谕奏议邸报之属,汇辑之,由是史材皆备。三十一年春,充册封琉球国正使,比至,宣布威德,王及臣民皆大悦服。濒行,例有馈赠,楫概却不受,国人建却金亭志之。归撰《使琉球录》,详载礼仪暨山川景物。又因谕祭故王,入其庙,默识所立主,兼得《琉球世缵图》,参之明代事实,铨次为《中山沿革志》。上以楫奉使尽职,敕部优叙。久之,出知河南府,治绩为中州最。尝置学田于嵩阳书院,聘詹事耿介主讲席,士习不振。寻擢福建按察使,迁布政使,莅官五载,民戴其惠。召来京,途次得疾,未几,卒于家,年六十有七,时康熙三十八年乙卯。诗文有《悔斋正续集》,《观海集》。(参国史馆本传;唐绍祖撰《墓志铭》;朱彝

尊撰《墓表》)

《词集》八，《误佳期·本意》评。

汪蛟门 汪懋麟，字季角，后更号蛟门，故蛟门之名独著。其先徽产，越国公裔也。继徙浙，徙扬，遂着籍江都。顺治庚子辛丑间，王士禛为扬州李官，识君倩人中，补诸生。康熙二年举乡试。又四年成进士，与同年生陈赓明、玉瑊、沈康臣、胤范、颜修来、光敏齐名。都下公卿，倒屣迎致之。以推择为内阁中书舍人。君固嗜书，每入直，襆被外，携书卷自随，公事毕，辄铅椠雄诵，或行吟陛楯间，丙夜不辍，由是学日益博，诗文日益有名。居三年，继丁内外艰，居丧尽礼。服阕，需次部主事。会左都御史昆山徐公以君与李公清、曹公溶、黄君虞稷，同荐于朝。李、曹二公辞不至，君仅以主事入史馆，充纂修官，著史传若干篇，补《崇祯实录》又若干卷，时人称之。寻补刑部，仍直史馆。君才通敏，不通托史事自佚。听断袗慎，虽强御不顾也。南城武某以一车一马贩米于南花园，宿董之贵家。董利其资，杀之，夜以车载尸，鞭马曳之他去。武父得尸于道，得车马于刘氏之门。讼之官，谓刘杀其子。君曰："杀人而置其车马于门，非理也。"乃微行南城外，纵其马。马至之贵门，辄跳跃悲鸣，冲户以入，君即令收之，讯得实。置之贵于法，刘得释。都人为作《马讼图》，赋诗张之。王某兄弟五人，与海户斗，自杀其病弟，而讼海户于官。君微行察之，其邻曰："斗则有之，杀人则未也。"至王某门，其家笼鹅，忽群鸣，延颈如有所诉。君立逮弟妻讯之，具以告，某遂自伏。既具狱，忽二人称亲王使者，直前谓某隶籍府中。君怒曰："吾为刑官，为朝廷守法耳。必索之，当奏闻。"二人者气夺去。其奉公守法，皆此类也。君既负文望，在西曹又能于其官，为尚书蔚州魏公所器。当世亦知其名。一日，禁中出宣德纸百幅，命翰詹诸臣及群僚书进，择其尤者廿四幅为御屏，君书与焉。人谓旦晚且进用。亡何，罢归。君诗才票姚跌荡，其师法在退之、子瞻两家，而时出新意。古文尤喜王介甫，晚岁为文章，峭刻近之。归田后，键户谢宾客，昼治经，夜读史，日有程课，将锐志著述，成一家之书，而惜其遘病以死，实康熙二十七年四月十一日也，年止五十。所著诗文集合二十四卷，行于世。（参王士禛撰《传》）

《文集》卷一，《鸡鸣赋》评。——《诗集》五，《早行书所见》评等。

宗定九 宗元鼎，字定九，号梅岑，别号小香居士，江都人。诗尚风调，嗜梅花，堂有古梅一株，时人谓之"宗郎梅"。所著《芙蓉斋新柳堂集》，世竞传之。尝题吴江顾樵小画，寄王士禛云："青山野寺红枫树，黄草人家白酒苕。日暮江南堪画处，数声鱼笛起汀洲。"人谓不减倪云林。元鼎摘句如：
"来逢莺语诗从作，去被人留酒重釃。双柑香溅佳人手，半臂寒添酒客肩。总
是茶香耽永日，一从诗好度流年。"绝句如《登吴陵城楼》云："城外村梅映
酒旗，故园花落重相思。愁肝已向春来断，况值轻寒醉醒时。"《炀帝冢》云：
"帝业兴衰事几重，风流独自惜遗踪。但求世看扬州月，不愿生归驾六龙。"
《扬子江》云："帆去天涯势不同，龙茄何惜度江来。香车若对长干路，后主
荒宫花又开。"《新亭》云："东晋江山暮雨秋，新亭人士昔时游。从问王导
神州语，周颢先收作楚囚。"《百尺楼》云："素袜翩翩月一钩，陵云风致想
高楼。江南歌舞寻常事，便遣曹彬下蒋州。"《吴音曲》云："壁月庭花夜夜
重，隋兵已断曲阿冲。丽华膝上能多记，偏望床前告急封。"《隋苑》云：
"内苑楼高夜宴休，妥娘凭眺雅娘愁。门临义路三千柳，帘卷吴山十二钩。"
《古意》云："沉沉烟柳汴河边，行到邮亭两岸蝉。当日征人含泪语，分明为
约只三年。"《雨中留邹丽农》云："新开兰蕙正芳菲，初到鲥鱼入馔肥。最
好风光是三月，如何抛却渡江归？"婉而多风，渔洋谓其善学《才调集》云。
（参钱林撰《文献征存录》）

《词集》八，《蝶恋花·弓鞋》评。——《文集》四，《赠张伯亮副总戎》。
——又，《赠张伯亮封翁》。叙云："伯亮旧元戎也。长公履吉，久作文臣，
次公履贞，新登武科。"

铜山　张伯亮　履吉　履贞　张履吉，名道祥，徐州人，为珥海宪副。曾
助吴珽字晋侯者及其妻全孝节。任绳隗为撰《义全孝节记》。（见《国朝耆献
类征》卷二〇八，第五十二页。）

二　安徽

桐城　方邵村　方亨咸，字吉偶，号邵村，桐城人，太仆拱乾子。顺治丁
亥进士。知获鹿县，察奸戢盗，有声。调丽水，筑好溪堰，通济堰，田无旱
潦，利及邻邑。擢主事，升郎中。恤刑湖广、江西，多所矜豁。世祖召入禁
内，作书各一幅，授陕西道御史。旋以江南科场案，坐流宁古塔，后释归。工
诗文，善书，精小楷，兼长山水，与程青溪、顾见山称鼎足。（参吴修撰《小
传》；《人名辞典》；《重修安徽通志》卷一八〇，第三页）

《文集》二，《乔王二姬合传》云："宾之嘉者，友之约者，亲戚乡邻之
不甚迂者，亦未尝秘不使观。如金陵之方邵村侍御，何省斋太史，周栎园宪

副，武林之顾且庵直指，沈乔瞻文学，皆熟谙宫商，殚心词学，所称当代周郎也。莫不以小蛮樊素目之，他可知已。"——《文集》三，与《方绍村侍御》。——《诗集》六，吴冠五《后断肠诗十首》评云："忆壬子春，偕周栎园宪副，方楼冈学士，方邵村侍御，何省斋太史，集芥子园观剧。共羡李郎贫士，何以得此异人？今读是诗，不禁彩云易散之感。"——《词集》八，《好春光》叙云："《春色》以下，和方邵村侍御春词十二阕。"

方坦庵　方拱乾，清桐城人，字坦庵。明天启进士，官左谕德兼侍读。李自成陷北京，被执。入清，官少詹事。以江南科场案纳贿作弊，其五子章钺在取中之内，坐流宁古塔。后释归，改字甦庵。有《宁古塔志》，《方詹事集》。（《人名辞典》）

《文集》三，《与方坦庵宫詹》。

方尔止　方文，字尔止，号明农，桐城人。天启末诸生，司农玉峡公之子。状貌魁杰，赋性忱爽，少负时誉，高自标表，好结四方知名士。与从子以智，声名相颉颃。崇祯中，江上选家林立，杨廷枢（维斗）、钱禧（吉士）、刘城（伯宗）、吴应箕（次尾）诸名士，狎主艺林，国门一悬，千金不易。尔止楷柱其间，所选《讯雅》一书，坛埠相望，并重鸡林。鼎革后，隐居金陵，不就博士弟子试，锐志著述。其为诗陶冶性灵，流连景物，不屑为章绩句绘之学。间有径率之句，颇为承学口实。然尔止实苦吟，含咀宫商，日锻月炼，凡人所轻忽视之者，皆其吐心刻腑而出之者也。好改人诗，与人辨论，至面赤背汗不少休，人亦以此嗤之。而尔止已语罢辄忘，不复省记矣。所著《嵞山集》五十卷，一时耆宿若龚芝麓、施愚山、林茂之、孙豹人、宋玉叔、顾与治、纪伯紫诸公，皆盛相推许，以为必传。其诗如："万劫不烧惟富贵，五伦最假是君臣。年少才如不羁马，老来心似后凋松。性情最是游不倦，富贵何如诗可传？卜肆尚能言孝弟，医方犹可立君臣。"诵其诗可以知其人矣。（参陈方坤撰《小传》）

《别集》九，《论吴季札让国》评。——又，《论子产宽猛之政》评等。

方楼冈　方孝标，拱乾长子。本名玄成，后避讳，以字行，别号楼冈。清顺治进士，累官内弘文院侍读学士。坐事流宁古塔，后得释。入滇受吴三桂伪翰林承旨。三桂败，首先迎降，得免死。因记在滇黔时所闻所见，明季清初彼邦时事。著《钝斋文集》、《滇黔记闻》，戴名世著《南山集》多采之。后名世被诛，孝标已死，剉骨，亲族坐死及流徒者甚多。（《人名辞典》）

《诗集》六，吴冠五《后断肠诗十首》评云："忆壬子春，偕周栎园宪副，方楼冈学士，方邵村侍御，何省斋太史，集芥子园观剧。共羡李郎贫士，何以得此异人？今读是诗，不禁彩云易散之感。"

何省斋 何采，字濮源，一字芦庄，号南涧，亦号省斋，桐城人明大学士文瑞公如宠孙也。采占籍江宁城，顺治己丑进士，官至左春坊。工词，尤善书，得欧、褚法，为时所重。有《让村集》，《南涧集》，《南涧词》。其子孙在庠序者，读书立行，不隳其声云。（《新修江宁府志》卷四十二第七页，《人名辞典》）

《文集》二，《乔王二姬合传》。——《文集》三，《与何省斋太史》。——《诗集》六，吴冠五《后断肠诗十首》评云："忆壬子春，偕周栎园宪副，方楼岗学士，方邵村侍御，何省斋太史，集芥子园观剧。共羡李郎贫士，何以得此异人？今读是书，不禁彩云易散之感。"——《词集》八，《灯市词和何省斋太史》。——《偶集》四，册页匾。

合肥 李湘北 李天馥，字湘北，号容斋。先世河北永城人。后家合肥。公生于明崇祯十年正月二十四，自少颖异，七岁即能诗，称神童。明季，流寇剽掠江淮间，合肥被陷，公随两大人苍黄被难，手一卷不暂释。未及弱年，诵四库书殆遍。登顺治丁酉乡荐。明年成进士，选翰林庶吉士。在馆益博闻约说，纵横演迤于经史百家，盖经世之学，基于此矣。累擢内阁学士兼吏部侍郎，在上前有所见，必陈无隐，多见从。辛酉升户部左侍郎。部故利薮，有以苞苴谒者，公拒之曰："吾一日在部，汝曹无望兹事之行也。"皆动色缩手相戒。甲子，调吏部，尤以扬清激浊为己任。公在户部四年，吏部五年，而一无私焉。上自是器公益深矣。未几，升工部尚书，转刑、兵二部尚书。辛未迁长吏部。曹司吏素不便于公者，畏公之复来。而选人稔闻公名，则喜甚。公逐吏之尤黠者，以便选人，而部复为之一清云。时当补大学士已逾年。一日，上谕满汉诸大臣曰："机务重任，必不可用喜事之人。朕观李天馥老成清慎，学行俱佳。朕知其决不生事。"遂以命公，时壬申十月也。所传有《编年诗》，《容斋千首诗》，《诗馀》。其古文制诰诸集，将次第行世。康熙三十八年十月十五日卒，年六十五，谥文定。（参韩菼撰《墓志铭》，《清史稿列传》五十四）

《诗集》五，《金台高会诗作公谦体李湘北太史席上作》。

程蕉鹿 程汝璞，字蕉鹿，合肥人。（《资》二，七，三十七）

《文集》四，《文宗程蕉鹿公祖》。

龚芝麓 龚鼎孳，清合肥人，字孝升，号芝麓。明崇祯进士，授兵科给事中。李自成陷京师，受伪直指使。顺治初，迎降，以原官起用，屡起屡仆。

康熙间官至礼部尚书，卒谥端毅。为人放旷，颇为时所讥。而洽闻博学，诗古文并工。清初与吴伟业、钱谦益齐名，称为江左三大家，有《定山堂集》。（《人名辞典》）

《文集》三，《与龚芝麓大宗伯》——又，与《纪伯紫》。——《诗集》五，《大宗伯龚芝麓先生挽歌》。——《诗集》六，《寄怀大宗伯龚芝麓先生二首》。《诗集》七，《大宗伯龚芝麓先生书来，有将购市隐园、与予结邻之约。喜成四绝奉寄，以速其成》。——《偶集》四，碑文额。

龚伯通 龚伯通，芝麓子，合肥人。

《文集》三，《与纪伯紫》云："芝翁乔梓，各有俚句奉怀。"——《诗集》五，《寄怀龚伯通二首》。叙云："伯通纵游吴越诸山水，予不获追随。及走仆燕京，遍讯旧好，谬谓伯通尚在行次，未返都门，不及以尺书寄候。人归其相念，始觉怅然，寄此谢过。"

歙县 **王望如** 王仕云，字望如，安徽歙县人，笠翁同学。历任泉州司李，衡州司李。

《笠翁别集序》。——《资治新书题词》。

程穆倩 程邃，字穆倩，自号垢道人，又号江东布衣。新安歙县人，侨居广陵。博工诗文，山水纯用枯笔写巨然法，别具神气。品行端悫，敦崇气节。从漳浦黄公道周、清江杨公廷麟游，名公卿多折节交之。善鉴古书画及铜玉之器，家藏亦夥。（参《画征录》，《读画录》，《国朝画识》，《重修扬州府志》）

《诗集》五，《担灯行赠程子穆倩》。——又，《食笋歌·又赠程子穆倩》——《偶集》四，虚白匾。

休宁 **孙无言** 孙默，字无言，又字桴菴，人无识不识，皆称无言，因以字行。先世山东青州人，后迁江南之休宁。至无言，又移寓扬州。康熙十七年卒于寓舍，年六十六，归葬白岳。汪蛟门述其生平云："自处士去休宁而来游于扬也，居一椽，从一奴，白衣青鞋，蔬食而水饮。乡人多大贾，居积于扬，竞尚居室衣服饮食伎乐。处士望见，辄摇首闭目去。见通人大儒，即折节愿交。而于寒人畸士，工文能诗，或书画方技有一长，必委曲称说，令其名著而技售于时也然后快。以故四方知名及技能之士多归之。朝一客至，即叩诸闻人之门曰，某某来。暮一客至，又叩之不倦。处士长身高足，深目颙眉，被服甚古。见其遇风日以扇障面，疾行衢巷，或踯躅霜雪泥淖，知必四方客至，而处士为之来叩也。见即出卷帙，阔袖中累累，曰：'此某某作也。'如是者自壮至老如一日。呜呼，善估以长子孙者，吾乡人之常也。假高蹈不仕，阴托王公贵人，弋名利以自丰者，从来处士之习也。而处士独不事生产，终其身于交友文字中，未尝涉毫发私。一子，亦不强教。而黄山去扬州非有千万里之远也，竟谋归未得，亦当世贤人君子之责。而处士卒不言，以穷老死。此余之深悲而重愧焉者也。处士亦索《送归黄山诗》，四方之作，几盈数千首。又集孙氏凡以诗名者为一家言，欲镂版以行。又尝集诸名家词，期足百人，为一选，俱未果。其属余叙而先版行于世者，止十六家词。死之日犹启敝笥，理四方友朋书疏，授其子。其重交好文固若是。"云。（参汪懋麟撰《墓志铭》）

《词集》八，《玉楼春·题孙无言半瓢居》。——又，《风入松·寿孙无言六十》。

程质夫　程先达，字质夫，徽州休宁人，山西平阳太守，即为笠翁致乔姬者。（参《资》）

《文集》二，《乔王二姬合传》。

宣城　施愚山　施闰章，字尚白，号愚山，安徽宣城人。祖鸿猷，以儒学著，世绍其业，孝友雍睦，江南言家法者推施氏。闰章少孤，事叔父誉如父。里征士沈寿民有声当世，从之游，博综群籍，善诗古文词。顺治六年成进士，授刑部主事，历员外郎。引经断狱，期于平允。时郎官资深者，试高等为提学使者，闰章居首。擢山东学政，取士必先行而后文，崇雅黜浮，有冰鉴之誉。秩满，迁江西参议，分守湖西道，辖吉、临、袁三郡，故残破，岁凶瘠，致盗。闰章遍历岩谷间，拊循帖然，人呼为施佛子。尝作《弹子岭》、《大阬叹》、《竹源阬》等篇告诸长吏，读者皆曰："今之元结也。"俗多溺女，复作歌劝诱，捐资收养，全活无算。遇事爬梳蓐栉，不以为劳。尤崇奖风教，于袁重建昌黎书院；于吉葺白鹭书院；课诸生，屡会讲青原山，从者至千百入。新淦人或阋墙，适闰章讲学其地，闻孝弟忠信礼让之言，兄弟相持哭，诣阶下服罪，其诚感如此。康熙六年，以裁缺归，民留之不得，咸醵金创龙冈书院，祝瓣香焉。初，闰章驻临江，江环城下，过者以江名清似使君，因改名使君江。及是去职，倾城送江上。会水涨，官舫轻，不能渡，民争买石膏载之。已渡，乏食，乃鬻其舟。十八年召试博学鸿儒，入选，授翰林院侍讲。纂修《明史》，核同异，析是非，无所回枉。二十年，充河南乡试正考官。二十二年，转侍读，寻病卒。闰章之学，以体仁为本，磨砻砥砺，历寒暑靡间。每语所亲曰："我辈既知学道，自无大戾名教。但终日不见己过，便绝圣贤之路。终日喜言人过，便伤天地之和。"生平廉谨，而解推不倦。广置义田，以赡宗戚。

笃穷交，好扶掖后进，才士失志，多方为之延达，死丧困阨，振恤备至。天下士益归其门，奉为楷模。文章率原本道义，不欲驰骋强皇，意朴气静，守欧、曾矩度。诗与莱阳宋琬齐名，号南施北宋。新城王士禛爱闰章五言诗，温柔敦厚，得风人之旨。而清词丽句，叠见层出，别为《摘句图》。士禛门人洪昇问诗法于闰章，闰章曰："尔师如华严楼阁，弹指即见。余则不然，如作室者，瓴甓木石，一一就平地筑起。"议者以为确不可易。又谓："山谷言近世少年，不肯深治经史，徒取给于诗，故致远则泥，此最为针砭。诗如其人，不可不慎。观其持论，即宗旨可见。"云。著有《学馀堂文集》二十八卷，《诗集》五十卷，《端溪砚品》一卷，《试院冰渊》一卷，《矩斋杂记》二卷，《蠖斋诗话》二卷，《拟明史》七卷，《青原志略补辑》十三卷。（参国史馆本传）

《诗集》五，《卖船行和施愚山宪使》。

梅杓司　梅磊，字杓司，江南宣城人，清从侄，有《吾炙集》。（参《感旧集小传拾遗》卷四，第十二页）

《别集》十，《论晋以冯道守司徒》评。

泗县　施匪莪　施端教，字匪莪，泗洲人。生明万历癸卯，以明经高等起家，官至东城兵马司。生平好著作，初训宣城时，剞劂氏满官舍。用荐为范县，则载版以行。又迁而为司城亦然。京师名人游士酬接烦促。所善翰林编修沈公荃、同姓侍御史维翰，尤极推引。朝贵日联车骑，就取其书，悉脱赠不取一文。又时时觞客，坐是耗官俸尽，而是时君已老矣。施闰章尝入其署，视所杀青，墙立而山积。辄调之曰："君倦于副墨矣，独不储十一，归买田耶？即归，如捆载何？"君笑曰："公勿忧，吾归，载是为一庄矣。"逾三年，而君归不果，卒于官，时康熙甲寅年二月七日也，年七十二。为诗喜集唐人句，切情指事，吻合浑成。著有《唐诗韵汇集》、《唐六书指南》、《啸阁文集》等。（参施闰章撰《墓志铭》）

《文集》三，《与施匪莪司城》。——又，《赠施匪莪司城》。

三　江西

南昌　王于一　王猷定，字于一，号轸石，江西南昌人。父时熙，万历辛丑进士，崇祯时，官到太仆寺少卿。与会稽刘念台同讲学，为莫逆交。于一为太仆寺仲子，出入必随。太仆公与客讲良知之学，于一侍侧，能执笔记其语。及长，无书不读，视金紫如拾地芥。太仆公为聘新建丁大参女。女文人，博通六经，与于一幽独唱和，风雨镞砺。于一学成行尊，为时祭酒，虽曰自致，其妻豫贞实左右之也。太仆没，豫贞亦捐闺阁。于一既服阕，弗乐家居，徙维扬。大司马史公可法闻其贤，征为记室参军，崇重尊礼，不啻严师。甲申之变，史公倡大义，表迎福藩于留都，又草檄四方忠节之士，情文动一时，皆于一为之谋也。袁公继咸，为太仆公儿女姻，于时奉命江楚，特疏荐于一可大用，又以书起于一。于一坚卧，为书累千言，复袁公，道不乐仕进意。及命下，元缥到门，竟不赴。未几，南都陷没，遂绝意人间世，日以诗文自娱乐。又天资善书，临池之技，可以笼鹅，而远近之慕于一名者，笔秃可数十瓮计也。自念中年鼓盆，嗣续不振，娶真州倪氏女，教以伯鸾、孟光之义。倪名媛，闻其指示，相与甘贫乐道焉。生二子二女，皆有家法。于一有洁癖，一匙一盏，非手涤不入口。所爱博山焦尾，寤寐怀抱中，拂拭未尝假仆婢。客扬十馀载，所交客满寰区，而梁公逊、史蓬庵其所最善。时或饮酒，涕泗并下，其亦所感者深也。岁辛丑，薄游武林，当轴莫不虚左事之。按察使东鲁宋公琬尤为知己。晨夕出入，不限时刻。已而宋公以事被逮，宾客散亡，惟于一周旋患难中。亡何，遘疾不起，遂卒于杭。友人陆丽京醵金殓之。归葬南昌。有《四照堂集》，读者不知其为今人古人也。（参韩程愈撰《传》）

《诗集》五，《立秋夜》评。——《诗集》六，《春阴》评等。

都昌　李毅可　李士桢，号毅可，本姜姓，清都昌人。康熙时官至广东巡抚，经营南北，几四十年。历官河南、山西、浙江，均有治绩。（《人名辞典》）

《文集》四，《方伯李毅可公祖》。——《诗集》六，《赠李毅可方伯》。

永修　陈伯玑　陈允衡，字伯玑，建昌人，御史本子，阀阅之胄也。家东门，避乱移居，与刘远公俱流寓芜江。杜门穷巷，以诗歌自娱，最工五言。体清羸，弱不胜衣。双瞳子碧色。食贫，不轻以言于人。有引其家伯玉事者，答曰："吾爱吾琴耳。"因署其堂曰爱琴堂，并以名其诗，有《宝琴馆集》。好表章故人遗书。所选娄子柔（坚）、徐巨源（世溥）古文，尤为不苟，人竞传之。后徙旧京，晚复归东湖，茸苏云卿疏圃故址居之。著诗，撰《诗慰》、《国雅》等书。（钱林撰《文献征存》）

《别集》十，《论常衮崔祐甫为相用人得失》评。

四　浙江

杭县　丁药园　丁澎，字飞涛，号药园，浙江仁和人。顺治十二年进士，官礼部郎中。少有俊才，与弟景鸿、渫，并称三丁，吴梅村赠诗有“兄弟文章入选楼”之句。早岁有《白燕楼诗》，流传吴下，士女争采摭以书衫袖。婺州吴器之赠诗云：“恨无十五双鬟女，教唱君家白燕楼。”其为时倾倒若此。初与同里陆圻、柴绍炳、毛先舒、孙治、张纲孙、吴百朋、沈谦、虞黄昊、陈廷会称西泠十子。通籍后，与宋荔裳、施愚山、张谯明、周釜山、严灏亭、赵锦帆酬唱日下，又号燕台七子。典试河南，得卢阳李天馥，海内仰为人宗。初官法曹时，将册东宫，以澎谙典礼，为主客。琉球、朝鲜使至译馆，问吏人曰：“此能诗丁郎中耶？”持紫貂玉犀，易其诗归国。后以事牵累，谪居塞上者五年，卜筑东冈，躬自饮牛，吟啸自若。所作诗，语尽忠爱，无怨诽之意，其所养可知矣。著有《扶荔堂集》。（参李元度撰《事略》，《今世说》；钱林《文献征存录》，《杭州府志》卷一四五，一七页）

《文集》三，《与丁飞涛仪部》。——《诗集》六，《赠丁药园仪部》。叙云：“药园归自谪所，已经数年，予浪游四方，苦不相值。甲寅之秋，始得快聚于武林。读其《出塞》、《入塞》诸诗词，天怀如旧，绝无悲楚之音，是才人达士克兼之矣。喜而有作，即以寄之。”——《词集》八，《满江红·读丁药园扶荔词，喜而寄此，勉以作剧》。

毛稚黄 毛先舒，后改名骙，字稚黄。生而早慧，笃志嗜学。六岁能辨四声，工诗，善属文，为陈司李子龙所称赏。时文社方兴，舒与张钢孙、沈谦、陆圻、柴绍炳、孙治、吴百朋、陈廷会、丁澎、虞黄昊相倡和，称西泠十子。山阴刘都宪宗周讲学蕺山，舒执贽问性命之学，坐语移日。及退，宗周谓人曰：“毛生久以笃学擅名，岂非东西之宝乎？”无何，竟弃举子业，肆力于古，辩析反覆，必本经术，有郑玄、王肃之概。诗以大雅为主，文自两汉暨唐宋，俱兼其体。与修《浙江通志》，所登必择忠孝节义事，人咸叹服。顾好谈声韵，著《韵学指归》，谓字有声有音有韵，而韵为尤要。顾韵有六条：一曰穿鼻，二曰展辅，三曰敛唇，四曰低腭，五曰直喉，六曰闭口。又撰《唐韵四声表》及《词韵》、《南曲韵》诸书，《思古堂》等集行世。（《钱塘县志》卷之二十二，第二十页）

《文集》二，《朱静子传》。——《文集》三，《与孙宇台、毛稚黄二好友》。

《文集》四，《毛稚黄迁居》。——《诗集》六，《寄怀石庵家孟暨毛子稚黄》。——又，《舟中读毛稚黄<韵学通指>暨<东苑诗抄>种种新刊，喜而有作，亦以寄之》——《诗集》六，《寄怀毛稚黄同学时卧病已久》。

汪然明 汪汝谦，字然明，明季自歙徙杭，遂为钱塘人。延纳名流，文采照映。制西湖画舫，曰不系园，曰随喜庵；小者曰团瓢，曰观叶，曰雨丝风片。又建阁祀白、苏二公，葺湖心亭、孤山放鹤亭、甘园水仙王庙。四方宾客，征歌赋诗。或缓急相投，立为排解。人号湖山主人。亦为匡卢武夷之游，比归，年已六十。与张遂辰诸人订五老会。顺治十二年卒，年七十九。弥留时犹延友品画，谈诗，视荫移晷，拱手而逝。（《两浙輶轩录》，《杭郡诗辑》，《杭州府志》卷一百四十五，第四页）

《诗集》五，《元宵无月，次汪然明封翁韵》。——《诗集》六，《清明日汪然明封翁招饮湖上，座皆士名，兼列红妆》。——《词集》八，《行香子·汪然明封翁索题王修微遗照》。

沈逷声 沈丰垣，字通声，号柳亭，清仁和人。诸生，工词，有《兰思词》。（《人名辞典》补遗）

《词集》八，《唐多令·中秋病作辞友人看月之招》评。

沈泽民 沈泽民，杭州人，笠翁婿因伯之祖也。

《文集》三，《复沈泽民太亲翁》。

周沛甄 周世杰，字沛甄，原籍常州，随父宦游，遂卜居钱塘。少颖敏，十四补诸生。为文纵横排荡。工诗，与王修玉齐名。修玉以学胜，而杰以才胜。尝谓贵自出性情，袁不拟刘。高不仿薛，何必步趋先民，循循规矩也？历试不售。贫甚，诗益工。年七十有七卒，无子，所著有《观雏草堂》等集。（《钱塘县志》卷之二十二，第二十六页）

《文集》二，《余霁岩使君像赞叙》。——《诗集》六，《偶过余霁岩别驾署中，晤周沛甄文学，适何紫雯、吴睿公皆不期而至，因留啖蟹，并耳清歌，即席同赋，限阳字》。

胡彦远 胡介，字彦远，浙江钱塘人。幼颖异，为博士弟子。每试辄压人上。身长鹤立，赋性高介。甲申后，退隐于河渚，蓬门萝屋，与其妻翁桓少君笑傲于山水间。翁武林旧族，能诗，有贤名。夫妇唱和，欣欣自得。陆嘉淑冰修谓其古诗澹宕顿挫，自有神韵；近体在随州、黄州间。晚逃于禅，年未五十而卒。（参《感旧集小传拾遗》卷三，第一页；《钱塘县志》卷二十五，第八页。）

《文集》三，《复胡彦远》——《诗集》五，《答胡彦远述游况萧条》。——《诗集》六，《胡彦远过访不值留札及诗》。——《奈何天序》。

倪阇公 倪灿，字阇公，钱塘人，占籍上元。康熙十六年举人。十八年荐应词科。试列一等第二，授检讨。请假归里，著有《雁园》诸集。灿为诸生，以淹雅知名。既为检讨，与修《明史》，所为《艺文志序》，穷流溯源，与姜宸英《刑法志序》，并称杰作。书法诗格，亦秀绝一时云。（参国史馆本传，《江宁府志》卷四十）

《文集》卷一，《龙灯赋》评。——又，《支颐赋》评。

孙宇台　孙治，字宇台，一字鉴庵，仁和人，诸生。朱竹垞曰："宇台刻意摹古，虽质不佻。"宛平梁以枬至武林，一见便披襟契，谓人曰："若孙子者，所谓云中白鹤，邴根矩、刘世光之俦也。"其《与关六铃》云："故人栖记近如何？闻道元亨自咏歌。梅福游吴辞官久，虞卿去赵著书多。秋风绝塞来鸿雁，白露寒塘遍芰荷，君意陆沉堪寄傲，独惭年岁转蹉跎。"华州罗随园日与放情诗酒，谓宇台情词斐亹，信然。治兼善潜虚。（钱林撰《文献征存录》）

《文集》三，《与孙宇台》。——《文集》三，《与孙宇台、毛稚黄二好友》。——《诗集》六，《赠孙子宇台》。——《蜃中楼序》。

陆左城　陆毕，字左城，吉水令运昌第六子。少有文名，藻思绮合，所至皆有逢迎，幕府罗而致之。军书旁午，数千言立就。所著有《丹凤楼》诸集。（《钱塘县志》卷二十二，二十四页）

《诗集》七，《吴钩行》评。——《词集》八，《好春光》"春社"评等。

陆梯霞　陆阶，字梯霞。父运昌，吉水知县，与弟鸣时、鸣煃，俱有名当世，号龙门三陆。而阶兄圻、弟培并以文章领袖东南，一时继起，复号三陆。皇朝定鼎，培以行人殉节。圻与阶奉母隐河渚。圻以医往来苕水间，而阶授生徒，选试艺，及乡举程墨，为《龙门集》，继先志，亦以资菽水欢也。会圻构奇狱，全家被逮。阶夜行昼伏，克期至京，匿所亲所，出牒求救。已而得释，圻出弃家为缁流，不知所终。而阶仍教授于家，巡抚张鹏翮高其行，聘为师，集浙省能文之士，皆北面为弟子。每试，阶为定其甲乙，成名甚众。刻有《四书大成》行于世。（《钱塘县志》卷之二十一，第十七页）

《文集》四，《题高钦如臬宪衙斋》评。——《诗集》六，《送张韩二子游燕》评等。

《别集》十，《论苏颖滨谓羊祜巧于策吴拙于谋晋》评。——又，《论王式兵》评。——《偶集》一，《词采第二·忌填塞》评（馀评从略）

陆丽京　陆圻，字丽京。一字景宣，杭之钱塘人也。知吉水县运昌子。兄弟五人，而先生为长。与其弟大行培，并有盛名。吉水尝曰："圻温良，培刚毅，异日当各有所立。"大行举庚辰进士，当是时，先生兄弟与其友为登楼社，世称为西泠体。性喜成就人，门人后辈，下至仆隶，苟具一善，称之不容口。

平生未尝言人过，有语及者辄曰："我与汝姑自尽，毋妄议他人为。"乙酉之难，大行居里自经死，先生匿海滨。寻至越中，复至福州，剃发为僧。母作书趣之归。时先生尚崎岖兵甲之间，思得一当。事去乃返。雅善医，遂藉以养亲，所验甚多。会湖州庄廷鑨《明史》事发，刑部当大逆，词连先生与查继佐、范骧。三人于史固无豫，庄氏以其名高，故列之卷首。械系按察司狱，久之事白，诏释之。既得出，叹曰："余自分定死，幸而得保首领，宗族俱全，奈何不以余生学道耶？"遂弃家出游，不知所之。或言其在黄山，子寅闻之，徒步入山，长跪号泣，请归。先生曰："昔者所以归，以汝大母在。今大母亡矣，何所归？"寅请一祭墓，乃从之归。会弟阶苦心痛，他医治，益甚。不得已，留治八月馀，与弟同室卧，终不入内。既愈，遂往广东丹霞山。一夕遁去，自是莫能踪迹。所著有《威凤堂集诗礼》二编，《陆生口谱》，《灵兰堂墨守》，藏于家。（参全祖望撰《事略》，《钱塘县志》）

《诗集》五，《闻老友陆丽京弃家逃禅寄赠二首》。

顾愿圃 顾豹文，字季蔚，号且庵。少以才名称，遂受知于学使者刘公鳞长，补博士弟子。申酉之交，四方多事，绝意进取。兴朝定鼎，遂复学。顺治甲午，举于乡。乙未，举进士，除河南汝宁府真阳知县。诏取循良，豹文与焉。抵京，章皇帝召见，行取诸臣于西苑试论策。诸臣以次进对，阅豹文名曰："好好！科道系耳目官，今得其人矣。"遂以是日擢台班第一。豹文切直敢言，时时上疏言事。疏上，或当圣意，即行，或未即行，已而竟行。巡视东城，豹文为人强力善刲割，为御史发奸摘伏，应机而得，三辅畏其神明，莫敢犯法。寻出巡湖北。未几，撤巡按旨下，闻命，即抵京师。旋以省觐告假，归里居两年。甫入台班，参抚臣三人，皆服其公，不敢怨。遭内外艰，引病乞休，时年仅四十有九。既营父母宅兆，得城北故葛氏废圃，乃芟薙荒秽，建小楼，树丛木，闲与二三老友啸傲徜徉，商略经史，名曰"愿圃"。家居几三十年，登眺湖山，觞咏泉石，追白苏之遗风，举洛社耆英之故事，未有如豹文行乐之久者。卒年七十有五。（参《钱塘县志》卷十九，第二十六页）

《文集》二，《乔王二姬传》。——又《西湖盗鱼人自塞盗源纪略》。

《文集》三，《与顾且庵侍御》。——《文集》四，《顾且庵侍御六旬诞子》。

海宁 查伊璜 查继佐，字伊璜，海宁人，举人，少有异才，漳浦黄道周推重之。尝识吴六奇于未遇时。后湖州庄廷鑨私史事发，继佐名在参阅之列，六奇奏辨得免。筑敬修堂于铁冶岭下，讲学其中，自称敬修子，人称东山先生。书法颜平原，画学黄一峰，乞挥写者，缣素恒堆积，多以所作诗书之。（吴颢《杭郡诗辑》，《杭州府志》卷一百四十五，第一页）

《诗集》六，"辛丑举第二男诞生之际，适范正、卢远心二观察过访，亲试啼声而去，因以双星命名，志佳兆也。"

范文白 范骧，字文白，海宁人。性孝友，才敏绝伦。为文尚经术，放黜百家，人方之广川董子。书法锺、王，吴本泰一见称异，悉以藏书付之。环堵萧然，日以经籍自娱。顺治中，举贤良方正，不应。（《浙江通志》，《两浙輶轩录》，《杭州府志》卷一百四十五，八页）

《文集》二，《东安赛神记》评。——又，《卖山券》评等。

余杭 严方贻 严曾榘，沆子，字方贻，早传家学，才识超越，善行楷书。康熙三年进士，由庶吉士授广西道御史。十一年，补河南道御史，在台疏言：刑部民命，每奉有所拟太重尚轻之旨，即此类推，凡六部各案，事同罚异，引例不当者更多。地方利病，下部题覆者，动称毋庸再议。大抵满汉司员多而意见不一，始则议论参差，继且因循推委，及限期既迫，草率具奏。请严申饬督抚，保举贡监吏员，异途出身人，请详列居官政绩，听部察议，庶庸流不致冒滥。皆议行。十二年，以父任金都御史，回避。十七年，丁父忧。二十一年，补江南道御史。二十八年，补右参议，寻转左参议，迁鸿胪寺卿。三十年，迁通政使；十月迁太仆寺卿。三十一年，迁副都御史。三十六年，授兵部右侍郎。三十九年，卒于官，公廉洁，谨自厉，居官无所储；殁之夕，几无以为殓。有诗文集四卷。（参阮元撰《传》）

《文集》四，《赠严灏亭都宪二联》。序云："公为给谏时，长公方贻任台中，同居言路者十馀载。"

严灏亭 严沆，字子餐，号灏亭，浙江余杭人。自为诸生，已著名。及顺治乙未，成进士，为庶常，世祖章皇帝辄赏之。迁兵二科给事中，擢刑科都给事中，凡诘戎、饬吏、理饷、详刑；重选学臣，申饬夫役，请拨实在以给军需；明立限期，以核关差；至慎刑狱，则请明法司职赏；定宪章，则请刊会典成书；凿凿可行，朝廷多采用之。协理京察，值秋审赞议平反，多所宽宥。请假，复补吏科都给事。圣祖即位，沆又请解有司被参之任，杜督抚委卸之端，铨部之升转，不应概同五部；职官之迁授，不便在籍候凭；至大僚之宜澄清，满汉之宜画一，尤三致意焉。补太仆寺少卿，擢都察院左金都御史，宗人府府丞，转都察院右副都御史。五旬三迁，人皆以为荣。一年，擢总督仓场户部右侍郎。时滇黔叛逆，以粮饷为民命所关，悉心筹画，遂得疾卒，时康熙十七年

四月也。所著有《北行日录》、《皋园诗文集》及《奏疏》等。（参《钱塘县志》卷十九第二十五页，国史馆本传，阮元撰《传》）

《文集》四，《赠严灏亭都宪二联》。

嘉兴 王左车 王左车，秀水人，安节、宓草之父也。性好奇，以丐名安节，字曰东郭；以尸名宓草，字曰弟为。久之，乃文今名字。教二子，各有成就。举家落地不任荦。人称为一门佛子云。（参周亮工《书印谱前》）

《文集》三，《与王左车》。——又，《复王左车》——又，《怀王左车》。——《诗集》六，《寄怀王左车暨长公安节次公宓草》

王安节 王概，字安节，本秀水人，家于金陵。概幼癯弱，壮乃须眉如戟。负异质，诗古文词及制举业皆能孤行己意，避人居西郭外莫愁湖畔，罕与人接。然四方文酒跌宕之士，至金陵者，无不多方就见之。方尔止负一代名，不忘许可；有一女不轻字人，觅婿于江南。久之奇安节，以女妻之，其见重于时如此。安节以诗文之余，旁及绘事，水石人物，花卉羽毛之属，动笔辄有味外之味。有《芥子园画谱》、《山飞泉立堂文稿》、《澄心堂纸赋》称于时。（参周亮工撰《书印谱前》，《国朝画征录》卷中七页）

《文集》一，《登燕子矶观旧刻诗词记》云："后二年，与小友王安节月夜泊舟，坐饮其上。"——又，《泊燕子矶看月与王安节同赋》——《诗集》六，《寄怀王左车暨长公安节次公宓草》。——《诗集》七，《舟中题王安节画册八首》。——《芥子园画传序》——《芥子园画传合编序》。

王宓草 王蓍字宓草，秀水人，安节弟。工诗歌，兼善山水花卉翎毛，与乃兄齐名。时称元方、季方，难为兄弟也。亦作印章，古逸，无近今余习。以制造菽乳，其名有八，因呼八友，各为寓名，撰《豆区八友传》，人竞传之。（周亮工《书印谱前》，《人名辞典》）

《文集》卷一，《求生录序》评。——《诗集》六，《吊诗》四首其二评等。

曹秋岳 曹溶，字洁躬，号秋岳，秀水人。崇祯丁丑进士，官御史。国朝顺治间，历副都御史，户部侍郎，出为广东布政使，左迁山西阳和道，裁缺归里，卒，年八十三。溶肆力于文章，尤工尺牍，长笺小幅，人共宝之。诗与合肥龚鼎孳齐名，人称龚曹。晚筑室范蠡湖，名曰倦圃，多藏书，勤于诵览。辑《续献征录》六十卷，《崇祯五十辅臣传》五卷，外有《静惕斋诗文》三十卷。（《敕修浙江通志》卷一百七十九，第十四页）

《文集》卷一，《祭福建靖难巡海道陈大来先生文》评。——《诗集》五，

《题程天台梅卷子》评等。

黄皆令 黄媛介，字皆令，秀水人。工赋诗；善山水，得吴仲圭法。太仓张西铭（溥）闻其名，往求之。时皆令已许杨氏。杨久客不归，父兄劝之改字。誓不可，卒归于杨，乙酉，城破家失，乃转徙吴越间，馆于诗画焉。尝为新城王阮亭写山水小幅，自题诗曰："懒登高阁望青山，愧我年来学闭关。淡墨遥传千载意，孤峰只在有无间。"词旨亦隽永。竹垞《明诗综》不录皆令一字；所录闺秀诗，悉送别皆令之作，盖不以皆令为前明人也。

白苎村桑者曰：皆令节高矣，而识亦卓。余闻其辞婚张天如时，谓父兄曰："字诚不可，然张公才名山斗，以帐窥之，可乎？"及见，叹曰："张诚名士，惜旦暮人耳。"数日张果卒。竟不知其操何术也？此岂寻常闺秀哉？（《翰苑分书画征录》卷下，第十二页）

《意中缘序》——又，《禾中女史批评》。（？）

嘉善 曹顾庵 曹尔堪，字子顾，别号顾庵，浙江嘉善人。十岁能属文，十二善诗词，时人拟之圣童。顺治丙戌，举浙江乡试。壬辰登第，改翰林院庶吉士，授编修。为文敏给博丽，兼长众体。阁试两称最，同馆皆逊服之。乙未春分校礼闱，得士二十二人，如陈尚书敱永，胡学士简敬，皆有闻当世。是时世祖章皇帝力崇文治，数召试诸词臣，品目甲乙。君扈从瀛台南苑，上霁颜顾问。尝受诏与吴学士伟业等同注《唐诗》，书成称旨。时被褒嘉，中外惊传其语。无何，以侍郎公忧归。服除，补旧秩，俄迁侍读，升侍讲学士。故事，翰林官皆积岁待迁。君半岁迁至再，殆殊遇也。章皇帝升遐，圣祖登极，遇国恩，追赠其两世。君益勤厥职。坐族子逋赋累，夺级南归。适僮奴与县卒角，误触尉怒，尉肤诉长吏，语故激。事闻，坐谪，当徙关外。先是，君不交公府当事，吏多不悦；又自恃无罪，不诣吏求解，故卒坐法，实非其罪也。一时朝士亲交惜君者，争助私钱，用营建例，得赎，无须出塞。自是籧冠芒履，北抵秦晋，南涉荆楚，中历嵩洛海岱之间，铭记词赋，动盈卷帙。辛亥春，尝一过京师，诸公卿欲为白，复其官，龃龉不果行。君亦掉头兴尽曰："六十老人，岂复梦金马门哉？"然酒酣雄辩，四座尽倾，纵笔为诗歌，益复颠倒，啸呼累日夜不倦。君淹博，多识掌故，又强记所过山川阨塞，无不指画形势。士大夫一与之游，积久不忘，无贵贱俱能道其姓名，爵里，家世，无毫发误，即虞世南之称"行秘书"，李守素之号"人物志"，亡以过之。与宋琬、施闰章、王士禄、王士禛、任琬、程可则、沈荃为文字交，称海内八大家。君会必有诗，诗必数首，新城王侍读士禛，于时荟蕞为《八家诗》，刻之吴中。他所著有《南溪文略》二十卷，《词略》二卷行世。其编辑未竟者，尚数十卷，藏于家。康熙十八年己未卒，年六十三。（参施闰章撰《墓志铭》，《人名辞典》）

《文集》三，《复曹顾庵太史》。

吴兴 徐周道 二南 徐行，字周道，号还园，归安人，为诸生高等。明季，复社大兴，江浙后髦，互立坛坫，行领袖。偕同志讲求正学，往来劘切。尝思范文正言："不为良相，则为良医。"遂究习岐黄家言，大行于时，年七十五卒。（《湖州府志》卷八十，第十四页）

《诗集》六，《赠徐周道文学》。叙云："长君二南"

冯青士 冯遵祖，字孝行，号青士，长兴人，居归安。父显明以孝友称。遵祖力学修行，登康熙庚戌进士，授中书，改山西平陆知县，清丁税，造城垣，征输有法，教士有方。时遂宁张鹏翮为鹾宪，深器重之。解组之日，万姓攀辕遮道。林下二十余年，杜门著书，贯串二十一史，有史论数十卷，皆手录。举乡饮大宾，不赴，年八十一。（《湖州府志》卷二十二，七页）

《词集》八，《风入松·题冯青士希颜居》。叙云："因居陋巷，故名。"

韩子蘧 韩纯玉，字子蘧，浙江归安诸生。明翰林韩敬之子也。敬以党附汤宾尹见摈于时。纯玉以是抱憾终身，不求仕进。避迹栖贤山，有《德未暮斋诗集》。朱竹垞录其诗于《明诗综》，沈归愚《别裁》列于清初。康熙中尚存，年将八十。（参张维屏录《吴兴诗话》，《四库提要》）

《文集》三，《与韩子蘧》——《诗集》六，《别韩子蘧十五年遇于何紫雯使君席上，次日过访，袖出郎君诗文属选，赋以赠之》

严存庵 严我斯，字就思（按思一作斯），一字存庵，浙江归安人。康熙甲辰，赐进士第一人，官至礼部侍郎。立朝端介，为时所重。致仕后，杜门谢客，著述自娱，有《尺五堂诗删》。（参《湖州府志》、《述闻谌瑶录》）

《诗集》六，《严存庵太史以诗刻见贻赋赠》。

德清 徐方虎 徐倬，字方虎，号蘋村，浙江德清人。年十七，游会稽，受知于倪正文公，因谒刘蕺山，遂以正学为依归。康熙十二年，癸丑进士，官翰林院侍读。归田十余年，恭遇圣祖南巡，进呈《全唐诗录》百卷，特授礼部侍郎。年九十卒，著有《蘋村集》，《道贵堂类稿》。其诗如弹丸脱手，绝异郊、岛寒瘦之习。（参沈德潜撰《国朝诗别裁集·小传》，《浙江通志》，吴修撰《传略》。）

《诗集》六，《病起补和徐方虎太史婺城喜遇作》。

慈溪 姜西溟 姜宸英，字西溟，学者称湛园先生。浙江慈溪人，明太常卿应麟曾孙。少工举子业，兼善古文词。屡踬于有司，而声誉日起，圣祖仁皇帝稔闻之，尝与秀水朱彝尊，无锡严绳孙，并目为三布衣。会开博学鸿儒科，翰林院侍读学士叶方蔼总裁《明史》，荐之入馆，充纂修，食七品俸。分撰《刑法志》，极言三百年诏狱、廷杖、立枷、东西厂卫之害，痛切淋漓，足为殷鉴。康熙二十八年，尚书徐乾学既罢归，即家领《一统志》事，设局于洞庭东山，疏请宸英偕行。久之得举顺天乡试。三十六年，成进士。及廷对，进呈名稍殿，上识其手书，特拔署第三人及第，授翰林院编修，年已七十矣。三十八年，副修撰李蟠典顺天乡试，比揭榜，御史鹿祐以物论纷纭，纠其弊。命勘问。蟠寻遣戍，宸英为蟠牵累。人皆知其无罪，顾事未白，先病，卒狱中，年七十二，时康熙三十八年己卯也。生平读书，以经为根本，于注疏务穷精蕴。自二十一史及百家诸子之说，靡弗批阅。绩学勤苦，至老犹笃。故其文闳博雅健，有北宋人意，诗兀臬滂葩，宗杜甫而参之苏轼，以尽其变。书法锺、王，尤入神品。著有《江防总论》、《海防总论》各一卷，《湛园集》八卷，《钦定四库书》俱著录。《苇间集诗》十卷，又《札记》二卷，皆证经史之语。虽小有疏舛，而考论礼制，精核者居多。（参国史馆本传）

《诗集》六，《后断肠诗十首》评。

定海 屠芝岩 屠粹忠，号芝岩，定海人。清顺治进士，官至兵部尚书，有《三才藻异》。（《人名辞典》）

《诗集》五，《黄河篇》评——又，《坐葛氏尚义堂留赠》评等。

绍兴 王玉映 王端淑，字玉映，号暎然子，山阴人，遂东先生思任女也。适钱塘丁肇圣。博学，工诗文。善书画，长于花草，疏落苍秀。顺治中，欲援曹大家故事，延入禁中教诸妃主。暎然子力辞之。卒年八十馀。著有《吟红集》。（《翰苑分书画征录》卷下，第十一页）

《比目鱼序》。

包冶山 包璿，字冶山，浙江山阴人，笠翁同学。尝同客闽，交臂榕阴，赋诗赠答，友谊甚笃。

《全集》第一页：包璿《李先生一家言全集叙》。——《诗集》五，《赠包冶山》。叙云："时在王府下僚幕中。"——《偶集》四，蕉叶联。（按此处作郇璿。）

吴伯成 吴兴祚，字伯成，汉军正红旗人。原籍浙江山阴。自贡生授江西萍乡知县。金声桓叛，郡县多被寇，萍乡以有备独完。历任山西大宁知县，山东沂州知州。坐事，降补江南无锡知县，清丈赈饥，弹压旗兵，人民德之。

康熙十三年迁行人，仍留知县事。用运漕总督帅颜保荐，超擢福建按察使，十七年擢巡抚。从征耿精忠、郑锦等有功，累官两广总督，后徙古北口都统。三十六年卒。有《宋元诗声律选》、《史迁句解》、《粤东舆图》。（参《清史稿·列传》四十七及《人名辞典》）

《文集》四，《贺梁湄父母》，叙云："时吴伯成先生以锡山令骤迁桌宪，故云。"——《诗集》五，《吴太翁挽歌》。叙云："锡山令伯成之尊公也。"

上虞　谢文侯　谢彬，字文侯，清上虞人，家钱塘。善传神，为曾鲸高弟。（《人名辞典》）

《文集》二，《梁冶湄明府西湖垂钓图赞》。

新昌　黄石公　黄国琦，字石公，新昌人。明崇祯丁丑进士，仕至兵科给事。奉母南归，家金陵，虽旅寓于此，地方利弊，知无不言，当道咸贵重之。（《新修江宁府志》卷四十二，第四页）

《别集》，《论华封人三祝评》。——又，《论晋文公赏从亡者而不及介子推》评等。

天台　叶修卜　叶先生，天台人，事亲孝。令潜满考，擢刿彬阳，皆迎养其母。无何，请假归台，寻去台徙镜湖之上，终养其亲。著有《今又园诗集》。

《文集》卷一，《今又园诗集序》。

《诗集》六，《赠叶修卜使君》。叙云："以郴州刺史予告养亲。归里未几，即有三楚失事之变。"

金华　陈麓屏　陈国珍，字麓屏，金华人，太仓刺史。（《资》八，三十七）

《文集》三，《与太仓州守陈麓平》。

兰溪　姜次生　姜正学，字次生，浙兰溪人。性孤介，然于物无所忤。食饩于邑。甲申后，弃去，一纵于酒。酒外，惟寄意图章。得酒辄醉，醉辄呜呜歌元人《会稽太守词》。又好于长桥上鼓腹歌，众环听。生目不见，向人声乃益高，每醉辄歌，歌文必《会稽太守词》，不屑他调也。方邵村侍御为丽水令，生来见，谓侍御曰："公嗜图章，我制固佳，愿为公制数章。正学生平不知干谒，但嗜饮耳。公醉我，我为公制印。公意得，正学意得矣。"侍御乃与饮，醉即歌《会稽太守词》，于是侍御得生印最多，侍御署中酿，亦为生罄矣。一夕，漏下数十刻，署中尽熟寐，忽剥啄甚。侍御惊起，以为寇且发，不则御史台霹雳符也。惊起询，则报曰："姜生见。"侍御遣人谢曰："夜分矣，请以昧爽。"生匆匆曰："事甚急。"侍御以生得他传闻意外也，急趋迎之，执手问故。曰："我适为公成一印，殊自满志，不及旦，急于令公见也。事孰有急于此者乎？"遂出掌中握视之。侍御乃大笑。复曰："如此印不值一醉耶？"于是痛饮，辨明而去。去，又于桥上歌《会稽太守词》。桥侧饼师腐家起独早，竞来听之，谓："此君起乃更早，遂已醉耶？"生意乃快甚。生无妻，无子女，常自言曰："麴糵吾乡里；吾印必传，吾之嗣续矣，吾何忧？"别侍御返里，年八十卒。（周亮工撰《书印谱前》）

《诗集》五，《奇穷歌为中表姜次生作》。——又，《答姜次生问山居近状》。——《诗集》六，《姜次生留宿斋头雷雨忽晴，起就月中看牡丹得台字》。——《诗集》六，《祝长康唐万叔，姜次生，携酒过予不值，代柬谢之，并订后约》。——又，《奇穷诗挽姜次生中表》。叙云："次生命予歌奇穷，二十年于兹矣。仍以此题，作挽悲其遇也。"

义乌　叶亮工　叶自灿，字亮工，浙江义乌人。历任五台县尹，高淳邑宰。（《资》十，四十六）

《文集》四，《赠金华令君邢逸园》。叙云："代旧高淳令叶亮工作。叶籍金华，邢籍高淳，两人互为父母。"

遂安　毛会侯　毛际可，字会侯，号鹤舫，浙江遂安人。生有凤慧，九岁能属文。丁酉举于乡，戊戌成进士。初授彰德府推官，后改知城固县，又知祥符县，所至皆有异政。其为理官也，有盗犯房有才等十三人，狱既成矣，先生察其冤，力请平反。巡抚心折，因具疏释之。癸卯充同考官，所得皆知名士。其在城固，清欺隐，绝箕敛，驱虎患，讲水利。邑胥水河，立五门堰，溉田五万余亩。自明万历后，湮塞六十九年矣。先生设方计，均力役浚治，四月厥功克成，至今赖之。祥符尤称剧邑，先生至则理甚无事。其大政在禁兵之暴，力言于将军，置之法，兵乃戢。其他善政悉此类。举博学鸿儒，不果用，寻膺卓异行取，赐袍服。后以他事去官，士论惜之。先生生明崇祯癸酉，年七十六卒，封奉直大夫。所著《春秋五传考异》十二卷，《松皋文集》十卷，《安序堂文钞》三十卷，《松皋诗选》二卷，《拾余诗稿》四卷，《浣雪词钞》二卷，《黔游日记》一卷。（参吕履恒撰《墓志铭》，毛奇龄撰《传》）

《词集》八，《一剪梅·送穷戏作》评。又，《苏幕遮·山中待月月果至》评等。

五　湖北

汉阳　李仁熟　李仁熟，汉阳人，过卢冢子，年少多才，有诗刻。

《文集》二，《梦饮黄鹤楼记》云：“熊、李，汉阳人，予诗友也。”——《文集》三，《与李仁熟》。——《诗集》五，《次韵和家仁熟送予之荆南》。——又，《赠家仁熟二首》。——《诗集》六，《寿家仁熟》。——《诗集》七，《堵天柱、熊荀叔、熊元献、李仁熟四君子携酒过寓观小鬟演剧，元献赠诗四绝，依韵和之》——《诗集》七，《冬夜怀熊元献家仁熟二好友》。

孝感　程端伯　程正揆，初名葵，字端伯，号鞠陵，又号清溪道人，孝感人。明崇祯进士。入清后，卜居江宁。官至工部侍郎。善画山水，工书，有《清溪遗稿》。（《人名辞典》）

《诗集》七，《山中送客评》。——又，《题画杂诗其七评》等。

黄冈　王涓来　王泽宏，字涓来，一字昊卢，家本琅琊，十世祖东平侯迁于黄冈。公父用予，崇祯进士，任淮安推官，内擢检讨，以公贵，封光禄大夫礼部尚书；有子五人，公其长也。玉色扬声，风彩俊异。八岁，侍封公于淮。封公指簿案戏曰：“儿他日亦掌是乎？”公摇首，别手一书曰：“儿读此，愿掌此。”撷之，《礼经》一部也，翁乃大奇之。年十四。补博士弟子，中崇祯壬戌副榜。当是时，流贼四起，黄冈氛甚恶。公避乱九江，路遇贼，劫其家属。公逃深箐中，三日不食。谭尔恒者，九江豪也，夜梦采凤翔竹间，旦伺得公，饿色焦然，怜而衣食之。公说谭曰：“某祖父母、父母，俱陷贼中，某义不独生。公仁人，能活某一家乎？”谭问计，公曰：“贼众乌合，无远志，又无刁斗之设，每夕猪啼而器，必置酒高会。乘其醉袭之，克矣。”谭许诺，纠乡勇百余，杂持锄盾。公操戈而先，众从之，直斫贼营。贼大惊，手不及格，皆逃。公杀数十人，扶祖父母、父母出。其他子女得脱者，泣谢环拜，求见主帅；就视，乃书生儒冠，美而文者也。时公年二十一矣。甲申，世祖章皇帝登极，天下大定，公归里读书。辛卯举于乡。乙未，成进士，入翰林，督学京畿。再迁吏部侍郎，左都御史，礼部尚书。既贵，谭尔恒纳粟得官同知，所以报也。立朝专持大体。御史某，奏流人宜徙乌喇。公不可。圣祖驳问，公奏称：“乌喇死地，流非死罪。果罪不止流，当死，死不必乌喇。罪不当死，故流，流不可乌喇。”举朝无以难，事竟寝。后圣祖巡乌喇，叹曰：“此非人所居，王泽宏其引朕于仁乎？”先是，江西征漕，每米石输水岸费若干，相沿为正供。会江督奏入，九卿议者多持两端。公力言洪都地瘠民贫，除之便。天子以为然，岁省浮额十余万。江西税关旧设湖口。湖口滩石森立，商舟待验，往往漂没。公奏移九江，嗣后泊者晏然无他虞，往来商为建生祠。癸未，以老辞位归，居金陵之大功坊，角巾散服，徜徉山水，若忘其为国者者然。銮舆南巡，公三逢盛典。每入见，则赐参药，劳问优渥，乡里以为荣。年八十三薨。（参袁枚撰《神道碑》）

《文集》四，《赠王涓来太史》。

杜于皇　杜濬，字于皇，号茶村，黄冈人，明季诸生，避乱居金陵。少倜傥有大志，遭时多故，不得有所试，遂刻意为诗。性严冷，峻廉隅，孤特自遂，遇名贵人，必以气折之。金陵为冠盖辐辏之衢，四方求名者多走其门，濬多谢绝。大吏欲求一见，不可得。对众人未尝一接语言。钱谦益尝造访，至闭户不与通。世以嫉之。然诗名在天下，人争传颂。吴伟业云："吾五言律诗，得茶村、蕉山诗而始近。"其为时所推服如此。年七十七，卒于扬州。湘潭陈恪勤（鹏年）守金陵时，始葬于蒋山北梅花村。濬诗最富，世所传不及十一。手定者四十七册。（参《楚宝》卷十八，《增辑》第十七页）

《文集》三，《与杜于皇》——《凰求凤序》。

蕲春　顾赤方　顾景星，字赤方，一字黄公，湖广蕲州人。生而颖异，六岁能赋诗，长而究心经世之略。明季，流寇陷蕲，流寓昆山。后往来吴楚间。当事交章荐辟，皆不就。康熙戊午，举博学鸿词，以病乞还，颜其堂曰白茅。（《昆新两县志》，《苏州府志》卷一百十二，第三十页）

《文集》三，《答顾赤方》。——《诗集》七，《次韵和顾赤方见赠三首》。其三叙云："赤方意在顾曲，时家姬有患病不能歌者。"

朱梅溪　朱梅溪为明宗室苗裔，生于楚，仕于豫章。崇祯末，以谪至浙江婺州，遂与笠翁相遇，为忘形交。

《文集》卷一，《朱梅溪先生小像题咏序》。——《文集》四，《华宝金婺观》序略云："此予先朝旧作，为宗侯朱梅溪属草。"——《诗集》五，《朱梅溪宗侯谪婺州》。叙云："宗侯久仕谏垣，以敢言获罪，初贬江右，再迁浙东……"

六　湖南

潘愚溪　潘一成，字愚溪，湖南东安人。明末府学生。明亡，不复应科举，恣意游览，倾家资以供诗酒，所题咏未尝署名。尝游南昌东湖，题句酒肆。李渔物色之，知为东安人。渔游桂林，迂道访焉，莫能得。偶泊林树下，蓬门草屋，门署一联，渔笑曰："此有尘外之致，殆其是矣。"入询主人，相与拊掌，遂留信宿而去。（李元度撰《传》）

七 福建

闽侯 许于王 许于王，侯官人，官直指，笠翁学师之子。

《文集》二，《春及堂诗跋》。——《文集》三，《与许于王直指》。——《诗集》五，《赠许于王直指》。叙云："时视嵯两浙"。

莆田 余澹心 余怀，字澹心，一字无怀，又字广霞，号漫翁，又号漫持老人，兴化莆田人，侨居江宁。怀生明季，才情艳逸，伤乱离流，词多凄丽。尝赋《金陵怀古诗》，新城王士祯以为不减唐刘禹锡，赠之诗云："千载秦淮水，东流绕旧京。江南戎马后，愁绝庾兰成。锺阜蒋侯祠，青溪江令宅。传得石城诗，肠断芜城客。"太原阎若璩亦言："父执余澹心诗，今人不能到。"隐居吴门，徜徉支硎、灵岩间，八十余卒。长洲尤侗挽之云："赢得人呼'鱼肚白'，夜台同看党人碑。""鱼肚白"者，金陵市语染名也。怀与杜濬、白梦鼐齐名，号"余杜白"故云。有《味外轩稿》，其《板桥杂记》，备载明季风俗，尤著名。（参陈寿祺撰《传》，《新修江宁府志》卷四十二，第六页）

《文集》三，《与余澹心五札》。——又，《与余澹心》。——《诗集》七，《端阳前五日，尤展成、余澹心、宋澹仙诸子，集姑苏寓中，观小鬟演剧。澹心首倡八绝，依韵和之》。——又，《端阳后七日，诸君子重集寓斋，备观新剧。澹心又叠前韵，即席知之》。——《笠翁偶集序》。

余鸿客 余宾硕，怀子，字鸿客，与父同以淹博闻。作《金陵怀古六十咏》，每篇冠以游记，始旧内，终大本堂，周亮工、陈维崧诸公序之，传诵一时。其嗣式微，贫而贸易，不能世其学矣。（参《新修江宁府志》卷四十二，第六页）

《诗集》六，《梅村》评。——又，《断肠诗二十首哭亡姬乔氏》评等。——《诗集》七，《端阳后七日，诸君子重集寓斋，备观新剧。澹心又叠前韵，即席知之》。其三叙云："澹心幼子甫七岁，解辨歌声，以手按板，无不合拍。"

八 河北

大兴 于胜斯 于琨，字胜斯，号瑶圃，顺天大兴人也。少孤，居丧即能如礼。家素贫，不能延师，诣里塾中耳授，归即成诵。书或从友人假观，咨弗与者，日过其室强识之。未几，补博士弟子员。顺治十四年，省试中式，因字误被落。会诏校天下诸生之在辇毂者，录取能文工书之士以次擢用，因得除授内秘书院中书舍人。在院数载，诸大臣皆优异之。公为人修伟，善言论，遇事果敢，机智捷出，以故所至辄有政声。授浙江湖州府倅。在湖十余岁，后官福建，所至有能名，升知常州府事。以老致仕，遂家于常，以康熙四十五年卒，年七十有一。（参蒋汾功代撰《墓志铭》）

《文集》三，《与于胜斯郡司马》。——又，《与于胜斯公祖》。——《文集》四，《吴兴郡司马于胜斯公祖二联》。——《诗集》六，《赠吴兴郡司马于胜斯》。——又，《秋日同于胜斯郡司马，顾梁汾典籍，高凤翥邑侯，集何紫雯使君署中，听新到梨园度曲》。——又，又作《诫隐诗》一首，亦步前韵。叙云："屈原作词招隐，予独反之者，因入吴兴于司马署中，归安何令君席上，见其赋诗饮酒，选乐征歌，仅多逸致。何必去簿书而后称闲人，拂衣冠而后可行乐事哉，故为是诗，名曰诫隐。……"——又，《于胜斯郡丞邀倍余霁岩别驾林象鼎参军衙听曲携菊而归》。

宛平　方艾贤　方国栋，字干霄，别自号艾贤。先世居浙之德清，后徙顺天宛平。明大学士从哲从孙。幼聪敏，十岁能属文。顺治二年举人，除蠡县教谕，迁国子监助教，晋博士，擢刑部主事，历员外郎中。十六年，出为广东按察使金事，分巡海外。道值巨寇邓耀盘踞海岛中，时时出没剽掠。国栋请于上官，集兵三千，分五路以进。又虑贼之他逸也，檄邻道及安南，各出兵分扼要害，耀遂受擒，招徕余党，全活无算。雷、廉诸富人为贼所诬，株系者众。国栋察其冤，尽为昭雪。诸富人衰白金数千为报，国栋骇然曰："吾悯若无辜耳，奈何污我？"力却不受。迁山西宁武兵备参议，以法饬武弁，谢绝馈遗。康熙六年，裁缺。十二年，改分守苏松常道。地滨太湖，堤岸岁久倾圮，乃躬率吏民，并力修筑，又修沿海墩台，及吴淞、刘河两闸。区画经费，不以扰民。满洲兵驻防苏州，议筑营舍于王府基，当城中。国栋以兵民杂居，难久安，持不可，乃改营南城隙地，民便之。时大兵方征闽粤，羽书旁午，国栋事事与民休息。每遇急征，从容布算，镇之以静，刍茭糗粮之需，日储以俟，军兴赖以无乏，而民间晏然，若不知有兵事者。十六年，有采木之役，亲诣宜兴深山中，昼夜督视，以劳遘疾，归遂卒。民讴思不置，二十二年，立祠于虎邱山麓祀之。（参《国史馆本传》，《清史稿·列传》三十四）

《文集》四，《江南守宪方艾贤》。——《诗集》五，《依刘行为方艾贤观察赋》。

金长真 金镇字，又鏉，号长真，宛平人。举崇祯十五年乡试第一。顺治元年，授山东曹县知县，旋艰归。补河南閟乡知县，巡按，巡漕，巡监诸御史，上章交荐，改銮仪卫经历司经历，擢刑部河南司员外郎，奉诏陈言，得优旨褒异。康熙十三年，升郎中。会上方慎狱，复矜恤之典，分部使循行郡县。镇使河南恤刑，凡七阅月，计全活约一百一十人；矜疑半之，援赦又半之。十五年，转河南汝宁知府。时淮蔡多盗，兼无年，民田荆榛，道殣千余里。真阳西平遗孽未靖，来往萑苻间。新蔡李樊、泌阳郭三海，据平头寨相结起事。民争逃，村落皆墟。镇一意抚宇，除苛细，下垦土之令，生聚教训，示民以自新，取"为政去太甚"一语，书之讼堂。而亲统锐丁，剿李、樊，倾其巢，一切勿引蔓。会清理藩产，躬验丈尺，而海上投诚兵适至，插真光之间开屯。升税法调剂令，民兵相安，一切津梁祠宇宜毁宜复者，皆为整理。镇夜治文书，垂幔内二炬往往达旦不休。昼接民事，与男妇对语，絮絮如家人父子。好礼名士，东西往来投刺入，吐食蹑履迎之，躬率诸子设厨食，谦饮酬答，有风流太守之目。治汝十六年，上官连疏荐，加一级，纪录三十二次。会弟鏉补河南布政使，乃改补扬州知府。值撤藩兵变，维扬当其冲，城中震恐，一日三徙，至有争门而奔者。镇力为慰谕，且以威怵之，始安。兵马驿骚，处以镇静。尝招名士游宴，修复平山堂，作文诵之，事治而民不扰。擢江宁驿传盐法道副使，兼署盐运使事。升江南按察使，值大计入觐，召对敷陈二事。其一请定盗案严减之例，谓江左连年灾，盗贼多有，三载之中，题报八十余，而其中饥寒逼迫可减者众。如一时穷困被诱，并不伤事主，或得财未俵分，或于事主家杂取棍械护身，原未尝携带器仗，皆宜敕部分别量减，永定为例。至捕役营兵，豢纵勒财，以致先取赃物，然后报官。甚有指称打点代行钱，令行劫偿还，是盗有时尽，而捕盗之盗反无穷也。如得实，宜从窝盗律，一体重拟，则犯盗者少，而民得安矣。其二请定旗下买人及获盗审讯之例，谓江宁、京口二旗，买人多有无籍者，自立卖契。旗主但送上元、江宁、丹徒三县用印，而并未行文原籍，察其真伪，多有展转掠卖，而不之知者。嗣后请三县用印官，将所买之人，申报巡抚，巡抚按季报部，随即行文原籍，出示招验。其有可疑者，令旗主还契追价，其用印官不报，照新例治罪。至旗下逃人，奉有承审官夹讯之例。独旗人为盗被获，难以刑讯，其狡赖展脱，将何底极？嗣后旗人为盗，倘夥证甚明，赃证已确，许承审官径行刑讯，则奸宄畏法，而盗风息矣。疏闻，称旨。时镇以足疾被议，上不听，敕令回任。康熙二十二年，引疾归。明年卒，年六十有四。镇性和厚，好文，筑楼秦淮之滨，名馨胜楼，聚书歌啸其

中，诗格清苍，无靡靡之音。著《清美堂诗集》。（《大清畿辅先哲传》第二十八，十七页）

《文集》三，《与金长真太守》。——《文集》四，《赠金长真太守》。——《诗集》六，《次韵和金长真太守》。叙云；"时新补广陵。"——又，《送金长真太守之任维扬仍次前韵》。——又，《金长真以广陵太守擢江南宪副》。叙云："时予侨居白门。"——又，《金长真太守初度时新得擢音》。——《诗集》七，《为金长真太守题画八绝》。——《词集》八，《朝中措·平山堂和欧公原韵》其二，叙云："堂为金长真太守复见，故云。"——又，《满庭芳·金长真太守擢江南宪副，闻报之日，正在称觞，是日复有诞孙之喜》。

通县　王邻哉　王公擢，字邻哉，通州人。顺治二年举人，考授司理，恬退不仕。性至孝，读书以养其亲，居丧哀毁逾礼。抚幼弟成名，绝身不析产。（《人名辞典》）

《别集》九，《论周勃左袒之问评》。——又，《论张安世辞禄》评等。

任丘　郭生洲　郭之培，字生洲，任邱人，兵部尚书乾曾孙，诸生茂勋之子也。茂勋殉戊寅邑难，之培事继母纪，祖母边，以孝闻。顺治三年举于乡，六年成进士，授固原州知州，劝开垦，勤抚宇，通邮传，清编审，治行为三秦第一。总督孟乔芳荐擢平凤临巩兴屯道。毋忧。服阕，补宁夏河西道。抵任，路出固原，士民遮道攀留，数日乃得行。寻擢广西桂平道，摄按察使，移江西驿传盐法道，以裁缺去官。补四川威茂道，御夷有方。金川、阿日二土司，皆释嫌奉法。又定松潘瓦刺之变。蠲俸三百金，代完川西逋赋，蜀人德之。再补陕西汉兴道，有废堰，重筑之，民获灌溉之利。秩满，升浙江按察使。值闽藩变，有守御功。治评告胁从诸案，无枉无纵，人称其平。以办济师船舰，中暑卒，祀浙江名宦。（参《大清畿辅先哲传》第二十九，十七页）

《诗集》六，《赠臬宪郭生洲先生》。叙云："予别武林十载，甲寅复至。当路诸公，皆属旧好，惟臬宪未经谋面。虽深仰止之诚，其如棨戟森然，望而生畏，又值羽檄纷驰之际，岂我辈执经问字之时？有听其辽阔而已。讵料先生刻意怜才，不分治乱。闻予至止，渴欲下交，遂属醾宪李含馨先生招至焉。才炙耿光，欢如夙契。以韦布见礼于公卿，又非偃武修文之日，生平特达之知，自王汤谷按君而后，又一人也，诗以志幸。"

丰润　谷霖苍　谷应泰，字庚虞，号霖苍，直隶丰润人。聪明能强记。少工制举文，长益肆力经史，于书无所不窥。顺治四年进士，授户部主事，寻迁员外郎。授浙江提学金事，校士勤明，所拔多一时名俊，陆陇其其尤粹者也。

杭州擅湖山之胜，应泰衡校之暇，辄登临眺览，创书舍为游息地，既去官，浙人怀之，为修葺勿置。应泰嗜博览，采集有明一代典章事实，购得山阴张岱石匮藏书，用袁枢《通鉴纪事本末》例，为《明纪事本末》八十卷。时《明史》未经钦定，靡所折衷，如纪惠帝逊国，历载滇黔游迹；懿安后死节，而以为青衣步入成国公第，皆不免沿野史传闻之误。然排比次序，首尾秩然。每篇论断，仿《晋书》体以骈偶成文，遣词隶事，曲折详尽，可谓取材博而用力勤矣。又著《筑益堂集》传于世。（参国史馆本传）

《诗集》卷五，《谷霖苍学宪赐马》。

文安　纪子湘　纪元，字季恺，号子湘，文安人。顺治十二年进士。初任杭州推官。康熙六年，量移江南徐州河防同知。十年，升湖广汉阳知府。十九年，再起为陕西巩昌知府。所任皆繁剧地，元处之裕如。杭州为东南都会，讼狱繁多，元听断明允，冤狱多平反。向时罪无大小、轻重，共系一狱，牢庐湫溢，多染疫死。元择钱塘空地，别建室数十楹，以居轻犯，全活不可胜数。杭严道范印心为御史汪之沫所劾，落职逮问。元知其冤，力为剖雪。时汪适典试两浙，大吏重违其意，驳之，令复审。元俟试毕，携案牍诣汪，汪蓄怒以待。元笑曰："此朝廷三尺法，岂容私意于其间耶？"手摘疑件，逐条指示曰："必如公意，请公出一谳语，职当平署之，可乎？"汪愕然汗下，逊谢曰："君执法不挠，真包孝肃一流人也。"遂引入座上，缔交尽欢，而范事得白。时浙中有通海逆书诸大狱，元严禁波累，民赖以安。其防河淮徐也，茶庵堤决，城不浸者三版。阖郡惶惶，争避水，登云龙山。时值大风雨，纷传堤岸尽溃，夫役皆奔散。吏胥惧，固请元，元屹不为动曰："吾任河工，避将焉往？此身与堤，当委命阳侯耳。"驰骑河干，从者仅三四人。张盖堤上，人夫望见，稍稍进，遂署布袋数万，囊土以塞之，堤完无恙。守汉阳时，兼摄武昌府事。武昌驻防官兵数千，困乏粮，图不轨。元闻之，请于抚军，持三月粮至营，开谕之，三军戢然。是时王师数十万下楚，军需络绎，元咄嗟立办。蒲圻县红石等团，跳梁负固。大将军遣官招抚，皆畏难不敢行，元曰："叛在贼，不在民。朝廷赤子，岂敢久抗耶？"遂慨然衔命往，单骑入营，开诚劝谕，皆相率归命。官巩昌，边徼荒凉，民无完堵。元招徕安集之，始复业。修整学宫，讲明祀典，博求遗籍，以教士人，比之文翁之化蜀云。元平生慷慨好施予，遇事敢言，无所避，批窍导窍，辄中机宜。故所至，上官皆倚重之。然好以才傲物，又性疏直，不能阉媚趋时好，故蹶而起，起而复蹶以卒。著有《卧游山房稿》行世。（《大清畿辅先哲传》第二十九，二十三页）

《文集》卷一，《求生录序》。——《文集》二，《梦饮黄鹤楼记》。——《文集》四，《赠河防司马纪子湘》。——又，《赠纪子湘司李》。——又，《晴川阁》。叙云："壬子之夏，余登黄鹤楼，既题一联三律，为高皋宪钦如先生，梓而悬之楹栋间，不肯代为藏拙矣。未几为郡伯纪子湘先生，邑侯唐松交先生，次第相招，饮于晴川阁上，谓：'此楼与黄鹤对峙千古，子何独锺情黄鹤而蔑视晴川，不一阐扬其胜乎？'余曰：'成之久矣，非承下问，不敢出诸袖中，斯其时也。'遂出二诗一联以献。……"——《诗集》六，《舟次彭城冰雪交阻，纪子湘司马，李申玉广文相留度岁》。——又，《吴平舆招集园亭，偕周伯衡观察，纪子湘郡伯观梅。时予病目初愈，未及终席而返》。——《诗集》七，《卧游山房二首》，《次纪子湘郡伯原韵》。

纪孟起 纪愈，字孟起，号鲁斋。先世自山左徙居文安，代有闻人，为里中望族。公生而至性淳笃，天资朗豁，读书为文，独抉理窟，不为浮慕华绵之词。试诸生，辄冠军。甲午贡于乡，例得邑令，公不就，卒成进士。起家内阁中书舍人，迁兵部职方司主事，考选户科给事中，晋工科掌印给事中。公回翔禁密有年，至今纶扉谏垣之间，称老成持重，勤慎端恪，可为同类师法者，则必曰纪公云。为中翰时，从定南将军进征江西。其时居民为贼所迫胁者众，几有火烈昆冈之惧。公以至诚感悟将帅，为之历陈朝庭好生之德，且言若从重典，恐坚人从贼之心，故皆得招徕安集，全活者甚夥。其为谏官，即首言逃人株连之害，禁其妄指主家，诈害善良，禁锢得宽，永著为令。公之言事，必举其利泽久远，福及百姓以立言，大率类此。典试中州，号称得人。视榷龙江关，能除积弊。历官于朝，而家无儋石之储。公既没，子孙食贫。（参张英撰《墓志铭》）

《文集》四，《纪孟起职方》。叙云："时视榷龙江。"

纪静以 《诗集》六，《送纪静以入都应试》叙云："尊人子湘，为汉阳太守，今自署内启行。孟起中翰，其伯父也。"——《诗集》七，《题画龙送纪静以归燕赴试》。叙云："纪子讳宜远……"

谭慎伯 谭弘宽，字慎伯，一作慎公。"公为文安鼎族，先世叠有闻人。尊公九还先生，以名孝廉分符，为浦江邑宰，遂以治行世其家。昭代取士之文莫盛于壬辰一闱，而公以是年举进士，名较同榜诸人尤噪焉。及仕中州，才宽于地，游刃之下，恢乎有余。凡其所为诸善政，一秉于尊公之治浦江者，而清白之风，尤足继之。及内擢立朝，复铮铮有声。秩经两迁，而不离其地。秋曹治绩，无有出公右者。"旋擢凤关榷使。

《文集》卷一，《代寿凤关榷使谭慎伯序》。——《文集》四，《谭慎伯榷使》。——《诗集》六，《寄寿谭慎伯榷使》。

大城　王允大 王照乘，字孟犀，号允大，大城人。父良眉，诸生；母张氏。明崇祯甲申，李自成窜畿辅，张促其夫携其子避乱，自经死，良眉终身不再娶。照乘读书，尝念母，泣不能成声。父病，刲股以进，病卒不起，哀毁骨立。既长，客游大吏幕中，授青涧驿丞。陕西提督王辅臣变作，知照乘有经济才，且得士民心，下令曰："有能生致王丞者，与千金。否则赤尔城。"照乘曰："吾何惜一死，以活城中百万人耶？此颜杲卿骂贼时也。"城中父老拥马首，不得行。照乘从容慰谕，单骑出城见贼曰："吾戴吾头来矣！岂肯苟且偷活哉！"贼欲取民望，曲意使降。大骂，不屈，囚之。其子镇星夜驰四百里，赴毕将军求救。将军蹴然曰："吾援兵旦暮至，尔当先驱。"镇急驰，望城大呼曰："救兵十万至矣。"贼大惊扰，照乘与李守备溃围出，助大将军克复延安。权授安定知县，扶伤恤灾，民忘兵燹之苦。以眚误罢官归，居淮之滨。后淮阳两郡大水，兵部尚书靳辅稔照乘名。命监理河工，凡有险急，辄曰："王令安在？"照乘栉风沐雨，悉心筹画，保全民命田庐无数。淮人尸祝之。以积劳致疾，康熙三十二年卒。（《大清畿辅先哲传》第三十，十六页）

《文集》三，《与王允大驿宪》。

高阳　李坦园 李霨，字景霱，一字台书，号坦园，直隶高阳人。明大学士国槽子。霨七岁而孤，敏学自厉。顺治二年举人，三年进士，改庶吉士，授检讨，进编修。十年二月，世祖章皇帝亲试习清书，翰林霨与侍讲胡兆龙，检讨庄同生，并列上等，擢中允。五月迁侍讲。会直隶、江南诸省学政需代，例用翰林。霨同同生等以清书尚未精通，恐致荒废，乞免开列。大学士图海、范文程为之代奏，得旨俞允，寻擢侍讲学士。十二年，迁秘书院学士。时始设日讲官，霨同麻勒吉、胡兆龙及侍讲学士哲库纳、洗马王熙、中允方悬成、曹本荣充之。十四年，充经筵讲官。十五年二月，充会试副考官。三月考满，加一级，荫一子入监。五月授秘书院大学士。九月，改东阁大学士，寻与大学士巴哈纳等疏言："内三院既改为内阁，别设翰林院，宜分职掌以专责成。"上允所请。十六年三月，谕奖勤劳奉职诸大臣，加霨太子太保。以票拟疏误，镌四级。未几复官，任事如旧。十七年四月，同大学士巴哈纳等校订律例。十八年，圣祖仁皇帝御极，复设内三院。霨改弘文院大学士。三年充会试正考官。六年充纂《世祖实录》总裁。九年，仍以内三院为内阁，霨改保和殿大学士。十一年，《世祖实录》告成，赐银币鞍马，加太子太傅。十五年充会试正考官。十七年，诏举博学鸿儒，霨与大学士杜立德、冯溥合荐副使曹溶，布政使法若真，参议道施闰章，中书曹禾、陈玉璂，知县米汉雯，进士沈珩、叶舒崇。二十一年，充《三朝圣训》暨《平定三逆方略》，重修《太祖高皇帝实录》总裁官，又充《明史》监修总裁官。先是重修《太宗文皇帝实录》，霨为总裁官，至是告成，赐赉如例，晋太子太师。寻充《大清会典》总裁管。会台湾初定，提督施琅请设官镇守。廷议未决，有谓宜迁其人、弃其地者。上诏询诸大学士，霨奏言："弃其地，恐为外国所据；迁其人，虑其奸宄生事。应如施琅请，设官镇守。"上是其言。二十三年六月，以疾卒，年六十，谥文勤。（参国史馆本传，《清史稿·列传》三十七，赵士敏撰《传》）

《文集》四，《赠李坦园相国二联》。

正定 梁承笃 梁允植，字承笃，号冶湄，真定人，以恩贡生来知钱塘。性明敏，有干济才。时杭之患，惟逃人、营债为最急，二者皆不逞之徒为之勾引。允植廉得之，于是严保甲以察窝家，令自首贳其罪。其牵引营债之罪，则专责之民。民乃苏，呼更生。甲寅闽变，总督李之芳移镇三衢，巡抚田逢吉督兵城守，咸以允植为才，命以邑令佐军兴，调兵食。凡支应满汉大兵，及火炮铅弹军器，及解粮饷，前后应用船计万有八千余号，夫役至二万余人，皆身先奔命，中夜传呼，曲为筹画，俱出召雇，而民无怨咨。会迁江西袁州府同知，特疏题留命，以同知摄钱塘县事。事平，擢福建延平府知府。允植风流儒雅，乐钱塘山水之胜，锐意修葺。其志未成而去，民犹歌颂之，有碑记。（参《钱塘县志》卷十六，第七页）

《文集》二，《梁夫人寿册引》。——又，《西湖盗鱼人自塞盗源纪略》。——《文集》三，《与梁冶湄明府》。——《文集》四，《赠钱塘父母梁承笃》。叙云："系余昔年好友。"——又，《贺梁冶湄父母》。——《诗集》六，《赠梁冶湄明府》。

柏乡 魏贞庵 魏裔介，字石生，号贞庵，又号昆林，直隶柏乡人。性沉默，寡言笑。少即有志先儒体用之学。中顺治三年进士，由庶常改工科给事中，历吏科右给事中。忧归。起故官，历兵部都给事中。尝上书：请举经筵日讲，以隆治本。天下初定，屡奉诏蠲赋，而畿辅未沾实惠。请切责奉行之吏，彰信兆民。又言：下上之情未通，满汉之气中阂，请召对群臣，虚心咨访，仍令吏官记注。又请宽匿逃之律。多见施行。及世祖初亲政，朝仪未定，裔介言批答评明，不若亲承颜色。自是定一月三朝之制。畿内被灾，疏请赈济。世祖立发帑金二十四万，分命大臣赈之，全活甚众。又疏言西南用兵机宜，请先取蜀，次取粤，则滇黔势蹙，自然瓦解。其后诸路进兵，悉如所画。他所论列，不下百余疏，率蒙采纳，或著为律命。擢太常少卿，迁都察右副都御史。尝因日食，陈言请宽守令考成参罚，酌复五品以下官俸，撤南方戍兵，省数百万供亿之费。待岁稔财充，决意大举。春月侍经筵，听讲汉文帝《春和》之诏，因举仁政所宜先者四事，其因事纳忠，多类此。世祖深眷之。十四年，拜左都御史。尝召至中和殿面谕曰："朕擢卿非有人荐达。"裔介益感奋，尽所欲言。世祖幸南苑，召大学士梁清标及裔介诣行幄，备顾问。坐遣落职。明年以恩诏还职。寻以建言多裨国是，加太子太保。又明年，世祖下诏罪己，并令群臣自陈。裔介疏上，削官保阶。圣祖嗣位，逾年考绩，复故阶，晋吏部尚书。三年，入赞机政。辅政大臣议加练饷五百万，裔介力争得止。云南初平，即疏请罢大兵，兼防荆襄要害，以杜乱萌。及吴逆作乱，人服其先见。康熙十年，以疾乞归，优诏许之。归而益务读书，所著述有《兼济堂集》及《希贤录》等书；凡百余卷，多原本先儒，兼及经世之学。闲课农桑，循行阡陌，人不知为旧相国也。里居十六年，至康熙二十五年乃卒，年七十有一。（参陶正靖撰《传》，《清史稿·列传》四十九，国史馆本传，徐乾学撰《墓志铭》）

《文集》三，《与魏贞庵相国》。

九 山东

历城 朱次公 朱令昭，字次公，清历城人。少与淄川张元、胶州高凤翰等，结柳庄诗社。绘画篆刻，皆能留意。有《冰壑诗钞》。（《人名辞典》）

《文集》二，《朱次公四时行乐图赞》。

杜子濂 杜漺，字子濂，别字湄村，世济南滨州人。生而英特，十一岁，补博士弟子员，丁父艰。服阕，中顺治乙酉乡试。丁亥，复行会试，赐同进士出身，筮仕真定府推官。君年甚少，恒山又畿南望郡，数决大狱，爰书如夙习，老吏亡敢诋諆者。张忠勤公存仁以兵部尚书总督直隶山东、河南，调集诸道兵，平榆林贼，覆其巢穴，凡所俘获，皆付君执讯。君言于制府谓："大乱之时，胁从者众。渠魁既戮，余者当使归农，以布国家威德。一切歼之，徒获旷土，何益？"狱成，多所纵释。尚书初疑之，既而悟谢曰："君年少，敢肩钜如是，吾不及也。"所全活数千人。居三岁，以治行高等，考授礼科给事中。先是，河决荆隆口，东北趋海，水势溢溢，入东兖、济南诸郡，灌县邑官亭民田亡算。君抗疏论劾河道方某，请专遣大臣行河。且言："疏上游以去其壅，导支流以杀其势，然后乘水涸并力塞之"。疏入得旨，特命工部尚书刘昌，工科都给事中许作梅往监视。数月底绩。又疏言："濒河田土，被水患最酷，宜停征以苏民力。"皆报可。在掖垣十阅月，疏数十上。会有旨以廷臣出亲民事，君与焉，补分守温处道参议，处在万山中，俗辟陋，而溺女、淹丧、锢婢三事，尤为民病，君朔望集士民，反复开谕，为改丧葬婚嫁之礼，一从俭约，女婢满二十岁，责其择配，俗为之变。迁副使，备兵通蓟。通密迩京师，豪室巨猾，胶牢固结，号为难治。君不茹不吐，风流令行。会天津道属小园艘失事，诿罪通蓟，遂夺二级，诖误去官。事寻白，复以副使备兵淮海。两淮盐筴甲天下，官其地者，率缘以为利。盐艘自场捆载之真州，例由备兵使者验放。君曰："盐有专司，吾何与焉？吾自有海防与民事耳。"言于巡盐御史，力辞之。自是验放专归转运，人服其廉。又出私钱造救生船高宝湖中，以拯覆溺，全活岁数百。扬属十县，各置义冢五亩，贫民始获葬地，群歌舞之。会有裁并之旨，改补巡视宁绍海道。至是，盖再渡浙江矣。时改文武相见礼，往往相抗不下。君至，即交欢大帅，兵民帖然，亡诉谇者。迁分守江镇道左参政，兼摄龙江、西新二关。既又遥摄扬州关务。持大体，捐苛细。值淮扬方筑坝浚河，课税不登，而裁并之旨又下矣。家食十二载，居母忧，尽礼。三年丧毕，补分守开归道参政，兼理驿传盐法。时滇黔用兵，乘传旁午，驿骑告毙者接踵。君檄各驿于额外得倍畜之，官给刍秣。又请开府咨部，令诸州县得市塞上马。既蓄息，又时其水草，节其劳逸。又创追锋车，以羸驾之，省马力之半。中州食盐，旧分隶长芦、山左、河东、两淮四运司，厉政多端，而缉私贩为甚。越本邑一步，则捕之，煎土一斤，则捕之。巡役携盐，密置人家，则又假乞水火，诬捕之，君察知奸私，以律反坐，盐政肃然。先是，居鞅掌王事，劳瘁致疾，会羽檄交驰，不敢以休沐请。康熙辛酉冬，云南平，巡抚中丞以君病入告，遂致仕归，归四年卒。生天启壬戌六月十九日，卒康熙二十四年乙丑十一月初八日，得年六十有四。（参王士禛撰《墓志铭》）

《文集》三，《与杜子濂公祖》。

桓台　王西樵　王士禄，字子底，自号西樵山人，山东新城人，刑部尚书士禛之兄。顺治九年进士，清介有守，笃于友爱。自少能文章，工吟咏，以诗法授诸弟，咸有成就，而士禛遂以风雅为海内宗仰。始举礼部，投牒改官，选莱州府教授，寻迁国子监助教，擢吏部主事，迁员外郎。康熙二年，充河南乡试正考官，以磨勘挂吏议逮下狱。久之得雪，免官。时士禛方任扬州推官，两亲皆就养。士禄因南游往省，遂移棹杭州，历览湖山之胜。居数年，再起补吏部员外郎，颇持正。未几，又坐免。母殁归，饮食不入口者数日，竟以毁卒，时康熙癸丑年，甫四十有八。其为文条鬯芊蔚，绝去雕饰。诗则幽闲澹肆，极乎性情之所之，而一归于正。所著有《读史蒙拾》、《然脂集》、《表余堂诗存》、《十笏山房》、《辛甲》、《上浮》诸集。（参国史馆本传，施闰章撰《墓碑》）

《词集》八，《花心动·心硬》评。——《别集》九，《论刘备取刘璋得失》评。——《资治新书序》。

王阮亭　王士祯，字贻上，一字阮亭，又别自号渔洋山人。山东新城人。幼负圣童之目，六七岁入家塾，受《诗》至《绿衣》、《燕燕》等篇，不觉潸焉出涕，遂悟兴观群怨之旨。祖方伯公年八十馀，家居课诸孙。而从叔祖洞庭先生，善草书，又喜饮酒。一日醉墨淋漓，公顾诸孙命对云："醉爱羲之笔。"先生时年十一岁，即应声曰："闲吟白也诗。"方伯大喜，赐画扇二。又髫时作《落叶诗》数篇，有云："已共寒江潮上下，况逢新燕影差池。"又云："年年摇落吴江思，忍向烟波问板桥。"有《落笺堂初编》，伯氏西樵先生为序而刻之。年十八，顺治辛卯，举于乡。乙未成进士，年才二十有二。先生既早达，因得弃帖括弗事，而专致力于诗。上溯三百篇，下逮汉魏六朝唐宋元明之制，靡不穷其派而折衷其指归。其大要见于《论诗》三十六绝句。时先生年甫二十九，居然少年也，而诗学已蔚成一大家。既从理官迁郎署，改官禁近，跻位九列，风猷节概，卓卓乎有与文章著述相表里者。久之，坐失出罢官，即日就道归里。葺亭别业，日事著述，不与闻门外事。后七年，为辛卯岁，疡疾大作，颠连床簀间，自占一联云："得第重逢辛卯岁，删诗断始丙申年。"不数日，卒，年七十有八。先生于书无所不窥，生济南文献之邦，宦江左清华之地，而使节所经，遍历秦、晋、洛、蜀、楚、粤、吴、越之乡。所至与其韵士雅人相接，辨其物产，考其风土，搜剔其残碑断简，融液荟萃，而一发于诗。故其为诗，笼盖百氏，囊括千古，而尤浸淫于陶、孟、王、韦诸家，独得其象外之旨，弦外之音，不雕饰而工，不锤铸而炼，气超乎鸿蒙之先，而味在于酸咸之外。盖自来论诗者，或尚风格，或矜才调，或崇法律，而先生独标神韵。神韵得，而风格才调数者，悉举诸此矣。所著有《带经堂集》、《皇华纪闻》、《池北偶谈》、《香祖笔记》、《居易录》、《分甘余话》、《粤行三志》、《秦蜀驿程》、《陇蜀余闻》、《渔洋诗话》、《国朝谥法考》诸书。（参郑方坤撰《小传》，国史馆本传）

《文集》三，《复王阮亭司李》。——《词集》八，《寿王阮亭使君》。

惠民　李邺园　李之芳，字邺园，山东武定人，顺治丁亥进士。授金华推官，屡平反冤狱。内转刑部主事，升郎中。部旧设启心郎，综理十四司，至是省。之芳以才能，荐兼摄各司，如启心郎故事。寻擢御史，出按山西，巡视浙江蹉政，历著声绩。还掌河南道，疏请甄别督抚，又内阁票拟，宜严速以杜弊端。是时圣祖亲政，之芳指陈无隐，俱关大体。升都察院左副都御史，迁吏部侍郎，改兵部，总督浙江。十三年，耿精忠据福建叛，浙省当八闽之冲，之芳传檄诸营，分布要害，身提重兵，驻衢州弹压。贼兵数万来犯，之芳激励将士，邀击于阬西。贼空壁战，矢石雨注。之芳握旌麾左右略阵，督战益力，贼势大沮。之芳进薄其叠，贼拔栅宵遁。而诸营亦相继杀贼，擒伪都督严彪等，余党多降。时贼马九玉抗拒河西，之芳建议进兵捣巢。圣祖命大将军康亲王杰书督师来会。之芳请衔枚夜袭大溪滩，断其饷道，别遣军从常山间路，抵旁三关，分贼兵势。九玉不能支，退走仙霞。康亲王遂统大兵趋闽，通行无阻。后耿逆屡挫授首，之芳功为多。贼既降，余众窜伏玉山，煽动徽、饶诸州土寇。之芳檄江南、江西会剿，各授以方略。先后捷闻，论功加二十九等，进兵部尚书，授云骑尉世职，准袭一次。之芳奏蠲被兵诸郡粮税，并分给牛种，皆谕旨议行。会海寇乘间出没，蹂躏濒海郡邑，之芳遣别将击于象山庙岭，破之。贼犯温州，复破之。又调福建水师合击于海洋，俘获无算，支党悉平。之芳在军中九年，大小百四十余战，治师严整，前无坚对，屹然为东南长城。还朝为兵部尚书，转吏部，授文华殿大学士，以病致仕。康熙三十三年卒，年七十三，谥文襄。（参《国史贤良小传》，王士祯撰《墓志铭》）

《文集》卷一，《制师尚书李邺园先生靖逆歌序》。——《文集》四，《督师尚书李邺园夫子》。——《诗集》五，《军兴三异歌为督师李邺园先生作》。

曲阜　颜修来　颜光敏，字修来，别字乐圃，曲阜人，为复圣夫子之裔孙。祖胤绍，崇祯中知河间府，城破自焚。乐圃三岁，亦陷乱军中，乳母抱之得出。九龄，工行草书。十三，娴词赋。既连取科第，官近侍，旋自仪部擢铨曹。顾锐意著述，激扬风雅，思成一家言，以抗衡于韫退、荔裳、西樵、阮亭诸公之间。曹升六舍人，田子纶户部，实左右之。东国风流，沾丐海内，今所传长安十子诗者是也。新城公尝语人曰：吾乡迩来英绝，当让此人独步。致词殊郑重。惜乎骥足初骋，而飞光忽遒，年甫四十七，而玉折兰摧以死也。（参郑方坤撰《小传》）

《文集》四，《赠颜澹园太史、修来仪部二昆仲》。

颜澹园　颜光猷，字秩宗，号澹园，复圣颜子六十七代孙，世居兖之曲阜。中韩菼榜进士，选入词馆。分校会试所得，皆苦学能文士，后多为名卿大夫者。充《明史》纂修官，丁父艰。服除，会特旨命大臣以诗赋试词臣，公为前茅，而大臣以失上意，覆校，卒颠倒之，故公左迁补行人司正。既而以刑部郎中出守贵州安顺府。安顺地荒俗陋，獞猺杂处，鸟语兽心，不可齐以法。公曲意拊循，民苗怀德。在官五载，未尝毙一命，而郡大治。郡称之为颜菩萨云。时贵州提督李芳述驭将士无恩，众大激谲，人人震恐。公匹马入其叠，为晓譬利害，责以大义，严毅慷慨，皆投戈听命，论者比之韩愈之服王庭凑焉。转河东道盐运使，除供亿，裁陋规，通商民之困。先是，山、陕、河南行引盐引尾，各州县著以关防，出境即为私盐。境壤错互，失足跬步辄罹法，群患苦之。公力请于巡盐，通省为一关防，著为法，民以永利。后陕西盐讼，公以吏牍字偶误，镌级。遂归，徜徉林圃间八九年以卒，年七十三。生平无他嗜好，诗之外，惟以琴棋自娱。酷爱读书，每见子弟，必劝以"书不负人，随所得浅深，皆食其报，故吾惟日不足也"。其于时艺，至习适矣。故宦成课子，犹时时自为之。其《水明楼新艺》与其诗，并传讽人间，无轩轾焉。（参李克敬撰《传》，《碑传集》四十四，十八）

《文集》四，《赠颜澹园太史、修来仪部二昆仲》。

茌平　王北山　王日高，字鉴兹，一字登孺，北山其号也，茌平人。顺治戊戌成进士，官翰林。康熙改元，授工科给事中，历兵、户二科给事中，迁礼科都给事中。赐对称旨，迁京卿，以候补归，遘疾卒，盖康熙十七年戊午七月也。北山貌厚而气和，孝友著宗族间；与贫贱士交，久而益笃。在谏省十余年，不喜矫亢立名，所上章以十数，务持大礼，恤民瘼，数陈水旱灾异。其给事工科也，首疏请勤学亲贤，以端蒙养，隆治本。其迁兵科，值畿辅齐、晋、吴、楚间同日地大震，人畜死，坏公私庐舍以万计，而淮扬复苦水灾。疏请减田租，出帑金，遣使者护视灾黎，所全活亡算。迁户科，疏劾天津债帅，及江南大蠹之为民害者。迁礼科，疏请恤闽、陕、荆、湖死节文武将吏，又请发粟振江淮饿民。上多从其言。赐对便殿，慰劳良久曰："王某论数事，未尝言利，真谏官也。"其为文章清雅，尤长于诗。与王士禛兄弟相倡和，有《槐轩集》。（参邵长蘅撰《哀辞》，《人名辞典》）

《文集》四，《赠王北山掌科二联》。——又，《怀王北山给谏》。——又，《天仙子·贺王北山掌科纳姬广陵》。

平原　董默庵　董讷，字兹重，号默庵，平原人。康熙丁未探花，由编修历官至江南总督，以阅河事镌级，补侍读学士，民为立生祠。次年巡幸江南，民数千执香祠前，求仍放讷为江南官。上回銮召讷至舟前曰："汝作官好，江南人为汝盖一小庙矣。"因大笑。旋升漕运总督，设易知小单，剔弊厘奸，漕政肃清。有《督漕疏草》、《柳村诗集》。（参余金撰《记》，《人名辞典》）

《文集》四，《赠董默庵太史》。

莱阳　宋荔裳　宋琬，字玉叔，号荔裳，山东莱阳人。父应明，天启中进士，官直隶清丰县知县，有惠政。罢归。崇祯十六年，殉节莱阳，赠太仆寺卿。琬少负俊才，著声誉。顺治四年进士，授户部主事，七年监督芜湖钞关，洁己恤商，税额仍溢。累迁吏部郎中。十年，授陕西陇西兵备道。十一年，道出清丰县，民扶老携幼遮要至所建应亨祠下，追述往绩，相持泣恋。琬益自刻励，期不坠先绪。适秦州地震，加意抚恤，生全者无算。十四年迁直隶永平道。十七年，调浙江宁绍台道。十八年，擢按察使。时登州于七为乱，琬同族子因宿憾，思陷琬，遂以与闻逆谋告变，立逮下狱，阖门缧系者三载。缘坐中有须外讯，下督抚治之。巡抚蒋国柱鞫得诬状，上闻，颇与部谳牴牾。命覆质，得申雪。康熙三年，得旨免罪放归。流寓江南，寄食泖上，往来秦淮锺阜，陟金焦，览武林山水以自适。十年，有诏起用，复来京师。琬始官吏曹，与给事中严沆，部郎施闰章、丁澎辈相唱和，有燕台七子之目。既出任外台，猝罹无妄，凡所遭丰瘁，一发之于诗。王士祯点定其集，为三十卷。十一年授四川按察使。十二年，入觐。值吴三桂叛，成都陷，琬家属皆在。闻变惊恍，遂以病卒。所为诗零落略尽，越二十余年，族孙邦宪仅缀辑为《拾遗》六卷。琬诗格合声谐，明靓温润，抚时触绪，类多凄清激宕之调，而境事既极，亦复不戾于和平。王士祯尝举施闰章相况，目为南施北宋云。（参国史馆本传）

《词集》八，《卜算子·榆荚钱四首和宋荔裳大参》。

胶县　王巢云　王玿，号巢云，其先由湖广麻城徙胶州，遂为胶州人。戊子举山东乡试，己丑成进士，授行人司行人。大行故清署，藏书数千卷，居其职者，非奉使驰四方，则酒食傲游。公与同官月为会，出署中书读之，参互校雠为笑乐。未几，有册封琉球之役。琉球悬阻大海，往者或不能达，以故人惮行。顺治十一年，琉球请封。疏至，同官有所避就，公资未当使，慨然欲往，奉旨加一品服，偕给事中张学礼出使。入境，宣谕朝廷威德，进退有礼，王以下皆耸服。临行，馈公黄金九十两，固却不受。使还，升户部广西司主事，历员外、郎中，督临清钞关。课税有法，商旅不扰。改授科员，裁缺，补陕西道御史，巡视北城。辇毂之地，五方杂处，公以时稽察，奸宄肃清。康熙八年七月，丁父忧回籍。服阕，十二年七月，补兵部科给事中，转户科掌印给事中。

时适当三藩叛逆，四方云扰之际，度支皇皇，调兵不给。公在户垣，会计天下钱粮出入多寡之数，以为开不如节，节不如核，因请停无益之驿站，查销算之价值，苦心蒿目，以佐军兴万一。至其于民生休戚，如赈饥荒，赎难民诸疏，又未尝不慷慨持大体也。凡公所上封事，屏人属草。疏上，辄焚之，曰："吾不欲留此以沽名也。"典试浙江，矢公衡校，所得多知名士。公引与语，煦煦如家人父子，士以此乐亲公。十七年八月，奉旨外转。十八年十月，补授浙江按察司副使，分巡宁绍道。浙东故濒海，苦海患数十年。寅卯之交，巨寇接境，地方驿骚。又，海上游艇，飘忽靡定，时或阑入内地，遭其蹂躏。二郡之民瘅矣。公至，按行边界，整饬斥堠。象山诸邑，濒海困苦，鸠形鹄面之民，环聚而诉马首。公下车抚慰，谕有司经理其业，民赖以生。在宁波五年，洁己自励，日啖蔬茹，一意与民休息。癸亥，舟师将出海，七郡治舰于宁波，公一身董其役。十二月犹冒风出视船工，竟以此得疾卒。公生于明万历戊午，距公卒，得年六十有七。（参陈锡嘏撰《行状》）

《诗集》六，《送王巢云掌科典试还朝》。

掖县　王汤谷　王元曦，字汤谷，山东掖县人，浙江巡抚。

《文集》三，《与王汤谷直指》。──又，《与卫澹足直指》书云："别后复游湖上，得受知王汤谷先生。"──《诗集》六，《赠枭宪郭生洲先生》叙云："……生平特达之知自王汤谷按君而后，又一人也。……"

益都　冯易斋　冯溥，字孔博，一字易斋，山东益都人。顺治进士，授编修，给事中等职，正直敢言，累官刑部尚书。康熙十年二月，授文华殿大学士。十一年五月，疏言："直隶、山东、河南、山西、陕西二麦皆登，秋禾并茂，民间谷价，每斗不过值银三十分。当此丰稔之时，宜广为积贮，以备荒年。至陕西近边处所，更宜多积，以实军储。又见连年河决未塞，所需夫役及柳枝甚众，请及此丰登，将沿河州县，宽免租税，责令种柳，庶人无弃力，而不时之需亦豫。"部议下各督抚议行之。居京师，辟万柳堂，与诸名士觞其中。性爱才，闻贤能，辄大书姓名于座隅，备荐擢，一时士论归之。尝荐起原任光禄寺丞魏象枢，兵部主事成性，俱得旨以科道起用。十二年，充会试正考官，又充重修《太宗文皇帝实录》总裁官。十七年，诏举博学鸿儒，溥同大学士李霨、杜立德合荐原任布政使法若真，副使道曹溶，参议道施闰章，进士沈珩、叶舒崇，中书曹禾、陈玉璂，知县米汉雯，并得旨召试。施闰章授侍讲，沈珩、曹禾、米汉雯俱授编修。是年疏言："向者逆贼狂逞，圣主宵旰不暇，臣何敢为自便之计。今四方渐次平定，盛德大业，与日俱新，臣已衰朽，乞赐罢归。"上慰留之。十八年，充会试正考官。二十年六月，复乞休，得旨。三十年十二月，卒于家，年八十有三，谥文毅。（参国史馆本传）

《文集》四，《赠冯易斋相国二联》。叙云："公置万柳庄于都门，不肯私为己有，与缙绅士民共之。——《诗集》五，《寿冯易斋相国》。——又，《万柳堂歌呈冯易斋相国》。

十　河南

开封　周栎园　周亮工，字元亮，一字缄斋，又号栎园，学者称之曰栎下先生。祥符人，明崇祯进士，官御史。李自成陷京师，亮工奔福王于江宁。清多铎下江南，亮工诣降，累擢福建左布政使，官至户部右侍郎。为闽督所劾，赴福建听审。会海寇犯福州，亮工手发大炮，殪其渠帅三人，城赖以完。康熙初再起为江安粮道，坐事论绞。遇赦得释，寻死。工古文辞，一禀秦汉风骨。喜为诗，宗仰少陵，然机抒必自出，有《赖古堂诗钞》。（《人名辞典》）

《诗集》六，吴冠五《后断肠诗十首》评云："忆壬子春，偕周栎园宪副，方楼岗学士，方邵村侍御，何省斋太史，集芥子园观剧。共羡李郎贫士，何以得此异人？今读是书，不禁彩云易散之感。"——《偶集》四，手卷额——《资志新书二集序》。

周雪客　周在浚，字雪客，大梁人，侍郎亮工子也。亮工官江安粮道，在浚遂家金陵，亦以词藻知名，有《金陵百咏》及《竹枝》，流传最盛。（《新修江宁府志》卷四十二，第十页）

《词集》八，《忆秦娥·立春次日闻莺》评。——又，《天仙子·九日思家》评等。

延津　周计百　周令树，字计百，河南延津人，弱冠工文章，有盛名。顺治乙未第进士，除赣州推官。居数年，被劾落职，事白复官，迁大同同知，举卓异。晋太原知府，移病归。久之，抵京补官。坐事下狱，逾年得释，会病卒。君天资英异，意气伟然，笼盖侪辈。议论踔厉风发，精敏绝伦，尤长吏事。赣俗喜讦讼，君为理官，精熟律令，据案受辞，片言立决，下笔如山，老吏拱手咋舌，无敢为讦者。初到郡狱，囚以千数，君虑天暑人众，必生疾疫，昼夜治文书，平反十八九，旬日狱空。长宁山寇作乱，君单骑入寇垒，晓譬祸福，贼解甲罗拜，逡巡散去。其明决敢为，皆此类也。其在大同修城堡，筑房舍，招民垦荒，皆有实绩。太原大郡，君治之寂若无事者。旦坐堂皇，听事不过俄倾，一切治办。未尝察察苛细，而情伪皆得，吏民帖然。他为吏者，分治刑名钱谷，幕中客常数人，君一不假手，沛然有余。雅好文学之士，所至延揽才隽如弗及。隐及岩穴者，或身造其庐。过客有一艺，必款洽使得意去。海内名宿，未识面者，远致书币通殷勤。至于王公贵人，往往傲睨不以屑意。颇使气忤物，同列多忌之者。其在赣州，上官甚才之，已而甚怒，捃摭其罪入弹章，几致重辟。后竟得解。其自大同入觐也，有欲强之往见者，终不肯，遂为某给事所论，言："周某曩在赣时，曾被劾，今不当举卓异。"章下所司窃奏，言："赣州、大同事不相涉。且今揭荐者，大同守林某，即前论劾者赣抚林某子也。"事得寝。盖世之不悦君而欲困之者屡矣。君幸得以才地自脱，然忌之者滋众。最后某御史发其居闲事，御史得内擢，而君病死狱中，年五十有六。（参潘耒撰《墓志铭》）

　　《文集》三，《与纪伯紫》云："行将有事于太原，因太原主人周计百系弟实，实文章知己，非寄耳目于人者。"

　　温县　范正　范印心，字正，亦作正其，其先河内人，后徙温。以己卯举于乡，越丁亥，成进士。起家山西崞县知县，升户部主事，又晋员外郎，榷西新关税务，授郎中，超擢金宪，备兵杭严，俄迁山西口北参议。以妻斐解任，事白，再补河东道，丁内艰以归，寻卒。君精敏强毅，长于政事。初至崞，起敝扶衰。会有姜瓖之变，君倡众固守，目不交睫者七昼夜。伪檄日三四至，手碎之，斩其使，以待王师。身亲矢石，须发为白。近崞城邑摧陷殆尽，崞岿然独在。主政遣视榆林兵饷。旧例，饷发不时，或至假贷以佐糗粮。君请于开府，按时支拨，遂为定例。榷西新，持大体，不尚苛细。杭有湖山之胜，妇女荡桨嬉游，又俗尚鬼，有所谓五通神祠者，君严檄戒饬，立毁淫祠数十，杭俗为之一变，然亦以是取忌矣。晚年监郡河东，黜奸清蠹，吏畏民怀。晋宁三十四属，严惮之若神明。君孝友性成，弟无嗣，君窥母意，买妾慰之。推宅让产，无几微见于颜面。居官居乡，其济厄扶危者无算。读书不释手，在金陵购经史子集数千卷，诸往还裁答，挥毫立就。书法遒逸，诗词高妙，未尝轻以示人。生平喜表章遗文，刊邢昉石旧集于金陵，刊贺仲轼《春秋归义》于武林，其在河东搜摭府库藏书，捐俸鸠工，补缺正伪无虚日。生万历己酉，卒于康熙戊申，寿六十岁。己酉入名宦，庚戌崇祀乡贤。　（参范瑶撰《墓表》）

　　《文集》二，《乔王二姬合传》云："道经平阳，为观察范公字正者少留，以舒喘息。"——《诗集》六，《辛亥举第二男，诞生之际，适范正、卢远心二观察过访，亲试啼声而去，因以双星命名，志佳兆也》。

固始　许汉昭　许天荣，字汉昭，固始人，杭州别驾。在任十二年，多劳绩。耿精忠之乱，天荣转输军糈，王师赖以无匮，以功擢汉阳司马。

《文集》卷一，《送别驾许公汉昭擢郡司马序》。——《诗集》六，《寿武林别驾许汉昭》。——又，《许汉昭别驾擢汉阳司马》。

十一　山西

黎城　李石庵　李瑛黄，号石庵，黎城人。建德县令，以故谪官。有《覆瓿草》，其诗文集也。（《资》二集，卷十七，第三八页）

《文集》卷一，《覆瓿草序》。——《文集》二，《家石庵棠棣芝兰并茂图赞》。——《文集》四，《李石庵参军二联》。叙云："由县左迁。"——《诗集》六，《寄怀石庵家孟暨毛子樨黄》。

大同　郭九芝　郭传芳，字九芝，有康济才，以明经丞咸宁，贤声蜚三辅，诸上官莫不严重，事多咨决，倚若蓍蔡。历署咸宁、邰阳、澄城、长安剧邑，神明岂弟，卓绝一时。及宰富平，治邑如治其家。善政善教偕行，仁言仁声并入。实绩奏最，钦赐袍服。膺内召，会东川郡邑新复，需人安抚，遂改牧达州。未几病卒，弗获究厥施于天下，而仅以循良箸，识者惜之。（参李容撰题《墓碑》）

《诗集》五，《胡上舍以金赠我报之以言》评等。——《慎鸾交序》。——又，《匡庐居士》批评。

代县　冯秋水　冯如京，字秋水，山西代州人。顺治初，授永平知府，旋擢靖边兵备副使。巨盗黄色俊聚众来犯，如京纠民众得数百人，登城固守。乘间出击，贼大败，遂乘胜捣其巢，平之。迁广东左布政使，时大乱渐敉，而逆党禽骇兽奔，倚山阻海，所在啸聚窃发。如京相机剿捕，擒斩巨憝，散胁从，拯难民，并筹善后诸事宜。每有陈奏，次第施行。母殁，如京年六十余矣，居丧哀毁骨立，未几卒。（《述闻谌瑶录》）

《别集》十，《论康澄论事》评。——又，《论赵普之谏太祖》评等。

曲沃　贾胶侯　贾汉复，字胶侯，号静庵，曲沃人。明季，为淮安副将。入清，隶正蓝旗汉军。累官右副都御史，兵部尚书，陕西巡抚。补葺汉南栈道，浚长安、龙首、通济三渠，补刻西安学官孟子石经。寻解任卒。（《人名辞典》）

《文集》二，《乔复生王再来二姬合传》。——《文集》三，《寄谢贾胶侯大中丞》。——《文集》四，《蒲州贾水部园亭》。——又，《赠贾胶侯大中丞》。——又，《寿贾大中丞胶侯》。——《诗集》五，《华山歌寿贾大中丞胶侯》。

十二　陕西

长安　张飞熊　张勇，字飞熊，陕西咸宁人。幼孤，落拓不羁，善骑射，清初，谒英亲王阿济格于楚，俾怀辑江左，得镇将以下七百余人。王奇之，归隶总督孟乔芳麾下。巨盗贺珍围西安城，勇率兵击之，围解。转战南北山间，有功。以散官守耀州。有马兰戍将，潜通贼，勇招与饮，即席斩之，疾驰擒贼渠。顺治五年，从乔芳平河西叛回，复临洮、兰州，平凉、甘、肃诸卫，率先登。授甘肃总兵，驻廿六载，威信大行，羌人畏惮。十二年，从经略洪承畴规取滇黔，授右标提督，以前部破贼于十万溪。贼焚铁桥逸去，敛马勒更作之，渡全师，遂拔鸡公背塞，康熙元年，晋云南提督。二年，复调甘肃，诸羌畏服。更设永固协营，筑八寨，守御益严。十二年，吴三桂以云南叛，蔓延关、凉，间谍频至，勇悉缚致阙下。十四年，河东乱，勇帅师败之兰州城下，逼围之，加靖逆将军，寻晋侯爵。河洮诸羌乘乱侵轶，勇分兵围兰州，亲赴临洮，逐羌出口，复河州。檄土官杨朝梁，结以恩信，使取洮州。又遣兵赴巩昌，贼逆战熟羊城，大破之，随率后军至城下，围既合，因分徇漳宁诸县，而令朝梁围岷州。有诏称勇忠诚善谋，听一切便宜行事，部覆毋中制。勇闻命益奋。巩昌围急，勇计贼必突门走，预设伏待之。诘旦，贼果出，斩俘几尽，余就抚，岷州亦降。其冬，惠安兵变，勇亟请赵良栋移驻于宁。十五年正月，勇率师赴之。至中卫，闻川贼出秦州，乃留兵为声援，急趋巩昌驻伏羌。时西河通渭诸县尽没，勇发兵四应，独以麾下数百骑御贼王屏藩于乐门。相持数月，三败贼，夺其营，平凉悉定，以收复全秦功，授一等侯，由少保晋少傅，兼太子太傅。十六年，准袭侯十世，晋太子太师。五月，祝囊犯塞，勇旋甘，驱出之，遂驻甘弹压。二十三年卒。勇治军纪律严明，将吏皆畏之。而居恒则恂恂退让，宾礼文士，有古儒将风。（参《国史贤良小传》，《清史稿·列传》）

《文集》二，《乔复生王再来二姬合传》云："岁丙午，予自都门入秦，赴贾大中丞胶侯，刘大中丞耀薇，张大将军飞熊，三君子之招"。——《诗集》六，《赠张大将军飞熊》叙云："大将军礼贤下士，为当代一人。予自皋兰应召至甘泉，谒见之始，大将军遣使致声，勿行揖让之礼，因其数经血战，体带伤痍，势难罄折故也。昔汲黯为大将军揖客，千古称荣。予并一揖而捐之，此等异数，胡不可传，惜当之者，非其人耳。"——又，《答张大将军飞熊问病》。

临潼　王茂衍　王孙蔚，字茂衍，临潼人。顺治中，与叔元衡、元士同登进士，由刑部郎中累官湖广按察使，福建布政使。坐事左迁副使，备兵川东。已督学湖广，卒于官。孙蔚少聪敏，能诗，长于史事，临事判决如流，所在有声。（《述闻谌瑶录》）

《文集》二，《梦饮黄鹤楼》记云："予客武昌一载，多贤主人。如蔡大中丞仁庵，董大中丞会征，张方伯九如，高臬宪钦如，王副宪鸣石，王少参茂衍，娄观察君蕃，纪太守子湘，李太守雨商，张司马秀升，唐邑侯松交、伯祯诸公，皆一代贤豪，三楚名宦。"——《诗集》五，《读王茂衍少参韶香诗刻》。——《诗集》七，《壬子夏日，陪董大中丞会征，李大将运筹，刘方伯元辅，张方伯九如，高臬宪钦如，王副宪鸣石，王少参茂衍，娄观察君蕃，李参戎君瑞，隔水较射。射毕畅饭，大中丞命作五言十首，即席成之》。——又，《次韵和王茂衍少参过吕仙祠四首》。——又，《次韵和王茂衍少参新柳二绝》。

三原　房慎庵　房廷祯，字慎庵，三原人，丰城邑宰。（《资》二九，二十二）

《文集》四，《房慎庵榷使》。——《诗集》六，《房慎庵榷使招饮署中时唐祖命中翰携醑适至》。

孙豹人　孙枝蔚，字豹人，陕西三原人。布衣，举康熙十八年博学鸿儒，以年老不能应试，特旨偕邱锺仁等七人，授内阁中书。枝蔚始遭闯贼乱，尝结里中少年，奋戈逐贼，堕土坎中，幸不死。乃走江都，从贾人游，累至千金，辄散之。既而折节读书，肆力诗古文。僦居董相祠，高不见之节。王士祯官扬州，特访之，先之以诗，称为奇人，遂订莫逆交。播迁之余，乡关念切，颜其所居曰"溉堂"，以寓西归之思。时左赞善徐乾学方激扬士类，一时才俊争趋之，枝蔚独弗屑也。祠科之举，力辞弗获，入试，不终幅而出。天子雅闻其名，命赐衔以宠其行。部拟正字，上薄之，特予中书舍人。始豹人以年老求免试，不得。至是，诣午门谢，部臣见其须眉皓白，戏语曰："君老矣。"豹人正色曰："仆始辞诏，公曰不老。今辞官，公又曰老。老不任官，亦不任辞乎？何旬日言歧出也？"部臣愕谢之。豹人魁梧，身长八尺，声如洪锺，庞眉广颡，衣冠甚伟，其为诗词，气近粗，然有真意，称其人品之高，所著《溉堂前集》九卷，《续集》六卷，《后集》六卷，诗余二卷，原本秦声，多激壮之

词云。（参国史馆本传，郑方坤撰《小传》，钱林撰《文献征存录》）

《诗集》六，《南归道上生儿自贺二首》评。

华阴　王山史　王宏撰，字无异，号山史，华阴人。博雅能古文，嗜金石成癖，又通濂、洛、关、闽之学，著《易图》、《象述》、《筮述》、《十七帖述》，并著有《砥斋》集，谙前明故实。以博学鸿儒征至京，居吴天寺，不谒贵游，以老病辞，不入试，罢归。有《疾卧述怀》云："盛代开东阁，征书下五云。弹冠疑贡禹，对策忆刘蕡。敢谓功名薄，无如出处分。故山冰雪夜，猿鹤数声闻。"归关中，所居华山下，有读易庐，洁朴无纤尘。有独鹤亭，在华北，与三峰相向，岳影满窗，阴翠可爱。顾亭林遍观四方，至华阴，谓："秦人慕经学，重处士，持清议，他邦所少。华阴绾毂之口，虽足不出户，而能见天下之人，闻天下之事。"欲定居，宏撰为营斋舍居之。王士禛曰："宏撰工书法，顷来京师，观所携书画，有定武兰亭五字未损本，米元晖、宋仲温二跋，又仲温临赵文敏十七贴，又兴唐寺石刻金刚经，贞观中集王右军书，又《汉华山庙碑》，沈石田《秋宝图》三物，皆华州郭宗昌（允伯）家物，皆有允伯跋。华山碑有虞山宗伯长歌，即所谓郭香察未遑辨者也。又李营、邱古木、贾秋壑题诗语，潦倒可笑。华亭董宗伯得之南充陈公宪公者，有跋。又唐子华水仙图甚妙，尝刻华州郭宗昌金石史家藏汉、唐以来金石文字甚富。古文词亦娴雅。又尝携兰亭'湍流带右天'五字未损本、《唐棣水仙图》乞予作长歌，同观者施侍读愚山也。在关中，盖张芸叟一流人。"云。（参钱休撰《文献征存录》）

《诗集》五，《登华岳四首》评。——《诗集》七，《和刘子岸先生十无诗"食无米"》评等。

十三　甘肃

静宁　慕鹤鸣　慕天颜，字拱极，又字鹤鸣，甘肃静宁州人。顺治十二年进士，由钱塘知县历官江苏布政使，条陈多切时政。康熙十五年，擢江苏巡抚，大兴水利，请免荒田赋额二百余万，皆报可。坐事去官。后起湖北巡抚，终漕运总督。（参《述闻谌谣录》，《吴郡名贤图传赞》卷十七，第二十二页）

《文集》四，《赠慕鹤鸣方伯》。叙云："由太守骤迁方伯，前此出海外招抚。"——《诗集》五，《江左夷吾行为慕鹤鸣方伯赋》。

十四　四川

绵阳　何鸣九　何人鹤，字鸣九，清绵州人。诸生。少有至性，以父仇杀人诣狱，遇赦免。工诗，有《台山诗草》。（《人名辞典》）

《诗集》五，《七夕感怀，为何鸣九渡江作》。——《诗集》六，《补祝何鸣九初度》。叙云："时相遇武昌，已订同游之约。"——《诗集》七，《题何鸣九小像》。

达县　李研斋　李长祥，字研斋，四川夔州府达州人也。生而神采英毅，喜言兵。是时献贼纵横蜀中，侍郎（按指研斋）练乡勇躬摞甲胄，以助城守。自癸酉至壬午，贼中皆知有侍郎名。贼且日逼，侍郎（在京）上疏，请急调宁远镇臣吴三桂以兵拒战都城下。有新进士袁鹓者，具将才，可令辅之。而令密云镇臣唐通与臣从太行入太原，历宁武、雁门攻其后，首尾夹击，贼可擒也。不果行，而京师溃。侍郎为贼所缚，遭掳掠。乘间南奔。方改监察御史巡浙盐，而南中又溃。因起兵浙东。监国加右佥都御史，督师西行，而七条沙之师又溃，王浮海。侍郎以余众结塞上虞之东山。时浙东诸寨林立，顾无所得饷，四出募输，居民苦之。独侍郎与张翰林煌言、王职方翊且屯且耕，井邑不扰。监军华夏者鄞人，为侍郎联络布置，请引翁洲之兵，连大兰诸寨，以定鄞、慈五县，因下姚江，会师曹娥，合俪山诸寨，以下西陵。佥议奉侍郎为盟主，刻期将集大兵急攻东山。至是中军汪汇与十二人，期以次日缚侍郎入献。晨起，十二人忽有所悟，知其为忠臣，誓而偕遁。于时浙东沿村接落，奉檄有得侍郎者，受上赏。侍郎匿匈人舟中，入绍兴城，居数日，事益急，遁至宁之奉化依平西伯王朝先。朝先亦蜀人，华夏曾为侍郎通好订婚姻焉。得其资粮扉屦之助，复合众于夏盖山。由健跳移翁洲入朝，加兵部左侍郎，兼官如故。侍郎言于王，请入朝先之众，联络沿海，以为翁洲卫。张名振不喜，袭杀朝先，侍郎仅而免。辛卯，翁洲又溃，亡命江淮间。总督陈公锦得之京口。都统金砺，巡道沈润力主杀之。陈独不可，释之，乃居山阴涧谷中。寻游钱塘，然大吏以为终不可测。江宁总督马公阳礼之而终疑之，曰："是子然者，谁保之？"侍郎微闻之。时江宁有闺秀曰锺山秀才者，善墨竹，容色绝世，乃娶之，朝夕甚昵。马督私谓人曰："李公有所恋矣。"未几，侍郎乘守者之怠，竟去，出吴门渡秦邮，走河北，遍历宣府大同，复南下百粤，与屈大均处者久之。天下大定，始居田比陵筑读易台以老焉。（参全祖望撰《行状》）

《文集》一，《龙灯赋》评。——又《苋羹赋》评等。

十五　辽宁

清初辽东关东，范围甚广，非今一县所能包括，故仍今名。奉天当系奉天府，故置沈阳下。

沈阳　杨静山　杨祕，字静山，奉天正黄旗人。生有至性，侍继祖母疾，衣不解带，至虱缘领游，益敬。十九岁，知陕西两当县，丁父忧。再补直隶固安。故事，修永定河，秋泛毕工兴。永定道黄某役不平贾，迟延及冬，朝涉者辄瘃。公怜之，许日出后下镵。黄巡工迟民之来，将笞督。公力争不得，乃直牵其马至冻溜处曰："公能往，民亦能往，此时日高春，阳光熏人，公重裘尚缩瑟，乃责祖肩者戴星来耶？"黄大惎，适馆张牒，将劾公。会抚军安溪李文贞公过柳家口，闻之召谓曰："汝年少能，然古之任延也。"劳以酒，解裘衣之，事得释。调宛平，固安民以为大戚。闻宛平吏来迎，惊聚而逐之。圣祖猎水围，过固安，老幼争留公。上曰："别与汝固安一好官，何如？"一女子奏曰："何不别以好官与宛平耶？"上大笑，以为诚，许食知州俸，知固安县事。旋权邹平、寿光、诸城数县，又迁云南曲靖府，调丽江。丽江故苗地中甸，外控鹤剑，内邻娭徒，羯、羠、窦狼屯集，一旦隶为编氓，如开洪蒙，守土者嗫龂不肯往。公到，爬梳捐瘠，俯顺荒遰，令口树一本榆，亩一沟水。召土官为典史，诸里魁以头目充。除奴籍，建文庙，定婚葬礼，颁尺籍伍符，期年俗化，风雨和甘，俵钱寶布大行。民祀公于庙，号第一太守祠。迁湖南粮道，西安布政使，署湖北巡抚。调抚四川，奏减火耗，改马厂为普济堂，垦田千四百亩，登租贮谷，养鳏寡老癃。乾隆二年请撤河西七儿堡城垣，忤旨罢官。七年，起用甘肃凉庄道，寻迁光禄寺少卿，以老休于家。甲申十二月某日趺坐而逝。（参袁枚撰《光禄寺少卿杨公祕墓志铭》，《碑传集》六十九，二十一）

《别集》十，《论裴度上蔡郓用兵忧勤机略》评。

辽阳　佟怀侯　佟世锡，字怀候，辽阳人，仁和邑宰。

《文集》四，《仁和邑宰佟怀侯父母》。

佟梅岑　佟世南，一作世男，字梅岑，清辽阳人。有《东白堂词选初集》及《篆字汇》。（《人名辞典》）

《文集》三，《复佟梅岑》。——《词集》八，《浪淘沙·佟梅岑席上分题各赋三阁之一》。

盖平 陈大来 陈启泰，字大来，汉军镶红旗人。顺治四年，自贡生知直隶滑县有声，行取擢御史，奏言："满洲部院官，凡遇亲丧，宜离任守制，以广孝治。"从之。十一年，出为苏松粮道。康熙三年，调福建漳南道。八年，转巡海道。时山寇遍受耿精忠札，势汹汹。启泰严保甲，立团长，亲督所司捕贼，有干禁令者，辄痛绳以法，奸宄屏息。十三年，精忠叛，伪檄至漳州。启泰密与海澄公黄梧议拒守。会梧病，精忠复招郑锦为助，启泰自度不能守，语妻刘曰："义不偷生，忠不附贼，死吾事也。然死而妻子为僇，吾何以瞑？"刘请殉，家人皆愿从死，乃以巨盎置酒，下药。刘及侍妾婢仆饮者二十一人，幼子方六岁，持觞拜而饮。启泰朝服坐堂皇，召僚属与诀，引弓绖自绞死。僚属为殡。锦兵入，见置棺纵横，皆垂泪。事闻，赠通政使，赐葬祭。三十三年，予谥忠毅，建祠福州。（节《清史稿·列传》四十，第四页）

《文集》卷一，《祭福建靖难巡海道陈大来先生文》。

海城 陈司贞 陈秉直，字司贞，海城人，江南抚宪。

《文集》卷一，《两浙抚军陈司贞先生寿序》。——《文集》二，《汉寿亭侯玉印记》。——《文集》四，《大中丞陈司贞公祖》。叙云："公由两浙方伯即擢抚军。"

卢孟辉 卢灿，字孟辉，辽左之海州（？）人，官龙丘邑宰，有政声。

《文集》二，《龙丘邑宰卢公异政纪略》。——又，《卢公复任纪略》。

锦县 蔡仁庵 蔡毓荣，字任庵，汉军正白旗人，原任漕运总督蔡士英之子。顺治中，擢监察御史。康熙元年，升秘书院学士，兼礼部侍郎，历任至吏部左侍郎。九年四月，特简总督四川、湖广，驻扎荆州。十二年冬，吴三桂据云南叛。十三年，长沙失守，部议降公五级调用。奉特旨留原任戴罪图功，寻令率所部绿旗兵，随宁南靖寇大将军顺承郡王勒尔锦平定湖南，旋丁母忧，特命在任守制，屡败叛镇杨来嘉及叛将洪福兵。十七年，率兵五千入湖南，偕安远靖寇大将军贝勒尚善攻取岳州。是年，吴三桂死于衡州，贼兵退败，犹据险相拒。公疏言：大兵进取辰龙关必由枫木岭一路齐进，请专责一人，总统各省绿旗兵。议政王大臣等以公及周有德二人上请。圣祖命公为绥远将军，总督周有德、董卫国，提督桑额、赵赖、周卜世悉听节制。十九年二月十三日，我师取辰龙关，抵辰州，恢复铜仁府。八月，进取贵州，恢复镇远、思南等府。二十年春，满汉大兵向云南进发，公统兵营于云南城外之归化寺。逆孽吴世璠遣伪将军胡国柄等率马步万余人，出城列象阵拒战。我师分队进击，自卯至酉，大败贼众，追至城下，斩伪将军胡国柄、刘起龙及伪总兵九员，生擒六百余人。十一月逆孽吴世璠自杀，其党以城降，云南平。圣祖嘉其功，复原官。二十一年六月，授云南贵州总督，加兵部尚书。二十五年，内转仓场总督，户部右侍郎，又转兵部左侍郎。寻以罪革职，发遣口外。未几召还。三十八年卒，著有《通鉴本末纪要》。（参承万苍撰《传》）

《文集》二，《梦饮黄鹤楼记》。

北镇　丁泰岩　丁思孔，字景行，号泰岩。先世本江南之凤阳，有世袭指挥讳世魁者，移驻广宁右卫，遂为广宁人。顺治九年进士，改庶吉士，授秘书院检讨，十四年擢国史馆侍读，十八年授陕西汉羌道。康熙二年，巡抚贾汉复劾思孔承追胥役，侵欺粮草逾限，部议降三级调用。五年，补河南开封府同知。思孔赴政使辨前在汉羌，曾以侵欺粮草之胥役毙狱产绝等情，屡牒巡抚贾汉复，汉复迟久乃入告，思孔无承追逾限罪。事下总督白如梅察奏，咎在汉复。援恩诏免议，复思孔所降级，补直隶通蓟道。时直隶未设布政使。八年，增设直隶总管钱谷守道，与巡抚同驻保定，调思孔任之。十四年迁江南按察使。十五年授湖北布政使，未之任，即调江南。二十一年，遇计典，两江总督于成龙疏荐思孔任布政使，数年筹江西、湖广军需应期无误。大军征剿海贼，往来络绎，料理裕如，且有修造苏州府学，创设育英堂，养济院诸善政。其介性清操，亦矫然特立。得旨丁思孔供职勤慎，著准为卓异。二十二年擢偏沅巡抚，既莅事，倡率司道等官，修造岳麓书院，置田三百亩，资诸生膏火。二十七年二月，调河南巡抚。九月，复设湖广总督，即擢思孔任之。二十八年，请增设武昌、荆州、岳州、常德水师，并移辰沅、宜都诸处战舰，以供训练。疏下部议行。三十三年四月，调云贵总督，八月，卒于官。（参丁文盛国史馆本传，赵俞撰《墓志铭》）

《文集》三，《与丁泰岩方伯》。——又，《再寄丁泰岩方伯》。——《文集》四，《丁泰岩方伯》。

佟寿民　佟彭年，字寿民，广宁人，江南藩宪。

《文集》二，《佟寿民方伯拥书图赞》。——《文集》四，《江南贡院诸联》。叙云："佟寿民方伯属草。"——又，《佟寿民方伯》——《诗集》七，《召仙》。叙云："辛亥之夏，吕祖降乩于寿民佟方伯之寄园。正在判事，予忽过之。……"

关东　佟孚六　佟有年，字孚六，关东人，历任邑令、司农、别驾等官。福建之叛，大军进讨，有年在闽、浙间运输粮糈，多功绩。

《文集》一，《闰月称觞记》。——《文集》四，《别驾佟孚六公祖》。——

《诗集》七，《寿佟孚六别驾》。叙云："时督军糈入闽，生辰已过，乃于闰月称觞，补前月之未逮。"

辽东　王鼎臣　王梁，字鼎臣，辽东人，杭州太守。（《资》二，十六，二十）

《文集》四，《武林太守王鼎臣公祖二联》。

范觐公　范承谟，字觐公，汉军镶黄旗人，文程次子。顺治九年进士，选庶吉士，授弘文院编修，累迁秘书院学士。康熙七年授浙江巡抚，时去开国未久，民流亡未复业，浙东宁波、金华等六府，荒田尤多。总督赵廷臣请除赋额，上命承谟履勘，承谟遍历诸府，请免荒田及水冲田地赋，凡三十一万五千五百余亩。杭州、嘉兴、湖州、绍兴四府被水民饥，承谟出布政使库银八万籴米湖广，平粜，朝夕全活甚众。并疏请漕米改折，石银一两，明年麦熟，补征白粮，以三年带征；灾重者，如例蠲免。得旨允行。十年，以疾请解职召还，总督刘兆祺、提督塞白理疏言浙民请留承谟一百五十余牒，给事中姜希辙、柯耸、御史何元英等亦言承谟莅事三载，爱民如子，不通请谒馈遗，劾罢贪墨，廉治巨猾，剔除加耗、陋规、私派诸弊，浙民爱戴深于饥渴。上命承谟留任。福建总督初驻漳州，至是以将撤藩，命移驻福州。吴三桂反，承谟察精忠有异志，时方议裁兵，承谟疏请缓行，又报巡历边海，欲置身外郡，便征调防御。未行而精忠叛，扬言海寇至，约承谟计事。巡抚刘秉政附精忠，趣同行。承谟知有变，左右请擐甲从。承谟曰："众寡不敌，备无益也。"遂往。精忠之徒露刃相胁，承谟挺身前，骂不绝口。精忠拘之土室，加以桎梏，粒绝十日，不得死。精忠遣秉政说降，承谟奋足蹴之仆，叱左右掖之出曰，"就僇当不远，我先褫其魄。"为贼困逾二年，十五年，师克仙霞关，精忠将降，冀饰词免死，惧承谟暴其罪，九月己酉朔甲子夜半，精忠遣党逼承谟就缢。幕客嵇永仁、王龙光、沈天成，从弟承普，下至隶卒，同死者五十三人。（《清史稿·列传》三十九第二页）

《文集》卷一，《祭福建靖难总督范觐公先生文》

张秀升　张登举，字秀升，世籍襄平。父讳应春，公母某氏，以公兄弟贵，得封赠如制。应春四子，长俊升，而公为次。性敦笃孝悌，聪颖异常人，一出而联捷成名，年仅十七。公虽少贵，绝无绮靡浮嚣之习，折节读书，求为有用之学。考古今成败得失细故，及十五国山川阨塞，兵农户口，钱谷大计，无不探源镜尾。初选湖广郧阳府推官。八旗初仕，率起家州县，无授推官者；授推官自公始。公厉清节，复存心平恕，爱书成，手中量情比法，声名大起。

时巨寇李来亨据茅麓山，王师进剿，急粮粟如星火。当事遴公总理督运。公设为递运之法，按里安塘，民不劳而事办。寇平，上功，幕府叙公第一，升黄州府同知。接续丁内外艰，服阕，补荆州府同知。荆固濒江，岁苦水患，公首先捐助筑长堤一百一十几丈，经年食宿堤上。百姓感公劳苦，相率赴工，堤成，遂为荆人万世利。公又兼理荆江钞关，一意便民恤商。及报满，缺额至二千余两，法当罢官，公处之宴如。一日，制府蔡公见公，问所以，公以实对。蔡公再三叹息曰"奈何以锱铢公件，使国家失一廉吏乎?"语公且退。明日捐俸入二千金，为公补偿，公以是豁免降调。继升守江南徽州府，适兵燹后，民俗告讦四出，公一御以廉静。又满汉大兵驻郡，调和安辑，兵民贴然。用荆州时，卓异叙升杭严道，引嫌去任。康熙戊午病殁，年四十有一。（参陶元淳代撰《墓志铭》）

《文集》二，《梦饮黄鹤楼记》。——《文集》三，《与张秀升郡司马》。——《文集》四，《寿张秀升郡司马》。——《诗集》六，《寄怀荆州张秀升司马》。

张俊升 "张氏为关东望族。公之先世系本朝汗马功臣。公少而神颖，无书勿览，览辄成诵。即不攻举子业，亦可以世胄入官，而公弗屑也。与难弟秀升同入乡校共膺乡荐，而又共举进士，观花上苑时，联驷并辔，又皆弱冠之年，都人士观者，拟之一对神仙，而犹不尽知其为兄若弟也……公由县令而主政，由主政而员外郎，由员外郎而两居谏垣。一乘骢马，声名赫赫于辇下。即出而建节淮、扬，其整肃吏治，与台省风裁无异，今来按浙，扼一省行政之要，其声华矩度又不讯可知。计公列官九任，凡二十有二年，异政美绩更仆难数。"（《寿张俊升臬宪序》）

《文集》卷一，《寿张俊升臬宪序》。——《文集》四，《臬宪张俊升公祖》。

十六　其他

朱石锺兄弟、徐冶公及张壶阳，不著籍贯。胡子怀，三韩人。按三韩有二，一为韩国旧名；一为三韩县，辽置，金因之，在今热河境内喀喇沁右翼西南。此间不知何指。刘耀薇，宝定（?）人，屡查无此地名，恐有讹字，凡此均有待续考，故辟此栏。又照此办法，则就笠翁本集所载，尚可得小传若干篇，俟后续之。

朱石锺　姜玉　宫声　予友石锺朱子，卓荦魁奇，性无杂嗜，惟嗜饮酒读书。饮中狂兴可继七贤而八，八仙而九。书则其下酒物也。仲姜玉、季宫声亦具饮辟，而量稍杀，皆雅号读书。读之不已，又从而笔削之，笔削之不已又从而剖劂之……人谓石锺昆季于此，为读书计，乌知其为饮酒计乎？（《节古今笑史序》）

《文集》卷一，《智囊序》。——又，《古今笑史序》。

胡子怀　胡瑾，字子怀，三韩人，吴兴太守。

《文集》二，《两宴吴兴郡齐记》。——《文集》四，《吴兴太守胡子怀公祖二联》。叙云："尊公系浙江都统"——《诗集》六，《赠苕川太守胡子怀》——又，《阿倩沈因伯四十初度，时伴予客苕川》，其二叙云："是日太守胡公无心送酒，适逢其会。"

徐冶公　徐冶公，别号镜曲化农。著有《香草亭（本作吟）传奇》，《曲录》谓无名氏作，殆未考也。

《文集》一，《香草亭传奇序》。——《文集》三，《与徐冶公二札》。

张壶阳　　"张壶阳先生龇齿登第，初噪芳誉于词林，继蜚英声于郎署。出秉风宪。凡五莅名区，所沛甘霖，几遍寰宇。"

《文集》二，《佛日称觞记》。——又，《朱静子传》评。——又，《与张壶阳观察》。——《诗集》六，《次韵和张壶阳观察题层园十首》。

刘耀薇　刘斗，字耀薇，宝定（？）人，甘肃巡抚。（《资》二，九，十五）

《文集》二，《乔复生王再来二姬合传》。——《文集》三，《寄谢耀薇大中丞》。

焦竑及其思想

容肇祖

一 焦竑年谱

焦竑，字弱侯，号漪园，又号澹园，南京（应天府）旗手卫人。原籍山东省日照县。自明初远祖以宦游留居南京，遂家於南京，竑有《与日照宗人书》，说道：

> 我祖武略公自国初以宦游留金陵，二百余载矣。德（正德）靖（嘉靖）间，饥疫相仍，一门凋谢，祇余吾父骑都尉一人耳。（《澹园集》十三）

他的父亲号后渠（李贽《续焚书》卷二有《寿焦太史后渠公八帙华诞序》），年八十二，以微疾终（见《亡室朱赵两安人合葬墓志铭》，《澹园续集》十五）。兄号伯贤，官至广东灵山知县（见《江西饶州府通判黄公墓志铭》，《澹园集》三十）。

明世宗嘉靖十九年庚子（西历一五四〇），焦竑生。案焦竑的生年，约有三说：（一）黄宗羲《明儒学案》三五本传云："泰昌元年（案即万历四十八年庚申，西历一六二〇，这年七月改元泰昌）卒。年八十一"。上推为生在嘉靖十九年庚子。钱大昕《疑年录》三附引《文武星案》云："嘉靖十九年庚子生"，正合。又耿定向《与焦弱侯书》说道："前病中闻贤大魁报，喜而不寐者终夕，如得良剂，沉疴大减。逾数日，则又为惕然深思，凛凛焉不寐者累夕，念贤兹当知命之年，乃有此一着，天非徒以荣名授贤，度所以命之者意笃至矣。"（《耿天台先生全书》三）邹元标《焦弱侯太史还朝序》说道："弱侯以文行为士林祭酒者二十余年，年五十始魁天下。"又《焦弱侯太史七十序》说道："及艾，登上第。"（俱见《邹子原学集》四）焦竑大魁在万历十七年己丑（西历一五八九）。这年如果是五十，则生年为嘉靖十九年。又耿定向官南直隶督学，在嘉靖四十一年（西历一五六二）冬，竑遂受学于定向，后来竑推崇定向，说："吾辈至今稍知向方者，皆吾师之功也"（《崇正堂答问》，《澹园集》四七）。又作《老子翼序》说："年二十三，闻师友之训，稍志于学"（《澹园集》十四）。竑如果在嘉靖四十一年年二十三，则生年必是嘉靖十九年。（二）王鸿绪《明史稿·列传》一六四，《明史》二八八本传俱说："万历四十八年卒，年八十。"上推为生在嘉靖二十年辛丑(西历一五四一)。钱大昕《疑年录》三正作"焦弱侯八十：生嘉靖二十年辛丑；卒万历四十八年庚申。"吴荣光《历代名人年谱》九，于世宗嘉靖二十年辛丑下记道："焦弱侯竑生"。（三）《明状元图考》卷三说焦竑"赴会试，寓燕京祖师庙，道士梦神告云：'有大状头相公'。是科果首唱，是年五十一。"这真是"俗语不实，传为丹青。"如果焦竑登第时年五十一，则生在嘉靖十八年己亥（西历一五三九）。以上关于焦竑的生年共有三说，这是很难确定的。生嘉靖十九年的一说，是折衷，而又证据较多，为作年谱的便利计，姑且采用，以俟将来的考证。这年王艮卒。

嘉靖二十九年庚戌（西历一五五〇），竑年十一。竑的父亲教督甚严，竑亦发愤向学，他后来说道：

> 某自髫年发愤向学，岂第为世俗梯荣计，实吾父督教甚严，不忍怠弃，欲因之稍稍树立，不愧家声耳。（《与日照宗人》，《澹园集》十三）

当时授他程课的，又有他的哥哥伯贤，他后来作《刻两苏经解序》说道：

> 余髫年读书，伯兄授以程课，即以经学为务。于古注疏，有闻，必购读。（《澹园续集》一）

这年顾宪成、赵南星、汤显祖生。

嘉靖三十四年乙卯（西历一五五五），竑年十六。选京兆学生员。他后来作的《永平府迁安县金君玄予墓志铭》说道：

> 岁乙卯，方泉赵先生董南畿学政。余与少司寇吴君伯恒（自新），宪副张君维德，学博李君鼎卿，及玄予（金光初）五人者，并以总角入京兆学。（《澹园集》二八）

又作《福建漳州府通判春沂王先生墓志铭》说道：

> 余舞象时，选为京兆诸生。先生（王铣）适以松阳令改学博士至。（《澹园集》二九）

这年湛若水卒。

嘉靖三十七年戊午（西历一五五八），竑年十九。乡试下第。他后来作《青阳陈氏族谱序》说道：

> 嘉靖戊午，余始识青阳陈水部于场屋。（《澹园集》十五）

嘉靖三十八年己未（西历一五五九），竑年二十。这年杨慎卒。

嘉靖三十九年庚申（西历一五六〇），竑年二十一。他后作《玉露堂稿序》说道：

> 忆余弱冠，读书天界、报恩二寺。路旁松柏成行，皆居士（顾源）手种。（《澹园集》十六）

这年唐顺之卒。

嘉靖四十年辛酉（西历一五六一），竑年二十二。娶耆儒朱鼎第三女为妻，朱氏时年二十三。竑后来作《亡室朱赵两安人合葬墓志铭》，说道：

> 始朱安人至，余赤贫，苦无以养也。安人曰，"子异日必贵，万分一禄之弗逮，如后悔何？"尽出奁中装为甘毳资。会太宜人善病，厌药钼，喜祷祠，岁辄四五举。不继，则解钗钏营之。有谓无益者。安人曰，"吾亲一为开颜，其益大矣。"（《澹园续集》十五）

嘉靖四十一年壬戌（西历一五六二），竑年二十三。冬，耿定向来督南直隶学政，竑遂受学于定向。他后来作《先师天台耿先生祠堂记》，说道：

> 先生嘉靖壬戌以监察御史董学政，始来金陵……乃首聘杨子道南（希淳）与讲求仁之宗，以感厉都人士于学。已又拔十四郡之隽，群之学舍而造

之。先生间一临，相率持所疑难问，启以机钥，靡不心开目明，欢喜踊跃。或不待词说，而目击意悟，虚往实归者，往往有之。(《澹园集》二十)

他又说道：

> 向来论学，都无头脑。吾师耿先生至金陵，首倡识仁之宗，其时参求讨论，皆于仁上用力。久之，领会者渐多。吾辈至今稍知向方者，皆吾师之功。(《崇正堂答问》，《澹园集》四七)

又作《老子翼序》说道：

> 余幼好刚使气，读《老子》如以耳食无异。年二十有三，闻师友之训，稍志于学，而苦其难入。有谈者，以所谓昭昭灵灵引之，忻然如有当也。反之于心，如马之有衔勒而户之有枢也，参之近儒而又有合也，自以为道在此矣。(《澹园集》十四)

这是他的学问初有悟入的一年，他是很得力于耿定向的。这年邹守益卒。

　　嘉靖四十二年癸亥 (西历一五六三)，竑年二十四。这年季本、聂豹卒。

　　嘉靖四十三年甲子 (西历一五六四)，竑年二十五。中乡试举人，座师为沈启源，他后来作《霓川沈先生行状》说道：

> 嘉靖甲子比士，上用言官议，两畿分校，选京秩有学行者充之。於是霓川沈先生 (启源) 以南屯部郎，校尚书。得十有三人，不佞某亦幸与焉。(《澹园集》三三)

同举的有吴自新 (号伯恒。《澹园集》二八，《永平府迁安县金君墓志铭》说道："甲子，余与伯恒举于乡。")，为县学同案。冬北上，始识太平县焦玄鉴 (见《澹园集》三一，《兵部职方清吏司主事洪潭焦公墓志铭》)。这年罗洪先卒。

　　嘉靖四十四年乙丑 (西历一五六五)，竑年二十六。会试，下第。这年顾起元生，顾之父国辅，少与竑为绾带交。(见《毅庵顾公墓志铭》，《澹园集》二九)

嘉靖四十五年丙寅（西历一五六六），竑年二十七。这年始识耿定向弟定理，又识邹守益孙德涵，相与商讨学业，耿定向《观生纪》记这年，说道：

> 其年仲子（指定理）谒阙里，登泰山，还若有所启，与焦竑，杨希淳，吴自新二三子商切有契，谓余若尚有阂，时时垂涕尽规，余因有省益。余往犹未免耽无溺妙，以此合彼，见在至是，乃豁然一彻也。……
> 夏中，邹德涵至留都，居之明道祠。德涵就仲问学，数问而仲数不答。德涵拂袂起曰，"吾独不能自心参而向人吻求乎？"归键一室，静求者逾时，未有解。愈自刻厉，至忘寝食。余属与焦竑处。逾年，始有悟发，寓书重感得仲初相激。
> 六月，崇正书院成，延焦竑主其教，檄髦士从讲。著《崇正书院会仪》。（《耿天台先生全书》卷八）

这可见焦竑为耿定向最得意的高足弟子。焦竑作《天台耿先生行状》亦说道：

> 先是建崇正书院成，著《会仪》，遴十四郡髦士群而鼓铸之，属小子某领其事。余时奉先生之教，与二三子传习其中。当是时，文贞（徐阶）以理学名卿首揆席，设篪待贤，下及管库，视先生不啻天符人瑞，而先生踞师儒之任，六年于兹，摩荡鼓舞，陈言邪说，披剥解散，新意芽甲，性灵挺出。士苏醒起立，叹未曾有。皆转相号召，雷动从之。虽糜他师者，亦籍名耿氏。海内士习几为之一变。（《澹园集》三三）

这可见耿定向的名望之盛，而推助其声气者，当然以焦竑为首了。这年与杨希淳（道南）同游九华山。（见《崇正堂答问》，《澹园集》四七）

穆宗隆庆元年丁卯（西历一五六七），竑年二十八。十一月，耿定向晋官大理左寺丞（见《天台耿先生行状》，及耿定向《观生纪》）。计耿定向自嘉靖四十一年官南直隶督学，至这年凡六年，焦竑作的《行状》所谓"先生踞师儒之任，六年于兹"。（《澹园集》三三）

隆庆二年戊辰（西历一五六八），竑年二十九。这年竑到北京会试，下第。识高朗（字子晦），后来作的《鸿胪寺序班高君子晦墓志铭》说道：

> 余自隆庆戊辰识君京师，同门友善者十四年……岁丙寅（嘉靖四十五

年），君两弟以余师耿先生之命从余论学，间归持余说告之，君大喜，始慨然有从事其间之意。寻余过京师，君授鸿胪寺序班在焉。一见恨相知晚。（《澹园集》二八）

又识刘浙（字君东），后来作《崇德录序》说道："余自岁戊辰识君东京师。"（《澹园续集》二）这年冬，竑到湖北黄安，住耿定向家。耿定向《观生纪》说道：

> 焦弱侯率其徒田既霈、李能之同来省。

隆庆三年己巳（西历一五六九），竑年三十。春，在湖北黄安，临别，与耿定向登天台山。耿定向《观生纪》记道：

> 春，偕弱侯登天台。弱侯为余赋《北山有台什》。里中子弟从者十人。仲子（定理）诮里中子弟无能赋者，令各称引古语并古诗为赠，欲弱侯一一答之，模古人赠处之旨。叔子（定力）撰次之，为《天台别订》。余送至官孝廉宅而别。

案竑有《留别天台耿先生诗》，说道：

> 千崖落木动微寒，匹马西来岁欲残。四海风流今下榻，一尊烟雨夜凭栏。时危自觉知心贵，身在翻悲会面难。一望归舟肠尽结，横江波浪正漫漫。（《澹园集》四一）

隆庆四年庚午（西历一五七〇），竑年三十一。秋，与邹德涵同舟北上（见《邹君汝海墓表》，《澹园集》二十七）。

隆庆五年辛未（西历一五七一），竑年三十二。在京师会试，下第归。后来他作《刘君东孝廉（名浙）传》，说道：

> 忆岁辛未，余计偕都门，同志响臻。有襆被旅中，朝朝不能去者，如君东，尤有味于余言也。（《澹园续集》十）

这年冬，他的母太宜人痰疾剧，不解带而侍者匝岁，后来他作的《亡室朱赵两安人合葬墓志铭》说道：

> 辛未冬，太宜人痰疾剧，余榻前不解带而侍者匝岁。每嗽至，余两人披之，呷少茗汁，乃安。夜至数十起，以为常。太宜人叹曰，"儿忘疲固也。新妇将毋过劳乎？"安人曰，"子妇以得事亲为幸，胡劳之知？"然太宜人竟不起。（《澹园续集》十五）

这年归有光卒。后竑所作《笔乘续》三《尚书叙录》条，引归有光《题跋》一篇。

隆庆六年壬申（西历一五七二），竑年三十三。耿定向过金陵，与李贽及竑等商讨学问。耿定向《观生纪》记道：

> 过金陵，与李宏甫（名贽，又号卓吾），焦弱侯辈商学。（《耿天台先生遗书》卷八）

案竑与李贽交好，在这几年中过从颇密。后来李贽《寿焦太史尊翁后渠公八秩华诞序》说道：

> 予至京师，即闻白下有焦弱侯其人矣。又三年，始识侯。既而徙官留都，始与侯朝夕促膝，穷诣彼此实际。夫不诣则已，诣则必尔，乃为冥契也。故宏甫之学虽无所授，其得之弱侯者亦甚有力……惟宏甫为深知侯，故弱侯亦自以宏甫为知己。（李氏《续焚书》卷二）

我的《李贽年谱》以为李贽大约在隆庆四年徙官南京（《李卓吾评传》页六），则这年正是他们往来甚密的时候。又李贽识耿定理在这年（据李贽《耿楚空先生传》，《焚书》卷四），则李贽与耿定向相识，或亦始这年，而由竑为之居中介绍的？

这年冬，焦竑丁母忧。（据上引《亡室朱赵两安人合葬墓志铭》）

这年闰二月二十四日焦玄鉴卒。后三十年竑为作《兵部职方清吏司主事洪潭焦公墓志铭》。（《澹园集》三一）

神宗万历元年癸酉（西历一五七三），竑年三十四。居丧家居。

万历二年甲戌（西历一五七四），竑年三十五。春，耿定向奉命册封鲁府，还过维扬，焦竑偕王襞（号东崖）迎之于真州，相与商切学问，逾数宿而别。竑送定向至和州，定向为述定理《颜子不迁怒不贰过解》，竑深有契。（据耿定向《观生纪》，《耿天台先生全书》卷八）

十一月二十日，竑妻朱安人卒，年三十六。生子二：尊生，选贡；周，举人。女二，皆幼，后一适诸生杨楷，一适梁子固。（据《亡室朱赵两安人合葬墓志铭》，《澹园续集》十五）这年钱德洪卒。

万历三年乙亥（西历一五七五），竑年三十六。这年冬续娶武举赵琦的第二女为继室。《亡室朱赵两安人合葬墓志铭》说道：

> 安人遗子女幼，家大人日念之，自选国中赵安人而喜。甫逾期，迎归。安人事家大人甚恭，蚤暮候起居上食饮惟谨。家大人春秋高矣，当计偕，余恋恋不能去。家大人曰，"宁吾老者新妇也，子毋忧。"家大人年八十有二，以微疾终，安人奉汤药亦如朱安人之于余母也。凡时祠若先世及朱安人忌，夙与治具，一筋一匕，靡不出其手。有中表以居间请，安人峻拒之。其人曰，"仕宦者类以厚其妻子耳，若奚为者?"安人笑曰，"尊富之为厚，尔所知也。穷约之为厚，非尔所知也。"魏氏姊甚赏其言。（《澹园续集》十五）

万历四年丙子（西历一五七六），竑年三十七。这年赵贞吉（字大洲）卒，《崇正堂答问》有引赵贞吉的话（《澹园集》四七）。潘丝（字朝言）卒，竑有《祭潘朝言》文，称潘丝为"奇男子"（《澹园集》三五）。后来又作《潘朝言传》，叙说道：

> 间走燕、赵、吴、越，从四方贤士大夫游，洪都邹谦之（守益）、罗达夫（洪先），毗陵唐应德（顺之），宛陵周顺之（怡）皆执贽请益焉……外王父杨，以射名，朝言尽其指授。已复受枪法青人樊东川，已复阅武经古阵法，旁采将传星历风角诸书，跃马弯弧，慨然有鞭挞四夷之志矣。温、处故多矿，大盗往往窃窥之。而婺源多山箐，可啸聚，急则常窜伏奔呼钞略，以苟旦夕。嘉靖乙丑（四十四年）春，浙东矿盗起，纠合亡命千五百余人抵婺，放兵四掠，指挥王应祯死之。又明年，入歙，六邑汹汹。部使者强起朝言。朝言至屯溪，望见贼，策曰："贼渡矣，渡且为一郡患。"乃率兵要击于河，兵稍却。与刘会者六人拏舟抵贼岸。绯衣者跳踉出，知其魁也，射杀

之，贼为气夺。又挑其尤桀骜者数人，射杀之，皆相顾愕眙，稍稍自引去。明日，贼奋兵战，旗甫出，射之仆。我军欢声动天，人人气自倍，渡河，大破之。又明日，追射于下流，破之。又明日，伏烟村渡，邀贼归路。前后八阵，所向无不意得者。贼泣曰，"吾目中久无歙州，今竟落儒生手乎？"……耿先生（定向）雅重朝言，亟超格贡之，选严州府别驾，至，权知分水县……三月而邑大治。顷之，移摄建德……丙子，步运长安邸，当日拜走仰望阶下，郁郁不得意。疾作……因上书自免去。监司部使者共惜之……寻以北胜州刺史就家起之，而朝言死矣。（《澹园集》二四）

万历五年丁丑（西历一五七七），竑年三十八。会试下第归。归时与张凤翼同舟。他后来《答张伯起（凤翼）》有说道："忆丁丑岁，与老丈方舟而南，见谕自此不能更出，意为一时有激之言。不谓丈自遂其高其果如此。"（《澹园续集》五）这年李贽以南京刑部郎出为云南姚安府知府。

万历六年戊寅（西历一五七八），竑年三十九。

万历七年己卯（西历一五七九），竑年四十。秋同毗陵徐士彰寻买旧书，得十数种，中有《酒经》一册，不著撰人姓名（《笔乘》三）。何心隐（原姓名梁汝元）死湖北狱中。后来竑的朋友李贽，著《何心隐论》（李氏《焚书》卷三），极恭维心隐，并有与竑书，说道：

何心老英雄莫比。观其羁绊缧绁之人，所上当道书，千言万语，滚滚立就，略无一毫乞怜之态，如诉如戏，若等闲日子，今读其文，想见其为人。其文章高妙，略无一字袭前人，亦未见从前有此文字。但见其一泻千里，委曲详尽。观者不知感动，吾不知之矣。奉去二稿（案《焚书》卷三有《何心隐论》，卷一有《答邓明府》，皆为何心隐作。所谓二稿当即此），亦略见追慕之切，未可出以示人，特欲兄知之耳。盖弟向在南都，未尝见兄道有此人也。岂兄不足之耶？抑未详之耶？（《续焚书》卷一页四一）

万历八年庚辰（西历一五八〇），竑年四十一。这年始记录读书所得，后来李士龙整理他所记的成为《类林》。他《题类林后》说道：

余少嗜书，苦家贫，不能多致，时从人借本讽之。顾性颛愚，随讽随忘。有未尽忘者，往来胸臆，又不能举其全为恨。表圣之诗不云乎"亡书久

似忆良朋"，真余意中事也。庚辰读书，有感葛稚川（洪）语，遇会心处，
辄以片纸记之。甫二岁，计偕北上，因罢去。残藁委于箧笥，尘埃漫灭，不
复省视久矣。李君士龙见之，谓其可以资文字之引用，备遗忘之万一也，乃
手自整理，取《世说》编目括之。其不尽者，括以他目。譬之沟中之断，文
以青黄，则士龙之为也。（《澹园集》二十二）

这年八月三十日朱锡卒，年七十三。朱锡（号圆泉）为王艮及徐樾门人。焦竑
后来作《荣府纪善圆泉朱公墓志铭》，中有说道：

> 居闽数年，节缩裒任，计积俸若干，友人颜钧一日尽持去。或曰："公
> 积金不为买山计耶？"公叱曰，"若人者，吾不难委身奉之，何言金也？"平
> 生足迹半天下，所在交其渠杰，一时名流咸推毂公……公既笃信心斋（王
> 艮）之学，而心斋、子直（徐樾）并逝，彷徨无所依，有名其说者，即诈
> 公。公不为逆，父子从之三十年。晚节乃数向余悔之，然亦不甚尤其人也。
> 我明之学，开于白沙（陈献章）、阳明（王守仁）两公，至心斋则横发直指，
> 无余蕴矣。一再传而顾为浮游诞妄者之所托，何教之难钦？岂子弓之后为荀
> 卿，子夏之后为庄休，即孔氏之徒有不能免钦？抑难于得则守之必坚，而易
> 于闻则居之必玩，理固然钦？公之于学也，历年多故，参伍详而悔悟作。呜
> 呼！从为渊也，悔为岸也。公虽觏心斋于九京可也。铭曰：……淮南（王
> 艮）闵学者之胶于外也，而直示以内。学者因淮南之示以内也，而遂裂其
> 外。孰有超善恶，混外中，而中大成之鹄者，必自公之悔心始矣。（《澹园
> 集》二八）

案朱锡除深佩服颜钧之外，又曾与何心隐为讲学友，何心隐《上祁门姚大尹
书》说道："时与钱（同文）又与丹徒朱锡（号圆泉）尝官漳州教授者亦同南
游。"（《爨桐集》卷四）看这《墓志铭》，可知焦竑不满于颜钧等，以为"裂
其外"。这可见焦竑的思想的一部分。

万历九年辛巳（西历一五八一），竑年四十二。正月一日，高朗（字子晦）
卒，年五十二。后一年，竑为作《鸿胪寺序班高君子晦墓志铭》（《澹园集》
二八）。高朗亦为耿定向门人，竑自述与高朗的交好，说道：

> 余自隆庆戊辰识君京师，同门友善者十四年。余廓略不受羁束，而君斥

斥务当绳墨。余学右解悟，而君意主质行。余懒慢避客，而君喜缠绵礼节，交游往来。若无一不为反，乃其游欢然，兄弟不啻也。（《高君子晦墓志铭》）

九月二十九日，邹德涵（字汝海）卒，年四十四。竑后作有《奉议大夫河南按察司金事邹君汝海墓表》（《澹园集》二七）。德涵为邹守益之孙，邹善之子，受业于耿定向，与竑为同门，这年李贽自云南姚安府知府解官，到湖北黄安，竑有《李宏甫解官卜筑黄州寄赠诗》，诗云："夜郎三载见班春，又向黄州学隐沦。说法终怜长者子，随缘一见宰官身。门非陈孟时投辖，乡接康成不买邻。苦欲移家难自遂，何时同作灌圆人？"（《澹园集》四一）

万历十年壬午（西历一五八二），竑年四十三。正月十三日，刘自强卒，年七十五。后二十年竑为撰《资政大夫刑部尚书神道碑》（《澹园集》二六）。自强曾为应天府尹，嘉靖四十三年甲子科乡试，为监试官，竑是甲子科乡试中式的，故《神道碑》有说道："是岁，比士于乡，公总帘内外，部署勤悉，得人为盛，余浅薄亦幸与焉。"这年竑计偕北上（据《题类林后》，《澹园集》二十二）。冬，丁旦卒，年六十四。竑后来作《丁别驾传》，开首说道："余师天台耿先生（向定）督学南畿，以正学风士类，其交行异等者，不以夷之俦伍中，命有司以礼敦聘入试。时杨君希淳，詹君应麟，郭君忠信，王君敬臣辈，不过五六人，贵池丁君旦其一也。"又说道："寻师于邹东廓（守益），王龙溪（畿），钱绪山（德洪），欧阳南野（德）诸先生，所闻益渊博，远近之士负笈从游者不可缕数，君一以师友所讲绎相授受。"（《澹园续集》十）这是讲王守仁之学者。

万历十一年癸未（西历一五八三），竑年四十四。会试下第。作《尊师天台先生六十序》二篇（《澹园集》十八）。六月七日，王畿卒，年八十六。

万历十二年甲申（西历一五八四），竑年四十五。七月二十三日，耿定理卒，年五十一。竑作有《赠汪少台参军迁剑州州端序》。（《澹园集》十七）

万历十三年乙酉（西历一五八五），竑年四十六。五月胡直（字正甫）卒，年六十九（《焦氏笔乘续集》一《读论语见大宾》条有引胡直的话）。

万历十四年丙戌（西历一五八六），竑年四十七。罗汝芳（号近溪）至金陵，竑诣之问学。他作的《凤麓姚公墓表》说道：

往丙戌，罗近溪先生至金陵，余与公（姚汝循，字凤麓）诣之。先生论明明德之学。公曰："德犹鉴也，匪翳弗昏，匪磨弗明。"先生笑曰，"明德无体，非喻所及。且公一人耳，为鉴为翳，复为磨者，可乎?"公闻之有省。(《澹园集》二七)

黄宗羲《明儒学案》卷三五本传说他"师事耿天台、罗近溪。"后来他作《罗杨二先生祠堂记》说道:

国朝之学，至阳明先生(王守仁)深切著明，为一时之盛。是时法席大行，海内莫逾于心斋先生(王艮)。传心斋之学者，几与其师中分鲁国。而惟德罗先生(汝芳)衍其余绪，则可谓横发直指，无复余蕴矣。先生尝屡至留都。最后，岭南杨贞复(起元)从禀学焉。两先生珠联璧合，相讲于一堂，以为金陵倡。盖当支离困敝之余，直指本心以示之，学者霍然如桎得脱，客得归，始信圣人之必可为，而阳明非欺我也。(《澹园集》二十)

可见他对于罗汝芳是很佩服的。《明史》二八八本传说他"讲学以汝芳为宗"。罗汝芳屡至金陵，只丙戌的一次竑问学于他，见于记录，其他惜不可考。九月十四日，从任(字子重)卒，年五十七，竑为作《湖广黄州府经历从君子重墓志铭》。冬，万达甫(号纯斋)来访。后来他作《万纯斋传》有说道:

往余庵庐在委巷穷绝处。丙戌岁，纯斋君来访。时游从稀简，残雪山积，拥被跌坐，续苇以燎，窗纸忽白者，不知几信宿也。所诘难反覆，往往穷微极深，世论所不到。一二胜士傍闻之，如鼎中之肴，足餍饥渴。已而疑各冰释，一趣澹漠，微独能餍饱而已，又当忘忧解愠，心舒意间，而自以为得也。时余两人乐甚，未几别去。(《澹园集》二五)

万历十五年丁亥(西历一五八七)，竑年四十八。十月十一日，王襞(号东崖)卒，年七十七。竑与王襞甚相得，曾有《赠王东崖先生》五首(《澹园集》三七)。又有《奉怀王东崖先生却寄》诗有云:"何日关门来紫气，为予强著五千言。"(《澹园集》四一)是很推重王襞的。在王襞卒后十九年，为作《王东崖先生墓志铭》(《澹园集》三一)，中有说道:

阳明公以理学主盟区宇，而泰州王心斋嗣起，其徒几中分鲁国，故海内言学者皆本两王公。心斋子东崖先生推衍其说，学士云附景从，至今不绝，盖以学世其家……至金陵，与多士讲习，连榻累旬，博问精讨，靡不惬其欲以去……自心斋绝去利禄，壹以明道觉人为任，此仪封人得于孔子者，当时不尽知也。而先生父子守所闻于古，至再世不稍变。呜呼！此岂可与浅见寡闻者道哉！先生所与游皆当世贤豪长者。余无似，顾受益为深。

万历十六年戊子（西历一五八八），竑年四十九。四月李渭卒，年七十六。后竑作《参知李公传》，说道："岁癸亥，余师天台耿先生董南畿学，同野（李渭号）李公从之游，余乃获交公。"（《澹园续集》十）九月二日，罗汝芳卒，年七十四。朱衮（号浠桂）卒，后竑为作《朱方伯传》，开首说道："嘉隆以来，蕲黄间以理学著者三四人，余师耿恭简公（定向），顾两公，方伯浠桂公，一时士大夫指目为清铺大敦，以想见楚材之盛，而今不可作矣。"（《澹园续集》十）

万历十七年己丑（西历一五八九），竑年五十。会试，中式进士第一名，官翰林院修撰。益讨习国朝典章（见《明史》二八八本传）。京兆将为棹楔，谢以赈饥。原籍山东，亦欲表于宅，改置义田（见《明儒学案》三五本传）。他《与日熙宗人书》云："府县坊银到日，即尽数置祭田一处。所入田租，以供岁祀，余察兄弟之甚贫者周之。俟后有力，陆续增置，为经久计"（《澹园集》十三）。十月三十日查铎卒，年七十四。查为王守仁之再传弟子，竑后为作《宪副毅斋查先生墓志铭》（《澹园续集》十三）。耿定向有《与焦弱侯书》，说道：

前病中闻贤大魁报，喜而不寐者终夕，如得良剂，沉疴大减。逾数日，则又为贤惕然深思，凛凛焉不寐者累夕。念贤兹当知命之年，乃有此一着。天非徒以荣名授贤，度所以命之者意笃至矣。贤毋谓方才释褐，优游闲局，尚有重大担子。余观贤时即一念一语更系斯道明晦，更系天下国是从违，贤能不自凛凛焉，以凡众寻常自处耶？贤时当局中，余从旁静观，似为亲切。贤又毋视余此为泛常奖掖语也。试静夜深思之，惟时有吃紧二语，权为贤赠。子曰，"多闻阙疑，慎言其余；多见阙殆，慎行其余。"此二语幸识之心绅，勿以为浅谈也。（《耿天台全书》三）

所谓"知命之年"，可证竑这年年五十，与黄宗羲《明儒学案》三五本传说

"泰昌元年卒，年八十一"之说合。

万历十八年庚寅（西历一五九〇），竑年五十一。九月十九日王铣（号春沂）卒，年八十七。竑为作《福建漳州府通判春沂王先生墓志铭》，开首说道：

> 自余舞象时，选为京兆诸生，先生适以松阳令改学博士至，群诸弟子试之，拔隽茂四十余人，督之加严。每一义出，必细为窜定，至午夜不休。或片语有当，嘉叹再四，津津若有味乎其言也。稍倦，时出酒戋相劳苦，由是人人自奋，惟恐不当先生意者。是时也，凡属先生所赏识，率强半登上第。而凡登上第者，靡不由先生所赏识，历历至今可指数。独余不类，谬被先生知，落落三十年，顷叨一第，而先生且不待矣。（《澹园集》二九）

又这年六月十四日刘浙卒，年六十，竑为作《刘处士传》（《澹园集》二五）。

万历十九年辛卯（西历一五九一），竑年五十二。三月二十四日，沈启源（号霓川）卒，年六十六。竑为作《陕西按察司副使霓川沈先生行状》（《澹园集》三三）。八月，许国罢相，竑作《赠尊师少傅许公归新安诗序》（《澹园集》十五）。

万历二十年壬辰（西历一五九二），竑年五十三。任会试同考官，他后来作《顺天府乡试录后序》说道"臣自壬辰滥竽礼闱"（《澹园集》十五）。王宗沐（号敬所）卒，竑有《祭少司寇敬所王公文》（《澹园集》三五）。这年竑奉使大梁，他后来作《刻两苏经解序》说道："壬辰，奉使大梁，于中尉西亭所获子由《诗》与《春秋》解。"（《澹园续集》一）邓元锡（号潜谷）卒，年六十二。竑曾为作《邓潜谷先生经纬序》（《澹园集》一）。

万历二十一年癸巳（西历一五九三），竑年五十四。竑以奉使大梁毕，便道还里，然后抵京。吴自新（号伯恒）卒，竑作《祭吴伯恒》（《澹园集》三五）。自新官至刑部侍郎，曾官杭州知府，竑旧有《送吴伯恒太守之杭州》二首（见《澹园集》四一）。四月十九日汪道昆（号南明）卒，后二年，竑作《兵部左侍郎南明汪公诔》（《澹园集》三四）。八月八日，张绪（号甑山，邹守益门人）卒，年七十四，竑作《张甑山先生墓志铭》（《澹园集》三一）。

万历二十二年甲午（西历一五九四），竑年五十五。竑初著《论史》，以为"史之职重矣，不得其人不可以语史，得其人不专其任不可以语史……盖古之国史皆出一人，故能藏诸名山，传之百代。而欲以乌集之人，勒鸿钜之典，何以胜之？故一班固也，于《汉书》则工，于《白虎通》则拙。一欧阳修也，于

《新唐书》则劣，于《五代史》则优，此其证也。今之开局成书，虽藉众手，顾茂才雅士，得与馆阁之选者，非如古之朝领史职而夕迁之也，多者三十年，少者不下二十年，出为公卿，而犹兼翰林之职，此即终其身以史为官也。自非遴有志与才者充之，默然采其曲直是非于中外雷同之外，以待他日分曹而书之所不及，吾不知奚以举其职哉？"（《澹园集》四）大学士陈于陛建议修国史，欲竑专领其事，竑逊谢。（《明史》二八八本传）竑上《修史条陈四事议》，内言：一本纪之当议，一列传之当议，一职官之当议，一书籍之当议，（《澹园集》五）都是很切实的。关于书籍一项，他以为"永乐初，从解缙之请，令礼部择通知典籍者，四出购求遗书。合模仿其遗意，责成省直提学官加意寻访，见今板行者，各印送二部。但有藏书故家，愿以古书献者，官给以直；不愿者，亦钞写二部，一贮翰林院，一贮国子监，以待纂修诵读之用。即以所得多寡为提学官之殿最。书到置立簿籍，不时稽查。放失如前者，罪之不贷。不但史学有资，而于圣世文明之化未必无补。"这可见他的眼光之远大。史事中止，他私成《国朝献征录》百二十卷。（见《明儒学案》本传；《国朝献征录》百二十卷，万历刻本，北平图书馆有藏本）又准荀勖四部铨书之例，撰《国史经籍志》五卷。（有《粤雅堂丛书》本）

　　这年，"皇长子出阁，竑为讲官。故事，讲官进讲，罕有问者。竑讲毕，徐曰，'博学审问，用功维均。敷陈或未尽，惟殿下赐明问。'皇长子称善，然无所质难也。一日，竑复进曰，'殿下言不易发，得毋讳其误耶？解则有误，问复何误？古人不耻下问，愿以为法。'皇长子复称善，亦竟无所问。竑与同列谋曰，'吾侪启其端，以便下问，若何？'众然之。适讲《舜典》，竑举'稽於众，舍己从人'为问。皇长子曰，'稽者考也，考集众思，然后舍己之短，从人之长。'又一日举'上帝降衷，若有恒性。'皇长子曰，'此无他，即天命之谓性也。'时方十三龄，答问无滞，中外咸知睿质之美，亦由竑善启迪也。尝讲次群鸟飞鸣，皇长子仰视，竑辄肃立辍讲。皇长子敛容听，乃复讲如初。竑尝为《养正图说》（案《澹园集》卷十五有《养正图解序》，书今传），采古储君事可为法戒者，拟进之。同官郭正域辈，恶其不相闻，目为贾誉，竑遂止。"（王鸿绪《明史稿·列传》一六四；《明史》二八八本传略同）

　　这年四月三日苑囿（号沱溪）卒，年八十，竑后为作《奉政大夫刑部福建清吏司郎中沱溪苑公墓志铭》（《澹园集》二九）。四月二十二日，顾国辅（号毅庵）卒，年五十七，竑后为作《中宪大夫宝庆府知府前浙江按察司副使毅庵顾公墓志》（《澹园集》二九）。九月二十五日，陈良辅（号念斋）卒，竑后为

作《昌黎县知县念斋陈公暨孺人段氏墓志铭》。（《澹园集》二九）

万历二十三年乙未（西历一五九五），竑年五十六。正月，金光初（字玄予）卒，年五十七，竑为作《永平府迁安县知县金君玄予墓志铭》。（《澹园集》二八）

万历二十四年丙申（西历一五九六），竑年五十七。正月四日张启元（字应贞）卒，年七十二，竑后为作《奉政大夫福建按察司佥事张公应贞墓表》（《澹园集》二七）。六月二十一日，耿定向卒，年七十三，竑为作《资德大夫正治上卿总都仓场户部尚书赠太子少保谥恭简天台耿先生行状》（《澹园集》三三）。作《永新县迁复庙学记》。（《澹园集》二十）

万历二十五年丁酉（西历一五九七），竑年五十八。这年秋，充顺天乡试副主考，他作的《顺天府乡试录后序》说道：

> 岁丁酉秋，京师复当大比士，府臣以请，上命中允臣天叙（全天叙）典厥事，而以臣某副之。臣自壬辰滥竽礼闱，至是两与校士之役，而弥有感于人文之盛也。（《澹园集》十五）

《明史》二八八本传说道："竑既负重名，性复疏直，时事有不可，辄形之言论，政府亦恶之。二十五年，主顺天乡试，举子曹蕃等九人，文多险诞语，竑被劾，谪福宁州同知。"（《明史稿》列传一六四本传同）《明儒学案》三五本传说道："丁酉，主顺天试；先生以陪推点用，素为新建（张位）所不喜，原推者复构之。给事中项应祥，曹大咸纠其所取险怪。先生言分经校阅，其所摘非臣所取。谪福宁州同知。"当时竑有《谨述科场始末乞赐查勘以明心迹疏》，说道：

> 昨闻科臣项应祥、曹大咸，以科场事指议及臣，自当静听处分，而臣顾冒昧有言者，以事关大体，不容默默也。臣自入词林，知典试一差，皆以序及。先年有建议不次差遣，以杜弊端者，向未举行。昨顺天府臣以考官请，皇上特点陪者二人，以中允全天叙主之，而臣副焉……不料忌者眈眈虎视，协谋倾臣。故命下之日，即造作流言，互相鼓煽，有非一端。臣特皇上天日照临，置之不问。今科臣果撷拾其余，形之论列矣。应祥言涉风闻，尚无意必。大咸随声丑诋，意必逐臣，以快忌者之心。是使用正不用陪，必可豫拟，而皇上一不得以自由也。岂不悖哉？臣之立身自有本末，大咸既所未

知。科场校阅,各有分职,大咸亦所未谙。而轻信邪人,听其指使,不思甚矣。文之好恶,本无定评。乃祖宗以来,必以去取之柄付之文学侍从之臣者,为其有专职也。今诸卷具在,皇上敕九卿在廷诸臣虚心详阅,当否自见。独于举人吴应鸿、汪泗论、曹蕃、郑菜等中式,谓为臣罪,则尤大谬不然者。科场旧规,正考阅《易》、《书》二经,副考阅《诗》、《春秋》、《礼记》三经,各不相涉,载在《词林典故》甚明。如吴应鸿、汪泗论、郑菜,皆正考全天叙所取也。其有无弊端,天叙任之,臣不待言。中惟曹蕃一人,为臣所取耳。《春秋》、《礼记》名为孤经,佳卷原少。《礼记》入试止百八十人,臣遍加品阅。蕃之四经五策,词义独胜,是以首拔之。今落卷具在,其优劣可按覆也。大咸乃摘其数言,而遽疑臣与分校何崇业,至有千金一掷之语。不知千金以投之臣乎?抑投之崇业乎?果谁为过付,谁为证据乎?崇业与蕃同寓虎邱,当问之崇业。北监未就,倏准部考。当问之礼部,于臣何尤?汪泗论选贡之隽也,往岁为臣子授经,三月而去,臣不谓无。然臣两子应试,以臣为考官,遵例回避。塾师例无回避,则法之所不禁也。臣谓有意退人与有意进人,皆属不公,臣不敢为。且《书经》分属正考,臣亦安得而予夺之。盖场中阅卷,正考或可兼副考之事,副考不得侵正考之权,于理易见。今置正考不言而以正考所取之人混加之臣,此其言非公平,意主罗织,行路知之矣。况臣等自承命以至入帘,仅隔一夕,迅电掩耳,敏者莫措,谓诸生能遽夤缘于臣等,臣等能遽为诸生地,非鬼神不能也。是天叙与臣可皆无辨。独大察一事,则臣尤有言焉。臣于壬辰奉差南还,次年抵京。传闻中伤之人,有诬臣借徐性善银买房者。都御史李世达等查性善簿籍借银者,多无臣姓名。又性善抄没三年,臣始借居今房,又非臣所买也。一时诸臣,以公议为臣辨白,臣方家居,相去三千里,安能逆知其事而浼之?臣非县官,安得私役水手?臣非将官,安得隐占军丁?所扣粮饷,不知出何衙门?问之大咸,当有不能置对者。夫莽、操、懿、温,古之篡逆乱臣也,自非手握重兵,威权震主者,未易以此拟之,而大咸不难以加臣,则其余固不足道已。臣束发砥砺,朝野共知。一旦污蔑至此,其尘点清班,惭负夙志,亦已甚矣。伏乞皇上敕下部院,严加根究,有一于兹,甘伏斧锧。至于臣行不足以服众,事必待于自明,其为材品已自可知,尤望速赐罢斥,以塞忌者之意。(《澹园集》三)

竑后又有《与李仪部》一书,说道:

仆朴遫细谨，虽材不逮人，而决不敢逾轶为行己之玷。徒以虚名过实，下召疾于同曹，而木强履方，上不能曲媚于时宰。偶科场之役，为主上越次点用，两人者遂合谋倾之。科臣受其指嗾，不复加察。寻见仆辩疏，始知分经校阅故事，而彼所摘非仆取中之人，即向令师痛自悔恨，而业无及矣。当时行道之人，为仆愤激，冠发为指，荐绅中乃绝无一相暴白者，甚且不齿之人，摇唇攘臂，若赴仇敌，以悦当事者，往往有之。顷之，冰山既颓（案二十六年戊戌六月张位罢相），戎首尚在，给事杨某犹假条陈以诋仆。杨，仆之同籍厚善者，岂不知仆之为人，而前事绝无影响哉？名义彼所轻，官爵彼所重，诚择所集于枯与菀之间，而他何恤焉。仆始绝意谓世无复有君子者矣。迨部覆一上疏，末一段言言当实，不激不随，一时传观，纸为之敝，问之知为门下笔也。嗟乎！仆则何以得此于门下哉？夫仆至不类，固主上论思侍从之臣也。一旦为群小挤排，颠倒黑白，竟泯泯焉同于穷乡编户冤抑不伸者，窃为明时耻之。得门下而士知清议，朝有指南，自是媚权贼善者皆可藉末议而关其口，仆即没齿林壑，亦复何恨？（《澹园集》十三）

看上一疏一书，可见竑以科场事被诬之始末。后来竑作《太学汪君墓志铭》亦说及这事，说道：

次岳汪君子泗论，余为考官时所举士也。故事，考官两人分校五经，泗论实隶他考官。会权奸意欲有所骋，而阴忌余，嗾其党以科场为端，将击去之，波及泗论，公车阻不上者数载，余常以为愧。（《澹园续集》十三）

可知竑被贬官，而汪泗论等亦有停科之罚，这是很冤枉的。

这年作《刻两苏经解序》（《澹园续集》一）。九月二十五日，王懋卒于京师（字德孺，号守原），年六十一。竑为作《刑部山西清吏司员外郎守原王公暨配宜人胡氏合葬墓志铭》，中有说道：

公与余交最善且久，其卒长安邸也，余凭而哭之，为经纪其丧……余是时有校士之役，比出闱，一再握手，而公卒。时丁酉九月二十五日也。余与潘君去华躬为含敛，俟其子至授之。未几，而余且以罪废。嗟乎！德孺与余年相亚，地相望，立朝先后相若，比公即世而余亦罢归里居。藉令公于今在也，必有以开余者，而不可得矣。（《澹园集》三十）

十一月二日姚汝循（号凤麓）卒，年六十三，后竑为作《中宪大夫直隶大名府知府凤麓姚公墓表》（《澹园集》二七）。十一月十六日黄尚质（号龙冈）卒，年七十八，后竑为作《江西饶州府通判龙冈黄公墓志铭》，中有说道：

> 自余髫年出入里闬时，共推为贤者有三人焉。其一人曰礼部尚书郎李公维明（逢阳），其一人曰余兄灵山令伯贤，其一人曰公。三人者邻辟雍而居，相去仅数百武，学问游处，亡一日不同。其笃朋友，敦行谊，攻文学，名于一时，学者见此三人，无不亲就而尊礼之。（《澹园集》三十）

万历二十六年戊戌（西历一五九八），竑年五十九。春，李贽偕返南京。（见汪本钶《哭李卓吾先师告文》，《李温陵外纪》一）后乃赴福建福宁州同知任。（见《福宁府志》十五）三月盛敏耕（字伯年）卒，年五十三，竑后为作《茂才盛君伯年暨配徐氏合葬墓志铭》。（《澹园集》三一）五月，史桂芳（号惺堂）卒，年八十一，竑后为作《亚中大夫两浙都转运盐使司运司惺堂史先生暨配安人沈氏合葬墓志铭》，有说道：

> 忆余弱冠未知所向往，先生不难折节下之。始以程艺相梯接耳，已而意其无连也，乃徐引之学。即今稍知自立，非先生其畴开之？故追师先生而窃附于门下士以此。（《澹园集》三一）

八月三日李应时（字维中）卒，年四十二，后竑为作《太学生李君维中墓志铭》，中有说道："余兄伯贤先生方遴婿，一见奇爱之，以其子妻焉。君时读书余家所，崭然择地而蹈，大都一禀余兄教指。"（《澹园集》二九）九月，胡邦彦（号竹阜）卒，年六十一，后竑为作《明故河南汝州知州竹阜胡公墓志铭》（《澹园续集》十三）。十月二十九日尹凤（号在竹）卒，年七十六，竑为作《后军都督府署都金事在竹尹公墓志铭》。（《澹园集》二九）杨起元（字贞复）卒，年五十三。竑后为《罗杨二先生祠堂记》，云："戊子，罗先生（汝芳）没于盱江。丙申，贞复先生为少宗伯来金陵，始为祠以祀之。又二载，贞复应少宰之召，徘徊于家。亡何，亦以疾没。给谏祝君世禄尝从事罗先生之学，而贞复先生之门人也，大葺是祠，以贞复先生配焉。"（《澹园集》二十）又有《题杨复所（起元）先生语录》，以为"先生如和风甘雨无人不亲……未知学者不可不见先生，不如此则信向靡从"，（《澹园集》二二）可以见其推崇之至。

这年作《崇报祠记》。（《澹园集》二一）

万历二十七年己亥（西历一五九九），竑年六十。竑辞官归南京。（据《福宁州志》万历二十七年州同为施善教继任）《明史》二八八本传说道："岁馀大计，复镌秩，竑遂不出。"李一恂走金陵请作《繁昌县重修儒学记》（《澹园集》二十）。作《应天府重修庙学记》。（《澹园集》二十）闰四月十七日，李世达(号渐庵) 卒，年六十七，竑作《御史大夫李敏肃公诔》（《澹园集》三四），又作《御史大夫李敏肃公传》。（《澹园续集》十）九月一日，王樵（号方麓）卒，年七十九，竑作《祭御史大夫方麓王公》（《澹园集》三五），及《南京都察院右都御史方麓王公行状》。（《澹园集》三三）作《薛童子（大春）传》（《澹园集》二五）。为李贽作《藏书序》。（见《藏书》卷首）

万历二十八年庚子（西历一六〇〇），竑年六十一。六月二十三日，毕士范（字一衡）卒，年五十四。毕为潘士藻门人，竑为作《户部山西清吏司员外郎毕君一衡墓志铭》。（《澹园集》二九）八月五日，吴邦正（号贞庵）卒，年五十七，竑为作《游击将军吴公墓志铭》。（《澹园集》三十）十月二十九日潘士藻（字去华，号雪松）卒，年六十四，竑作《祭潘符卿》。（《澹园集》三五）后二年为作《奉直大夫协正庶尹尚宝司少卿雪松潘君墓志铭》说道：

> 自吾师天台先生（耿定向）倡道东南，海内士云附景从，其最知名者有芜阴之王德孺（懋），芝城之祝无功（世禄），与新安之二潘（潘丝及士藻）。潘之字朝言者（丝），既以绝口之姿，不究其用于时以死。而与吾辈游，独去华为最久。当是时，自天台教外，旁出一枝，则有温陵李宏甫（贽），去华并师而事之……庚子夏，以册封奉太宜人侨居留都，与余及无功聚首，时觉君宇间有病色，然议论英英，犹映蔽数十人，不意其遂不起也……初两先生之学，人疑其异指，君独取会心者剂而用之，以自名一家，昇歙间多盛传之者。（《澹园集》三十）

这年袁宗道卒，年四十一。竑曾有《书袁太史卷》。（《澹园集》二二）

万历二十九年辛丑（西历一六〇一），竑年六十二。七月，华复元卒，年七十二。华为耿定向门人，竑为作《南京户部江西司署郎中事员外郎华君墓志铭》。（《澹园集》三一）吴果（号小江）卒，年六十九，竑为作《光禄寺少卿兼翰林院典籍小江吴君暨配宜人高氏墓志铭》。（《澹园集》三一）

万历三十年壬寅（西历一六〇二），竑年六十三。二月，作《先师耿天台先生祠堂记》（《澹园集》二十）。三月十五日，李贽自杀于镇抚司狱中，这年竑作《追荐疏》（见潘曾纮辑《李温陵外纪》一），又作《雪松潘君墓志铭》，说道：

> 今岁宏甫以诬被逮死燕邸。余既不能奋飞，而相知者率阴拱而不肯援。使君（指潘士藻）而在，亦岂至此极也？（《澹园集》三十）

黄宗羲《明儒学案》三五本传说道：

> 先生师事耿天台（定向），罗近溪（汝芳），而又笃信卓吾（李贽）之学，以为未必是圣人，可肩一狂字，坐圣人第二席。〔案沈德符《野获编》二七《二大主教条》说"温陵李卓吾聪明盖代……秣陵焦弱侯，沁水刘晋川（东星）皆推尊为圣人。"〕

这可见竑是很佩服李贽的。这年作《献花岩志序》（《澹园集》十五）。四月六日，萧良干（号拙斋）卒，年六十九，竑为作《通奉大夫陕西布政使司左布政使拙斋萧公墓志铭》。（《澹园集》三一）

万历三十一年癸卯（西历一六〇三），竑年六十四。二月十一日，张朝瑞（号凤梧）卒，年六十八，后一年，竑为作《中宪大夫南京鸿胪寺卿凤梧张公墓表》。（《澹园集》二七）六月二十六日，作《祭黄侍中翁夫人及二女》。（《澹园集》三五）十月九日，竑到新安还古书院讲学，会者千数百人，后来门人谢与栋编述所闻为《古城答问》一卷。（《澹园集》四八）

万历三十二年甲辰（西历一六〇四），竑年六十五。陈第（字季立）到南京过访，与谈古音，甚相得。第借阅竑所藏书，成《毛诗古音考》四卷。后二年，（三十四年夏）竑为《毛诗古音考序》，说道：

> 诗必有韵，夫人而知之。乃以今韵读古诗，有不合，辄归之于叶，习而不察，所从来久矣。吴才老（棫），杨用修（慎）著书，始一及之，犹未断然尽以为古韵也。余少读《诗》，每深疑之。迨见卷轴寝多，彼此互证，因知古韵自与今异，而以为叶者谬耳。故《笔乘》中间论及此，不谓季立俯与余同也。甲辰岁，季立过余曰，"子言古诗无叶音，千载笃论。如人之难信何？"遂作《古音考》一书，取《诗》之同韵者，胪列之为本已证，取

《老》、《易》、《太玄》、《骚赋》、《参同》、《急就》、《古诗谣》之类，胪列之为旁证，令读者不待其毕，将哑然失笑之不暇，而古音可明也。余尝言季立有三异，而或者之所言不与焉：身为名将，手握重兵，一旦弃去之，瓶钵萧疏，野衲不若，一异也；周游万里，飘飘若神仙，不可羁绁，而辞受砭砭，不以秋豪自点，二异也；贯穿驰骋，著书满家，其涉猎者广博矣，而语字画声音，至与茧丝牛毛争其猥细，三异也。若夫为今诗从今韵，以古韵读古诗，所谓各得其所耳，奚异焉？（《毛诗古音考》卷首，《澹园集》十四）

竑后为陈第之父母作《陈木山公小传》，《杨孺人小传》，（《澹园续集》十）后来又有《答季立先生十二章章六句》，（《澹园续集》十九）又为第作《伏羲图赞序》，（《澹园续集》一）《题寄心集》，《题尚书疏衍》。（《澹园续集》九）这年正月十一日顾养谦（号冲菴）卒，年六十八，竑后为作《资德大夫都察院右都御史兼兵部左侍郎赠兵部尚书冲菴顾公暨配淑人李氏神道碑》。（《澹园续集》十一）闰九月九日赵崇善（号石梁）卒，年六十三，竑后为作《太常寺少卿石梁赵公墓志铭》。（《澹园续集》十四）十一月十九日王之垣卒，年七十八，竑后为作《少司农王公传》。（《澹园集》二五）十二月一日沈启南（字道明）卒，竑后为作《光禄寺署丞沈君道明暨配王夫人墓表》。（《澹园集》二七）

万历三十三年乙巳（西历一六〇五），竑年六十六。正月二十七日田应元卒，年五十一，竑后为作《昭武将军上轻车都尉参将田君墓志铭》。（《澹园集》三十）

万历三十四年丙午（西历一六〇六），竑年六十七。秋会金陵罗近溪祠讲学，佘永宁记述为《明德堂答问》一卷。（《澹园集》四九）佘永宁序说道：

> 丙午，诸友复会金陵，就子罗子之祠，举所见而就正焉。先生精神焕发，视畴昔更倍。闻者欢喜踊跃，得未曾有，若惟恐其言之尽也……友人程浑之氏，谓闻先生教，宜识不忘，而以属之予，乃为述其什一如此，且以请裁于先生云。

这年作《溧阳伍相国庙碑》（《澹园续集》四）。六月五日吴希元（号新宇）卒，年五十六，竑后为作《征仕郎中书舍人新宇吴君行状》（《澹园续集》十六）。十月二十六日，许承谦（号怀泉）卒，年六十八，竑为作《怀泉许隐君

墓志铭》。(《澹园续集》十四)十二月,耿定力为竑作《澹园集序》。(见《澹园集》卷首)

万历三十五年丁未(西历一六〇七),竑年六十八。七月二十四日,妻赵氏卒。十月十二日,奉枢与朱安人同窆,竑有《亡室朱赵两安人合葬墓志铭》说道:"赵安人行二,武举赵公琦女,乙亥冬为余继室,相俪者三十二岁。生子润生,诸生。孙绅。女二,婿诸生王镜、欧阳晔。卒丁未七月二十四日,年五十有二。"(《澹园续集》十五)这年九月二十三日俞霶(号定所)卒,年七十二,竑后为作《按察司副使备兵大名定所俞公墓志铭》。(《澹园续集》十四)顾宪成卒,年五十四。

万历三十六年戊申(西历一六〇八),竑年六十九。正月十一日沈凤翔(字孟威)卒,年六十,竑后为作《户科右给事中沈君孟威墓志铭》,开首说道:"君结发从余兄伯贤先生游,寻复为余礼闱所取士。盖世以文行相砥也。顷余既废斥,意以未竟之志托之君。乃所发抒什未一二,而悒悒以死。"(《澹园续集》十三)二月,作《嘉善寺苍云崖记》,末说道:"工始万历丁未秋,明年二月成,琅琊焦竑集诸名胜燕而落之,因著其事刊于乐石。"(《澹园续集》四)七月七日,游应乾(号一川)卒,年七十八,竑为作《户部右侍郎总督仓场一川游公行状》。(《澹园续集》十六)七月十五日,管志道(字登之,号东溟)卒,年七十二,竑为作《广东按察司佥事东溟管公墓志铭》,内有说道:"管公东溟与余同游耿恭简公(定向)之门,平生锐意问学,意将囊括三教,镕铸九流,以自成一家之言,其志伟矣……平生之学,载所为书甚具,曰某集若干卷,某集若干卷。其言宏博逶迤,词辩蜂涌,大归冀以西来之意,密证六经。东鲁之矩,收摄二氏,以是行于己,亦以是言于人。至晚节为《四子订测》,则一归平实,而公之所诣,弥不可及已。"(《澹园续集》十四)十月杨栋之父杨珂卒,竑后为作《封文林郎浙江上虞县知县清潭杨公墓志铭》。(《澹园续集》十四)十二月黄金色卒,年七十六,竑后为作《参议黄公传》。(《澹园续集》十)李国士卒,年七十五,竑后为作《山西布政使司左布政使正屏李公墓志铭》。(《澹园续集》十四)《作和州儒学尊经阁记》。(《澹园续集》四)

万历三十七年己酉(西历一六〇九),竑年七十。五月三日,赵标(字贞甫)卒,年四十五,竑为作《中大夫太仆寺卿赵公贞甫墓志铭》。(《澹园续集》十四)这年作《宁国府重修庙学记》。(《澹园续集》四)邹元标作有《焦弱侯太史七十序》。(邹子《愿学集》卷四)

万历三十八年庚戌（西历一六一〇），竑年七十一。三月张鸣冈以兵部右侍郎兼右佥都御史总督两广，竑作《赠少司马见庵张公督抚两广序》（《澹园续集》三）。四月十一日，王守素（字德履，号带河）卒，年六十六，竑为作《中大夫光禄寺卿带河王公墓志铭》。（《澹园续集》十四）五月，凭虚阁看雨，待客不至，作《书洛阳伽蓝记后》。（《澹园续集》九）十月十二日，李键卒，年九十一，竑为作《四川布政司右参政铁城李公墓志铭》。（《澹园续集》十三）十二月十九日，王锡爵（号荆石）卒，年七十七，竑为作《光禄大夫少保兼太子太保吏部尚书建极殿大学士赠太保谥文肃荆石王先生行状》，（《澹园续集》十六）又有《祭王荆翁殿学文》。（《澹园续集》十八）这年八月八日，黄宗羲生。

万历三十九年辛亥（西历一六一一），竑年七十二。正月，门人徐光启为作《澹园续集序》。时金励为竑刻《澹园续集》。励官整饬徽宁等处兵备副使，命其属朱汝鳌刻之于当涂。夏间刻成，金励并为之序。九月十一日田有成（号怀野）卒，年六十七，竑为作《骠骑将军轻车上都尉神机七营参将署都指挥佥事怀野田公墓志铭》。（《澹园续集》十三）这年竑作《贺郡伯慕庵张公（大孝）考最诗序》。（《澹园续集》二）

万历四十年壬子（西历一六一二），竑年七十三，作《明道书院重修记》，说道："万历壬子，熊公廷弼至，睹其湫隘，弗称尊贤造士之意，谋于司空丁公宾，纳言吴公达可辈，捐资创为之，不三时告成，且以学使者孙公鼎至，耿公定向九人者祔焉。"（《澹园续集》四）八月二十二日黄吉士（号云蛟）卒，年六十四，竑为作《明故中宪大夫顺天府府丞云蛟黄公墓志铭》。（《澹园续集》十三）

万历四十一年癸丑（西历一六一三），竑年七十四。作《奉赠太宰郑公考绩北上序》。（《澹园续集》三）八月一日，汪道会（字仲嘉）卒，年七十，竑为作《汪君仲嘉墓志铭》。（《澹园续集》十三）

万历四十二年甲寅（西历一六一四），竑年七十五。汪良（字民望）卒，年五十六，竑为作《汪君民望传》。（《澹园续集》十）七月十九日申时行卒，年八十。后二年，竑为作《学士赠太师谥文定申公神道碑》。（《澹园续集》十一）八月刘淛（字君东）卒，年七十一，竑为作《刘君东孝廉传》。（《澹园续集》十）

万历四十三年乙卯（西历一六一五），竑年七十六。

万历四十四年丙辰（西历一六一六），竑年七十七。

万历四十五年丁巳（西历一六一七），竑年七十八。这年汤显祖卒，年六十八。陈第卒，年七十七。

万历四十六年戊午（西历一六一八），竑年七十九。

万历四十七年己未（西历一六一九），竑年八十。

万历四十八年庚申（西历一六二〇），竑年八十一。竑卒在这年。七月，神宗崩，光宗即位，改元泰昌。九月朔，光宗崩。

熹宗天启元年辛酉（西历一六二一），竑以先朝讲读恩，复官，赠谕德，赐祭，荫子（见《明史》二八八本传。案《明儒学案》三五本传云："移太仆寺丞，后升南京司业，而年已七十矣。"与《明史》云这时复官异，未知所据？附记于此）。

弘光元年（西历一六四四），追赐焦竑谥文端（见《明史》二八八本传）。

焦竑所著书：

《老子翼》六卷，《附录》一卷，《考异》一卷。（《金陵丛书》本）

《庄子翼》八卷，《阙误》一卷，《附录》一卷。（《金陵丛书》本）

《养正图解》不分卷。（刻本）

《国朝献征录》百二十卷。（万历刻本）

《国史经籍志》五卷，《纠谬》一卷。（《粤雅堂丛书》本）

《焦氏笔乘》六卷，《续集》八卷。（《粤雅堂丛》书，《金陵丛书》本）

《澹园集》四十九卷，《续集》二十七卷。（《金陵丛书》本）

《焦氏类林》八卷。（《粤雅堂丛书》本）

二　焦竑的思想

焦竑是耿定向的门人，师事罗汝芳，而又笃信李贽（见《明儒学案》三五本传），他可以说是王守仁，王艮一派的后劲。他是最博学而又注重于内的修养的一人，他的《内黄县重修儒学记》说道：

> 人见古成材之易，而不知先王之为教勤且备也。讲肄必有所，辩说必有数，蹈舞必有节，视听必有物，尊铏豆笾钟鼓羽籥为之器，而盘辟缀兆以为容，典谟雅颂射御书数为之文，而诵读弦歌以为业。春秋冬夏，时视其成，盖九年也，而犹惧其反。当此之时，岂不欲以易简者语之，而第濡染其耳目，与夫结约其手足，若斯之至也。盖圣人之教，为事详，而其妙则不可

思，为物博，而其精则不可为。圣人使渐劘涵泳以由之，而其不可思与为者，从容以听其自悟，如此而已。故学者天机与器数日相触而不知，其调剂者在身心性情，而其适用者在天下国家，教之行至于民化俗成，而流风余韵犹足以垂于不泯……余考古者礼乐行艺，靡物不举。即论政献囚献馘，皆必于学，而弦诵其小者也。况其保残守陋，斤斤然求合有司之尺寸，又非古之所谓诵也。乃近世新会（陈献章）余姚（王守仁）诸君子，独抱遗经，求诸自性，于其不可思与为者时有契焉。是学有废兴，而理之在人心终不为回变如此。（《澹园集》二十页一——二，《金陵丛书》本）

这可见他是反对举业的诵习，而注重于"礼乐行艺，靡物不举"的学，以及有契於不可思与为者的"求诸自性"。换言之，他是注重于事物的学习，而又并注重于内性的觉悟。自然，他是受王守仁一派的影响，特别的以为学问注重在向内的一条路，他说道：

顷阳明（王守仁）揭良知之宗，嗣起者赓续以发之，为力至矣。迨今日而其明无以复加，非独积久使然，繇其学取成于心，非外索也。（《罗杨二先生祠堂记》，《澹园集》二十页十三）

他注重向内的一路，以为学是"取成於心，非外索"，故此大胆的承认佛经所说，即孔孟尽性至命之说，他说道：

孔孟之学，尽性至命之学也。顾其言简指微，未尽阐晰。释氏诸经所发明，皆其理也。苟能发明此理，为吾性命之指南，则释氏诸经，即孔孟之义疏也。又何病焉？夫释氏之所疏，孔孟之精也。汉宋诸儒之所疏，其糟粕也。今疏其糟柏，则俎豆之。疏其精，则斥之。其亦不通于理矣。（《焦氏笔乘续集》二页三，《粤雅堂丛书》本）

这是很大胆的，以汉宋诸儒所疏为糟粕，而以释氏所疏为孔孟之精。他又说道：

性命之理，孔子罕言之，老子累言之，释氏则极言之。孔子罕言，待其人也，故曰："不愤不启，不悱不发。""中人以下，不可以语上也。"然其微言不为少矣。第学者童习白纷，翻成玩狎，唐疏宋注，锢我聪明，以故鲜通其说者。内典之多，至于充栋，大抵皆了义之谈也。古人谓暗室之一灯，苦海之三老，截疑网之宝剑，抉盲眼之金镜。故释氏之典一通，孔子之言立悟，无二理也。张商英曰："吾学佛然后知儒。"诚为笃论。（《笔乘续》二页一）

这种"释氏之典一通，孔子之言立悟"的话，比之王安石参阅佛经，说的"读经而已则不足以知经"（《答曾子固书》，《临川文集》七三），更为大胆而有力了。他有《答耿师（定向）》书，以为心性之学，只求有得于心性，不能划分儒、释的，他说道：

伯淳（程颢）斥佛，其言虽多，大抵谓出离生死为利心。夫生死者，所谓生灭心也。《起信论》有真如生灭二门。未达真如之门，则念念迁流，终无了歇，欲止其所不能已。以出离生死为利心，是《易》之"止其所"亦利心也。苟止其所非利心，则即生灭而证真如，乃吾曹所当亟求者，从而斥之可乎？然止非程氏殄灭消煞之云也。艮其背，非无身也，而不获其身。行其庭，非无人也，而不见其人。不捐事以为空，事即空。不灭情以求性，情即性。此梵学之妙，孔学之妙也。总之，非梵学之妙，孔学之妙，而吾心性之妙也。此即谓之玄机，而舍帖身无玄机。此即谓之微旨，而舍就事无微旨。恐不必会之而为一，亦欲二之而不能矣。若所言殄灭消煞之云；则二乘之断见，而佛之所诃也，岂佛谷哉？……学者诚志于道，窃以为儒、释之短长，可置勿论，而第反诸我之心性，苟得其性，谓之梵学可也，谓之孔孟之学可也。即谓非梵学，非孔孟学，而自为一家之学亦可也。盖谋道如谋食，藉令为真饱，即人目其馁，而吾腹则果然矣。不然，终日论人之品味，而未或一哜其载，不至枵腹立毙者几希。（《瀹园集》十二页三）

他又以为"出离生死"是学道的径路，说道：

古云，黄老悲世人贪著，以众生之说渐次引之入道。余谓佛之出离生死亦犹此也。盖世人因贪生乃修玄，玄修既彻，即知我自长生。因怖死乃学佛，佛慧既成，即知我本无死。此生人之极情，入道之径路也。儒者或谓出离生死为利心，岂其绝生死之念耶？抑未隐诸心而漫言此以相欺耶？使果毫无悦生恶死之念，则释氏之书，政可束之高阁。第恐未悟无生，终不能不为生死动，直强言耳，岂其情乎？又当知超生死者在佛学特其余事，非以生死胁持人也。（《笔乘续》二页三七）

他以为心性的学问，在明了空有二心，他说道：

> 佛与众生本无差别，了之则境即成空，执之则法亦为害。古德云："不观空以遣累，但取空而废善，不达有以兴慈，但著有而起罪，皆为不了空有二心，致兹得失。"（《笔乘续》二页二七）

他因此以为孔门的学问亦在于"空"，他说道：

> "空空如"者，孔子也。"庶乎屡空"者，颜子也。屡空，则有不空矣。盖其信解虽深，不无微心之起也。有微心之起，即觉而归于空，颜子之不远复也。有不善未尝不知，知之未尝复行也。不善，非其动于躬也，自其未兆而谋之，自其脆而破之，自其微而散之，则力少而功倍。《老子》曰，"其未兆易谋。"其脆易破，其微易散，颜氏散之于微者也，故曰"其殆庶几！"（《笔乘续》一页一）

他既注重于"空"，因此以心中空无所有为妙道，他说：

> 孔子言"默而识之，学而不厌，诲人不倦，何有于我哉？"又言"出则事公卿，入则事父兄，丧事不敢不勉，不为酒困，何有于我哉？"学也，诲人也，事父兄公卿，与勉丧事，谨酒德也，皆圣人日用之常，因物付物之应迹耳，而其心则一无有也。古先生书云："事至无有少法可得，是名菩提。"令孔子而有少法可得，何以为默识耶？（《笔乘续》一页三）

他以为人性本是空的，他说道：

> 吾之本性，未始有物。不知性者，弊弊焉取而为之，愈为愈散。舜禹知之，立于物先，而不以物易己。终日为未尝为，终日言未尝言。方其有为，非我之为，故为而不恃。及其有功，非我之功，故功成而不居。此其有天下

而不与也。(《笔乘续》一页七)

他因此主张"复性",他说道:

> 孟子曰:"尽其心者,知其性也,知其性则知天矣。"天,即清净本然
> 之性耳。人患不能复性,性不复则心不尽。不尽者,喜怒哀乐未忘之谓也。
> 由喜怒哀乐变心为情。情为主宰,故心不尽。若能于喜怒哀乐之中,随顺皆
> 应,使虽有喜怒哀乐,而其根皆亡。情根内亡,应之以性,则发必中节,而
> 和理出焉。如是,则有喜非喜,有怒非怒,有哀乐非哀乐,是为尽心复性。
> 心尽性纯,不谓之天,不可得已。(《笔乘续》一页三一)

王弼论情,以为"圣人之情,应物而无累于物者也。"(《三国志·魏志》二八
《钟会传》注引何劭《王弼传》)焦竑以有喜怒哀乐而其根皆忘,是为复性,这
是排除主观的情感的见解。所谓情根,焦竑以为是"意",他说道:

> 意者,七情之根。情之饶,性之离也。故欲涤情归性,必先伐其意。意
> 亡而必固我皆无所传,此圣人洗心退藏于密之学也。曰:"圣人无意,则奚
> 以应世?"曰,"圣人应世,非意也,智也。""意与智奚辨乎?"曰,"于
> 意而离意,意即智矣。以智而为智,智亦意矣。染净非他,得丧在我,如反
> 覆手间耳。"(《笔乘续》一页七)

他以为智与意是不同的。他又以为心得则万事理,他说道:

> 人之不能治世者,只为此心未得其理,故私意纠棼,触途成窒。苟得于
> 心矣,虽无意求治天下,而本立道生,理所必然,所谓正其本万事理也。藉
> 令悟于心而不可治天下,则治天下果何以,而良知为无用之物矣。(《答友
> 人问》,《澹园集》十二页八)

他以为悟于心即可以治天下,这是太偏向于内心方面的见解。他又说道:

> 子贡以博施济众为仁,是求诸事矣。事非所以求仁,故夫子曰,"何事
> 于仁?"以事求仁,虽圣如尧舜,不能无病。故莫若求仁于心。已欲立而立

人，已欲达而达人，仁者之心也。自心之无动摇也，谓之立。自心之无窒碍也，谓之达。已欲无动摇，亦欲人无动摇。已欲无窒碍，亦欲人无窒碍。以此为施，其视教人以善者万万不侔，况夫分人以财者，奚足言哉？天竺书言，满三千大千世界七宝以用布施，若人以四句偈为他人说，其福胜彼，即此意也。（《笔乘续》一页二四）

他以自心无动摇，自心无窒碍为立达，是注重在悟解方面的。因此他解释"躬行"亦注重在悟解上的，他说：

世儒类以信言果行者为躬行之君子，而实非也。彼以硁硁之小人，而欲冒君子之学，岂知其方圆冰炭不相若乎？唯视听言动，默尔证真，行住坐卧，冥然生觉，知大身为非身，悟形色即天性，斯孔子所谓躬行者也。然则何言未之有得？曰，躬行者无所为，无所执，又何所得乎？是未得，乃真得也。（《笔乘续》一页二四）

他既重悟解，因此以为孔氏亦有顿门，他说道：

"仁远乎哉？我欲仁，斯仁至矣。"此孔氏顿门也。欲即是仁，非欲外更有仁。欲即是至，非欲外更有至。当体而空，触事成觉，非顿门而何？（《笔乘续》一页六）

他既重悟解，有时以为可不必追寻博物，他说道：

孔子于知不知，曰是知也。于每事问，曰是礼也。则孔子之为圣可知已。世乃谓一物不知，儒者之耻，而相寻于博物。其耻尚失所如此。（《笔乘续》一页十）

他以为知只要透彻本性的，他说道：

凡学之难，难于知也。知及之，夫已豁然还于性矣。自此彻始终也，则曰仁。彻内外也，则曰庄。彻己人也，则曰礼。皆智也。一智而三言之，何居？夫子虞人之弗彻而几其彻之也，故丁宁之耳。（《笔乘续》一页十三）

他以为学道重了悟，不在拾古人的屎橛话头，因此他说道：

> 学道者当尽扫古人之刍狗，从自己胸中辟取一片乾坤，方成真受用，何至甘心死人脚下。（《笔乘续》二页四）

他是王守仁、王艮以来的后起之秀，仍是注重在自得的领悟。他的同门管志道和他都是抱着同一的目的的。他作的管志道的《墓志铭》，说道：

> 管公东溟（志道）与余同游耿恭简公（定向）之门，平生锐意学问，意将囊括三教，镕铸九流，以自成一家之言，其志伟矣……大归冀以西来之意密证《六经》，东鲁之矩收摄二氏。以是行于己，亦以是言于人。（《广东按察司佥事东溟管公墓志铭》，《澹园续集》十四）

焦竑是参杂佛、老的见解去解经，我们可以见出焦竑和管志道是抱着同一的态度，也许是当日很时髦的思想，如胡直，罗汝芳，李贽，都是有这种态度的。焦竑的《读论语》（《笔乘续》卷一），《支谈》（《笔乘续》卷二），就是"囊括三教，镕铸九流，以自成一家之言"，"以西来之意，密证《六经》，东鲁之矩，收摄二氏"的著作，他不是空言的。他对于宋儒的排斥佛教，很有心平气和的解释，兹举他的《答友人问》几条于下：

> 伯淳（程颢）言"传灯千七百人无一人达者。不然，何以削发胡服而终？"曰：削发胡服，此异国土风。文中子所云："轩车不可以适越，冠冕不可以之胡者也。"然安知彼笑轩车冠冕，不若我之笑削发胡服者耶？故老聃至西戎而效狄言，禹入裸国，忻然而解裳。局曲之人盖不可道此。
>
> 伯淳言"佛穷神知化，而不足开物成务。"如何？曰：学不能开物成务，则神化何为乎？伯淳尝见寺僧趋进甚恭，叹曰："三代威仪，尽在是矣。"又曰，"洒扫应对，与佛家默然处合。"则非不知此理，而必为分异如是，是皆慕攻异端之名，而失之者也。不知天下一家，而顾遏籴曲防，自处于偏狭固执之习，盖世儒牵于名而不造其实，往往然矣。乃以自私自利讥释氏，何其不自反也？
>
> 伯淳言"释氏之学，若欲穷其说而去取之，则其说未能穷，固已化而为佛矣。且于迹上攻之。"如何？曰：伯淳唯未究佛乘，故其掊击之言，率揣

摩而不得其当。大似听讼者，两造未具而臆决其是非，赃证未形而悬拟其罪案，谁则服之？为士师者，谓宜平反其狱，以为古今之一快，不当随俗尔耳也。（《澹园集》十二）

当时王艮一派的后辈，如颜钧等，颇有趋向于放任自由，而为荡检逾闲者，如朱锡"居闽数年，节缩裘饪，计积俸若干，友人颜钧一日尽持去"，后来朱锡颇悔之，焦竑作《荣府纪善圖泉朱公（锡）墓志铭》说道：

淮南（王艮）闵学者之胶于外也，而直示以内。学者因淮南之示以内也，而遂裂其外。孰有超善恶，混外中，而中大成之鹄者，必自公之悔心始矣。（《澹园集》二八）

可见他是惩王艮的后辈放任之失，而欲"超善恶，混外中"的。他又说道：

柳子有云："舍礼不可以言儒，舍戒不可以言佛。"盖已克矣，斯视听言动靡不中礼。心空矣，斯三千威仪，八万细行，靡不具足。世之谈无碍禅者，则小人而无忌惮者耳，奚足与于此哉？（《答耿师》，《澹园集》十二页六）

可证他是很重行检的。他以为率性而动，便是真仁义，他说道：

君子之学，知性而已。性无不备，知其性而率以动，斯仁义出焉。仁义者，性有之，而非其所有也。性之不知，而取古人之陈迹，依仿形似以炫世俗之耳目，顾其於性则已离矣。（《国朝从祀四先生要语序》，《澹园集》十四页四）

他以为知性不是口说的，他因此注重力行实践，他说道：

先儒言，才学便有著力处，既学便有得力处。不是说了便休。如学书者必执笔临池，伸纸行墨，然后为学书。学匠者必操斧运斤，中钩应绳，然后为学匠。如何学道只是口说？口说不济事，要须实践。（《崇证堂答问》，《澹园集》四七页六）

他虽有时不主博学，但以为博学亦有用处，他说道：

> 礼者，心之体，本至约也。约不可骤得，故博文以求之。学而有会于文，则博不为多，一不为少。文即礼，礼即文，我即道，道即我，奚畔之有？故网之得鱼，常在一目，而非众目不能成网。人之会道，常于至约，而并博学不能成约。（《笔乘续》一页十一）

又《古城答问》说道：

> 黄莘阳少参言："颜子殁而圣人之学亡。后世所传，是子贡多闻多见一派学问，非圣学也。"先生曰："多闻择其善者而从之，多见而识之，是孔子所自言，岂非圣学？孔子之博学于文，正以为约礼之地。盖礼至约，非博无以通之，故曰'博学而详说之，将以反说约也。'后学泛滥支离，于身心一无干涉，自是无为己之志故耳。"（《澹园集》四八页八）

这可见他的反对博学，是反对泛滥支离，于身心无干的学问。又《明德堂答问》说道：

> 一友言："博学之，须在自己身上博，方是学问。舍自身而言博学，非真学也。"先生曰："我为君作一转语。自己身上却如何博？如视听言动，有非一端。却思视者谁，听者谁，言动者谁，此博也。一旦豁然得其肯綮，非约而何？"其友应曰："如此博学，便是博我以文，约我以礼已。"先生曰："礼在何处？约归何处？如鱼饮水，冷暖自知。"（《澹园集》四九页五）

这可见他的毕生的勤劬博学，和他的向内的思想是不悖的。自然他的思想是注意于向内的方面，故此他说道：

> 某所谓尽性至命，非舍下学而妄意上达也。学期于上达，譬掘井期于及泉也。泉之弗答，掘井何为？性命之不知，学将安用？（《答耿师》，《澹园集》十二页一）

他又说道：

自世之逐末也，君子矫以反本之论。彼以为事之粗于理，而器之下于道也。夫当执器滞言之时，有人焉，能反而求之廓然，外遗乎有物之累，而洞然内观于未形之本，其视拟议矜缀，似而非真，多言繁称，劳而迷始者，岂不远甚也哉？敝且吐弃事物，索之窈冥之乡以为道。二者之本末，则必有分矣。总之，圣人之所不与也。（《送翁郡侯周埜之抚州序》，《澹园续集》三页一）。

他以性命之学为上达，而说"非舍下学而妄意上达"，又反对"吐弃事物，索之窈冥之乡以为道"，可见他的见解是很切实，而不是全堕入于玄谈的。他很有实用主义的色彩，他说道：

自世猥以仁义功利为二途，不知即功利而条理之，乃义也。《易》云："理财正辞，禁民为非，曰义。"而岂以弃财为义哉？桑弘羊当武帝兵兴，为三法以济之。中如酒榷，诚末事矣。乃诸当输官者，令各输土所饶，平其直于他所货之。输者既便，官有余利，亦善法也。至笼山泽之利，置盐铁之官，其不益赋而用饶，奈何病之？刘彤有云："古费多而民不伤，今用少而下转困，非他，古取山泽，今取贫民。取山泽则公利厚而人归于农，取贫民则公利薄而民去其业。"此亦足以发明汉法之当遵用矣。古先王山海有官，虞衡有职，轻重有术，禁发有时，一厚农，一足国，桑大夫盖师其余意而行之，未可以人废也。藉第令画饼疗，可济于实用，则贤良文学之谈为甚美，庸讵而必区区于此哉？（《书盐铁论后》，《澹园集》二二页三）

他以为仁义功利非二途，赞成桑弘羊的财理办法，以为不益赋而功饶，这是他的实用主义的表现。这种实用的见解，是王守仁一派所具有的。他有《答乐礼部》书，说道：

居官以明习国朝典制为要。衙门一切条例，既能洞晓，临事斟酌行之，滑胥自无所措其手矣。此外治经第一，诗文次之。（《澹园集》十三页二六）

这也是实用的见解的表现，不同迂腐的讲学家。

焦竑是很带博大的精神，他的《国史经籍志》著录释家，说道：

世之与释氏辩者多矣，大氐病其寂灭虚无，毁形弃伦，而不可为天下国家也。夫道一而已，以其无思无为谓之寂，以其不可睹闻谓之虚，以其无欲谓之静，以其知周万物而不过谓之觉，皆儒之妙理也……故学者与其拒之，莫若其兼存之，节取所长而不蹈其敝。如雕题卉服之伦，合沓内向，而王者巍然开明堂以临之，讵不足以明大一统之盛哉？眠之遏筴曲防以封畛自域者，狭亦甚矣。（《澹园集》二三页十五）

这可见他的博大的不存门户偏见的精神。他看重心性的向内的工夫，而他努力于博学。又恭维陈第说《诗经》古音，以为"贯穿驰骋，著书满家，其涉猎者广博矣，而语字画声音，至与茧丝牛毛争其猥细"（《毛诗古音考序》），这不是笼统讲学家所能跂及的。故此他说古音，既同于陈第（《笔乘》三有《古诗无叶音》条），辨《尚书》伪古文，又同于梅鷟（《笔乘》一有《尚书古文》条，《笔乘续》三《尚书叙录》条，《尚书古文》条），他的研究学问的伟大的精神，是很可佩服的。

总之，焦竑是一位博学的学者，于佛经是深有研究，故此于向内的工夫，不特不排斥佛家，而且大胆的承认佛家为得其精，以为可以为孔孟说的心性之义疏。他是一位切实的学者，不专重玄谈，而主由下学而上达，由博学而返约。他又惩王艮一派的门徒，有任放自由，得于内而裂其外，故此亦反对"吐弃事物索之窈冥之乡以为道"，而推尊"古者礼乐行艺，靡物不举"（《内黄县重修儒学记》，《澹园集》二十）。他又注重实用，赞同桑弘羊的理财计划，又以为居官以明习国朝典制为要，而治经次之，这是很切实的见解。很有王艮注重"即事是学，即事是道"，注重实用的精神。

民国二十六年九月二十三日脱稿
《燕京学报》1938年2月第23期

论《长生殿》的思想性

——对目前有关《长生殿》评论的商榷

程千帆

《长生殿》是十七世纪末叶出现在祖国剧坛和文坛上的杰出戏曲之一。它是洪昇以十年以上的时间改写了三次才完成的。洪昇写过好几个剧本，也写过不少的诗，但人们却只因为他创作了《长生殿》才将他的名字牢牢地记在心里。两百多年来，这个作品不仅一直在舞台上为人们所爱好，而且也作为戏剧文学被大家热情地吟诵着。可是，《长生殿》尽管曾经风行一世，而过去对于它的理解，从文献纪录上检查起来，却显然还带有片面性。多数的人，是将它纯然当成一部歌颂剧中主要人物唐玄宗李隆基和他的贵妃杨玉环的爱情的作品来看待的。甚至洪昇的好友，为了《长生殿》的演出得祸而"断送功名到白头"的赵执信也具有这种意见，认为作家之写《长生殿》，乃是"才人例解说相思"的证明①。同时，从目前已经在各种刊物上发表的研究这个剧本的论文看来，对于这个作品，也还是存在着很不相同的看法的。

最近，我花了一些时间重读了这个出色的剧本，并连带学习了这些论文。在学习中，我感到要对《长生殿》获得一致的认识，还得展开更充分的和更深入的讨论。因此，我也就冒昧地写了这篇文章。在这篇文章里，我不准备全面涉及《长生殿》中的许多问题，而只准备通过和有的同志在某些问题上所作的商讨，来说明自己对于这个戏曲的思想性方面的一点看法。这些意见是极不成熟的，希望同志们多加指教。

文学作品的题材总是和特定的历史时代相联系的。它首先是和作家所生活着的时代相联系。其次，如果作家写的是过去的生活，是属于历史上的人物和事件，他就必须仔细研究和分析那个和自己有了距离的时代，才能使那个时代的社会面貌、人物性格在艺术中复活。而且，这种研究和分析，又不可能是客观主义的。作家只有对准备写在他作品中的那些历史事件、历史人物感到了强烈的爱憎，并且还感到了有把一些正面的东西推到人们面前使大家也爱它，把一些反面的东西推到人们面前使大家也恨它的必要，作品才有孕育和产生的可能。因此，即使是在以历史为题材的作品中，我们所看到的，也就必然地并不仅仅是某些个历史人物在活动，同时也是作家自己的思想感情在活动。只有当作家的思想感情渗透在作品里的时候，只有当作家把自己的命运和作品中的人物的命运联系在一起的时候，这个作品才会是动人的。

《长生殿》正是一个这样的动人的历史剧本。作家选择了八世纪中叶，即唐代天宝之乱的前前后后这一段时间里发生的历史事件作为创作的题材。我们都知道，大唐帝国是祖国历史上的一个重要的和强盛的皇朝，而爆发于七五五年的天宝之乱，则是这个帝国由盛而衰的转折点。如历史所昭示，开元、天宝时代是一个大唐帝国内部的阶级矛盾逐步上升的时代，但七五五年蕃将安禄山的突然叛变，又使得当时的政治局势，在原有的阶级矛盾而外，又添加了很浓厚的民族斗争的性质。这就本来已经使得这一段历史呈现了相当复杂的面貌。加以在洪昇创作《长生殿》的时候，汉族人民已经生活在满洲贵族与汉奸大地主的双重压迫之下，作家也不可能不把他自己的生活感受，自己的思想感情灌注到剧作中，而仅仅将《长生殿》处理为历史事件之单纯的再现。这就又使得这个剧本所呈现的面貌，比当时的历史面貌还要复杂一些。开元、天宝之为一个丰富多彩的、富于吸引力的时代，其理由在此。《长生殿》之引起了许多分歧的解释，其基本原因也在此。

作为文学原料的生活现实（包括历史的现实）是异常复杂而广阔的。作家在其中慎重地选择他所熟习的和爱好的一部分作为题材，进行创作的时候，也就由酝酿而形成了自己体现在作品中美学方针、情调与风格。洪昇继承着古典作家们通过唐明皇李隆基和他的贵妃杨玉环的生活来反映这一时代的传统，仍然以这两个人物作为戏曲中的主要人物，并且从样式对于题材和主题有一定程度的适应性这一理解出发，认为"从来传奇家非言情之文，不能擅场……因断章取义，借天宝遗事缀成此剧"②，对于李杨之间的恋爱纠葛、悲欢离合，作了较多的、而且是细致丰富的刻划，这正是题材本身所决定的。但这并不等于说剧作本身所包含的内容就止于此了。非常显然，交织在《长生殿》中的重要矛盾共有三对，即唐明皇和杨贵妃的恋爱纠葛，李唐贵族统治阶级对广大人民的压迫剥削，蕃将安禄山对李唐皇朝的叛变和对汉族人民的残害。作家的安排是以李、杨二人的生活，主要的是他们之间的私人事件——恋爱纠葛作为贯串全剧的线索，而将其余两对矛盾紧紧地纽结在这一根从头到尾的线索上的。因此，在研究这个剧本时，无论是只抓住了这一根线索，而忘记了纽结在这根线索上的、事实上比这根线索所体现的矛盾更重要的另外两对矛盾，或者是虽然看到了这三对矛盾的同时存在，但却没有能对三者之间不可分割的关系及其发展和转化的情况给以比较具体的探索，都会妨碍我们对它获得完整的认识。不用说，前一种看法是表面的和片面的。它阉割了《长生殿》主要的思想内容，使它降低到一个一般的爱情剧本的地位。至于后一种看法则是孤立的和机械的。它使人不能不得到一个虽然与事实并不符合的结论：《长生殿》并不是一件完整的艺术品。

探索反映在《长生殿》里的三对矛盾和每一对矛盾的两个矛盾面彼此之间的发展变化，乃是理解这个剧作的基本关键。

对于贯串剧本的线索，即唐明皇和杨贵妃的恋爱纠葛的看法是目前存在的最主要的分歧。

有的人曾经沿袭了旧来的说法，认为：《长生殿》的"主要情节"是"杨玉环跟李隆基的恋爱"，洪昇"把他们之间的爱情表现得异常真挚诚笃。他写出了杨玉环的痴情和李隆基的钟情，对他们的性格作了真实的描写。"③但不久就"承认了自己看法的片面性。"④因此，对于这种意见，我们可以不必再在这里进行讨论。

有人认为：《长生殿》虽然写的是"杨妃与明皇的恋爱故事"，但作家所强调的是两个人在爱情问题上对立的一面，而非其统一的一面，认为作家把杨妃写得"美丽、聪明、温柔、专情"，而"对照着杨妃这个具有真情的人物，作者便刻划了好色的、性格软弱而自私的明皇"，认为杨贵妃之死，是"遭遇"了"残忍牺牲"，认为《长生殿》在思想性上的重要成就之一，是通过替杨妃洗刷了"含冤千年"所"横担"的"罪名"，反对了封建统治阶级的女祸亡国论，而这，一方面是反映了人民对这一件历史事实的看法，另一面是发扬了明末以来日益增长的民主思想⑤。

这种论点是新颖的，其中含有正确的部分，例如：看出了李杨二人的爱情生活中有其对立的一面，而这矛盾的顶点就是杨贵妃之死，同时也指出了明末清初的一些思想家对于妇女问题的先进的看法在作品中有所体现。这都是有助于我们理解这个剧本的。

但这些正确的部分却并不能够掩盖这种论点的许多值得商榷的地方。首先，这种论点就把杨贵妃这个人物的形象（无论是存在于历史上的，或者是作家写在戏曲里的）抽象化和简单化了。当然，她是一个封建社会的女性，也要带上那一个时代统治阶级的观点和制度所加于她身上的枷锁。她，作为唐明皇的宠妃, 对于唐明皇的关系, 其"与普通的卖淫妇不同之点, 只是在于她不是像工资劳动者那样计件出卖肉体, 而是一次永远出卖为奴隶。"⑥在统治者认为有必要的时候, 她也随时可以被抛弃, 被损害, 甚至于丧失生命。这就是说, 作为一个皇帝的贵妃, 她的地位是尊贵的, 而作为男性中心社会的一个女性, 她的地位又是脆弱的。因此, 平日虽然宠冠六宫, 而情势一旦改变, 又只好立刻引颈就死。而这也就是杨贵妃之所以博得许多人的同情, 不断有人替她打抱不平的重要原因之一。

可是, 这仅仅是杨贵妃的一方面, 另一方面, 她又是封建统治阶级最上层的人物。她不但和所有的统治阶级在一起, 共同地压迫人民和剥削人民, 而且由于地位更高, 享受更奢侈, 就比一般的统治阶级压迫剥削得更厉害。剧中郭子仪所指斥的"可知他朱甍碧瓦, 总是血膏涂"⑦, 她是断断不能置身事外, 认为与之无关的。从历史上考察, 杨贵妃乃是当时统治阶级中一个悠久的、巨大的和极有势力的贵族婚姻集团的成员。"此一集团, 武曌创组于大帝之初, 杨玉环结束于明皇之末"⑧, 长期地把持着大唐帝国的政权。杨贵妃得到明皇的宠爱以后, 就使得她的家族获得更大的政治势力和经济利益, 以至于诗人发出了最尖锐的讽刺:"遂令天下父母心, 不重生男重生女。"⑨这说明, 由于杨氏一门势焰薰天, 人民不仅在政治上受了他们的压迫, 在经济上受了他们的剥削, 而且在精神上、道德情操上还受了他们的毒害。同时, 就杨贵妃的个人行为来说, 则她先嫁给了唐明皇的儿子寿王李瑁, 后来又嫁给了唐明皇⑩, 而嫁给唐明皇以后, 又养安禄山为义子, 和他通奸⑪。在这些事情上, 她和唐明皇倒真是一对⑫。这样, 杨贵妃就不能不除了是一个被同情的对象而外, 又同时是一个被谴责的对象。

从杜甫以下的古典作家, 以其敏锐的观察生活的眼光同时认识到了这两方面, 因此在写到这个人物的时候, 其基本思想就总是混合着谴责和同情。洪昇对杨贵妃这个人物所持的态度也是这样的。在《长生殿》中, 作家是同情杨贵妃的, 但也决没有忘记对于她的谴责。这种谴责, 不仅表现在她的生前, 如"疑谶"、"进果"等出, 而且表现在她死后, 如"看袜"、"弹词"等出, 不仅表现人民的口中, 如文士李谟赞美她的遗袜"光艳犹存, 异香未散", "愿出重价买去", 而农民郭从谨却加以痛斥, 认为"这样遗臭之物, 要他何用!"⑬而且也表现在杨贵妃自己的口中, "只想我在生所为, 那一桩不是罪案, 况且弟兄姊妹, 挟势弄权, 罪恶滔天, 总皆由我, 如何忏悔得尽!"⑭如果说, 人民对于杨贵妃的惨死有所同情, 则对于她的作恶也不会忘记, 因为人民的眼睛是雪亮的。认为凡是对她同情的，就是代表人民的感情，对她谴责的，就是统治阶级男权主义者的嫁祸，这种看法显然还是太简单了一些的。

上述论点还把杨贵妃之死单纯地看成了是唐玄宗和杨贵妃之间的矛盾，而忽视了她的死亡乃马嵬兵变的直接结果，或者虽然注意到了两者之间的因果关系，但却不曾考虑到马嵬兵变的正义性。当时，由于杨氏一门"挟势弄权，罪恶滔天"，本来已经使得人民生活愈来愈加痛苦，由于杨国忠和安禄山争权，加速了他的叛变，又危及了整个帝国的安全。在唐明皇幸蜀之前，陈玄礼部下的军士发动了一次暴动，杀死了杨国忠父子及其同恶的姊妹们，这正是极端仇恨这一外戚家族的表示。在反击安禄山的进犯以前，先来一次"清君侧"运动，不但对于广大人民是有利的，对于统治阶级本身也是有利的，因为这一罪恶的外戚家族的存在，已经不只对于人民不利，连对于整个统治阶级也不利了。所以整个说来，马嵬兵变在历史上所起的作用是好的。它减轻了大唐帝国崩溃的危机，也为人民和李唐皇朝联合起来抵抗安禄山制造了条件。在唐明皇这个统治者和安禄山这个侵略者之间，人民情愿选择前者，是很明白的。但当时的客观形势是：杀了杨国忠父子及其姊妹，并不能认为马嵬兵变这一事件就结束了，还有一个祸根。如果不连带地杀掉杨贵妃，则不仅这些军士将来必然会遭到报复，而且这一个家族的罪恶势力也可能死灰复燃。这样，就把唐明皇和杨贵妃都卷进了这个漩涡，使他们之间产生了一个突如其来的、顷刻间就发展到了最尖锐程度的矛盾。而这一矛盾的解决则是有赖于另一对矛盾的发展的。或者是：唐明皇为了保存杨贵妃而和代表正义的军士们对立起来，这样做，不但不能挽救杨贵妃，而且会使得自己的统治地位动摇，使得帝国内部发生更大的骚乱，不能够更快地和更好地反击安禄山，其结果对于广大人民也是不利的。或者是：唐明皇牺牲杨贵妃，而和代表正义的军士们暂时一致起来，这样做，对于他自己以至于祖国和人民都更有利一些。在历史上，唐明皇走了后一条道路，而这一条道路，却是为当时人所拥护的⑮。自然，这样做法，就不能不同时在另外一方面做一个负心汉。用《长生殿》中的话来说，就是"割恩正法"⑯。在宠妃和自己的地位、国家、祖国、人民之间，无法两全，不能不有所选择，这是当时特定的历史情况，也就构成了《长生殿》的悲剧意义，奠定了这个剧本情节的基础。如果忘记了李隆基是一个所谓"一身负社稷之重"的皇帝，忘记了那是一个皇帝制度还是合理的存在的时代，忘记了当时蕃将叛变，国势危急，必须首先缓和内部矛盾，以便抵抗蕃将内犯那种历史局势，而把唐明皇看成宋元南戏中的王魁和蔡二郎那种负心汉，仅就这一点来强

调他的 "性格软弱而自私"，恐怕是既远离于历史的真实，也不符合于作家创作的意图的。

因为上述论点的持有者没有能够深入地发掘埋藏在《长生殿》中的历史生活，就不得不使自己的意见陷于片面。而为了维护其片面的主张，就在剧本中尽量地摘录了有关杨贵妃的 "专情" 的描写，排斥了有关唐明皇的和杨贵妃的 "专情" 相适应的描写。但从戏曲整个的倾向看来，从 "定情" 直到 "重圆"，作家所强调的，决不是他们之间的对立的一面，而是其统一的一面；是两人的互爱，而非杨贵妃的 "专情" 和唐明皇的 "滥情" 的对照，是很显然的。

写一个以 "痴心女子负心汉" 为主题的作品是可以的，而且是为人民所需要的。在祖国的古典文学中，就有过不少的在表现这个主题上有所成就的作品。可是，《长生殿》所要表现的并不是这一点，因为李、杨之间的恋爱纠葛这一历史事件，是不适宜于表现这个主题的。如果说，洪昇是一个高明的剧作家，则他不曾违背历史生活的真实，不曾把唐明皇和杨贵妃的悲欢离合狭隘地写成一个 "痴心女子负心汉" 的故事，不曾把杨贵妃单纯地写成一个受压迫妇女的典型，正是他高明的地方。

还有人认为《长生殿》并 "不是以恋爱为主题的戏，而是写杨、李的 '逞侈心，穷人欲'，写封建皇朝崩溃时的情景。" 因为 "封建统治者不可能有 '真挚诚笃' 的 '爱情'。"⑰

和这些看法相类似的是："《长生殿》中所表现的 '情'，本非事实所固有，而是洪昇根据自己的思想所补充、强调和突出出来的"，因而在这个剧本中所写的爱情，乃是 "唯心论的观点" 的产物，作家的 "民族意识与唯心的 '情' 的观念凝结在一起"，就使得剧本的思想内容存在着矛盾。而洪昇用 "叫李隆基和杨玉环两个人悔过" 的方法来解决这个矛盾，乃是他 "主观意识中的东西，唯心的 '情' 的观念占了主导、统治的地位" 的结果，而这又是作家 "粉饰现实，逃避现实" 的表现。⑱

当然，我们并不能说，作家大量地写在某个作品里的东西就是在我们今天看来还是这个作品里所表现的最重要的东西。但同时，我们也不能说，作家大量地写在某个作品里的东西不是他所比较关心和注意的东西。任何作家也不会将不能引起自己爱憎的生活盲目地填充在自己的作品里。《长生殿》从头至尾以较多的篇幅描写了李、杨二人生前死后的恋爱纠葛，而又通过这条线索，反映了当时所存在的巨大的、带有根本性质的社会矛盾。因此，说它不是一个以恋爱为主题的戏曲，是与事实不符的，而如果认为它的主题限于描写恋爱，也同样不对。

那末，进一步要讨论的就是统治阶级是否具有真正的爱情及作家是否可以在作品中赋与属于统治阶级的人物以真正的爱情的问题。如所周知，在妇女真正获得解放以前，在使人类真正获得幸福的新社会出现以前，"不论在哪一种场合之下，婚姻都是由两方底阶级地位来决定的，所以就这点而言，常是权衡利害的婚姻。"这样，就使得"那古代所仅有的一点夫妇的情爱，并不是主观的爱好，而是客观的义务，不是结婚底基础，而是结婚底附加物。"[19]杨玉环的入宫，是由于高力士的搜拔，而高力士则是武则天集团的死党。高力士为了搜拔一个在这一个集团内部说来是"色艺无双"的人献给唐明皇，甚至不惜使明皇陷于乱伦。这固然显示了唐明皇的淫昏，而这个婚姻之为一种具有巨大政治目的的、权衡利害的婚姻则是极其显然的[20]。因而，在客观实际上，李、杨双方，就不可能具有真挚、诚笃、专一的爱情，也是极其显然的。他们之间也许有点附加物式的爱情，然而和存在于人民生活中的爱情，是有着本质上的区别的。

但我们并不能由此就得出结论，认为：既然如此，作家就不可以赋与出现在自己作品中的属于统治阶级的人物以真正的爱情，如果这样写了，就是无中生有的唯心主义。因为，在古代的阶级社会中，"以两方底相互爱情高于其它一切为考虑结婚理由的事情，在统治阶级的实践上"，虽然"是从来没有听说过的"，然而"在风流逸事中，或在毫无顾忌的被压迫阶级中"，还"是有这样的事情"[21]。这是由于在阶级社会中，统治阶级和被统治阶级的关系，是处在阶级社会这个统一体中，"因一定的条件，一面互相对立，一面又互相联结、互相贯通、互相渗透、互相依赖。"[22]因此，机械地认为凡是古代文学作品中有关封建统治者的爱情描写，都是不真实的，认为《长生殿》中所表现"情"既非事实所固有，而是作家根据自己的意思所补充，强调和突出出来的，那它就一定是反现实主义的，是唯心观点的产物，恐怕不是很妥当的。值得我们仔细地加以研究的，倒是究竟是一种什么力量，使得作家在戏曲中，特别是在后半部中写出了那一些极其哀伤悱恻的，至今还令人感动的文章，使得人们对于唐明皇和杨贵妃这两个本来准备给与他们以憎恨的人物，在作家的艺术力量感染之下，倒反而给与了他们以同情。换句话说，我们应当研究作家在《长生殿》中赋与李、杨两人以真实的爱情，是根据一些什么条件。作家根据这些条件在艺术上对唐明皇和杨贵妃这两个人物进行塑造的结果，应当给以怎样的评价。

前面曾经指出，历来的古典作家对待杨贵妃这个人物的态度是混合着谴责与同情的。这是因为她既是当时罪恶的统治集团中的一个成员，同时又是一个被牺牲了的女性。现在可以继续指出，历来的古典作家对待唐明皇这个人物的态度也是这样，这是因为他既是一个开元治世的皇帝，又是一个天宝乱世的皇帝。一方面，事实上，这个皇帝是十分淫昏，另一方面，在封建社会中，皇帝又通常被人们认为是一个处在超然地位的、代表着国家的、应该为人爱戴的领袖。国家虽然"建立在祖国的土地和被压迫阶级上面"，但"代表国家的君主和他的朝廷"，却"在表面上似乎是站在社会之上，通常以公正的中间人姿态来缓和两大敌对阶级的冲突，因此也似乎代表了被压迫阶级。在这种情况下，祖国、国家、君主常混为同一的事物，被统治阶级区别不清楚，统治阶级也未必故意区别不清楚。""因此，被统治阶级爱祖国也爱及国家和君主，统治阶级中某些人爱国家和君主也爱及祖国。"而"在反抗外族侵略的情况下，统治阶级和被统治阶级的爱国行动，一般都表现为爱本族的朝代和君主。"㉓李隆基不仅是一个皇帝，而且在他统治的时期里，还曾经有过一段令人怀念的所谓"太平盛世"㉔，后来又遭遇到带有民族斗争性质的安禄山之乱，在马嵬兵变这一事件上，最后的处理方法缓和了当时的阶级矛盾，比较有利地抵抗安禄山的进攻，这就使得古典作家们在描写他的时候，虽然不能不加以谴责，但同时又不能不寄以同情。对于这两个历史人物混合着谴责与同情，应该认为是正确的，它乃是客观历史的反映。因为，我们知道，异族侵略这一事实，在历史上，常常是会起着重大作用的。民族矛盾的发展，就往往使得阶级矛盾暂时降居次要地位。在这种情况之下，人民也就往往会改变他们对于皇帝的观感㉕。古典作家们为了唐明皇和杨贵妃的危害祖国而谴责他们，又为了女性遭受牺牲而同情杨贵妃，为了祖国遭受侵犯而同情唐明皇。这就使得谴责和同情这两种似乎是矛盾的感情在爱国主义思想和民主思想的基础上获得统一，在一定程度上代表了人民对于这一历史事件的看法。这就使得民间文学和古典文学中的许多作品，在处理这个题材时，采取了大致相同的观点，如大鼓书中的"剑阁闻铃"就是一例。

《文艺月报》1955 年 4—5 月号

————————

① 赵执信为了《长生殿》的演出得祸，详见叶德均：《戏曲论丛·演〈长生殿〉之祸》。"可怜一曲《长生殿》，断送功名到白头。"当时人咏赵的诗句。"倾国争夸天宝时，才人例解说相思。三生影响陈鸿传，一种风情白傅诗。"赵氏《上元观演〈长生殿〉十绝句》之一，

见《饴山集》卷十四。

② 《长生殿》自序。

③ 关德栋：《洪昇和〈长生殿〉》，《青岛日报》一九五四年三月二十三日。

④ 方征：《关于山东大学中文系对〈长生殿〉的讨论》中记录关德栋同志发表的意见，《青岛日报》一九五四年六月三十日。

⑤ 钱东甫：《关于洪昇和他的戏曲〈长生殿〉》，《文艺月报》一九五四年八月号。

⑥ 恩格斯：《家庭、私有制及国家的起源》第二章（张仲实译）。

⑦ 第十出"疑谶"。

⑧ 陈寅恪：《记唐代之李武韦杨婚姻集团》，《历史研究》一九五四年第一期。

⑨ 白居易：《长恨歌》，同文书局石印本《全唐诗》卷十六，页十七。文中引用《全唐诗》，均此本。

⑩ 朱彝尊《曝书亭集》卷五十五，《书〈杨太真外传〉后》曾经想了一些办法，企图证明杨贵妃是"以处子入宫"，不是已经嫁给儿子之后又嫁给老子的，但这个企图并没有能达到。详见陈寅恪《元白诗笺证稿》第一章。

⑪ 《资治通鉴》卷二百十六："自是，禄山出入宫掖不禁，或与贵妃对食，或通宵不出，颇有丑声闻于外。"按《汉书·外戚传》："房与宫对食。"颜师古注引应劭说："宫人自相与为夫妇名对食。"

⑫ 钱东甫同志在上举文中强调了"杨妃的坚贞与专一的爱情"，而认为唐明皇"与梅妃的偷情以及和虢国夫人的私通，都明他不是一个专情的、而仅是一个好色的皇帝"，并且谴责唐明皇"有了杨妃便可撇掉梅妃，有了虢国夫人又可以撇掉杨妃；对杨妃感到厌倦了，便又再去沾染一下梅妃。"这种说法是既不与历史的事实相符合，也不与作家的本意相符合的。在封建统治阶级的观点和制度中，男子的多妻是被认为合理合法的，他们的淫乱是被认为可以原谅的。而女子的改嫁（特别是像杨贵妃那样的改嫁）和通奸，则是被认为不可饶恕的。洪昇同情唐明皇和杨贵妃，因而在他们的私人生活的某些方面加以某种程度的美化和净化，但他在自序中所说的"凡史家秽语，概削不书"，显然只削去了杨贵妃那一部分，至于剧本中所写的唐明皇的行为，则是作家看来至少是无伤大雅，才加以保留的，（作家不写出杨玉环原来是寿王的妃子，不仅为了回护杨贵妃，同时也为了回护唐明皇。因为这种行为，即使就封建统治阶级的立场、男子的立场来看，也还是不道德的和丑恶的。）并非有意用来和剧中所写的杨贵妃的行为对比，以显出他们在品质上的高下。钱东甫同志所要求于唐明皇那种"专情"，是连在资本主义社会中的一夫一妻制之下都不可能做到的，而要在封建社会中的多妻制之下做到，显然更不可能。因此，说思想基本上是属于封建主义体系的作家这样地描写唐明皇就是为了批判他的用情不专，实在是不从实际出发的猜想。至于说"皇帝的本性就是如此"，如果这本性指的是封建统治阶级的阶级性，那倒是不错的。

⑬ 第三十六齣"看袜"。

⑭ 第三十齣"情悔"。

⑮ 杜甫《北征》："忆昨狼狈初，事与古先别。奸臣竟菹醢，同恶随荡析。不闻夏殷（当作殷周）衰，中自诛褒妲！周汉获再兴，宣光果明哲。桓桓陈将军，仗钺奋忠烈，微尔人尽非，如今国犹活。"（《全唐诗》卷八，页八）马嵬兵变在七五六年，这篇诗写于七五七年，是对于这次事件的、最先出现的正确评论。顺便指出：近来讨论《长生殿》的文章中，上举钱东甫同志的一篇和陈友琴同志的《读〈长生殿〉传奇》（《文学遗产》第二十一期，《光明日报》一九五四年九月二十一日）都引证了鲁迅先生"女人未必多说谎"（载《花边文学》）中的一段话，而鲁迅先生文中，则引用了《北征》中"不闻夏殷衰，中自诛褒妲"两句。但杜甫这两句诗，不论从诗人的基本思想上考察，或者是从本诗的作意、上下文句上考察，都是肯定唐明皇对于这次事件的处理的，鲁迅先生却引来否定它，就和杜甫的原意正相反了。鲁迅先生的这一疏忽，引用"女人未必多说谎"一文的同志，是应当加以校正的。

⑯ 第二十五齣"埋玉"。

⑰ 上举方征文中所记录的某些同志的意见。顺便指出，根据这个记录，关德栋同志曾经认为：《长生殿》以让李隆基进入月宫与杨玉环重圆结束，"简直可以说是表现了爱战胜了死。"大家一致否定了这个看法，认为："'爱情战胜了死'，正是一种资产阶级'恋爱至上'的观点。"不用说，关德栋同志用这句话来赞美《长生殿》，是不很适当的，但同时，说这句话正是资产阶级"恋爱至上"的观点，也不很适当。米哈依洛夫斯基、贝尔金娜在《高尔基》这个小册子（苏联大百科全书选译，之远译）中写道："高尔基的社会哲学思想，在长诗《少女与死神》（写于一八九二年）中达到了辉煌的艺术表现。一九三一年十月十一日，斯大林听完作者朗诵了这篇长诗之后，在正文的最后一页写道："这篇东西比歌德的《浮士德》更有力（爱战胜了死）。"艺术家对一个被解放的人的取之不尽的创造潜力的信心，对人民力量的信心，培养了体现在这篇长诗中强烈的乐观主义和积极的无产阶级的人道主义。在神话幻想的形象中，高尔基肯定人能战胜具有破坏性的自然界力量，能战胜社会压迫的力量，爱战胜死。"由此可见，"爱战胜死"这一概念，和资产阶级"恋爱至上"的观点，并无必然的关系。

⑱ 袁世硕同志的意见。

⑲ 恩格斯：《家庭、私有制及国家的起源》第二章。

⑳ 详见陈寅恪：《记唐代之李武韦杨婚姻集团》。

㉑ 恩格斯：《家庭、私有制及国家的起源》第二章。

㉒ 毛泽东：《矛盾论》，《毛泽东选集》第一版，第二卷，第七九四—七九五页。

㉓ 范文澜：《关于中国历史上的一些问题》第八节，《中国科学院历史研究班第三所集刊》第一集。

㉔ 对于开元之治的怀念和天宝之乱的痛惜，是七五五年以后唐代诗人带有普遍性的主题之一。试举两个有名的作品作例子。杜甫《忆昔》之二："忆昔开元全盛日，小邑犹藏万家室。稻米流脂粟米白，公私仓廪俱丰实。九州道路无豺虎，远行不劳吉日出。齐纨鲁缟车班班，男耕女桑不相失。……岂闻一绢值万钱，有田种谷今流血。洛阳宫殿尽烧焚，宗庙新

除狐兔穴。"（《全唐诗》卷八，页二十三）元稹《连昌宫词》："姚崇宋璟作相公，劝谏上皇言语切。燮理阴阳禾黍丰，调和中外无兵戎，长官清平太守好，拣选皆言由相公。开元之末姚宋死，朝廷渐渐由妃子。禄山宫里养作儿，虢国门前闹如市。弄权宰相不记名，依稀忆得杨与李。庙谟颠倒四海摇，五十年来作疮痏。"（同上，卷十五，页三十九）这说明在乱前，唐代的政治经济情况好一些，因此人民的生活也好一些，乱后则相反。

㉕ 在历史上，当祖国遭到异族侵凌的时候，即使是昏君也会被人民寄以同情，例子是很多的。战国时，楚怀王被秦人用欺骗手段捉去，后来竟然死在秦国。"秦人归其丧于楚。楚人皆怜之，如悲亲戚。"（《史记·楚世家》）晋时，刘聪捉住愍帝，出去打猎，"令帝行车骑将军，戎服执戟为前导。百姓聚而观之，故老或歔欷流涕。"（《晋书·愍帝纪》）

论《长生殿》的思想性（续完）

——对目前有关《长生殿》评论的商榷

程千帆

    安禄山的叛变，严格地说，并不全然是民族矛盾爆发的体现。它同时还反映了唐代中央政府从开国以来一贯歧视山东河北地区因而引起的这一地带的人民和中央政府统治阶级的矛盾，也反映了上述那些地方的军阀和中央政府的矛盾。不过安禄山既然是一个父亲是胡人、母亲是突厥人的所谓杂种胡人，部下的将士又有极多的外族，当他侵入汉族人民居住的地区的时候，就使人不能不感性地首先觉得这种行为完全是异族侵略的性质，因而迅速地激发了广大汉族人民的爱国主义的感情。加上开元以来，土地兼并虽然加速进行，使得农民和地主两大阶级之间的这个原来存在的基本矛盾更有发展，但还没有达到极尖锐的时期，因此所谓开元治世，虽然更大的利益是属于统治阶级的，然而人民的生活也同时是比较安定的。到了安禄山一旦叛变，长驱直入大唐帝国的心脏，"步骑散漫，人莫知其数，所过残灭"①。进入长安以后，又"命大索三日……铢两之物，无不穷治，连引搜捕，支蔓无穷"，这就使得"民间骚然"，不能不"益思唐室"了②。总之，安禄山的叛变对于汉族广大人民的直接的、巨大的影响，就是使得他们的生活堕入更加困苦的境地，因而也就很自然地引起了他们对于过去一切的怀念。杜甫在《北征》这篇诗中所歌唱的："昊天积霜露，正气有肃杀。祸转亡胡岁，势成擒胡月。胡命其能久？皇纲未宜绝！"③并不只是诗人个人的心声，而是当时人民的共同愿望。在大唐帝国遭受到蕃将安禄山的侵犯的时候，古典作家们，自杜甫以下，开始表示了他们对于唐明皇（连带也对于杨贵妃）的同情，关怀了两人私生活中所遭遇的不幸④，自白居易、陈鸿以下，在描写他们的私生活时，并开始赋与了他们以在他们身上原来不可能具有的真正的爱情⑤。这正是祖国作家们的爱国主义思想的一种曲折的体现，和他们同时表示了对于两人的谴责，也并不矛盾。它们都根源于作家们对于现实生活的感受。

杜甫、白居易这些伟大的现实主义诗人所提出的对于这一题材的处理方法，随着此后的阶级矛盾和民族矛盾的日益开展而形成了一个传统。通过李、杨的恋爱纠葛以反映当时的阶级矛盾和民族矛盾，也成为一个普遍的主题。我们姑且不去细数那些存在于唐、宋以来诗集中的关于这个题材的数量极多的诗歌，只就民族斗争非常尖锐和深入的元朝来看，以今所知，就有关汉卿的《唐明皇哭香囊》、白朴的《唐明皇秋夜梧桐雨》、岳伯川的《罗光远梦断杨贵妃》等杂剧及王伯成的《天宝遗事》诸宫调。虽然除了白朴的《梧桐雨》以外，其他三种都残佚了⑥，但从流传的佚文来看，他们对于这一历史题材的处理，也是和其前辈一致的。作家们把当时由于祖国的覆亡而使得自己和广大人民妻离子散的命运，和唐代的人民以及唐明皇、杨贵妃由于安禄山的叛变而遭受到的不幸联系起来了。

洪昇生活在清朝初年，那是一个满族贵族在汉族人民生活的土地上所建立的政权才开始变得巩固的时代。史可法、黄道周、瞿式耜这些民族英雄壮烈的事迹，顾炎武、黄宗羲、王夫之这些爱国学者具有民主思想的学说，"扬州十日"、"嘉定三屠"这些惨绝人寰的悲剧，都在不同的情况和程度上影响了他的思想。而他自己又是一个穷苦的文士，遭遇过我们现在还不十分明白的家难，这就使得他对当时的民族压迫更容易反感一些，对当时的先进思想也更容易接受一些。再加上他所具有的对于祖国古典文学的深厚修养，就构成了他创作《长生殿》的生活、思想、艺术各方面的基础。当然，另一方面，洪昇和他所出身的阶级的千丝万缕的联系，例如他和当时大官僚黄机的亲戚关系、和王士禛的师生关系、和当时满族贵族庄亲王的友谊关系，⑦又都阻碍了他更进一步地向人民靠拢，因而也限制了他的思想水平和艺术成就。这也是我们今天对作家和这个作品进行评价的时候，不能不加以注意的。

洪昇在《长生殿》中所体现的对于唐朝开元、天宝时代的历史知识以及他对于古典文学中有关这一题材的作品的丰富而深邃的研究，不是在这一篇短文中所能详细论证的。但为了更完整地理解表现在这个戏曲中的作家的思想，对于他在剧本自序中所提出来的《长生殿》和其他的描写这个题材的作品有所不同的地方，却必须加以注意。

关于删去杨贵妃的改嫁及通奸的问题，自序说："凡史家秽语，概削不书，非曰匿瑕，亦要诸诗人忠厚之旨云尔。"从杜甫、白居易一直到元、明时代的剧作家，对于杨贵妃的这些行为，从来都是直言不讳，而洪昇却加以删削，确实是容易引起疑问的，于是有人认为："作者既要暴露罪恶，而又装腔作势的有许多顾忌……其实是大可不必的。"⑧其实，洪昇的动机是不难加以说明的。他对李、杨二人的态度既然是混合着谴责与同情，则他对于杨贵妃，必须把她修改成为一个一般的、还值得同情的人物，而不能把她写成既和唐明皇相爱，而又那么不干不净，自相矛盾，以削弱自己的说服力。在这一点上，洪昇以前的作家确实是注意得不够的，因而他们笔底下的杨玉环这个人物是不够完整的，甚至在某些作品中还是分裂的。洪昇从民族意识和民主思想的基础上出发，对他们的私人生活的某些方面加以某种程度的美化和净化，使得自己所赋予作品中人物的爱情更容易感动人，这不仅是"忠厚之旨"，在艺术要求上也是必要的。这既非不必要的顾忌，也并不妨碍作家对他们在另外一些方面所作的批判，所以自序接着说："然而乐极哀来，垂戒来世，意即寓焉。"

关于让李、杨二人悔过的问题，自序说："且古来逞侈心而穷人欲，祸败随之，未有不悔者也。玉环倾国，卒至陨身，死而有知，情悔何极！苟非怨艾之深，尚何证仙之与有？孔子删《书》而录《秦誓》，嘉其败而能悔，殆若是欤？"洪昇在这里所作的关于他增添这一段情节的解说，是很微妙的，可是联系到作家的思想感情加以考察，就仍然可以得到它的真义。"封建时代的许多诗人和作家都不能不通过封建主义的思想体系，去服务封建制度和统治阶级──对于这一事实，我们不仅应该从这些诗人和作家的阶级性（他们大都是从属于统治阶级或和统治阶级有密切联系的人）去说明，而且应该从当时社会的客观现实去说明。如果在当时社会封建生产关系还是巩固地存在着，封建主义的思想体系还是合理地具有支配的势力，则根据封建主义思想去维护封建制度，不仅在统治阶级看来是合理的，在所有的人看来也还是合理的。在这样的时候……引起诗人和作家的正义感和对于人民的同情的，只是统治阶级的过度的残酷剥削，以及与此相联的黑暗的政治、社会的破绽、阶级的矛盾等。"⑨《长生殿》中所反映的历史时代，毫无问题是一个封建主义的思想体系还是合理地具有支配势力的时代，洪昇所生活的历史时代，则是一个资本主义虽然已经萌芽，而封建生产关系还是巩固地存在着的时代。至于他本人的思想基本上是属于封建主义的体系，则更不用说。这样，就使得他在剧本中通过历史事实揭露了，然而也只是在一定限度内揭露了汉族统治阶级的残酷剥削、黑暗统治、社会破绽、阶级矛盾。但由于安禄山之乱所具有的民族斗争的性质，由于从北宋以来汉族人民长期受着异族的侵凌的情况，特别是由于他自己生活在汉族人民被满洲贵族奴役的时代，就又使得他在剧本中流露了无论在唐代或清代阶级矛盾向民族矛盾转化，使后者代替前者而上升为主要矛盾这一历史真实。

这在戏曲中的具体表现，就是同情唐明皇和杨贵妃，赋予他们两人以真正的爱情，并且令他们悔过。作家让唐明皇向杨贵妃悔过，因为他"情薄负盟"⑩，作家又让杨贵妃和唐明皇都向人民悔过，因为在杨的方面，是"罪恶滔天，总皆由我"⑪，在李的方面，是"朕之不明，以致如此"⑫。洪昇安排这些情节的主要企图显然在调和阶级矛盾，而这种企图，一方面固然显示了作家在思想体系上的局限性，他不可能不是一个皇权主义者，而另一方面，又确实反映了阶级矛盾向民族矛盾转化的客观现实和作家自己的爱国主义思想与民主思想。在这里，无妨指出序文中有两句不为人所注意的话的涵义。作家为什么忽然要扯到孔子删《书》而录《秦誓》的问题呢？据古籍参合考订，《秦誓》是秦穆公为晋所败之后，表示痛自悔改而作的。由于他能悔，后来不仅打败了晋国，而且作了西戎的霸主⑬。序文出人意外地把秦穆公和唐明皇加以关合，这就隐蔽然而又分明地表示了自己对祖国复兴的希求，对于"败而能悔"的汉族皇帝的渴望。以男女之情比方对自己于祖国、国家和君主之情，是祖国古典文学中习见的和有势力的表现方法之一。在戏曲开始的《传概》一出中，作家写道：

〔满江红〕今古情场，问谁个真心到底？但果有精诚不散，终成连理。万里何愁南共北，两心那论生和死。笑人间儿女怅缘悭，无情耳！　感金石，回天地；昭白日，垂青史。看臣忠子孝，总由情至。先圣不曾删郑卫，吾侪取义翻宫徵。借太真外传谱新词，情而已。

这就更其直接地证明了：作家的民族意识与作家所描写李、杨爱情，与其认为是矛盾的，无宁认为是统一的；与其认为是作家粉饰现实、逃避现实，无宁认为是作家正视现实，反映现实。《长生殿》在两百多年以来所显示的艺术上的魅力，是和数千年来植根在广大人民生活沃土中的深厚的爱国主义传统分不开的，是和作家的爱国主义思想与民主思想分不开的，因而也是应当与以肯定的。

　　以上，我极其粗略地通过对于某些同志所持有的对于李、杨恋爱纠葛的看法所表示的异同之见，说明了自己对于这个剧本中贯串全剧的线索的一些理解。依据这一些理解，不难看出，作家以较多篇幅描写的唐明皇与杨贵妃之间的私人生活，对于作家的创作意图，即通过这一私人事件来反映那个伟大的历史时代，并且又通过这些历史情节来揭示自己所生活着的时代的面貌，来宣布自己的爱国主义思想和民主思想，所起的作用是明显的。

但重要的是：作家并不是把这一根线索孤立地加以描绘的。它也不可能是孤立的。李、杨两人的恋爱纠葛这一对矛盾，如前面所已经提及的，是和另外两对矛盾，即李唐贵族统治阶级对广大人民的压迫剥削、蕃将安禄山对李唐皇朝的叛变和对汉族人民的残害紧密地联系着的。在剧本的上卷中，作家通过了复杂的艺术结构指出：由于杨贵妃这个封建帝王宫廷中的典型人物在一系列的斗争中获得了胜利，排斥了虢国夫人和梅妃在唐明皇心中的地位⑭，杨氏外戚家族就由于她的专宠而更加隆盛起来。其结果，就从更多的方面挖松了大唐帝国的墙脚。不但人民所受的压迫剥削是更加厉害了，而且，如《权哄》一出所写的，统治阶级当权派的内部也引起了分化，并由之而产生了后来安禄山叛变事件的萌芽。作家在戏曲中细致地刻画了唐明皇对杨贵妃的爱情由不专而专，即由矛盾而统一的情节，也同时通过这些刻画揭露了他们的荒淫生活。这种荒淫生活影响了帝国的政治，使之变成黑暗，影响了帝国的经济，使之转为枯竭，也就促使统治阶级和广大人民中间原来存在的矛盾不断地发展，带有民族矛盾性质的叛变逐渐形成。而由于"杨国忠与禄山不相悦，屡言禄山且反。上不听。国忠数以事激之，欲其速反，以取信于上。禄山由是决意遽反"。⑮这就使得当时主要的、但还没有发展到饱和状态的阶级矛盾必须让位于突然爆发的、带有民族矛盾性质的新矛盾。同时，由于这一新矛盾的突然爆发，又打破了唐明皇、杨贵妃两人私人生活中由梅妃之死而形成的静止状态。马嵬兵变基本上是人民和统治阶级矛盾激化的呈现，但军士们之杀杨国忠，据历史上的记载，却是藉口"国忠与胡虏谋反"⑯，这也就可以看出人民对于异族侵略的态度。因为唐明皇对于这一件事处理得宜，这就使得新的矛盾更加迅速地替代了旧的，而作为剧本中主要线索的李、杨恋爱纠葛，也由此从生前转入死后，有了新的开展。从这些叙述远远不够完全的、交织着的几对矛盾里，我们看出了作家的现实主义的艺术才能。

但无论这些历史现象描绘起来是多么地复杂，而作家所用以描绘这些现象的态度却是异常鲜明的。洪昇一方面暴露了封建帝王宫廷中的腐朽生活及其对人民的压迫和剥削，暴露了统治阶级中"君王舅子三公位，宰相家人七品官"的丑恶关系⑰，暴露了杨国忠与安禄山之间，以及杨贵妃与虢国夫人、梅妃之间的矛盾，给我们指出了这个皇朝已经面临重大的危机；而另一方面，又通过《进果》一出，描写了在祖国的土地上，还有成千上万的、在深重灾难之中也有勇气生活下去的人民。通过《疑谶》一出，歌颂了站在人民一道，极端仇视那些"野狼"、"妖狐"，并且决心要拯救祖国的郭子仪，给我们以祖国一定会得救的信心。这就使人清楚地感到，出现在剧本的场面虽然是复杂的、矛盾的，然而作家的意图却是单纯的、统一的。他惟一的意图就是要以爱国主义来反对反爱国主义。

比起上卷来，《长生殿》的下卷确实是单薄一些。这主要地是由于作家以同情替代了他对于唐明皇和杨贵妃的谴责，连带地也放松了对于整个统治阶级的批判的缘故。这样一来，在剧本中所显示的矛盾就只剩下了两对，即民族矛盾和李、杨之间死后的恋爱纠葛，而这两对矛盾，又是平行地发展着的。李唐皇朝平定了安禄山，唐明皇和杨贵妃由悔过而重圆，都写得很顺利。在戏剧冲突的处理上，很明显地具有"让棋"的现象，因而削弱了自己的说服力。而且在情节的安排上，为了要凑足和上卷相同的出数，也显得冗长。但作为一个完整的艺术品来说，下卷仍然是全剧的一个有机组成部分。特别是就思想内容来说，作家所藉以宣布其爱国主义思想的另外一些重要情节，如关于异民族入侵，关于马嵬兵变以后李、杨两人的不幸遭遇等方面的处理，都是见于下卷中的。如果在整个《长生殿》中没有了《骂贼》、《弹词》、《献饭》、《情悔》等出，我们就很难不认为作家的创作意图、作品的主题思想没有得到充分表现。如像《骂贼》一出就通过历史情况，对清朝和当时投降清朝的官吏，作了最严厉的指斥。他分明地说出：

[元和令]恨仔恨泼腥膻羶莽将龙座浄，癫虾蟆妄想天鹅啖，生克擦，直逼的个官家下殿走天南。你道恁胡行堪不堪。纵将他寝皮食肉，也恨难剋。谁想那一班儿，没掂三，歹心肠，贼狗男。

[上马娇]平日家张着口将忠孝谈，到临危翻着脸把富贵贪，早一齐儿摇尾受新衔，把一个君亲仇敌当作恩人感。嗻只问你蒙面可羞惭？

倘使我们回想一下当时南明政府的逃跑的路线，就会更深地体会到"官家下殿走天南"一句的涵义；看一看《清史稿》中的一些传记，就可以更多地认识雷海青在这里所骂的那班人的嘴脸。至于在《弹词》一出中，李龟年所唱的：

[转调货郎儿]唱不尽兴亡梦幻，弹不尽悲伤感叹。大古里凄凉满眼对江山。我只待拨繁弦，传幽怨，翻别调，写愁烦，慢慢的把天宝当年遗事弹。

则正是《长生殿》的又一篇自序。如果说那一篇自序是作家着重地说明了自己何以要同情那一对不幸的爱侣，则这一篇正是作家着重地说明了自己何以要谴责他们，何以要憎恨统治阶级和异族侵略者。这都是《长生殿》不可缺少的部分。因此，我觉得，认为《长生殿》的下卷，比起上卷来，存在着较多的弱点和缺点，是可以的，而认为上卷“从主题思想、结构等方面看，是可以独立，而无损于艺术的完整性”，下卷“基本上可以说是失败之作”[18]，则是不很恰当的。

总的说来，《长生殿》的思想性就在于作家对写在剧作中的三对矛盾及其不同的矛盾面，表示了自己的态度。当写统治阶级和广大人民的利益相矛盾的时候，他鲜明地站在人民这一边。当写异族侵略者和祖国的利益相矛盾的时候，他鲜明地站在祖国这一边。当写杨贵妃遭受了不可避免的牺牲以后，他对唐明皇给与了应有的谴责，对杨贵妃给与了较多的同情。这样，剧本就比较正确地反映了当时生活中主要的东西，呈露了现实主义的光彩。

《长生殿》在思想内容方面同时是有其弱点和缺点的。由于题材的选择影响了作家的美学方针，剧本中把过多的篇幅给与了李、杨两人的私生活，使它基本上成了一个生旦戏。这就使得作品中对于阶级矛盾和民族矛盾的描写，虽有若干场面是深刻的，然而在总体上是不够宽阔的。特别是在下卷中，由于作家对于唐明皇和杨贵妃的同情，竟然把当时一个重要的客观存在——阶级矛盾从作品中抽走了，这是和天宝之乱以后的历史现实不符合的。在这种地方，我们固然看到了作家的爱国主义，然而也同时看到了出身于封建地主阶级的作家的爱国主义和人民的爱国主义的区别，看到了他所受到的世界观、历史条件的制约。

在情节上，重圆固然是悔过的一个很自然的发展。但作家却通过重圆这个场面，让唐明皇和杨贵妃在历尽艰难困苦，获得了一切之后，立刻又失去了一切。“尘缘倥偬，忉利有天情更永，不比凡间梦。悲欢和哄，恩与爱，总成空。跳出痴迷洞，割断相思鞚。”[19]在自序中，洪昇说，他之所以这样地处理，是因为“情缘总归虚幻。清夜闻钟，夫亦可以遽然梦觉矣”。这说明了什么呢？洪昇，作为一个时代的先行者，他不能不感到他自己的阶级已经在没落了。他所刻意描写的唐明皇和杨贵妃的爱情，是建立在人民和统治者矛盾的统一的基础上的。但他从现实生活中得出来的结论，则是和他在创作中表达的希望相反的。他看到了，尽管还是模糊的，阶级矛盾存在的绝对性，看到了自己努力调和这种矛盾的徒劳，于是，这一阵寒流迂缓地然而又强有力地透过了他的心灵，使得《长生殿》在最后的结束中，不能不带有虚无主义的意味。

　　《长生殿》，就是这么一个相当出色地反映了生活中许多复杂的矛盾，而它本身却又蕴藏着作家本身所无力克服的矛盾的作品。

————————

　　① 《资治通鉴》卷二百十七。

　　② 《资治通鉴》卷二百十七，卷二百十八。

　　③ 《全唐诗》卷八，页八。

　　④ 杜甫在《北征》中痛斥了杨贵妃集团之祸国殃民（见注十五），而在《哀江头》一诗中却写道："少陵野老吞声哭，春日潜行曲江曲，江头宫殿锁千门，细柳新蒲为谁绿？忆昔霓旌下南苑，苑中万物生颜色。昭阳殿里第一人，同辇随侍君王侧，辇前才人带弓箭，白马嚼啮黄金勒。翻身向天仰射云，一笑正坠双飞翼。明眸皓齿今何在？血污游魂归不得。清渭东流剑阁深，去住彼此无消息。人生有情泪沾臆，江水江花岂终极？黄昏胡骑尘满城，欲往城南忘城北。"（《全唐诗》卷八，页六）则又极其明显地把李、杨二人私人生活的不幸和祖国的灾难关合在一起了。

　　⑤ 白居易的《长恨歌》和陈鸿的《长恨歌传》对唐明皇和杨贵妃一方面是讽刺和谴责，一方面又第一次在祖国文学史上对于他们之间的爱情作了深刻而生动的描写。《长生殿》事实上是它们的一个发展和在传奇这个样式中的一个成功的移植。因为《歌》和《传》更是人所熟知的作品，这里就不再征引了。应当附带指出的是：钱东甫同志因为要证实自己的论点，硬说："《长恨歌》与《长恨歌传》虽然常常放在一起，但两者处理这个故事的态度是不同的。"他认为："陈鸿在传后一节论赞中，说明他的写作意图道：'意者不但感其事，亦欲惩尤物，窒乱阶，垂于将来者也。'这就是很清楚地显露了他的封建统治阶级的立场。"而白居易则似乎是并不要求"惩尤物，窒乱阶"的。这个意见是不对的。第一，传奇小说乃是唐代贞元、元和之间的一种新的文学样式，它通常是要同时具备史才、诗笔、议论。它可以一个人独写，也可以两人分写，但即使由两人分写，仍然是一个整体。因此，"陈氏之《长恨歌传》与白氏之《长恨歌》非通常序文与本诗之关系，面为一不可分离之共同机构"，《歌》主要地担负了抒情——即诗笔的部分，而《传》主要地担负了叙事——即史才，说理——即议论的部分，陈寅恪先生《元白诗笺证稿》第一章对此点有详细论述，可参看。"惩尤物，窒乱阶"，根据创作上的分工，是应当由陈鸿来说的，并非两个人的态度有什么不同。第二，白居易在《长恨歌》中虽然没有十分明白地说出这个意思来，然而在别的许多诗中却是说了的。这里只举一个例，《新乐府·李夫人》："君不见，穆王三日哭，重璧台前伤盛姬。又不见，泰陵一掬泪，马嵬坡下念杨妃。纵令妍姿艳质化为土，此恨长在无销期。生亦惑，死亦惑，尤物惑人忘不得。人非木石皆有情，不如不遇倾城色。"白诗见《全唐诗》卷十五，页六八。

　　⑥ 《哭香囊》和《梦断杨贵妃》的佚文，见赵景深《元人杂剧辑逸》。《天宝遗事》的佚文，绝大多数散见《雍熙乐府》。

⑦ 见陈友琴：《略谈〈长生殿〉作者洪昇的生平》，载《文学遗产》第9期，《光明日报》1954年6月21日。

⑧ 陈友琴：《读〈长生殿传奇〉》

⑨ 冯雪峰：《回答关于〈水浒〉的几个问题》第九节，《文艺报》一九五四年第六号。

⑩ 第四十七出《补恨》。

⑪ 第三十出《情悔》。

⑫ 第二十六出《献饭》。

⑬ 高松兆：《〈秦誓〉考》，国立清华大学中国文学会编：《语言与文学》。

⑭ 关于杨贵妃的性格及其形成的原因，袁世硕同志的分析是正确的，本文中不再重复。

⑮ 《资治通鉴》卷二百十七。

⑯ 《资治通鉴》卷二百十七，卷二百十八。

⑰ 第三出《贿权》。

⑱ 袁世硕同志的意见。

⑲ 第五十出《重圆》。

校点《桃花扇》新序

方霞光

一

　　明祚之覆亡，通常史家多以为是在公元一六四四年；李自成攻陷北京，明思宗缢死于煤山，就算是明朝亡了。于是清人之入关即位，乃成为继承正统，而清人之攻击李闯，便竟被认为是仗义的行为了，这就很有点荒谬。因为当公元一六四四年，岁次甲申，是清顺治元年，而其实乃是明崇祯十七年。这一年，三月十九日，思宗殉国；五月初一日，福王由崧，以受臣民之拥戴，监国于南京，同月十五日，正位称帝，次年，改元弘光。南京陷落，弘光帝被执北去，鲁王以海监国于绍兴（在公元一六四五年）。而唐王聿键，随即位于福州，即改元为隆武。诏令天下，以汉光武改元建武；蜀昭烈改元章武为例，于公元一六四五年闰六月十五日即位，七月一日以后，便为隆武元年。但仅仅一年，兵溃被执于汀州，送至福州，不食而死。其弟唐王聿𨮁援兄终弟及之义，以公元一六四六年十一月初二日即位于广州，改元绍武，未四十日，广州破，自缢而殂。但这时桂王由榔又早已在肇庆称帝，桂王由榔之监国比聿𨮁更早，即位亦在公元一六四六年十一月，以次年为永历元年（清顺治四年）。到公元一六六二年，永历十六年，清康熙元年，永历帝为缅人所卖，执送吴三桂，为吴所杀，这也许可以说是明统斩绝，明朝亡了。然而郑成功据守台湾，先奉隆武正朔，后奉永历正朔，其子经，其孙克塽，世嗣为延平郡王。至康熙二十二年克塽降清时，犹奉永历三十七年正朔（时当公元一六八三年），其时永历帝已死去二十一年了。而永历年祚却在台湾延长到三十七年。我们如果打破成则为王、败则为寇的卑鄙之见，则应该承认这弘光，隆武，绍武与永历四朝都是继承明代正统的，虽然他们都是偏安之局。历史上汉之光武和昭烈，唐之肃宗即位于灵武，宋之高宗继承徽宗、钦宗，以至后来的帝昰和帝昺，都可以视为汉代、唐代和宋代之正统，则弘光、隆武、绍武与永历一样地拥有人民，领有土地，又何必加以歧视呢？

这样一来，那么，弘光便为南明四朝之首，局面最大，统系最明。所谓鲁王以海，唐王聿键与聿𨮁，桂王由榔都会致表称贺，或受其封赐的。弘光一朝的兴立，虽然短促，但他却维系了一时的人心，担负了继绝存亡的重大任务。因此，这部《桃花扇》传奇，虽然不过是传其事之奇，借美人之面血，扇染桃花，取其事之最艳亦最韵，但是，一代兴亡，系之扇底，也正是最伤心最惨目的事。读者须知：永历帝被执见杀之时，《桃花扇》作者已经十五岁了。他耳闻目见，岂能无动于中呢？要是算至郑克塽降清之日，那作者已经三十六岁，《桃花扇》一剧已经在经营着腹稿了。自然而然的，《桃花扇》传奇内，就染上了凄怆悲凉的情调。

<h1 style="text-align:center">二</h1>

在《桃花扇》最后一出，续四十出《余韵》（所系的年月是戊子九月）里，老赞礼口中点明，这一天，九月十七日，乃福德星君降生之辰，他正也是同在这一天降生的，而一富一贫，不平得很。我们知道：《桃花扇》作者却也真真是在这公元一六四八年戊子，清顺治五年，明永历二年的这一天，九月十七日降世的。福德星君不知多少岁了；但剧中的老赞礼却好满了六十岁，作者呢：刚好出生。作者如此安排，大有深意。老赞礼者，盖作者自叙《桃花扇》本事中所谓族兄方训公之化身，而实即作者自己的化身。假如作者早生了六十年，便一定当上了那一名忠心耿耿的南京太常寺老赞礼了。这足以表明作者精神上是完完全全的一个明末遗老。他之生也晚，不及亲见弘光一朝之风流事迹，然而，他却还及见永历帝之在西南艰苦奋斗，还及知许多次明末遗老之轰轰烈烈的勇义之举。

《桃花扇》作者孔尚任，字季重，号东塘，又号云亭山人，乃孔子之后，六十四代孙，山东曲阜人，官户部主事，升员外郎。他除作《桃花扇》传奇外，复有《小忽雷》传奇。据作者《桃花扇本末》所记：《桃花扇》之作成在己卯（康熙三十八年，公元一六九九年，时作者五十二岁）六月，次年，作者即辞官还乡。大约作者当是吴梅村那一流人物，自以为"我是淮王旧鸡犬，不随仙去堕人间"的。他官既不大，又在闲曹，辞官归山，自然不愧是潇洒风流而又颇有气骨，不忘故主的人物。

作者自述其撰作《桃花扇》的经过云："未仕时，山居多暇，博采遗闻，入之声律，一句一字，抉心呕成。"又云：有王寿熙者，丁继之友也，为订正本剧曲律，"每一曲成，必按节而歌。"而作者对于剧中说白，复力求详备，其意在避免优人临场时随意增添，损坏剧作本旨。这都是注重在演唱，而不徒为供人阅读。故在作者生时，《桃花扇》已经是上演成功的作品。它特别能够感动一般故臣遗老，完场之际，"灯灺酒阑，唏嘘而散"，这是何等苦况？而况"场上歌舞，局外指点，知三百年基业，隳于何人，败于何事，消于何年，歇于何地？"则真有不得不感激涕零，掩袂而吞声者矣。故《桃花扇》乃是一部很能抓住当时那些观众的伟大剧作。《桃花扇》之初演，乃至己卯，康熙三十八年，公元一六九九年。到次年，便频频上演，名噪时流了。而刊刻竣工，则在戊子，康熙四十七年，公元一七〇八年，这时作者已经又周花甲，六十一岁了。

三

《桃花扇》是明亡痛史，弘光朝君臣实录，可是作者却为它披上了一件哀感凄丽的外衣，他同时写的是一生一旦，侯方域与李香君的恋爱史，遂把儿女爱情，悲欢离合，与国家大事，兴亡隆替，混而为一。《桃花扇》，是何等能吸引观众的名字。贞烈的美人李香君的面血，染红了曾经侯方域题上了定情诗的丝扇；而得名画家杨龙友渲染为折枝桃花；寄托了痴男怨女的无限深情。这又正是很能惹动读者的情节。

可是，侯李的恋爱故事在本剧中占有甚么位置呢？侯生在剧中不过是一个风流公子，性格远不如李姬之刚烈，并无特别予以表彰之处。李姬在剧中，唱做稍为多些，但亦未见特别加以显明的描绘。事实上，则侯生终于被迫应试，并未隐居；而香君者，则据侯方域所作《李姬传》，才不过是"略知书，能辨别士大夫贤否"的一个歌伎而已，也不过是侯生聘妾而已，何至于有剧中所为的那种死生以之，难分难离的痴情？在传奇第四十出《入道》：作者借了张道士之口，大骂道："阿呸！两个痴虫！你看国在那里？家在那里？君在那里？父在那里？偏是这点花月情根，割他不断么？"可见《桃花扇》传奇立意不在乎写出生侯与旦李，故有此一骂，而决不许他们二人团圆。故说："侯公子断除花月缘，张道士归结兴亡案"。最后，便由张道士判明了忠奸善恶，昭示了神灵感应，而把"桃花扇扯碎了一条条"，使侯生李姬分别的同时出了家。

作者杜撰这"桃花扇"三字，只为了要与"燕子笺"作对。你看，《桃花扇》传奇中最后的一首下场诗的两句："曾恨红笺衔燕子，偶怜素扇染桃花。"对偶何等工整！剧中对于《燕子笺》的作者阮大铖，攻击最力，他是第一个小人，一切奸谋罪恶，都是由他作出来的。剧中几回提到《燕子笺》，但因其人而骂其书，人既卑下，则文采也不足观了。但《燕子笺》是时代较早一点的有名剧作，很多人欣赏的，而《桃花扇》作者则要使《桃花扇》比它更美更韵，叫座力也要更大。溅血染纨扇，画作桃花云云，料得并无事实的根据，纯粹是由作者想像得之的。他要和《燕子笺》争观众，结果果然超出了《燕子笺》许多。

四

侯李的恋爱不过是宾，是衬托；"桃花扇"一词乃出于杜撰，或别有寓意，而所称扇上所系的南朝兴亡治乱，却倒是作者所要认真评述的。他对于这亡国之原，忠奸之辨，看得很痛心，很透澈，所以才用一种历史的态度来撰作这一部传奇，微言大义，有所寄托，我们不可不用心去领略。假如将试一出，加二十一出和续四十出除开了，那么，上本二十一出，起崇祯十六年癸未，公元一六四三年，二月，至崇祯十七年甲申，公元一六四四年，七月。下本二十出，起崇祯十七年，甲申，十月，至弘光元年，乙酉，公元一六四五年，清顺治二年，七月。所写的才不过是两年多的事情。其中人物，各具个性，大约可以分为两类：一类为成仁取义，廉节自守的英雄义士烈女；一类是求名鹜利，卑诈下流的奸佞小人。前一类人奋斗，吃苦，不屈；后一类人偷安，享乐，投降。刻画深微，活灵活现。

我们拿侯李恋爱事迹为线索，可以看到作者所着重刻画的弘光亡国史。弘光一朝，历史上意义重大，可是作者写来，却不过是一出可笑的滑稽剧。由崧世袭福王，而自幼家教不良，德性极劣。第十四出《阻奸》，侯生对于他有三大罪，五不可立之说，（这实在很有所本，原来在倡立之时，吕大器和姜曰广一班大臣曾对由崧有此此评。）无如马阮及四镇竭力拥戴他，所以阻止不了。马阮之辈，以拥戴之功，屈于高位，便将新君，居为奇货。所以导之于征歌选舞，宫室宴乐中，以至于亡国。统括弘光一朝，毫无可纪的善政。现在我们尚可以看到史可法的几篇谏阻淫乐请励战守，以谋振作士气奏疏，便知道了。作者在剧中于弘光未加贬斥，当然是有君臣名分之见，不便指责；但写他初即位时，冠冕堂皇，临危急时，悄悄逃走，全无主见，卑屈猥琐，正如叛将田雄所说，真不像是享福之器。后来这田雄背负弘光投降清兵时，便自认为是去献宝，弘光就是这样一个可怜可笑的无用的宝贝皇帝。

五

弘光帝如上所说。那马士英和阮大铖呢，可恨极了。他们只知为私，不顾大局，只要搜括民财，报复私怨。他们为了党派之见，排挤正人君子，引用私人，独揽大权，贪赃枉法，陷国运于不复之境。而在外的武将如史可法与左良玉、黄得功都不愧为忠义之士。但是，左良玉是东林党人的武力，他曾想拥立鲁王，不知有弘光，而但知有崇祯。先有武昌兵变，继而因太子之处置问题，要清除君侧，兵向南京。骄兵悍将，破坏团结，起了内讧。淮扬兵调，门户大开，清兵于是长驱渡江，无人抵挡了。虽然左良玉兵到九江，他便病死军中，没有达到逼进南京之目的；但是等到史可法再赶回扬州，鼓励兵力，拼死力守，而形势已变，抵挡不住了。黄得功是一名勇将，志在勤王，但弘光弃京出走，失了号召能力，他要想恢复，为时已晚，结果也只好自刎而死。史、左与黄，都死得轰轰烈烈。

特别是史可法，剧中很着力去表彰他。第三十八出《沉江》，是为他写的，他慷慨陈情，顿足痛哭，投江而死。那是一篇最好的文章，读之令人泪下。实际他是在南京未陷之前，死守扬州，城破之时，被多铎杀死了的，沉江之说，与事实不符。但史公死事之烈，却是众人承认的，清兵一到南京，马上就为史公建祠，可见史公之死，就连他的敌人也万分崇仰钦佩。梅花岭上，有他的衣冠冢，这是现今还在的。作者写他沉江，是为了要造成戏剧的气氛，要避免直接描述清兵的罪行。而大大增辉了史的人格价值。

史之心在明朝，正直为国，民族意识高于一切；而左之心则忠于崇祯，黄之心忠于弘光，只这内部实力之趋向不同，不能团结一致以集中打击共同敌人，清兵，便使南朝亡国。作者对这表示很大的痛心！至于投降清兵的左梦庚与刘泽清，作者格于环境，亦只能予以无声之责骂。他骂徐青君，那位魏国公徐达的嫡孙，说是"开国元勋留狗尾"。那么，弘光也正是洪武皇帝的狗尾；左梦庚袭父军权，拥兵数十万，不战而降，那不更是狗尾不如了吗。

弘光帝荒淫于上，马阮辈胡为于下，虽有猛将雄兵，也无能为力了。故曰："五侯阃外空狼燧，二水洲边自雀舫。"何况各武将意志不一，力量分散，先来对内，再去对外，那有甚么办法不亡国呢？这正是作者所最痛心的。我们务须领略。

六

作者对于忠奸之辨，力求显明。第四十出，也可算是末了的一出，由张道士作了一个总结束，善有善报，恶有恶报，明明白白，一点不肯放松。《桃花扇》仿佛像一部《春秋》似的，以此正人心而砺末俗。

我们认定作者是一名遗老。但剧中只到最后续四十出，才有老赞礼说："啐！征求隐逸，乃朝廷盛典，公祖父母，俱当以礼相聘，怎么要拿起来？"算是对于清廷搜寻隐逸的方式，表示不满而已。这并未直接责及清朝。而全剧中，无一字及清，这真是作者技巧上高明之处。当时，文字狱多极了，作者是只能如此。作者除斥骂马阮之外，对于钱谦益一类降臣，亦不作贬词，此无非不多树敌而已。我们得体谅作者那时的政治环境。试想作者写的事情与清人关系颇多，而却避免一字不及，那可想而知作者怨恨已极，只能作无言之斥责了。

据作者之意，南朝只有七个高尚人物：那便是张瑶星，蔡益所，蓝瑛，卞玉京，丁继之，柳敬亭，和苏昆生。他们都是在明朝亡后，隐居不出，终于山林的。他们是武弁，是书贾，是画士，是妓女，是清客，是说书的，是教曲的，都不是饱读诗书的士大夫。续四十出中，皂隶说："那些文人名士，都是识时务的俊杰，从三年前，俱已出山了。"事实上，连公子侯生也出了山，故作者特别表彰这些草野小民，尚知守节，不忘故国。用这些闲话去羞愧那一般士大夫们。

加二十出，题曰《孤吟》，很有深意。孤臣思故国，满怀幽愤，无可发泄，所以写在纸上，全是迟暮沉沦之感，朝更世变，人散曲终，焉得不令人辛酸泪下？"残山梦最真，旧境抛难掉。"文人于此，认得最真切，最敏感。所以，作者抚胸浩叹，觉得无人了解他这一部《桃花扇》，乃是一件大大的苦恼！

凭此一股孤吟抒愤之心情，《桃花扇》乃成了最动人的杰作。分上下本，共四十出，有考据，有词采，结构紧密，描写深刻，直可以傲视一切！自《桃花扇》过后，昆曲渐衰，花部乱弹继起，即使再有人试作传奇，亦是强弩之末，能吟牒而不能演唱。同时，亦不会再有如此雄奇壮丽，慷慨苍凉，并秉情壮志而无上之的大好题材了。《桃花扇》实在是中国戏曲之后劲，押阵的大元帅。《桃花扇》实在是中国文学上的巨作。它在写作方法上，很有许多值得我们学习的地方，这正是一份优秀的文学遗产。我敢作如此的介绍：宁可不读《西厢记》，《牡丹亭》，《长生殿》，却不可不读《桃花扇》！

三十一年八月，柳江

《国文月刊》1943年4月第2期

论《桃花扇》的"余韵"

董每戡

　　《桃花扇》传奇肯定是个悲剧，且肯定既不是个才子佳人的恋爱悲剧，也不是自古希腊以来的所谓"命运悲剧"，在这儿"命运"已经让位给"政治"了，正如黑格尔在《历史哲学·罗马世界》篇里提到过的：

　　　　有一次，拿破仑和歌德谈话，说到悲剧的性质，拿破仑表示意见，以为现代悲剧和古代悲剧之所以不同，就是因为我们再没有支配人类的"命运"，古代的"命运"已经由"政治"代替了。所以他认为政治必须用在现代悲剧里，来代替古代悲剧里的命运的地位，作为环境不可抵抗，个体不得不顺从的势力。

生活时期比拿破仑、歌德早一个多世纪的孔尚任有如这种类似的看法而付诸实践，在《桃花扇》传奇里，"政治"代替了"命运"。无论东林、复社和阉党的斗争，或抗战派和投降派的斗争，都属于"政治"，史可法、马士英、阮大铖、侯方域、李香君都在那一段历史时期火炽的政治斗争氛围里活动。孔尚任的目的，不外乎想反映那些人在斗争过程中的生活。也就因为采用剧本这种文学体裁来反映历史人物的生活，才以戏剧所独具的伟力使过去死了的历史变成为现在（其他任何一种文体都没有这种能力），把死去已久的历史变成为现在正进行着的事件在千千万万观众的眼前活了起来。孔尚任是位剧作家，他只想通过历史真实获得艺术真实，因为戏剧诗人不是历史家，剧本也不是歌唱或对话的历史，目的不在于要求像历史那么翔实、正确，他仅有的欲望只希图由历史的真实达到自己的意向，也即是想由这种魅力来诱惑观众而触动观众的心弦，令他们参与那历史事件，不，眼前展开着的事件，跟剧中人同其哀乐，同其甘苦。所以《桃花扇》传奇写的是亡明痛史，却不是历史书，而是历史剧，它不直接详尽地摹拟历史真实，真真假假，虚虚实实，它毕竟属于艺术范畴，于是，读者、观者、论者都不能死咬住历史真实来校勘《桃花扇》传奇。

话扯远了，拉回来罢，既然认为《桃花扇》传奇不是才子佳人的恋爱戏，又认为在剧中"政治"代替了"命运"，那末，究竟谁是这部传奇的主人翁呢？我曾在本稿一开头就说过孔尚任用的写作方法是"剥笋解箨法"，也许是我个人的杜撰，却坚持己见：侯方域和李香君仅是寄生于"笋箨"上的男女主人翁，不过以他和她的离合悲欢故事为"经"而已。一段锦或一匹布的织成，光靠有"经"是不行的，必须有"纬"，"经"只起前后贯串的作用。换句话说，"笋箨"是表象的东西，实质仍然在"笋肉"，剥落一层一层的"笋箨"，使能见"笋肉"，所以孔尚任曾请读者和观众"用巨眼观"。《桃花扇》传奇的"箨"——"经"——"表象"是才子佳人的恋爱故事，侯方域和李香君只作为这个恋爱故事的主人翁；而它主要的"肉"——"纬"——"实质"是写亡明痛史，因而真正的主人翁不是侯、李，而是为亡明跟清战斗到死的史可法。第三十八出《沉江》就是这个传奇的"收煞"，后边虽还有三出戏，不过等于全部作品的"尾声"。生活是这样：南明的弘光皇朝固已亡，满清占有了中国，然而人民反满抗清的斗争仍然继续，几乎直到三百年后的辛亥革命。凡文学作品的"尾声"，都具有总结过去和现在，重要的则在暗示未来，所以不仅最后一出为"余韵"，第三十九、四十、续四十等三出都属于余韵，也即"尾声"——整个《桃花扇》的"大收煞"。年来最有争论的便是有关这方面的，其中最突出的是男女主人翁该如何结局的问题，因之，这儿就谈谈我个人粗浅的看法：

清梁廷枏在他的《曲话》里有这么一段话：

> 《桃花扇》以《余韵》折作结，曲终人杳，江上峰青，留有余不尽之意于烟波缥缈间，脱尽团圆俗套；乃顾天石改作《南桃花扇》，使生旦当场团圆，每其排场可快一时之耳目，然较之原作孰优孰劣？识者自能辨之。

我基本上同意梁氏这个说法；但不同的是认为孔尚任不只为形式方面的"脱尽团圆俗套"而那样写，主要是为当时的现实生活规定他不能不那样写，国破家亡，天翻地覆，侯、李爱情不可能有喜剧的收场，只能有破裂的结局，然而怎样破裂才合情合理，也就是符合当时的生活逻辑呢？倒是作者费脑力去思索的事。第三十九出《栖真》，第四十出《入道》，续四十出《余韵》这三出戏同属"作结"部分，不限于最后一出，确是"脱尽团圆俗套"，不止此，甚而也脱尽破裂伪套。戏剧的结局，一般说若不是"团圆"（Happy ending），便是"破裂"（Catastrophy），前者即喜剧的收场，后者通常是流血或死亡的悲剧结局，这都成为俗套，妙的是孔尚任既不采取前者，也不采取后者，自创一格，这可说是他在我国戏剧作法上的不可忽视的创新贡献。倘有改编者轻易改动，既对不起古人，也不能满足今人的期望，因为悲剧无非是人的不幸结果，主人翁的流血或者死亡，虽可以产生怜悯和恐怖之感，可是悲剧的结束不只限于这一种形式，因为每个人都有他各各不同的终点，便是表现每个人的结局，除了流血和死亡两型之外，还该有其他种种方式。欧洲文艺复兴期及后于那时期很久的十九世纪的文艺批评家们都不怎样强调流血或死亡即是悲剧的结尾，甚至有反对把悲剧收束限于这形式的，只有十七、八世纪的伪古典主义者"异口同声"地强调流血或死亡。我以为孔尚任的《桃花扇》是个悲剧，但不以某一个主人翁的流血或死亡为收煞，有它的好处在，他知道创作主人翁的坚强性格，在某些场合可以因流血或者死亡而产生了"悲剧美"，在另一些场合却并不如此，也许相反地削弱了主人翁坚强性格中某种坚忍的成分。况且作者倘使不依照人的生活的逻辑来改变悲剧的形式而予以喜剧的团圆也不可能"随心所欲"地达到主观愿望的目的，戏剧本身的性格是改变不了的，《琵琶记》就是个例子。它本身是个悲剧，并不因有一夫二妇的团圆而变成喜剧。同样地，《桃花扇》因亡明痛史之故是个悲剧，结果既不应团圆，也不必非破裂不可，甚至流血或死亡，这才是道地的现实主义者，应该依照那个真实的历史环境给它的结局而写成《桃花扇》传奇的结局，孔尚任恰有这种比较高明的艺术构思，依照明末清初那样的时代环境所能给的结局。要以侯、李爱情所寄托的桃花扇暗示了时代儿女所可能采取的方式，都应该忘却私情或一己的得失，牢牢记住国家民族的深仇大恨，一大群善男女都怀着故国河山沦于异族之手的悲怆和愤慨，忍受着暂时的"伟大的痛苦"，就足够表示大悲剧时代的悲剧气氛，而且予人以一种"言外之意，弦外之音"，余音袅袅，永远缭绕于观众的脑际和心头，这可能是比一个人两个人的流血或死亡更有效的作法，因为剧本的终场不等于这些人生命告结束。生活是多种多样的，反映生活真实的艺术也是多彩多姿的，即所谓忍受"伟大的痛苦"一事，仍然有各各不同的表现及它的结果，例如在明朝亡时，有些人入山隐遁（剧中的张瑶星、陈贞慧属此类），有些人浪游韬晦（顾炎武、王夫之属此类），有些继续战斗以至于壮烈牺牲（剧中的杨龙友，吴次尾属此类），这三种方式都不立刻采取流血或死亡的办法，都不失为贤者，所走的都是"明荡荡的大路"，所入的都是崇高的"道"，自然，除此三种外还有其他种好方式，可以说剧本的终场不就是遗民们的生活便从此告终，它不过是反映那一阶段生活真实的某些部分，不能要求作者非依历史葫芦画个瓢不可，我想《桃花扇》传奇的处理未必就比新编本那样侯方域最后变节应试，气死李香君差到那儿去。新编剧本充其量只能令人感到言已尽，意也尽，了无余韵，其末了是侯生穿清装上场，若有所暗示，便很不好，难道亡明遗民们都如此下场，岂不歪曲史实来诬蔑明末无数不投降的士大夫吗？为的是艺术典型是通过概括来表达的，这个概括就有副作用，同时，只为女主人翁个人的遭遇不好，所谓"所嫁非人"，终至于被气死，本是可以的，但原作的用意并非在于她个人的遭遇，着眼点是在一大群人，甚至可以说是写整个汉族人民的遭遇，反映面是极其广阔的；纵退一步说，作者不想独捧李香君一个人，至少要歌颂一群非士大夫阶层的人，正如《余韵》所特地指出的：

> 南朝作者七人：一武弁，一书贾，一画士，一妓女，一串客，一说书人，一唱曲人。全不见一士大夫，表此七人者，愧天下之士大夫也。

作者现实主义的精神，思想上的民主性压倒了他那固有的地主阶级的偏见，正表现在《桃花扇》传奇对士大夫阶层的人都有贬意，连对所歌颂的除史可法一人外，左良玉、黄得功都不无微辞，独对这七位"贱民"，尤其妓女、说书人、唱曲人，生长于下层社会的有褒无贬。李香君不过是作者要表彰的人物中之一，改编者何独厚于此人而薄于彼辈呢？况那样一改，只能使《桃花扇》传奇成为一人之哀史，不成为亡明之痛史，民族之悲剧，反映的广阔面大大地被缩小了，剧本的思想意义被降低了，实在不符合孔尚任辛苦经营《桃花扇》传奇的初心。以下还要谈作者的主观愿望和客观认识，这儿姑且不赘，回过头来谈这最后三出戏的情节结构。

论者说：

> 而孔尚任是全心拥戴清朝统治的御用文人，他通过张道士的口所宣传的是悲观绝望，四大皆空的思想，是让侯方域和李香君看破红尘，双双入道。

是否为御用而服务？姑不谈。我不如此看《栖真》和《入道》两出戏的含义和作用，倒是真的。栖真入道是虚，遁世山居是实，明末遗民做和尚、道士、尼姑者，有之，却为数不多，而避世入山的更多，在他们自己说来，这便是走"明荡荡大路"。这儿不妨举原九江金事王思任（季重）为例：当马士英奔逃到浙江的时候，他便移书拒绝说："吾越乃报仇雪耻之国，非藏垢纳污之区也。"清兵南下时，有人去劝他投降清朝，他闭门大书"不降"两字，后来就是弃绝尘寰，山居避祸，终于病中绝食而死。跟继续作反清斗争的比固然逊一筹，但仍然是值得后人景仰的。论者也罢，读者也罢，观众也罢，首先须勿被"入道"这一个"道"字眩惑，实则它本不是老子《道德经》上的"名可名，非常名，道可道，非常道"的"道"，并非玄之又玄的，浅近的很，明白的很，"道"者"路"也。入什么道，就是走什么路。孔尚任无非借张道士的口，要侯方域，甚至一切人各奔"明荡荡的大路"而已，因之，谈不到什么"看破红尘"或"四大皆空"那一套高深的哲学。这儿不妨谈我所看到的：要是说在现象上看来是消极的，没有错，作者虚构这情节，无非概括当时一部分人对清统治者表示沉默无言的消极的抵抗，不愿和那些出山者一样地跟异族统治者合作，而相反地隐入深山，历史上的张瑶星本人就是如此。如果说作者的目的就为了宣传"悲观绝望、四大皆空的思想"，大可不必提"国在那里？家在那里？君在那里？父在那里"？我国历来那么多当和尚做道士的原因都不由于亡国，偏要提这些让使朱明皇朝覆没并取而代之的清统治者们刺耳的话干吗？我想他是不敢自找麻烦的，能避免时就避免，决不会那样傻干，善用话里透话，声东击西，因而我们也得探索那"皮里阳秋"，不仅只就现象看问题要细心点儿钻研这整出戏，不，从整部戏的表现来观察毕竟是否如论者所云云？定会找到比较准确的答案。"栖真""入道"当然不是积极的办法，是消极的避世，作者孔尚任自己先隐居，后又兴高采烈地写《出山异数记》而出山，自己的思想意识落后，这是主观的原因，但客观现实曾经促他有所反省，于是多少有点儿进步，这在整部戏中可以找寻得到一些痕迹，只因在清代的反满斗争时起时落不绝如缕，然到康熙中期满清皇朝的统治已大大地巩固下来，《桃花扇》传奇三易稿至于公世的时间迟到康熙三十八年，他就不能不顾忌面前的禁制，今天我们跷起二郎腿来夸夸其谈易，孔尚任活在康熙朝，无视当前现实难，他既然有心写剧本，当然希望剧本能公开演出，太露骨地反满是当时环境不允许的，纵使他有那么不惜牺牲自己来写作的决心，也未必是当时的演员敢于演出这个戏于舞台之上。因此，只能概括的暗示，孔尚任这才不得不要花枪而采取隐喻的方法，提出一个"道"字，含义也可能有各种不同的"道"，不可能一如现象所表现的那么虚无飘渺。亡明遗民们不是很多走上各种各样的道路吗？他们不只走韬光养晦以终天年的道，为时代制约，阶级局限，环境抑压，才有那样的生活方式，强求不来，好在列宁曾教导我们对过去的古典作品必须提到一定的历史范围之内观察，不妨学习学习这种方法来办理。

看来《入道》出中确有许多糟粕，真是的话，该由孔尚任负责承认错误，自合唱［北喜迁莺］一曲后，直到卞玉京领李香君上场这中间的"曲"和"白"几乎绝大部分看来是糟粕，然而，话还得说回来，至少有部分是可取的，因作者的主观意图并没错。《应该正确评价孔尚任的桃花扇》一文中说：

> 就在《入道》一出里，孔尚任大肆宣扬因果报应，他把所谓"甲申殉难"的君臣全部超升天界，一切罪恶均归于马士英和阮大铖，他们遭到恶报，一个雷劈一个跌死。从此国仇私怨，均一笔勾销。作者不但在这里宣传白日见鬼，而且还有着袒护清朝统治者的政治目的。

我在前头曾说《入道》出和《闲话》出都白日见鬼，但并不一样，作者的主观愿望和戏剧的客观效果都有区别，《闲话》出里是封建迷信，彻头彻尾的糟粕；《入道》出里的则不同，作者不过利用这种形式，凭浪漫主义的想像，表达对为国家民族牺牲者的敬意，予以颂扬表彰，对祸国殃民的投降派权奸予以谴责痛骂，形式是封建落后的，内容是积极向上的。如果不因时代条件的限制，可能不利用这个形式，另以崭新的合时的手法表现这抑奸扬忠的主观愿望。在十七世纪的作家，不但中国，外国作家不能不受时代条件的制限，因而十六世纪的莎士比亚不免让《哈姆雷特》里出现个鬼魂，好像谁，包括马、恩、列在内都没有责备他"宣传白日见鬼"。总而言之，我们必须重视内容，勿为形式之故而"因噎废食"，把《入道》出里的活见鬼和《闲话》出里的活见鬼等同起来，还得予以严格的区别对待，这是一。孔氏之所以要在剧本末尾写出这个他所说的"人天大道场"，使神鬼都上舞台，是因如李笠翁所说的"终场忌冷"要热闹排场令观众振奋一下，同时从戏剧艺术的角度看这一出内容，也须"一分为二"，"甲申殉难"的君臣们只是次要的"陪宾"，为国家民族牺牲的"国殇"才是主要的"贵客"，作者很"里手"地作了轻重不同的处理：不使前者"陪宾"形象化，学于旧小说上的"一笔表过"就算了，在观众面前不显眼，也即没有具体的感觉，故只用"切末"——道具来代替，就是这样：

> （丑、小生设牌位，正坛设……之位；左坛设……之位；右坛设……之位）

跪祝时在祝文中点一下名，并说这些死鬼都"久已超升天界了"，仅仅"虚应故事"罢了。对后者大不同，大肆铺排，运用比楚辞《九歌》中祭《国殇》还郑重些的手法，让《国殇》们跟观众都打个照面，具体化，行动化，你看：

> （杂白须、幞头、朱袍，黄纱蒙面，幢幡细乐引上）吾乃督师内阁大学士兵部尚书史可法。今奉上帝之命，册为太清宫紫虚真人，走马到任去也。（骑马下）（杂金盔甲，红纱蒙面，旗帜鼓吹引上）俺乃宁南侯左良玉。今奉上帝之命，封为飞天使者，走马到任去也。（骑马下）（杂银盔甲，黑纱蒙面，旗帜鼓吹引上）俺乃靖南侯黄得功。今奉上帝之命，封为游天使者，走马到任去也。（骑马下）

跟着以〔北刮地风〕曲来总赞一番，表示敬意：

> 则见他云中天马骄，才认得一路英豪。咭叮噹奏着钧天乐，又摆些羽葆干旄。将军刀，丞相袍，挂符牌都是九天名号。好尊荣，好逍遥，只有皇天不昧功劳。

对权奸呢，是作者最要谴责的对象，同样地使之具体化，形象化，行动化：

> （净散发披衣跑上）我马士英做了一生歹事，那知结果这台州山中。（杂扮霹雳雷霆，赶净绕场介）（净抱头跪介）饶命！（杂劈死净，剥衣去介）（副净冠带上）好了，好了！我阮大铖走过这仙霞岭，便算第一功了。（登高介）（杂扮山神，夜叉，刺副净下跌死介）（外开目介）苦哉，苦哉！方才梦见马士英被雷击死台州山中，阮大铖跌死仙霞岭上。一个个皮开脑裂，好苦恼也。（南滴滴金）明明叶镜忽来照，天网恢恢飞不了。抱头颅由你千山跑，快雷偏会找，钢叉又到。问年来吃人多少脑？这顶浆两包，不够犬饕。

最主要的，也是当时人民心里的话，是"问年来吃人多少脑？这顶浆两包，不够犬饕"。作者为要艺术底地表达它，才利用了这种形式，这是二。尤其是阮大铖叛国后随清兵攻仙霞岭跌死或累死，当时颇多民间传说，孔氏尊重人民的创造的传说，很对！当时人民对为国牺牲的史可法之死的传说很多，几乎个个是希望他还活着就好，或表示痛悼；对祸国殃民的阮大铖之死的传说也多，几乎个个是希望他快死或死得越惨越好，足证"公道自在人心"，人民的眼睛确是雪亮的，立场是正确的，爱憎是分明的，孔尚任喜爱采取民间传说来作剧就被论断为"有着袒护清朝统治者的政治目的"，但不知制造这些传说的当日的人民大众也"有着袒护清朝统治者的政治目的"否？我的看法不一样，认为谴责如论者所说把江北兵马调来堵截左兵，使江防空虚，"直接造成弘光朝覆亡"的投降派马、阮是绝对必要的，也可说在此等处正表现了人民性。孔尚任采用这种形式也很自然，所以说必须看内容颂扬和谴责得是否正确？在今天看来，表彰"甲申殉难君臣"当然错误，这跟作者对人民起义的看法错误是一样的，应该说这是糟粕，幸好没有表现于形象和戏剧行动，由后边表彰"国殇"和谴责"国奸"的戏剧行为把它冲淡了，而这一部分的主观意图可以说是不错的，不应该统视为糟粕。孔氏生于科学未甚发达，欧洲产业革命尚未发生，真正的工人无产阶级尚未出现的时代，他只能利用这样玄想的形式来表达自己的客观认识，假使他生在今日，我以为他有可能是进步的，反过来，我们若生于十七世纪五六十年代，也有可能是落后的。

本出除了这些以外，我希望读者和观众把它当"譬喻经"，或者当"寓言"看，也许此中不无深意在焉。我国，不，甚至咱们东方的诗人，最喜爱也是最善于用隐喻法，无妨以这样的角度去看：

（同立一边介）（外拍案介）你们两廊善众，要把尘心抛尽，才求得向上机缘；若带一点俗情，免不了轮回千遍。（生遮扇看旦，惊介）那边站的是俺香君，如何来到此处？（急上前拉介）（旦惊见介）你是侯郎，想杀奴也。……

（生、旦同取扇看介）（副净拉生，老旦拉旦介）法师在坛，不可只顾诉情了。（生、旦不理介）（外怒拍案介）哎！何物儿女，敢到此处调情。（忙下坛，向生、旦手中裂扇掷地介）我这边清净道场，那容得狡童游女，戏谑混杂。……

（外）你们絮絮叨叨，说的俱是那里话。当此地覆天翻，还恋情根欲种，岂不可笑！（生）此言差矣，从来男女室家，人之大伦，离合悲欢，情有所钟，先生如何管得？（外怒介）呵呸！两个痴虫，你看国在那里，家在那里，君在那里，父在那里，偏是这点花月情根，割他不断么？

（北水仙子）堪叹你儿女娇，不管那桑海变。艳语淫词太絮叨，将锦片前程，牵衣握手神前告。怎知道姻缘簿久已勾销；翅楞楞鸳鸯梦醒好开交，碎纷纷团圆宝镜不坚牢。羞答答当场弄丑惹的旁人笑，明荡荡大路劝你早奔逃。

（生揖介）几句话，说的小生冷汗淋漓，如梦忽醒。（外）你可晓得么？（生）弟子晓得了。

（外指介）男有男境，上应离方；快向南山之南，修真学道去。（生）是，大道才知是，浓情悔认真。（副净引生从左下）（外指介）女有女界，下合坎道，快向北山之北，修真学道去。

（旦）是，回头皆幻景，对面是何人。（老旦领旦从右下）（外下座大笑三声介）

（北尾声）你看他两分襟，不把临去秋波掉。亏了俺桃花扇扯碎一条条，再不许痴虫儿自吐柔丝缚万遭。

艺术家必须有丰富的想像，读和看文艺作品的人也不可缺乏想像，过分落实了便没有诗趣。使现实的生活图景更具有活跃的生命，能产生艺术的魅力，就赖有丰富的想像，《桃花扇》传奇最后《栖真》、《入道》和《余韵》三出戏，可以说是作者想像的结晶，论它的人也不能没想像。这儿确实显露了作者对现实不满的观点；但表面现象并非真实，是唯心的，虚无飘缈的幻想，内里却隐藏着在当时环境制限下不得不隐蔽起来的观点——要一些善男女们勿与异族统治者合作，各奔向明荡荡的大路。并且，纵当时环境允许作者把这种政治倾向明白地说出，而作者赤裸裸地写了出来，也不一定是好，恩格斯就作过如下的指示：

> 作者的见解愈隐蔽，对艺术作品来说就愈好。我所指的现实主义甚至可以违背作者的见解而表露出来。（《给玛·哈克奈斯的信》）

作者在《栖真》、《入道》出中隐蔽了真实的观点，可是不为现象迷惑的人仍能看见它显露了出来，事实上，所有和侯方域、李香君这段恋情有关的男男女女，都不是为了侯方域个人之故而看破红尘去出家入道，甚至连侯、李两人自己在内，都为天翻地覆，国破家亡而隐晦，若自遁迹深山，在当时真实生活中确有不少士大夫是这样的表示不愿——也即芟除情根欲种——跟新的异族统治者们鬼混——也即调情，掉临去秋波，作茧自缚。固然，这种行为是消极的，跟那些转入地下继续战斗的比，相去甚远，然而所奔逃的还算是"明荡荡的大路"——也即所谓"道"，最低限度跟那些立刻迎降及后终出山的比，这些人还是不太错的。侯方域是比他人差得远、掉临去秋波，也即应试中副榜；但在孔尚任看来这固是侯生的错误，是侯方域历史上的污点，而侯生终不曾像钱谦益、龚鼎孳那样地出仕于新朝，因此以为他当然不属于那一类，又原谅他知悔而不归入那一类，多少有点儿美化他，这自然由于他的世界观的局限性来，在那个年代的人很多不能例外。同时侯方域不过是一个糊涂的公子哥儿，也即是一个"痴虫儿"，自吐柔丝缚自己，跟新的统治者掉临去秋波调情，当场弄丑，险些儿无法自拔，幸亏有张道士的"狮子吼"把他惊醒，出了一身大汗，灵魂觉醒，才向南山之南"明荡荡的大路"奔逃去了。侯、李最后分念的四句，实是侯生觉悟后念出这四句偶语："大道才知是，浓情悔认真，回头皆幻景，对面是何人？"虽曾入迷途，到此知返，决心奔向"大路"，所以侯方域在顺治八年应过试后并没有出仕清朝的下文，可不可如此寻绎呢？

《南桃花扇》的团圆结局，确是"小家子样"；而若改为李香君因"所嫁非人"——侯方域失节而被气死，思想性固然显得高些，却仍落流血或死亡的悲剧陈套，这不要紧，问题是压低了一群爱国的儿女，柳敬亭和卞玉京等人都在李香君面前黯淡无光了，就不符合作者歌颂一大群人的主观愿望；同时作者的世界观错误并非在于掩盖了侯方域晚节不终这一点，主要错误是在于对当时人民起义的看法及抬高了崇祯上面，总算还侥幸，剧中虽触到人民起义，尚未正面写出什么来——没有具体的戏剧行动。《桃花扇》目的只要写家国兴亡民族危机之际动人心魄的奇迹。他"独运匠心"，以这"豹尾样"的结局给观众看，不但是必要，而且富有深意。侯、李恋情这风流韵事，烟消云散，水流花谢似的被总结了。我想当时许多剧场观众体会得出所谓栖真入道的真实含义，不会把现象直认为他们看破红尘去修真学道的。纵然是在"南山之南，北山之北"的隐道，不肯同流合污地那样出仕，这在当时说还是未可厚非罢？然而这个结尾在后人看来仍然是隐晦难明，徒生猜测；并且，作者自己对于明朝之亡感到非常的沉痛，还有满肚子欲发的牢骚，可惜环境不允许他痛快淋漓地叫喊出来，这是可以想像得到的。但他还是大抒心中的"黍离之感"，来个《尾声》，他称之为《余韵》，总结了整部传奇以之为"经"的侯、李恋情及以之为"纬"的亡明痛史，以歌代哭，悱恻缠绵，好让读者和观众去"低徊不已"。正是所谓"水外有水，山外有山"，结构整然，在明、清两代的传奇中实"罕有其匹"。末尾的律诗说：

渔樵同话旧繁华，短梦寥寥记不差；深恨红笺衔燕子，偏怜素扇染桃花。
笙歌西第留何客？烟雨南朝换几家？传得伤心临去语，年年寒食哭天涯。

这个收煞，写得"余音袅袅"意味深长，尤其不在风流韵事上面做文章，特别
着重于"故宫禾黍"之悲，表达了国破家亡之痛，一唱三唱，实令人荡气回
肠，使整个剧本的主题思想格外突出起来，真是"画龙点睛"之举，无论思想
性和艺术性，有此一个"大收煞"中的大收煞，就显得更高了。

在"大收煞"之后加尾声《余韵》，由作剧技法看来，有它的独创性，为
明、清传奇生色，这还止是形式方面的成就，主要的应该看内容上有否思想意
义？第一，它不是一个普通的尾声，在度量上很长，甚至比前头某些"出"正
戏更显长些，内容很丰富，没有闲笔墨，有总结全部亡明痛史的意味，还不止
此，妙在总结了过去之外，还揭示了现在，隐约地暗示出未来，这样的尾声，
是我们未经见过的；第二，副末老赞礼唱的巫腔 [问苍天]，尤其丑柳敬亭唱
的弹词 [秣陵秋] 及净苏昆生唱的弋腔 [哀江南] 的内容有它一定的思想性，
不在话下；比这些更显重要的是后边的一些戏剧行为，过去的人大都重视前三
支曲子，重视也是应该的，可惜一些人只从词方面着眼，忽略了作者的用心所
在，我以为首先该注意这三曲所总结的是建都在南京的所谓"南朝"，不是总
结整个"南明"，因南明还有和这"南朝"大不相同的光荣的反满抗清的斗争
史，自己"心有余而力不足"，让给后来写"南朝史"的人去总结，《桃花扇》
只能如此"收煞"，因为它是"历史剧"，这才一开头苏昆生念的《西江月》后
四句予以点明：

建业城啼夜鬼，维扬井贮秋尸；樵夫剩得命如丝，满肚南朝野史。

就因为弘光这个"南朝"很不成话，所以亡国，跟六朝最后一代陈后主一模一
样，柳敬亭唱的就是针对着这一点，苏昆生唱的则抓紧了"南朝"的所在地南
京。同时这三支曲的第一曲不重要，因为 [问苍天] 不过发一己之牢骚，充其
量只埋怨自己的命运不济罢了，并无政治性，意义不大。[秣陵秋] 和 [哀江
南] 对这个"桃花扇底送南朝"的剧本来说意义大些，弘光朝在江南立国比之
往日虽已只半壁江河山，尚能偏安一时，如上下一心，奋发图强，不无中兴之
日，惜这个"中兴之主"比陈后主还不如，令汉族臣民大失所望，所以 [秣陵
秋] 自"玉树后庭"的陈后主数起直到"败家子"弘光。[哀江南] 则就弘光

当日继六代繁华之后以迄"舆图换稿"，江山易主，总吊"南朝"之亡，伤今怀古，痛定思痛，清词丽句，感慨遥深，体现了怀恋故国的思想性，但调子不免低沉些，这跟作者的思想局限性有关。我以为《余韵》出佳处还不在此，应该在于曲终所表现的戏剧行为，历来少有人予以注意，"见树木而不见森林"，殊为可惜！因而我不拟谈前者而说后者，且和近年来争论侯方域该不该穿清装上最后一场戏的问题有关，不能不附带地谈几句。作者把一群爱国的男女归结为学道，以示无言的抗议，对满清不妥协不投降，一刀斩断联系，在那个年代说来还是难得的，但在今天看，显然是消极的，"不足为训"，无疑由于作者的思想和时代条件的限制以致不能趋向更高的发挥思想性，这当然是《桃花扇》传奇的大损失。近年来的改编，想来"推陈出新"使"古为今用"，不消说主观愿望是良好的，可是就那么毅然地叫侯方域这个男主人翁在最后一场穿起"清装"出场现丑，好象思想性很强，仔细想一想，便会觉得原要歌颂的对象忽然变成打击的对象，原是采取不妥协不投降，只默默无言抗议的结局，陡变为主人翁妥协投降，改穿"清装"，仅仅多了一点——另一女主人翁被他一下子气死。也就是说原本的对立面是清军及投降了的马士英、阮大铖，到最后一刹那逃脱了罪责，突然改变了对立面，居然被讥刺痛骂的对象是虽也时显弱点，却一直作为正面主人翁的侯方域，破坏了事物发展的逻辑性，戏情上招来了出人意外的混乱，弄得敌我难分，无异于以一片段的戏剧行为否定前面那么多的戏剧行为，这一下子，推翻了全局。在艺术性上，更没法说已办到了尽善尽美，找不到戏剧行动贯串线，予观众以一个形象前后不相侔而分成两撅之感，愿望固好，所收的舞台效果却未必佳。

这些是题外的话，我本不拟谈那个"推陈出新"，我要谈的仍是孔尚任作的《桃花扇》传奇为什么不写出侯方域的晚节不终这一点。首先，我认为侯方域确有污点，论者若唾骂他当然应该，如果责孔尚任在戏中未写出侯方域变节应试这一点当也可，但痛骂孔尚任及所塑造的艺术形象似未可，因为作者是在作剧而不是写纪传，我们都知道生活中的侯方域在清顺治八年——也即这一出《余韵》之后的三年应过试，是真实的历史事实，孔尚任当然知道得十分清楚，他作剧又不同于他人，非常忠实于真实的史事，那末这个戏里的人物形象侯方域在最后一场该不该摹拟历史事实使他穿上"清装"呢？这确是一个问题。不过生活中颇多偶然性的东西，不一定件件事都因果分明不差，艺术却非严格遵守必然性的不变法则来办不可，总要寻找"从行动自身的本质而来的行动的必然发展"，不管实际上是否如此。因而我想孔尚任一定已详细考虑过这么个问题：最后令主人翁侯方域穿上"清装"，会不会破坏自己已塑成的艺术形象的完整性？当然，不能只说艺术性这一方面去考虑，文学作品的思想性，就凭人物形象来表达的，必须就思想性方面来考虑：穿上"清装"能否表达了高度的思想性？或者还有另一种表现方法可以比这表达得更高度呢？不穿会不会被人指摘不忠实于历史？甚至会被说成因自己有隐痛而不敢那样处理，或有意原谅侯方域而特为遮盖。于是他运匠心，费脑力，得到解决，决心不自然主义地模拟或抄袭侯方域穿过"清装"这生活现象，只予以一定的概括，要在现实生活的基础上进行创造，追求艺术的真实性，论思想意义，并不比模拟或抄袭生活低；相反地，只能说比侯方域个人穿"清装"丢丑更高度些更丰富些，且不致伤害已塑成的艺术形象的完成性，同时，更能符合他不歌颂某个人，而要歌颂一群"贱民"的剧作意图，就来个不仅骂一个侯方域，要骂一群"出山者"，侯方域身上的"清装"确是给孔尚任剥下来，便把它转给跟朱明皇朝特有关系的魏国公之子徐青君穿上了，而且还是最下流的皂隶的服装，披冷嘲热骂的一群"出山者"——他们一群中不止有侯方域在，也许还有作者他自己在，索性把写"出山异数记"时的作者自己也予以否定，他慨叹着："避祸今何晚？入山昔未深！"那个历史年代的作者，居然有了这样的觉悟程度，能有这样自我批判的勇气，我们能够说低吗？"世事含糊八九件，人情遮盖两三分"，虽是他说的话，对这一点却并不含糊，并没遮盖，为什么？就因对客观现实的认识克服了他思想上所固有的局限性，致写人写事都获得相当可观的成就，令我们感到"颇足多者"。老实说，按历史事实，侯方域不过是当时有名的公子之一而已，在复社中并非特殊重要的人物，例如那个以诗文为时所重的吴梅村，是当时复社领袖张溥的门人，就比侯方域重要得多，况当时"出山者"还不止吴梅村一人，同样为当时推崇为大家的钱谦益、龚鼎孳也是这类人。正如清人观创绝句的后两语所说："西山薇蕨吃精光，一阵夷齐下首阳。"当时"识时务的俊杰"，确不是一个两个，比起仅在顺治间应试而终未做官的侯方域来，他们不更应该挨骂吗？所以孔尚任不独责侯方域，他要总起来骂，不许有一个漏网，我们能说这是作者的错误吗？我看是不能！应该首肯这样写法只有比仅骂一人更有力量更富意义，这意义正是孔尚任自己说的"不独令观者感慨涕零，亦可惩创人心，为末世之一救矣"。他为了灌输"惩创人心"的政治教训，才决定这样艺术地处理：

（副净时服，扮皂隶暗上）朝陪天子辇，暮把县官门；皂隶原无种，通侯岂有根？自家魏国公嫡亲公子徐青君的便是，生来富贵，享尽荣华。不料国破家亡，剩了区区一口。没奈何在上元县当了一名皂隶，将就度日。今奉本官签票，访拿山林隐逸，只得下乡走走。（望介）那江岸之上，有几个老儿闲坐，不免上前讨火，就便访问。正是：开国元勋留狗尾，换朝逸老缩龟头。……

所谓"三百年之君，始于明太祖，终于弘光；三百年之臣，始于魏国公，终于皂隶皆狗尾也！"这条"狗尾"是魏国公的公子，就作为侯司徒的公子侯方域的替身了，正穿上"时服"——清装。同时作者拉上这么个人物也不无深意在，虽然前头许多出戏中他不曾和观众打过照面，倘读者和观众不健忘，该还记得第一出［听稗］里曾点过他的名，就是概括了他"生来富贵，享尽荣华"，占了冶城道院大宴客，到此便要他出来显丑相。余怀在《板桥杂记》中介绍过他的来龙去脉：

> 中山公子徐青君，魏国介弟也。家资巨万，性豪侈，自奉甚丰，广蓄姬妾，造园大功坊侧，梅石亭台，拟于平泉、金谷……弘光朝加中府都督，前驱班列，导入朝，愈荣显矣。乙酉鼎革，籍没田产，遂无立锥，群姬雨散，一身刁龙，与庸丐为伍，乃至为人代杖。……

代人挨打屁股几文钱糊口，改为当皂隶当然算升高了一些，这魏国公之子沦为皂隶，跟司徒公的公子落为副榜差不了多少，所以特选来为替身，狗尾毕竟是狗尾，骂狗尾还不够，更要骂缩龟头的换朝逸老，符合真实历史而有政治意义。

> （副净醒，作悄语介）听他说话，好像几个山林隐逸。（起身问介）三位是山林隐逸么？（众起拱介）不敢，不敢；为何问及山林隐逸？（副净）三位不知么，现今礼部上本，搜寻山林隐逸。抚院大老爷张挂告示，布政司行文已经月余，并不见一人报名。府县着忙，差俺们各处访拿，三位一定是了，快快跟我回话去！（副末）老哥差矣！山林隐逸乃文人名士，不肯出山的。老夫原是假斯文的一个老赞礼，那里去得！（丑、净）我两个是说书唱曲的朋友，而今做了渔翁樵子，益发不中了。（副净）你们不晓得，那些文人名士，都是识时务的俊杰，从三年前俱已出山了。目下正要访拿你辈哩。（副末）啐，征求隐逸，乃朝廷盛典，公祖父母俱当以礼相聘，怎么要拿起

来？定是你这衙役们奉行不善。（副净）不干我事，有本县签票在此，取出你看。（取看签票欲拿介）（净）果有这事哩。（丑）我们竟走开何如？（副末）有理，避祸今何晚，入山昔未深！（各分走下）（副净赶不上介）你看他登崖涉涧，竟各逃走无踪。

栖真入道也即是"登崖涉涧，竟各逃走无踪"。孔尚任把征聘隐逸，改为出票拘捕隐逸，可说是高明的讥刺，当时颇多峨冠博带的隐逸之士被威迫利诱上钩，逃跑掉的则是些白衣山人，这是明末清初的历史真实。这种怀柔明朝遗老的措施不但顺治朝采用，尤其康熙朝更当作法宝来运用，如一六七八年玄烨借口纂修《明史》特开博学宏词科，《鹤徵录》上所列录取的名儒五十位中实有不少是一向反满抗清的志士，而真能到底坚决抗拒的绝少，谁都知道的似只有顾炎武一人拚死拒绝。所以吴龙锡歌颂他说："终南山下草连天，种放犹惭古史笺。到底不曾书鹤板，江南唯有顾圭年。"然而他结果也只能如他自己所说的："平生四海志，竟作终南老。"天崩地解，改朝易代时的遗民确不易处。因此《桃花扇》传奇对那种历史真实采取这种写法，山林隐逸的面目如何？在当时观众的心里就明白了，就戏论戏，在康熙年间也只能用比较隐晦的写法，才成。假使我们不过分苛求于作者，不，假使我们真能迁居到作者生存的年代里生活一下的话，决不至于说如此写法，就是不好。我们应该在明、清代那么多的传奇作品中去找寻有没有这样的收煞，我敢说任你点起灯笼火把去找，也找不到像《桃花扇》传奇那样言尽意不尽且余韵悠然的收煞来。决不能说孔尚任歪曲历史真实，以意为之，一因时代条件重重制限；二因反满斗争不是直线发展，明朝遗民们也都不是马上了结生涯。《桃花扇》传奇只写到南明弘光这一朝为止，明朝尚未告亡，反满的斗争还在延续，说他终满清一代随时都是此起彼落地在斗争着也可。然而《桃花扇》不是南明史，只写到某一个阶段，不能自然主义地罗列历史现象，并忌为历史现象所拘束、所左右，该在生活现实的基础上进行艺术创造，力求获得艺术的真实。至于说在明朝亡后，遗民们在异族统治下有各种各样的生活方式，这是不待言的。写"桃花扇底送南朝"的人，只能就主题思想和应有的情节结构来写几种生活样式，无能——罗列出来，这才在作品中有些看来跟历史事实有出入之处，或者压根儿没有被写到，或者写到了却变了样，因剧作者有权利取舍、剪裁、虚构，我们不能一口咬定他有意歪曲。总的一句话，历史剧纵写历史，毕竟不是历史，而是艺术，所以，作者不能不顾到戏剧艺术的规律，而我们这些评论历史剧的人也只能就作者所写出来的东西评，因为观众看历史戏并不在读历史书。他们既没有文评家，不，史论家那么熟读明史，更没有作考证校勘的兴趣。他们只欣赏戏剧人物的行动和情节所散发出的艺术魅力，从而得到一些启发教育，并无奢望。我依然认为《桃花扇》的"大收煞"是写得出色的，恩格斯给敏·考茨基信中说：

> 可是我认为倾向应当从场面和情节中自然而然地流露出来，而不应当特别把它指点出来；同时我认为作家不必要把他所描写的社会冲突的历史的未来的解决办法硬塞给读者。

作者并没有"特别地说出"——让侯方域在末了穿上清装上场把李香君气死，也没有把"社会冲突的将来历史上的解决硬塞给读者"或观众，而《桃花扇》仍然具有丰富的倾向性。为什么?因作者并没有只管从概念出发，进行所谓思想性的说教，仅希望读者和观众对那些嘻笑怒骂的场景，发出会心而含泪的微笑和激动的愤慨。看看整部《桃花扇》传奇，就明了作者没有过分偏爱某一个人，颂扬了一大群"贱民"；也没特别宽恕某一个人，讥骂了一大群士大夫，同时写下了一个他生存的时代所可能给的结局。尤其是这个戏大收煞的大收煞《余韵》，作者是"慎重将事"地考虑过的，不仅此乃《余韵》，它之后仍有余韵，因明朝的全史尚未终结，势必还有余韵——延续的反满斗争，惜因一限于戏剧本身的度量，二限于当前的环境，在本剧的末尾只能以三支为人民喜见乐闻的歌曲总结了一部亡明痛史，令观众哀怜悼惜! 这固然重要，但只是已然的历史情况，真正重要的还该是防患未然，所以把清皇朝的政治措施"征聘隐逸"搬出来，且有意地把"征聘"改成为"访拿"，暴露了清皇朝政治措施的实质，并把已被征聘去的"出山者"们予以辛辣的讥刺、嘲骂，好教唆那些未上当的人采取和清皇朝不合作的态度，表示无言的抗议。然而，作者并没有直接站出来向观众进行说教，若说这是骂，不止一个侯方域有份，甚至他自己也在挨骂之列，这便是他对客观现实的认识战胜了他固有的思想局限性的证明，《桃花扇》传奇不成为彻头彻尾的糟粕，也还有它的精华，可认为还有一定的思想性。

《好逑传》之最早的欧译

陈受颐

（一）引言

十八世纪欧洲的华化兴味，以法国为中心：始而路易十四特派教士；中而教士屡刊专书，如李明（Louis Lecomte）之《支那新印象记》（Nou veaux memoires de la Chine），特赫尔特（Du Halde）之《支那志》（Description……de la Chine），以及多人结集的《教士通讯》（Lettres edifiantes et curieuses），和《支那杂记》（Memoires……concernant les chinois），风行一时；终而引起一般文人的兴趣，如孟特斯鸠，卢骚，第迪罗，服尔德等，对于中国，都有所论列①。英国的华化兴味，在那时虽非淡薄，却是大半间接地从法国转贩过去的。

法文叙述中国的书籍，很多翻进英文的，这可不必详说了，单就《支那志》一种而言，就有两种译文，多次重印②。此外威廉·哈察特（William Hatchett）的《中国孤儿》戏本，依靠马若瑟神甫（P. Prémare）的法译《赵氏孤儿》；麦尔菲（Murphy）的《中国孤儿》，又以服尔德（Voltaire）的《中国孤儿》为蓝本③；而高尔斯密（Goldsmith）的《中国通讯》（Chinese Letters），则达尔让生（D'Argenson）的《中国通讯》（Lettres Chinoises）的仿作也④。

（二） 《好逑传》之欧译（一七六一至一七六七）

当时在法国领导之下的华化兴味，有出人意料的一件事情：一部篇幅很长的中国纯文学作品之翻译竟出自英人之手。英译的《好逑传》，于一七六一年，

---

① Reichwein, China und Europa 等书叙述极详。

② Cordier Bibliotheea Sinlca, I, 45–51。

③ 参看拙作《十八世纪欧洲文学里的赵氏孤儿》，见《岭南学报》一卷一期，页114–116

④ 著者另有专篇讨论《中国通讯》之仿作，兹不赘。

出版于伦敦！诚然是在此以前，法国人已注意于此类的译述工作了。法国人士早已晓得，单从《四书五经》的译本去研究，总不能深明中国文化的各方面，与夫中国一般人民的生活状态；他们已注意到小说和戏曲里面的材料。所以特赫尔特在他于一七三三年所编行的《支那志》里面，便选了几篇短篇的中国故事，又收了马若瑟所译的《赵氏孤儿》。

《赵氏孤儿》在欧洲文坛，一时曾发生了不少的影响[①]；然而《好逑传》的欧译，如其是不能称为较重要，最少从比较文学史的立场看来，也应说同样地重要。《赵氏孤儿》的影响是横的，《好逑传》的影响是纵的。

《好逑传》自然有它的厄运，它虽然屡被重译，却不像《赵氏孤儿》的曾受文坛名人的仿作。日人盐谷温，在他的《中国文学概论讲话》里，也就忘却——或是不知——《好逑传》的最早的一七六一年的欧译本，而单学Davis的Eortunate Union（英译）和D'Arey的Hao-Khieou-Tchouan，ou la femme accomplie（法译）。他尽力洄溯，也不过有这一段记载：

> 我往年留学德国于游威曼尔市，访席勒尔纪念馆时，看见其自笔草稿中有题为"Hao-kiu-chuan"的一纸片，德国文豪，对于中国文学有着深的兴味，颇意外地感动了[②]。

其实席勒尔早已感受前此译本之不惬人意，曾着手另行翻译，不特提过《好逑传》的名字而已也。

《好逑传》之最早的译本为英文本，一七二○年间译完，一七六一年出版，附录三篇：（1）一部中国戏剧的本事，（2）中国格言集，（3）中国诗歌断片集。原文标题是：

HAU KIOU CHOAAN ‖ OR，‖ The PL.asing History. ‖ A TRANSLATION ‖ FROM THE ‖ CHINESE LANGUAGE. ‖ To which are added，‖ I. The Argument or Story of a Chinese Play，‖ II. A Collection of Chinese Prove bs，and ‖ III.Fragments of Chinese Poetry. ‖ IN FOUR VOLUMES. ‖ WITH NOTES ‖

---

① 同上页注③。

② 《中国文学概论讲话》，孙俍工译本，页461。

···LONDON ‖ Printed for R. and J. DODSLEY in Pall—mall. ‖ MDCCLXI.

五年之后，法文重译本出版于里昂：

　　Han Kion Choaan, Histoire Chinoise,Traduite de I'Anglois, par M.——, ······A Lyon, ······MDCCLXVI①

德国人也并不落后，德文的重译本，也于同年（一七六六）出版于莱伯锡（Leipzie）了。重译者慕尔（C. G. von Murr）是德国初期的支那学者，对于中国文字语言，极感兴味，所以自行加上一种附录，一篇专为德国人编著的中国文法论②。德文重译本的标题是：

　　Haoh Kjoeh Tschween, d.i. die angenehme Geschichte des Haoh Kyoeh.Ein chinesischer Roman ······ Aus dem Chinesischen in das Englische, und aes diesem in das Deutsche uebersetzet······mit······einem Versuche einer chinesischen Sprachlelre fuer die Deutschen.Leipzig, ······1766

翌年（一七六七）则荷兰文的重译本，又出版于荷京Amsterdam，其标题为：

　　Chineesche Geschidenis, behelzende de gevallen van den heer Tieh–Chung–U en di jongvrous Shuey–Ping–Sin...Darr uit in't Engelsch overgezet, ······Nu in't Nederduitsch vertaald······Te Amsterdam, ······1767③

这重译本的标题，极有兴味，"好逑传"三字的音译，完全略去，而铁中玉、水冰心的名字反而显著起来。英文译本的三种附录，在法、德、荷文的重译本里，都被保全着。

　　由此看来，一七六一年的英译本，确是比较文学史里一件可记的路标，英译本的各问题，现在暂且搁下，留待后节详细讨论。我们目下所宜注意的，是

---

① 译者不知何人，Cordier之Bibliotheca Sinica亦不载译者姓名。

② 原书，页623–660。

③ 据Bibliotheca Sinica, 1756，原书未见。

几种重译本，都曾风行一时。例如法文重译本，在一七七八年的《小说文库》(Bibliotheque des Romans) 里，还有它的提要和分析[①]。

然而创始者的努力，毕竟是不大精明。几种译文，都无文学的风味，因而引起德国诗人席勒尔 (Schiller) 的注意和试译。

(三)《好逑传》之欧译(一七六七以后)

席勒尔，有如他的朋友哥德[②]，是曾感觉过中国文学的兴味的；他曾翻译过孔子的《论语》的一部分，又曾编过一部以中国宫女为主角的戏剧《杜兰多》(Turandot)[③]。比较地少人注意的，是他曾试译《好逑传》。

一八〇〇年八月二十九日，他在怀马 (Weimar) 写了一封信给他的朋友乌痕额尔 (Johann Friedrich Unger)，信中谈及此事：

> 有一本中国小说名叫《好逑传》的，一七六六年慕尔先生曾将它从英文译本重译德文。重译本大抵你也以为旧了，那本书也给人们忘却了。但是这书的好处是这么多，又是小说艺术中的这么特殊的奇果，甚有重生一次的价值和点缀您的《小说期刊》的可能……我自己很愿意做这种工作，我并且已经把它开始；如其是您以为《小说期刊》能需要这稿件，它便随时由您支配……我一接到您的覆信，小说的前部即可付印，全书当于新年以来完事给您[④]。

席勒尔终没完竣这件工作，在他的遗稿里，只有五张译稿。到底是他后来兴趣迁移而改干他事呢，抑是他的朋友不愿登载迫着中止呢，则现在无从推测了。

到十九世纪初年，《好逑传》的最初的英译本和三种重译本，已几乎完全被人忘却了。可是《好逑传》的本身，还在享它的幸运。

一八二八年，又有一种簇新的译本出现于法国，它的标题是：

---

① 据Bibliotheca Sinica, 1756, 原书未见, 1755。

② Reichwein, China und Europa, 页137-156；《小说月报》十七卷号外，卫礼质，《哥德与中国文化》。

③ 全集 (Schillers werke) L. Bellermann编, XII, 1-106。

④ Chinesisch-deutscher Almanae, Frankfurt A. M. 1930.页9, 并参看附图。

Hau-kiou-choaan, ou l'Unionbien assortie, Roman Chinois.①。译者的姓名，无从考证。据我看来，一如高弟叶（Henri Gordier）所指出，法译本不是直接地译自中文的；因为书的序文里的一段话，足以证明法译者并不是无所倚靠的：

> 我们现在印行的译本，是根据一个英国人的翻译的，他曾服务于东印度公司，又曾多年在广州居留②。

从该书的内容看来，知其必非一七六六的旧译的重印本。所谓服务于东印度公司而曾在广州住过多年的英国人，大抵是约翰·达维斯爵士（Sir John Davis），就是出版于一八三〇年而风行一时的《支那》（China）的著者，达维斯的《好逑传》新译本，要等到一八二九年才刊行，题为：

> The Fortunate Union, a Romanee, translated from the Chinese Original, with Notes and Illustrations. To which is added, a Chinese Tragedy. By John Francis Davis.F.R.S.……London：Printed for the Oriental Fund……1829

法文的独立译本，出世较迟。达尔斯（X.Guillard D'Arey）的译本Hau-Khieou-Tehouan, ou la femme accomplie 在一八四二年才出版于巴黎。译者在序文里重新提出研究中国的想像文学的价值，他说这是了解中国人民的绝好方法，不幸为初期的博学的教士们所忽略。对于一七六〇年间的译本，达尔斯似乎完全不知有那一回事，他说：

> 只有学者们能懂得中国的实情；在《玉娇梨》的译本出版以前③，假如大多数人相信中国人之存在，而中国人之所给我们的想像的材料，除了奇形怪象的磁人以外，几等于零——这是殊非过火的话。④

---

① Bibliotheca Sinica, 1756。

② 原书，I, iii。

③ 《玉娇梨》，英译首四回，出版于1821。法译刊行1826，自是乃有完全译本。

④ Hau-Khieou-Tchouan, ou la femme accomplie, 页3。

达维士的译本呢，达尔斯是知其存在的；而达维士的法文重译本，则恐怕他未曾看过了：

达维士先生曾于一八二九年刊行此书的英文译本，名The Fortunate Union，这译本虽然很好，但是知得有这一本书的人，寥寥无几，只有极少数的东方学者，尤其是研究中国的人们。我们可以说《好述传》这本书，对于法国的一般读书界，依然是一本新书①。

一八九五年英人毕列步奈尔（Alexander Brebner）刊行一书，名《中国史简编》（附中国小说一篇）A Little History of China and A Chinese Story。该书自一二三页至一八二页，实为《好述传》的节译，译者却没明言，大抵是要瞒过读者，使不知为旧曲翻新也未可料。

一八九九年，英译九十七页的《水冰心》（Shueypingsin）又在伦敦克干保罗（Kegan Paul）书店出版，译者佚名。据高第叶说，这书是根据达维士一八二九的旧译，而重新缩写的②。

一九〇〇年保罗书店又印行德格勒士（Robert K. Donglas）的译本，只印第一章，注明音读，大抵是专为初学中文的人而编的②。然而《好述传》在海外的幸运，仍未终结。

一九二五年，法国又有簇新的译本出现。题为《二才子书风月传》La brise au claire de lure，"Le deuxieme Livre de genie"，Roman Chinois。译者为莫尔郎George Soulie de Morant.莫氏文才略负时誉，又加以百余年的支那学的助力，其成功自比前人为多。

一九二六年，莫氏的法译本，又为别克福锺士 ILBeekford-Jones，重译为英文，题为The Breeze in the Moonlight, The Second Book of Genius，由北美蒲提南姆书店（Putnam）印行，于是久在欧洲一再被翻而重翻的《好述传》，竟喧赫地入新大陆去了。

据卫礼贤（Richard Wilhelm）先生说，最近德人苦痕（Franz Kuhn），亦有独立的新译，名《水冰心与铁中玉》（Eisherz und Edeljaspis）云③。

① 同上，页4。

② Biblio theea Siniea.III，页117。

③ Chinesisch-deutscher Almanae页5，原书未见。

（四）《好逑传》提要及其屡被翻译的缘故

《好逑传》之屡被翻译，大抵不是因为它是"才子书"之一的缘故；它比起欧洲十九世纪的小说，固比不上；就是比之十八世纪的英国的力察孙（Richardson），菲尔定（Fielding），法国的马利福（Marivaux），利沙殊（Le Sage）诸人，也恐怕不无愧色。

《好逑传》是明代的一部人情小说，不见得有任何特出之点，因此著述或讨论及它的书不很多①。鲁迅先生的《中国小说史略》，把它列在《玉娇梨》和《平山冷燕》一起。提要极简，钞录如下：

> 《好逑传》十八回，一名《侠义风月传》，题为"名教中人编次"。其立意亦略如前二书②，惟文辞较佳，人物之性格亦稍异，所谓"既美且才，美而又侠"者也。书言有秀才铁中玉者，北直隶大名府人。
>
> ……生得丰姿俊秀，就像一个美人，因此里中起个浑名叫做"铁美人"。若论他人品秀美，性格就该温存。不料他虽生得秀美，性子就似生铁一般十分执拗；又有几分气力，动不动就要使气动粗；等闲也不易见他言笑……更有一段好处，人若缓急求他……慨然周济；若是谀言谄媚，指望邀惠，他却只当不曾听见；所以人都感激他，又都不敢无故亲近他……（第一回）
>
> 其父铁英为御史，中玉虑以鲠直得祸，入都谏之。会大夫侯沙利夺韩愿妻，即施智计夺以还愿，大得义侠之称。然中玉亦罹祸，不敢留都，乃至山东游学。历城退职兵部侍郎水居一有一女曰冰心，甚美，而才识胜男子。同县有过其祖者，大学士子，强来求婚，水居一不敢拒，以侄女易冰心嫁之，婚后始觉，其祖大恨，计陷居一，复百方图女，而冰心皆以智免。过其祖又托县令假传朝旨迫冰心，而中玉适在历城，遇之，斥其伪，计又败。冰心因此甚服铁中玉，当中玉暴病，乃邀寓其家护视，历五日始去。此后过其祖仍再三图娶冰心，皆不得。而中玉卒与冰心成婚，然不合卺，已而过学士托御史万谔奏二氏婚媾，先以"孤男寡女，共处一室，不无暧昧之情，今父母循

---

① 鲁迅《小说旧闻钞》中，没有关及《好逑传》的述录。《小说考证》和《中国小说史》（范著）也没提及。

② 指《玉娇梨》和《平山冷燕》。

私，招摇道路而纵成之，实有伤于名教"。有旨查覆。后皇帝知二人虽成礼而未同居，乃召冰心令皇后试验，果为贞女，于是诬蔑者皆被诘责，而誉水、铁为"真好逑中出类拔萃者"，令重结花烛，以光名教，且云"汝归宜益懋后德以彰风化"也。①

《好逑传》虽有可取的地方，而比之欧洲当时的小说，实在瞠乎其后，因为欧洲自十七世纪末叶，小说的近代化已逐渐进展，至十八世纪而愈盛，描写和叙述的手段，都远超《好逑传》，然则《好逑传》何以独被翻译而又重译多回，流传到法、德、荷几国去呢？

第一，这完全是《好逑传》的幸运。我说幸运，即指偶然如此。大抵两国文学初起接触之时，从事翻译的人，每无选择材料的眼光，更无选择材料的机会。这是比较文学史里所常见的事实。《好逑传》偶然被译，译了之后，更无别种中国小说的译本，焉得不流行一时。

第二，因为《好逑传》篇幅较短，自被欢迎，重译亦易，这是它适投译述者的心理的地方。

第三，《好逑传》篇幅虽短，而描写中国事物风俗人情之处颇多，而种类亦颇不少，不患单调，所以自十八世纪初年以至二十世纪初年，屡被翻译。

（五）一七六一本的译者

本文研究的对象，原是《好逑传》的最早的欧译，即指一七六一年出版于伦敦的英文译本。而上面的枝谭所以如此繁复者：（1）为要指出《好逑传》的特质与欧洲译人和读者的脾胃之特殊关系，（2）最早译本之已成为历史的标识。

枝谭既竟，可以回到本题去了。

一七六一年的英译本，有一项异常的处所；译者的姓名，完全阙去。献书词是写给塞式斯伯爵夫人（Countess of Sussex）的，后面也没有题名。从序言里的口气看来，我们只有一个简单结论；主持付印的人只是该书的校订者而不是翻译者。何以校订者和翻译者都不署名呢，这是个很有兴味的问题。

关于这书，有一个虽经多少年月，而至今还是无从绝对地解答的难题，是一七六一年的译本的根据，是否直由中文的《好逑传》翻译的。附著于这"原

———————

① 《中国小说史略》（五版），页217-218。

本"的问题的，又有一个"谁是译者"的问题，在后一个问题，虽有人拭探过，迄今尚无稳当惬意的答案。

要重行解答这两个疑问，自当把一七六一的译本的本身来研究。它的序言，有很重要的话：

> 下面的译文原是草稿，是在一个曾与东印度公司有重要关系而又曾不时在广州住过多年的一位先生的遗稿里寻出的。他的亲戚都相信他曾极力留意于中国语言文字，又相信这译稿（最少它的一部分），是他研究中文时亲笔写成的练习的功课。里面很多的夹行注和其他的标注，证明这稿是一个学习者的工作；而且因为稿里不少地方是用铅笔先写，其后再用墨笔重填改定的，似乎是在中国教师指导之下写成。这部小说，写在四本薄薄的中国纸的钞写簿，依照中国的法子，左边对接，右边切齐。第一本至第三本是英文，第四本是葡萄牙文，两种文字，书法手笔不同。最后一本，现由编者译为我国自己的语言（英文）①。

这篇序言，后文将要证明，是英国的多马士·帕尔思（Thomas Perey）所写的。据鲍维尔先生（L.F.Powell）的意思，帕氏生平好隐姓埋名②，因此不明白标出作序者的名姓。实则此说也未尽然。十八世纪的英伦，是伪书间出的时代，而在当时，伪书的作者，每为社会所不容，伪造阿斯安史诗（Ossian）的麦花臣（James Mepherson）为约翰生所痛骂，而伪造中古诗歌的查特敦（Thomas Chatterton）终不免于自裁，都是极好的例。帕氏本身不识中文，原译者又已逝世，无从面质，则帕氏之迟疑态度，不过人之常情。况且帕氏真实地曾思疑过《好逑传》是伪书呢，他在一七七四年的广告里，曾说：

> 这部小书初出版的时候，我们以为书中结构的特点，足以证明它是真从中文翻译的作品，无须说明编者和译者的姓名。然而为着不标姓名的缘故，竟然唤起疑窦，今为释疑起见，编者谨于献书词末签押姓名，他也不再将译者的姓名隐讳了；是詹姆士·韦铿生（James Wilkinson），一个有才而诚实为

---

① 一七六一英译本，页ix-x。
② Review of English Studies,II (1926)，445-446。

人所敬的商家。韦君曾在广州居留，可从东印度公司的记载证明；他的诚实的人格，至今未被忘却。他自己的手稿，是由他的侄儿韦铿生大尉（现居北咸敦之北克波洛）所借给编者的，编者用完，已将该件还给大尉。该稿现存韦铿生大尉的寡妻手中，毫无可疑。一七七四年记[1]。

在此之前，帕尔思也曾严重地怀疑到中国到底有无《好逑传》这部书，曾写信问他的在中国的朋友加尔兰Garland，得到很肯定的答复：

至于《好逑传》呢，我曾问过我的中国朋友，总无成功。后来我提出书中主角铁中玉的名字，他们便晓得我说什么了，才打起蓝青英语问我"真的有这个人在四五百年前，真有这一段故事：你怎么晓得！"(Truly have so fashion man 4 or five hundred years before: have very true story: How can you seavez he！)[2]

因这一段真假问题，而迫出编者与译者的姓名，这也是一件凑巧的事。今日看来，"伪书"的思疑，自属多余的事了[3]。

（六）一七六一本的祖本问题

《好逑传》的一七六一英译本的原文，到底是中文还是葡萄牙文呢？据帕尔思所说，则最少四分之一为转译自葡文，其余四分之三，则在韦氏遗稿寻出之时，已是英文稿了。海外学者，很早已有人讨论过这问题，立说不同者共有四家。

（1）在一八二九年的《每季评论》（Quarterly Review）里，曾有一隐名的著者，致疑于韦铿生的能译中文的才识。所以他的解释，虽无事实为其根据，而大体却很断定的，他说：

百年那么久以前………我们的同国的人（英人）大抵没有能有翻译中文

---

① R.E.S., Ⅱ, 449–450。
② R.E.S., Ⅱ, 451。
③ 帕尔思到一八〇〇年致疑于《好逑传》之真伪，见R.E.S., Ⅱ, 452脚注引。

的程度；现在我们所讨论的书籍（《好逑传》）显然是像由口说记录下来的，大抵是由土人用广州人的"咸水"英语传述的①。

远在一七一九年，在广州的英国人，能做中英文翻译的事业的诚然是绝无仅有，这隐名的批评者的话，也未尝不近人情；然而他的结论，不能因为微近人情，便能成立；他的结论，不过是一种拟想和推测而已。一七一九年，英国人能做翻译工作的人，绝不多见，其原因是英国人在中国居留者之不多。但是我们断不能因此而说这种人才绝无存在之可能。在此以前，已有中国士人冒险走到英国，参观一六八五年詹姆士第二的加冕典礼②。这人后来在英国牛津居留，保得莱图书馆（即牛津大学图书馆的前身）馆长多马士·海特（Thomas Hyde）曾请他教授中文，所以未曾亲到远东的海特，也能看中文书籍③。韦铿生之能译《好逑传》，实是不足为奇的。

约翰·达维士曾批评过一七六一的译本，④大抵《每季评论》的投稿者，根据达维士之意思而故甚其词罢了。

至于韦铿生之译文，虽是删节原文的地方很多，而亦偶有很贴合原文的译法，无论如何不是单凭"土人"所用的不三不四的"咸水"英语所能收到的结果。为求读者好奇心的满足起见，谨把原文及译文平排下方，以资比较。第一行是《好逑传》原文，第二行是一七六一刊行的，韦铿生译本，第三行是一八四二刊行的达尔斯的法文译本。⑤

话说前朝北直隶大名府有一个秀才，姓铁，双名中玉，表字挺生，生得丰姿俊秀，就像一个美人，因此里中起个诨名，叫做"铁美人。"若论他人品秀美，性格就该温存；不料他虽生得秀美，性子就似生铁一般，十分执拗。又有几分膂力，有不如意，动不动就要使气动粗；等闲也不轻易见他言笑。倘或交接富贵朋友，满面上霜也括得下来，一味冷淡。却又作怪，若是遇着贫交知己，煮酒论文，便终日欢然不知厌倦。更有一段好处，人若缓急

---

① Quarterly Review, XLI（1829），115。

② William Macray, Annals of the Bodleian Library，页156。

③ Cordier, La Chine en France au XVIIIC Siecle，页131。

④ Fortunate Union页3。

⑤ （原文）编者注：鉴于版面限制，本书依中、英、法文次序编排。

求他，便不论贤愚贵贱，慨然周济。若是谀言谄媚，指望邀惠，他却只当不曾听见；所以人多感激他；又都不敢无故亲近。

他父亲叫做铁英，是个进士出身，为人忠直，官居御史，赫赫有敢谏之名。母亲石氏，随父在任。因铁公子为人落落寡合，见事又敢作敢为，恐怕招愆，所以留在家下。

他天姿既高，学问又出人头地，因此看人不在眼上。每日只是闭户读书。至读书有兴，便独酌陶情。虽不叫个沉酣麴蘖，却也朝夕少他不得，再有兴来，便是寻花问柳，看山玩水而已。

十五六岁时，父母便要与他结亲。他因而说道："孩儿素性不喜偶俗。若是朋友合则留，不合则去可也。夫妇乃五伦之一；一谐伉俪，便是白头相守。倘造次成婚，苟非淑女，勉强周旋，则伤性；去之，掷之，又伤伦，安可轻议？万望二大人少宽其期，以图选择。"

In the city of Tah-ming, formerly lived a student named Tieh-chung-u, of great endowments of body and minds. For the beauty of his person, which equaled that of the finest women, he was called the handsome Tieh; yet was his temper no less rough and impuous than his form was elegant and pleasing; bold and resolute in resenting affronts, without any regard or awe of his superiors, etc.

(several sentences omitted)

His father, whose name was Tieh-ying, was a Mandarine of justice; his mother's name was Sheh-sheh; his father belonged to one of the tribunals in the palace, but because the violent temper of his son. Confined him at his house in another city, lest he should involve him in any trouble at court. There he lived and kept house, pursuing his studies, and at proper intervals unbending his mind with company.

When he had attained his sixteenth year, his father and mother bagan to think of marrying their son. They acquainted him with it; but he was no way dispposed to concur with their intentions; on the contrary, he urged that marriage was not like an acquaintance or friendship, which could not be quitted on any dislike or disag reement that whenever he should incline to marry, he would take more than common care in his choice; but should hardly think of it till he could meet with a lady possessed of every perfection of mind and person[①].

On raconte que, sous une des precedentes dynasties, il y avait a Ta-Ming-Fou dans le Pe-Tehi-Li, un jeune bachelier dont le nom de famille était Tie, son surnom était Tchoung-Yu, son titre honorifique, Ting-Seng. Ses traits avait cette dalicatesse qu'on admire chez les personnes de l'autre sexe, et de la lui était venu le nom de Tie de Belle-Fille, par lequel on le designait en plaisantant dans la ville qu'il habitait. Un extérieur aussi doux devait faire supposer un caractère facile; mais celui de Tieh-Tchoung-Yu la nature du fer. etc.

Son père, lettré des plus renommés, s'appelait Tie-Ying, C'était un homme d'une droiture et d'une fermeté rares; il était inspecteur-général et s'était rendu celèbre par la hardiesse des remonstrances qu'en plus d'une occasion il n'avait pas craint d'addresser à l'empereur. Heou-Chi, sa femme, avait suisi son mari a la cour; mais craignant les malheurs que pouvait attirer sur eux le laisser dans la maison paternelle.

A tant de beauté, la nature avait joint les qualites les plus eminentes des l'ésprit. Tchoung-Yu était élevé sans effort au-dessus de tous les jeunes gens de son âge. Il passait ses journées, enfermé dans sa maison, partageant son temps entre les livres, le vin, et la poesie; et le soir, pour se de lasser de ses études, il recherchait les arbres en fleurs, faisait des promenades sur l'eau ou des courses sur les montagnes.

Lorsqu'il eut atteint l'âge de quinze ou seize ans, son père et sa mere voulurent le marier, ((Le mariage n'est quère du goût de votre fils, leur dit-il; il n'est pas d'une épouse comme d'une ami. Entre amis, tant qu'on se convient, on reste unis; cesse-t-on de se convenir, on se sépare, c'est bien; mais le mariage est le plus important des cinque devoirs qui réglent les actions de l'homme: il dure autant que la vie. Si le dort vons a fait rencontrer une méchante femme, la garder

---

① 一七六一英译本，页1-3。

ou la quitter sout deux partis également malheureux. Veuillez done，pour une chose de cette importance， me donnez du temps pour me décider et faire un choix.))①

（2）第二说是认定全书都由葡萄牙文转译的。英国米尔纳——巴利女士（Alda Milner Barry）曾在《英文研究评论》（Review of English Studies）说下面的话：

　　帕尔思之所谓中文小说之翻译者，人都晓得，不过是校订的工作，而不是翻译。不过是中文葡译的一部著名小说的英译之校订，那书是在帕尔思的邻里的家藏书稿中所搜出的②。

这说也很不可靠。帕氏的工作，不全是校订，韦氏的遗稿，既不全是葡文，也不全是英文，这是帕尔思自己告诉我们的，米尔纳——巴利既把旧说抹煞，又不说出理由，无怪读者要抗议和迫她拿出其他的证据来了③。

（3）第三说最为凌乱，不过它的主张者是帕尔思的唯一的重要的传记作者——高辛女士——所以不能不稍为复述。高辛女士说：

　　他的（帕尔思的）工作，是一部中国小说的葡文译稿的翻译……由中文翻译的真正的工作是韦铿生先生所做的，帕尔思则不过把原译者的文字译为优雅的英文而已④。

　　The work was a translation from a Portuguese manuscript of a Chinese novel ……The actual translation from the Chinese was excented by Mr. Wilkinson, and Perey merely translated the translator into good English.

这说的矛盾，滑稽的很。韦铿生曾把《好逑传》译为葡文吗？帕尔思只见全书的四分一为葡译！韦氏把全书译为英文吗？葡文一部，究竟出自谁手？韦氏只从葡文译为英文吗？高辛女士又说翻译的真正工作出自韦铿生之手！而且两种

————————

① 一八四二法译本，页2-4。

② R.E.S，II，52。

③ R.E.S，II，454。

④ Gaussen：Percy，Prelate and Poet，页24。

书法各自不同的事实也未经解释。

（4）第四说全依帕尔思的旧说而并无详细的解释。主此说者为鲍维尔（Powell），他以为：

> 帕尔思当时有翻阅韦铿生遗稿全部的机会，而《好逑传》的译本且陈列在他的眼前；他又懂得葡文。他既有这样的机会和准备，则事实的真相，他必曾发见；发见之后，又绝无必要掩盖的理由。米尔纳——巴利女士的解释，也许是对的，然而我们的信仰，被她摇动，帕尔思的说话，被她否认，她到底有何根据，不能不提出问明。①

鲍氏的意思以为一七六一的译本的原文，四分之三是中文，而四分之一是葡文，也无根据，焉知其他的四分之三，也不是从葡文转译得来？

一个小小的题目，如此博引繁徵，读者诸君，得毋有"像煞有介事"之感？

各家之说，均有所偏蔽，我们为要明白真相和达到比较可靠的结果，先要把多少根本的事实弄明白：

（1）一七六一本的英译《好逑传》未曾出版之前，经过的级程；

（甲）中文原文

（乙）葡译，全部，至少一部

（丙）英译之初稿

（丁）定稿（如一七六一所排印的）

（2）帕尔思曾见（甲）的全部或一部，因为一七六一英译本的图画是由中文原本翻刻的。那种图画，断不是英国画工所能凭空杜撰的。

（3）帕尔思也曾见过（乙）的全部或一部，因为（丁）的最后之四分一，是帕尔思亲手从（乙）译英文的。

（4）（乙）与（丙）出自两人之手，这是帕尔思所说的。

（5）由帕尔思执笔的时候，（乙）和（丙）都已不全，（丁）是由（乙）的前四分三和（丙）的后四分一所构成的。

（6）韦铿生只能写定（乙）或（丙）中之一；（丙）是英文，又多修改之迹或出其手。

（7）（乙）的译者，为韦铿生所认识的人，也有研究中文的兴趣。

———————————

① R, E.S., II, 454.

从以上所举的事实，可得到下面所列的较为可靠之推测：

(1) 韦铿生曾从葡人习中文，或与葡人为友，共从中国人习中文[1]。

(2) 当他一七一九年回英的时候，《好逑传》的全部，未曾研究完讫。

(3) 他对于《好逑传》曾感特殊的兴味，而又不能独立地看中文，适有葡译，携以归国（大抵葡人中文程度比他好，所以先把《好逑传》看完）。

(4) 帕尔思或曾见葡文译本的全部，而故作狡狯。

然而上面的话，仍非定论，不过根据较为可信的旧存的话，而加以推测罢了。其实韦氏死于一七三六年，帕尔思得《好逑传》译稿的时候，在一七五九。距韦氏之死，已二十三年。《好逑传》的译稿，也许全非韦氏手笔，帕尔思当时已无由问明，韦氏家人恐怕也不知详细了。卫梨的（Wylie）的存疑态度，不无可取；他说：

这本译文的译主没人晓得明白，稿本是从一个曾在广州住过而又在曾学习过中文的韦铿生的稿件里找出来的，稿上写着的一七一九年，就是他回国那一年；他死于一七三六年。前三本是英文，后一本是葡文。得洛摩会督（Bishop of Dromore）帕尔思博士把第四本译为英文，并校订全书[2]。

（七） 帕尔思的贡献

帕尔思虽然不是手译《好逑传》的人，而《好逑传》的最早的译本之能哄动欧洲，却差不多可以说完全是他的努力所致。没有他的努力，纵使韦铿生的译稿已在英伦，也许再要沉埋到底；而且没有他的努力去作注解，《好逑传》的译文纵是印了出来，也断断不能获得当代的相当的注意。我们饮水思源，帕尔思的功劳，到底是不可埋没的。

帕尔思自然不能算作支那学者，虽是他曾注意到中国文化的多方面。他纯然依靠欧洲人士的著述为他研究的材料。他的地位，有如服尔德，孟德斯鸠，第迪罗一流人；然而他在其他的作品中，并不常常援引中国的事物做例证，这

---

① 那时中国天主教徒到澳门习拉丁文的，颇有其人。吴渔山是个早例，参看《东方杂志》二十七卷，二号，页90。

② Wylie Notes on Chinese Literature, P. XXIII。

纯然因为他的性情和持论，都与诸人相异。可是他对于中国文明风俗的研究，曾下苦功，而他的了解中国的程度，也远胜于和他同时的英国人。

他对中国的兴趣自然是被《好逑传》的译本所唤起的。他的校订功夫可分三类：

（一）英译之完成

（二）文字之修改

（三）注释的工作

《好逑传》英译本的最后的四分之一，是帕尔思由葡文重译的，这事他曾明言。他曾尽力以求忠实，可于他的日记证之：

一七五六年九月二九日　开始写正葡萄牙故事——*

一七五六年九月三十日　葡萄牙故事写完。

在葡文《新约圣经》的《默示录》里读了十一章①

大抵葡萄牙故事即指《好逑传》，屡经修改，始行写定；他读葡文《新约》，恐怕于译事有关。他以《好逑传》的故事为葡萄牙的故事，则因为他不肯过信韦氏家人的话，日记中的一长画及一星的符号，更足以证明他对于《好逑传》三字的音译之怀疑。最少，从日记中，我们晓得帕尔思懂葡文，可以从葡文译英。

帕氏既将《好逑传》最后一段译为英文，乃进而为修饰的工作，他的宗旨，在乎改正文法上的沙石，然而译文的本质，他也很能体贴保存；他说：

……这类作品的长处……在乎它的异乎寻常的风格和作法，编者因此格外小心，不敢妄事涂抹，他所修改的地方，都是为了文法与常识所要求，不得不改的②。

书中特别的语法，纵经修改，也在注中保留着。他自己添进的字句，都用方括表明。

有些更改是为着语言的流利起见的如：

原译本	改订本
Your father today would be a	Your father has discharged the part

——————————

① 英国物馆新藏稿32，326卷13。

② 一七六一英译本，I，XX。

good man, tomorrow would be
a good man; he would be pres-
enting petitions……
When the cause is bad it must
not be spoken to.
What should make you speak
with two tongues, one of your
gravity and office? Is it not
enough when you speak once?
……hath a very hard mouth.

of a good man, with the most
unwearied preseverence: eager to
redress grievances, he would be
presenting petitions…… (①甲)
is not proper to be done, is not
proper to be spoken of. (①乙)
……he even ventured to remon-
strate to his Excellence the inconsis-
tency which had appeared in his
couduct, and which seemed so un-
suitable to one of his gravity and office.
……is very bold of speech. (①丙)

有时为着叙述艺术的特别缘故，书中的全段每被删去，尤其是写得过露的伏线②。

尤有兴味的，是编者以为干犯英国人的礼法而删去的译文。英文文学本来一向就比较地拘谨，尤其是十八世纪中叶，经过艾迪生（Addison）一班人的运动，更为拘束了。帕尔思之所以遽然割爱，也为要迁就读者的标准。这一类的原译，都是完全删去，连脚注里也没有保存，因为既于礼法有碍，便不好留着本来面目。可是凡是在以礼教来支配文学艺术的社会里，人们的见解每陷于主观化和"神经过敏"的毛病。帕尔思虽格外审慎，也不能免掉误会。有一回他故意保留原译的真相于脚注，以代表原译者的风格，原译是：

"If Your Mistress and I met accidentally at once. If you expect I should talk of Benefits received, there would be no end: if of Love, there is none to talk of. But when you come home give my most humble service and acknowledgment to Siauw-tzieh young mistress saying, that I……now take leave of her, and that she must not

① 同上(甲)I, 23; (乙)II, 127; (丙)III, 5。
② 同上, II, 235; I, 181; I, 208; III, 37。

entertain any thought for me hereafter: and that I shall always have a greatful rememberance of her kindness[1].

这一段文字虽不高明,译法虽不切贴,仔细看来,却于礼法无损,不知帕尔思何以说它有干 decorum? 原文在《好逑传》第六回,铁中玉救了水冰心,水冰心遣仆人访铁中玉,并想送礼答谢,铁中玉回答:

> 我与你家小姐,陌路相逢。欲言恩,恩深难言;欲言情,又无情可言。只托你多多拜上小姐,说我铁中玉去后,只望小姐再勿以我为念,便深感不朽矣。

编者的工作,不独改正文法的沙石,增加美术的力量,而且要使《好逑传》有益读者的道德心。

(八) 帕尔思的注释

《好逑传》的注释,是一七六一年译本的最重要的色彩,编者的注文,是博览群书后所写定的成绩。他的见解,都有根据,不是臆测的。他于书后附有关于中国的书籍的一张书目表。每段注释,都慎重地载明出处:书名,卷数,页数等。他引用最多的是特赫尔特的《中国志》。

他原有的计划是把注释减到绝低的限度,因为看小说的人,很容易把注脚略去,辜负编者的苦心,然而他早已改变方针,加增详明的注释,他的理由是:

> 中国人的风俗习惯,他们的思想的特殊路径和语言的特殊方式,和我们异趣特甚,非有细致的解释,不能明白……编者希望《好逑传》的译文和注解合拢起来,可以成为一部简明而不瘟陋的中国纪闻的书[2]。

编者在注释中尤为注意的是:

(1) 中国的特殊风俗

(2) 书中的私名

---

① 同上,III, 158 注。

② 一七六一英译本,I, XXV。

（3）中国的名物制度

如原译"里"字作Lee，编者即谓与法文书籍中之Ly，Li同为一字之译文[1]。他又说中国文学作品多言虎，如荷马的作品多言狮[2]。这类的见解，都足证明编者之读书得间。

他曾为他的"冗长"的注文而向读者道歉[3]。他的注文，有时的确是冗长，但同时是很有价值的，那时欧洲重译《好逑传》的几位先生们，都已见到此点，所以在法、德、荷三种重译本里，都把英注全译。有几段注文，简直是几篇徵引浩博，结构谨严的论文，如论发誓的一段[4]，论瓷的一段[5]，论茶的一段[6]。

在注释中尤可以看到编者的忠实。他徵引他人的话，和自己的话完全分写。关于中国风俗等等偶有不懂的地方，而查书也查不出的，他都坦白地郑重地言明。

《好逑传》的注释，自有独立的价值。

（九）一七六一年本之附录

韦铿生的原译，分钞四册，我们在上文已经说过。其第三第四两册，篇幅较少。合印为一册，于钉装上较为适宜，惟本来面目因此更改，则对于原译者似不十分忠实；编者于此甚费苦心，卒之各册分钉，悉如其旧，而于第三册加入附录一篇，于第四册加入两篇以求篇幅匀称。这三篇附录，每篇各有独立性质，与《好逑传》虽无关系，却都是涉及中国文明的断片的材料。

附录第一篇是一部中国戏剧的本事。是从韦铿生的遗稿里搜出的。据编者说"这是证明中国人编剧技能的第二本欧文的叙述"。那剧在一七一九年排演于广州，韦铿生所亲自看过[7]。可是那出到底是什么剧，我研究了很久，却无从认识，因为我对于粤剧的母题——尤其是在康熙雍正之间的粤剧的母题——懂得太少的缘故。《本事》付印时，《赵氏孤儿》的仿作，已屡在欧洲剧场演

---

① 同上，I，15。
② 同上，I，47。
③ 同上，I，XXIV。
④ 同上，I，158–160。
⑤ 同上，II，207–209。
⑥ 同上，II，133–136。
⑦ 同上，IV，171。

过，服尔德和麦尔菲（Murphy）的《中国孤儿》在一七五五年至一七六〇年间最为新颖，帕尔思深明读者心理，故把它附录。

附录第二篇是中国格言集（Chinese Proverbs and Apothegms）。内容选自关涉中国的各种书籍，而钞自《中国志》者为多，格言共为两类：

（1）常用的谚语

（2）道德界名人的格言①

此外欧洲各国格言亦多引用来与中国格言比较，尤其是证明修词格式常有相同或相近的痕迹。这是"欧洲向来未曾有过的一种努力"，开后来的人如Herder等的风气②。

附录第三种《中国诗歌断片集》于三种之中最为有趣。他说既把中国散文作品介绍于欧洲读者，则进一步而介绍韵文，实为不容已的事。他说中国诗歌是世界最"做作"的文化所型成的品物，因而它的翻译，是一件万难的工作，换句话说，中国诗歌几乎不可以翻译为英交，他解释底地说：

> 凡和榛狉的境地相隔未远的民族，他们的风俗和意念都简单，他们的诗歌易为他族所明白了解，这是显浅的道理，因为诗歌所描写的是浅近的景物；它的力量，得自天然界所给予人们的最初而最显的意像；而在久久浸淫于礼教的人民，风俗习惯都被精练到极文雅的地位，宗教礼制，变为多歧而繁缛，他们的诗歌每每多涵典故，异族视之，只见其艰涩和隐晦③。

为求读者明瞭中国诗歌起见，编者先把法人弗利莱（Freret）的《中国诗歌体例说》译为英文，而于篇末又附加编者的意见和结论。由下面的话，我们晓得帕尔思对于中国诗歌的成就，并不看得很高。

> 他们（中国人）似乎对于诗歌的几种重要的种类未有努力：最少按史事而言，这话是真的：戏剧诗是否例外，也觉可疑……他们的《诗经》……颇有一种庄严肃穆的简单风致，但是这些诗歌，只是道貌岸然的道德演讲，而绝少雄伟清峻之风④。

---

① 多引自《论语》。

② Price, English→German Literary influences, J, 39–40。

③ De la Poésie des Chinois, 原文载Histoire de I´Academie Royale des Inscriptions, III (1723), 289–297, 又重载于Bibliotheque Académique, Vol IX, Paris, 1811。

④ 《好逑传》一七六一英译本, IV, 216。

帕尔思未曾博览中国诗歌，而遽然肯定地下断语，似乎过于大胆，集里所收的，多从《中国志》、《孔夫子》①两书转贩得来。那时耶稣会士正努力于中国经书之翻译和解释，对于美术韵文，仍未注意。帕尔思虽勤于搜求，而其结果也不过是《五子之歌》和《诗经》里的几篇较短的诗。他的成功不在乎结果，而在乎方法。一七六〇年后，欧洲文学已渐离古典主义的圈套，而入于浪漫运动的初期。从一方面看来，诗歌比较观，可以说是新精神的一种表示。帕尔思选辑中国诗歌的工作，不特是他的较大的工作②的准备，而且是德国文豪赫尔特尔（Herder）一辈的前驱。

（十）附录续编

帕尔思的中国研究的兴趣，竟为《好逑传》所引起，有欲罢不能之势。因此凡关于中国有关的材料，继续搜求。一七六二年刊行一书，名曰《关于中国人的杂文》（Miscellaneous Pieces relating to the Chinese）仍是“杂缀”的体裁。文凡八篇，条列如下③：

（1）《中国语言文字论》（A Dissertation on the Language of the Chinese）帕尔思自撰，为欧人讨论中国文字的最早的几篇之一。

（2）《中国某著者之道德箴言》（Rules of Conduct by a Chinese Author）法国耶稣会士巴多明（Parrenin）原著。

（3）《赵氏孤儿本事》（The Little Orphan of the House of Chao）帕尔思撰，根据《中国志》里马若瑟（Premare）的原译。

（4）《中国戏剧论》（On the Chinese Drama） 根据赫尔德（Hurd）《诗的摹拟论》而自有发舒。

----

① Couplet（柏应理）；Confucius Sinorum Philosophus，Paris，1687。

② 指Reliques of English Poetry 及Five Runic Pieces，都是帕尔思的不朽工作。

③ 八篇中除（1）、（3）两篇为帕氏自撰外，三篇译自《教士通讯集》Lettres édlfiantes et curieuse：（2）XXVI（1743），86以下：（7）XXVII（1749）；11以下；（3）XXVIII（1758）171以下。（3）另有单行本。英译，与帕译不同，名Authentic mem irs of the Christian church in China……London，1750，两本皆译自德文Herrn Johann Lorenz Von Mosheim Erzilhlung der peuesten Chinesischen Kirchengeschichte（Gottingen，1748），德文又译自拉丁原文Io Lavrentii Moshemii Historia Tartarororvm Ecclesiastica,1741.（6）则钞自Designs of Chinese Building，London，1757，而（4）见钞自Q，Hor tii Ars Poetica，1749也。

(5)《中国基督教会实录》　　莫尔下姆（Morsheim）原著

(6)《中国之园艺》　　张伯尔士（Chambers）原著

(7)《北京附近的皇室园亭》　　耶稣会士巴德尼（Attiret）原著

(8)《皇太后六十寿辰纪庆》　　耶稣会士阿眉奥（Amyot）原著①

一七六二年后，帕尔思的兴趣，渐移于古英国及北欧文学的研究，对于中国问题，也逐渐舍弃。然而两三年的工作，印象不为不深，所以在一七七五年的日记里，仍未全把中国遗忘：

一七七五年三月二日，上午全时在伯莱克（Blake）先生家，看中国的奇趣的绘画，并和黄阿唐谈话，黄阿唐是中国人，二十二岁，从广州来②。

可见《好逑传》虽然出版了二十四年，虽然帕尔思的研究兴趣已移向北欧，而对于旧曾用心之中国事物，犹不无眷恋了。

（十一）余论

帕尔思因为注译《好逑传》的缘故，不得不博览欧人所著的关于中国的书籍，不知不觉地，逐渐型成他自己的一种中国文化观，随着注译而发表。我说这是帕尔思自己的中国文化观，因为他虽借重耶稣会士的著述和引用他们的说话，可是他全不接受他们对于中国文明的称许的态度。

例如耶稣会士多以中国士流为有神论者③，而帕尔思偏要说他们是无神论者。他晓得中国人有"天"、"天意"这一类的名词，但是：

无论如何，中国近代大多数的士人，对于他们古经典中之天字及同等的字，都只认得一种低下的唯物的涵义；他们简直是无神论者。④

——————

① Amyot中国名未详。

② 英国博物馆新藏稿32.336，卷191。黄阿唐留英颇久，James Boswell似曾见之，余旧有纪录，今失去，须重考矣。

③ 如中国志；IV 4："他们把权力，主宰之权，知识，公义，仁慈，威严，等等都归之上帝：他们唤上帝做父亲，主宰：崇拜上帝，用适当严肃的礼节；而崇拜的结果，是实行道德于生活中：他们以为尽义节的能事也不能令天帝欣喜，假设没有相当的诚心和内心的情操"。

④《好逑传》一七六一英译本，I，156。

然而帕尔思还是个研究者，他并不瞎骂盲捧，他还努力于言论之持平。所以他又说：

> 中国人在语言中没有一个字直白地指独一的真宰，或与我们的God字相当，这是一件很可注意的事。因此他们被人家指为无神论者。但是无论他们的士人在近代情形怎样，而中国自古以来，已有分歧的神祇的名词，又很多宗教的仪式，则却是真确的。足以证明他们有天神的信仰①。

据帕尔思的意思，中国古代的信仰，已成过去的遗迹，代之而生者只有迷信与偶像，例证如下：

(1) 通书变为神符与灵签，凡干一事必要详细查看，以避凶趋吉②。

(2) 因佛道两教之提倡，多数人民相信鬼妖的存在，并信他们能祸福人们③。

(3) 占筮星相的技师，充斥全国④。

(4) 来生的信仰，全是黑暗的迷信⑤。

因此他说中国人是最迷信的民族。

岂单是中国人的宗教，令人不满；就是政治，也不见得真的开明，如耶稣会士所言；帕尔思的理由如下：

> 狡黠的民族如中国人民，而又不计来生祸福，假用权位以欺压他人，实是意中事。既无良心纪律的裁制，则国家法律也无保持公平的能力。假若我们单从理论来检阅中国政治的组织，其志在人民的幸福安乐的好意真是无以复加；但是一看事实呢，则人民的受大人们压迫欺凌，甚于任何其他的国度⑥。

中国的考试制度，和官吏的升黜，全凭才干，不问家世的办法，本为欧洲人士所赞许，而在帕尔思看来，适足为中国的腐败政治的解释：

---

① 同上，IV，42。

② 同上，I，86。

③ 同上，I，97。

④ 同上，I，100。

⑤ 同上，I，97–98。

⑥ 同上，II，271。

他们的县官，既由勤慎的小吏升任，则有时出自最为寒素的家庭，所以到任的时候，有些极为贫寒；作弊受赃的引诱，当然很大①。

我们不要忘记，帕尔思是英国国家教会的会督，所以他的持论，都深染一偏的教宗的色彩：

他们的法律，有防免和惩戒这恶性的职责：所以在中国的法律里有不少良好的条文……但是中国的法律到底不过是政治的器数，无来生赏罚的观念为其靠力，法律虽可以改善外表，究竟不能感动内心，所以只能造成道德之形，而不能造成道德之实②。

与帕尔思同时，而又曾批评过中国吏治的腐败者，尚有两人：（1）安生舰长（Captain George Anson. 1697~1762）③和（2）在一七六十年出版的《近代世界史》（Modern Universal History）的第八册的编者④。帕尔思对于他们的结论——中国史治之腐败——是完全一致，而对于他们的解释则未能从同：

一个（指安生舰长）只因亲见中国人的腐败的政治之表面，便以为他们的法律也卑无足道……其他一个（指《世界史》第八册的编者）思念及他们法律的优美，又以为现在的腐败情况，是近世里才有滋生。

帕尔思的意思是：中国法律的缺陷，全因没有宗教为之根基——所谓较高的裁制（Higher Sanction）——而徒靠现世的恐怖与希望以为劝惩⑤。

总而言之，据帕尔思之意，中国政治法律之不能十分澄清，主因全在乎正信的缺乏。

……为古代中国立法的人，虽然以不偏的天道观念教民，而对于来生的

---

① 同上，II，166-167。

② 同上，II，267。

③ Anson：Voyage，第三册，卷十。

④ 编者逸名。

⑤ 《好逑传》一七六一英译本，II，168。

情形，绝少——或者全无——注意。孔子自己，也未曾对这问题有什么启示。在那里流行的关于这项的思想，大体都得自樊士（Bonzes）们。樊士们设了整千的赎罪的方法……检直除了立身行道之外，无所不为①。

耶稣会士最看得起中国的（1）宗教（2）政治（3）道德。帕尔思已把开头两项完全否认，自然而然地第三项也快要给他批评。在批评中国政治的地方，他已说中国人民狡黠了。我们不好离题太远，且回到《好逑传》来。

他两次批评《好逑传》的作者，以为未尽劝善的责任：（1）描写铁中玉的粗亵和侮慢女性②。（2）描写水冰心的狡狯③。他责备铁中玉妄用语言，谴骂的态度，有似第福《鲁滨孙飘流记》的口吻：

在妇女地位被抑到这样卑贱的地方，男子们不肯直认对于妇女的一种温柔谦敬的爱情，乃是毫无诧异的事：一个国家，在他方面是文明雅洁，而在这方面却与最野蛮无教的民族相同，也是毫无诧异……如北美的最野蛮的部落，其对待妇女，亦与中国人同其心理④……

帕尔思以为中国人佩服水冰心的狡狯的性情，因为中国人自己也是狡狯的：

世界民族中最诡谲狡狯的中国人，自然会被人家疑为崇拜诡谲狡狯的本身。读者们大抵已经觉得这些品性在水冰心的人格上很占重心；《好逑传》的作者却以为她是诸德兼备的纯全榜样。

当时英国最流行的小说中有史特尔痕（Sterne）的《偏感的旅行》（Sentimental Journey）和李查生（Richardson）的《哈尔乐》（Clarissa Harlowe）两本。《旅行》中的主角如何侮慢女性，哈尔乐怎样狡狯，他不暇思索了，只见得未接受基督教的中国种种不满人意：

————————

① 同上，II，169；又II，267。Bonzes一字，衍自葡萄牙文，而葡文据说又是日本语之译音。字意即俗语之"和尚"也。

② 同上，II，127–129。

③ 同上，I，129。

④ 同上，I，129。

中国的道德，虽被人家赞许为清纯，而显然地仍是短绌于基督教的道德①。

帕尔思又曾批评《好逑传》的作者，不直他的提倡嫉恶和报仇的态度，因此又引起一段比较中西道德教训的话：

> 将基督教的道德观念比较起来，作者（《好逑传》的作者）的道德观念，极为可鄙：基督教力倡恕人之过和以善报恶……孔子虽明此理……然亦无坚决地以此为人人的分内事；又无举出（天之）制裁为之根基，无中正的动机，以极力劝喻。真的，更有何人能以此教人，清楚地教导，热烈地而慈悲地鼓励，以庄严恳切的动机做实行的力量，像世界救世主中所宣示的呢②。

帕尔思既有这一类的见解，既说这一类的话无怪他以为中国人的道德不大高明了。他眼中的中国人是

（1）对于妇女无虔敬的态度的。

（2）虽有礼貌而内心不诚的。

（3）狡狯而不勇的。

（4）孝亲过度近于偶像崇拜的。

（5）非以武力不能统治的③。

中国人的最高的理想与冀望是什么呢？帕尔思的答案是很简单的：权势和钱财！

> 权势和钱财……在中国是人们所注意的唯一的对象，因为有权有钱，则凡令此生安乐可爱的，都可得到；而中国人的眼光，又是望不到此生以外的，凡是这种人生观流行无碍的地方，而又无良心做羁绊，则在那地方，欺伪和腐败也同时流行，自然而然，毫不足怪④。

耶稣会士所矜心地绘出的中国画图——纯净的宗教，开明的皇政，优越的道德，精备的学术——都跟着《好逑传》之英译；而被帕尔思污玷与撕破了。

---

① 同上，I，129。

② 同上，II，51—52。

③ （1）同上，II，121；（2）I，142—143；（3）II，183；（4）III，62；（5）I，182。

④ 同上，II，169。

帕尔思的见解，又因法、德、荷三种重译而流入西欧全部。然而断不能因此而归罪于《好逑传》和它的欧译。

［席勒尔之手迹（好逑传译文）］

Erstes Buch

Zu······Tahming, einer grossen Statdt des
chinesisehen Reiches lebte ein vornehmer
Jüngling, Tiehtschongu genannt, der den
Wissenschaften oblag. Seine Gestalt war schŏn,
seine Seele gross. müthig und edel:································
···
···
···············er liebte die Gereehtigkeit
bis zur Leidenschaft und seine. Freude
war, dem Unterdrüekten······beizustehen.
Da war er rasch und kuhn und scheute kein.
Ansehen; nichts kounte seine Hitze mässigen,
wenn er eine···········Gewaltar zu rächen hatte.
Sein Vater, der Tieh-ying heiss,
war ein Mandarin der Gerechtigkeit und
verwaliete ein riehterliches Amt zu Peking, am Hofe des
··Kaisers. Weil
···er aber die heftige
·····································Geamüthsart
························seines Sohnes fürchtete, so liess er
denselben in der Entfernung vom Hofe.

辨伪举例

胡适

——蒲松龄的生年考

卢见曾的《国朝山左诗钞》卷四十五有蒲松龄小传，引张元的《蒲先生墓表》说：

> 卒年七十六。

张元的《墓表》全文，我那时没见着。鲁迅先生的《小说史略》根据《聊斋文集》附录的《墓表》，说蒲松龄至康熙辛卯始成岁贡生，越四年遂卒，年八十六（一六三〇——一七一五）。后来我见着上海中华图书馆石印本《聊斋文集》（以下省称"石印本"），果然有张元的《墓表》的全文，说他：

> 以康熙五十四年正月二十二日（一七一五年二月二十五日）卒，享年八十有六。以本年葬村东之原。又十年，为雍正改元之三年（一七二五），其孤将为碑以揭其行，而以文属余。以余于先生为同邑后进，且知先生之深也，乃不辞而为之文以表于墓。

张元于乾隆十七年（一七五二）作《渔洋感旧集》后序，自署"八十一岁老人"，是他生在康熙十一年（一六七二），蒲先生死时，张元已四十四岁，作《墓表》时他已五十四岁了。他记蒲松龄死的年月日，决无不可信之理。

但《山左诗钞》引《墓表》作"卒年七十六"，道光《济南府志》（卷五四）也作"卒年七十六"。然而《聊斋文集》所录《墓表》却作"享年八十有六"。究竟是那一本是对的呢？

《山左诗钞》刻于乾隆戊寅（一七五八），去张元之死（一七五六）不过两年。卢见曾刻《渔洋感旧集》，张元替他补各人的小传；《山左诗钞》屡引张元所作的碑传，所以我们可以断定卢见曾所据的《蒲先生墓表》，必是张元的原本，应该是最可信的本子。因此，我相信"八十六"是"七十六"之误。从康熙五十四年（一七一五）上推七十六年，是崇祯十三年（一六四〇）庚辰。

去年十月我到北平，借得清华大学图书馆所藏的《聊斋全集》（以下省称"清华本"），其中有《文集》四册，《诗集》两册。《诗集》中有《降辰哭母》诗，中有云：

> 老母呼我坐，大小绕身旁……因言庚辰年，岁事似饥荒。尔年（尔字此本作"儿"，后见马立勋钞本作"尔"，尔年即是那一年）于此日，诞汝在北房。……

庚辰正是崇祯十三年，可以证明七十六岁之说不误。

《文集》中有《述刘氏行实》一篇，是他的夫人的小传。刘孺人死于康熙癸巳（一七一三），年七十一；她生于崇祯十六年（一六四三），比蒲松龄小三岁。她死时，蒲松龄年七十四岁，《诗集》中有七十四岁的诗，次年七十五岁，有过妻墓的诗。以后就只有几首诗了，最末一首为《除夕》，仍有悼老妻的话，大概是七十五岁除夕的诗。《诗集》里没有七十五岁以后的诗。这也可证聊斋先生死时大概是七十六岁。

淄川马立勋先生（北大学生）不信七十六岁之说，他说，《聊斋诗集》里有"八十述怀"七律两首，诗中明明说"甲子重经又廿年"，他决不止七十六岁。此两诗不载于清华本，止见于石印本。

马君自己在淄川钞得一部《聊斋全集》（以下称"马本"），其中的诗集里也没有这两首"八十述怀"诗。这一点使我很怀疑。

今年我又借了清华本，准备用此本来和马本和石印本互相参校，先请罗尔纲先生把三种《聊斋集》的文、诗、词的篇目列为一个对照表。罗君把这表写成之后，来对我说："石印本的文和词，除了极少数之外，都是清华本和马本所收的。最奇怪的是石印本的诗，共二百六十二首，没有一首是清华本和马本里面见过的。"这就使我更怀疑石印本的《聊斋诗集》了。

昨夜我取出了石印本的《聊斋诗集》，翻出了那两首"八十述怀"来细细研究。第一首全是泛泛的话，可以不论。第二首如下：

> 甲子重经又廿年，健全腰脚胜从前。论交差喜多名士，著录新成只短

篇。春到东菑催力作，夏长北牖傲高眠。恬熙幸际承平日，与世无求便是仙。

我看出破绽来了，第五句有一条小注："淄东有薄田数十亩。"我笑道："这首诗是妄人假作的。蒲留仙决不会用'淄东'来注解'东菑'！"

于是我又细细翻读全部诗集，看见集中有许多聊斋的朋友的姓名，如王渔洋、王西庄、袁宣四、李约庵、焦石虹、毕公权、毕怡庵、邱行素、张历友……等等，每人都注有名号、籍贯、科举年分、官阶、著作等等。这些人确都是聊斋的朋友，注的又这样详悉清楚，我如何能说这部诗集是假造的呢？

我看下去，又发见了两件极有力的证据，真把我吓倒了！第一件是两首"己未除夕"的诗，有"三万六千场过半"，"五十知非蘧伯玉"两句，都是五十岁的话。己未是康熙十八年（一六七九）。依七十六岁的说法，聊斋那时只有四十岁。如果他那年已五十岁，他应该是崇祯三年（一六三〇）生的，死时八十六岁。岂不是八十六岁之说对了吗？

还有一件证据，是一首用苏东坡《石鼓歌》韵的长诗，诗题是：

> 戊寅仲夏，时明府将赴沂州任，同人以诗赠者皆用坡公《石鼓歌》韵，予辞不获，因亦勉成一首，并送毕韦仲之黔，刘乾庵入都，沈燕及往九江。

这个诗题已够吓人了。诗中又有一条小注，说：

> 龄今年六十八矣。

戊寅是康熙三十七年（一六九八）。依七十六岁说，他只满了五十八岁。如果他那年满六十八岁了，那么，他的生年应该提早十年，死时正是八十六岁了。

我看了这两条吓煞人的证据，很懊悔不该瞎疑心这部石印本诗集。我想，我的七十六岁说只好抛弃了。我请我家中住的胡鉴初先生（他正在研究蒲松龄的全部著作）来看这两条硬证，我说，"我认输了。"他也情愿承认八十六岁的说法了。

可是，清华本和马本的"降辰哭母"诗中说的生年在庚辰的话，又怎么讲呢？难道"庚辰"是庚午（一六三〇）之误吗？这一个字的证据，怎么能抵敌那石印本的许多证据呢？

我的心终不死，忽然想起了《聊斋文集》里那篇刘孺人的《行实》——这是三种本子同有的。《行实》说：

> 孺人刘氏……父季调……生四女子，孺人其次也。初松龄父处士公敏吾……嫡生男三，庶生男一……松龄其第三子，十一岁未聘（此依石印本。清华本及马本皆作"十余岁"）。闻刘公次女待字，媒通之……遂文定焉。顺治乙未（一六五五）间，讹传朝廷将选良家子充掖庭，人情汹动。刘公……亦从众送女诣婿家，时年十三……

我看了这一段，又忍不住大笑了。我指给鉴初看，又翻开年表，我说："刘孺人生于崇祯十六年（一六四三），是毫无可疑的。如果蒲松龄的生年要提早十岁，那么，他十一岁正当崇祯十三年（一六四〇），他的妻子还没有出世哩！她怎么会'待字'呢？"

这一条新证据足够打倒石印本的那两条证据了。于是我对鉴初说："石印本的诗集全是假造的，所以没有一首诗和清华本或马本相合。这位假造的人误信了那《墓表》的一个误字，深信聊斋活了八十六岁，所以假造那三首假诗，一首'八十述怀'，一首'己未除夕'，一首'戊寅仲夏'。这个人真了不得。他做了二百六十二首假诗来哄骗世人；许多诗是空泛的拟古之作，如《拟陶靖节移居》，如《拟杜荀鹤宫怨》，那是不相干的。但他又查出了聊斋的一些朋友，捏造了许多诗题，又加上了许多详细的注语，这些注语都好像有来历的，所以我们都被他瞒过了。"

鉴初还有点不相信。我说："我要把这些姓字履历的注语的娘家，一条一条都查出来给你看。"我翻出一个诗题：

喜毕公权获解

注云：

毕名世持，淄川人，康熙十七年戊午解元。

我说："这一条注，我记得清清楚楚是《聊斋志异·马介甫》一篇的注语。"我到书架上寻出一部《聊斋志异》来，翻开《马介甫》一篇，果然有这一条：

毕公权名世持，淄川人，康熙戊午解元。

我又指一个诗题：

同毕怡庵绰然堂谈狐，时康熙二十一年腊月十九日夜也。

我说："这个诗题也好像是《聊斋志异》上见过的。"鉴初和我两个人同翻《聊斋》，不到一会儿工夫，果然在《狐梦》一篇寻着了，原文是：

余友毕怡庵……
康熙二十一年腊月十九日，毕子与余抵足绰然堂，细述其异。……

我又指一个诗题：

袁宣四得古瓶，诗以艳之，有序。

序文凡一百四十三字，叙北村甲乙二人淘井得二古瓶的始末，一瓶入张秀才家，一瓶归宣四。我说："这篇序也像是钞《聊斋》的。"果然在卷十三寻得《古瓶》一篇，序文全是删节这一篇的。还有一条注，记袁宣四的履历，也被这位先生全采去作另一诗题的注语了。

不到一个半钟头，这石印本的诗题的注语差不多全在《聊斋志异》的注语里寻出来了。如李约庵和张历友的履历见于《志异》附录《淄川志》小传的注文，焦石虹的见于卷六《狐联》篇注，邱行素的见于卷十三《秦生》篇，张石年邑侯生祠事见于卷十三《王大》篇，"淄川古八景"的八个诗题全见于卷十四的《山市》篇的注文——前后共寻出了十条证据，我可以下判决书了。判决的主文是：

审得有不知名的文人，钞袭了《聊斋志异》的文字和注文，并依据了张元所作《蒲先生墓表》的误字，捏造了蒲松龄和他的朋友们倡和的诗若干首，并且混入许多浮泛的拟古诗歌，总共捏造了二百六十二首歪诗，冒充《聊斋诗集》，石印贩卖，诈欺取财，证据确凿。

这案判决时，已近半夜了，我们都去睡了。今天早起，我又检查《山左诗钞》，才知道这位"被告"不但熟读《聊斋志异》，并且还采用了一些别的材料。石印本《诗集》有一篇"《杖头钱》，同历友作"，并附录张历友的原作《杖头钱》，张诗收入《山左诗钞》的第四十三卷。石印本又有《赠历友》两绝句。

> 选政亲操日杜门，穷搜八代溯渊源。一编《肪截》传名著，《高士》同教两汉尊。
>
> 山左推君第一人，蒲轮空谷贱红尘。相嬉猿鹤轻轩冕，花落山房春复春。

诗后附注云：

> 历友学殖淹博，挥洒千言。同时诸前辈称为冠世之才，不虚也。试辄冠曹。时宫定山中丞为学使，以明经荐山左第一人，就京兆试，不遇，归而处昆仑山，不复出，杜门著书，有《八代诗选》、《班范肪》、《五代史肪截》、《两汉高士赞》、《昆仑山房集》等书，卓然可传。岂以名位之有无为轻重耶？

这一条注文，句句有来历，都见于《山左诗钞》卷四十三张笃庆（历友）的小传下的附录。自"宫定山中丞"以下到"杜门著书"，是钞唐豹岩的《昆仑山人集序》；"学殖淹博，挥洒千言"，是用《渔洋诗话》；所著书目五种是全钞卢见曾的跋语；只是《班范肪截》一个书名截去了一个"截"字。我疑心"被告"曾见过《山左诗钞》的第四十三卷的残本。

可是他决没有见着《山左诗钞》的全部。何以见得呢？《山左诗钞》卷四十五有蒲松龄的诗十一首。如果他见了此卷，他决不肯放过这十一首真诗。石印本《诗集》没有这十一首诗，可见他不曾见《山左诗钞》的全书。

我们现在可以推测"被告"为什么要捏造这部《聊斋诗集》。满清末年，上海国学扶轮社印出了一部《聊斋集》，其中有文，有词，而没有诗。民国以来，此书久已绝版了。大概"被告"见了这部扶轮社本，嫌他太少，就捏造了一部《诗集》，又加入了两册来历不明的《聊斋笔记》，材料增添了一倍，凑成了六册的《聊斋全集》，就成了一部定价两元的大书了。《文集》中的《志异自序》和《词集》中的《惜余春慢》也是从《聊斋志异》钞入的。笔记目录后有黄埏的附记，自称是聊斋的儿子东石的门人，在尘笈中得着太夫子的笔录，整理为两卷。笔记中的材料无可供考据的；聊斋生四子，长名箬，有文名，不知是否字东石。

昨夜查《聊斋志异》时，我又寻得一条证据，证明聊斋七十六岁之说。《志异》卷十六有《折狱》两篇，皆记淄川知县费祎祉的事。费祎祉任淄川是顺治十五年（一六五八）到任的。聊斋自跋云：

> 我夫子有仁爱名……方宰淄时，松裁弱冠，过蒙器许，而驽钝不才，竟以不舞之鹤为羊公辱。……

他生于崇祯十三年（一六四〇），到顺治十六年（一六五九）正是弱冠之年。这又可见八十六岁之说必不可信了。

我的结论是：

蒲松龄生于崇祯十三年庚辰（一六四〇），死于康熙五十四年乙未正月二十二日（一七一五年二月二十五日），享年七十六岁。

略谈《聊斋志异》的反封建反科举精神

聂绀弩

一　反封建统治

《聊斋志异》里有一篇《促织》，说明代宣德年间，皇宫里喜欢玩蟋蟀，每年向民间征发。华阴县有一个名叫"成名"的"里正"因捉不到蟋蟀，被县官"严限追比"，"杖至百，两股间浓血流离"。后来好容易捉到一个：

> 审视，巨身修尾，青项金翅。大喜，笼归。举家庆贺……上于盆而养之……留待限期，以塞官责。成有子九岁，窥父不在，窃发盆。虫跃掷径出，迅不可捉。及扑入手，已股落腹裂，斯须就毙。儿惧，啼告母。母闻之，面色灰死，大骂曰："孽根！死期至矣！而翁归，自与汝复算耳！"儿涕而出。未几，成归，闻妻言，如被冰雪。怒索儿，儿渺然不知所往；既而得其尸于井。因而化怒为悲，抢呼欲绝……日将暮，取儿藁葬。近抚之，气息惙然……夜半复苏。夫妻心稍慰。但见儿神气痴木，奄奄思睡。成顾蟋蟀笼虚，则气断声吞，亦不复以儿为念。

后来又捉到一个，样子不好看，但善斗，百战百胜，并可斗鸡。

> ……献诸抚军，抚军大悦，以金笼进上……既入宫中，举天下所贡"蝴蝶"、"螳螂"、"油利挞"、"青丝额"，一切异状，遍试之，无出其右者……上大嘉悦，诏赐抚臣名马衣缎……后岁余，成子精神复旧。自言身化促织，轻捷善斗，今始苏耳。……

这是篇沉痛的寓言，皇帝玩的蟋蟀是老百姓的儿女的魂魄或生命。在君主专制时代，皇帝是神圣不可侵犯的，小说对皇帝不敬的地方是很少的。要涉及的时候，不是委之于前朝古代，就是托之于鬼神。纵然这样，有时也难免受到非难。《促织》后面的"王阮亭（士祯）云"，就说宣德是好皇帝，左右某某又是好臣子，不致因玩蟋蟀而害老百姓。《促织》所述，恐是误传云云。其实，唐玄宗也很爱玩蟋蟀，南宋宰相贾似道酷好玩蟋蟀。"圣"君"贤"相们在"太平盛世"总会想出些花样来消遣消遣的。至于是否一定是某一个皇帝，是否一定是玩蟋蟀，本来无关重要。王士祯自己也还是短篇作手，对于文学上的概括和讽喻却是一点也不懂。富贵中人和《聊斋》作者，在某些问题的看法上，应该是不一致的。

不用说，《聊斋志异》的作者是清初人，《促织》篇所指是明宣宗时事，相去已两百年，朝代也有明、清之别，但所暴露的总是封建统治的黑暗。这种暴露，别人可能无法感觉，但代表封建统治的，站在封建统治那一边的人，就会感到这作品打到封建统治者上，也就是打在自己身上的痛楚了。于是"王阮亭云"就伸出头来辩护了。至于这"王阮亭云"真是王士祯的话或是他人假托，无关宏旨。

如果"宣宗令主"不爱玩"促织"，"宫中"根本没有这种事，尽管以前如唐玄宗、贾似道之流的"圣君贤相"都喜欢玩促织，总与"宣宗令主"无关，"王阮亭云"云云，也会无话可说，不幸，材料证明并非如此。

吴伟业是王士祯所崇敬的前辈诗人之一。他的诗集里恰巧有一篇《宣宗御用戗金蟋蟀盆歌》，题目就恰巧证明宣宗本人玩过蟋蟀（促织），还有"戗金蟋蟀盆"留传到吴伟业时代。这诗的开头八句不但指实了宣宗玩蟋蟀，还渲染了一下养蟋蟀的器皿和情况，恰好可以作《促织》篇的补实：

> 宣皇在御升平初，便殿进览豳风图。暖阁才人笼蟋蟀，昼夜无事为欢娱。定州花瓷赐汤沐，玉粒琼浆供饮啄。戗金髹漆隐双龙，果厂雕盆锦香褥。

花瓷的"汤沐"、"锦香褥"、"玉粒琼浆"，对养蟋蟀恐都是借用的渲染之词。"定州花瓷"是陪衬，"戗金髹漆隐双龙"的"果厂（果园厂——明时为宫中制漆器机构）雕盆"，香褥是诗人所见之物。

但这些还不是宣宗本人好玩蟋蟀的真凭实据，明王世贞《国朝丛记》里有这位"令主"的亲笔口供：

> 宣德九年七月，敕苏州知府况钟：比者内官安儿吉祥采取促织，今他所

进数少，又多细小不堪，已敕他末后自运要一千个。敕至，你可协同他干办，不要误了。故敕。

或曰：宣宗虽玩蟋蟀，却未曾"以草虫纤物殃民至此"，"王阮亭云"也还有部分理由，那么，再看材料。吕毖《明小史》：

> 宣宗酷好促织之戏，遣取之江南，价贵数十金。枫桥一粮长以郡督遣觅，得一最良者，用所乘骏马易之。妻谓骏马所易，必有异，窃视之，跃出，为鸡啄食。惧，自缢死。夫归，伤其妻，且畏法，亦自缢焉。

这就几乎是《促织》篇的底本了。（附带说说：蒲松龄所作俚曲中，有一篇《幸云曲》，写明武宗微服至大同嫖院事。读后，觉其表面虽无甚不敬字样，其实却活画出皇帝是一个流氓恶霸了。）

《聊斋志异》不但写皇帝玩蟋蟀，还写了皇帝以下的王公们喜欢玩别的玩意儿，如玩鹌鹑（《王成》）、玩八哥儿（《鸲鹆》）。此外，《巩仙》、《八大王》等篇，也有关于王府的揭露，《聂政》篇则直斥王府抢劫民间妇女了。

帝王以下的贵官们又怎样呢？《续黄粱》写了一个公开为非作歹、强抢民女的宰相，《小翠》篇写王给谏与王侍御互相倾轧、敲诈、贿赂外，也侧面地画出了一个"冢宰"。

关于写卖官鬻爵、贿赂公行的事则有《局诈》及《公孙夏》，前篇说是骗术，后篇说是阴间，其实是关于腐败政治的正面描写。

此外，讽喻整个"朝廷"是非颠倒的有《罗刹海市》，写豪门淫靡生活的有《天宫》；大都或托之往古（《促织》），或托之梦寐（《续黄粱》），或托之欺骗（《局诈》），或托之鬼神（《公孙夏》），或托之海外（《罗刹海市》），或托之妖异（《天宫》），但合起来却构成一幅所谓政治中枢的全图。假如再看《三生》（卷一）里的"异史氏曰"，则对作者对封建统治集团的态度更会清晰地理解。《三生》里叙一个人记得前三世曾作过马、犬、蛇之后说：

> 毛角之俦，乃有王公大人在其中；所以然者，王公大人之内，原未必无毛角者在其中也……不然，且将负盐车，受羁絷，与之为马；不然，且将啖便液，受烹割，与之为犬；又不然，且将披鳞介，葬鹳鹤，与之为蛇。

关于外官，写的更多，都是关于贪酷庸暗的。如：《王者》写湖南巡抚命州佐解饷六十万赴京，中途被盗。盗给了他一封信，他就不敢追问了，只好"自发贪囊，补充旧额"。《库官》写外出京官，出差一次，收入之多达"二万三千五百金"。《司训》写学使，竟公开索贿等等。

关于州县官的揭露最多，《潞令》、《冤狱》、《狂生》、《鸟语》、《放蝶》、《盗户》……或直斥，或讽刺，可谓穷形尽相。此外，还有不知是哪一级的官，托之于鬼神——而一托之于鬼神妖异之类，作者的文章就笔酣墨饱，兴会淋漓了。

这些官，依作者看来，是与人民对立的，是吃人民的，而哀人民之听其所食而"莫敢喘息"。《黑兽》篇有一段总结似的话：

> 异史氏曰："……凡物各有所制，理不可解。如狋最畏猹，遥见之，则百十成群，罗而跪，无敢遁者。凝睛定息，听猹至，以爪遍按其肥瘠，肥者则以片石志颠顶。狋戴石而伏，悚若木鸡，惟恐堕落。猹揣志已，乃次第按石取食，余始哄散。余尝谓贪吏似猹，亦且揣民之肥瘠而志之，而裂食之。而民之戢耳听食，莫敢喘息。蚩蚩之情，亦犹是也。可哀也夫！"

与官相连的有胥吏、差役、狱卒、讼棍之类，作者也曾在《伍秋月》、《连琐》、《小谢》、《刘姓》等篇中倾泻其憎恨之情。《伍秋月》篇并谓"余欲上言定律：凡杀公役者，罪减（杀）平人三等。盖此辈无有不可杀者也"。但此辈究属微末不足道，姑从略。

另一与官相连的则是豪绅地主。此辈或者是官的前身，或者前身是官，或者现在是官的戚族，而且无一不与官狼狈勾结，借官势以鱼肉人民。如《成仙》、《小谢》、《崔猛》、《向杲》、《商三官》诸篇中的描写。其中《成仙》、《小谢》，是得到昭雪，《红玉》、《向杲》、《商三官》三篇都是私人报仇。《红玉》篇中有侠客代报仇；《崔猛》篇中崔猛代报仇；向杲化为虎吃掉杀兄的仇人；商三官以一女子，化装为男，得近"邑豪"，终于手刃杀父的仇人。《商三官》一篇不涉妖异，写商三官的机智勇烈，较他篇更生动。有仇必报，有愤必雪，人力办不到则借人力以外的妖异力量，正是作者对豪绅地主恨不生食其肉的表现，也正是人民应当起来反抗恶势力的正义的呼吁。

在反对各级官吏和豪绅地主的情绪之下，《聊斋志异》作者创造了一个坚忍不拔的反抗人物，就是《席方平》中的席方平。这是托之于鬼神的。在这篇里从皇帝、王公大人，经各级官吏、胥役，到豪绅地主，整个封建统治集团、统治阶级的罪恶，一齐暴露。只是这一点，《聊斋》里面，就已包含得一部《二十年目睹之怪现状》和一部《官场现形记》，而视野比二书更为广阔。因为没有二书那种存心"溢恶"的过分夸张，也就比二书更为真实。至于反抗人物的出现，复仇主义的鼓吹，也就是反动政权必须崩溃的远景的指出，更是二书所没有的。所不同的是二书各自成为一个整体，《聊斋志异》里面的这部分，却是没有贯串的散珠，而错杂在别的材料之中，不能给予读者以集中的印象罢了。但我们也应指出：《聊斋志异》的作者，究竟只是一个贡生，就其社会地位说，是一个小知识分子，对于王公大人们的生活，是不熟悉的。因此，不能正面描写他们。一到这种场合，就只限于叙述，没有什么艺术性了，如《续黄粱》之类。另一方面，也应该明白，王公大人的生活本身，在艺术上似乎总是不重要的，乃至是无法正面表现的；重要的是，从被王公大人压迫、迫害方面，即人民方面的具体情况，反映出压迫、迫害者方面的罪恶来。这，《聊斋志异》是有辉煌的成就的。《促织》、《席方平》都是艺术性、现实性很高，很完整的作品。也许有人说，《聊斋志异》中的反抗英雄，只是秀才、中小地主，并非真正从最下层出来的。而且常常把希望寄托于上级乃至最上级，如《席方平》、《成仙》、《小谢》等篇。但这恐怕只能算是苛论。我国古典小说，若干程度地反映了下层生活的，当推《水浒》。而《水浒》正有人说里面的领导人物或特出的英雄，都不是农民，并且是把希望"寄托"于招安的。《聊斋志异》在这些地方，似乎也不弱于《水浒》。蒲松龄也好，施耐庵或罗贯中也好，他们都是作家，而且是几百年前的作家，艺术的良心或正义感之类，是不缺少的；至于明确而且彻底的革命思想，恐怕不一定有。如果有，也许就从事实际革命，变成了杨幺、方腊、李自成、张献忠或者他们部下的什么人，结果是被诛灭九族完事，决不会有小说留下来。而且就是那实际革命的领袖，用现代眼光看来，他们的革命思想究竟怎样彻底，也还有问题。太平天国的革命领袖还作"天王"，等于皇帝，不是连对资产阶级的民主政制也不甚了解么？粉饰我国古典文学或粉饰古典作家，把古典文学照现代思想一厢情愿地故意说好些，或者把他们看成有了马克思主义以后的革命作家如解放前的左翼作家，把现代思想作为一个圈子硬套在他们的作品上，要求在那些作品中本来没有的东西——两方面谁好谁坏且不管，但都是与历史主义有抵触的。

虽然不满于封建统治的现状的篇章，足以构成一幅整个画图，但以为统治集团里面没有一个较好的人，没有一个好官，也是与事实不符的。《聊斋志异》后半，特别是第十六卷（通行本），出现了一些表扬好官的作品：《胭脂》、《邵临缁》、《于中丞》（两篇）、《折狱》（两篇）、《诗谳》、《太原狱》、《新郑狱》、《一员官》等等，主题限于折狱方面。从之可以看出，作者在政治上有所否定，也有所肯定，肯定了所应当肯定的。不过所肯定的，如果放在上述的整个画图中，只是一小部分，只能占次要的地位。

《聊斋志异》作者是清初人。对于这时候的人，现代人往往好提出一个问题：他对于清朝政权的态度是怎样的呢？很难说他是一个反满的民族战士吧。正和前面说过的一样，如果是，他也许变成他作品里提到过的于七、谢迁等等了。但也决不是歌颂清代的。不但这样，他的作品，有的多少是不利于清代的。首先是用各种方法透露了一些清初的民族运动特别是被残酷地镇压了的情况：

> 明鼎革，干戈蜂起。于陵刘芝生聚众数万。……
>
> ——《采薇翁》
>
> 于七之乱，杀人如麻。……
>
> ——《野狗》
>
> 于七一案，连坐被诛者，栖霞、莱阳两县最多。一日，俘数百人，尽戮于演武场中。碧血满地，白骨撑天。……
>
> ——《公孙九娘》
>
> 谢迁之变，官第皆为"贼窟"。学使王七襄之宅，"盗"聚尤众。城破兵入，扫荡群"丑"，尸填墀，血至充门而流。公入城，扛尸涤血而居。往往白昼见鬼，夜则床下磷飞，墙角鬼哭。……
>
> ——《宅妖》

讽刺地接触了一些民族气节问题，如《三朝元老》，文短照录：

> 某中堂者，故明相也，曾降"流寇"，世论非之。老归林下，享堂落成……见堂上一匾云："三朝元老"；一联云："一二三四五六七，孝悌忠信礼义廉。"不知何时所悬……上句隐"忘八"，次句隐"无耻"。……
>
> 洪经略（承畴）南征，凯旋……有旧门人谒见，拜已，即呈文艺。洪久厌文事，辞以昏眊。其人云："但烦坐听，容某颂达上闻。"遂探袖出文，抗声朗读，乃故明思宗御制祭洪辽阳死难文也。读毕，大哭而去。

《聊斋志异》中有《大力将军》一篇，记吴六奇恩报查伊璜事。清初笔记有几种都记载这事。把它们拿来和《大力将军》一对，它们都有一段是《大力将军》所没有的。而这一段恰巧是歌颂清廷的。现引《觚剩》中《雪遘》篇里的文字如次：

> ……维时天下初定，王师（清兵）由浙入广，舳舻相衔，旌旗钲鼓，喧耀数百里不绝。凡所过，都邑人民，避匿村谷间，路无行者。六奇独贸贸然来。逻兵执送麾下，因请见主帅，备陈粤中形势，传檄可定……"方今九五当阳，天旅南下，正蒸庶徯苏之会，豪杰效用之秋。苟假奇以游札三十道，先往驰谕，散给群豪，近者迎降，远者响应，不逾日而破竹之形成矣。"如其言行之，粤地悉平。由是六奇运箸之谋，所投必合；扛鼎之勇，无坚不破。征闽讨蜀，屡立奇功。数年之间，位至通省水陆提督。

又有《林四娘》篇，也同见于几种笔记（《红楼梦》里也有，但已被传作另一性质的故事了），和上述《大力将军》篇恰好相反，是《聊斋志异》有些话为别种笔记所没有的。这一异同，恰好又与民族问题有关。试举王士禛的《池北偶谈》所记林四娘的诗与《聊斋志异》所记对读：

池北偶谈
静锁深闺忆往年，楼台箫鼓遍烽烟。红颜力薄难为厉，黑海心悲只学禅。细读莲花千百偈，闲看贝叶两三篇。梨园高唱升平曲，君试听之亦惘然。

聊斋志异
静锁深宫十七年，谁将故国问青天？闲看殿宇封乔木，泣望君王化杜鹃。海国波涛斜夕照，汉家箫鼓静烽烟。红颜力弱难为厉，蕙质心悲只问禅。日诵菩提千百句，闲看贝叶两三篇。高唱梨园歌代哭，请君独听亦潸然。

从加了旁点的两本不同处看来，《聊斋志异》所记的诗，是充满了所谓故宫禾黍之悲的，甚至有"汉家"字样。《池北偶谈》所记，却少了最重要的四句，并把"深宫"改为"深闺"，"汉家"改为"楼台"，"歌代哭"改为"升平曲"，于是最后的"潸然"也只好改为"惘然"了。这一改（《池北偶谈》所记最后两句忽与全诗词意不属，故知为改），对于王士禛在朝为官自然很方便，但原诗（不知谁作，王、蒲两人均得之传闻）本意却只剩下一点点残汁剩水了。蒲松龄没有在朝为官，顾忌较少，所以就保持原文。这自然也不一定能看出作者有什么了不起的民族思想，但和《大力将军》篇一样，可以看出作者并没有歌颂清朝，对于清政权所不喜闻乐见的字样，也没有先行"仰体天心"，敬谨回避。

《聊斋文集》里有四篇颂圣文字，如《拟上至孝成性恭逢皇太后万寿圣节御制万寿无疆赋仍命翰詹诸臣拟作进呈御览遂赐御书各一幅谢表》等，与上述见解似有抵触。但蒲氏并无与清廷不共戴天之意，也不曾以伯夷、叔齐自许。他作过幕僚，有做官的朋友，也有做过官的乡居前辈，偶然替人作几篇这种应酬文章，不必据以论断其思想。思想问题还是须从其主要著作看出，论《聊斋志异》尤当以本书为主。

我国小说，若从唐代论起，在其最初，对当时政权，多取游离态度。至话本出现，此意更显。《京本通俗小说》、《清平山堂话本》及《三言》、《二拍》，真正歌颂朝廷的作品，几乎没有。长篇中的"发迹变态"类，虽以帝王将相的兴起为题材，也多把他们写成流氓无赖之类，帝王尤其庸劣无能，以示帝王将相人人可做之意。虽然如此，但《聊斋志异》以前的小说，从各方面来暴露各级统治机构的腐败和统治集团的各级成员的罪恶，并且抱着极端憎恶的态度，像《聊斋志异》这样的，是没有的。《聊斋志异》大大地发扬了我国小说所固有的优良传统，勇敢地和封建统治作过光辉的战斗。像它在艺术上把笔记提高成为真正的文学（小说）一样，在政治上把短篇小说这一文学形式提高成为反封建的战斗武器。它是我国历史上的资本主义萌芽的意识形态，是为未来的资本主义开辟道路，是晚清乃至民初文学中的资产阶级民主思想的先声。

二 反科举八股

如果说，王公大人那里，有《聊斋志异》作者所不熟悉的东西，虽然痛恨王公大人，也暴露他们的罪恶，也难免有不够深入或不够真切的地方。同时，人民虽被压迫、迫害，为《聊斋志异》作者所耳闻目睹，但作者自己究竟不一定是被压迫、迫害的人，因此反映人民的痛苦和愿望，也许还有不够深刻、沉痛的地方。那么，有一种确实是这位活了七十多岁的老贡生所十分熟悉而且是身受的东西，那就是科举、八股。作者在这方面也确实有着比上述的那种暴露政治黑暗更辉煌的成就，以致可以说，《聊斋志异》里面有一部《儒林外史》，甚至可以说，某些地方，连《儒林外史》也不及它的痛切。科举制在唐代就有了，明代开始以八股文取士，一直到清末，才先后被废除了。它们的寿命不为不长，与人民特别是读书人的关系不为不密切。但从文学上的反映看来，科举八股常常是替读书人特别是才子佳人伸冤吐气的。据我所知，第一次废除八股的，只是李自成的革命政权；第一次反映了科举八股下的读书人的痛苦的，则是《聊斋志异》——它早于《儒林外史》将近五十年。

反科举八股也是反封建统治。科举八股是封建统治的上层建筑，它是为封建经济基础服务的。

要说反科举八股，先说在封建统治时代的科举迷、八股迷。

《儒林外史》暴露了、嘲笑了一些科举八股迷的人物，且不赘说。有一种佳人才子小说，要说它汗牛充栋，或者太夸张，但数量是很不少的。其中有反对封建婚姻的，有以主张婚姻自由为名其实是劝少男少女要迁就一定范围的；不管是哪一方面，其中大都是以科举来替她们婚姻自由伸冤的。所谓小姐养汉、公子逃难、最后中状元，就是说的这。此外，《镜花缘》这部小说在别方面固然有些好处，但也是科举迷，主张不但男的要应科举，女的也要应科举。书中教武则天圣上一榜发了一百名才女（才女们候榜的情况，考中了的高兴的情况，写得很好，没有什么书写得那么真实动人）。还有写了一部《红楼真梦》的郭则沄更是科举迷。这部书是民国时期写的，其时科举早已废了。他却叫已死的林黛玉的鬼魂到天上去考科举，简直丧心病狂。

《聊斋志异》所展开的世界，是一个秀才的世界，是由秀才的眼睛看出来的世界。作品中的男主角，常常是"生"或"诸生"，作者自己就是贡生。秀才们的生活或命运是和科举八股分不开的。也就是他们的感情乃至幻想是和科举八股分不开的。他们接近、熟悉那些东西。一个秀才没有什么本事，也可以安于为秀才；有点本事而一帆风顺，连战连捷，很快就从秀才超升出去了，他们都不会对科举八股有怎样深切的感觉。问题在于有一点本事而永远"困于场屋"，屡次"不第"，"康了"，永远不能超升；同时又看见明知本事不如自己的秀才们一个个飞黄腾达，变成举人进士，这中间要人对科举八股完全心平气和，未免太难了。《聊斋志异》这部书就在那里雄辩着，至少在作文章方面，它的作者是有点本事的；作者的身世又证明着他终于只是秀才，这中间就不能不有作者的眼泪在。科举八股坑死了作者，破灭了作者的志愿、胸襟，以及与诸如此类有关的幻想。尽管在这种情况中的秀才，还不一定完全大彻大悟，还不能够不对它寄托多少希望，尤其是把它反对了，自己又没有什么代替它的方案；但基本上甚至是相当自然地会走上反对科举八股的路。这只要看《儒林外史》、《红楼梦》的作者都不是在科举八股上得意的人物，而在他们稍前稍后的作者如王士禛、纪昀、袁枚等人的作品里就完全没有反对科举八股的这一特色，是可以恍然的。

《聊斋志异》的反科举八股，不是从科举八股的一切方面来反对，主要的是从两个方面来反对。一，做好文章的人考不取；二，做坏文章的人反而考取。如果不是这样，而是做好文章的考取，做坏文章的考不取，那是天公地道，作者正是求之不得，自然就不反对了。至于科举八股还有别的什么应该反对的，作者没有谈，我们也不多谈，用不着去追论那早已废除了的东西。

先说作者同情会做文章而考不取的人，而这种人往往因此而死。像《叶生》篇中的叶生，生前困于场屋，死后以魂得领乡荐。最终，事露魂灭。情节是很沉痛的，就连这一篇后的"异史氏曰"，也沉痛之至："魂从知己，竟忘死耶？闻者疑之，余深信焉。同心倩女，至离枕上之魂；千里良朋，犹识梦中之路。而况茧丝蝇迹，呕学士之心肝；流水高山，通我曹之性命者哉！嗟呼！遇合难期，遭逢不偶。行踪落落，对影长愁；傲骨嶙嶙，搔头自爱。叹面目之酸涩，来鬼物之揶揄。频居康了之中，则须发之条条可丑；一落孙山之外，则文章之处处皆疵。古今痛哭之人，卞和惟尔；颠倒逸群之物，伯乐伊谁？抱刺于怀，三年灭字；侧身以望，四海无家。人生世上，只须合眼放步，以听造物之低昂而已。天下之昂藏沦落如叶生者，亦复不少，顾安得令威复来，而生死从之也哉？噫！"这些文字，是很能代表作者的心境的。此外，《素秋》篇中的俞慎、俞士忱，《于去恶》篇中的于去恶，都是屡试不第，遭遇相同。

历史也真可悲，几个读书人，几个知识分子（代表无数读书人，无数知识分子），用一种制度，使他学会一种百无一用的八股文（有时是策问、表、应制诗赋等等），会做这种文章，即使考取了，做了官，又能为人民做什么事？何况又没有或少有人会看卷子，使他们考一辈子考不取，使他们蹉跎、冤愤而死。叶生死了还要考阳间的科举，于去恶死了还要考阴间的科举。口里说，看卷子的是瞎子师旷，贪财的和峤，对他们深致不满。他们的希望仍旧寄托在他们身上，更大的希望寄托在三国时的桓侯张翼德身上（均见《于去恶》），好像张翼德是文化人、高级知识分子、文学家什么似的。其实他顶多不过略识之无的半文盲。把科举的希望寄托在这种人身上，简直是一种讽刺。

以上是说会做文章而考不取的；以下说不会做文章而能考取的，即看卷子的人偏赏识坏文章，《聊斋志异》对这种人极尽挖苦之能事，如《贾奉雉》中的贾奉雉，写好文章考不中，写坏文章却反而考中了。原来"帘内诸官，皆以此等物事（坏文章）进身，恐不能因阅君文，另换一副眼睛肺肠也。"这篇作品，应该说天下锦绣才子的胸臆，为之一吐。

《儒林外史》里的马二先生说：如果孔夫子生在现在，也要作八股文，否则谁给你官做（大意）！《聊斋志异》更深一层，不但要作八股，还要作坏八股，不作，也没人给你官做！我们现在都反对八股，八股都是坏的。这是站在八股外面说。若从八股内面看，则八股本身又有好有坏。不但要作八股，而且要作坏八股，这才是坑死天下读书人中的英雄豪杰的。

再看《聊斋志异》作者怎样挖苦那做坏文章而考取的人。《司文郎》中写当王生、宋生、余杭生同请一个失了明的和尚论文的时候：

> ……僧笑曰："是谁多口？无目何以论文？"王请以耳代目。僧曰："三作两千余言，谁耐久听！不如焚之，我视之以鼻可也。"王从之。每焚一作，僧嗅而颔之曰："君初法大家，虽未逼真，亦近似矣。我适受之以脾。"问："可中否？"曰："亦中得。"余杭生未深信，先以古大家文烧试之。僧再嗅曰："妙哉！此文我心受之矣，非归、胡何解办此！"生大骇，始焚己作。僧曰："适领一艺，未窥全豹，何忽另易一人来也？"生托言："朋友之作，止彼一首。此乃小生作也。"僧嗅其余灰，咳逆数声，曰："勿再投矣！格格而不能下，强受之以膈；再焚，则作恶矣。"生惭而退。数日榜放，生竟领荐；王下第。宋与王走告僧。僧叹曰："仆虽盲于目，而不盲于鼻；帘中人并鼻盲矣。"俄余杭生至，意气发舒，曰："盲和尚，汝亦啖人水角耶？今竟何如？"僧曰："我所论者文耳，不谋与君论命。君试寻诸试官之文，各取一首焚之，我便知孰为尔师。"……生曰："如有舛错，以何为罚？"僧愤曰："剜我盲瞳去！"生焚之，每一首，都言非是；至第六篇，忽向壁大呕，下气如雷。众皆粲然。僧拭目向生曰："此真汝师也！初不知而骤嗅之，刺于鼻，棘于腹，膀胱所不能容，直自下部出矣！"生大怒，去……乃知即某门生也。……

不难明白，其所以这样挖空心思，异想天开地挖苦余杭生和他的老师的大作，无非这种人真正伤透了作者的心的缘故。但这究竟还在谈文章，不过作不出好文章，看不懂好文章而已。至于像《何仙》篇中所写的那种情况，就根本连坏文章也谈不上了。

老话说"怨毒之于人甚矣哉！"在这种情况之下，作者写出像《三生》篇那种食肉寝皮的文章，聊以快意，也是可以理解的。且不说它代表着多少在科举制度下含冤受屈的人。

科举八股的一个结果，是养成一批可笑的人物，特别是并没有懂什么，而骄傲自大，盛气凌人，到处炫卖自己的文才。作者对这种人深恶痛绝，随时随地加以挖苦。《司文郎》篇，对于余杭生的挖苦，《仙人岛》篇，对于王勉的挖苦，就都属于这一类。至若《苗生》篇，竟让化虎的苗生，最后把此等人物扑杀，那就不仅仅是挖苦了：

> ……苗厉声曰："仆听之已悉。此等文，只宜向床头对婆子读耳，广众中刺刺者可厌也！"众有惭色，更恶其粗莽，遂益高吟。苗怒甚，伏地大吼，立化为虎，扑杀诸客，咆哮而去。

契诃夫有一个短篇，叙一作家被人强听诵读其作品，文又臭又长，制止不了，乃以斧将其人砍死。与《苗生》同一机杼。事虽偏激夸妄，然对人胡诵诗文，固令人难耐也。

以上约略谈了这个问题的正面：《聊斋志异》反对科举八股。但还有问题的反面：《聊斋志异》不反对科举八股。前面说过，《聊斋志异》所反对的是那有才能，会写文章（主要是八股）而考不上，不会写文章，却靠了看卷子人无知、瞎眼、贪财，和考生的"福泽"、"命运"、门第之类，一考就取的那种科举八股；而不反对与之相反的、全凭真才实学考取，无才无学就考不取的这种科举八股。这种科举八股，他就拥护之不暇，决不反对了。对于这种科举八股，《聊斋志异》也和佳人才子小说一样，是为不幸的人们伸冤吐气的。例如《胡四娘》篇，写胡四娘丈夫，经过一番努力，终于"连战皆捷，授庶吉士"，而为胡四娘扬眉吐气；《镜听》篇，写二郑"感愤，勤心锐思"，终于"中式"，而为自己的妻子增光。这就是说，《聊斋志异》并不反对科举八股，而只是反对科举八股的流弊，反对科举八股的后遗症。

科举八股是封建统治的一种统治工具，是一种选拔统治人才的方法，是封建制度的重要支柱之一。《聊斋志异》对封建的科举八股的揭露，对它的流弊和后遗症、也许是不治的后遗症的揭露，自然是有它一定的现实意义的。

吴敬梓及其社会观

吴景贤

绪　言

时代进化到了现在，"稗官小说"之受人卑视的心理，的确已经打破了些。谁都不能不相当的承认小说是在文学史上占有重要的地位。并且，事实告诉我们，每个时代的文学作品——尤其是小说，常为当时社会背景的反映。所以往往有许多在所谓正统派的历史和文学里，找不出的资料，反能求之于野史小说内。这样说来，小说的价值，不仅在于描写的技术，而是在他的社会意义！

理论虽是如此，并且也是多数人所认为正确的，但事实上却仍有许多遗传的习惯，不能即时涤净。譬如我们谈到安徽文献，首先浮在我们脑海里的，总是些"徽州朴学"、"桐城文章"诸如此类的堂皇学问，很少有人想起全椒吴敬梓的《儒林外史》。

《儒林外史》本是一部通俗的小说，早为一般人熟闻其名的。加以过去曾有胡适之先生等，屡为介绍，更能提高人们对他阅读的兴趣。但在通常的眼光中，也还不过觉得是一部较好的小说罢了。比起"朴学"和"文章"，仍然好像是不足以相提并论的。至于这位在文学上确有建树的吴敬梓，在一般人的印象中，更不及戴东原、姚姬传诸人的崇敬了。这样情形，实在是一种极端的不平。

我们对于文学的新估量，当然要尽量的排除旧的观念，不能再墨守过去的成见，抹煞了有价值的作品，所以论起安徽的文献，便应该把：皖南徽州朴学、皖中桐城文章和皖北全椒文学，三者并举，互相媲美，才算适当。

吴敬梓的《儒林外史》，虽是完全以没落的知识份子做立场，一气呵成的牢骚，但也便因为知识份子的本身特质，在社会结构中，处于可上可下的摇动地位，对于上层的统治阶级，以及下层的平民阶级，都有机会接触，更有能力可作深刻的观察。又正因为作者是个没落的知识份子，长期的停滞在不上不下的中间地位，才能用比较客观的态度，看出整个社会的真正形态。

吴敬梓时代的社会，自然是个十足的封建社会了，所以我们即使把他这部《儒林外史》，当作一本封建社会横的历史去读，也很相当。并且，时至现代，封建残余势力和意识，仍然根深蒂固的埋在社会核心。我们用吴敬梓所写的社会形态，和现实的社会，比较对照，尤能使我们对于目前状况有所认识。其中更有和我们自身有切要关系的，如知识份子本身的弱点，以及知识份子和社会的关系，都是我们立身处世的一面镜子。

本文所要叙述的，有：吴敬梓传略，《儒林外史》的评价，吴敬梓现实社会的认识，吴敬梓的理想社会，理想社会的建筑方法，结论诸段。传略是个介绍，但少有烘托的地方，只不过指出当时社会所以产出他那样的人物以及他所具有的知识份子共同的弱点罢了。至于后面谈到他的社会观，也仅是粗浅的分析，未能理出他的整个思想的线索，实在是个缺点。以后如有机会，再从别的方面着手，做一篇比较详确的吴敬梓评传，也是作者的志愿。

一　吴敬梓传略

> 但觉黄金贱，其如白璧疵！
> 缠头当日价，乞食近年诗。
> 顾曲周公瑾，呼卢刘穆之。
> 欢场无限事，犹自系相思！
>
> ——《春兴八首》之四

这是吴敬梓在中年时代，经济环境由富裕转变到穷迫的过渡期间，所作的对于两种生活，由比较而发生的感慨的自白诗。在这简短的八句中，我们可以看出他的生活上前后两副影子——豪放和穷愁，"富贵不知乐业，贫穷难耐凄凉"的个性。这样豪放和穷愁，两种情绪交织起来，便成了这位文学家一生生活的写真。

吴敬梓字敏轩，晚年自号文木老人，是安徽全椒县人。生于清康熙四十年（一七〇一），卒于乾隆十九年（一七五四），得年五十四岁。

他家的祖上，起先是务农，后来转而行医，到了他的高祖吴沛，才读书为廪生，入了士大夫的阶级。吴沛生了五个儿子，名字和序列是：国鼎，国器，国缙，国对，国龙。除国器一人布衣终老以外，其余四个，都中了进士。吴敬梓的曾祖国对，还中在第一甲第三名，即俗称探花。这位探花郎的八股制义，不用说是风被海内了，并且诗古文辞，也为当时所推重。这还不算出奇，后来吴国龙的儿子吴晟——吴敬梓的堂叔祖，也中了第一甲第二名，他家又出了一位榜眼。科名鼎盛，可谓达于极点。到他祖父的时候，还有一位叔祖叫吴昇的，中过举人。他自己的祖父名旦，和其余的一个叔祖名勖，皆以孝弟称于乡里，均列全椒孝友传。他的父亲吴霖起，是个拔贡，曾做赣榆教谕。对于科名不大热求，却立志要做圣贤，所以在赣榆任上，不惜捐资破产，兴修学宫。到了吴敬梓，更受了他父亲的暗示；承袭着他父亲的圣贤之志，做了一生的老秀才。

吴敬梓十三岁的时候，便死了母亲，很小即随着父亲游宦，所以受他父亲的薰陶最深。更因之沾染了些公子少爷性习，瞧不起金钱的心理，比他父亲尤甚。所以在他二十三岁死了父亲以后，几年光景，便把两万多金的遗产，挥霍净尽。《儒林外史》里的杜少卿，便是他自己的写照。第三十一回里，杜慎卿——即是他的从兄青然先生——在鲍廷玺面前介绍少卿说道：

> "……伯父去世之后，他不上一万银子家私，他是个呆子，自己就像十几万的。纹银九七，他都认不得。又最好做大老官：听见人向他说些苦，他就大捧出来给人家用。……"

他是一个不通庶务并且好做"大老官"的人。如《儒林外史》第三十一，三十二回所写的杜少卿各种豪举，都是他自己的行为。据此可见他的财产，大半是由于施予而尽的了。不过他在诗词里的自述，又好像是由于浪漫过甚，因而致贫的。如《春兴八首》之四云：

> 但觉黄金贱，其如白璧疵！缠头当日价，乞食近年诗。顾曲周公瑾，呼卢刘穆之。欢场无限事，犹自系相思！

又《减字木兰花八首》之二云：

> 昔年游冶，淮水钟山朝复夜。金尽床头，壮士逢人面带羞。王家昙首，伎识歌声春载酒。白板桥西，赢得才名曲部知。

由此看来，歌舞欢场，是他唯一的消金窟，已是很明显的事实。《儒林外史》中，关于这点，虽没有明白叙述，但说到杜少卿的浪漫地方，却有几处。现在且摘出一段来：

> 坐了一会，杜少卿也坐轿子来了，轿里带了一只赤金杯子，摆在桌上，斟起酒来，拿在手内，趁这春光融融，和气习习，凭倚在栏杆上，留连痛饮。这日杜少卿大醉了，竟携着娘子的手，出了园门，一手拿着金杯，大笑着，在清凉山冈子上走了一里多路。背后三四个妇女，嘻嘻笑笑跟着，两边看的人，目眩神摇，不敢仰视。

这件事在现在看起，固然不算什么；但在二百年以前的社会里，简直是骇人听闻的举动，何怪两边看的人，"目眩神摇，不敢仰视"。这的确都是实情，决不是夸张的话。他既如此浪漫，又不肯从事生产，怎样能够不穷呢！

社会上的一切现象，本都是以经济为中心而转变的，即是人与人间的情感，有时也不出这个公例的。所以当他有钱的时候，自然要受尽社会的阿谀逢迎；等到他既穷之后，不用说，便要适得其反，受尽社会的嘲讽笑骂了。这种世俗的社会眼光，到还不足计较，尤其使他忍耐不住的，是那班带方巾的学究们，也都另用一种尖锐的眼光对他，使他故乡不能居住，只得"迁地为良"，搬到南京，寄居秦淮水亭，虽然至此，但仍逃不了乡里的嘲骂。《儒林外史》第三十四回，高老先生批评杜少卿说：

> ……这少卿是他杜家第一个败类！……混穿混吃，和尚道士，工匠花子，都拉着相与，却不肯相与一个正经人！不到十年内，把六七万银子弄得精光，天长站不住，搬在南京城里，日日携着乃眷上酒馆吃酒，手里拿着一个铜盏子，就像讨饭的一般！不想他家竟出了这样子弟！学生在家里，往常教子侄们读书，就以他为戒，每人读书的桌子上写一纸条贴着，上面写道："不可学天长杜仪！"

《文木山房集》里，庚戌除夕客中的《减字木兰花八首》词，第三首里，也有"田庐尽卖，乡里传为子弟戒"之句，和这里的高老先生的一席话，互相映证起来，可知他在当时，不容于社会的情形，真是够受的了！

他移居南京的时候，是在雍正十一年（一七三三），他已三十三岁了。他那豪放之气，虽仍不减于昔，但经济环境，已经迫得他很难受！他当时做的《买陂塘》二首，大有不胜今昔之感！第一首上半阕云：

> 少年时，青溪九曲，画船曾记游冶，绯丽维处闻箫管，多在柳隈月榭。朝复夜，费蜀锦吴绫，那惜缠头价！臣之壮也，似落魄相如，穷居仲蔚，寂寞守蓬舍。

第二首下半阕云：

> 人间世，只有繁华易委，关情固自难已。偶然买宅秦淮岸，殊觉胜于乡里。饥欲死；也不管干时，似浙矛头米。身将隐矣；召阮籍嵇康，披襟箕踞，把酒共沉醉。

他到了这时，的确有些贫穷难耐凄凉了，但也只有把酒沉醉而已，昔日的闲情风光，都成为永远的回忆了！

算来也是机会，雍正十三年（一七三五），清政府诏令内外大臣，荐举博学鸿辞。乾隆元年（一七三六）三月，安徽巡抚赵国麟，考取了他，要荐他入京应博学鸿辞科的考试。可是，命运该要他穷愁终老，不料正当这时，他却病了，不能动身，事遂中止。《儒林外史》第三十三四，写杜少卿装病辞荐辟。《全椒县志·人物志·吴敬梓传》说他"乾隆间以博学鸿辞征，辞不就"。程晋芳所作《吴敬梓传》说："安徽巡抚赵公国麟闻其名，招之试，才之，以博学鸿辞荐，竟不赴廷试。"这些说法，都不很确实。胡适之先生根据唐时琳给他做的文集序，断定他这次是的确病了，实在不能上路，才未就试。这话很可相信，请看他自己后来对于这件事回忆的态度，便可明白了。《丙辰除夕述怀》诗道：

> 相如封禅书，仲舒天人策。夫何采薪忧，遽为连茹厄。人生不得意，万事皆惄惄！有如在网罗，无由振羽翮！……短歌与长叹，搔首以终夕。

这明明白白的说是因为"采薪忧"的关系，不能达到他那相如禅书、仲舒对策的志愿的，那有故意拒绝了荐辟，反而还如此的长吁短叹的悔恨呢？

不过，他这次机会虽然错过了，但却不是什么可惜的事，并且因此到反造就了他，使他有了深的觉悟。态度一大转变，"从此乡试也不应，科岁也不考，逍遥自在，做些自己的事。"他那一部《儒林外史》，便是以此为出发点而写成的杰作。

向来的读书人，只有两条道路，一条是依附着统治阶级，去做那所谓治国平天下的工作，替统治阶级出力，以图分取一些诈压来的谷粟，以供生活需要；一条是洁身自好，摒弃现实的福利，去做后世的典型人物，为圣为贤。吴敬梓对于第一条路，既经由走不通而发生了觉悟之后，便转而致力于第二条路。他抱定了"德行若好，就没有饭吃也不妨！"的信条开始做他的圣贤事业。第一步着力的便是提倡礼乐，修治先贤祠。《全椒志》说：

> 江宁雨花台有先贤祠，祀吴泰伯以下五百余人，祠圮久，敬梓倡捐复其旧，资罄，则鬻江北老屋成之。

他家的遗产，都被他挥霍尽净，所仅存的一座祖传的"老屋"，也要出售，去捐修那先贤祠，其热中圣贤之念，也就可以想见了。

他既对于那位三以天下让而不受的吴泰伯，如此热中崇拜，可见他已是下了于世无用的决心了，于是益发穷困。但他绝不因穷困而改了常态，还是终日和一班名士们，宴饮赋诗。后来连几十册最爱惜的故书，也要拿去易米为炊，可谓已经穷到极点，但他仍然风流豪放，程晋芳为他作的传有他两件逸事：

> 冬日苦寒，无酒食，邀同好汪京门、樊圣模辈五六人。乘月出城南门，绕城堞行数十里，歌吟啸呼，相与应和。逮明，入水西门，各大笑散去。夜夜如是，谓之"暖足"。
>
> 余族伯祖丽山先生，与有姻连，时周之。方秋，霖潦三四日，族祖告诸子曰："比日城中米奇贵，不知敏轩作何状。可持米三斗，钱二千，往视之。"至则不食二日矣。然先生得钱，则饮酒歌呶，未尝为来日计。

处在如此穷困境遇，仍然保持那样放浪形骸的态度，固不是人人所能为，人人所当为，但在这位浪漫的文学家表演出来，到是有声有色。在这逸事上所给我们另一注意点的，便是他此时的生活，已经必需靠朋友们周济来维持了。

但他后半生的生活，除朋友周济而外，究竟自己是以什么做生计呢？关于这个问题，各方面都没有解答，我由《儒林外史》和程晋芳所做的传里，看出了些线索，大概是以卖文为活的。《儒林外史》第三十六回，虞博士介绍杜少卿，替中山王府里的一位烈女，作一篇碑文，得了八十两银的表礼。第四十四回余大先生来到杜少卿家和杜少卿见面，余大先生叹道：

> 老弟，你这些上好的基业，可惜弃了！你一个做大老官的人，而今卖文为活，怎么弄得惯！

这是他的替身杜少卿后半生是以卖文为活的证据，并且程晋芳所做的传也说：

> 抵淮访余，检其囊，笔砚都无。余曰："此吾辈所倚以生，可暂离耶？"敏轩笑曰："吾胸中自有笔墨，不烦是也。"

可见他的确是以卖文为活了。最后因为连卖文为活的吃饭家伙——笔砚都没有了，所以他的朋友替他叹息！

到了晚年，他的长子吴烺，召试奏赋，中了举人，授内阁中书。后来虽也做到宁夏府同知，署过一回知府，但不久便因病告归，他家的经济环境，仍然没有转移。这时吴敬梓和程晋芳、严长明，三个人往来最密，相知最切，程晋芳有《寄怀严东有（即长明）》诗三首，其中第二首颇能说出吴敬梓的当时生活困难状况。有几句最为深刻：

> 敏轩生近世，而抱六代情……囊无一钱守，腹作干雷鸣……阿郎虽得官，职此贫更增。近闻典衣尽，灶突无烟青。频蜡雨中屐，晨夕追良朋，孤棹驶烟水，杂花拗芬馨。……

五十多岁的老翁，仍然不免于饥寒，过着"囊无一钱守，腹作干雷鸣"的生活。回忆二十年前那种"顾曲周公瑾，呼卢刘穆之"的"但觉黄金贱"底豪放，如何不生今昔之感呢！

他晚年流落到扬州，过着穷困颠倒、荡迹江湖的生活。乾隆十九年（一七五四）十月二十九日的一个风雨之夜，这位豪放穷愁的文学家，便和他所看不起的世界长辞了！当时他有一位要好的朋友金兆燕，也在扬州，和他"昕夕相过从，风雨无衍期"的，记他死时的情形，最为详细：

孟冬晦前夕，寒风入我帷。独客卧禅关，昏灯对牟尼。忽闻叩门声，奔驰且惊疑。中衢积寒冰，怨芒明参旗。踉跄至君前，瞪目无一词。左右为余言，顷刻事太奇：今晨饱朝餐，雄谈尽解颐；乘暮谒客归，呼尊醋一卮；薄醉遂高眠，自解衫与綦。安枕未终食，痰壅如流渐；圭匕不及投，撒手在片时。幼子哭床头，痛若遭鞭笞。作书与两兄，血泪纷淋漓。仲兄其速来，待汝视楄柎。伯兄闻赴奔，何日发京师？擗踊如坏墙，见者为酸嘶！（《甲戌仲冬送吴文木先生旅榇于扬州城外登舟归金陵》）

这样一个孤灯寒夜，便葬送了这位穷愁以老的文人，并且还有一个幼弱的小儿，血泪淋漓痛若鞭笞的在他身边，真是一幅备极凄楚的图画！这是他的身后问题，于他自身，到还没有什么了不得的地方。他自己本身虽到临死的一刹那，仍然不改他那固有的常态。程晋芳替他作的传有说：

先数日，哀囊中余钱，召友朋酣饮。醉，辄诵樊川"人生只合扬州死"之句，而竟如所言，异哉！竟如所言，固是偶然的凑合，但痛饮狂歌，却是真实的事实，实在不愧称为豪放一生。

据上引金兆燕的诗，说吴敬梓有三个儿子，但两个小儿子现在都无考了，只有长子（名烺，字荀叔，号杉亭），是一个大算学家，《畴人传》卷四十二有他的传，著有《五声反切正均》等书，今收编于《安徽丛书》内，这个儿子很小即聪明非常，十五岁时便能作很好的诗，最为吴敬梓所喜。其《病中忆儿烺》诗中有"有如别良友"之句，简直相悦的把父子名分都忘记了。

他的原配夫人姓叶，是一个儒医的女儿，但在他三十岁以前便死了。他作有庚戌除夕客中的《减字木兰花词八首》之六云：

闺中人逝，取冷中庭伤往事。买得厨娘，消尽衣边荀令香。愁来览镜，憔悴二毛生两鬓。欲觅良缘，谁唤江郎一觉眠？

可见他此时身边只有一妾，尚未续娶。以后是否即将此妾扶正，抑或再娶，便无法考证了。

他的弟兄平辈，只有一位从兄吴檠，字青然，号岑华的，《全椒志》里有传可考。在乾隆初年也应过博学鸿辞试的，过后报罢归来，肆力诗学，与桐城经师刘大櫆、叶酉等相友善，同著名于当时。后成进士，官刑部主事。他家这一代中，大概只有这两个弟兄是出类拔萃的，并且都离开了故乡而住到南京。其他在乡的，虽然还有，但也怕都是些平常不足说的。吴敬梓作有《九日约同从兄青然登高不至诗》四首之三云：

> 吾家才子推灵运，也向秦淮僦舍居。故国茱萸从插遍，登高作赋已全虚。

这两位都是谢灵运之流，可谓难兄难弟了。《儒林外史》里，制梨园榜的杜慎卿，便是他这位令兄的化身，可知其风流豪放，亦不亚于乃弟吴敬梓的。

二 《儒林外史》的评价

吴敬梓的著作，据《全椒县志》载有：《诗说》七卷；《文木山房诗文集》十二卷；《儒林外史》五十卷。《诗说》的原稿，未曾刻出，除在《儒林外史》里保存几条原则以外，其余都不得而见了。现存的《文木山房集》仅有胡适之先生所整理的四卷，分赋、诗、词三类，都是他早年的作品，四十岁以后的韵文及全部的散文，都未收入。至于全集，现已不复存留。《儒林外史》通行的版本都是五十六回，除最末一回的"幽榜"据金和《儒林外史》跋所说，是由后人妄增而外，内中仍有五回，是靠不住的。这是关于《儒林外史》中一部分的真伪问题，虽然也必须加以考证的，但与全局尚无大的牵涉，姑且放下，留待后论，现在且就《儒林外史》的文艺表现，及其内容意义，给它一个简略的评价。

《儒林外史》，是用写实的方法，讽刺的格调，撮取社会各种现象，具有社会意义的文艺作品。十八世纪的中国文坛，同时开放了两枝灿烂鲜艳的姊妹花朵，一朵是《儒林外史》，一朵是比较稍早开放的《红楼梦》。两部都是写实的作品，各具风格，若仅就形式方面而言，《儒林外史》当然不及《红楼梦》的细腻，比较合乎才子佳人们的口味；倘如论起内容的思想含意，则《红楼梦》便要远逊于《儒林外史》了。《红楼梦》的演成，完全以个人做中心，内容只限于在写那种时代下所反映的一个家庭由兴盛而至衰落，以及感叹个人身世的繁华易萎；而《儒林外史》乃是以整个社会为前提，比《红楼梦》更进一步的而以整个社会为描写的对象了。虽然二者同是当时没落社会下的产物，并且都未曾明白说出真正的病原，及指示以后社会应走的方向，但《儒林外史》毕竟能够随时随地提出许多社会问题，给予读者一种启示，实非仅能使人消磨志气的《红楼梦》所能及的地方。至于那种讽刺的风格，更是在中国文坛上别开生面的创作了。

许多人对于《儒林外史》，都曾下过批评，说好的姑且不论；认为不满意的，不外说它结构欠缺周密，思想近于陈腐。如郑振铎在《文学大纲》里，引了别处一段对《儒林外史》的批评说：

> 其书处处可住，亦处处不可住……此其弊在有枝而无干……无惑每篇自为篇，段自为段矣。

说这话的人，只能算看到《儒林外史》的外形，若以这种描写横的社会现象底文艺，和一般直述故事的作品相比，当然不免有枝无干了。正因为它枝条茂密，才能够把广阔的社会，和盘托出。说《儒林外史》的思想近于陈腐的是谢无量，在《明清小说论》里道：

> 《儒林外史》虽形容落魄无行的文人，冷暖不常的社会……但是他的基本思想，一方只抱着旧式的忠孝节义，廉隅道德为范围，一方又暗含着登科及第，荣华势利的印象。

《儒林外史》的思想，绝不是健全的，这也是无可否认的事实，这原因是由于作者受了几千年的传统因袭，仅凭着个人的情感所发生的一些挣扎，当然绝对摆脱不开的。但他竟能在那重重束缚之下，对于旧礼教认为不合理，由怀疑而进于讥评的趋势，陈独秀、钱玄同诸人所作的《儒林外史新序》，说的很是清楚，这已经算是绝无仅有的值得称颂的事了，若是再要妄加苛刻的言辞，那便是责望古人过甚了！

至于说到《儒林外史》内，暗含着登科及第，荣华势利的印象，更是离了事实。作者认清当时那种登科及第，荣华势利是恶劣的社会心理，此种恶劣心理不除，社会永无办法。所以他的作品便抱定暴露这种恶劣心理和攻击这种心理为主要的骨干，这是很明显的事实，没有丝毫可以怀疑的余地。虽说吴敬梓本人也曾实地追逐过荣华势利，也曾大张旗鼓的夸张过他家上代的科甲鼎盛，但他自从觉悟了以后，马上就把先前所有这种不正确的意识转变过来，并且寻出那种意识的客观基础——科举制度，竭力的进攻。现在反而硬说他有"登科及第，荣华势利的印象"岂非武断达于极点！

总而言之，《儒林外史》是一部运用写实的方法，讽刺的态度，以整个社会为描写的对象，具有社会意义的文艺作品，自有其不可磨灭的价值。

以下所要说的，是由这部有价值的作品里反映出的社会形态，以及这位伟大的作家，理想社会的状况与建筑的方法。虽然前者比较切常，而后者是不很正确的。

三　吴敬梓现实社会的认识

吴敬梓的《儒林外史》，既是以社会做他描写的对象，那末他对于社会，究竟是怎样的认识呢？我们看过《儒林外史》，便会知道他所认识的社会，乃是阶级的不平等的社会。

《儒林外史》所描写的社会，简括起来，可分三种阶级："纱帽"阶级——统治者；"瓦楞"阶级——受治者；"方巾"阶级——智识份子。这三种阶级之中，各自又有他们的内在层次：例如统治阶级中除拥有最高无上权威的君主而外，下面又有所谓大僚、小吏、衙役、总甲、乡绅等类；受治阶级中，除平民而外，还有最下层的所谓奴隶、倡优等类，智识阶级中，除一部分被统治阶级吸收去了以外，更有还未中举的，所谓老友、小友等类。这三种阶级的联系，是智识阶级在统治阶级和受治阶级的两者之间，一方面是统治阶级的预备队，一方而又是受治阶级升到统治阶级的进身梯。这三种阶级各自的特性，乃是：统治阶级的威风；受治阶级的愚蒙；智识阶级的无耻。在《儒林外史》里，所有这些情形，都分析的非常明晰；描画的维妙维肖。

《儒林外史》，除第一回楔子是隐括全文大义，第二回便从一个乡村开始写起。用夏总甲、申祥甫、荀老爹几个人物，说出统治势力深入农村，总甲和平民不同的地方：

> 正说着，外边走进一个人来，两只红眼边，一副铁锅脸，几根黄胡子……走进门来，和众人拱一拱手，一屁股就坐在上席。这人姓夏，乃薛家集上旧年新参的总甲。

夏总甲的倨傲态度，显然表示出他是另一种阶级的人物。这是统治阶级的爪牙和平民身分不同的地方。至于统治阶级和受治阶级自身的上下阶级观念，更是显而易见不用说明的事了。再看智识阶级和平民间的分野如何：

> 众人都作揖坐下，只有周、梅二位的茶杯里有两枚生红枣，其余都是清茶。吃过了茶，摆两张桌子杯箸，尊周先生首席，梅相公二席，杂人序齿坐下，斟上酒来。（第二回）
> 钱麻子道："文卿，你在京里走了一回，见过几个做官的，回家就拿翰林科道来吓我！"鲍文卿道："兄弟，不是这样说，像这衣服，靴子，不是我们这行事的人可以穿得的。你穿这样衣裳，叫那读书的人穿甚么？"（第二十四回）

在每个人的饮食衣着的寻常事件中，都含有如此森严的阶级限制，其他便可想而知了。但这仍不算深刻，即使在某种患难临头的时候，还有忘不了这种观念的。如第二十三回里，牛浦被牛玉圃把衣裳剥尽，臭打了一顿，拿绳子捆起来，送到江岸上去了。后来被一位客人救起来，取了衣服鞋帽，给他穿戴。因为帽子只是瓦楞，那位客人还慎重声明说：

> 这帽子不是你"相公"戴的，如今且权戴着，到前热闹所在，再买"方巾"罢。

在这样拯救性命不暇的时候，也还忘不了"方巾"和"瓦楞"的身分不同，智识阶级的"相公"，不同于平民的观念，深中人心，可以想见，这些处所显出作者分析的精细，实非普通一般沉迷在统治阶级的法术下，所能发现的奇迹。以上仅就这三种阶级间的不平等处，随手拈来几段说明。现在再进一步，去看他分析各阶级中的层级又是如何？

统治阶级中之有等次，不但在专制时代是认为当然的事体，便是在今日所谓民治国家里，也是公认的事实，不用再去证明。至于同是受治阶级的平民之中，尚有所谓"正经人家"和非正经人家之别。这种非正经人家，当然包括有奴隶、娼优之类的了。娼优之为人所贱视，直到今日，也还深印于普通人的脑际，甚为显明。至于奴隶，也是永远抬不起头的，虽然已经脱离了主仆的关系，甚至到后来奴隶的财富已经超过了他那原来的主子，但他这"主奴"的名分，仍然还是逃不了的。下面一段写的最为深刻：

> 道士道："你不知道他的出身么？我说与你。却都不可说出来。万家他自小是我们这河下万有旗程家的书童，自小跟在房伴读。他主子程明卿见他聪明，到十八九岁上就叫他做小司客。"牛浦道："怎么样叫做'小司客'?"道士道："我们这里盐商人家，比如托一个朋友在司上行走，替他会官，拜客，每年几百银子薪俸；这叫做'大司客'。若是司上有些零碎事情，打发一个家人去打听料理；这就叫做'小司客'了。他做小司客的时候，极其停当，每年聚几两银子，先带小货，后来就弄窝子。不想他时运好，那几年窝价陡长，他就寻了四五万银子，便赎了身出来，买了这所房子，自己行盐；生意又好，就发起十几万来。万有旗程家已经折了本钱，回徽州去了，所以没人说他这件事。去年万家娶媳妇，他媳妇也是个翰林的女儿，万家费了几千两银子娶进来，那日大吹大打，执事灯笼就摆了半街，好不热闹！到第三日，亲家要上门做朝，家里就唱戏，摆酒。不想他主子程明卿清早上就一乘轿子抬了来，坐在他那厅房里。万家走了出来，就由不的自己跪着，作了几个揖，当时兑了一万两银子出来，才糊的去了，不曾破相。"（第二十三回）

曾经做个奴隶，一切的个人权利自由，在主子之下，都永久没有存在的余地，真是所谓铁案如山。甚至连自己想到或别人说到，都是不能忍受的状态，主奴的界限，该是如何的明显的表现在受治阶级之间！再看智识中又有阶级：

> 周进就问："此位相公是谁?"众人道："这是我们集上在庠的梅相公。"周进听了，谦让不肯僭梅玖作揖。梅玖道："今日之事不同。"周进再三不肯。众人道："论年纪也是周先生长，先生请老实些罢。"梅玖回头来向众人道："你众位是不知我们学校规矩，老友是从来不同小友序齿的。只是今日不同，还是周长兄请上。"（第二回）

关于阶级的分析，《儒林外史》中写的非常详细，这里也无须多加引证，现在且再研究这些阶级究竟怎样造成的呢？我们仍然引用吴敬梓自己的解释：

> 鲍文卿青衣小帽，走进宅门，双膝跪下，便叩老爷的头，跪在地下请老爷的安。向知县双手来扶，要同他叙礼。他道："小的何等人，敢与老爷施礼!"向知县道："你是上司衙门里的人，况且与我有恩，怎么拘这个礼？快请起来，好让我拜谢!"他再三不肯。向知县拉他坐，他断然不敢坐。向

知县急了，说："崔大老爷送了你来，我若这般待你，崔大老爷知道不便。"鲍文卿道："虽是老爷要格外抬举小的，但这关系朝廷体统，小的断然不敢。"（第二十四回）

一切阶级的形成，据他所见，都是由于所谓"朝廷体统"而产生来的。换句话说，便是由于政治的关系产生的。这种见解，当然并不十分的正确，因为事实上阶级的产生，主要当然由于经济的支配，政治关系犹在其次，这是另外的问题，此处不赘。至于朝廷体统，也不是一成不变的。只要你愿意投效统治阶级，他也可以设法使你蜕化升级的，这种方法便是那种社会里统治阶级笼络大众的科举制度。第三十二回说：

杜少卿醉了，问道："臧三哥我且问你：你定要这廪生做甚么？"臧蓼斋道："你那里知道！廪生一来中的多，中了就做官。就是不中，十几年贡了，朝廷试过，就是去做知县推官，穿螺蛳结底的靴，坐堂，洒签，打人。……"

是几句话，把平民由受治阶级蜕变到统治阶级的线索，以及阶级之由于政治关系产生的情形，说的很是明显。吴敬梓认为这些阶级的存在，都是极不合理极不公允的。他对于智识阶级中的阶级，有下面的一段批评：

原来明朝士大夫称儒学生员叫做"朋友"，称童生是"小友"。比如童生进了学，不怕十几岁，也称为"老友"；若是不进学，就到八十岁，也还称"小友"。就如女儿嫁人的：嫁时称为"新娘"，后来称呼"奶奶"、"太太"就不叫"新娘"了；若是嫁与人家做妾，就到头发白了，还要唤做"新娘"。（第二回）

吴敬梓之不满意阶级存在的理由，固然一方面是因为名分及他种主观的抱不平；另一方面还有他的客观原因，这便是因为阶级社会所发生的流弊，被他发现出来。

阶级的社会，所发生的流弊是怎样呢？第一件便是统治阶级对于受治阶级的敲榨了。关于这一点，他因为时代的关系，没有多的发挥。但他也写出许多当时的贪官污吏的搜括，更用一个统治阶级的爪牙乡绅严贡生对于他的家族邻里以及劳动阶级的船户等种种异想天开的骗诈方法，说出了受治阶级的平民所受的压迫情形。

阶级的社会，第二件流弊便是养成一般人的幸进心理，这种流弊在智识阶级里，表现的尤其明显。大家都要向统治阶级的一条路去求出卖，但实际上被收容的毕竟是极少数，于是大多数人都归失败。这些失败的人，不但是社会中的一批的极大损失，并且他们还要"或为佯狂，或为迂怪，甚而为幽僻诡异之行"（《儒林外史附录》中单飏言的上疏），以至做了社会进化的大尾巴，在后面拖累着，这是如何不经济的事！所谓佯狂迂怪，幽僻诡异，不用说便是《儒林外史》中所写的那些假名士，伪侠客，以及贪图骗诈的活神仙，幻想发财的堪舆们了。这是比较倔强的行为，还有那些柔弱到连以上一些骗诈的技能都没有的呢，便只有穷困一生，含怨以没。甚至如第二十五回所说的倪老爹，做了一生的老秀才，终于不能"飞黄腾达"，永久的停留在那种向统治阶级出售的市场上，到了最后，连几个儿子一个个都出卖给人了，这是如何发人猛省的描写！至于幸进心理之深中普通人的脑际，便自然的形成了势利薰心冷暖无常的世情了。

阶级的社会里，所产生的流弊，当然绝不止以上两点，并且还有更大的流弊存在着，但在《儒林外史》里所写出的，要以这两点为最明显，这是因为各人所处的社会环境和时代关系的不同，以至反映不能一致的问题，于社会观察上仍有他的独到之处。据吴敬梓的观察，上述重大的不合理的现象，是于阶级社会所发生的流弊，而且社会的阶级，又是因为"朝廷体统"，即政治关系的"科举制度"而产生的，那末，为要消灭这种不合理的社会阶级现象，无疑的只有先从废除科举制度入手，然后才有希望，这是吴敬梓反对科举的目标，也便是他所写的《儒林外史》的真意义。

四　建筑理想的社会

在上述的社会结构中，智识阶级尤其陷于穷蹙。因为一般处在受治阶级的平民，为着幸进心理所鼓荡，要想升入到统治阶级去，只有先由投身于智识阶级，以为过渡，不但智识阶级的后人要保持他家"世代书香"，便是其他职业的工商的后人，也要改读几句书，以图将来得到"一官半职"。这样一来，智识阶级的范围，日益扩大，智识份子，渐次增加，但是他们的出路，永远的只有一条很狭隘而且浮荡的向统治阶级出卖，那里能够消容的了这么许多？因而那些过剩的智识份子，自然要感到极大的恐慌和苦闷了。这种现象，也就代表了整个社会的动摇。

还有一层，是与社会有直接影响的，便是统治阶级之吸收智识份子，所用的科举制度方法，只能凭着某种条件或少数人的好恶，以定取舍，所以真能有实际才能的人才，不一定即被拔取，因此，被统治阶级所吸收的幸运儿，去做统治工具的，多半是些不通文史的角色，更谈不到至于经国济世造福社会了。《儒林外史》第四回中，有一段描写两位举人一位进士的博雅程度：

> 张静斋说："想起洪武年间刘老先生——"
> 汤知县道："那个刘老先生？"
> 静斋道："讳基的了。他是洪武三年开科的进士，'天下有道'三句中的第五名。"
> 范进插口道："想是第三名。"
> 静斋道："是第五名，那墨卷是弟读过的。后来入了翰林，洪武私自到他家，就如雪夜访普的一般。恰好江南张王送了他一坛小菜，当面打开看，都是些瓜子金。洪武圣上恼了，就道：'他以为天下事都靠着你们书生！'到第二日，把刘老先生贬为青田知县，又用毒药摆杀了。这个如何了得？"知县见他说的口若悬河，又是本朝确切典政，不由得不信。

用科举方法，拔取出的统治工具，既然不是智识份子中的精粹，那末，被遗漏的中间，当然必有许多富于智能的人了。他们的聪明才力，也要有所寄托与发挥。统治阶级若是不能收容他们，他们便要别有所图，另求出路了。因而那些倔强而有野心的，便集合群众，以谋夺取政权，去实现他们那统治的幻梦？这便是历史上治乱循环现象所自生，以及专制时代的改朝换代的主要原因。至于那些熟读圣经贤传更深刻的受过传统思想所束缚的人，便守着"无道则隐"的明训，吟风弄月，明哲保身，抱着与世无争，"穷则独善其身"的态度。吴敬梓本人便是这流人物。《儒林外史》中所称赞的也多半是这流人物，但这又只限于富有素养的，始能如此。还有那些怯懦而无坚忍性的，既不敢冒不韪，又经不起生活的压迫，便只有像第十九回中所写的匡超人，穷到无以归宿的时候，投奔衙役潘三，帮助他们写些假传票、再婚契等等勾当，维持他的生活。若是再连这些都不能做的"老实人"，那只有像第二十五回中所写的倪老爹，做了三十七年的老秀才，穷到儿子都卖光了！这些都是因为什么原故呢？最好还是由这位受了苦闷最深的倪老爹说出，更是明确：

> 倪老爹叹口气道："长兄！告诉不得你！我从二十岁上进了学，到而今做了三十七年秀才。就坏在读了这几句死书，拿不得轻，负不的重，一日穷似一日！"

读书的人，只有去应科举，预备做官。否则，便要"拿不得轻，负不的重，一日穷似一日！"这好像买彩票一样，若是中了彩，马上便会大发其财，否则，虽是费了重价买来的彩票，也绝不能抵一角小洋去用。这种投机式的陷阱，不知遗误了多少苍生！首当其冲的，表面上虽只是智识阶级，而实际上社会受的损失，的确不可尽言。

科举制度，在政治方面既不能拔取真正的统治人才；在社会方面，又造成了一般人的倖进心理，使社会份子多变为不能生产的废人。而尤以首当其冲的智识阶级，直接受的苦闷最大，已如上述。至于政治上拔取不出真正的统治人才，倒还次要，若是一个社会里，多数份子没有了生活，整个的社会便要发生摇动了！这是如何了得起的事！这都是出于统治阶级所用以牢笼人心的科举制度所得的结果。所以吴敬梓便大声疾呼的，唤醒社会，赶快回头，要大家各自"做些自己的事"，不要再受这种科举制度所迷误。

什么叫做"自己的事"呢？自己的事，便是能够适宜自己生活的事。生活应该分为两方面，一是物质生活；一是精神生活，两者缺一便不能称为圆满。人生各种活动，也无非为圆满自己的生活，那末，所要活动的，必须能够顾到生活上的物质与精神的两方面，这种能够顾到物质与精神的活动，便是吴敬梓所谓的"自己的事"。基于互助的立场，各自发挥特点，没有压迫没有阶级的共同生活，便是吴敬梓的理想社会模型。这种解释，并不是凭空杜撰的，在《儒林外史》最后的一回里，他把理想社会中的理想人物及各人所做的"自己的事"，特为描画出来昭示我们：

有一位叫做季遐年的，他书法甚好，可以出卖得些笔资，以维持他的物质生活，并且他又爱好写字，在写字时候，能以得到许多精神上的快感。所以他便专门用写字的活动，去圆满他的生活。但是，像这种只用一件事情，既可以维持物质生活，又能满足精神快感，实是不可多得，人人都想如此，那是绝不可能。因而大多数的人，只好一方面从事一种可以获得物质生活资料的职业；一方面努力一种能够满足精神快感的事业。以下几个人都是如此的：卖火纸筒子的王太，他以卖火纸筒子来维持他的物质生活，他的精神方面却寄托到围棋上去；茶馆老板盖宽，在他招待客人之余，用图画自遣；裁缝师父荆元，在他替人做活之暇，以弹琴、写字、做诗自娱。这些人所做的都是所谓"自己的事"。

吴敬梓把读书、做诗和弹琴、下棋，看的都是一般轻重，没有高低，其价值都是在于能够使人精神方面有所寄托，人人各以自己的兴趣所在，定其舍取，用其中之一种去圆满他的生活。若是有其他的作用，抹杀各人的个性，勉强所有的人，都纳到一条路上，如用"做官发财"的标榜，使天下人都来读书做诗去应科举考试而求官做，那便是极不合理、绝无效验、最是危险的事了！这是吴敬梓反对科举根本理论，是要藉以改变社会的方向。并不仅因为统治阶级吸收工具的方法不善，他要加以改良而来反对科举制度的。

他所提出的办法，果能见诸实际，大家都能各自"逍遥自在，做些自己的事了！"不受统治阶级的诱惑，不想做统治阶级的工具，那末，那些会念几句书的人，必须也要兼做裁缝，或卖火纸筒子，或是开茶馆，或是卖字，或做其他各种实际有利大众的工作，然后才能生活，不至存着那种守株待兔的侥倖心理，好像后宫所列的无数佳丽，专待君王一日之幸的不事生产而另成一个所谓知识阶级了。并且社会上对于作统治阶级工具的，也不过被认为是一种和卖火纸筒子相等的谋生手段罢了，不致为人所特别看重，而都要去争攘了。真正自由平等的社会，便能这样建筑成功。

五　理想社会建筑的方法

吴敬梓的理想社会，是要使在这社会里的各个份子，都能敬业乐业，相生相养，大家一同过着愉快的生活。但这种社会，不是一蹴即至的。必须经过一种过程，他也说出一条路线，这路线便是"礼乐兵农"。

人们为什么不愿意做"自己的事"？他认为是被统治阶级所诱惑昏了，被那悦来的"荣华富贵"的势利所薰醉了，所以结果便把"自己的事"忘掉。为要疗治这个心理上的病根，于是他便提出了"礼乐"。心理转变过来了，那末大家究竟做些什么呢？他认为那时的社会生产，是以农业为中心的，所以他便主张提倡"农"事。既然大家有了相生相养的固定职业，又都很愿意各安所事，但若遇到外来的侵略，还不是要被扰乱吗？所以他又跟着提出自卫政策的"兵"来。这便是他的"礼乐兵农"一贯主张的由来。《儒林外史》第三十三回说：

> 而今读书的朋友，只不过讲个举业，若会做两句诗赋，就算雅极的了。放着经史上礼乐兵农的事，全然不讲。

他所以如此骂读书人不知讲究"礼乐兵农",便是指摘当时社会的缺点,也是表示自己的态度。

他不仅有主张,而且还要自他实现哩!他在当时的社会上是没有力量的,对于积极方面的兵农是没法推行,于是他只有把他祖上所遗下来的一座"老屋"卖掉,去捐修泰伯祠,来提倡消极方面的礼乐。捐修泰伯祠的目的,他也说的很明白:

> 盖一所泰伯祠,春秋两仲,用古礼古乐致祭;借此大家习学礼乐,成就出些人才,也可以助一助政教。(第三十三同)

不仅是提倡礼乐,还似乎有个规划,要"成就出些人才",来推行他所主张的"礼乐",实现他的理想社会哩!

他尤其自认他的礼乐政策,不是迂阔玄妙的东西,实在为当时社会所急切需要的。看他所写那时普通民众所受他们所举行的泰伯祠祭祀的热烈感动:

> 两边百姓,扶老携幼,挨挤着来看,欢声雷动。马二先生笑问:"你们这是什么事?"众人都道:"我们生长在南京,也有活了七八十岁的,从不曾看见这样的礼体,听见这样的吹打!"……所以都争着来看。(第三十七回)

说到他所提倡的自卫政策的"兵",虽然说是他的一贯思想所演出,但其中也受了时代的影响,他生于康熙四十年(一七〇一),卒于乾隆十九年(一七五四),五十四年之间,边疆发生过多次的变乱,如康熙末季,西藏之变,台湾之乱;雍正年间,青海叛变;乾隆初时,金川事生。这些事件,都是当时政治上的极大问题,平时当然会在他的脑筋中萦回不置的,所以他对于平苗安民的平少保(即年羹尧)、汤总镇(即杨凯)等,都是称道赞扬的。因而自卫政策的"兵",便在他的思想上占了相当的地位了。

再说他的农业政策,更使我们佩服了。他在那个闭关的时代,已经看到边疆隙地之要开发了!他所主张的农业政策,简直带有移民政策的意味。他在《儒林外史》第四十回里,写萧云仙把番乱平服,在青枫城办理善后事宜,费了三四年的时间,建筑城市,开垦田地,把一片草莽的旱地,改造成了"江南的光景"。把他的理想社会,简直进一步的建筑到边远地方去了。

总而言之,他对于政治上所规划的路线,是以礼乐兵农的方法,去实现他的理想社会的。

六 结论

吴敬梓虽然自居是一个儒家信徒，但他的思想，却出了儒家范围之外。儒家是拥护封建社会的；维持阶级等次的。儒家的伦理观念，是"始以事亲，终以事君"。用所谓"孝弟"的论理，来竭力抑制在下的群众，防止他们的"犯上"。儒家的政治观念是"或劳心，或劳力；劳心者治人，劳力者治于人；治人者食于人，治于人者食人"。不但把统治阶级和受治阶级，界限分的十分严格，并且还视统治阶级之剥削受治阶级为当然事理。吴敬梓的抨击社会阶级，以及提倡直接生产，那里能为儒家思想所容纳？他那些对于社会阶级抨击的论理，似乎近于道家的自然主义；他所标榜的各事所事的理想社会，又好像是墨家生产主义的论理。但他最后所提的办法——礼乐兵农的政治主张，却又完全是儒家所倡导的"礼乐为教化之本"，以及孔子所谓"足食足兵"的一贯见解。这些复杂的思想的成因，实在因为他在理知方面，服膺儒家论理。但又因为他的感觉敏锐，对于社会现象，发生了许多反感，而于不知不觉中坐到道墨的理想。但他又不愿离开儒家的立场，还是把儒家主张提出，去实现他那儒家范围以外的理想社会。

至于他的主张和他的理想，有无矛盾之处？他那礼乐兵农的办法，是否能建筑他的理想社会？却也有很多可议之点。甚至用了他的办法，反而更被统治阶级所利用，因而造成一个更深更固的阶级社会，也是可能的事。不过这些问题，绝不是三言两语所能尽说，这里只好放下。

若用现在的眼光，去评判吴敬梓的思想，可以说他是个理想主义者。他对于社会的认识，只不过凭着他那敏锐的感觉，发现了社会形式上的不合理，并不能把握着社会进化的核心，下过彻底的追究。所以他所提出的主张，也便陷于理想的描摸，而不能切于实际的了。但是，即以他那对于阶级的社会形态的分析一点而论，也算是一种很大的成功。

《学风》1933年第3卷1、2合期

论《儒林外史》的结构

王　璜

一

中国自从荀卿奠定了小说的雏形，孟轲的齐人有一妻一妾，具备了较为完整的小说结构；其后唐朝的传奇，宋朝的平话，在结构上，虽已较为复杂，且很有些好的作品，但因时代的演进，渐渐泥于公式，成为新的内容的桎梏。直至《儒林外史》，才有它适合讽刺社会的新内容的新结构。在晋唐间虽说已有寓讥弹于小说的描写，但那种作品，只是打诨，既谈不上社会价值，又没有引人入胜的结构。演变至《西游记》，看似已给讽刺小说完成了新颖的风格，但它仍然不能摆脱寓言体的弱点，等到吴敬梓才给讽刺小说完成了独特的形式；摆脱了历代的拘束，创造了一种适于容纳泼辣的内容的战斗性的结构。

但《儒林外史》的结构，到现在还不能被人了解。很多人都称誉它的内容，贬抑它的形式。不是惋惜它过于松散，毫无照应；就是指摘它特别零乱，铺叙事实，忽东忽西；无中心人物的贯穿，无紧密事实的连系①。忽略了吴敬梓这种创体的真价值。其实，吴敬梓所草创的这种讽刺小说的形式，大胆的摈弃了他以前的体例；给中国小说，在结构上，立下了不可否认的功绩，在吴敬梓以前，虽然有很多小说，在结构上，比《儒林外史》更完整，紧密，但它们很多是人情小说，因其保有的内容，是具备着与《儒林外史》所表现的现实，不能水乳相融的结构。真能用小说直接分析中国社会问题，直接攻击社会的，可说是从吴敬梓开始的。只有《儒林外史》，才是首先攻击社会黑暗面的小说；

① 痛诋《儒林外史》没有结构的，以胡适之先生最厉害。他在《五十年来中国之文学》一文内，曾说："《儒林外史》虽然开一种新体，但仍是没有结构的。从山东汶上县说到南京，从夏总甲说到丁言志，说到杜慎卿已忘了娄公子，说到凤四老爹，已忘了张铁臂了。从来这一派小说也没有一部有结构布置的……"

只有吴敬梓，是最先知道要强调高度的政治意识，非有一种配合这种内容的结构不可。

在《儒林外史》以前，虽然有《水浒》、《金瓶梅》、《西游记》等书，是被人目为社会问题的小说。《水浒传》的官逼民反，《金瓶梅》里豪绅土劣的聚敛、敲诈，《西游记》里官府庸懦的讽刺，都是抨击时政的；但《水浒传》里，对官府的贪污，描写得太少，《金瓶梅》的豪绅土劣的鱼肉乡民，又被情欲的描写，挤到了不重要的地位。《西游记》所描写的天宫，虽为当时朝政窳败的讽刺，却都不是直接攻击社会的。只有《儒林外史》，对不合理的科举制度，清代的政令不修，直接的痛加抨击。为着便于他的指摘，吴敬梓特别采用了他这种讽刺小说的结构，来加强他政治意识。所以在讨论《儒林外史》结构的时候，我们不能将它和内容分开；因为形式与内容，是文艺作品的两翼，缺一不可。因此，我们对吴敬梓采用的这种没有结构似的结构，就不能武断的批评它没有艺术上的价值。关于这，鲁迅先生的批评，较为中正，他在批评《儒林外史》无主干无照应以后，对于这种结构的优点，也不忘再三称许①。

人情小说有人情小说的结构，神怪小说有神怪小说的结构。讽刺小说，自然也应该有它与内容便于统一协调的结构。假若丢掉内容，来专谈结构，力求形式的完美，忽略结构是内容的外衣，不计内容的盈虚；即使形式已是至善至美，这种形式，仍等于毫无灵性的骷髅。贬抑《儒林外史》的人，差不多都忽略了它的内容是泼辣的，辛酸的，只贸然的要求用静物写生的笔触，来刻画当时的现实，那是无法使其和内容取得协调的。讽刺小说以《儒林外史》为最有充实的内容，也以《儒林外史》的结构，最富战斗性。

晚清社会问题的小说，差不多都没法摆脱《儒林外史》的影响，大多数都沿用了它的这种没有结构似的结构（虽然是批判地沿用）；就是因为《儒林外史》的结构，便于揭出璀灿的社会表皮，在这种结构的掩护下，作者可以

---

① 鲁迅先生认为《儒林外史》这种创体，虽然有缺点，也有优点。他在论到《儒林外史》结构的时候，对其无主干，无照应一节，虽大加诋责，但也不忘再三称许它的优点。"……凡官师，儒者，名士，山人，间亦有市井细民，皆现身纸上，声态并作，使彼世相，如在目前。惟全书无主干，仅驱使各种人物，行列而来。事与其俱起，亦与其俱讫，虽云长篇，颇同短制；但如集诸碎锦，合为帖子，虽非巨幅，而时见珍异，因亦娱心，使人刮目矣。"（《中国小说史略》）

畅所欲言。不必顾虑到人物安排的得失，故事发展的程序，只要抓着现实的脓包，就可用嘲讽的刀，将它轻轻的划开。作者只求读者因内容而起共鸣，不求因结构而得赞美。换句话说，作者只着重文艺功利性的表彰，不求它外形的完整。

但是《儒林外史》的结构，是不是没有它艺术上的价值呢？不，不，虽然很多人否认它艺术上的价值，它本身也确实有许多缺点。（这种缺点，并不与内容有所抵触；只是使内容不能更为泼辣，其政治意识，更为优越。）实际上，它是有其不可否认的艺术上的美，不过这种美，不是有规律的，却是无规律的。它是各自为战的散兵线式的战斗程序，不是集结兵力的冲锋。令人惋惜的是，这种优点，照例是被艺术崇高论者所忽略；因为他们否定了文艺的功利性，自然不乐于接受这种粗犷的艺术。何况这种形式，是他们所不习见的。认为不足侧身于艺坛中的呢？无怪他们要尽量的诋责了。

二

结构是用以安排人物，使之成为一体的。很多人说《儒林外史》没有结构，未免太武断了；因为《儒林外史》假若没有结构，它里面的人物，不都是孤立的吗？其实，我们只能说它没有总的结构，它每一章回，仍然有其结构的；不过因为它处理人物，不十分衔接，使读者有印象片断的感觉；看似长篇，实似短篇连缀而成。许多故事，都像是勉强穿插进去的。

中国在《儒林外史》以前，很多小说，都是平铺直叙；虽然结构严密，然无甚曲折，总觉意味单调。不若《儒林外史》每一回故事，自有起落；好像许多前后相关的短篇小说，集合而成。读者可以任意选出自有起讫的一段来读，用不着急急的非要一口气把它读完；可以利用读完每一段后的时间，细细咀嚼它，慢慢消化它；使作者的思想，容易藉文字的桥梁，溜进读者的脑海里。

俄国杜斯退益夫斯基（Dostoevsky）的小说，也常常被人视为过于粗率、凌乱。人物常常突然出现，又倏然不见；不但出场的先后，毫无秩序，事实的连续也不大自然。使人读完第一遍后，就没有勇气再读第二遍。但他的文字里，却有着一种伟大的感动力；真实的，泼辣的字句，每每使读者感动得声泪俱下，实际丝毫没有减损它艺术上的功效。吴敬梓和杜斯退益夫斯基一样，是只着重于现实丑恶的揭发，时代的真实的反映；所以在人物的处理方面，不愿故事铺张，虽然在结构上，有点零乱；但文艺的真实性，却因而更为丰富，昂扬①。

说《儒林外史》没有结构的人，都喜欢以第一回与第五十五回，和其他各回不相连贯，来证实他的论断。其实第一回作者在回目上，早就说明它是用来作全书的解释的，那"说楔子敷陈大义，借名流隐括全文"八个字，不很明白的告诉我们，这只是一个序曲吗？至于五十五回，作者是借荆元，盖宽，季遐年，王太，他们四个人，说出他对教育制度改革的主张；也是用以总结全书的，可说是全书的尾声。在故事的连贯性与人物的安排上，我们不否认它是不相隶属的，但是在主题上，在文艺的功性上，却是与全书有着不可拆开的连系。关于这，孙次舟先生在他的《重印孽海花初稿序》一文内，有极精确的解释：

"骤看起来，《儒林外史》好像没有一个线索的，实在说起来，它的线索，不是人，而是事。吴敬梓先生是以他的人生观作线索的，他客观的描写了形形色色不同的人物……"

讽刺小说，最重要的是写实，不真实的讽刺小说，是没有文学价值的；它比那些专求形式完美的为艺术而艺术的作品，还要令人讨厌。鲁迅先生曾说："现在的所谓讽刺作品，大抵倒是写实。非写实决不能成为所谓讽刺作品。非写实的讽刺作品，即使能有这样东西，也不过是造谣和诬蔑而已。"（《且介亭杂文二集》）吴敬梓为求史实上的真实，他不得不尽量的避免因结构的繁复，影响到他的真实；因力求结构的严整，影响到他人生观的线索。他要将他的人生观，藉书中的故事，与人物的活动，使其能有精密的连系，就不得不采用这种看似没有结构的结构。

《儒林外史》的没有主干，实在是因为他没有一个真正的主人公。例如周进，范进，马二先生，匡超人等人，说他们都是主人公也可以，说他们都不是

---

① "可以认为社会小说者，有清乾隆间吴敬梓的《儒林外史》五十六回。此书乃描写当时读书阶级之侧面观，并兼写作者的自身及其周围之文人生活者。它是嘲骂为举子业的龌龊的时文之士，而为文艺之士吐万丈之气的痛快的作品。这部小说，结构上形成了一种新体，即情节逐一逐一的顺着台前布景转移下去，前后之起伏照应都没有的，各事件之终局也没有，始终一贯的脉络也没有。这是它独有的体裁。虽其描写之织巧与行文之流丽，逊于《金瓶》、《红楼》；结构之博大，与笔致之遒劲，不及《水浒》；但其嘲世讽俗之真挚味，给读者一种深刻的印象。书卷之气，盎然浮动，在这一点上，是无与伦比的。"（青木正儿著：《中国文学概论》）

主人公也可以。因为在第二回里，周进是主人公，在第三回，他却让范进替代了他的位置；在第十五回里，马二先生是主人公，在第十六回，却又让匡超人取而代之了。在故事的发展程序上，也很少有波澜，曲折，每每与人俱起，亦与人俱讫，无粼粼的回波，只有汹涌的惊涛骇浪。首尾不但不能衔接，常常好几回都难以贯穿。但是在人物的安排上，我们不能说它没有结构，在第二回里，它有第二回的结构；第三回里，有第三回的结构；推展到第十五回，十六回，以致每一回，也因其人物的主人公地位的更易，而有其独特的结构。所以它极易被人看作是无数短篇勉强凑合而成。其故事的发展，也一忽儿描写迂儒的酸臭，一忽儿攻击热心功名的人，可怜可笑。但是，作者却用了反对科举制度，反对清代的政令不修的思想；将这些复杂的，不相隶贯的故事、人物，连串起来。总之，我们只能说它没有总的结构，却不能说它没有分的结构。正因为这种每一章回的结构，才使这部小说，有其不可磨灭的价值，才使它时政的讽刺收到讥弹的效果。

但是，吴敬梓为什么不用几个代表人物的喜怒哀乐的遭遇，偏要用那么多的人物，在不同的地方，串演不同的角色，来反对科举制度呢？我们知道，假若吴敬梓要为了形式的完整，采取了这种写作方法，就难以收到他讽刺时政的良好效果。他特意胪列出写许多人，许多事实，让它们各成篇章；就在使读者来比较比较在那种时代，虽因环境的不同，地域的不同，仍然不能免掉时代给他们相同的悲惨的命运。不管你出身如何，是自甘堕落，还是力求上进；时代的演变，却不能因而停滞或跃进。所以我们可以武断的说，这种结构，是比较式的。它是《儒林外史》，这种政治意识特别鲜明的小说所特有的。假若我们要用到人情小说，神怪小说，侦探小说上去，那就要特别不调协。反之，把那些小说的结构，借用到《儒林外史》这种讽刺小说上来，是要减低它文艺的功利性的。

《儒林外史》结构的散漫，有枝无干的故事的叙述，是人所想不满意的；其实作者的叛逆性，和贯穿在全书里的正义感，人性的掘发，就是很显明的主干，不过大家都粗心的忽略了。很多人因为泥于形式至上论，否认了内容决定形式的要素，给偏见抹煞了文艺的政治性；认为文艺不应给粗犷的内容，高度的功利性所贬值，它应该力求外形的华丽。对于像《儒林外史》的这种结构，他们自然是无法了解，也不愿去了解。

《儒林外史》泼辣的结构，因其辛酸的内容，而更加像是一首战歌。假若我们撇开《儒林外史》的战斗意识，就没法认识它的真价值。作者为便于向社

会制度挑战，不得不用这种激昂慷慨的歌辞。虽然他不会叫人唏嘘泪落，却会
使你愤笑不得，禁不住为善良的一群喜怒哀乐所感染，忘记自己是不是已与书
中的人生活在一起。不幸的是，《儒林外史》的结构，直到现在，固然还被人
讥刺为没有结构的结构，其最宝贵的政治意识，也被人误解为过于酸腐，迂阔①。
吴敬梓用以讥刺当时士林的，却被郑振铎、谭正璧诸位先生认为讥刺自己。书
中的迂阔，酸腐的描写，都被解为是作者的自圆其说。其实王玉辉甘心让他的
女儿三姑娘尽节，并不是吴敬梓的卫道；而是他对礼教的吃人，提出严重的抗
议的铁证。假若我们把迂腐的马二先生，看做是作者的自画像，认为作者的见
解，和他一样酸腐；吴敬梓九泉之下，定要痛哭三声！

　　要认识《儒林外史》结构的真价值，就得先了解它主题的积极性；忽略了
它功利的内容，而批评它形式的不完整，实在是舍本逐末。

三

　　《儒林外史》的结构，它的缺点，实在也不少，不过这些缺点，并不是只
有枝叶的葳蕤，没有主干的连串，而是书中人物的没有复杂的活动所造成的对
社会制度批判的脱节，和没有真正的主人公，所造成的作者政治意识，表现得
过分朦胧，人物性格矛盾的发展过程，较为暧昧。

　　《儒林外史》的人物，前后没有照应，首尾互不连系，固然便于作者的任
笔所之，对不合理的社会制度，能以尽量批评；但是，因为这种前后的不连
串，容易使作者对社会制度的批评，造成先后脱节的后果。例如沈琼枝和王三
姑娘，是两个个性极端相反的女性，一个是封建社会下的牺牲者，为了节孝，
白白的饿死；一个反对富商的玩弄，单身出走，与恶势力奋斗到底。读完全书
后，我们知道在封建社会下，有了不计其数的王三姑娘，莫明其妙的饿死了；
却只有极少数的沈琼枝，能为自己的幸福，挺起身来去奋斗。但是，为什么在

---

　　① 郑振铎和谭正璧两位先生，他们都不满意《儒林外史》，而批评吴敬梓的见解，过于迂
阔。郑在《文学大纲》内《十八世纪的中国文学》一文里，曾说："敬梓的文笔锋利，描写力很富裕。
惟见解带太多的酸气，处处维持它的正统的儒家思想，颇使读者有迂阔之感。"谭正璧在《中国
文学进化史》一书内，也和郑有相同的见解："他一方面发挥自己的理想社会，但见解仍带酸气，
处处在维持他的正统的儒家的思想，所以不能与社会以重大影响。"其实这种见解是极不公平
的，读完《儒林外史》，我们不但不觉得作者有迂阔之处，反有作者思想极为过激之感。

封建社会下，会有这两个个性极端不同的人，矛盾性的存在着，作者并没有给我们明确的指示。他对王三姑娘的饿死，归罪于社会制度的不良，尽情的抨击吃人的礼教；却忘记将沈琼枝的孤军奋斗，归罪于官僚政治高压下的必然的反应。也许作者原意要以王三姑娘代表旧社会的没落，为旧时代唱着挽歌；以沈琼枝反衬出新的时代，已在极端困难的环境中生长。故而对官僚政治与官僚资本的攻击，在叙述沈琼枝遭遇的时候，反而退居不重要的地位，只用全力来写沈琼枝的坚毅不拔。但是因为这两个人物的没有连系，使我们没法看出这站在两极的女性，在同一时代内，所串演的悲喜剧；时代给予她们的磨难，有何相同之处！换句话说，我们不容易从这两个人身上，找出时代的关系。好像王三姑娘和沈琼枝中间，有着相当年代的距离。既看不出现社会崩溃的朕兆，也看不出现社会糜烂的真相；假若作者使这两个人物，有所连系，互有照应，读完全书后，我们决不会有这感想，反而使我们对当时的社会制度不合理，有较多的认识。沈琼枝也不似自天降下的超人，与社会制度不发生关系。全书中的几个女性，以沈琼枝写得最好，个性的分析，也恰到好处，但是在她的身上，我们找不出时代屐痕。读者极易把她视为没有烟火味的人，影响真实性极大的。这两个人，要是有连系的话，我们就会看出封建社会崩溃的朕兆，饿死的三姑娘，是预示旧社会的没落，奋斗的沈琼枝，是旧社会在蜕变中的远景。

吴敬梓不仅反对官僚政治的教育制度，也提出他的改革教育的主张。他认为教育应该不是拿来给官僚豪劣巧取豪夺的工具，不管什么人，应该都有受教育的机会。所以他才借荆元，王太，季遐年他们的出身微贱，但极富人性，并不将受的教育，用作巧取豪夺的工具，作为他改革当时教育制度的主张。但他的这种主张，因为《儒林外史》的特殊结构，往往给读者轻易的忽略了。因为从第二回到五十四回，都是嘲讽迂儒腐士的，都是骂不合理的教育制度的；只有第一回，和第五十五回，才是作者改良教育制度的提议。而这种主张，又给全书无中心人物，可以将所叙述的连串起来所破坏了。所以读者只看到指摘，没看到建议。虽然作者的战斗性，并不因此而脱节，作者的主张，显然的已因此显得含糊。

因了全书没有固定的主人公，使作者的政治意识，表现得过于朦胧。例如全书中对马二先生极为推崇，他不但救了蘧公孙，也极慷慨的资助匡超人；本意是在表扬马纯上的仁风义举，藉以挽回世道人心，并痛斥当时的人嘲讽马二先生的迂腐。作者描写马二先生的迂腐，正是讥刺时人人性的消蚀；可惜因为他将马二先生的主人公的地位，时予更动，读者只能在书中看到贬抑，不能领会褒扬。

　　环境是改变人的心理的，一个人的思想，往往前后极为矛盾，始而极为保守，继而忽十分过激；甚至于二重性格的酵母作用，可以使一个人同时徘徊在进与退的两极。所以人物性格的描写，决不能泥于始终一律，好人始终是好人，恶人始终是恶人。在《儒林外史》以前，中国小说很少注意及此，虽《水浒》里人物性格描写，被誉为艺术的造就极深；几位女人的双重性格，仍然没法表现出来。吴敬梓大胆的废去了个性不变的描写，给他所塑造的典型人物，一个栩栩若生的风貌；矛盾心理发展历程的记录，实在是开中国小说人物性格描写的新纪元。但是，这种令人玩味的技巧，在主人公地位常常移动的结构下，不幸染了不治的病症，而夭殇了。反映在书中的人物，双重性格的描写上，是掩饰不掉的粗率，隐晦，生涩！

四

　　《儒林外史》的结构，虽然缺点很多，但这些缺点，实在不足为病。高度的政治意识，与浓厚的真实性，将那些缺点，都掩盖了下去。

　　我决不同意批评《儒林外史》的人，说它没有结构，也决不坚持它的结构过于窳劣的偏见，更不愿接受那种毫无批评之处的武断。总之这种结构，缺点并没有它的优点多，那很少的缺点，并不能影响它的真价值。假若我们不否认文艺是有其功利性的，我们就不能以艺术至上论者的眼光，去权衡《儒林外史》。文艺决不能舍弃它的社会性与政治性的作用（作者也没法舍弃）。不正确的世界观，等于包了糖衣的毒药，它使人类的文化停滞不进。形式论者的技巧万能，使文艺变成了弈棋，和全人类的生活渐渐远离，都应该被文艺对革命的丰功伟绩所扬弃。《儒林外史》它不是摆设，依赖它华丽的结构，博取少数人的喜爱。它是革命阵营里粗犷的号声，虽然因为号手的技术问题，使这声音不十分激昂，但它的高亢招唤，使我们特别感奋！

《东方杂志》1946年3月第42卷第6期

《红楼梦》评论

王国维

第一章　人生及美术之概观

　　老子曰："人之大患，在我有身。"庄子曰："大块载我以形，劳我以生。"忧患与劳苦之与生相对待也久矣。夫生者，人人之所欲；忧患与劳苦者，人人之所恶也。然则，讵不人人欲其所恶，而恶其所欲欤？将其所恶者，固不能不欲，而其所欲者，终非可欲之物欤？人有生矣，则思所以奉其生。饥而欲食，渴而欲饮，寒而欲衣，露处而欲宫室，此皆所以维持一人之生活者也。然一人之生，少则数十年，多则百年而止耳。而吾人欲生之心，必以是为不足。于是于数十百年之生活外，更进而图永远之生活：时则有牝牡之欲，家室之累；进而育子女矣，则有保抱扶持饮食教诲之责，婚嫁之务。百年之间，早作而夕思，穷老而不知所终，问有出于此保存自己及种姓之生活之外者乎？无有也。百年之后，观吾人之成绩，其有逾于此保存自己及种姓之生活之外者乎？无有也。又人人知侵害自己及种姓之生活者之非一端也，于是相集而成一群，相约束而立一国，择其贤且智者以为之君，为之立法律以治之，建学校以教之，为之警察以防内奸，为之陆海军以御外患，使人人各遂其生活之欲而不相侵害：凡此皆欲生之心之所为也。夫人之于生活也，欲之如此其切也，用力如此其勤也，设计如此其周且至也，固亦有其真可欲者存欤？吾人之忧患劳苦，固亦有所以偿之者欤？则吾人不得不就生活之本质，熟思而审考之也。

　　生活之本质何？"欲"而已矣。欲之为性无厌，而其原生于不足。不足之状态，苦痛是也。既偿一欲，则此欲以终。然欲之被偿也一，而不偿者什百。一欲既终，他欲随之。故究竟之慰藉，终不可得也。即使吾人之欲悉偿，而更无所欲之对象，倦厌之情，即起而乘之。于是吾人自己之生活，若负之而不胜其重。故人生者，如钟表之摆，实往复于苦痛与倦厌之间者也，夫倦厌固可视为苦痛之一种。有能除去此二者，吾人谓之曰快乐。然当其求快乐也，吾人于固有之苦痛外，又不得不加以努力，而努力亦苦痛之一也。且快乐之后，其感苦痛也弥深。故苦痛而无回复之快乐者有之矣，未有快乐而不先之或继之以苦痛者也。又此苦痛与世界之文化俱增，而不由之而减。何则？文化愈进，其知识弥广，其所欲弥多，又其感苦痛亦弥甚故也。然则人生之所欲，既无以逾于生活，而生活之性质，又不外乎苦痛，故欲与生活与苦痛，三者一而已矣。

吾人生活之性质，既如斯矣，故吾人之知识，遂无往而不与生活之欲相关系，即与吾人之利害相关系。就其实而言之，则知识者，固生于此欲，而示此欲以我与外界之关系，使之趋利而避害者也。常人之知识，止知我与物之关系，易言以明之，止知物之与我相关系者，而于此物中，又不过知其与我相关系之部分而已。及人知渐进，于是始知欲知此物与我之关系，不可不研究此物与彼物之关系。知愈大者，其研究愈远焉。自是而生各种之科学：如欲知空间之一部之与我相关系者，不可不知空间全体之关系，于是几何学兴焉（按西洋几何学［Geometry］之本义，系量地之意，可知古代视为应用之科学，而不视为纯粹之科学也）。欲知力之一部之与我相关系者，不可不知力之全体关系，于是力学兴焉。吾人既知一物之全体之关系，又知此物与彼物之全体之关系，而立一法则焉，以应用之。于是物之现于吾前者，其与我之关系，及其与他物之关系，粲然陈于目前而无所遁。夫然后吾人得以利用此物，有其利而无其害，以使吾人生活之欲，增进于无穷。此科学之功效也。故科学上之成功，虽若层楼杰观，高严巨丽，然其基址则筑乎生活之欲之上，与政治上之系统，立于生活之欲之上无以异。然则吾人理论与实际之二方面，皆此生活之欲之结果也。

由是观之，吾人之知识与实践之二方面，无往而不与生活之欲相关系，即与苦痛相关系。兹有一物焉，使吾人超然于利害之外，而忘物与我之关系。此时也，吾人之心无希望，无恐怖，非复欲之我，而但知之我也。此犹积阴弥月，而旭日杲杲也；犹覆舟大海之中，浮沉上下，而飘着于故乡之海岸也；犹阵云惨淡，而插翅之天使，赍平和之福音而来者也；犹鱼之脱于罾网，鸟之自樊笼出，而游于山林江海也。然物之能使吾人超然于利害之外者，必其物之于吾人，无利害之关系而后可；易言以明之，必其物非实物而后可。然则，非美术何足以当之乎？夫自然界之物，无不与吾人有利害之关系；纵非直接，亦必间接相关系者也。苟吾人而能忘物与我之关系而观物，则夫自然界之山明水媚，鸟飞花落，固无往而非华胥之国，极乐之土也。岂独自然界而已？人类之言语动作，悲欢啼笑，孰非美之对象乎？然此物既与吾人有利害之关系，而吾人欲强离其关系而观之，自非天才，岂易及此？于是天才者出，以其所观于自然人生中者复现之于美术中，而使中智以下之人，亦因其物之与己无关系，而超然于利害之外。是故观物无方，因人而变：濠上之鱼，庄、惠之所乐也，而渔父袭之以网罟；舞雩之木，孔、曾之所憩也，而樵者继之以斤斧。若物非有形，心无所住，则虽殉财之夫，贵私之子，宁有对曹霸、韩干之马，而计驰骋之乐，见毕宏、韦偃之松，而思栋梁之用；求好逑于雅典之偶，思税驾于金字之塔者哉？故美术之为物，欲者不观，观者不欲；而艺术之美所以优于自然之美者，全存于使人易忘物我之关系也。

美之为物有二种：一曰优美，一曰壮美。苟一物焉，与吾人无利害之关系，而吾人之观之也，不观其关系，而但观其物；或吾人之心中，无丝毫生活之欲存，而其观物也，不视为与我有关系之物，而但视为外物，则今之所观者，非昔之所观者也。此时吾心宁静之状态，名之曰优美之情，而谓此物曰优美。若此物大不利于吾人，而吾人生活之意志为之破裂，因之意志遁去，而知力得独立之作用，以深观其物，吾人谓此物曰壮美，而谓其感情曰壮美之情。普通之美，皆属前种。至于地狱变相之图，决斗垂死之像，庐江小吏之诗，雁门尚书之曲，其人固氓庶之所共怜，其遇虽庋夫为之流涕，讵有子颓乐祸之心，宁无尼父反袂之戚，而吾人观之，不厌千复。格代之诗曰：

What in life doth only grieve us,

That in art we gladly see.

凡人生中足以使人悲者，于美术中则吾人乐而观之。（译文）

此之谓也。此即所谓壮美之情。而其快乐存于使人忘物我之关系，则固与优美无以异也。

至美术中之与二者相反者，名之曰眩惑。夫优美与壮美，皆使吾人离生活之欲，而入于纯粹之知识者。若美术中而有眩惑之原质乎，则又使吾人自纯粹知识出，而复归于生活之欲。如粔籹，蜜饵，《招魂》、《七发》之所陈；玉体横陈，周昉、仇英之所绘；《西厢记》之《酬柬》，《牡丹亭》之《惊梦》；伶元之传飞燕，杨慎之赝《秘辛》：徒讽一而劝百，欲止沸而益薪。所以子云有“靡靡”之消，法秀有“绮语”之诃。虽则梦幻泡影，可作如是观，而拔舌地狱，专为斯人设者矣。故眩惑之于美，如甘之于辛，火之于水，不相并立者也。吾人欲以眩惑之快乐，医人世之苦痛，是犹欲航断港而至海，入幽谷而求明，岂徒无益，而又增之。则岂不以其不能使人忘生活之欲，及此欲与物之关系，而反鼓舞之也哉！眩惑之与优美及壮美相反对，其故实存于此。

今既述人生与美术之概略如左。吾人且持此标准，以观我国之美术。而美术中以诗歌、戏曲、小说为其顶点，以其目的在描写人生故。吾人于是得一绝大著作曰《红楼梦》。

第二章　红楼梦之精神

哀伽尔之诗曰：

Ye wise men, highly, deeply learned,

Who think it out and know,

How, when and where do all things pair?

Why do they kiss and love?

Ye men of lofty Wisdom, say

What happened to me then,

Search out and tell me where, how, when,

And why it happened thus.

嗟汝哲人，靡所不知，靡所不学，既深且跻。粲粲生物，罔不匹俦，各啮厥肾，而相厥攸。匪汝哲人，孰知其故？自何时始，来自何处？嗟汝哲人，渊渊其知。相彼百昌，奚而熙熙？愿言哲人，诏予其故。自何时始，来自何处？（译文）

哀伽尔之问题，人人所有之问题，而人人未解决之大问题也。人有恒言曰："饮食男女，人之大欲存焉。"然人七日不食则死，一日不再食则饥。若男女之欲，则于一人之生活上，宁有害无利者也，而吾人之欲之也如此，何哉？吾人自少壮以后，其过半之光阴，过半之事业，所计画所勤勤者为何事？汉之成、哀，曷为而丧其生；殷辛、周幽，曷为而亡其国；励精如唐玄宗，英武如后唐庄宗，曷为而不善其终？且人生苟为数十年之生活计，则其维持此生活，亦易易耳，曷为而其忧劳之度，倍蓰而未有已？记曰："人不婚宦，情欲失半。"人苟能解此问题，则于人生之知识，思过半矣。而蚩蚩者乃日用而不知，岂不可哀也欤！其自哲学上解此问题者，则二千年间，仅有叔本华之《男女之爱之形而上学》耳。诗歌、小说之描写此事者，通古今中西，殆不能悉数，然能解决之者鲜矣。《红楼梦》一书，非徒提出此问题，又解决之者也。彼于开卷即下男女之爱之神话的解释。其叙此书之主人公贾宝玉之来历曰：

> 却说女娲氏炼石补天之时，于大荒山无稽崖，炼成高十二丈、见方二十四丈大的顽石三万六千五百零一块。那娲皇只用了三万六千五百块，单单剩下一块未用，弃在青埂峰下。谁知此石自经锻炼之后，灵性已通，自去自来，可大可小。因见众石俱得补天，独自己无才，不得入选，遂自怨自艾，日夜悲哀。（第一回）

此可知生活之欲之先人生而存在，而人生不过此欲之发现也。此可知吾人之堕落，由吾人之所欲，而意志自由之罪恶也。夫顽钝者既不幸而为此石矣，又幸而不见用，则何不游于广漠之野，无何有之乡，以自适其适，而必欲入此忧患劳苦之世界，不可谓非此石之大误也。但此一念之误，而遂造出十九年之历史，与百二十回之事实，与茫茫大士、渺渺真人何与？又于第百十七回中，述宝玉与和尚之谈论曰：

> "弟子请问师父，可是从太虚幻境而来？"那和尚道："什么幻境！不过是来处来，去处去罢了。我是送还你的玉来的。我且问你，你那玉是从那里来的？"宝玉一时对答不来。那和尚笑道："你的来路还不知，便来问我！"宝玉本来颖悟，又经点化，早把红尘看破，只是自己的底里未知；一闻那僧问起玉来，好象当头一棒，便说："你也不用银子了，我把那玉还你罢。"那僧笑道："早该还我了！"

所谓"自己的底里未知"者，未知其生活乃自己之一念之误，而此念之所自造也。及一闻和尚之言，始知此不幸之生活，由自己之所欲；而其拒绝之也，亦不得由自己，是以有还玉之言。所谓玉者，不过生活之欲之代表而已矣。故携入红尘者，非彼二人之所为，顽石自己而已；引登彼岸者，亦非二人之力，顽石自己而已。此岂独宝玉一人然哉？人类之堕落与解脱，亦视其意志而已。而此生活之意志，其于永远之生活，比个人之生活为尤切；易言以明之，则男女之欲，尤强于饮食之欲。何则？前者无尽的，后者有限的也；前者形而上的，后者形而下的也。又如上章所说生活之于苦痛，二者一而非二，而苦痛之度，与主张生活之欲之度为比例。是故前者之苦痛，尤倍蓰于后者之苦痛。而《红楼梦》一书，实示此生活此苦痛之由于自造，又示其解脱之道不可不由自己求之者也。

而解脱之道，存于出世，而不存于自杀。出世者，拒绝一切生活之欲者也。彼知生活之无所逃于苦痛，而求入于无生之域。当其终也，恒干虽存，固已形如槁木，而心如死灰矣。若生活之欲如故，而不满于现在之生活，而求主张之于异日，则死于此者，固不得不复生于彼，而苦海之流，又将与生活之欲而无穷。故金钏之堕井也，司棋之触墙也，尤三姐、潘又安之自刎也，非解脱也，求偿其欲而不得者也。彼等之所不欲者，其特别之生活，而对生活之为物，则固欲之而不疑也。故此书中真正之解脱，仅贾宝玉，惜春，紫鹃三人耳。而柳湘莲之入道，有似潘又安；芳官之出家，略同于金钏。故苟有生活之欲存乎，则虽出世而无与于解脱；苟无此欲，则自杀亦未始非解脱之一者也。如鸳鸯之死，彼固有不得已之境遇在；不然，则惜春、紫鹃之事，固亦其所优为者也。

而解脱之中，又自有二种之别：一存于观他人之苦痛，一存于觉自己之苦痛。然前者之解脱，唯非常之人为能，其高百倍于后者，而其难亦百倍。但由其成功观之，则二者一也。通常之人，其解脱由于苦痛之阅历，而不由于苦痛之知识。唯非常之人，由非常之知力，而洞观宇宙人生之本质，始知生活与痛苦之不能相离，由是求绝其生活之欲，而得解脱之道。然于解脱之途中，彼之生活之欲，犹时时起而与之相抗，而生种种之幻影。所谓恶魔者，不过此等幻影之人物化而已矣。故通常之解脱，存于自己之苦痛，彼之生活之欲，因不得其满足而愈烈，又因愈烈而愈不得其满足，如此循环，而陷于失望之境遇，遂悟宇宙人生之真相，遽而求其息肩之所。彼全变其气质，而超出乎苦乐之外，举昔之所执着者，一旦而舍之。彼以生活为炉，苦痛为炭，而铸其解脱之鼎。彼以疲于生活之欲故，故其生活之欲，不能复起而为之幻影。此通常之人解脱之状态也。前者之解脱，如惜春、紫鹃；后者之解脱，如宝玉。前者之解脱，超自然的也，神秘的也；后者之解脱，自然的也，人类的也。前者之解脱，宗教的也；后者美术的也。前者平和的也；后者悲感的也，壮美的也，故文学的也，诗歌的也，小说的也。此《红楼梦》之主人公所以非惜春、紫鹃，而为贾宝玉者也。

呜呼！宇宙一生活之欲而已。而此生活之欲之罪过，即以生活之苦痛罚之：此即宇宙之永远的正义也。自犯罪，自加罚，自忏悔，自解脱。美术之务，在描写人生之苦痛与其解脱之道，而使吾侪冯生之徒，于此桎梏之世界中，离此生活之欲之争斗，而得其暂时之平和，此一切美术之目的也。夫欧洲近世之文学中，所以推格代之《法斯德》为第一者，以其描写博士法斯德之苦痛，及其解脱之途径，最为精切故也。若《红楼梦》之写宝玉，又岂有以异于彼乎？彼于缠陷最深之中，而已伏解脱之种子：故听《寄生草》之曲，而悟立足之境；读《胠箧》之篇，而作焚花散麝之想——所以未能者，则以黛玉尚在耳。至黛玉死而其志渐决。然尚屡失于宝钗，几败于五儿，屡蹶屡振，而终获最后之胜利。读者观自九十八回以至百二十回之事实，其解脱之行程，精进之历史，明了真切何如哉！且法斯德之苦痛，天才之苦痛；宝玉之苦痛，人人所有之苦痛也。其存于人之根柢者为独深，而其希救济也为尤切。作者一一掇拾而发挥之。我辈之读此书者，宜如何表满足感谢之意哉！而吾人于作者之姓名，尚未有确实之知识，岂徒吾侪寡学之羞，亦足以见二百余年来吾人之祖先，对此宇宙之大著述，如何冷淡遇之也。谁使此大著述之作者，不敢自署其名？此可知此书之精神，大背于吾国人之性质，及吾人之沉溺于生活之欲，而乏美术之知识，有如此也。然则予之为此论，亦自知有罪也夫。

第三章　红楼梦之美学上之价值

如上章之说，吾国人之精神，世间的也，乐天的也，故代表其精神之戏曲小说，无往而不著此乐天之色彩：始于悲者终于欢，始于离者终于合，始于困者终于亨；非是而欲餍阅者之心，难矣。若《牡丹亭》之返魂，《长生殿》之重圆，其最著之一例也。《西厢记》之以惊梦终也，未成之作也，此书若成，吾乌知其不为《续西厢》之浅陋也？有《水浒传》矣，曷为而又有《荡寇志》？有《桃花扇》矣，曷为而又有《南桃花扇》？有《红楼梦》矣，彼《红楼复梦》，《补红楼梦》，《续红楼梦》者，曷为而作也？又曷为而有反对《红楼梦》之《儿女英雄传》？故吾国之文学中，其具厌世解脱之精神者，仅有《桃花扇》与《红楼梦》耳。而《桃花扇》之解脱，非真解脱也：沧桑之变，目击之而身历之，不能自悟，而悟于张道士之一言；且以历数千里，冒不测之险，投缧绁之中，所索之女子，才得一面，而以道士之言，一朝而舍之，自非三尺童子，其谁信之哉？故《桃花扇》之解脱，他律的也；而《红楼梦》之解脱，自律的也。且《桃花扇》之作者，但借侯、李之事，以写故国之戚，而非以描写人生为事。故《桃花扇》，政治的也，国民的也，历史的也；《红楼梦》，哲学的也，宇宙的也，文学的也。此《红楼梦》之所以大背于吾国人之精神，而其价值亦即存乎此。彼《南桃花扇》、《红楼复梦》等，正代表吾国人乐天之精神者也。

《红楼梦》一书，与一切喜剧相反，彻头彻尾之悲剧也。其大宗旨如上章之所述，读者既知之矣。除主人公不计外，凡此书中之人有与生活之欲相关系者，无不与苦痛相终始，以视宝琴、岫烟、李纹、李绮等，若藐姑射神人，复乎不可及矣。夫此数人者，曷尝无生活之欲，曷尝无苦痛？而书中既不及写其生活之欲，则其苦痛自不得而写之；足以见二者如骖之靳，而永远的正义，无往不逞其权力也。又吾国之文学，以挟乐天的精神故，故往往说诗歌的正义，善人必令其终，而恶人必离其罚：此亦吾国戏曲小说之特质也。《红楼梦》则不然：赵姨、凤姐之死，非鬼神之罚，彼良心自己之苦痛也。若李纨之受封，彼于《红楼梦》十四曲中，固已明说之曰：

　　[晚韶华] 镜里恩情，更那堪梦里功名！那美韶华去之何迅。再休题绣帐鸳衾；只这戴珠冠，披凤袄，也抵不了无常性命。虽说是人生莫受老来贫，也须要阴骘积儿孙。气昂昂头戴簪缨，光灿灿胸悬金印，威赫赫爵禄高登，昏惨惨黄泉路近。问古来将相可还存？也只是虚名儿与后人钦敬。（第五回）

此足以知其非诗歌的正义，而既有世界人生以上，无非永远的正义之所统辖也。故曰《红楼梦》一书，彻头彻尾的悲剧也。

由叔本华之说，悲剧之中，又有三种之别：第一种之悲剧，由极恶之人，极其所有之能力，以交构之者。第二种，由于盲目的运命者。第三种之悲剧，由于剧中之人物之位置及关系而不得不然者；非必有蛇蝎之性质，与意外之变故也，但由普通之人物，普通之境遇，逼之不得不如是；彼等明知其害，交施之而交受之，各加以力而各不任其咎，此种悲剧，其感人贤于前二者远甚。何则？彼示人生最大之不幸，非例外之事，而人生之所固有故也。若前二种之悲剧，吾人对蛇蝎之人物，与盲目之命运，未尝不悚然战栗；然以其罕见之故，犹幸吾生之可以免，而不必求息肩之地也。但在第三种，则见此非常之势力，足以破坏人生之福祉者，无时而不可坠于吾前；且此等惨酷之行，不但时时可受诸己，而或可以加诸人；躬丁其酷，而无不平之可鸣：此可谓天下之至惨也。若《红楼梦》，则正第三种之悲剧也。兹就宝玉、黛玉之事言之：贾母爱宝钗之婉嬺，而惩黛玉之孤僻，又信金玉之邪说，而思厌宝玉之病；王夫人固亲于薛氏；凤姐以持家之故，忌黛玉之才而虞其不便于己也；袭人惩尤二姐、香菱之事，闻黛玉"不是东风压倒西风，就是西风压倒东风"（第八十一回）之语，惧祸之及，而自同于凤姐，亦自然之势也。宝玉之于黛玉，信誓旦旦，而不能言之于最爱之之祖母，则普通之道德使然；况黛玉一女子哉！由此种种原因，而金玉以之合，木石以之离，又岂有蛇蝎之人物，非常之变故，行于其间哉？不过通常之道德，通常之人情，通常之境遇为之而已。由此观之，《红楼梦》者，可谓悲剧中之悲剧也。

由此之故，此书中壮美之部份，较多于优美之部份，而眩惑之原质殆绝焉。作者于开卷即申明之曰：

更有一种风月笔墨，其淫秽污臭，最易坏人子弟。至于才子佳人等书，则又开口文君，满篇子建，千部一腔，千人一面，且终不能不涉淫滥。在作者不过欲写出自己两首情诗艳赋来，故假捏男女二人名姓，又必旁添一小人拨乱其间，如戏中小丑一般。（此又上节所言之一证。）

兹举其最壮美者之一例，即宝玉与黛玉最后之相见一节曰：

那黛玉听着傻大姐说宝玉娶宝钗的话，此时心里竟是油儿酱儿糖儿醋儿倒在一处的一般，甜苦酸咸，竟说不上什么味儿来了……自己转身，要回潇湘馆去，那身子竟有千百斤重的，两只脚却像踏着棉花一般，早已软了。只得一步一步慢慢的走将下来。走了半天，还没到沁芳桥畔，脚下愈加软了。走的慢，且又迷迷痴痴，信着脚从那边绕过来，更添了两箭地路。这时刚到沁芳桥畔，却又不知不觉的顺着堤往回里走起来。紫鹃取了绢子来，却不见黛玉。正在那里看时，只见黛玉颜色雪白，身子恍恍荡荡的，眼睛也直直的，在那里东转西转……只得赶过来轻轻的问道："姑娘怎么又回去？是要往那里去？"黛玉也只模糊听见，随口答道："我问问宝玉去。"紫鹃只得搀他进去。那黛玉却又奇怪了，这时不似先前那样软了，也不用紫鹃打帘子，自己掀起帘子进来……见宝玉在那里坐着，也不起来让坐，只瞧着嘻嘻的呆笑。黛玉自己坐下，却也瞧着宝玉笑。两个也不问好，也不说话，也无推让，只管对着脸呆笑起来，忽然听着黛玉说道："宝玉！你为什么病了？"宝玉笑道："我为林姑娘病了。"袭人、紫鹃两个，吓得面目改色，连忙用言语来岔。两个却又不答言，仍旧呆笑起来……紫鹃搀起黛玉，那黛玉也就站起来，瞧着宝玉，只管笑，只管点头儿。紫鹃又催道："姑娘回家去歇歇罢！"黛玉道："可不是，我这就是回去的时候儿了！"说着，便回身笑着出来了。仍旧不用丫头们搀扶，自己却走得比往常飞快。（第九十六回）

如此之文，此书中随处有之，其动吾人之感情何如！凡稍有审美的嗜好者，无人不经验之也。

《红楼梦》之为悲剧也如此。昔雅里大德勒于《诗论》中，谓悲剧者，所以感发人之情绪而高上之，殊如恐惧与悲悯之二者，为悲剧中固有之物，由此感发，而人之精神于焉洗涤。故其目的，伦理学上之目的也。叔本华置诗歌于美术之顶点，又置悲剧于诗歌之顶点；而于悲剧之中，又特重第三种，以其示人生之真相，又示解脱之不可已故。故美学上最终之目的，与伦理学上最终之目的合。由是，《红楼梦》之美学上之价值，亦与其伦理学上之价值相联络也。

第四章　《红楼梦》之伦理学上之价值

自上章观之，《红楼梦》者，悲剧中之悲剧也。其美学上之价值，即存乎此。然使无伦理学上之价值以继之，则其于美术上之价值，尚未可知也。今使为宝玉者，于黛玉既死之后，或感愤而自杀，或放废以终其身，则虽谓此书一无价值可也。何则？欲达解脱之域者，固不可不尝人世之忧患；然所贵乎忧患者，以其为解脱之手段故，非重忧患自身之价值也。今使人日日居忧患，言忧患，而无希求解脱之勇气，则天国与地狱，彼两失之；其所领之境界，除阴云蔽天，沮洳弥望外，固无所获焉。黄仲则《绮怀》诗曰：

> 如此星辰非昨夜，为谁风露立中宵。

又其卒章曰：

> 结束铅华归少作，屏除丝竹入中年；茫茫来日愁如海，寄语羲和快着鞭。

其一例也。《红楼梦》则不然，其精神之存于解脱，如前二章所说，兹固不俟喋喋也。

然则解脱者，果足为伦理学上最高之理想否乎？自通常之道德观之，夫人知其不可也。夫宝玉者，固世俗所谓绝父子、弃人伦、不忠不孝之罪人也。然自太虚中有今日之世界，自世界中有今日之人类，乃不得不有普通之道德，以为人类之法则。顺之者安，逆之者危；顺之者存，逆之者亡。于今日之人类中，吾固不能不认普通之道德之价值也。然所以有世界人生者，果有合理的根据欤？抑出于盲目的动作，而别无意义存乎其间欤？使世界人生之存在，而有合理的根据，则人生中所有普通之道德，谓之绝对的道德可也。然吾人从各方面观之，则世界人生之所以存在，实由吾人类之祖先一时之误谬。诗人之所悲歌，哲学者之所瞑想，与夫古代诸国民之传说，若出一揆。若第二章所引《红楼梦》第一回之神话的解释，亦于无意识中暗示此理，较之《创世纪》所述人类犯罪之历史，尤为有味者也。夫人之有生，既为鼻祖之误谬矣，则夫吾人之同胞，凡为此鼻祖之子孙者，苟有一人焉，未入解脱之域，则鼻祖之罪，终无时而赎，而一时之误谬，反复至数千万年而未有已也。则夫绝弃人伦如宝玉其人者，自普通之道德言之，固无所辞其不忠不孝之罪；若开天眼而观之，则彼固可谓干父之蛊者也。知祖父之误谬，而不忍反复之以重其罪，顾得谓之不孝哉？然则宝玉"一子出家，七祖升天"之说，诚有见乎所谓孝者在此不在彼，非徒自辩护而已。

然则，举世界之人类，而尽入于解脱之域，则所渭宇宙者，不诚无物也欤？然有无之说，盖难言之矣。夫以人生之无常，而知识之不可恃，安知吾人之所谓有非所谓真有者乎？则自其反面言之，又安知吾人之所谓无非所谓真无者乎？即真无矣，而使吾人自空乏与满足、希望与恐怖之中出，而获永远息肩之所，不犹愈于世之所谓有者乎！然则吾人之畏无也，与小儿之畏暗黑何以异？自已解脱者观之，安知解脱之后，山川之美，日月之华，不有过于今日之世界者乎？读《飞鸟各投林》之曲，所谓"一片白茫茫大地真干净"者，有欤无欤，吾人且勿问，但立乎今日之人生而观之，彼诚有味乎其言之也。

难者又曰：人苟无生，则宇宙间最可宝贵之美术，不亦废欤？曰：美术之价值，对现在之世界人生而起者，非有绝对的价值也。其材料取诸人生，其理想亦视人生之缺陷逼仄，而趋于其反对之方面。如此之美术，唯于如此之世界、如此之人生中，始有价值耳。今设有人焉，自无始以来，无生死，无苦乐，无人世之挂碍，而唯有永远之知识，则吾人所宝为无上之美术，自彼视之，不过蚊鸣蝉噪而已。何则？美术上之理想，固彼之所固有，而其材料，又彼之所未尝经验故也。又设有人焉，备尝人世之苦痛，而已入于解脱之域，则美术之于彼也，亦无价值。何则？美术之价值，存于使人离生活之欲，而入于纯粹之知识。彼既无生活之欲矣，而复进之以美术，是犹馈壮夫以药石，多见其不知量而已矣。然则超今日之世界人生以外者，于美术之存亡，固自可不必问也。

夫然，故世界之大宗教，如印度之婆罗门教及佛教，希伯来之基督教，皆以解脱为唯一之宗旨。哲学家说，如古代希腊之柏拉图，近世德意志之叔本华，其最高之理想，亦存于解脱。殊如叔本华之说，由其深邃之知识论、伟大之形而上学出，一扫宗教之神话的面具，而易以名学之论法；其真挚之感情，与巧妙之文字，又足以济之：故其说精密确实，非如古代之宗教及哲学说，徒属想像而已。然事不厌其求详，姑以生平可疑者商榷焉：夫由叔氏之哲学说，则一切人类及万物之根本，一也。故充叔氏拒绝意志之说，非一切人类及万物，各拒绝其生活之意志，则一人之意志，亦不得而拒绝。何则？生活之意志之存于我者，不过其一最小部份，而其大部份之存于一切人类及万物者，皆与我之意志同。而此物我之差别，仅由于吾人知力之形式，故离此知力之形式，而反其根本而观之，则一切人类及万物之意志，皆我之意志也。然则拒绝吾一人之意志，而姝姝自悦曰解脱，是何异蹄涔之水，而注之沟壑，而曰天下皆得平土而居之者哉！佛之言曰："若不尽度众生，誓不成佛。"其言犹若有能之而不欲之意。然自吾人观之，此岂徒能之而不欲哉！将毋欲之而不能也。故如叔本华之言一人之解脱，而未言世界之解脱，实与其意志同一之说，不能两立者也。叔氏于无意识中亦触此疑问，故于其《意志及观念之世界》之第四编之末，力护其说曰：

人之意志，于男女之欲，其发现也为最著。故完全之贞操，乃拒绝意志即解脱之第一步也。夫自然中之法则，固自最确实者。使人人而行此格言，则人类之灭绝，自可立而待。至人类以降之动物，其解脱与堕落，亦当视人类以为准。《吠陀》之经典曰："一切众生之待圣人，如饥儿之待慈父母也。"基督教中亦有此思想。珊列休斯于其《人持一切物归于上帝》之小诗中曰："嗟汝万物灵，有生皆爱汝。总总环汝旁，如儿索母乳。携之适天国，惟汝力是恃！"德意志之神秘学者马斯太哀赫德亦云："《约翰福音》云：予之离世界也，将引万物而与我俱。基督岂欺我哉！夫善人，固将持万物而归之于上帝，即其所从出之本者也。今夫一切生物，皆为人而造，又自相为用；牛羊之于水草，鱼之于水，鸟之于空气，野兽之于林莽皆是也。一切生物皆上帝所造，以供善人之用，而善人携之以归上帝。"彼意盖谓人之所以有用动物之权利者，实以能救济之故也。

　　于佛教之经典中，亦说明此真理，仿佛之尚为菩提萨埵也，自王宫逸出而入深林时，彼策其马而歌曰："汝久疲于生死兮，今将息此任载。负子躬以退举兮，继今日而无再。苟彼岸其予达矣，予将徘徊以汝待！"（《佛国记》）此之谓也。（英译《意志及观念之世界》第一册第四百九十二页）

然叔氏之说，徒引据经典，非有理论的根据也。试问释迦示寂以后，基督尸十字架以来，人类及万物之欲生奚若？其痛苦又奚若？吾知其不异于昔也。然则所谓持万物而归之上帝者，其尚有所待欤？抑徒沾沾自喜之说，而不能见诸实事者欤？果如后说，则释迦、基督自身之解脱与否，亦尚在不可知之数也。往者作一律曰：

　　生平颇忆挈卢敖，东过蓬莱浴海涛。何处云中闻犬吠，至今湖畔尚乌号。人间地狱真无间，死后泥洹枉自豪。终古众生无度日，世尊只合老尘嚣。

何则？小宇宙之解脱，视大宇宙之解脱以为准故也。赫尔德曼人类涅盘之说，所以起而补叔氏之缺点者以此。要之，解脱之足以为伦理学上最高之理想与否，实存于解脱之可能与否。若夫普通之论难，则固如楚楚蜉蝣，不足以撼十围之大树也。

　　今使解脱之事，终不可能，然一切伦理学上之理想，果皆可能也欤？今夫与此无生主义相反者，生生主义也。夫世界有限，而生人无穷；以无穷之人，生有限之世界，必有不得遂其生者矣。世界之内，有一人不得遂其生者，固生生主义之理想之所不许也。故由生生主义之理想，则欲使世界生活之量，达于极大限，则人人生活之度，不得不达于极小限。盖度与量二者，实为一精密之反比例，所谓最大多数之最大福祉者，亦仅归于伦理学者之梦想而已。夫以极大之生活量，而居于极小之生活度，则生活之意志之拒绝也奚若？此生生主义与无生主义相同之点也。苟无此理想，则世界之内，弱之肉，强之食，一任诸天然之法则耳，奚以伦理为哉？然世人日言生生主义，而此理想之达于何时，则尚在不可知之数。要之理想者，可近而不可即，亦终古不过一理想而已矣。人知无生主义之理想之不可能，而自忘其主义之理想之何若，此则大不可解者也。

夫如是，则《红楼梦》之以解脱为理想者，果可非薄也欤？夫以人生忧患之如彼，而劳苦之如此，苟有血气者，未有不渴慕救济者也；不求之于实行，犹将求之于美术。独《红楼梦》者，同时与吾人以二者之救济。人而自绝于救济则已耳；不然，则对此宇宙之大著述，宜如何企踵而欢迎之也！

第五章　余论

自我朝考证之学盛行，而读小说者，亦以考证之眼读之。于是评《红楼梦》者，纷然索此书中之主人公之为谁，此又甚不可解者也。夫美术之所写者，非个人之性质，而人类全体之性质也。惟美术之特质，贵具体而不贵抽象。于是举人类全体之性质，置诸个人之名字之下。譬诸"副墨之子"，"洛诵之孙"，亦随吾人之所好名之而已。善于观物者，能就个人之事实，而发见人类全体之性质；今对人类之全体，而必规规焉求个人以实之，人之知力相越，岂不远哉！故《红楼梦》之主人公，谓之贾宝玉可，谓之"子虚""乌有"先生可，即谓之纳兰容若可，谓之曹雪芹，亦无不可也。

综观评此书者之说，约有二种：一谓述他人之事，一谓作者自写其生平也。第一说中，大抵以贾宝玉为即纳兰性德。其说要非无所本。案性德《饮水诗集·别意》六首之三曰：

独拥余香冷不胜，残更数尽思腾腾。今宵便有随风梦，知在红楼第几层？

又《饮水词》中《于中好》一阕云：

别绪如丝睡不成，那堪孤枕梦边城。因听紫塞三更雨，却忆红楼半夜灯。

又《减字木兰花》一阕咏新月云：

莫教星替，守取团圆终必遂。此夜红楼，天上人间一样愁。

"红楼"之字凡三见，而云"梦红楼"者一。又其亡妇忌日作《金缕曲》一阕，其首三句云：

此恨何时已，滴空阶寒更雨歇，葬花天气。

"葬花"二字，始出于此。然则《饮水集》与《红楼梦》之间，稍有文字之关系，世人以宝玉为即纳兰侍卫者，殆由于此。然诗人与小说家之用语，其偶合者固不少。苟执此例以求《红楼梦》之主人公，吾恐其可以傅合者，断不止容若一人而已。若夫作者之姓名，（遍考各书，未见曹雪芹何名。）与作书之时日，其为读此书者所当知，似更比主人公之姓名为尤要。顾无一人为之考证者，此则大不可解者也。

至谓《红楼梦》一书，为作者自道其生平者。其说本于此书第一回"竟不如我亲见亲闻的几个女子"一语。信此说，则唐旦之《天国戏剧》，可谓无独有偶者矣。然所谓亲见亲闻者，亦可自旁观者之口言之，未必躬为剧中之人物。如谓书中种种境界，种种人物，非局中人不能道，则是《水浒传》之作者，必为大盗，《三国演义》之作者，必为兵家，此又大不然之说也。且此问题，实与美术之渊源之问题相关系。如谓美术上之事，非局中人不能道，则其渊源必全存于经验而后可。夫美术之源，出于先天，抑由于经验，此西洋美学上至大之问题也。叔本华之论此问题也，最为透辟。兹援其说，以结此论。其言曰：（此论本为绘画及雕刻发，然可通之于诗歌小说。）

人类之美之产于自然中者，必由下文解释之：即意志于其客观化之最高级（人类）中，由自己之力与种种之情况，而打胜下级（自然力）之抵抗，以占领其物力。且意志之发现于高等之阶级也，其形式必复杂：即以一树言之，乃无数之细胞，合而成一系统者也。其阶级愈高，其结合愈复。人类之身体，乃最复杂之系统也：各部分各有一特别之生活；其对全体也，则为隶属；其互相对也，则为同僚；互相调和，以为其全体之说明；不能增也，不能减也。能如此者，则谓之美。此自然中不得多见者也。顾美之于自然中如此，于美术中则何如？或有以美术家为模仿自然者。然彼苟无美之预想存于经验之前，则安从取自然中完全之物而模仿之，又以之与不完全者相区别哉？且自然亦安得时时生一人焉，于其各部分皆完全无缺哉？或又谓美术家必先于人之肢体中，观美丽之各部分，而由之以构成美丽之全体。此又大愚不灵之说也。即令如此，彼又何自知美丽之在此部分而非彼部分哉？故美之知识，断非自经验的得之，即非后天的而常为先天的；即不然，亦必其一部分常为先天的也。吾人于观人类之美后，始认其美；但在真正之美术家，其认识之也，极其明速之度，而其表出之也，胜乎自然之为。此由吾人之自身即意志，而于此所判断及发见者，乃意志于最高级之完全之客观化也。唯如是，吾人斯得有美之预想。而在真正之天才，于美之预想外，更伴以非常之巧力。彼于特别之物中，认全体之理想，遂解自然之嗫嚅之言语而代言之；即以自然所百计而不能产出之美，现之于绘画及雕刻中，而若语自然曰："此即汝之所欲言而不得者也。"苟有判断之能力者，必将应之曰："是。"唯如是，故希腊之天才，能发见人类之美之形式，而永为万世雕刻家之模范。唯如是，故吾人对自然于特别之境遇中所偶然成功者，而得认其美。此美之预想，乃自先天中所知者，即理想的也，比其现于美术也，则为实际的。何则？此与后天中所与之自然物相合故也。如此，美术家先天中有美之预想，而批评家于后天中认识之，此由美术家及批评家，乃自然之自身之一部，而意志于此客观化者也。哀姆攀独克尔曰："同者唯同者知之。"故唯自然能知自然，唯自然能言自然，则美术家有自然之美之预想，固自不足怪也。

　　芝诺芬述苏格拉底之言曰："希腊人之发见人类之美之理想也，由于经验。即集合种种美丽之部分，而于此发见一膝，于彼发见一臂。"此大谬之说也。不幸而此说蔓延于诗歌中。即以狭斯丕尔言之，谓其戏曲中所描写之种种人物，乃其一生之经验中所观察者，而极其全力以模写之者也。然诗人由人性之预想而作戏曲小说，与美术家之由美之预想而作绘画及雕刻无以异。唯两者于其创造之途中，必须有经验以为之补助。夫然，故其先天中所已知者，得唤起而入于明晰之意识，而后表出之事，乃可得而能也。（叔氏《意志及观念之世界》第一册第二百八十五页至二百八十九页）

　　由此观之，则谓《红楼梦》中所有种种之人物，种种之境遇，必本于作者之经验，则雕刻与绘画家之写人之美也，必此取一膝，彼取一臂而后可。其是与非，不待知者能决矣。读者苟玩前数章之说，而知《红楼梦》之精神，与其美学、伦理学上之价值，则此种议论，自可不生。苟知美术之大有造于人生，而《红楼梦》自足为我国美术上之唯一大著述，则其作者之姓名，与其著书之年月，固当为唯一考证之题目。而我国人之所聚讼者，乃不在此而在彼；此足以见吾国人之对此书之兴味之所在，自在彼而不在此也。故为破其惑如此。

（《静庵文集》，光绪三十一年印本）

　　编者按：王国维（1877~1927），字静安，号观堂。清光绪年间秀才。《红楼梦评论》，光绪三十年（1904）先连载于《教育丛书》第8—13期，次年收入《静庵文集》。文中引"不是东风压倒西风，就是西风压倒东风，"原注"第八十一回"，应作"第八十二回"。

《教育世界》（连载）光绪三十年（1904）

《红楼梦》考证（改定稿）

胡 适

一

《红楼梦》的考证是不容易做的，一来因为材料太少，二来因为向来研究这部书的人都走错了道路。他们怎样走错了道路呢？他们不去搜求那些可以考定《红楼梦》的著者，时代，版本等等的材料，却去收罗许多不相干的零碎史事来附会《红楼梦》里的情节。他们并不曾做《红楼梦》的考证，其实只做了许多《红楼梦》的附会！这种附会的"红学"又可分作几派：

第一派说《红楼梦》"全为清世祖与董鄂妃而作，兼及当时的诸名王奇女"。他们说董鄂妃即是秦淮名妓董小宛，本是当时名士冒辟疆的姜，后来被清兵夺去，送到北京，得了清世祖的宠爱，封为贵妃。后来董妃夭死，清世祖哀痛的很，遂跑到五台山去做和尚去了。依这一派的话，冒辟疆与他的朋友们说的董小宛之死，都是假的；清史上说的清世祖在位十八年而死，也是假的。这一派说《红楼梦》里的贾宝玉即是清世祖，林黛玉即是董妃。"世祖临宇十八年，宝玉便十九岁出家，世祖自肇祖以来为第七代，宝玉便言：'一子成佛，七祖升天'，又恰中第七名举人；世祖谥'章'，宝玉便谥'文妙'，文章两字可暗射。""小宛名白，故黛玉名黛，粉白黛绿之意也。小宛是苏州人，黛玉也是苏州人；小宛在如皋，黛玉亦在扬州。小宛来自盐官，黛玉来自巡盐御史之署。小宛入宫，年已二十有七；黛玉入京，年只十三余，恰得小宛之半……小宛游金山时，人以为江妃踏波而上，故黛玉号'潇湘妃子'，实从'江妃'二字得来。"（以上引的话均见王梦阮先生的《红楼梦索隐》的提要）

这一派的代表是王梦阮先生的《红楼梦索隐》。这一派的根本错误已被孟莼荪先生的《董小宛考》（附在蔡子民先生的《石头记索隐》之后，页一三一以下）用精密的方法一一证明了。孟先生在这篇《董小宛考》里证明董小宛生于明天启四年甲子，故清世祖生时，小宛已十五岁了；顺治元年，世祖方七岁，小宛已二十一岁了；顺治八年正月二日，小宛死，年二十八岁，而清世祖那时还是一个十四岁的小孩子。小宛比清世祖年长一倍，断无入宫邀宠之理。孟先生引据了许多书，按年分别，证据非常完备，方法也很细密。那种无稽的附会，如何当得起孟先生的摧破呢？例如《红楼梦索隐》说：

> 渔洋山人题冒辟疆妾圆玉女罗画三首之二末句云："洛川森森神人隔，空费陈王八斗才"，亦为小琬而作。圆玉者，琬也；玉旁加以宛转之义，故曰圆玉。女罗，罗敷女也。均有深意。神人之隔，又与死别不同矣。（《提要》页一三）

孟先生在《董小宛考》里引了清初的许多诗人的诗来证明冒辟疆的妾并不止小宛一人；女罗姓蔡，名含，很能画苍松墨凤；圆玉当是金晓珠，名玥，昆山人，能画人物。晓珠最爱画洛神（汪舟次有晓珠手临洛神图卷跋，吴园次有《乞晓珠画洛神启》），故渔洋山人诗有"洛川森森神人隔"的话。我们若懂得孟先生与王梦阮先生两人用的方法的区别，便知道考证与附会的绝对不相同了。

《红楼梦索隐》一书，有了《董小宛考》的辨正，我本可以不再批评他了。但这书中还有许多绝无道理的附会，孟先生都不及指摘出来。如他说："曹雪芹为世家子，其成书当在乾嘉时代。书中明言南巡四次，是指高宗时事，在嘉庆时所作可知……意者此书但经雪芹修改，当初创造另自有人……揣其成书亦当在康熙中叶……至乾隆朝，事多忌讳，档案类多修改。《红楼》一书，内廷索阅，将为禁本。雪芹先生势不得已，乃为一再修订，俾愈隐而愈不失其真。"（《提要》页五至六）但他在第十六回凤姐提起南巡接驾一段话的下面，又注道："此作者自言也。圣祖二次南巡，即驻跸雪芹之父曹寅盐署中，雪芹以童年召对，故有此笔。"下面赵嬷嬷说甄家接驾四次一段的下面，又注道："圣祖南巡四次，此言接驾四次，特明为乾隆时事。"我们看这三段"索隐"，可以看出许多错误。（1）第十六回明说二三十年前"太祖皇帝"南巡时的几次接驾；赵嬷嬷年长，故"亲眼看见"。我们如何能指定前者为康熙时的南巡而后者为乾隆时的南巡呢？（2）康熙帝二次南巡在二十八年（西历一六八九），到四十三年曹寅才做两淮巡盐御史。《索隐》说康熙帝二次南巡驻跸曹寅盐院署，是错的。（3）《索隐》说康熙帝二次南巡时，"曹雪芹以童年召对"；又说雪芹成书在嘉庆时。嘉庆元年（西历一七九六），上距康熙二十八年，已隔百零七年了。曹雪芹成书时，他可不是一百二三十岁了吗？（4）《索隐》说

《红楼梦》成书在乾嘉时代，又说是在嘉庆时所作，这一说最谬。《红楼梦》在乾隆时已风行，有当时版本可证（详考见后文）。况且袁枚在《随园诗话》里曾提起曹雪芹的《红楼梦》；袁枚死于嘉庆二年，《诗话》之作更早的多，如何能提到嘉庆时所作的《红楼梦》呢？

第二派说《红楼梦》是清康熙朝的政治小说。这一派可用蔡孑民先生的《石头记索隐》作代表。蔡先生说：

> 《石头记》……作者持民族主义甚挚。书中本事在吊明之亡，揭清之失，而尤于汉族名士仕清者寓痛惜之意。当时既虑触文网，又欲别开生面，特于本事之上，加以数层障幂，使读者有"横看成岭侧成峰"之状况。（《石头记索隐》页一）

> 书中"红"字多隐"朱"字。朱者，明也，汉也。宝玉有"爱红"之癖，言以满人而爱汉族文化也；好吃人口上胭脂，言拾汉人唾余也……当时清帝虽躬修文学，且创开博学鸿词科，实专以笼络汉人，初不愿满人渐染汉俗，其后雍乾诸朝亦时时申诫之。故第十九回袭人劝宝玉道："再不许吃人嘴上擦的胭脂了，与那爱红的毛病儿。"又黛玉见宝玉腮上血渍，询知为淘澄胭脂膏子所溅，谓为"带出幌子，吹到舅舅耳里，又大家不干净惹气。"皆此意。宝玉在大观园中所居曰怡红院，即爱红之义。所谓曹雪芹于悼红轩中增删本书，则吊明之义也。……（页三至四）

> 书中女子多指汉人，男子多指满人。不但"女子是水作的骨肉，男人是泥作的骨肉"与"汉"字"满"字有关系也；我国古代哲学以阴阳二字说明一切对待之事物，《易》坤卦象传曰："地道也，妻道也，臣道也。"是以夫妻君臣分配于阴阳也。《石头记》即用其义。第三十一回……翠缕说："知道了！姑娘（史湘云）是阳，我就是阴……人家说主子为阳，奴才为阴。我连这个大道理也不懂得！"……清制，对于君主，满人自称奴才，汉人自称臣。臣与奴才，并无二义。以民族之对待言之，征服者为主，被征服者为奴。本书以男女影满汉，以此。（页九至十）

这些是蔡先生的根本主张。以后便是"阐证本事"了。依他的见解，下面这些人是可考的：

(1) 贾宝玉，伪朝之帝系也；宝玉者，传国玺之义也，即指胤礽。（康熙帝的太子，后被废。）（页十至二二）

（2）《石头记》叙巧姐事，似亦指胤礽，巧字与礽字形相似也。……（页二三至二五）

（3）林黛玉影朱竹垞（朱彝尊）也。绛珠，影其氏也。居潇湘馆，影其竹垞之号也。……（页二五至二七）

（4）薛宝钗，高江村（高士奇）也。薛者，雪也。林和靖诗，"雪满山中高士卧，月明林下美人来。"用薛字以影江村之姓名（高士奇）也。……（页二八至四二）

（5）探春影徐健庵也。健庵名乾学，乾卦作"≡"，故曰三姑娘。健庵以进士第三人及第，通称探花，故名探春。……（页四二至四七）

（6）王熙凤影余国柱也。王即柱字偏旁之省，国字俗写作"国"，故熙凤之夫曰琏，言二王字相连也。……（页四七至六一）

（7）史湘云，陈其年也。其年又号迦陵。史湘云佩金麒麟，当是"其"字"陵"字之借音。氏以史者，其年尝以翰林院检讨纂修《明史》也。……（页六一至七一）

（8）妙玉，姜西溟（姜宸英）也。姜为少女，以妙代之。《诗》曰，"美如玉"，"美如英"。玉字所以代英字也（从徐柳泉说）……（页七二至八七）

（9）惜春，严荪友也。……（页八七至九一）

（10）宝琴，冒辟疆也。……（页九一至九五）

（11）刘老老，汤潜庵（汤斌）也。……（页九五至百十）

蔡先生这部书的方法是：每举一人，必先举他的事实，然后引《红楼梦》中情节来配合。我这篇文里，篇幅有限，不能表示他的引书之多和用心之勤，这是我很抱歉的。但我总觉得蔡先生这么多的心力都是白白的浪费了，因为我总觉得他这部书到底还只是一种很牵强的附会。我记得从前有个灯谜，用杜诗"无边落木萧萧下"来打一个"日"字。这个谜，除了做谜的人自己，是没有人猜得中的。因为做谜的人先想着南北朝的齐和梁两朝都是姓萧的；其次，把"萧萧下"的"萧萧"解作两个姓萧的朝代；其次，二萧的下面是那姓陈的陈朝。想着了"陈"字，然后把偏旁去掉（无边）；再把東字里的"木"字去掉（落木）。剩下的"日"字，才是谜底！你若不能绕这许多弯子，休想猜谜！假使做《红楼梦》的人当日真个用王熙凤来影余国柱，真个想着"王即柱字偏旁之省，国字俗写作国，故熙凤之夫曰琏，言二王字相连也"——假使他真如此思想，他岂不真成了一个大笨伯了吗？他费了那么大气力，到底只做了"国"字和"柱"字的一小部份；还有这两个字的其余部份和那最重要的"余"字，

都不曾做到"谜面"里去！这样做的谜，可不是笨谜吗？用麒麟来影"其
年"的其，"迦陵"的陵；用三姑娘来影"乾学"的乾：假使真有这种影射
法，都是同样的笨谜！假使一部《红楼梦》真是一串这么样的笨谜，那就真不
值得猜了！

我且再举一条例来说明这种"索隐"（猜谜）法的无益。蔡先生引劖若木
先生的话，说刘老老即是汤潜庵：

> 潜庵受业于孙夏峰（孙奇逢，清初的理学家），几十年。夏峰之学本以
> 象山（陆九渊）、阳明（王守仁）为宗。《石头记》，"刘老老之女婿曰王狗
> 儿，狗儿之父曰王成。其祖上曾与凤姐之祖，王夫人之父认识；因贪王家势
> 利，便连了宗。"似指此。

其实《红楼梦》里的王家既不是专指王阳明的学派，此处似不应该忽然用王家
代表王学。况且从汤斌想到孙奇逢，从孙奇逢想到王阳明学派，再从阳明学派
想到王夫人一家，又从王家想到王狗儿的祖上，又从王狗儿转到他的丈母刘老
老——这个谜可不是比那"无边落木萧萧下"的谜还更难猜吗？蔡先生又说
《石头记》第三十九回刘老老说的"抽柴"一段故事是影汤斌毁五通祠的事；
刘老老的外孙板儿影的是汤斌买的一部《廿一史》；他的外孙女青儿影的是汤
斌每天吃的韭菜！这种附会已是很滑稽的了。最妙的是第六回凤姐给刘老老二
十两银子，蔡先生说这是影汤斌死后徐乾学赗送的二十金；又第四十二回凤姐
又送老老八两银子，蔡先生说这是影汤斌死后惟遗俸银八两。这八两有了下落
了，那二十两也有了下落了；但第四十二回王夫人还送了刘老老两包银子，每
包五十两，共是一百两；这一百两可就没有下落了！因为汤斌一生的事实没有
一件可恰合这一百两银子的，所以这一百两虽然比那二十八两更重要，到底没
有"索隐"的价值！这种完全任意的去取，实在没有道理，故我说蔡先生的
《石头记索隐》也还是一种很牵强的附会。

第三派的《红楼梦》附会家，虽然略有小小的不同，大致都主张《红楼
梦》记的是纳兰成德的事。成德后改名性德，字容若，是康熙朝宰相明珠的儿
子。陈康祺的《郎潜纪闻二笔》（即《燕下乡脞录》）卷五说：

> 先师徐柳泉先生云："小说《红楼梦》一书即记故相明珠家事；金钗十
> 二，皆纳兰侍卫（成德官侍卫）所奉为上客者也。宝钗影高澹人，妙玉即影

西溪（姜宸英）……"徐先生言之甚详，惜余不尽记忆。

又俞樾的《小浮梅闲话》（《曲园杂纂》三十八）说：

> 《红楼梦》一书，世传为明珠之子而作……明珠子名成德，字容若。《通志堂经解》每一种有纳兰成德容若序，即其人也。恭读乾隆五十一年二月二十九日上谕："成德于康熙十一年壬子科中式举人，十二年癸丑科中式进士，年甫十六岁。"（适按此谕不见于《东华录》，但载于《通志堂经解》之首）然则其中举人止十五岁，于书中所述颇合也。

钱静方先生的《红楼梦考》（附在《石头记索隐》之后，页一二一至一三〇）也颇有赞成这种主张的倾向。钱先生说：

> 是书力写宝黛痴情。黛玉不知所指何人。宝玉固全书之主人翁，即纳兰侍御也。使侍御而非深于情者，则焉得有此情影？余读《饮水词钞》，不独于宾从间得诉合之欢，而尤于闺房内致缠绵之意。即黛玉葬花一段，亦从其词中脱卸而出。是黛玉虽影他人，亦实影侍御之德配也。

这一派的主张，依我看来，也没有可靠的根据，也只是一种很牵强的附会。（1）纳兰成德生于顺治十一年（西历一六五四），死于康熙二十四年（一六八五），年三十一岁。他死时，他的父亲明珠正在极盛的时代（大学士加太子太傅，不久又晋太子太师）。我们如何可说那眼见贾府兴亡的宝玉是指他呢？（2）俞樾引乾隆五十一年上谕说成德中举人时止十五岁，其实连那上谕都是错的。成德生于顺治十一年；康熙壬子，他中举人时，年十八；明年癸丑，他中进士，年十九。徐乾学做的《墓志铭》与韩菼做的《神道碑》，都如此说。乾隆帝因为硬要否认《通志堂经解》的许多序是成德做的，故说他中进士时年止十六岁（也许成德应试时故意减少三岁，而乾隆帝但依据履历上的年岁）。无论如何，我们不可用宝玉中举的年岁来附会成德。若宝玉中举的年岁可以附会成德，我们也可以用成德中进士和殿试的年岁来证明宝玉不是成德了！（3）至于钱先生说的纳兰成德的夫人即是黛玉，似乎更不能成立。成德原配卢氏，为两广总督兴祖之女，续配官氏，生二子一女。卢氏早死，故《饮水词》中有几首悼亡的词。钱先生引他的悼亡词来附会黛玉，其实这种悼亡的诗词，在中国

旧文学里，何止几千首？况且大致都是千篇一律的东西。若几首悼亡词可以附
会林黛玉，林黛玉真要成"人尽可夫"了！（4）至于徐柳泉说的大观园里十
二金钗都是纳兰成德所奉为上客的一班名士，这种附会法与《石头记索隐》的
方法有同样的危险。即如徐柳泉说妙玉影姜宸英，那么，黛玉何以不可附会姜
宸英？晴雯何以不可附会姜宸英？又如他说宝钗影高士奇，那么，袭人也可以
影高士奇了，凤姐更可以影高士奇了。我们试读姜宸英祭纳兰成德的文：

> 兄一见我，怪我落落；转亦以此，赏我标格……数兄知我，其端非一。
> 我常箕踞，对客欠伸，兄不余傲，知我任真。我时嫚骂，无问高爵，兄不余
> 狂，知余疾恶。激昂论事，眼睁舌拆，兄为抵掌，助之叫号。有时对酒，雪
> 涕悲歌，谓余失志，孤愤则那？彼何人斯，实应且憎，余色拒之，兄门固扃。

妙玉可当得这种交情吗？这可不更像黛玉吗？我们又试读郭琇参劾高士奇的奏疏：

> ……久之，羽翼既多，遂自立门户……凡督抚藩臬道府厅县以及在内之
> 大小卿员，皆王鸿绪等为之居停哄骗而夤缘照管者，馈至成千累万；即不属
> 党护者，亦有常例，名之曰平安钱。然而人之肯为贿赂者，盖士奇供奉日
> 久，势焰日张，人皆谓之门路真，而士奇遂自忘乎其为撞骗，亦居之不疑，
> 曰，我之门路真……以觅馆糊口之穷儒，而今忽为数百万之富翁。试问金从
> 何来？无非取给于各官。然官从何来？非侵国帑，即剥民膏。夫以国帑民膏
> 而填无厌之溪壑，是士奇等真国之蠹而民之贼也。……（清史馆本传，《耆
> 献类征》六十）

宝钗可当得这种罪名吗？这可不更像凤姐吗？我举这些例的用意是要说明这种
附会完全是主观的，任意的，最靠不住的，最无益的。钱静方先生说的好：
"要之，《红楼》一书，空中楼阁。作者第由其兴会所至，随手拈来，初无成
意。即或有心影射，亦不过若即若离，轻描淡写，如画师所绘之百像图，类似
者固多，苟细按之，终觉貌是而神非也。"

二

我现在要忠告诸位爱读《红楼梦》的人："我们若想真正了解《红楼梦》，

必须先打破这种牵强附会的《红楼梦》谜学！"

其实做《红楼梦》的考证，尽可以不用那种附会的法子。我们只须根据可靠的版本与可靠的材料，考定这书的著者究竟是谁，著者的事迹家世，著书的时代，这书曾有何种不同的本子，这些本子的来历如何。这些问题乃是《红楼梦》考证的正当范围。

我们先从"著者"一个问题下手。

本书第一回说这书原稿是空空道人从一块石头上抄写下来的，故名《石头记》；后来空空道人改名情僧，遂改《石头记》为《情僧录》；东鲁孔梅溪题为《风月宝鉴》；后因曹雪芹于悼红轩中，披阅十载，增删五次，纂成目录，分出章回，又题曰《金陵十二钗》，并题一绝，即此便是《石头记》的缘起。诗云：

"满纸荒唐言，一把辛酸泪。都云作者痴，谁解其中味？"

第百二十回又提起曹雪芹传授此书的缘由。大概"石头"与空空道人等名目都是曹雪芹假托的缘起，故当时的人多认这书是曹雪芹做的。袁枚的《随园诗话》卷二中有一条说：

康熙间，曹练亭（练当作栋）为江宁织造，每出拥八骅，必携书一本，观玩不辍。人问："公何好学？"曰："非也。我非地方官，而百姓见我必起立，我心不安，故借此遮目耳。"素与江宁太守陈鹏年不相中，及陈获罪，乃密疏荐陈。人以此重之。

其子雪芹撰《红楼梦》一书，备记风月繁华之盛。中有所谓大观园者，即余之随园也。明我斋读而羡之（坊间刻本无此七字）。当时红楼中有某校书尤艳，我斋题云：（此四字坊间刻本作"雪芹赠云"，今据原刻本改正。）

病容憔悴胜桃花，午汗潮回热转加。犹恐意中人看出，强言今日较差些。

威仪棣棣若山河，应把风流夺绮罗。不似小家拘束态，笑时偏少默时多。

我们现在所有的关于《红楼梦》的旁证材料，要算这一条为最早。近人征引此条，每不全录；他们对于此条的重要，也多不曾完全懂得。这一条纪载的重要，凡有几点：

（1）我们因此知道乾隆时的文人承认《红楼梦》是曹雪芹做的。

（2）此条说曹雪芹是曹栋亭的儿子。（又《随园诗话》卷十六也说"雪芹

者，曹练亭织造之嗣君也。"但此说实是错的，说详后）

（3）此条说大观园即是后来的随园。

俞樾在《小浮梅闲话》里曾引此条的一小部分，又加一注，说：

> 纳兰容若《饮水词集》有《满江红》词，为曹子清题其先人所构栋亭，即雪芹也。

俞樾说曹子清即雪芹，是大谬的。曹子清即曹栋亭，即曹寅。

我们先考曹寅是谁。吴修的《昭代名人尺牍小传》卷十二说：

> 曹寅，字子清，号栋亭，奉天人，官通政司使，江宁织造。校刊古书甚精，有扬州局刻《五韵》，《栋亭十二种》，盛行于世。著《栋亭诗钞》。

《扬州画舫录》卷二说：

> 曹寅字子清，号栋亭，满洲人，官两淮盐院。工诗词，善书，著有《栋亭诗集》。刊秘书十二体，为《梅苑》，《声画集》，《法书考》，《琴史》，《墨经》，《砚笺》，刘后山（当作刘后村）《千家诗》，《禁扁》，《钓矶立谈》，《都城纪胜》，《糖霜谱》，《录鬼簿》。今之仪征余园门榜"江天传舍"四字，是所书也。

这两条可以参看。又韩菼的《有怀堂文稿》里有《栋亭记》一篇，说：

> 荔轩曹使君性至孝。自其先人董三服，官江宁，于署中手植栋树一株，绝爱之，为亭其间，尝憩息于斯。后十余年，使君适自苏移节，如先生之任，则亭颇坏，为新其材，加垩焉，而亭复完。……

据此可知曹寅又字荔轩，又可知《饮水词》中的栋亭的历史。

最详细的记载是章学诚的《丙辰札记》：

> 曹寅为两淮巡盐御史，刻古书凡十五种，世称"曹栋亭本"是也。康熙四十三年，四十五年，四十七年，四十九年，间年一任，与同旗李煦互相番

代。李于四十四年,四十六年,四十八年,与曹互代;五十年,五十一年,
五十二年,五十五年,五十六年,又连任,较曹用事为久矣。然曹至今为学
士大夫所称,而李无闻焉。

不幸章学诚说的那"至今为学士大夫所称"的曹寅,竟不曾留下一篇传记
给我们做考证的材料,《耆献类征》与《碑传集》都没有曹寅的碑传。只有宋
和的《陈鹏年传》(《耆献类征》卷一六四,页一八以下) 有一段重要的纪事:

> 乙酉 (康熙四十四年),上南巡 (此康熙帝第五次南巡)。总督集有司议
> 供张,欲于丁粮耗加三分。有司皆慑服,唯唯。独鹏年 (江宁知府陈鹏年)
> 不服,否否。总督快快,议虽寝,则欲抶去鹏年矣。
> 无何,车驾由龙潭幸江宁,行宫草创 (按此指龙潭之行宫),欲抶去之
> 者因以是激上怒。时故庶人 (按此即康熙帝的太子胤礽,至四十七年被废),
> 从幸,更怒,欲杀鹏年。车驾至江宁,驻跸织造府。一日,织造幼子嬉而过
> 于庭,上以其无知也,曰"儿知江宁有好官乎?"曰:"知有陈鹏年。"时有
> 致政大学士张英来朝,上……使人问鹏年,英称其贤。而英则庶人之所傅,
> 上乃谓庶人曰,"尔师傅贤之,如何杀之?"庶人犹欲杀之。
> 织造曹寅免冠叩头,为鹏年请。当是时,苏州织造李某伏寅后,为寅婕
> (婕字不见于字书,似有儿女亲家的意思),见寅血被额,恐触上怒,阴曳其
> 衣,警之。寅怒而顾之曰,"云何也?"复叩头,阶有声,竟得请。出,巡
> 抚宋荦逆之曰,"君不愧朱云折槛矣!"

又我的朋友顾颉刚在《江南通志》里查出江宁织造的职官如下表:

康熙二年至二十三年	曹玺
康熙二十三年至三十一年	桑格
康熙三十一年至五十二年	曹寅
康熙五十二年至五十四年	曹颙
康熙五十四年至雍正六年	曹頫
雍正六年以后	隋赫德

又苏州织造的职官如下表:

康熙二十九年至三十二年　　曹寅

康熙三十二年至六十一年　　李煦

这两表的重要，我们可以分开来说：

（1）曹玺，字完璧，是曹寅的父亲。顾颉刚引《上元江宁两县志》道："织局繁剧，玺至，积弊一清。陛见，陈江南吏治极详，赐蟒服，加一品，御书'敬慎'匾额。卒于位。子寅。"

（2）因此可知曹寅当康熙二十九年至三十二年时，做苏州织造；三十一年至三十二年，他兼任江宁织造；三十二年以后，他专任江宁织造二十年。

（3）康熙帝六次南巡的年代，可与上两表参看：

康熙二三　一次南巡　　　　曹玺为苏州织造

　　二八　二次南巡

　　三八　三次南巡　　　　曹寅为江宁织造

　　四二　四次南巡　　　　同上

　　四四　五次南巡　　　　同上

　　四六　六次南巡　　　　同上

（4）顾颉刚又考得"康熙南巡，除第一次到南京驻跸将军署外，余五次均把织造署当行宫。"这五次之中，曹寅当了四次接驾的差。又《振绮堂丛书》内有《圣驾五幸江南恭录》一卷，记康熙四十四年的第五次南巡，写曹寅既在南京接驾，又以巡盐御史的资格赶到扬州接驾；又记曹寅进贡的礼物及康熙帝回銮时赏他通政使司通政使的事，甚详细，可以参看。

（5）曹颙与曹頫都是曹寅的儿子。曹寅的《楝亭诗钞》别集有郭振基序，内说"侍公函丈有年，今公子继任织部，又辱世讲"。是曹颙之为曹寅儿子，已无可疑。曹頫大概是曹颙的兄弟（说详下）。

又《四库全书提要》谱录类食谱之属存目里有一条说：

《居常饮馔录》一卷。（编修程晋芳家藏本）

国朝曹寅撰。寅字子清，号楝亭，镶蓝旗汉军。康熙中，巡视两淮盐政，加通政司衔。是编以前代所传饮膳之法汇成一编：一曰，宋王灼《糖霜谱》；二三曰，宋东溪遁叟《粥品》及《粉面品》；四曰，元倪瓒《泉史》；五曰，元海滨逸叟《制脯鲊法》；六曰，明王叔承《酿录》；七曰，明释智舷《茗笺》；八九曰，明灌畦老叟《蔬香谱》，及《制蔬品法》。中间《糖霜谱》，寅已刻入所辑《楝亭十种》；其他亦颇散见于《说郛》诸书云。

又《提要》别集类存目里有一条：

> 《楝亭诗钞》五卷，附《词钞》一卷。（江苏巡抚采进本）
> 国朝曹寅撰。寅有《居常饮馔录》，已著录。其诗一刻于扬州，计盈千首；再刻于仪征，则寅自汰其旧刻，而吴尚中开雕于楝园者。此本即仪征刻也。其诗出入于白居易、苏轼之间。

《提要》说曹家是镶蓝旗人，这是错的。《八旗氏族通谱》有曹锡远一系，说他家是正白旗人，当据以改正。但我们因《四库提要》提起曹寅的诗集，故后来居然寻着他的全集，计《楝亭诗钞》八卷，《文钞》一卷，《词钞》一卷，《诗别集》四卷，《词别集》一卷（天津公园图书馆藏）。从他的集子里，我们得知他生于顺治十五年戊戌（一六五八）九月七日，他死时大概在康熙五十一年（一七一二）的下半年，那时他五十五岁。他的诗颇有好的，在八旗的诗人之中，他自然要算一个大家了（他的诗在铁保辑的《八旗人诗钞》——改名《熙朝雅颂集》——里，占一全卷的地位）。当时的文学大家，如朱彝尊、姜宸英等，都为《楝亭诗钞》作序。

以上关于曹寅的事实，总结起来，可以得几个结论：

（1）曹寅是八旗的世家，几代都在江南做官。他的父亲曹玺做了二十一年的江宁织造；曹寅自己做了四年的苏州织造，做了二十一年的江宁织造，同时又兼做了四次的两淮巡盐御史。他死后，他的儿子曹颙接着做了三年的江宁织造，他的儿子曹頫接下去做了十三年的江宁织造。他家祖孙三代四个人总共做了五十八年的江宁织造。这个织造真成了他家的"世职"了。

（2）当康熙帝南巡时，他家曾办过四次以上的接驾的差。

（3）曹寅会写字，会做诗词，有诗词集行世；他在扬州曾管领《全唐诗》的刻印，扬州的诗局归他管理甚久；他自己又刻有二十几种精刻的书（除上举各书外，尚有《周易本义》，《施愚山集》等；朱彝尊的《曝书亭集》也是曹寅捐资倡刻的，刻未完而死）。他家中藏书极多，精本有三千二百八十七种之多（见他的《楝亭书目》，京师图书馆有钞本）。可见他的家庭富有文学美术的环境。

（4）他生于顺治十五年，死于康熙五十一年（一六五八——一七一二）。

以上是曹寅的略传与他的家世。曹寅究竟是曹雪芹的什么人呢？袁枚在《随园诗话》里说曹雪芹是曹寅的儿子。这一百多年以来，大家多相信这话，连我在这篇《考证》的初稿里也信了这话。现在我们知道曹雪芹不是曹寅的儿子，乃是他的孙子。最初改正这个大错的是杨钟羲先生。杨先生编有《八旗文经》六十卷，又著有《雪桥诗话》三编，是一个最熟悉八旗文献掌故的人。他在《雪桥诗话》续集卷六，页二三，说：

> 敬亭（清宗室敦诚字敬亭）……尝为《琵琶亭传奇》一折，曹雪芹（霑）题句有云："白傅诗灵应喜甚，定教蛮素鬼排场。"雪芹为楝亭通政孙，平生为诗，大概如此，竟坎坷以终。敬亭挽雪芹诗有"牛鬼遗文悲李贺，鹿车荷锸葬刘伶"之句。

这一条使我们知道三个要点：

（一）曹雪芹名霑。

（二）曹雪芹不是曹寅的儿子，是他的孙子。（《中国人名大辞典》页九九○作"名霑，寅子。"似是根据《雪桥诗话》而误改其一部分）

（三）清宗室敦诚的诗文集内必有关于曹雪芹的材料。

敦诚字敬亭，别号松堂，英王之裔。他的轶事也散见《雪桥诗话》初二集中。他有《四松堂集》诗二卷，文二卷，《鹪鹩轩笔麈》一卷。他的哥哥名敦敏，字子明，有《懋斋诗钞》。我从此便到处访求这两个人的集子，不料到如今还不曾寻到手。我今年夏间到上海，写信去问杨钟羲先生，他回信说，曾有《四松堂集》，但辛亥乱后遗失了。我虽然很失望，但杨先生既然根据《四松堂集》说曹雪芹是曹寅之孙，这话自然万无可疑。因为敦诚兄弟都是雪芹的好朋友，他们的证见自然是可信的。

我虽然未见敦诚兄弟的全集，但《八旗人诗钞》（《熙朝雅颂集》）里有他们兄弟的诗一卷。这一卷里有关于曹雪芹的诗四首，我因为这种材料颇不易得，故把这四首全钞于下：

赠曹雪芹　　　　　　　　敦敏

碧水青山曲径遐，薜萝门巷足烟霞。寻诗人去留僧壁，卖画钱来付酒家。燕市狂歌悲遇合，秦淮残梦忆繁华。新愁旧恨知多少，都付酕醄醉眼斜。

访曹雪芹不值 　　　　　敦敏

野浦冻云深，柴扉晚烟薄。山村不见人，夕阳寒欲落。

佩刀质酒歌 　　　　　敦诚

秋晓遇雪芹于槐园，风雨淋涔，朝寒袭袂。时主人未出，雪芹酒渴如狂，余因解佩刀沽酒而饮之。雪芹欢甚，作长歌以谢余。余亦作此答之。

我闻贺鉴湖，不惜金龟掷酒垆。又闻阮遥集，直卸金貂作鲸吸。嗟余本非二子狂，腰间更无黄金珰。秋气酿寒风雨恶，满园榆柳飞苍黄。主人未出童子睡，斝干瓮涩何可当！相逢况是淳于辈，一石差可温枯肠。身外长物亦何有？鸾刀昨夜磨秋霜。且酤满眼作软饱……令此肝肺生角芒。曹子大笑称"快哉！"击石作歌声琅琅。知君诗胆昔如铁，堪与刀颖交寒光。我有古剑尚在匣，一条秋水苍波凉。君才抑塞倘欲拔，不妨斫地歌王郎。

寄怀曹雪芹 　　　　　敦诚

少陵昔赠曹将军，曾曰魏武之子孙。嗟君或亦将军后，于今环堵蓬蒿屯。扬州旧梦久已绝，且着临邛犊鼻裈。爱君诗笔有奇气，直追昌谷披篱樊。当时虎门数晨夕，西窗剪烛风雨昏。接䍦倒着容君傲，高谈雄辨虱手扪。感时思君不相见，蓟门落日松亭尊。劝君莫弹食客铗，劝君莫叩富儿门。残杯冷炙有德色，不如著书黄叶村。

　　我们看这四首诗，可想见他们弟兄与曹雪芹的交情是很深的。他们的证见真是史学家说的"同时人的证见"，有了这种证据，我们不能不认袁枚为误记了。

　　这四首诗中，有许多可注意的句子。

　　第一，如"秦淮残梦忆繁华"，如"于今环堵蓬蒿屯，扬州旧梦久已绝，且着临邛犊鼻裈"，如"劝君莫弹食客铗，劝君莫叩富儿门；残杯冷炙有德色，不如著书黄叶村"，都可以证明曹雪芹当时已很贫穷，穷的很不像样了。故敦诚有"残杯冷炙有德色"的劝戒。

　　第二，如"寻诗人去留僧壁，卖画钱来付酒家"，如"知君诗胆昔如铁"，如"爱君诗笔有奇气，直追昌谷披篱樊"，都可以使我们知道曹雪芹是一个会作诗又会绘画的人。最可惜的是曹雪芹的诗现在只剩得"白傅诗灵应喜甚，定教蛮素鬼排场"两句了。但单看这两句，也就可以想见曹雪芹的诗大概是很聪明的，很深刻的。敦诚弟兄比他做李贺，大概很有点相像。

　　第三，我们又可以看出曹雪芹在那贫穷潦倒的境遇里，很觉得牢骚抑郁，故不免纵酒狂歌，自寻排遣。上文引的如"雪芹酒渴如狂"，如"相逢况是淳于辈，一石差可温枯肠"，如"新愁旧恨知多少，都付酕醄醉眼斜"，如"鹿车荷锸葬刘伶"，都可以为证。

我们既知道曹雪芹的家世和他自身的境遇了，我们应该研究他的年代。这一层颇有点困难，因为材料太少了。敦诚有挽雪芹的诗，可见雪芹死在敦诚之前。敦诚的年代也不可详考。但《八旗文经》里有几篇他的文字，有年月可考：如《拙鹊亭记》作于辛丑初冬，如《松亭再征记》作于戊寅正月，如《祭周立厓文》中说："先生与先公始交时在戊寅己卯间；是时先生……每过静补堂……诚尝侍几杖侧。迨庚寅先公即世，先生哭之过时而哀……诚追述平生……回念静补堂几杖之侧，已二十余年矣。"今作一表，如下：

> 乾隆二三，戊寅（1758）。
>
> 乾隆二四，己卯（1759）。
>
> 乾隆三五，庚寅（1770）。
>
> 乾隆四六，辛丑（1781）。自戊寅至此，凡二十三年。

清宗室永忠（臞仙）为敦诚作葛巾居的诗，也在乾隆辛丑。敦诚之父死于庚寅，他自己的死期大约在二十年之后，约当乾隆五十余年。纪昀为他的诗集作序，虽无年月可考，但纪昀死于嘉庆十年（1805），而序中的语意都可见敦诚死已甚久了。故我们可以猜定敦诚大约生于雍正初年（约1725），死于乾隆五十余年（约1785~1790）。

敦诚兄弟与曹雪芹往来，从他们赠答的诗看起来，大概都在他们兄弟中年以前，不像在中年以后。况且《红楼梦》当乾隆五十六七年时已在社会上流通了二十余年了（说详下）。以此看来，我们可以断定曹雪芹死于乾隆三十年左右（约1765）。至于他的年纪，更不容易考定了。但敦诚兄弟的诗的口气，很不像是对一位老前辈的口气。我们可以猜想雪芹的年纪至多不过比他们大十来岁，大约生于康熙末叶（约1715~1720）；当他死时，约五十岁左右。

以上是关于著者曹雪芹的个人和他的家世的材料。我们看了这些材料，大概可以明白《红楼梦》这部书是曹雪芹的自叙传了。这个见解，本来并没有什么新奇，本来是很自然的。不过因为《红楼梦》被一百多年来的红学大家越说越微妙了，故我们现在对于这个极平常的见解反觉得他有证明的必要了。我且举几条重要的证据如下：

第一，我们总该记得《红楼梦》开端时，明明的说着：

> 作者自云曾历过一番梦幻之后，故将真事隐去，而借"通灵"说此《石头记》一书也……自己又云：今风尘碌碌，一事无成，忽念及当日所有之女子，一一细考较去，觉其行止见识皆出我之上。我堂堂须眉，诚不若彼裙钗……当此日，欲将已往所赖天恩祖德，锦衣纨裤之时，饫甘餍肥之日，背父兄教育之恩，负师友规训之德，以致今日一技无成半生潦倒之罪，编述一集，以告天下。

这话说的何等明白！《红楼梦》明明是一部"将真事隐去"的自叙的书。若作者是曹雪芹，那么，曹雪芹即是《红楼梦》开端时那个深自忏悔的"我"！即是书里的甄贾（真假）两个宝玉的底本！懂得这个道理，便知书中的贾府与甄府都只是曹雪芹家的影子。

第二，第一回里那石头说道：

> 我想历来野史的朝代，无非假借汉唐的名色；莫如我石头所记，不借此套，只按自己的事体情理，反到新鲜别致。

又说：

> 更可厌者，"之乎者也"，非理即文，大不近情，自相矛盾；竟不如我半世亲见亲闻的这几个女子，虽不敢说强似前代书中所有之人，但观其事迹原委，亦可消愁破闷。

他这样明白清楚的说"这书是我自己的事体情理"，"是我半世亲见亲闻的"；而我们偏要硬派这书是说顺治帝的，是说纳兰成德的！这岂不是作茧自缚吗？

第三，《红楼梦》第十六回有谈论南巡接驾的一大段，原文如下：

> 凤姐道："……可恨我小几岁年纪。若早生二三十年，如今这些老人家也不薄我没见世面了。说起当年太祖皇帝仿舜巡的故事，比一部书还热闹，我偏偏的没赶上。"
>
> 赵嬷嬷（贾琏的乳母）道："嗳哟，那可是千载难逢的！那时候我才记事儿。咱们贾府正在姑苏扬州一带，监造海船，修理海塘。只预备接驾一

次，把银子花的像淌海水是的。说起来——"

凤姐忙接道："我们王府里也预备过一次。那时我爷爷专管各国进贡朝贺的事，凡有外国人来，都是我们家养活。粤闽滇浙所有的洋船货物，都是我们家的。"赵嬷嬷道："那是谁不知道的？……如今还有现在江南的甄家——嗳哟，好势派！——独他们家接驾四次。要不是我们亲眼看见，告诉谁也不信的。别讲银子成了粪土；凭是世上有的，没有不是堆山积海的。'罪过可惜'四个字，竟顾不得了。"

凤姐道："我常听见我们大爷说，也是这样的。岂有不信的？只纳罕他家怎么就这样富贵呢？"

赵嬷嬷道："告诉奶奶一句话：也不过拿着皇帝家的银子往皇帝身上使罢了。谁家有那些钱买这个虚热闹去？"

此处说的甄家与贾家都是曹家。曹家几代在江南做官，故《红楼梦》里的贾家虽在"长安"，而甄家始终在江南。上文曾考出康熙帝南巡六次，曹寅当了四次接驾的差，皇帝就住在他的衙门里。《红楼梦》差不多全不提起历史上的事实，但此处却郑重的说起"太祖皇帝仿舜巡的故事"，大概是因为曹家四次接驾乃是很不常见的盛事，故曹雪芹不知不觉的——或是有意的——把他家这桩最阔的大典说了出来。这也是敦敏送他的诗里说的"秦淮旧梦忆繁华"了。但我们却在这里得着一条很重要的证据。因为一家接驾四五次，不是人人可以随便有的机会。大官如督抚，不能久任一处，便不能有这样好的机会。只有曹寅做了二十年江宁织造，恰巧当了四次接驾的差。这不是很可靠的证据吗？

第四，《红楼梦》第二回叙荣国府的世次如下：

自荣国公死后，长子贾代善袭了官，娶的是金陵世家史侯的小姐为妻，生了两个儿子：长名贾赦，次名贾政。如今代善早已去世，太夫人尚在。长子贾赦袭了官，为人平静中和，也不管理家务。次子贾政，自幼酷喜读书，为人端方正直；祖父钟爱，原要他以科甲出身的。不料代善临终时，遗本一上，皇上因恤先臣，即时令长子袭官外，问还有几子，立刻引见；遂又额外赐了这政老爷一个主事之职，令其入部学习；如今已升了员外郎。

我们可用曹家的世系来比较：

曹锡远，正白旗包衣人。世居沈阳地方，来归年月无考。

其子曹振彦，原任浙江盐法道。

孙：曹玺，原任工部尚书；曹尔正，原任佐领。

曾孙：曹寅，原任通政使司通政使；曹宜，原任护军参领兼佐领；曹荃，原任司库。

元孙：曹颙，原任郎中；曹頫；原任员外郎；曹颀，原任二等侍卫，兼佐领；曹天祐，原任州同。（《八旗氏族通谱》卷七十四）

这个世系颇不分明。我们可试作一个假定的世系表如下：

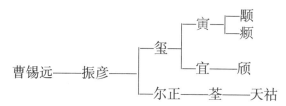

曹寅的《楝亭诗钞别集》中有"辛卯三月闻珍儿殇，书此忍恸，兼示四侄寄东轩诸友"诗三首，其二云："世出难居长，多才在四三。承家赖犹子，努力作奇男。"四侄即颀，那排行第三的当是那小名珍儿的了。如此看来，颙与頫当是行一与行二。曹寅死后，曹颙袭织造之职。到康熙五十四年，曹颙或是死了，或是因事撤换了，故次子曹頫接下去做。织造是内务府的一个差使，故不算做官，故《氏族通谱》上只称曹寅为通政使，称曹頫为员外郎。但《红楼梦》里的贾政，也是次子，也是先不袭爵，也是员外郎。这三层都与曹頫相合。故我们可以认贾政即是曹頫；因此，贾宝玉即是曹雪芹，即是曹頫之子，这一层更容易明白了。

第五，最重要的证据自然还是曹雪芹自己的历史和他家的历史。《红楼梦》虽没有做完（说详下），但我们看了前八十回，也就可以断定：（1）贾家必致衰败，（2）宝玉必致沦落。《红楼梦》开端便说，"风尘碌碌，一事无成"；又说，"一技无成，半生潦倒"；又说，"当此蓬牖茅椽，绳床瓦灶"。这是明说此书的著者——即是书中的主人翁——当著书时，已在那穷愁不幸的境地。况且第十三回写秦可卿死时在梦中对凤姐说的话，句句明说贾家将来必到"树倒猢狲散"的地步。所以我们即使不信后四十回（说详下）抄家和宝玉出家的话，也可以推想贾家的衰败和宝玉的流落了。我们再回看上文引的敦诚兄弟送曹雪芹的诗，可以列举雪芹一生的历史如下：

（1）他是做过繁华旧梦的人。

（2）他有美术和文学的天才，能做诗，能绘画。

（3）他晚年的境况非常贫穷潦倒。

这不是贾宝玉的历史吗？此外，我们还可以指出三个要点。第一是曹雪芹家自从曹玺、曹寅以来，积成一个很富丽的文学美术的环境。他家的藏书在当时要算一个大藏书家，他家刻的书至今推为精刻的善本。富贵的家庭并不难得；但富贵的环境与文学美术的环境合在一家，在当日的汉人中是没有的，就在当日的八旗世家中，也很不容易寻找了。第二，曹寅是刻《居常饮馔录》的人，《居常饮馔录》所收的书，如《糖霜谱》、《制脯鲊法》、《粉面品》之类，都是专讲究饮食糖饼的做法的。曹寅家做的雪花饼，见于朱彝尊的《曝书亭集》（二十一，页十二），有"粉量云母细，糁和雪糕匀"的称誉。我们读《红楼梦》的人，看贾母对于吃食的讲究，看贾家上下对于吃食的讲究，便知道《居常饮馔录》的遗风未泯，雪花饼的名不虚传！第三，关于曹家衰落的情形，我们虽没有什么材料，但我们知道曹寅的亲家李煦在康熙六十一年已因亏空被革职查追了。雍正《朱批谕旨》第四十八册有雍正元年苏州织造胡凤翚奏折内称：

> 今查得李煦任内亏空各年余剩银两，现奉旨交督臣查弼纳查追外，尚有六十一年办六十年分应存剩银六万三百五十五两零，并无存库，亦系李煦亏空……所有历年动用银两数目，另开细折，并呈御览。……

又第十三册有两淮巡盐御史谢赐履奏折内称：

> 窃照两淮应解织造银两，历年遵奉已久。兹于雍正元年三月十六日，奉户部咨行，将江苏织造银两停其支给；两淮应解银两，汇行解部……前任盐臣魏廷珍于康熙六十一年内未奉部文停止之先，两次解过苏州织造银五万两……再本年六月内奉有停止江宁织造之文。查前盐臣魏廷珍经解过江宁织造银四万两，臣任内……解过江宁织造银四万五千一百二十两……臣请将解过苏州织造银两在于审理李煦亏空案内并追；将解过江宁织造银两行令曹頫解还户部。……

李煦做了三十年的苏州织造，又兼了八年的两淮盐政，到头来竟因亏空被查追。胡凤翚折内只举出康熙六十一年的亏空，已有六万两之多；加上谢赐履折内举出应退还两淮的十万两：这一年的亏空就是十六万两了！他历年亏空的总数之多，可以想见。这时候，曹頫（曹雪芹之父）虽然还未曾得罪，但谢赐履折内已提及两事：一是停止两淮应解织造银两，一是要曹頫赔出本年已解的八万一千余两。这个江宁织造就不好做了。我们看了李煦的先例，就可以推想曹頫的下场也必是因亏空而查追，因查追而抄没家产。关于这一层，我们还有一个很好的证据。袁枚《随园诗话》里说《红楼梦》里的大观园即是他的随园。我们考随园的历史，可以信此话不是假的。袁枚的《随园记》（《小仓山房文集》十二）说随园本名隋园，主人为康熙时织造隋公。此隋公即是隋赫德，即是接曹頫的任的人（袁枚误记为康熙时，实为雍正六年）。袁枚作记在乾隆十四年己巳（一七四九），去曹頫卸织造任时甚近，他应该知道这园的历史。我们从此可以推想曹頫当雍正六年去职时，必是因亏空被追赔，故这个园子就到了他的继任人的手里。从此以后，曹家在江南的家产都完了，故不能不搬回北京居住。这大概是曹雪芹所以流落在北京的原因。我们看了李煦、曹頫两家败落的大概情形，再回头来看《红楼梦》里写的贾家的经济困难情形，便更容易明白了。如第七十二回凤姐夜间梦见人来找他，说娘娘要一百匹锦，凤姐不肯给，他就来夺。来旺家的笑道："这是奶奶日间操心常应候宫里的事。"一语未了，人回夏太监打发了一个小内监来说话。贾琏听了，忙皱眉道："又是什么话！一年他们也够搬了。"凤姐道："你藏起来，等我见他。"好容易凤姐弄了二百两银子把那小内监打发开去，贾琏出来，笑道："这一起外祟，何日是了？"凤姐笑道："刚说着，就来了一股子。"贾琏道："昨儿周太监来，张口就是一千两。我略慢应了些，他不自在。将来得罪人之处不少。这会子再发三二百万的财，就好了！"又如第五十三回写黑山村庄头乌进孝来贾府纳年例，贾珍与他谈的一段话也很可注意：

　　贾珍皱眉道："我算定你至少也有五千银子来。这够做什么的！……真真是叫别过年了！"

　　乌进孝道："爷的地方还算好呢。我兄弟离我那里只有一百多里，竟又大差了。他现管着那府（荣国府）八处庄地，比爷这边多着几倍，今年也是这些东西，不过二三千两银子，也是有饥荒打呢。"

　　贾珍道："如何呢？我这边到可已，没什么外项大事，不过是一年的费用……比不得那府里（荣国府）这几年添了许多化钱的事，一定不可免是要化的，却又不添银子产业。这一二年里赔了许多。不和你们要，找谁去？"

乌进孝笑道："那府里如今虽添了事，有去有来。娘娘和万岁爷岂不赏吗？"

贾珍听了，笑向贾蓉等道："你们听听，他说的可笑不可笑？"

贾蓉等忙笑道："你们山坳海沿子上的人，那里知道这道理？娘娘难道把皇上的库给我们不成？……就是赏，也不过一百两金子，才值一千多两银子，够什么？这二年，那一年不赔出几千两银子来？头一年省亲，连盖花园子，你算算那一注化了多少，就知道了。再二年，再省一回亲，只怕精穷了！"……

贾蓉又说又笑，向贾珍道："果真那府里穷了。前儿我听见二婶娘（凤姐）和鸳鸯悄悄商议，要偷老太太的东西去当银子呢。"

借当的事又见于第七十二回：

鸳鸯一面说，一面起身要走。贾琏忙也立起身来说道："好姐姐，略坐一坐儿，兄弟还有一事相求。"说着，便骂小丫头："怎么不泡好茶来！快拿干净盖碗，把昨日进上的新茶泡一碗来！"说着，向鸳鸯道："这两日因老太太千秋，所有的几千两都使完了。几处房租、地租统在九月才得。这会子竟接不上。明儿又要送南安府里的礼，又要预备娘娘重阳节；还有几家红白大礼，至少还要二三千两银子用，一时难去支借。俗语说的好，求人不如求己。说不得，姐姐担个不是，暂且把老太太查不着的金银家伙，偷着运出一箱子来，暂押千数两银子，支腾过去。"

因为《红楼梦》是曹雪芹"将真事隐去"的自叙，故他不怕琐碎，再三再四的描写他家由富贵变成贫穷的情形。我们看曹寅一生的历史，决不像一个贪官污吏；他家所以后来衰败，他的儿子所以亏空破产，大概都是由于他一家都爱挥霍，爱摆阔架子；讲究吃喝，讲究场面；收藏精本的书，刻行精本的书；交结文人名士，交结贵族大官，招待皇帝，至于四次五次；他们又不会理财，又不肯节省；讲究挥霍惯了，收缩不回来：以致于亏空，以致于破产抄家。《红楼梦》只是老老实实的描写这一个"坐吃山空"、"树倒猢狲散"的自然趋势。因为如此，所以《红楼梦》是一部自然主义的杰作。那班猜谜的红学大家不晓得《红楼梦》的真价值正在这平淡无奇的自然主义的上面，所以他们偏要绞尽心血去猜那想入非非的笨谜，所以他们偏要用尽心思去替《红楼梦》加上一层极不自然的解释。

总结上文关于"著者"的材料，凡得六条结论：

（1）《红楼梦》的著者是曹雪芹。

（2）曹雪芹是汉军正白旗人，曹寅的孙子，曹頫的儿子，生于极富贵之家，身经极繁华绮丽的生活，又带有文学与美术的遗传与环境。他会做诗，也能画，与一班八旗名士往来。但他的生活非常贫苦，他因为不得志，故流为一种纵酒放浪的生活。

（3）曹寅死于康熙五十一年。曹雪芹大概即生于此时，或稍后。

（4）曹家极盛时，曾办过四次以上的接驾的阔差；但后来家渐衰败，大概因亏空得罪被抄没。

（5）《红楼梦》一书是曹雪芹破产倾家之后，在贫困之中做的。做书的年代大概当乾隆初年到乾隆三十年左右，书未完而曹雪芹死了。

（6）《红楼梦》是一部隐去真事的自叙：里面的甄贾两宝玉，即是曹雪芹自己的化身；甄贾两府即是当日曹家的影子（故贾府在"长安"都中，而甄府始终在江南）

现在我们可以研究《红楼梦》的"本子"问题。现今市上通行的《红楼梦》虽有无数版本，然细细考较去，除了有正书局一本外，都是从一种底本出来的。这种底本是乾隆末年间程伟元的百二十回全本，我们叫他做"程本"。这个程本有两种本子：一种是乾隆五十七年壬子（一七九二）的第一次活字排本，可叫做"程甲本"。一种也是乾隆五十七年壬子程家排本，是用"程甲本"来校改修正的，这个本子可叫做"程乙本"。"程甲本"我的朋友马幼渔教授藏有一部，"程乙本"我自己藏有一部。乙本远胜于甲本，但我仔细审察，不能不承认"程甲本"为外间各种《红楼梦》的底本。各本的错误矛盾，都是根据于"程甲本"的。这是《红楼梦》版本史上一件最不幸的事。

此外，上海有正书局石印的一部八十回本的《红楼梦》，前面有一篇德清戚蓼生的序，我们可叫他做"戚本"。有正书局的老板在这部书的封面上题着"国初钞本《红楼梦》"，又在首页题着"原本《红楼梦》"。那"国初钞本"四个字自然是大错的。那"原本"两字也不妥当。这本已有总评，有夹评，有韵文的评赞，又往往有"题"诗，有时又将评语钞入正文（如第二回），可见已是很晚的钞本，决不是"原本"了。但自程氏两种百二十回本出版以后，八十回本已不可多见。戚本大概是乾隆时无数展转传钞本之中幸而保存的一种，可以用来参校程本，故自有他的相当价值，正不必假托"国初钞本"。

《红楼梦》最初只有八十回，直至乾隆五十六年以后始有百二十回的《红楼梦》，这是无可疑的。程本有程伟元的序，序中说：

> 《石头记》是此书原名……好事者每传钞一部置庙市中，昂其值得数十金，可谓不胫而走者矣。然原本目录一百二十卷，今所藏只八十卷，殊非全本。即间有称全部者，及检阅仍只八十卷，读者颇以为憾。不佞以是书既有百二十卷之目，岂无全璧？爰为竭力搜罗，自藏书家甚至故纸堆中，无不留心。数年以来，仅积有二十余卷。一日，偶于鼓担上得十余卷，遂重价购之，欣然翻阅，见其前后起伏尚属接榫（榫音笋，削木入窍名榫，又名榫头），然漶漫不可收拾。乃同友人细加厘剔，截长补短，钞成全部，复为镌板，以公同好。《石头记》全书至是始告成矣……小泉程伟元识。

我自己的程乙本还有高鹗的一篇序，中说：

> 予闻《红楼梦》脍炙人口者，几廿余年，然无全璧，无定本……今年春，友人程子小泉过予，以其所购全书见示，且曰："此仆数年铢积寸累之苦心，将付剞劂，公同好。子闲且惫矣，盍分任之？"予以是书虽稗官野史之流，然尚不谬于名教，欣然拜诺，正以波斯奴见宝为幸，遂襄其役。工既竣，并识端末，以告阅者。时乾隆辛亥（一七九一）冬至后五日铁岭高鹗叙，并书。

此序所谓"工既竣"，即是程序说的"同友人细加厘剔，截长补短"的整理工夫，并非指刻板的工程。我这部程乙本还有七条"引言"，比两序更重要，今节钞几条于下：

> （一）是书前八十回，藏书家抄录传阅，几三十年矣。今得后四十回，合成完璧。缘友人借抄争睹者甚伙，抄录固难，刊板亦需时日，姑集活字刷印。因急欲公诸同好，故初印时不及细校，间有纰缪。今复聚集各原本，详加校阅，改订无讹。惟阅者谅之。
>
> （一）书中前八十回，抄本各家互异。今广集核勘，准情酌理，补遗订讹。其间或有增损数字处，意在便于披阅，非敢争胜前人也。
>
> （一）是书沿传既久，坊间缮本及诸家秘稿，繁简歧出，前后错见。即如

六十七回此有彼无，题同文异，燕石莫辨。兹惟择其情理较协者，取为定本。

（一）书中后四十回系就历年所得，集腋成裘，更无他本可考，惟按其前后关照者，略为修辑，使其有应接而无矛盾。至其原文，未敢臆改。俟再得善本，更为厘定，旦不欲尽掩其本来面目也。

引言之末，有"壬子花朝后一日，小泉兰墅又识"一行。兰墅即高鹗。我们看上文引的两序与引言，有应该注意的几点：

（1）高序说"闻《红楼梦》脍炙人口者，几廿余年"。引言说"前八十回，藏书家抄录传阅，几三十年"。从乾隆壬子上数三十年，为乾隆二十七年壬午（一七六二）。今知乾隆三十年间此书已流行，可证我上文推测曹雪芹死于乾隆三十年左右之说大概无大差错。

（2）前八十回，各本互有异同。例如引言第三条说"六十七回此有彼无，题同文异"。我们试用戚本六十七回与程本及市上各本的六十七回互校，果有许多异同之处，程本所改的似胜于戚本。大概程本当日确曾经过一番"广集各本核勘，准情酌理，补遗订讹"的工夫，故程本一出即成为定本，其余各钞本多被淘汰了。

（3）程伟元的序里说，《红楼梦》当日虽只有八十回，但原本却有一百二十卷的目录。这话可惜无从考证（戚本目录并无后四十回）。我从前想当时各钞本中大概有些是有后四十回目录的，但我现在对于这一层很有点怀疑了（说详下）。

（4）八十回以后的四十回，据高、程两人的话，是程伟元历年杂凑起来的——先得二十余卷，又在鼓担上得十余卷，又经高鹗费了几个月整理修辑的工夫，方才有这部百二十回本的《红楼梦》。他们自己说这四十回"更无他本可考"；但他们又说："至其原文，未敢臆改。"

（5）《红楼梦》直到乾隆五十六年（一七九一）始有一百二十回的全本出世。

（6）这个百二十回的全本最初用活字版排印，是为乾隆五十七年壬子（一七九二）的程本。这本又有两种小不同的印本：（一）初印本（即程甲本）"不及细校，间有纰缪。"此本我近来见过，果然有许多纰缪矛盾的地方。（二）校正印本，即我上文说的程乙本。

（7）程伟元的一百二十回本的《红楼梦》，即是这一百三十年来的一切印本《红楼梦》的老祖宗。后来的翻本，多经过南方人的批注，书中京话的特别俗语往往稍有改换；但没有一种翻本（除了戚本）不是从程本出来的。

这是我们现有的一百二十回本《红楼梦》的历史。这段历史里有一个大可研究的问题，就是"后四十回的著者究竟是谁？"

俞樾的《小浮梅闲话》里考证《红楼梦》的一条说：

> 《船山诗草》有《赠高兰墅鹗同年》一首云："艳情人自说《红楼》。"注云："《红楼梦》八十回以后，俱兰墅所补。"然则此书非出一手。按乡会试增五言八韵诗，始乾隆朝。而书中叙科场事已有诗，则其为高君所补，可证矣。

俞氏这一段话极重要。他不但证明了程排本作序的高鹗是实有其人，还使我们知道《红楼梦》后四十回是高鹗补的。船山即是张船山，名问陶，是乾隆嘉庆时代的一个大诗人。他于乾隆五十三年戊申（一七八八）中顺天乡试举人；五十五年庚戌（一七九〇）成进士，选庶吉士。他称高鹗为同年，他们不是庚戌同年，便是戊申同年。但高鹗若是庚戌的新进士，次年辛亥他作《红楼梦序》不会有"闲且惫矣"的话；故我推测他们是戊申乡试的同年。后来我又在《郎潜纪闻二笔》卷一里发见一条关于高鹗的事实：

> 嘉庆辛酉京师大水，科场改九月，诗题"百川赴巨海"……闱中罕得解。前十本将进呈，韩城王文端公以通场无知出处为憾。房考高侍读鹗搜遗卷，得定远陈黻卷，亟呈荐，遂得南元。

辛酉（一八〇一）为嘉庆六年。据此，我们可知高鹗后来曾中进士，为侍读，且曾做嘉庆六年顺天乡试的同考官。我想高鹗既中进士，就有法子考查他的籍贯和中进士的年份了。果然我的朋友顾颉刚先生替我在《进士题名碑》上查出高鹗是镶黄旗汉军人，乾隆六十年乙卯（一七九五）科的进士，殿试第三甲第一名。这一件引起我注意《题名录》一类的工具，我就发愤搜求这一类的书。果然我又在清代《御史题名录》里，嘉庆十四年（一八〇九）下，寻得一条：

> 高鹗，镶黄旗汉军人，乾隆乙卯进士，由内阁侍读考选江南道御史，刑科给事中。

又《八旗文经》二十三有高鹗的《操缦堂诗稿跋》一篇，末署乾隆四十七年壬寅（一七八二）小阳月。我们可以总合上文所得关于高鹗的材料，作一个简单的《高鹗年谱》如下：

乾隆四七（一七八二），高鹗作《操缦堂诗稿跋》。

乾隆五三（一七八八），中举人。

乾隆五六——五七（一七九一——一七九二），补作《红楼梦》后四十回，并作序例。《红楼梦》百廿回全本排印成。

乾隆六〇（一七九五），中进士，殿试三甲一名。

嘉庆六（一八〇一），高鹗以内阁侍读为顺天乡试的同考官，闱中与张问陶相遇，张作诗送他，有"艳情人自说《红楼》"之句；又有诗注，使后世知《红楼梦》八十回以后是他补的。

嘉庆一四（一八〇九），考选江南道御史，刑科给事中——自乾隆四七至此，凡二十七年。大概他此时已近六十岁了。

后四十回是高鹗补的，这话自无可疑。我们可约举几层证据如下：

第一，张问陶的诗及注，此为最明白的证据。

第二，俞樾举的"乡会试增五言八韵诗始乾隆朝，而书中叙科场事已有诗"一项。这一项不十分可靠，因为乡会试用律诗，起于乾隆二十一二年，也许那时《红楼梦》前八十回还没有做成呢。

第三，程序说先得二十余卷，后又在鼓担上得十余卷。此话便是作伪的铁证，因为世间没有这样奇巧的事！

第四，高鹗自己的序，说的很含糊，字里行间都使人生疑。大概他不愿完全埋没他补作的苦心，故引言第六条说："是书开卷略志数语，非云弁首，实因残缺有年，一旦颠末毕具，大快人心；欣然题名，聊以记成书之幸。"因为高鹗不讳他补作的事，故张船山赠诗直说他补作后四十回的事。

但这些证据固然重要，总不如内容的研究更可以证明后四十回与前八十回决不是一个人作的。我的朋友俞平伯先生曾举出三个理由来证明后四十回的回目也是高鹗补作的。他的三个理由是：（1）和第一回自叙的话都不合，（2）史湘云的丢开，（3）不合作文时的程序。这三层之中，第三层姑且不论。第一层是很明显的：《红楼梦》的开端明说"一技无成，半生潦倒"；明说"蓬牖茅椽，绳床瓦灶"；岂有到了末尾说宝玉出家成仙之理？第二层也很可注意。第三十一回的回目"因麒麟伏白首双星"确是可怪！依此句看来，史湘云后来似乎应该与宝玉做夫妇，不应该此话全无照应。以此看来，我们可以推想后四十回不是曹雪芹做的了。

　　其实何止史湘云一个人？即如小红，曹雪芹在前八十回里极力描写这个攀高好胜的丫头；好容易他得着了凤姐的赏识，把他提拔上去了；但这样一个重要人才，岂可没有下场？况且小红同贾芸的感情，前面既经曹雪芹那样郑重描写，岂有完全没有结果之理？又如香菱的结果也决不是曹雪芹的本意。第五回的"十二钗副册"上写香菱结局道：

　　根并荷花一茎香，平生遭际实堪伤。自从两地生孤木，致使芳魂返故乡。

两地生孤木，合成"桂"字。此明说香菱死于夏金桂之手，故第八十回说香菱"血分中有病，加以气怨伤肝，内外挫折不堪，竟酿成干血之症，日渐羸瘦，饮食懒进，请医服药无效"。可见八十回的作者明明的要香菱被金桂磨折死。后四十回里却是金桂死了，香菱扶正：这岂是作者的本意吗？此外，又如第五回"十二钗"册上说凤姐的结局道："一从二令三人木，哭向金陵事更哀。"这个谜竟无人猜得出，许多批《红楼梦》的人也都不敢下注解。所以后四十回里写凤姐的下场竟完全与这"二令三人木"无关。这个谜只好等上海灵学会把曹雪芹先生请来降坛时再来解决了！此外，又如写和尚送玉一段，文字的笨拙，令人读了作呕。又如写贾宝玉忽然肯做八股文，忽然肯去考举人，也没有道理。高鹗补《红楼梦》时，正当他中举人之后，还没有中进士。如果他补《红楼梦》在乾隆六十年之后，贾宝玉大概非中进士不可了！

　　以上所说，只是要证明《红楼梦》的后四十回确然不是曹雪芹做的。但我们平心而论，高鹗补的四十回，虽然比不上前八十回，也确然有不可埋没的好处。他写司棋之死，写鸳鸯之死，写妙玉的遭劫，写凤姐的死，写袭人的嫁，都是很有精采的小品文字。最可注意的是这些人都写作悲剧的下场。还有那最重要的"木石前盟"一件公案，高鹗居然忍心害理的教黛玉病死，教宝玉出家，作一个大悲剧的结束，打破中国小说的团圆迷信。这一点悲剧的眼光，不能不令人佩服。我们试看高鹗以后，那许多续《红楼梦》和补《红楼梦》的人，那一人不是想把黛玉、晴雯都从棺材里扶出来，重新配给宝玉？那一个不是想做一部"团圆"的《红楼梦》的？我们这样退一步想，就不能不佩服高鹗的补本了。我们不但佩服，还应该感谢他，因为他这部悲剧的补本，靠着那个

"鼓担"的神话，居然打倒了后来无数的团圆《红楼梦》，居然替中国文学保存了一部有悲剧下场的小说！

以上是我对于《红楼梦》的"著者"和"本子"两个问题的答案。我觉得我们做《红楼梦》的考证，只能在这两个问题上着手；只能运用我们力所能搜集的材料，参考互证，然后抽出一些比较的最近情理的结论。这是考证学的方法。我在这篇文章里，处处想撇开一切先入的成见；处处存一个搜求证据的目的；处处尊重证据，让证据做向导，引我到相当的结论上去。我的许多结论也许有错误的——自从我第一次发表这篇《考证》以来，我已经改正了无数大错误了——也许有将来发见新证据后即须改正的。但我自信：这种考证的方法，除了《董小宛考》之外，是向来研究《红楼梦》的人不曾用过的。我希望我这一点小贡献，能引起大家研究《红楼梦》的兴趣，能把将来的《红楼梦》研究引上正当的轨道去：打破从前种种穿凿附会的"红学"，创造科学方法的《红楼梦》研究！

十，三，二七，初稿。

十，十一，十二，改定稿。

（附记）初稿曾附录《寄蜗残赘》一则：

> 《红楼梦》一书，始于乾隆年间……相传其书出汉军曹雪芹之手。嘉庆年间，逆犯曹纶即其孙也。灭族之祸，实基于此。

这话如果确实，自然是一段很重要的材料。因此我就去查这一桩案子的事实。

嘉庆十八年癸酉（一八一三），天理教的信徒林清等勾通宫里的小太监，约定于九月十五日起事，乘嘉庆帝不在京城的时候，攻入禁城，占据皇宫。但他们的区区两百个乌合之众，如何能干这种大事？所以他们全失败了，林清被捕，后来被磔死。

林清的同党之中，有一个独石口都司曹纶和他的儿子曹幅昌都是很重要的同谋犯。那年十月己未的上谕说：

> 前因正黄旗汉军兵丁曹幅昌从习邪教，与知逆谋……兹据讯明，曹幅昌之父曹纶听从林清入教，经刘四等告知逆谋，允为收众接应。曹纶身为都司，以四品职官习教从逆，实属猪狗不如，罪大恶极！……

那年十一月中，曹纶等都被磔死。

清礼亲王昭梿是当日在紫禁城里的一个人，他的《啸亭杂录》卷六记此事有一段说：

> 有汉军独石口都司曹纶者，侍郎曹瑛后也（瑛字一本或作寅）。家素贫，尝得林清伙助，遂入贼党。适之任所，乃命其子曹幅昌勾结不轨之徒，许为城中内应……曹幅昌临刑时，告刽子手曰："我是可交之人，至死不卖友以求生也！……"

《寄蜗残赘》说曹纶是曹雪芹之孙，不知是否根据《啸亭杂录》说的。我当初已疑心此曹瑛不是曹寅，况且官书明说曹瑛是正黄旗汉军，与曹寅不同旗。前天承陈筱庄先生（宝泉）借我一部《靖逆记》（兰簃外史纂，嘉庆庚辰刻），此书记林清之变很详细。其第六卷有《曹纶传》，记他家世系如下：

> 曹纶，汉军正黄旗人。曾祖金铎，官骁骑校；伯祖瑛，历官工部侍郎；祖珹，云南顺宁府知府；父廷奎，贵州安顺府同知……廷奎三子，长绅，早卒；次维，武备院工匠；次纶，充整仪卫，擢治仪正，兼公中佐领，升独石口都司。

此可证《寄蜗残赘》之说完全是无稽之谈。

十，十一，十二。

《胡适文存》1集3卷，上海亚东图书馆，1921年版

跋乾隆庚辰本《脂砚斋重评石头记》钞本

胡 适

　　我在民国十六年买得大兴刘铨福家旧藏《脂砚斋重评石头记》残本十六回（一至八，十三至十六，二十五至二十八回），我曾作长文（《考证红楼梦的新材料》，《胡适文存三集》，页五六五——六○六）考证那本子的价值，并且用那本子上的评语作证据，考出了一些关于曹雪芹和《红楼梦》的事实。

　　今年在北平得见徐星署先生所藏的《脂砚斋重评石头记》全部，凡八册。我曾用我的残本对勘了一部分，并且细检全书的评语，觉得这本子确是一个很值得研究的本子。

　　此本每半页十行，每行三十字。每册十回，但第二册第十七回即今本第十七十八两回，首页有批云："此回宜分二回方妥。"第十九回另页钞写，但无回目。又第七册缺两回，首页题云："内缺六十四，六十七两回。"按高鹗作百二十回《红楼梦》"引言"中说：

　　　　是书沿传既久，坊间缮本及诸家秘稿繁简歧出，前后错见。即如六十七回此有彼无，题同文异，燕石莫辨。兹惟择其情理较协者，取为定本。

此可见此本正是当日缺六十七回之一个本子。六十四回亦缺，可见此本应在高鹗所见各本之前。有正书局本已不缺此两回，当更在后了。

　　又第三册二十二回只到惜春的谜诗为止，其下全阙。上有朱批云：

　　　　此后破失，俟再补。

其下为空白一页，次页上有这些记录：

　　　　暂记宝钗制谜云：
　　　　朝罢谁携两袖烟，琴边衾里总无缘。

晓筹不用鸡人报，五夜无烦侍女添。

焦首朝朝还暮暮，煎心日日复年年。

光阴荏苒须当惜，风雨阴晴任变迁。

此回未成而芹逝矣。叹叹。

丁亥夏　畸笏叟。

有正本此回稍有补作，用了此诗做宝钗制的谜，已是改本了。今本皆根据高鹗本，删去惜春之谜，又把此诗改作黛玉的，另增入宝玉一谜，宝钗一谜，这是更晚的改补本了。

此本每册首页皆有"脂砚斋凡四阅评过"一行；第五册以下，每册首页皆有"庚辰秋定本"一行。庚辰是乾隆二十五年（西历一七六〇）。八册之中，只有第二三册有朱笔批语，其中有九十三条批语是有年月的。

己卯冬 （乾隆二四，西一七五九） 二十四条

壬午 （乾隆二七，西一七六二） 四十二条

乙酉 （乾隆三十，西一七六五） 一条

丁亥 （乾隆三二，西一七六七） 二十六条

这些批语不是原有的，是从另一个本子上钞过来的。中如"壬午"钞成了"王文"，可见转钞的痕迹。不但批语是转钞的，这本子也只是当时许多"坊间缮本"之一，错字很多，最荒谬者如"真"写成"十六"。但依二十二回及六十四、六十七回的阙文看来，此本的底本大概是一部"庚辰秋定本"，其时《红楼梦》的稿本有如下的状况：

一，二十二回未写完。

二，六十四，六十七，两回未写成。

三，十七与十八两回未分开。

四，十九回尚未有回目。八十回也未有回目。

写者又从另一本上过录了许多朱笔批语，最早的有乾隆己卯（一七五九）的批语，是在庚辰（一七六〇）写定本之前；其次有壬午年（一七六二）批语，其时作者曹雪芹还生存，他死在壬午除夕。其余乙酉（一七六五）丁亥（一七六七）的批语，都是雪芹死后批的了。

故我们可以说此本是乾隆庚辰秋写定本的过录本，其第二三两册又转录有乾隆己卯至丁亥的批语。这是此本的性质。

和现在所知的《红楼梦》本子相比，有如下表：

（一）过录甲戌（一七五四）脂砚斋评本。（胡适藏）

（二）过录庚辰秋（一七六○）脂砚斋四阅评本。（即此本）

（三）有正书局石印戚蓼生序本。（八十回皆已补全，其写定年代当更晚）

（四）乾隆辛亥（一七九一）活字本。（百二十回本，我叫他做"程甲本"）

（五）乾隆壬子（一七九二）活字本。（"程乙本"）

我的甲戌本与此本有许多不同之点，如第一回之前的"凡例"，此本全无；如"凡例"后的七言律诗，此本亦无；如第一回写顽石一段，甲戌本多四百二十余字，此本全无，与有正石印戚本全同。此本与戚本最相近，但戚本已有补足的部分，故知此本的底本出于戚本之前，除甲戌本外，此本在今日可算最古本了。

甲戌本也是过录之本，其底本写于"庚辰秋定本"之前六年，尚可以考见写定之前的稿本状况，故最可宝贵。甲戌本所录批语，其年代有"甲午八月"（一七七四），又在此本最晚的批语（丁亥）之后七年，其中有很重要的追忆，使我们因此知道曹雪芹死在壬午除夕，知道《红楼梦》所记本事确指曹家，知道原本十三回"秦可卿淫丧天香楼"的故事，知道八十回外此书尚有一些已成的残稿。（看《胡适文存三集》页五六五——六○六；或《胡适文选》页四二八——四七○）

但此本的批语里也有极重要的材料，可以帮助我们考证《红楼梦》的掌故。此本的批语有本文的双行小字夹评，有每回卷首和卷尾的总评，有朱笔的行间夹评，有朱笔的眉批，有墨笔的眉批。墨笔的眉批签名"鉴堂"及"漪园"，大概是后来收藏者的批语，无可供考证的材料。朱笔眉批签名的共有四人：

脂砚　　梅溪

松斋　　畸笏（或作畸笏叟，亦作畸笏老人）

畸笏批的最多，松斋有两条，其余二人各有一条。梅溪与松斋所批与甲戌本所录相同。脂砚签名的一条批在第二十四回倪二醉遇贾芸一段上：

> 这一节对《水浒》记杨志卖刀遇没毛大虫一回看，觉好看多矣。
> 己未冬夜　脂砚。

我从前曾说脂砚斋是"同雪芹很亲近的，同雪芹弟兄都很相熟；我并且疑心他是雪芹同族的亲属"。我又说，"脂砚斋大概是雪芹的嫡堂弟兄或从堂弟兄——也许是曹頫或曹頫的儿子。松斋似是他的表字，脂砚斋是他的别号。"现在我看了此本，我相信脂砚斋即是那位爱吃胭脂的宝玉，即是曹雪芹自己。此本第二十二回记宝钗生日，凤姐点戏，上有朱批云：

> 凤姐点戏，脂砚执笔事，今知者聊聊（廖）矣。不怨夫！（末句大概当作"宁不悲夫"!）

此下又另行批云：

> 前批书（似是"知"字之误）者聊聊（寥），今丁亥夏，只剩朽物一枚，宁不痛乎！

丁亥（一七六七）的批语凡二十六条，其中二十四条皆署名"畸笏"，此二条大概也是畸笏批的。凤姐不识字，故点戏时须别人执笔；本回虽不曾明说是宝玉执笔，而宝玉的资格最合。所以这两条批语使我们可以推测脂砚斋即是《红楼梦》的主人，也即是他的作者曹雪芹。本书第一回本来说此书是空空道人记的，"后因曹雪芹于悼红轩中披阅十载，增删五次，纂成目录，分出章回，则题曰《金陵十二钗》。并题一绝云：

> 满纸荒唐言，一把辛酸泪。
> 都云作者痴，谁解其中味？

至脂砚斋甲戌抄阅再评，仍用《石头记》。"（最后十五字，各本皆无，是据甲戌本的）甲戌本此段上有朱批云：

> 若云雪芹披阅增删，然后（则）开卷至此这一篇楔子又系谁撰？足见作者之笔狡猾之甚。后文如此处者不少，这正是作者用画家烟云模糊处。观者万不可被作者瞒蔽了去，方是巨眼。

此评明说雪芹是作者，而"披阅增删"是托词。在甲戌本里，作者还想故意说作者是空空道人，披阅增删者是曹雪芹，再评者另是一位脂砚斋。至庚辰写定时，删去"脂砚斋甲戌抄阅再评"字样，只称为"脂砚斋重评《石头记》"了。依甲戌本与庚辰本的款式看来，凡最初的钞本《红楼梦》必定都称为"脂砚斋重评《石头记》"。后人不知脂砚斋即是曹雪芹，又因高鹗排本全删原评，所以删去原题，后人又有改题"悼红轩原本"的，殊不知脂砚斋重评本正是悼红轩原本，如此改题正是"被作者瞒蔽了"。

"脂砚"只是那块爱吃胭脂的顽石，其为作者托名，本无可疑。原本有作者自己的评语和注语，我在前几年已说过了。今见此本，更信原本有作者自加的评注。如此本第七十八回之《芙蓉女儿诔》有许多解释文词典故的注语：如"鸠鸩恶其高，鹰鸷翻遭罦罬"，下注云：

> 离骚："鸷鸟之不群兮"，又"吾令鸩为媒兮，鸩告余以不好。雄鸠之鸣逝兮，余犹恶其佻巧"。注：鸷特立不群。鸩羽毒杀人。鸠多声，有如人之多言不实。罦罬音孚拙。《诗经》"雉罹于罦。"《尔雅》：罬谓之罦。(钞本多误，今校正)

如"箝诐奴之口，讨（戚本作罚。程甲乙本作讨，与此本同）岂从宽?"下注云：

> 《庄子》："箝杨墨之口"。《孟子》："诐辞知其所蔽。"

此类注语甚多，明明是作者自加的注释。其时《红楼梦》刚写定，决不会已有"《红》迷"的读者肯费这么大的气力去作此种详细的注释。所谓"脂砚斋评本"即是指那原有作者评注的底本，不是指那些有丁亥甲午评语的本子，因为甲戌本和庚辰本都已题作"脂砚斋重评"本了。

此本使我们知道脂砚即是雪芹，又使我们因此证明原底本有作者自加的评语，这都是此本的贡献。此本有一处注语最可证明曹雪芹是无疑的《红楼梦》作者。第五十二回末页写晴雯补裘完时，

> 只听自鸣钟已敲了四下。

下有双行小注云：

> 按四下乃寅正初刻。寅此样（写）法，避讳也。

雪芹是曹寅的孙子，所以避讳"寅"字。此注各本皆已删去，赖有此本犹存，使我们知道此书作者确是曹寅的孙子（此注大概也是自注；因已托名脂砚斋，故注文不妨填讳字了）。

我从前曾指出《红楼梦》十六回凤姐谈"南巡接驾"一大段即是追忆康熙南巡时曹寅四次按驾的故事。这个假设，在甲戌本的批语上已得着一点证据了（《文存三集》五七四；或《文选》四三七——四三八）。此本的南巡接驾一段也有类似的批语："咱们贾府只预备接驾一次"一句旁有朱批云：

> 又要瞒人。

"现在江南的甄家……独他家接驾四次"一段旁有朱批云：

> 点正题正文。

又批云：

> 真有是事，经过见过。

这更可证实我的假设了。甄家在江南，即是三代在南京做织造时的曹家；贾家即是小说里假托在京城的曹家。《红楼梦》写的故事的背景即是曹家，这南巡接驾的回忆是一个铁证，因为当时没有别的私家曾做过这样的豪举。

关于秦可卿之死，甲戌本的批语记载最明白（《文存三集》五七五——五七九；或《文选》四三九——四四二）。此本也有松斋、梅溪两条朱批，也有"树倒猢狲散"一条朱批，但无"秦可卿淫丧天香楼"一条总评。此本十三回末有朱笔总评云：

> 通回将可卿如何死故隐去，是大发慈悲心也。叹叹。壬午春。

此条与甲戌本的总评正相印证。

我跋甲戌本时，曾推论雪芹未完的书稿，推得五六事：

（一）史湘云似嫁与卫若兰，原稿有卫若兰射圃拾得金麒麟的故事。

（二）原稿有袭人与琪官的结局，他们后来供奉宝玉、宝钗，"得同终始"。

（三）原稿有小红、茜雪在狱神庙的"一大回文字"。

（四）惜春的结局在"后半部"。

（五）残稿中有"误窃玉"一回文字。

（六）原稿有"悬崖撒手"一回的回目。

此本的批语，除甲戌本及戚本所有各条之外，还有一些新材料。二十回李嬷嬷一段有朱批云：

> 茜雪至狱神庙方呈正文。袭人正文标昌（疑是"目曰"二字误写成"昌"字）"花袭人有始有终"，余只见有一次誊清时与狱神庙慰宝玉等五六稿，被借隐者迷失，叹叹。

又二十七回凤姐要挑红玉（小红在甲戌本与此本皆作红玉）跟她去一段，上有朱批云：

> 奸邪婢岂是怡红应答者，故即逐之。前良儿，后篆儿，便是却证作者又不得可也（有误字）。己卯冬夜。

其下又批云：

> 此系未见抄没狱神庙诸事，故有是批。　丁亥夏　畸笏。

此诸条可见在遗失之残稿里有这些事：

（甲）茜雪与小红在狱神庙一回有"慰宝玉"的事。

（乙）残稿有"花袭人有始有终"一回的正文。

（丙）残稿中有"抄没"的事。

此外第十七八合回中妙玉一段下有长注，其上有朱批云：

> 树（？）处引十二钗，总未的确，皆系漫拟也。至末回警幻情榜，方知

正副再副及三四副芳讳。壬午季春　畸笏。

壬午季春雪芹尚生存。他所拟的"末回"有警幻的"情榜"，有十二钗及副钗，再副，三四副的芳讳。这个结局大似《水浒传》的石碣，又似《儒林外史》的"幽榜"。这回迷失了，似乎于原书的价值无大损失。

又第四十二回前面有总评云：

> 钗、玉名虽二人，人却一身，此幻笔也。今书至三十八回时已过三分之一而有余，故写是回，使二人合而为一。请看黛玉逝后宝钗之文字，便知余言不谬矣。

这一条有可注意的几点：

（一）此本之四十二回在原稿里为三十八回，相差三回之多。就算十七八九三回合为一回，尚差两回。

（二）三十八回"已过三分之一而有余"，可见原来计画全书只有一百回。

（三）原稿已有"黛玉死后宝钗之文字"，也失去了。

徐先生所藏这部庚辰秋定本，其可供考证的材料，大概不过如此。此本比我的甲戌本虽然稍晚，但甲戌本只剩十六回，而此本为八十回本，只缺两回。现今所存八十回本可以考知高鹗续书以前的《红楼梦》原书状况的，有正石印戚本之外，只有此本了。此本有许多地方胜于戚本。如第二十二回之末，此本尚保存原书残阙状态，是其最大长处。其他长处，我已说过。现在我要举出一段很有趣的文字上的异同，使人知道此本的可贵。六十八回凤姐初见尤二姐时，凤姐说的一大篇演说，在有正石印本里有涂改的痕迹；原文是半文言的，不合凤姐的口气；石印本将此段演说用细线圈去，旁注白话的改本。如原文

> 怎奈二爷错会奴意。眠花卧柳之事瞒奴或可。今娶姐姐二房之大事，亦人家大礼，亦不曾对奴说。奴亦曾劝过二爷，早行此礼，以备生育。……

涂改之后，成了这样的白话：

> 怎奈二爷错会了我的意。若是在外包占人家姐妹，瞒着家里也罢了。今

娶了妹妹作二房,这样正经大事,也是人家大礼,却不曾对我说。我也曾劝过二爷,早办这件事,果然生个一男半女,连我后来都有靠。……

这种涂改是谁的手笔呢?究竟文言改成白话是戚本已有的呢?还是狄平子先生翻印时改的呢?我们现在检查徐先生的抄本,凤姐演说的文字完全和石印本涂去的文字一样。而石印本改定的文字又完全和高鹗排印本一样。这可见雪芹原本有意把这段演说写作半文言的客套话,表示凤姐的虚伪。高鹗续书时,觉得那不识字的凤姐不应该说这种文诌诌的话,所以全给改成了白话。狄平子先生石印戚本时,也觉得此段戚本不如刻本的流畅,所以采用刻本来涂改戚本。但狄先生很不彻底,改了不上一页,就不改了;所以原文凤姐叫尤二姐做"姐姐",石印本依刻本改为"妹妹";但下文不曾照改之处,又仍依原文叫"姐姐",凡八九处之多。这可证石印本确是用刻本来改原本的。然而若没有此本的印证,谁能判此涂改一案呢?

我很感谢徐星署先生借给我这本子的好意。我盼望将来有人肯费点功夫,用石印戚本作底子,把这本的异文完全校记出来。

一九三三,一,二十二夜

《石头记索隐》第六版自序

蔡孑民

——对于胡适之先生《红楼梦考证》之商榷

余之为此索隐也，实为《郎潜二笔》中徐柳泉之说所引起。柳泉谓宝钗影高澹人；妙玉影姜西溟。余观《石头记》中，写宝钗之阴柔，妙玉之孤高，正与高、姜二人之品性相合。而澹人之贿金豆，以金锁影之；其假为落马坠积潴中，则以薛蟠之似泥母猪影之。西溟之热中科第，以妙玉走魔入火影之；其瘐死狱中，以被劫影之。又如以妙字影姜字；以玉字影英字；以雪字影高士奇，知其所寄托之人物，可用三法推求：一，品性相类者；二，轶事有征者；三，姓名相关者。于是以湘云之豪放而推为其年；以惜春之冷僻而推为荪友；用第一法也。以宝玉逢魔魇而推为允礽；以凤姐哭向金陵而推为余国柱；用第二法也。以探春之名与探花有关，而推为健庵；以宝琴之名，与孔子学琴于师襄之故事有关而推为辟疆；用第三法也。然每举一人，率兼用三法或两法，有可推证，始质言之。其他如元春之疑为徐元文；宝蟾之疑为翁宝林；则以近于孤证，姑不例入。自以为审慎之至，与随意附会者不同。近读胡适之先生《红楼梦考证》，列拙著于"附会的红学"之中。谓之"走错了道路"；谓之"大笨伯"，"笨谜"；谓之"很牵强的附会"；我实不敢承认。意者我亦不免有"敝帚千金"之俗见。然胡先生之言，实有不能强我以承认者。今贡其疑于左：

（一）胡先生谓"向来研究这部书的人，都走错了道路……不去搜求那些可以考定《红楼梦》的著者、时代、版本等等的材料，却去收罗许多不相干的零碎史事来附会《红楼梦》里的情节。"又云："我们只须根据可靠的版本，与可靠的材料，考定这书的著者究竟是谁；著者的事迹家世；著者的时代；这书曾有何种不同的本子？这些本子的来历如何？这些问题，乃是《红楼梦考证》的正当范围。"案考定著者、时代、版本之材料，固当搜求。从前王静庵先生作《红楼梦评论》，曾云："作者之姓名（遍考各书，未见曹雪芹何名）与作书之年月，其为读此书者所当知，似更比主人公之姓名为尤要。顾无一人为之考证者，此则大不可解者也。"又云："苟知美术之大有造于人生，而《红楼梦》自足为我国美术上之唯一大著述，则其作者之姓名，与其著书之年月，固为惟一考证之题目。"今胡先生对于前八十回著作者曹雪芹之家世及生平，与后四十回著作者高兰墅之略历，业于短时期间，搜集许多材料。诚有功于《石头记》，而可以稍释王静庵先生之遗憾矣。惟吾人与文学书，最密切之接触，本不在作者之生平，而在其著作。著作之内容，即胡先生所谓"情节"者，决非无考证之价值。例如我国古代文学中之《楚词》，其作者为屈原、宋玉、景差等；其时代，在楚怀王、襄王时，即西历纪元前三世纪间。久为昔人所考定。然而"善鸟香草，以配忠贞；恶禽臭物，以比谗佞；灵修美人，以媲于君；宓妃佚女，以譬贤臣；虬龙鸾凤，以托君子；飘风云霓，以为小人"：如王逸所举者，固无非内容也。其在外国文学，如 Shakespeare 之著作，或谓出Bacon 手笔，遂生作者究竟是谁之问题。至如 Goethe 之 Faust，则其所根据的神话与剧本，及其六十年间著作之经过，均为文学史所详载。而其内容，则第一部之 Gretchen 或谓影 Elsassirin Friederike（Bielschowsky 之说）；或谓影 Frankfurther Gretchen（Kuno Fischer 之说）。第二部之 Walpurgisnacht 一节为地质学理论。Helena 一节为文化交通问题。Euphorion 为英国诗人 Byron 之影子（各家所同）。皆情节上之考证也。又如俄之托尔斯泰，其生平，其著作之次第，皆无甚疑问。近日张邦铭、郑阳和两先生所译 Salolea 之《托尔斯泰传》有云："凡其著作无不含自传之性质。各书之主人翁，如伊尔屯尼夫，鄂仑玲，聂乞鲁多夫，赖文，毕索可夫等，皆其一己之化身。各书中所叙他人之事，莫不与其己身有直接之关系……《家庭乐》叙其少年时情场中之一事，并表其情爱与婚姻之意见；书中主人翁既求婚后，乃将少年狂放时之恶行，缕书不讳，授所爱以自忏。此事，托尔斯泰于《家庭乐》出版三年后，向索利亚柏斯求婚时，实尝亲自为之。即《战争与和平》一书，亦可作托尔斯泰之家乘观。其中老乐斯脱夫，即托尔斯泰之祖。小乐斯脱夫，即其父。索利亚，即其养母达善娜，尝两次拒其父之婚者。拿特沙乐斯脱夫，即其姨达善娜柏斯。毕索可夫与赖文，皆托尔斯泰用以自状。赖文之兄死，即托尔斯泰兄的米特利之死。《复活》书中聂乞鲁多夫之奇特行动，论者谓依心理未必能有者，其实即的米特利生平留于其弟心中之一记念；的米特利娶一娼，与聂乞鲁多夫同也。"亦情节上之考证也。然则考证情节，岂能概目为附会而拒斥之？

（二）胡先生谓拙著《索隐》所阐证之人名，多是"笨谜"，又谓"假使一部《红楼梦》真是一串这么样的笨谜，那就真不值得猜了"。但拙著阐证本事，本兼用三法，具如前述。所谓姓名关系者，仅三法中之一耳；即使不确，亦未能抹杀全书。况胡先生所谂为笨谜者，正是中国文人习惯，在彼辈方谓如此而后"值得猜"也。《世说新语》称曹娥碑后有"黄绢幼妇外孙齑臼"八字，即以当"绝妙好辞"四字。古绝句"藁砧今何在？山上复有山。何当大刀头，破镜飞上天"。以藁砧为夫，以大刀头为还。《南史》记梁武帝时童谣有"鹿子开城门，城门鹿子开"等句，谓鹿子开者反语为来子哭，后太子果薨。自胡先生观之，非皆笨谜乎？《品花宝鉴》，以侯公石影袁子才，侯与袁为猴与猿之转借，公与子同为代名词，石与才则自"天下才有一石，子建独占八斗"之语来。《儿女英雄传》，自言十三妹为玉字之分析，已不易猜；又以纪献唐影年羹尧，纪与年，唐与尧，虽尚简单，而献与羹则自"犬曰羹献"之文来。自胡先生观之，非皆笨谜乎？即如《儒林外史》之庄绍光即程绵庄，马纯上即冯粹中，牛布衣即朱草衣，均为胡先生所承认（见胡先生所著《吴敬梓传》及附录）。然则金和跋所指目，殆皆可信。其中如因范蠡曾号陶朱公，而以范易陶；萬字俗作万，而以万代方；亦非"笨谜"乎？然而安徽第一大文豪且用之，安见汉军第一大文豪必不出此乎？

（三）胡先生谓拙著中刘老老所得之八两及二十两有了下落，而第四十二回王夫人所送之一百两，没有下落；谓之"这种完全任意的去取，实在没有道理"。案《石头记》凡百二十回，而余之索隐，不过数十则；有下落者记之，未有者姑阙之，此正余之审慎也。若必欲事事证明而后可，则《石头记》自言著作者有石头，空空道人，孔梅溪，曹雪芹诸人，而胡先生所考证者惟有曹雪芹；《石头记》中有许多大事，而胡先生所考证者惟南巡一事；将亦有"任意去取没有道理"之诮与？

（四）胡先生以曹雪芹生平，大端既已考定；遂断定《石头记》是"曹雪芹的自叙传"，"是一部将真事隐去的自叙的书"，"曹雪芹即是《红楼梦》开端时那个深自忏悔的我，即是书里甄、贾（真假）两个宝玉的底本"。案书中既云真事隐去，并非仅隐去真姓名，则不得以书中所叙之事为真。又使宝玉为作者自身之影子，则何必有甄、贾两个宝玉？（鄙意甄、贾二字，实因古人有正统伪朝之习见而起。贾雨村举正邪两赋而来之人物，有陈后主、唐明皇、宋徽宗等，故吾疑甄宝玉影宏光，贾宝玉影允礽也）若以赵嬷嬷有甄家接驾四次之说，而曹寅适亦四次接驾，为甄家即曹家之确证，则赵嬷嬷又说贾府只预备接驾一次，明在甄家四次以外，安得谓贾府亦指曹家乎？胡先生以贾政为员外郎，适与员外郎曹頫相应，谓贾政即影曹頫。然《石头记》第三十七回，有贾政任学差之说；第七十一回有"贾政回京覆命，因是学差，故不敢先到家中"云云，曹𫖮固未闻曾放学差也。且使贾府果为曹家影子，而此书又为雪芹自写其家庭之状况，则措词当有分寸。今观第十七回，焦大之谩骂，第六十六回柳湘莲道："你们东府里，除了那两个石头狮子干净罢了。"似太不留余地。且许三礼奏参徐乾学，有曰："伊弟拜相之后，与亲家高士奇，更加招摇。以致有去了余秦桧（余国柱），来了徐严嵩，乾学似庞涓，是他大长兄之谣；又有'五方宝物归东海，万国金珠贡澹人'之对云云。"今观《石头记》第五十五回，有"刚刚倒了一个巡海夜叉，又添了三个镇山太岁"之说。第四回，有"贾不假，白玉为堂金作马；阿房宫，三百里，住不下金陵一个史；东海缺少白玉床，龙王来请金陵王；丰年好大雪，珍珠如土金如铁"之护官符。显然为当时一谣一对之影子，与曹家何涉？故鄙意《石头记》原本，必为康熙朝政治小说，为亲见高、徐、余、姜诸人者所草。后经曹雪芹增删，或亦许插入曹家故事。要未可以全书属之曹家也。

北京《晨报》副刊 1922年2月21—22日

《红楼梦》悲剧之演成

牟宗三

一

　　《红楼梦》之被人注意，不自今日始。最初有所谓红学大家之种种索隐附会之谈，这已经失掉了鉴赏文学的本旨。后来有胡适之先生的《红楼梦考证》，把那种索隐的观点打倒。用了历史的考据法，换上了写实主义的眼镜，证明了《红楼梦》是作者的自述，是老老实实把自己的盛衰兴亡之陈迹描写出来。这虽然是一个正确的观点，然而对于《红楼梦》本身的解剖与理解，胡先生还是没有作到。这只是方向的转换，仍不是文学本身的理解与批评。所以胡先生的考证虽比较合理，然究竟是考证工作，与文学批评不可同日而语。他所对付的是红学家的索隐，所以他的问题还是那红学家圈子中的问题，不是文学批评家圈子中的问题。因为我们开始便安心鉴赏《红楼梦》本身的技术，与其中所表现的思想，那些圈子外的问题便不容易发生。圈子外的问题，无论合理与不合理，在我们看来，总是猜谜的工作，总是饱暖生闲事，望风捕影之谈。

　　近年来注意《红楼梦》的人，方向又转变了，从圈子外转到圈子里。这确是文学批评家的态度。不过据我所见，这些作家们所发表的言论又都只是歌咏赞叹《红楼梦》的描写技术与结构穿插之巧妙，对于其所表现的人生见地与支持本书的思想之主干，却少有谈及。这种工作并非不对，也是分内事。不过我以为这只是咬文嚼字的梢末文章。若纯注意这等东西，其流弊所及便是八股式的文学批评法，与金圣叹批《水浒》批《西厢》，同一无聊而迂腐。而且这一种批评，其实就不是批评，它乃实是一种鉴赏。中国历来没有文学批评，只有文学鉴赏或品题。品诗品文与品茶一样，专品其气味声色风度神韵。品是神秘的，幽默的，所谓会心的微笑，但却不可言诠。所以专注意这方面，结果必是无话可说，只有赞叹叫好。感叹号满纸皆是，却无一确凿的句子或命题。

　　这种品题法是中国历来言之特别起劲的。我并不反对这种品题工作，而且因为近二十年来人们攻击得太利害，这种学问几乎成了绝响，所以我不忍其沦亡，也曾作文以阐发（即在《再生》二卷六期上发表过的《理解创造与鉴赏》）。在这篇文章里，我说明了理解的直接对象便是作品本身。由此作品本身发见作者的处境，推定作者的心情，指出作者的人生见地。我也说明了创作的全部过程，最后以集文学品题之大成的桐城派为根据而解说鉴赏。所以我并不反对鉴赏或品题。不过叫我论鉴赏可，叫我实际鉴赏也可。惟叫我说鉴赏之所得，却实在有点难为情。我是说不出来的。因为这不是说的东西。所以我只能说我所可说的。如其能说必须清楚地说之，如不能说必须默然。可说的说出来不必清楚，但默然的却实在难说。人家去说我也不反对，但那可说而却未经人说的，我现在却要说说。

二

在《红楼梦》，那可说而未经人说的就是那悲剧之演成。这个问题也就是人生见地问题，也就是支持那部名作的思想主干问题。

在中国旧作品中，表现人生见地之复杂与冲突无过《红楼梦》。《水浒》，《金瓶梅》却都非常之单纯。所以《红楼梦》之过人与感人，决不在描写之技术。技术的巧妙是成功作品的应当的本分，这算不得什么。要不然，还值得看么？这是起码的工作。文通字顺当然算不得杰作的所在。脑袋十分空虚，纯仗着摆字眼，玩技巧以取胜，结果只是油滑讨厌，最大的成绩不过是博得本能的一笑而已。

人们喜欢看《红楼梦》的前八十回，我则喜欢看后四十回。人们若有成见，以为曹雪芹的技术高，我则以为高鹗的见解高，技术也不低。前八十回固然是一条活龙，铺排的面面俱到，天衣无缝，然后四十回的点睛，却一点成功，顿时首尾活跃起来。我因为喜欢后四十回的点睛，所以随着也把前八十回高抬起来。不然，则前八十回却只是一个大龙身子，呆呆的在那里铺设着。虽然是活，却活得不灵。

前八十回是喜剧，是顶盛；后四十回是悲剧，是衰落。由喜转悲，由盛转衰，又转得天衣无缝，因果相连，俨若理有固然，事有必至，那却是不易。复此，若只注意了喜剧的铺排，而读不到其中的辛酸，那便是未抓住作者的内心，及全书的主干。《红楼梦》第一回说完了缘起以后，随着来了一首诗云：

满纸荒唐言，一把辛酸泪。都云作者痴，谁解其中味？

　　读者若不能把书中的辛酸味解出来，那才是叫作者骂尽天下后世，以为世上无解人了。他那把辛酸泪，只好向天抛洒了。所以《红楼梦》不是闹着玩的，不是消遣品，这个开宗明义的辛酸泪，及最后的悲剧，岂不是一贯？然若没有高鹗的点睛，那辛酸泪从何说起？所以全书之有意义，全在高鹗之一点。

三

　　悲剧为什么演成？辛酸泪的解说在那里？曰：一在人生见地之冲突，一在兴亡盛衰之无常。这两个意思完全在一二两回里道说明白。我们先说第一个。

　　天地生人，除大仁大恶，余者皆无大异。若大仁者则应运而生；大恶者则应劫而生。运生世治，劫生世危。尧，舜，禹，汤，文，武，周，召，孔，孟，董，韩，周，程，朱，张，皆应运而生者。蚩尤，共工，桀，纣，始皇，王莽，曹操，桓温，安禄山，秦桧等，皆应劫而生者。大仁者修治天下，大恶者扰乱天下。清明灵秀，天地之正气，仁者之所秉也；残忍乖僻，天地之邪气，恶者之所秉也。今当祚永运隆之日，太平无为之世，清明灵秀之气所秉者，上自朝廷，下至草野，比比皆是。所余之秀气，漫无所归，遂为甘露，为和风，洽然溉及四海。彼残忍乖邪之气，不能荡溢于光天化日之下，遂凝结充塞于深沟大壑之中，偶因风荡，或被雨摧，略有摇动感发之意。一丝半缕，误而逸出者，值灵秀之气适过，正不容邪，邪复妒正，两不相下，如风水雷电，地中相遇，既不能消，又不能让，必致搏击掀发。既然发泄，那邪气亦必赋之于人，假使或男或女，偶秉此气而生者，上则不能为仁人为君子，下亦不能为大凶大恶。置之千万人之中，其聪俊灵秀之气，则在千万人之上；其乖僻邪谬不近人情之态，又在千万人之下。若生于公侯富贵之家，则为情痴情种；若生于诗书清贫之族，则为逸士高人。纵然生于薄祚寒门，甚至为奇优，为名娼，亦断不至为走卒，为健仆，甘遭庸夫驱制。如前之许由，陶潜，阮籍，嵇康，刘伶，王、谢二族，顾虎头，陈后主，唐明皇，宋徽宗，刘庭芝，温飞卿，米南官，石曼卿，柳耆卿，秦少游，近日倪云林，唐伯虎，祝枝山，再如李龟年，黄幡绰，敬新磨，卓文君，红拂，薛涛，崔莺，朝云之流，此皆易地则同之人也。（第二回）

这一套人性的神话之解析，我们不必管它。只是这三种人性，却属事实。仁者秉天地之正气，恶者秉天地之邪气，至于那第三种怪诞不经之人却是正邪夹攻中的结晶品。《红楼梦》中的贾宝玉，林黛玉便是这第三种人的基型。《红楼梦》之所以为悲剧，也就是这第三种人的怪僻性格之不被人了解与同情使然。

普通分三种人为善恶与灰色。悲剧之演成常以这三种人的互相攻伐而致成，惟《红楼梦》之悲剧，不是如此。《红楼梦》里边，没有大凶大恶的角色，也没有投机骑墙的灰色人。普通论者多以王熙凤比曹操，这可以说是一个奸雄了。惟在我看起来，却有点冤枉。王熙凤也许是一个治世之能臣，乱世之奸雄，是一个不得了的人物，但悲剧演成之主因却不在王熙凤之奸雄。如果她是奸雄，则贾母、王夫人也是奸雄，或更甚焉。但显然这不近情。何况贾家还不能算是一个乱世，所以我们对于王熙凤的观念却倒是一个治世中之能臣，不是一个乱世中之奸雄，纵然对于贾瑞和尤二姐，处置的有点过分，也只是表示她不肯让人罢了。一个是表示她十分厌恨那种痴心妄想的人，一个是表示她的醋劲之特别大。最足以表示出她不够奸雄的资格的，便是一听查抄的消息立刻晕倒在地。后来竟因心痛而得大病，所以贾母说她小器。这那里是奸雄？再贾母死时，家道衰微，她也是两手扑空，没有办法。比起当年秦氏死协理宁国府的时候差得多了。经不起大波折，逆境一到，便露本相。这算不得是奸雄。所以王熙凤只是一个洑上水的人，在有依有靠，无忧无虑的时候，她可以显赫一气。一旦"树倒猢狲散"，她也就完了。至于宝黛的悲剧，更不干她事，她不过是一个工具而已。关于这一点，以下自然可以明白。悲剧之演成，既然不是善恶之攻伐，然则是由于什么？曰：这是性格之不同，思想之不同，人生见地之不同。在为人上说，都是好人，都是可爱，都有可原谅可同情之处；惟所爱各有不同，而各人性格与思想又各互不了解，各人站在个人的立场上说话，不能反躬，不能设身处地，遂至情有未通，而欲亦未遂。悲剧就在这未通未遂上各人饮泣以终。这是最悲惨的结局。在当事人，固然不能无所恨，然在旁观者看来，他们又何所恨？希腊悲剧正与此同。国王因国法而处之于死地，公主因其为情人而犯罪而自杀，其妹因其为兄长而犯罪而自杀。发于情，尽于义，求仁而得仁将何所怨？是谓真正之悲剧。善恶对抗的悲剧是直线的，显然的；这种冲突矛盾所造成的悲剧是曲线的，令人失望的。高鹗能写悲剧已奇了，复写成思想冲突的真正悲剧更奇，《红楼梦》感人之深即在这一点。

四

性格冲突的真正阵线只有两端：一是聪俊灵秀乖僻邪谬的不经之人，宝玉黛玉属之。一是人情通达温柔敦厚的正人君子，宝钗属之。乖僻不经，曲高和寡，不易被人理解。于是，贾母，王夫人以至上上下下无不看中了薛宝钗，而薛宝钗亦实道中庸而极高明，确有令人可爱之点。这个胜负问题，自然不卜可知，我们且看关于他三人的性格的评论。

（一）关于宝玉的：

> 面如傅粉，唇若施脂；转盼多情，语言若笑。天然一段风韵，全在眉梢；平生万种情思，悉堆眼角。看其外貌，最是极好，却难知其底细。后人有《西江月》二词，批的极确。词曰：

> 无故寻愁觅恨，有时似傻如狂。纵然生得好皮囊，腹内原来草莽。潦倒不通庶务，愚顽怕读文章。行为偏僻性乖张，那管世人诽谤？

又曰：

> 富贵不知乐业，贫穷难耐凄凉。可怜辜负好时光，于国于家无望。天下无能第一，古今不肖无双。寄言纨裤与膏粱，莫效此儿形状。（第三回）

这是作书者的总评。再看：

> 忽见警幻说道："……吾所爱汝者，乃天下古今第一淫人也。"宝玉听了，吓的慌忙答道："仙姑差了。我因懒于读书，家父母尚每垂训饬，岂敢再冒淫字。况且年纪尚幼，不知淫为何事。"警幻道："非也。淫虽一理，意则有别。如世之好淫者，不过悦容貌，喜歌舞，调笑无厌，云雨无时，恨不能天下之美女供我片时之趣兴：此皆皮肤滥淫之蠢物耳。如尔，则天分中生成一段痴情，吾辈推之为意淫。惟意淫二字可心会而不可口传，可神通而不可语达。汝今独得此二字，在闺阁中虽可为良友，却于世道中未免迂阔怪诡，百口嘲谤，万目睚眦。"（第五回）

这是以痴情意淫总评他，说明他的事业专向女儿方面打交道，专向女儿身上用工夫。但却与西门庆潘金莲等不同。所以《红楼梦》专写意淫一境界。而《金瓶梅》则不可与此同日而语。

再如：

> 那两个婆子见没人了，一行走，一行谈论。这一个笑道："怪道有人说他们家的宝玉是相貌好，里头糊涂，中看不中吃。果然竟有些呆气。他自己烫了手，倒问别人疼不疼：这可不是呆了吗？"那个又笑道："我前一回来，还听见他家里许多人说，千真万真，有些呆气。大雨淋的水鸡儿似的，他反告诉别人'下雨了，快避雨去罢。'你说可笑不可笑？时常没人在跟前，就自哭自笑的。看见燕子，就和燕子说话；河里看见了鱼，就和鱼儿说话。见了星星月亮，他不是长吁短叹的，就是咕咕哝哝的。且一点刚性儿也没有，连那些毛丫头的气都受到了。爱惜起东西来，连个线头儿，都是好的；糟塌起来，那怕值千值万都不管了。"（第三十五回）

这是举例说明他那种怪诞行为，呆傻脾气。其实既不呆也不傻，常人眼中如何看得出？如何能了解他？贾雨村说："若非多读书识事，加以致知格物之功，悟道参元之力者，不能知也。"这话实是对极，并不重大。知人岂是易事？

再看他自己的思想与希望：

> "人谁不死？只要死的好。那些须眉浊物听见文死谏，武死战这二死是大丈夫的名节，便只管胡闹起来。那里知道有昏君方有死谏之臣；只顾他邀名，猛拚之死，将来置君父于何地？必定有刀兵，方有死战；他只顾图汗马之功，猛拚一死，将来弃国于何地？"袭人不等说完，便道："古时候儿这些人，也因出于不得已，他才死啊。"宝玉道："那武将要是疏谋少略的，他自己无能，白送了性命，这难道也是不得已么？那文官更不比武官了。他念两句书，记在心里，若朝廷少有瑕疵，他就胡弹乱谏，邀忠烈之名。倘有不合，浊气一涌，即时拚死，这难道也是不得已？要知道那朝廷是受命于天，若非圣人，那天也断断不把这万几重任交代。可知那些死的都是沽名钓誉，并不知君臣的大义。比如我此时若果有造化，趁着你们都在眼前我就死了；再能够你们哭我的眼泪流成大河，把我的尸首漂起来，送到那鸦雀不到的幽僻去处，随风化了；自此，再不托生为人：这就是我死的得时了！"

(第三十六回)

这是他的死的哲学。再如

"还提什么念书，我最厌这些道学话。更可笑的是八股文章：拿他诓功名，混饭吃，也罢了，还要说代圣贤立言！好些的不过拿些经书凑搭凑搭还罢了；更有一种可笑的，肚子里原没有什么，东拉西扯，弄的牛鬼蛇神，还自以为博奥。这那里是阐发圣贤的道理？"（第八十二回）

湘云笑道："还是这个性儿，改不了。如今大了，你就不愿意去考举人进士的，也该常会会这些为官作宦的，谈讲谈讲那些仕途经济，也好将来应酬事务，日后也有个正经朋友。让你成年家只在我们队里，搅的出些什么来？"宝玉听了，大觉逆耳，便道："姑娘请别的屋里坐坐罢！我这里仔细腌臜了你这样知经济的人！"（第三十二回）

总之他最讨厌那些仕途经济，读书上进的话。他以为这都是些"禄蠹"。湘云一劝，竟大遭其奚落。可见他是最不爱听这些话的。

（二）关于黛玉宝钗的：

他这种思想性格是不易被人了解的，然而他的行为却令人可爱。大观园的女孩子，几乎无人不爱他。与他思想性格不同的薛宝钗也是爱之弥深。黛玉更不容说了，而且能了解他的，与他同性格的，也惟有一林黛玉。所谓同，只是同其怪僻，同其聪明灵秀，至于怪僻的内容，聪明灵秀的所在，自是各有不同。最大的原因就是男女的地位不同。因为男女地位的不同，所以林黛玉的怪僻更不易被人理解，被人同情。在宝玉成了人人皆爱的对象，然而在黛玉却成了宝玉一人的对象，旁人是不大喜欢她的。她的性格，前后一切的评论，都不外是：多愁善感，尖酸刻薄，心细，小脾气。所以贾母便不喜欢她，结果也未把她配给宝玉。然而惟独宝玉却是敬重她，爱慕她，把她看的俨若仙子一般，五体投地的倒在她的脚下。至于宝钗虽然也令他爱慕，却未到黛玉那种程度，那就是因为性格的不同。宝钗的性格是：品格端方，容貌美丽，却又行为豁达，随分从时，不比黛玉孤高自许，目无下尘，故深得下人之心。而且有涵养，通人情，道中庸而极高明。这种人最易被了解被同情，所以上上下下无不爱她。她活脱是一个女中的圣人，站在治家处世的立场上，如何不令人喜欢？如何不是个难得的主妇？所以贾母一眼看中了她，便把她配给了她所最爱的宝玉。但是宝玉却并不十分爱她。她专门作圣人，而宝玉却专门作异端。为人的路向上，先已格格不相入了。贾母只是溺爱，并没有理解，所以结果只是害了他。不但害了他，而且也害了黛玉与宝钗。这便是大悲剧之造成。从这方面说，贾母是罪魁。

五

性格既如上述，再述他们之间爱的关系。宝玉风流洒脱可爱，黛玉高雅才思可爱，宝钗温柔敦厚可爱。宝玉自己也说："戕宝钗之仙姿，灰黛玉之灵窍……戕其仙姿，无恋爱之心矣；灰其灵窍，无才思之情矣。"（第二十一回）可见宝玉之对黛玉另有一番看法。其实黛玉何尝不是仙姿？只是于仙姿而外，还有一种高雅才情可爱。这便是基于她的性格。宝钗亦何尝不高雅才情？只是她的高雅才情与黛玉非一基型，为宝玉所不喜，所以宝玉看不出她有何才情，而只以仙姿许之。这也是基于她的性格。于是，我们可以论他们的爱的深浅。

宝玉宝钗之间的关系，是单一的，一元的，表面的，感觉的；宝玉黛玉之间的关系是复杂的，多元的，内部的，性灵的。在此先证明前者。

> 此刻忽见宝玉笑道："宝姐姐，我瞧瞧你的那香串子呢。"可巧宝钗左腕上笼着一串，见宝玉问他，少不得褪了下来。宝钗原生的肌肤丰泽，一时褪不下来。宝玉在旁边看着雪白的胳膊，不觉动了羡慕之心，暗暗想道："这个膀子若长在林姑娘身上，或者还得摸一摸，偏长在他身上，正是恨我没福！"忽然想起金玉一事来，再看看宝钗形容，只见脸若银盆，眼同水杏；唇不点而含丹，眉不画而横翠，比黛玉另具一种妩媚风流，不觉又呆了。宝钗褪下串子来给他，他也忘了接。宝钗见他呆呆的，自己倒不好意思的起来。（第二十八回）

宝玉是多情善感的人，见一个爱一个，凡是女孩儿，他无不对之钟情爱惜。他的感情最易于移入对象，他的直觉特别大，所以他的渗透性也特别强。时常发呆，时常哭泣，都是这个感情移入发出来的。现在一见宝钗之妩媚风流，又不觉忘了形，只管爱惜起来。然这种爱之引起，却是感觉的，表面的，因而也就是一条线的。对象一离开，他的爱也便可以渐渐消散。再如宝玉挨了打，宝钗去看他，所发生的情形也是如此。

　　宝钗见他睁开眼说话，不像先时，心中也宽慰了些。便点头叹道："早听人一句话，也不至有今日！别说老太太，太太心疼，就是我们看着心里也……"刚说了半句，又忙咽住，不觉眼圈微红，双腮带赤，低头不语了。宝玉听得这话如此亲切，大有深意，忽见他又咽住，不往下说，红了脸，低下头，含着泪只管弄衣带，那种软怯娇羞轻怜痛惜之情，竟难以言语形容，越觉心中感动，将疼痛早已丢在九霄云外去了。（第三十四回）

这种表情又打动了他的心，不觉忘了形。任凭铁石人也不能无动于衷，何况善感的宝玉。然这种打动，也只是感觉的，一条线的。对象离了眼，也可以逐渐消散，虽然也可以留下一种感激之情。

　　因为这个缘故，所以其爱宝钗之心远不如爱黛玉。他虽然和黛玉时常吵嘴，和宝钗从未翻过脸，然而也不能减低了他们的永久的爱，其原因就是：于妩媚风流的仙姿而外，又加上了一个思想问题，性格问题。由于这个成分的掺入，遂使感觉的一条线的爱，一变而为既感觉又超感觉的复杂的爱。既是复杂的，那爱慕之外，又添上了敬重高看的意味，于是，在这方面，黛玉便胜利了，宝钗失败了。黛玉既是爱人，又是知己。一有了"知己"这个成分，那爱便是内部的性灵的，便是不容易消散的，忘怀的。虽然黛玉说他是"见了姐姐，忘了妹妹"，虽然宝玉见一个爱一个，然从未有能超过黛玉者，也从未有忘过黛玉。因为他俩之间的爱实是更高一级的。

　　《红楼梦》里述叙宝黛之间的心理关系，太多了，太微妙了。兹录其一二段，以观一般：

　　原来宝玉自幼生成来的有一种下流痴病；况从幼时和黛玉耳鬓厮磨，心情相对，如今稍知些事，又看了些邪书僻传，凡远亲近友之家所见的那些闺英闱秀皆未有稍及黛玉者，所以早存一段心事，只不好说出来，故每每或喜或怒，变尽法子，暗中试探。那黛玉偏生也是个有些痴病的，也每用假情试探。因你也将真心真意瞒起来，我也将真心真意瞒起来，都只用假意试探。如此两假相逢，终有一真，其间琐琐碎碎，难保不有口角之事。即如此刻，宝玉的心内想的是："别人不知我的心还可恕，难道你就不想我的心里眼里只有你？你不能为我解烦恼，反来拿这个话堵噎我，可见我心里时时刻刻自有你，你心里竟没了我了。"宝玉是这个意思，只口里说不出来。那黛玉心里想着："你心里自然有我，虽有金玉相对之说，你岂是重这邪说不重人的呢？我就时常提这金玉，你只管了然无闻的，方见的是待我重，无毫发私心了，怎么我只一提金玉之事，你就着急呢？可知你心里时时有这个金玉的念头，我一提，你怕我多心，故意儿着急，安心哄我。"那宝玉心中又想着："我不管怎么样都好，只要你随意，我就立刻因你死了也是情愿的；你知也罢，不知也罢，只由我的心，那才是你和我近，不和我远。"黛玉心里又想着："你只管你就是了，你好我自然好。你要把自己丢开，只管周旋我，是你不叫我近你，竟叫我远你了。"看官，你道两个人原是一个心，如此看来，却都是多生了枝叶，将那求近之心反弄成疏远之意了。（第二十九回）

黛玉听了这话，不觉又喜又惊，又悲又叹。所喜者果然自己眼力不错，素日认他是个知己，果然是个知己。所惊者他在人前一片私心，称扬于我，其亲热厚密竟不避嫌疑。所叹者你既为我的知己，自然我亦可为你的知己；你我既为知己，又何必有金玉之论呢？既有金玉之论，也该你我有之，又何必来一宝钗呢？……（第三十二回）

宝玉正出了神，见袭人和他说话，并未看出是谁，只管呆着脸说道："好妹妹，我的这个心，从来也不敢说，今日胆大说出来，就是死了也是甘心的！我为你，也弄了一身的病，又不敢告诉人，只好揣着。等你的病好了，只怕我的病才得好呢！睡梦里也忘不了你！"（第三十二回）

黛玉乘此机会说道："我便问你一句话，你如何回答？"宝玉盘着腿，合着手，闭着眼，撅着嘴道："讲来。"黛玉道："宝姐姐和你好，你怎么样？宝姐姐不和你好，你怎么样？宝姐姐前儿和你好，如今不和你好，你怎么样？今儿和你好，后儿不和你好，你怎么样？你和他好，他偏不和你好，你怎么样？你不和他好，他偏要和你好，你怎么样？"宝玉呆了半晌，忽然大笑道："任凭弱水三千，我只取一瓢饮。"黛玉道："瓢之漂水奈何？"宝玉道："非瓢漂水，水自流，瓢自漂耳。"黛玉道："水止珠沉奈何？"宝玉道："禅心已作沾泥絮，莫向东风舞鹧鸪。"黛玉道："禅门第一戒是不打诳语的。"宝玉道："有如三宝。"黛玉低头不语。（第九十一回）

从极度的爱，到剖心事，到现在乃直是要口供了。"任凭弱水三千，我只取一瓢饮"，及至"水止珠沉"，他便是"禅心已作沾泥絮，莫向东风舞鹧鸪"。并且最后还是以"三宝"为誓。黛玉至此可以"放心"了。内部已经不成问题，可是变生外部。宝钗胜利了。两个大傻瓜还是在闷葫芦里莫明其妙哩！

六

宝玉的"宝"丢了，宝玉疯癫了。于是贾母王夫人便想到了金玉因缘，想借着宝钗的金锁来冲喜，来招致那失掉了的宝玉。于是便定亲以至结婚。也不顾元妃的孝了，袭人的诉说警告也无用了。袭人也自是私自庆幸，凤姐便施其偷梁换柱之计，贾母王夫人只知道站在自己的立场上说话，儿女本身的思想性格，以及平素的关系，全不过问，全不理解。他们也不想理解，他们也不能够理解。他们虽知道他俩的感情比较好点，但是他们以为这是他俩从小在一块的缘故。他们所理解的只这一点，他们再不能够进一步的理解，他们都是俗人，他们不能够理解这一对艺术化了的怪物。可是第一幕悲剧就在此开始上场。

机关泄漏了，颦儿迷了本性，焚了稿子，断了痴情，那病一天重起一天，血不住的吐。贾母大惊，随同王夫人凤姐过来看视，"只见黛玉微微睁眼，看见贾母在他旁边，便喘吁吁的说道：'老太太！你白疼了我了！'贾母一闻此言，十分难受，便道：'好孩子，你养着罢！不怕的！'黛玉微微一笑，把眼又闭上了。"（第九十七回）这"微微一笑"中有多少恨？有多少苦？这"白疼了我了"一句中，含了多少讥讽？含了多少怨恨？贾母一听，能不难受？能不愧死？但是他竟老羞成怒，说出很令人伤心的话来！

> 贾母心里只是纳闷，因说："孩子们从小儿在一处顽，好些儿是有的；懂的人事，就该要分别些，才是做女孩儿的本分，我才心里疼他。若是他心里有别的想头，成了什么人了呢？我可是白疼了他了！你们说了，我到有些不放心。"（第九十七回）

> 贾母道："我方才看他却还不至糊涂，这个道理，我就不明白了。咱们这种人家，别的事自然没有的，这心病也是断有不得的！林丫头若不是这个病呢，我凭着花多少钱都使得；就是这个病不但治不好，我也没心肠了！"（第九十七回）

读者看这两段话，怎不令人可恨？我真要骂一声"这老乞婆！"

贾母等人自从看过了以后，便过去办宝玉喜事。黛玉方面只请医诊治而已。"上下人等都不过来，连一个问的人都没有，睁开眼只有紫鹃一人。"岂不可恨？宁不可叹？紫鹃恨的更了不得！"到了贾母上房，静悄悄的，只有两三个老妈妈和几个做粗活的丫头在那里看屋子。紫鹃因问道：'老太太呢？'那些人都说：'不知道。'紫鹃听这话诧异，遂到宝玉房里去看，竟也无人！遂问屋里的丫头，也说不知。紫鹃已知八九；但这些人怎么竟这样狠毒冷淡？"（第九十七回）黛玉平时谁不敬重？不想到此，无一人过问。人情人情，夫复何言？我之恨即恨在此，我之叹亦叹在此。黛玉气绝之时，正是宝玉成礼之时，一面音乐悠扬，一面哭泣凄凉！这个对比，实在难堪！

黛玉死了，宝玉尚在梦中。结婚他也是莫明其妙，偷梁换柱是个纸老虎，揭穿了，宝宝越发糊涂，病的日见厉害，连饮食也不能进了。黛玉有心病，试问宝玉这是不是心病？贾母又有何说？明知其各有心病，又使用李代桃僵，这简直是开玩笑，以人命作儿戏，既不顺天，又不应人，如何不演悲剧？如何又不演第二幕悲剧？

悲剧是演了，可恨自是可恨。但是话又说回来，恨只是感情上的，细想想又无所恨。紫鹃连宝玉都恨，这当然是不合理的，可是感情上又不能无恨。我自是恨贾母，但细想，贾母也不必恨了。贾母听见黛玉死了，眼泪交流，说道："是我弄坏了他了！但只是这个丫头也忒傻气！"贾母也自认其咎，不过他以为女孩儿总当如宝钗那样才好，奇特乖僻，便不是做女孩儿的本分。这是道德观念如此，普天之下莫不皆然，贾母当年也得遵守，这如何能怨恨贾母？贾母又对王夫人说："你替我告诉他的阴灵：'并不是我忍心不来送你，只为有个亲疏，你是我的外孙女儿，是亲的了；若与宝玉比起来，可是宝玉比你更亲些，倘宝玉有些不好，我怎么见他父亲呢？'说着，又哭起来。"（第九十八回）亲疏是人情，凡事总要近情，贾母毕竟是开明的老太太，但是情也实在不容易通，通情要有理解，贾母只做到了"尽其在我"，"忠恕一贯"之道，还差得远哩。

贾母对黛玉只作到了"尽其在我"，对宝玉也何尝不如此。一般的宝玉也并没有把他看在眼里！任凭你怎么疼，操多少心，那宝玉何曾受一点感动？何曾稍有上进之心？还不是结果为一林妹妹，冷着心肠，抛弃一切，出了家作和尚！可见贾母之爱宝黛，与宝黛之爱贾母同。同是单纯的一条线的爱，同是家庭内的母子之爱。母子之爱如何同于情人之爱！

贾母如此，王夫人又何尝不如此。推之宝钗亦何独不然。宝钗与黛玉也是很好的朋友。这幕悲剧也怪不得宝钗。朋友之爱，也是比不上夫妇之爱呵！

但是宝钗虽以情人之爱对宝玉，宝玉却以朋友之爱对宝钗。朋友之爱也是单纯的一条线的。所以任凭你怎样用情，结果还是为林妹妹一走！

这幕悲剧竟一无所恨，只恨思想见地之冲突与不理解。各人都是闭着眼一直前进，为自己打算，痴心妄想，及至无可如何，必有一牺牲，这是天造地设的惨局！

<h1 style="text-align:center">七</h1>

第一幕悲剧是人性的冲突，第二幕自然以此为根据，复加上了"无常"之感，由"无常"的参加，这第二幕的悲剧便含着一个人生的根本问题。试看《红楼梦》的主角怎样解脱这个问题。

这一百二十回的《红楼梦》只是一篇兴亡陈迹的描写。一个人亲身经历一番兴亡劫数，那无常的悲感自然会发生的。《红楼梦》第一回便揭示出怎样解脱无常，以疯跛道人的《好了歌》开始，自然便以出家为终结。《好了歌》是：

> 世人都晓神仙好，只有功名忘不了。古今将相在何方？荒塚一堆草没了！
> 世人都晓神仙好，只有金银忘不了。终朝只恨聚无多，及到多时眼闭了！
> 世人都晓神仙好，只有娇妻忘不了。君生日日说恩情，君死又随人去了！
> 世人都晓神仙好，只有儿孙忘不了。痴心父母古来多，孝顺子孙谁见了！

识"通灵来历"说"太虚实情"的甄士隐，又将《好了歌》加以注解道：

> 陋室空堂，当年笏满床；衰草枯杨，曾为歌舞场。蛛丝儿结满雕梁，绿纱今又在蓬窗上。说甚么，脂正浓，粉正香！如何两鬓又成霜？昨日黄土陇头埋白骨，今宵红绡帐底卧鸳鸯。金满箱，银满箱，转眼乞丐人皆谤。正叹他人命不长，那知自己归来丧？训有方，保不定日后作强梁；择膏粱，谁承望流落在烟花巷！因嫌纱帽小，致使锁枷扛；昨怜破袄寒，今嫌紫蟒长。乱烘烘你方唱罢我登场，反认他乡是故乡。甚荒唐，到头来，都是为他人作嫁衣裳！

这一首注解，便是说明万事无常。因缘相待，祸福相依。没有完全好的时候，若要完全"好"，必须绝对"了"，若能了却一切，便是圆圆满满，常而不变，故曰《好了歌》。所以最后的解脱便是佛教的思想。

宝玉生于富贵温柔之乡，极度的繁华也受用过，后来渐渐家败人亡：死的死，嫁的嫁，黄金时代的大观园变成荒草满地了！善感的宝玉如何不动今昔之情？最使他伤心的，便是开玩笑式的结婚，与林妹妹的死。宝钗告诉他黛玉亡故的消息，他便一痛决绝，倒在床上。及至醒来，"自己仍旧躺在床上。见案上红灯，窗前皓月，依然锦绣丛中，繁华世界……仔细一想，真正无可奈何，不觉长叹数声。"（第九十八回）试想这无可奈何的长叹含着有多少痛苦；从这里边能悟出多少道理？一悟再悟，根据其固有的思想见地，把以前的痴情旧病渐渐冷淡起来，色即是空，情即是魔，于是由纨裤子弟转变到佛教那条路上去，不再在这世界里惹愁寻恨了！

本来，在中国思想中，解脱这个人生大问题的大半都走三条路：一走儒家的路，这便是淑世思想；二走道家的路，与三走佛家的路，这便是出世思想。儒家之路想着立功立言以求永生；道家想着锻炼生理以求不死；佛家想着参禅打坐以求圆寂。三家都是寻求永恒，避免现世的无常。贾宝玉最后遁入空门，作书者为敷衍世人起见，说这是假的，不是正道。甄宝玉之由纨裤转为儒家那才是真的；然而在宝玉看来却是个禄蠹！当宝玉神游太虚幻境的时候，警幻仙子作最后忠告他说："从今后，万万解析，改悟前情，留意于孔孟之间，委身于经济之道。"但是宝玉却始终讨厌这个经济之道，所以他终于走上了佛教之路！

八

宝玉是有计划的慢性的出家，不是顿时的自杀。所以当其长叹之后，虽一时想起黛玉未免心酸落泪，但又不能顿时自杀，又想黛玉已死，宝钗是第一流人物，举动温柔，遂将爱慕黛玉的心肠略移在宝钗身上。因为最易钟情的脾气，还不能一时脱掉，而宝钗亦实在有可爱之点。虽思想性格不在一条线上，然究竟亦不是俗流之人，有姿色美亦有内心美。所以他们俩结婚之后，也着实过过很恩爱的生活。下面一段话描写小夫妇的起居生活太好了！

且说凤姐梳了头，换了衣裳，想了想，虽然自己不去，也该带个信儿；再者，宝钗还是新媳妇，出门子自然要过去照应照应的。于是，见过王夫人支吾了一件事，便过来到宝玉房中。只见宝玉穿着衣服，歪在炕上，两个眼睛呆呆的看宝钗梳头。凤姐站在门口，还是宝钗一回头看见了，连忙起身让坐，宝玉也爬起来，凤姐才笑嘻嘻的坐下……凤姐因问宝玉道："你还不走等什么呢？没见这么大人了，还是这么小孩子气。人家各自梳头，你爬在旁边看什么？成日家一块子在屋里，还看不够吗？也不怕丫头们笑话？"说着，哧的一笑，又瞅着他咂嘴儿。宝玉虽也有些不好意思，还不理会；把个宝钗直臊的满脸飞红。又不好听着，又不好说什么。（第一百一回）

又如：

宝玉正在那里回贾母往舅舅家去。贾母点头说道："去罢，只是少吃酒，早些回来，你身子才好些。"宝玉答应着出来，刚走到院内，又转身回来，向宝钗耳边说了几句，不知什么。宝钗笑道："是了，你快去罢。"将宝玉催着去了。这里贾母和凤姐宝钗说了没三句话，只见秋纹进来传说："二爷打发焙茗转来说：请二奶奶。"宝钗道："他又忘了什么，又叫他回来？"秋纹道："我叫小丫头问了焙茗，说是二爷忘了一句话，二爷叫我回来告诉二奶奶：若是去呢，快些来罢；若不去呢，别在风地里站着。"说的贾母凤姐并地下站着的老婆子丫头都笑了。宝钗的脸上飞红，把秋纹啐了一口，说道："好个糊涂东西！这也值得慌慌张张跑了来说！"……贾母向宝钗道："你去罢，省的他这么不放心。"说的宝钗站不住，又被凤姐怄着顽笑，没好意思，才走了。（同上）

由这两段看来，宝玉真是可爱。此等夫妇焉能长久，亦不须长久。一日已足，何况年余？然则宝钗虽守寡，其艳福亦胜黛玉多多矣。

九

宝玉终非负心之人。"禅心已作沾泥絮，莫向东风舞鹧鸪。"他必须要履践前言。宝钗虽可爱，小夫妇虽甚甜蜜，然而其爱的关系终不如与黛玉之深。不过逼着宝玉出家的主力，据情理推测，尚不在爱黛玉心切，而实在思想之乖僻与人世之无常。这两个主力合起来，使着宝玉感觉到人生之无趣。试想读书上进他既看不起，而他所最钟情的却又都风流云散，他所想望的以眼泪来葬他及大家都守着他的美梦，现在却只剩了他自己，使他感觉到活着无趣，种种想望不过是梦不过是幻。他除了出家以外，还有什么办法？为黛玉出家实在是一个巧合，而事实上促成他这个目的与前言，却有好多其他成分在内。如果宝玉不是乖僻之人，如果是乖僻而不走到佛家的路上，转回来走儒家之路，如甄宝玉似的，则与宝钗偕老是必然的事。因为宝玉也实在爱慕宝钗，而宝钗运用柔情，也实在有作过移花接木之计。然而并未偕老，这其中并非对于宝钗有所恨，有所过不去，这实在是世事使着他太伤心了，因而使着他对于生活也冷淡起来。这是蕴藏在他的内部的心理情绪。若说他一心想着黛玉而出家，这还是有热情。须知此时的宝玉不但是看富贵如浮云，即是儿女情缘也是如浮云。我们看这段话便知：

> 那知宝玉病后，虽精神日长，他的念头一发更奇僻了，竟换了一种：不但厌弃功名仕进，竟把那儿女情缘也看淡了好些，只是众人不大理会，宝玉也并不说出来。一日恰遇紫鹃送了林黛玉的灵柩回来，闷坐自己屋里啼哭，想着："宝玉无情。见他林妹妹的灵柩回去，并不伤心落泪；见我这样痛哭，也不来劝慰，反瞅着我笑！……只是一件叫人不解：如今我看他待袭人也是冷冷儿的！"（第一百十六回）

这种微妙的心理，慧紫鹃也不慧了！

冷到极点，心中早有一个成见在那里。母子之情与夫妇之情皆未能稍动其心。一切情欲，扫涤净尽。心中坦然，倒觉无丝毫病魔缠身。所以他说："如今再不病的了，我已经有了心了，要那玉何用？"玉即欲，欲可以医病，可以养生亦可以害生。所以"欲"是人间生活的维持，没有了欲，便到了老病死的时候；而老病死之所以至，也即因为有了欲。如今他有了"心"了。心得其主是为永生，要欲何用？袭人说"玉即是你的命"，而宝玉却以为"心就是命"，玉是无用的了。所以当"佳人双护玉"的时候，他至不得已便笑道："你们这些人原来重玉不重人哪！"可怜凡夫俗子如何能了解他的领悟！

他既有了心，那玉之有无便不相干，对于他的行动毫无影响，于是他决定离开这欲的世界了。

> 只见宝玉一声不哼，待王夫人说完了，走过来给王夫人跪下，满眼流泪，磕了三个头说道："母亲生我一世，我也无可答报，只有这一入场，用心作了文章，好好的中个举人出来，那时太太喜欢喜欢，便是儿子一辈子的

事也完了，一辈子的不好，也都遮过去了！"

这是母子的惨别！

宝玉却转过身来给李纨作了一个揖说："嫂子放心，我们爷儿两个都是必中的。日后兰哥儿还有大出息，大嫂子还要戴凤冠穿霞帔呢。"

这是叔嫂之别！

此时宝钗听得早已呆了，这些话，不但宝玉说的不好，便是王夫人李纨所说，句句都是不祥之兆，却又不敢认真，只得忍泪无言。那宝玉走到跟前，深深的作了一个揖。众人见他行事古怪，也摸不着是怎么样，又不敢笑他。只见宝钗的眼泪直流下来，众人更是纳罕。又听宝玉笑道："姐姐！我要走了！你好生跟着太太，听我的喜信儿罢！"宝钗道："是时候了，你不必说这些唠叨话了！"宝玉道："你到催的我紧，我自己也知道该走了！"

这是夫妻惨别！还忍卒读吗？其为悲何亚于黛玉之死？
于是"宝玉仰面大笑道：'走了走了！不用胡闹了！完了事了！'"
"走来名利无双地，打出樊笼第一关。"宝玉至今真出家矣。
离家时，贾政不在家，于是便往辞亲父。

贾政写到宝玉的事，便停笔。抬头忽见船头上微微的雪影里面一个人，光着头，赤着脚，身上披着一领大红猩猩毡的斗篷，向贾政倒身下拜。贾政尚未认清，急忙出船，欲待扶住问他是谁，那人已拜了四拜，站起来打了个问讯。贾政才要还揖，迎面一看，不是别人，却是宝玉。贾政吃一大惊，忙问道："可是宝玉么？"那人只不言语，似喜似悲。贾政又问道："你若是宝玉，如何这样打扮，跑到这里来？"宝玉未及回言，只见船头上来了两人，一僧一道，夹住宝玉道："俗缘已毕，还不快走！"说着，三个人飘然登岸而去。

这是父子之别！吾实不禁黯然伤神者矣！
以上别父母别妻嫂，极人间至悲之事。释伽牟尼正因着生离死别的悲惨而离了皇宫，然离皇宫又何尝不是极悲之事？宝玉冷了心肠而出家求那永生之境，正同释伽牟尼一样，都是以悲止悲，去痛引痛。这是一个循环，佛法无边，将如何断此循环？

宝玉出家一幕，其惨远胜于黛玉之死。黛玉死，见出贾母之狠毒与冷淡，然此狠毒与冷淡犹是一种世情，其间有利害关系，吾人总有恕饶的一天。至于宝玉的狠与冷却是一种定见与计划。母子之情感动不了，夫妻之情感动不了，父子之情更感动不了，刚柔皆无所用，吾人何所饶恕？恕宝玉乎？然宝玉之狠与冷并非是恶，何用汝恕？惟如此欲恕而无可恕无所恕之狠与冷，始为天下之至悲。盖其矛盾冲突之难过，又远胜于有恶可恕之利害冲突也。吾故曰第二幕之惨又胜于第一幕。其主因即在于思想性格冲突而外又加上一种无常之感。他要解脱此无常，我们恕他什么？

有恶而不可恕，以怨报怨，此不足悲。有恶而可恕，哑叭吃黄连，有苦说不出，此大可悲，第一幕悲剧是也。欲恕而无所施其恕，其狠冷之情远胜于可恕，相对垂泪，各自无言，天地黯淡，草木动容，此天下之至悲也。第二幕悲剧是也。

《文哲月刊》第一卷第三期〔1935 年 12 月 15 日版〕、

第四期〔1936 年 1 月 15 日版〕

《红楼梦》试论

陈觉玄

中国说部，由唐代传奇文到宋元以后的章回小说，已由短篇发展而为长篇了。然其所谓长篇者，不过是许多片断的人物和故事之集合，徒具形式而已。求其内容，以一个中心人物和故事的展开构成全书之情节者，惟清代《红楼梦》一书，勉强可以说有散漫的结构，值得读者的玩味。

《红楼梦》产生时代，据胡适之的考证，前八十回为乾隆初年到三十年间曹雪芹的作品，后四十回为乾隆五十年后高鹗所补述。今按书中载荣、宁二公之灵对警幻仙姑说："吾家自国朝定鼎以来，功名奕世，富贵流传，已历百年。"（第五回）考清世祖顺治元年（一六四四年）定鼎北京，到乾隆九年（一七四四年），适届百年。书中又说："当此日……编述一集，以告天下……后因曹雪芹于悼红轩中，披阅十载，增删五次。"（第一回）则其成书当在乾隆十九至二十九年（一七五四——六四年）之间，实为十八世纪中期的产物。俞樾《小浮梅闲话》说："《红楼梦》八十回以后，俱兰墅（高鹗）所补。"高氏所作序则说："予闻《红楼梦》脍炙人口者，几二十余年，然无全部……今年春，友人程子小泉过余，以所购全书见示。"则后四十回又出于二十年以后，实为十八世纪末期的产物，似无可疑。现在要进一步地探讨，彼时文艺界何以会产生这部作品？容就其时社会背景和时代思潮试略论之。

中国的封建社会，由秦汉确立了全国统一的中央政府，国家一切设施都由中央官吏廷议来决定；唐宋的政治，以三省共议国政，后来又把三省合一，成为强化的中央集权的官僚政治。明代便实行君主专政，废除宰相，设立君主秘书处的内阁，一切政事由君主独裁；清代于内阁之上设军机处，以满洲八旗军机大臣总理政事，成为军事独裁。这样绝对主义的组织和制度，把中国的封建制达到完密的程度，也就是中国封建制的最后阶段，或中国封建社会的末期。

当时都市经济的发展，除去中国内部关系而外，还有国际的关系。自十六世纪初期以来，葡萄牙、荷兰等国相继到中国通商；至十七世纪，英国接着东来，虽受清廷闭关政策的阻碍，对华贸易尚不甚发达；然到乾隆十六年（一七五一年）顷，欧洲开到广东的商船，已有相当的数量；到乾隆五十四年（一七八九年），数量更见激增，从此中西海上交通频繁，更刺激起中国商业的繁盛。

因为都市商业经济成长的结果，便有新兴的市民阶层的抬头，对于旧社会制度由不满而生怀疑，甚至予以否定，这是新兴市民意识表现的自然姿态，他们便需要能够表现自我理想的新文艺之产生了。

反映这种需要出现的，在清初雍正末年（一七三〇——三五年），就有吴敬梓的一部《儒林外史》，把当日眼见的现实社会中各种愚昧、顽固、迂腐、卑劣的士人丑态，用许多人物故事尽情地描写出来，成为近代创刊的一部写实小说。作者虽对于当前社会丑恶的人情世故，尽量加以讽刺，但他只见到旧社会的阴暗面，对于新兴市民的理想尚未触到，必有待于二十年到五十年以后，曹雪芹及高鹗才能有进一步的认识。

新的社会阶层不满于封建教条之束缚，而要建立自身的新文化，这就是对封建制度作斗争的新知识群之意识形态。其特征就是人们自我之醒觉与发见，强调人类性去反抗封建的传统，对抗中世纪礼教的人生观，把人性从礼教中解放出来，于是有新型人性之新理论的建立，便形成了清初的启蒙思潮。当时南方学者顾炎武、黄宗羲之提倡致用精神，北方学者颜元、李塨之主张实践主义，都是这种思潮的最初表现。

清初王朝眼见这种思潮对于传统思想的妨害，一面大兴文字狱来摧残，一面提倡程朱的理学来抵制。因而擢用理学大臣，编纂《性理大全》，想用它来凝固人们的思想。依理学家的见解，天理与人欲是对立的，必须"人欲净尽"，才能使"天理流行"。这就是西方中世纪宗教上的禁欲主义。

到了十八世纪初期——清雍正、乾隆之间，汉学派的戴震（一七二三——七七年）出来，公然主张"唯情主义"。他说："饮食男女，人之大欲存焉。""圣人治天下，体民之情，遂民之欲，而王道备。""君子之治天下也，使人各得其情，各遂其欲，勿悖于道义。君子之自治也，情与欲使一于道义。夫遏欲之害，甚于防川，绝情去知，充塞仁义。"（《孟子字义疏证》）这是"体情遂欲"的新人性论，反映到文艺中，便成为新人物的形象。

本书中贾雨村说这新人的来历道：

> "可惜你们不知道这种人物的来历，大约（贾）政老前辈也错以淫魔色鬼看待了。若非多读书识事，加以致知格物之功，不能知也。"（第二回）

又说：

> "清明灵秀，天地之正气，仁者之所秉也……假使或男或女，偶秉此气
> 而生者，上则不能为仁人，为君子，下亦不能为大凶大恶，置之千万人之
> 中，其聪俊灵秀之气，则在千万人之上，其乖僻邪谬不近人情之态，又在千
> 万人之下。若生于公侯富贵之家，则为情痴情种，若生于诗书清贫之族，则
> 为逸士高人。纵然生于薄祚寒门，甚至为奇优，为名娼，亦断不为走卒健
> 仆，甘遭庸夫驱使。"（同上引）

说明作者创造新人性的哲学根据。这种"情痴情种"和"高人逸士"，皆是天
地所馀之秀气之所发泄，虽以环境不同，造就各异，其发挥个性，则彼此是一
样的。作者根据这种哲学见地塑造出代表人物的形象，便是本书中男女两个主
人公。这种"聪俊灵秀之气在千万人之上"的天才表现，是新人性的第一特
征。

具有天才的人物必有他的癖性与特质，非世俗所能了解，他亦绝不肯与世
俗妥协，乃敢于冒举世的大不韪，毅然独行其是，与传统相挑战。故警幻仙姑
说：

> "吾所爱汝者，乃天下古今第一淫人也……如尔，则天分中生成一段痴
> 情，吾辈推之为意淫。惟'意淫'二字，可心会而不可口传，可神通而不可
> 语达。汝今独得此二字，在闺阁中虽可为良友，却于世道中未免迂阔怪诡，
> 百口嘲讽，万目睚眦。"（第五回）

这种新人，当然为旧社会所不容，至于"百口嘲讽，万目睚眦"，终不能改变
他"迂阔怪诡"的特性。

以上所述天才的癖性，多属抽象的说明，尚未能见到他真实的形象。再具
体地说，如傅家的两个婆子道：

> 这一个笑道："怪道有人说，他们家的宝玉是相貌好，里头糊涂，中看
> 不中吃，果然竟有些呆气。他自己烫了手，倒问别人疼不疼，这不是呆了
> 吗？"
> 那个又笑道："我前一回来，还听见许多人说，千真万真，有些呆气：

大雨淋得水鸡儿似的，他反告诉别人：'下雨了，快避去罢。'你说可笑不可笑？时常没有人在跟前，就自哭自笑的。看见燕子，就和燕子说话；河里看见了鱼，就和鱼说话；见了星星、月亮，他不是长吁短叹的，就是咕咕哝哝的。且一点儿刚性儿也没有，连那些毛丫头的气都受到了。爱惜起东西来，连个线头儿都是好的；糟蹋起来，那怕值千值万，都不管了。"（第三十五回）

天才"不失赤子之心"，故任性所为，无处不是真情流露，常人看了，都成了可笑的资料。这是新人性又一特征。

封建人士必须读圣贤书，才能明白封建制度下的礼义，宝玉却鄙薄诗书，试看袭人对他说：

"老爷心里想着：我家代代念书，只从有了你，不承望，不但不爱念书——已经他心里又气又恼了——而且背前面后混批评：凡读书上进的人，你就起个外号儿，叫人家'禄蠹'。又说：'只除了什么'明明德'外，就没书了，都是前人混编出来的。'这些话，你怎么怨得老爷不气？不时时刻刻要打你呢！"（第十九回）

这就是对于传统知识和封建教条加以根本反抗。古代的书本，传统知识和封建教条都被他抛弃了。宝玉又批评甄宝玉道：

"他说了半天，并没个明心见性之谈，不过说些什么'文章经济'，又说什么'为忠为孝'。这样人可不是个禄蠹么？"（第一一五回）

书本上所载的"文章经济"和"为忠为孝"，由他看来，都是些干禄的工具而已。从根本上否定了传统的遗教，这是新人性第三特征。

至于当时应科举考试的制艺文，他更加深恶痛绝了。故作者说：宝玉对于"时文八股"一道，因平素深恶，说：

"这原非圣贤之制撰，焉能阐发圣贤之奥，不过是饵名钓禄之阶。"（第七十三回）

又说：

> "还提什么念书，我最厌这些道学话。更可笑的是八股文章：拿他诓功
> 名，混饭吃，也罢了，还要说代圣贤立言；好些的不过拿些经书凑搭凑搭罢
> 了；更有一种可笑的，肚子里原没有什么，东拉西扯，弄得牛鬼蛇神，还自
> 以为博奥。这那里是阐发圣贤的道理？"（第八十二回）

《儒林外史》中马二先生所最信奉的应举时文，被宝玉说得一钱不值，严正地
加以否定；毫不犹豫。进一步把封建王朝最推崇的孔子、朱子，也加以怀疑。
如探春引姬子说：

> "登利禄之场，处运筹之界者，穷尧舜之词，背孔孟之道。"（第五十六
> 回）

这真如宝钗所说："他才办了两天事，就把朱子都看虚浮了，越发连孔子也都
看虚了。"她才借姬子的话来忽视孔孟，不外乎是把封建教条的中心权威思想，
加以动摇，这是新人的第四特征。

　　封建社会向来贱视女性，孔子说："惟女子与小人为难养也。"（《论语》）
汉人以"夫为妻纲"，把女性当做男子的附属品，以为是无足轻重的。宝玉则
说：

> "女儿是水做的骨肉，男人是泥做的骨肉。我见了女儿便清爽，见了男
> 子便觉浊臭逼人。"（第二回）

又说：

> "这女儿两个字，极尊贵，极清净的，比那瑞兽珍禽奇花异草更觉希罕
> 尊贵呢！你们这种浊口臭舌万万不可唐突了这两个字，要紧要紧。但凡要说
> 明的时节，必用净水香茶漱了口方可。设若说错，便要凿牙穿眼的。"（第
> 二回）

宝玉平日的思想，以为"天地间灵淑之气只钟于女子，男儿们不过是些渣滓浊

沫而已。"把女性看得这样纯洁清高，诋男子为须眉浊物，一反旧日重男轻女之说，而重女轻男，这是新人第五特征。

封建社会重视门阀，不论智愚贤不肖，托生在富贵之家，便有了身份，身份就是一种资本。宝玉却说：

> "可恨我为什么生在这侯门公府之家，要也生在寒儒薄宦的家里，早得和他（秦钟）交接，也不枉生了一世。我虽比他尊贵，但绫锦纱罗，也不过裹了我这枯株朽木；羊羔美酒，也不过填了我这粪窟泥沟。富贵二字，真真把人荼毒了。"（第七回）

他以为"富贵二字把人荼毒了"，这不是过分的偏激之词，实在是有理由的。因为世宦家庭，表面上虽然冠冕堂皇，里面实包含许多丑恶，如焦大所骂："那里承望到，如今生下这些畜生来，每日偷鸡戏狗，爬灰的爬灰，养小叔子的养小叔子，我什么不知道？"（第七回）柳湘莲更说："你们东府，除了两个石头狮子干净罢了。"（第六十六回）可见世宦之家，表面上好看，内容实在不堪闻问。暴露门阀的丑恶，这是新人第六特征。

强凌弱，众暴寡，是封建社会等级制下的自然现象。如龄官所说：

> "你们家把好好儿的人弄了来，关在这牢坑里，学这个（唱戏）还不算，你这回又弄个雀儿来，也干这个浪事，你分明弄了来打趣形容我们，还问我好不好？"（第三十六回）

龄官在积威之下，却能说出几句反抗的话来。还有那些被玩弄的家伙，不知道羞耻，反自鸣得意，难怪鸳鸯骂道：

> "你们自以为有了结果了，将来都是做姨娘的。据我看来，天底下的事未必都那么遂心如意的。你们且收着些儿罢，别忒乐过了头儿。"

又骂她的嫂子道：

> "怪道成日家羡慕人家的丫头做了小老婆，一家子都仗着他横行霸道的，一家子都成了小老婆了。看得眼热了，也把我送在火坑里去。我若得脸呢，

你们外头横行霸道，自己就封自己是舅爷；我若不得脸，败了时，你们把忘八脖子一缩，生死由我去。”（第四十六回）

把这班倚仗暴力生活的奴才骂得狗血淋头，鸳鸯在众侍女中不愧为一个出色的人物。这是新人的第七特征。

因为反对暴力，故同情弱小，如芳官被她的干娘欺负，袭人、晴雯都说她不是，惟宝玉偏说：

“怨不得芳官。自古说：‘物不平则鸣。’他失亲少眷的在这里，没人照应；赚了他的钱，又作践他，如何怪得？”（第五十八回）

又如柳家女儿五儿被人诬为窃贼，软禁了一夜，心里又气，又委屈，竟无处可诉，宝玉说：

“也罢，这件事，我也应起来，就说原是我要吓他们玩，悄悄的偷了太太的来了，两件事就都完了。”（第六十一回）

司棋被逐出贾府，周瑞家的押着她出门，一刻不许逗留，可巧正值宝玉从外头进来，看见这种情形，恨道：

“奇怪，奇怪！怎么这些人，只一嫁了汉子，染了男人的气味，就这样的混账起来，比男人更可杀了！”（第七十七回）

这皆是对于弱者同情心的表现。宝玉因为最富于对弱小的同情，故他看到抄检大观园，逐司棋，别迎春，悲晴雯等一连串的不幸事故发生，羞辱、惊恐、悲凄之情，同时袭上心头，致一夜不能安眠，次日懒进饮食，身体发热，兼以风寒外感，遂致成疾，卧床不起（第七十九回）。这是何等心肠，虽佛氏慈悲为怀，也不过是把这点不忍人之心扩充出来而已。这是新人的第八特征。

上述新型人性意识的发展，旧社会中干燥、枯窘、冷酷的法则不能满足他的理想，发挥他的热情，他要在纯洁的女性中找到安慰，更发见一个理想的女性，足以做他性灵的寄托之地，哪知道竟可望而不可及，终至陷于绝望的深渊。这其中的原因，还得从社会背景来说明它。

清初绝对主义的政治组织，是适应商业资本之发达的要求而产生的。在这个时期，货币被认为主要财富。为了要贮蓄多量的金属货币，便要发展国内外的贸易，贸易的主要商品是农产物和工业品，当时虽有棉织、制丝、陶瓷等手工工场，但终无补于大工业的生成。农村的家庭手工业则被束缚在商业资本控制之下，不能独立经营。欧洲商品的浸入，如书中所见的金表、自鸣钟、穿衣镜、洋烟盒、西洋画、西洋药、自行船等，大半属于奢侈品之类居多。小农业更受了地主和高利贷的剥削，致农产品为大地主及贵族所把持，工业和奢侈品也多操在商人手中。因此，当时的盐商、米商及独占国外贸易的十三行商人，便和地主、高利贷者、官僚之间，有着密切地结合，遂演成了早期的官僚资本的倾向。

试看新门子对贾雨村说的"护官符"，上面写的是本省最有权势极富贵的大乡绅名姓，各省皆然。俗谚口碑说："贾不假，白玉为堂金作马。阿房宫，三百里，住不下金陵一个史。东海缺少白玉床，龙王来请金陵王。丰年好大雪（薛），珍珠如土金如铁。"这贾、史、王、薛四大家族，皆连络有亲，一损俱损，一荣俱荣（第四回）。他们既是皇亲国戚，又是大地主兼高利贷者，同时又以官僚身份经营商业。故门子说薛蟠"虽是皇商，一应经纪世事，全然不知。"（第四回）就是入口的洋货也归他们一手包办。看王熙凤说："我们王府里也预备过一次（接圣驾）。那时我爷爷专管各国进贡朝贺的事，凡有外国人来，都是我们家养活，粤、闽、滇、浙所有的洋船货物，都是我们家的。"（第十六回）他家一面接待外宾，一面收买洋货，以外交家兼做买办，成了买办的官僚资本。

这种资本官僚化的结果，固然可以使当时士大夫的经济基础暂时稳定，在文化上反映出布尔乔亚的文艺；但是这种资本是依赖封建势力为后盾的，故他们虽对封建势力表示不满，终不能摆脱它的羁绊，自己独立抬起头来。在这样的矛盾之下，作家们乃不能成为自由的创造者，而不能不服从封建的特定的规律。既依据封建特权者所制定的规律来指导一切生活，故作者虽激情地创造出男主人公贾宝玉的形象，而又不能任他的意志自由发展。他衔了五彩晶莹的一块玉出生，象征他一生的生命，而又常常为了它生气，几次要抛弃它，砸碎它。后来它竟丢了，宝玉也就失去灵性，任人播弄了。他平日喜在脂粉队中周旋，偏为封建家长所痛恨，要把他关到书房里去。他最藐视虚荣，当秦钟死了，他"心中怅怅不乐，虽有元春晋封之事……亲友如何来庆贺，宁荣两府如何热闹，众人如何得意，独他一个皆视有如无，毫不介意。因此，众人嘲他越发呆了。"（第十六回）他最怕和官僚往来，史湘云偏劝他说："如今大了，你就不愿意去考举人进士，也该常会会这些为官作宦的，谈谈讲讲那些仕途经济，也好将来应酬世务，日后也有个正经朋友。"宝玉听了，大觉逆耳，便说："姑娘请到别的屋里坐坐罢，我这里仔细腌臜了你这样知经济的人。"（第三十二回）他最反对科举，贾政偏要他习八股，赴乡试，做这些无聊的事来应付家长。

因为他不肯向封建社会特定的规律投降，遭时人的嫉视，致造出种种夸大的谣传，说他"在外流荡优伶，表赠私物；在家荒疏学业，逼淫母婢"。把贾政气得面如金纸，"喘吁吁直挺挺的坐在椅子上，满面泪痕，一叠连声，叫'拿宝玉来，拿大棍来，把门都关上，有人传信到里头去，就立刻打死！'"（第三十三回）封建的规律是如何的可怕，那容这主人公的个性自由发展，得着他的光辉呢？此时作者只有把他的情感和想像完全屈伏于旧教条之下，任其失败了。

作者于无可奈何之中，只有用变态心理来应付这个场面。如宝玉听紫鹃说，林妹妹要回苏州了，便丧魂落魄，如头上响一个焦雷。"一头热汗，满脸紫涨……两个眼珠儿直瞪起来，口角边津液流出，皆不知觉，给他个枕头，他便睡下，扶他起来，他便坐着，倒了茶来，他便吃茶。"在这种半疯狂的病态掩护之下，他才敢大胆的发抒一点真情，说道：

> "活着，咱们一处活着；不活着，咱们一处化灰，化烟，如何？"（第五十七回）

又说：

> "我只愿这会子立刻就死了，把心迸出来，你们瞧见了，然后连皮带骨，一概都化成一股灰，再化成一股烟，一阵大风，吹的四面八方都登时散了，这才好。"（同上）

他愿把一身化成灰烬，灰烬再化成云烟，被狂风吹散，而此心不改，此情不移，作者可说是透进了主人公的心灵，把他心灵里蕴蓄的无限深情，表现于字里行间，尽成了满纸的血泪。

再说到女主人公，那就更可怜了。他们被压迫在传统的礼教之下，内心虽也同样地蕴蓄着一段深情，口头却不敢吐露一个字。看紫鹃回潇湘馆后，夜深人静，宽衣卧下的时候，悄向黛玉说到宝玉的心倒实，听见她们要去，就这么病起来，黛玉不答。紫鹃惟有自言自语地说："一动不如一静，我们就算好人家，别的都容易，最难得的是从小儿一处长大，脾气、性情，彼此都知道了。"黛玉听了这些话，口里虽骂紫鹃嚼什么蛆，心内未尝不十分伤感，待紫鹃睡了，便直哭了一夜，至天明方打了一个盹儿（第五十七回）。更是满腹热情，无可告语，无地申诉，连在深夜里对体己的丫头，也不敢直率坦白地说一言半句。这种精神上的苦闷，更是无法抒写，作者惟有拿眼泪来填补这永久无法填平的空虚罢了。这种暧昧迟疑的性格，正是新旧交替期间的女性典型。

再看男女两主人公在那种互相怨慕而又互相猜疑，互求了解而又偏不能了解的时候，作者更用如何曲折委宛的笔触，透过了他们的心头口头，抒写出这种缠绵悱恻的幽怨呢？如宝玉在大观园山坡上听到黛玉低吟葬花诗后，追随在她身后，絮絮叨叨地说上许多求她谅解的苦衷，说着不觉哭起来，那时黛玉耳内听了这些话，眼内见了这光景，心内不觉灰了大半，也不觉滴下眼泪来，低头不语。宝玉见这般形象，遂又说道：

> "我也知道，我如今不好了。但只任凭着我怎么不好，万不敢在妹妹跟前有错处。就是有一二分错处，你或是教导我，戒我下次，或骂我几句，打我几下，我都不灰心。谁知你总不理我，叫我摸不着头脑，少魂失魄，不知怎样才好，就是死了，也是个屈死鬼，任凭高僧高道忏悔，也不能脱生，还得你说明了缘故，我才得托生呢。"（第二十八回）

这类的误会，说破了似不难消释，消释了随时又会发生，如此纠缠不清，不知惹出许多烦恼。作者说明其中微妙道："原来宝玉……从幼时和黛玉耳鬓厮磨，心情相对，如今稍知些事，又看了些邪书僻传……所以早存一段心事，只不好说出来；故每每或喜或怒，变尽法子，暗中试探。那黛玉偏生也是个有些痴病的，也每用假情试探。因你也将真心真意瞒起来，我也将真心真意瞒起来，都只用假意试探。如此两假相逢，终有一真；其间琐琐碎碎，难保不有口角之事……这皆二人素昔所存的私心，难以备述。"（第二十九回）因为他俩心里都充满了青春的热情，滋生着新鲜的爱苗，同时又警惕着第三方面的阴影——薛宝钗；这就是新型人性和因袭传统互相纠缠，互有消长，两种线条所交织而成的这抑郁幽怨的抒情诗篇。

　　这一场口角以后，黛玉事后想来也觉后悔，但又无去就宝玉之理，过了几天，还是宝玉来赔不是。因为说错了一句话，又被黛玉一顿批驳。宝玉心里原有无限的心事，又兼说错了话，自己也有所感，不觉掉下泪来，要用绢子揩泪，不想又忘了带来。黛玉虽然哭着，却回身将枕上搭的一方绢帕拿起来，向他怀里一摔，一语不发，仍掩面而泣，宝玉见她摔了帕子来，忙接住拭了泪，又挨近前些，伸手拉了她一只手，说道："我的五脏都揉碎了，你还只是哭。"（第三十回）从此似乎可以有进一步地谅解了，果然未过几天，宝玉见黛玉眼睛上泪痕没有干，他瞅了半天，方说道："你放心！"黛玉听了，怔了半天，说道："我有什么不放心的？我不明白你这句话，你倒说说，怎么放心不放心？"宝玉叹了一口气，问道："你真不明白这话，不但我素日白用了心，就连你素日待我的心也都辜负了。你皆因都是不放心的原故，才弄了一身的病，但凡宽慰些，这病也不得一日重似一日了！"黛玉听了这话，如轰雷掣电，细细思之，竟比自己肺腑中掏出来的还觉恳切，竟有千言万语，满心要说，只是半个字也不能吐出，只管怔怔的瞅着他。此时宝玉心中也有千言万语，不知从何说起，却也怔怔的瞅着黛玉。两个人怔了半天，黛玉只咳了一声，眼中泪直流下来，回身便走。宝玉只管发呆，呆着脸说道："好妹妹，我的这个心，从来也不敢说，今天胆大说出来，就是死也是甘心的。我为你，也弄了一身的病，又不敢告诉人，只好捱着。等你的病好了，只怕我的病才好呢，我睡梦里也忘不了你。"（第三十二回）我们在这里听到他俩喁喁的情话缠绵，两下的热情交流在一起，两颗将要跳出胸膛的心像狂风暴雨的融成一片，作者的想像和感情的表现也达到了诗的最高的成就。

　　但是后四十回的作者高氏，于曹氏给我们以美妙的精神陶醉以后，又绘出许多幅凄惋的失恋画面在后头。其中有苦闷的失望悲哀，而想像的希望仍不断像游丝般的摇曳着。如黛玉听那老婆子说她"和宝玉是一对儿，真是天仙似的"一番混话，想起甚是刺心，当黄昏人静，千愁万绪，堆上心来，想到自己身子不牢，年纪又大了，看宝玉的心里虽没有别人，但是老太太和舅母又不见有半点意思。心内一上一下，辗转缠绵，竟像辘轳一般，叹了一回气，吊了几滴泪，无情无绪，和衣倒下，不觉做了一场恶梦，惊醒以后，只听得外面淅淅飒飒，又像风声，又像雨声，自己挣扎爬起来，围着被坐了一会，便咳嗽不已（第八十二回）。在这种百无聊赖的凄凉境况之下，任何人也禁不住要俯仰兴悲，感伤身世，何况多愁善病的黛玉，那能久支持呢？难怪她第二天起身，觉得心里一撞，眼中一黑，神色俱变，半日才吐出一口痰来，痰中一缕紫血，簌簌地乱跳，便昏昏地躺下了。那边宝玉听到，半夜里一迭连声地嚷起心痛来，嘴里胡说白道，直闹到打亮梆子以后才好些（第八十三回）。到了这种凄惨的地步，不独他俩互相怜惜，就是旁人见了，也应当引起无限的同情，哪知贾母听到，反说道：

> "偏见这两个玉儿多病多灾的，林丫头一来二去的大了，他这个身子也要紧。我看这孩子太是个心细。"（第八十三回）

她反怪黛玉的心太窄，才招致这无妄之灾，轻描淡写的几句话，把他们得病的原因一笔抹煞，更不肯想法来挽救了。

说起黛玉的病原，不独众人都明白，就是贾母也说：

> "宝玉和林丫头是从小儿在一处的，我只说小孩子们怕什么？以后时常听得林丫头忽然病，忽然好，都为有了些知觉了。"（第九十回）

她并非毫无感觉，及至王夫人提出赶着把他们的事办办也罢，贾母又不以为然，说：

> "林丫头的乖僻，虽也是他的好处，我的心里不把林丫头配他，也是为这点子。况且林丫头这样虚弱，恐不是有寿的。只有宝丫头最妥。"（同上引）

这点情苗，原是贾母一手培植出来的，到了它由滋长到将要成熟的时期，她竟忍心加以摧残，毫不顾惜了。这是因为封建家长把子女当作他们的私有物，任他们来安排，播弄，子女本身反没有意志的自由。其婚姻不是建筑在爱情的基础上的。这是何等不合理的事情。

在这种不合理的现象之下，被压迫的男主人公疯狂了，他还说：

> "我有一个心，前儿已交给林妹妹了。他要过来，横竖给我带来，还放在我肚子里头。"（第九十七回）

这样伤心的话，她们听了，当做是疯话，全不理会。及至女主人公听到傻大姐说，宝玉要娶宝钗来冲喜，身子往前一栽，哇的一声，一口血直吐出来，旧病顿时大作，而且火上加油般的日见沉重，到了不可救药的时候，还把从前题诗的旧手帕狠命的撕碎，撂到火里烧了。又把平日的诗稿一同烧毁，才把眼一闭，往后一仰，倒在床上（第九十七回）。她痛恨这个虚伪残酷的封建家庭，封建社会，她虽燃烧着愤怒的火焰，却无法照亮这黑暗的环境。到了病重的时候，喘成一处，已经促疾得很了，手慢慢的凉了，连目光也都散了，还挣扎着直叫道："宝玉，宝玉，你好！"说到"好"字，便浑身冷汗，不作声了（第九十八回）。她内心所点燃的爱情之火，只有毁灭了她本身而已。而贾母和王熙凤还在那里演"掉包子"的丑剧呢，哪知道宝玉和宝钗洞房花烛之时，正是黛玉孤馆绝命之际！这一幅强烈的对照画面，更令人看到，灵魂为之颤抖，不禁叹凤世冤家，抱恨终天，这个大悲剧也就发展到顶点了。

作者至此，感觉到在封建最后阶段的重压之下，新兴市民智识群的力量薄弱，没有奋斗的勇气，更看不到现实发展的前途，遂由灰色的绝望，堕落到颓废的境地，对眼前的现实惟有悲观了。故宝玉说道：

> "我能够和姊妹们过一日是一日，死了就完了，什么后事不后事？"（第七十一回）

又说：

> "人事难定，谁死谁活？倘或我在今日明日、今年明年死了，也算是随心一辈子了。"（同上）

他看当前的现实，在封建势力之下是黑漆一团，只有把人生付之虚空，以一死了事。这是新兴市民的空想幻灭之后，而发出的人生无常的心情之悲哀。

因为作者原来是没落的贵族，又感到市民人性的薄弱，所以在他所表现的恋爱观中，仍残存着封建文艺——传奇式的佳人才子的见地，不是通常的市民阶层。再说到一般平民，则更绝对没有发抒本性的余地，偶尔表现一点自由意志，那结果就更凄惨了，如金钏因为对宝玉说了两句情话，便被王夫人打了个嘴巴，指着骂道："下作小娼妇儿，好好儿的爷们，都叫你们教坏了。"（第三十回）金钏含冤抱屈，只有投井而死，这是一个例子。

司棋和她的表兄潘又安私下订了海誓山盟，忽然被鸳鸯惊散，潘又安竟逃走了（第七十二回）。还留下一个同心如意和一个字帖儿，抄大观园时被搜查出来，她的老娘竟恨得无地自容。司棋虽大胆地敢说："一身作事一身当。"但结果惟有碰死，潘又安也就用小刀子把自己抹死了（第九十二回）。这又是一个例子。

尤三姐秉性刚烈，拒绝了贾珍、贾琏的诱惑，意中看中了柳湘莲。她竟敢坦白地说：

> "这人一年不来，他等一年；十年不来，等十年。若这人死了，再不来了，他情愿当姑子去，吃常斋，念佛，再不嫁人。"（第六十六回）

后来竟遭柳湘莲的拒绝，三姐也只好引剑自刎。这是第三个例子。

晴雯因为相貌生得美丽轻狂一些，王夫人以为这样美人似的人儿，心里是不能安静的，当她病得四五日水米不曾沾牙的时候，把她从炕上拉下来，剥去外面的衣服，当众把她逐出门去（第七十七回）。她到了家直着脖子叫了一夜，第二天就闭了眼，住了口，不省人事，从此一病不起了（第七十八回）。这是第四个例子。

就连年幼无知的四儿，因为同宝玉一天生日，小孩子背地里混说："同日生日的便是夫妇。"被王夫人听到，看他相貌虽比不上晴雯，却有几分清秀，就把她家人叫来领出去配人（第七十七回）。这是第五个例子。

在这种沉闷的窒息空气中，这班无告的弱者，哪能容她们从千年的桎梏中解放出来？不要说有行为言论的表现，就是迹近嫌疑，也是罪不容诛。甚至无知的孩子，说了一句混话，也要受到严厉的处罚，可怜这班被压迫被损害者，作者偶尔提到三五个，竟使她们沉冤千古，无处告诉了。

再看那班摧残弱小的魔王，则任情纵欲，无所不为。如贾珍在他的父亲热丧之中，仍和两个姨妹厮混不已。贾赦屋中已有上几个小老婆，还不满意，又看上了她母亲的丫头鸳鸯，被鸳鸯拒绝了，还不肯干休，说终久要报仇的（第四十六回）。又用了五百两银子买了一个十七岁的嫣红，收在房中。贾琏既有了凤姐、平儿这一对娇妻美妾，他父亲又把秋桐给他，还要在外面偷娶尤二姐，又和鲍二家的——多姑娘闹上许多笑话。这种无耻的勾当，在他们做来，却恬不为怪。他们是不受任何礼教的束缚，而且拿礼教来残杀弱小的人们，难怪当时学者戴震斥责"后儒以理杀人"了。

作者鉴于旧势力如此的顽强，新市民层的力量那样的脆弱，在这两方比较之下，他的理念不能不起了动摇，而向旧势力屈伏，把一切失败委之于运命，求神力来拯救它了。故全书开篇即序宝玉神游太虚幻境，在薄命司里见到"金陵十二钗正册"和"十二钗副册"，把大观园中一群女性的未来运命都一一预示出来。虽高氏在后四十回中所写，未能吻合，大体是应验的。故黛玉死后，王夫人说：

> "姑娘是老太太最疼的，但是寿夭有定。"（第九十八回）

王熙凤临死，说要赶到金陵归入什么册子去。宝玉也说：

> "这么说起来，人都有个定数的了。"（第一一四回）

这种传统的命定论便成了全书的主题。

在中世纪的农业社会中，人类的生活是被自然力束缚的，故神力订出来的运命以绝对无上的力量支配着整个的人生。人们要开拓自己的运命，想和那唯一绝对的神力抗拒是不可能的，除非变成了恶魔才能继续生存，否则必然地归于灭亡。那时的人，与其说是生于现实世界中，不如说是生在虚构的世界之中，他们都是笃信梦幻的空想家。这是中世纪农民生存斗争之孤立无援的感情所唤起的自然倾向。不图到了都市经济发达的近世纪初期——清代极盛时期，我们的文艺作家仍然跳不出这个旧范围，未免令读者十分抱憾。然而这还是受时代约制的关系，如我们前面所说："清初的都市经济，因为国内没有大工业做后盾，又不能觅取海外的市场，故不能促成商业资本的普遍发展，只能构成商人与地主、高利贷者、贵族之间互相结合的官僚资本。"因此，新市民层中仍以旧地主、旧贵族最占势力。文艺中也保留了浓厚的封建意识，无法加以清除。故作者所指示的最后出路，除去宝玉随着一僧一道到彼岸性的领域中去，为其最高的理想而外；所留在人世间的两个幼芽，一个是贾珠的遗孤贾兰，幼年应试，中了第一百三十名举人；一个是王熙凤的遗女巧姐，逃避到刘老老的庄子里，嫁给地主周姓的儿子。这两个人的归宿，仍不外地主与官僚两途，作者不能另辟出新的光明大道来。

总上所述：在十八世纪上期——雍正末年间，吴敬梓所著《儒林外史》，只能暴露着旧社会的丑恶，尚未能憧憬到未来。由十八世纪中期到末期——乾隆三十年到五十年间，曹氏高氏所著的《红楼梦》，隐约地看到了新的理想，而又为旧势力的阻碍，终不能和它结合。这是由于当时市民层本身太软弱了，他们虽满怀着青春的理想，却不敢向封建势力正式挑战，只好把热情寄托在真假难分的梦想里，遂以幻梦预定出人们的行为，而演着重要的角色，这仍是新旧社会嬗变期中智识者意识的表现，也就是全书的基调所在了。

三十七年二月十二日写成于南京

《文讯》第八卷第四期，1948年4月15日版

贾宝玉的出家

张天翼

"须菩提，若菩萨有我相，人相，众生相，寿者相，即非菩萨。"
——金刚般若波罗蜜经·大乘正宗分第三

一

看了《红楼梦》，总不免"一把辛酸泪"。我生怕流出眼泪来又贻笑大方，所以先从那些使人皆大欢喜的续本谈起。

我记得从前看过一些这样的续本，现在可连书名都不大缠得清了，大概是什么"红楼圆梦"，"红楼再梦"，"红楼复梦"，以至于"鬼梦"，"仙梦"之类。记不记得倒也没多大关系，反正都是些"差不多"的东西；这些作者看见贾宝玉没有跟林黛玉成亲，伤心之余，越想越不服气，就续一条尾巴来翻一翻案，偏要使他俩团圆。如此而已。

不用说，这双才子佳人一成了亲，当然是极其幸福，再美满也没有。甚至于还有写宝哥哥做了大官，林妹妹封了诰命夫人的——但我记不起这是哪一部"梦"里的了。

总之，这些作者的心地是顶好不过，真令人敬爱。只是他们的才能——要比起他们的心地来，可就没那么好了。他们的笔差了劲。无论古今中外，那些喜欢把破镜翻案为团圆的作者，吃亏也往往是吃在这里。看了这些书，所得的欢喜实在扳不过那种"辛酸"来，甚至于连一点儿欢喜也得不到。

如果他们也是极有本领的作者，甚或是所谓天才的话——不过你立刻会要说，那他们根本就不会来干这一手。

当然，这很对。不过咱们姑且这么作一个假设罢。

假设是曹雪芹先生自己来翻案——这虽然不近情理，但也许不是绝对不可能：比如说，有人看了他的《红楼梦》，责备他搞得太消极，或是说他太残忍，或是骂他不懂规矩，为什么要写出这种不能叫人开心的小说来，各等语，于是那位曹先生这才明白一个作家的"任务"，就赶快另外写一部续篇来补过，把那对主人公"圆"他一"圆"——那么，他总不至于闹到一般续梦的那么糟吧？起码也该有原书那么出色吧？

据我想，这里可还是有点儿问题。

要写"圆梦"之类，实在是自己拈到了一个难题，自讨苦吃。就是一个真正的大手笔，我看也不容易对付。

一般描写恋爱的作品，自都有个团圆不团圆。譬如《会真记》所写的始乱终弃，那就是不团圆。而《西厢记》，听说后半部跟前半部不是一个人写的，末尾是有情人成了眷属：大团圆。据说《红楼梦》的后四十回是出于高兰墅手笔，虽然也是续的，大体上倒还不差什么，不像《西厢记》那样续得连原来主题都跑掉了。笔力是弱些，可是这一点改日再谈罢。总之，能够把人家未完成的作品这样完成了，实在也难为了他。照前八十回所写的种种所谓"伏线"看来，原作者大概也不叫宝哥哥和林妹妹成了好事的。这样，我们还是不妨把这部书的一百二十回，当作一部整个作品看。那结果，是没有团圆。

再说得老实一点，则这些故事的结果好不好，团圆不团圆，就看那一双主人公有没有成亲而定。而这双主人公之幸福不幸福，就以他俩之是否团圆为断。

可是我常常有些多余的想法。我每次看戏剧电影，看到一对男女经过一些波折之后，于是这两口子猛的一拥抱，一亲嘴，这就——"明日请早"。我也替他俩感到幸福，满心欢喜地走出了戏院。一会儿可就想到一些不相干的事上去了：

"他俩结合之后，又怎么样呢？"

一般写佳人才子的东西，也不免使我这么嘀咕着。那类才子多半会爬墙，一经爬进什么员外的后花园里，当时就跟那里的小姐私订终身。虽然不免要被那员外发觉，发配京城赶考，也大可不必担心，反正那位才子照例是中状元，照例是回来跟小姐成婚。等到高高兴兴看完了，我又忍不住念着那句老话：后来呢？

欲知后事如何，作者例不分解。

真是。要再分解，那是多余的了。哪，这不是已经交代过了么？——这对主人公是很幸福的，结果这么美满。

然而我总不大放心。说来很煞风景，不过我的老脾气总是改不掉。我老是去想像——这一双男女给撮合以后是怎样生活着的。我亲眼见过许多恋爱的喜剧，我在为他们祝福之余，总想劝他们去读读契诃夫的作品，读读鲁迅的《幸福的家庭》和《伤逝》，以及一般描写婚后生活的好作品。

有情人成了眷属，不用说是好的。但如果把这双有情人从他们成了眷属的时候写起，则这到底是喜剧还是悲剧，到底主人公是成功者还是失败者，美满不美满，幸福不幸福，诸如此类，就得仔细再看一看。

那么贾宝玉跟林黛玉就是成了婚，下文该如何处理，我想连曹雪芹自己都要搔头皮的。

他也许想像得到这两家头怎样相处。他知道林妹妹的性格儿——动不动就要生气，哭脸，抬杠，拿起剪子来就铰那些什么香袋子，扇坠子的。于是宝哥哥急得两眼发直，赌咒发誓，一会儿说要死，一会儿说要做和尚。况且既然做了夫妇，彼此说话都没有从前那么小心，吵嘴的机会也就更多了。宝二爷跟姊妹们谈两句话，或是出去找找朋友，宝二奶奶说不定就会生气。而宝二奶奶随便说一句话，宝二爷说不定就以为这里面含了骨头，急得直哭。一天里面要是能够有十二小时没谁掉眼泪，那还算是他俩的大造化哩。做丈夫的一天到晚提心吊胆，神经老是紧张着。做妻子的则越是生气，越是添病，添了病又更容易生气。此外呢，房里自然一刻也离不了药罐子。即使黛玉幸而寿长，他两夫妇除开这些琐琐碎碎事以外，一辈子也没有别的什么事可以做了。

然后——转瞬间都到了老年。这时候他们或者已经不那么淘气哭脸，寻死觅活地烦恼了。那是因为折磨得有点麻木了，或是彼此有点看得漠不相干了的缘故。于是宝玉在外书房跟清客们闲聊了一阵之后，偶然走到里面，他那位曾经如花似玉的林妹妹，现在是斑白的头发，满脸的枯纹，正歪在炕上跟儿孙辈在扯淡哩。再看看旁边那位袭人，就使他联想到当年的赵姨娘。……

但这样的发展，也还是要有个先决条件，就是起码要荣国府不衰落。要不然，就连这么点儿风光都还谈不到。

这样一续，虽说是"圆"了，可仍旧不怎么开心。既然要满足别人，那就只好另行设法，空想些怎样幸福，怎样美满，任意搞些驴唇不对马嘴的东西来凑数。结果，弄得贾宝玉也不成其为贾宝玉，林黛玉也不成其为林黛玉。

总而言之，别的那些团圆作品之所以能够使人舒服，那秘诀就在不交代下文。一定要写下去，就总不免要吃个老大的亏。

要是宝玉跟黛玉恋爱成功，而结婚之后又不断地有种种烦恼，那么他俩的不团圆倒是幸事了。

二

有一次有个朋友跟我闲谈，扯到了《红楼梦》，他忽然问：

"你说这究竟是一部悲剧，还是一部喜剧？"

这里要附带声明一下：我这位朋友说这句话的时候，并没有去查阅悲剧和喜剧的"各该"定义，只是脱口而出，权且用了这么两个术语而已。聊天之际本没有考虑到这一层，而今一上了文字，就该赶紧打个招呼，以免各位专研种种界说的大专家骇异。

至于我这位朋友的本意，那倒是很明白的，不过是——

"究竟贾宝玉是人生的失败者呢，还是成功者？"

讲到恋爱，讲到有情人成不成得了眷属，主人公在这一方面诚然是失败的，没有团圆。

然而我们不能说《红楼梦》的结尾没有一个团圆。

贾宝玉毕竟有了归宿，找到了一条出路。他毅然跨到了那条路上去：结果圆满。

这就是他的出家。

这个团圆的意义可就大得多，也高得多了。

恋爱不过是生活里的一部分。纵然失败，也不过是人生历程中一个小小苦难，比不得这整个人生大道的大问题。要是把这两者的大小轻重较量一较量，那宝玉实在是个大大的成功者。假如婚事遂了他的意，倒反而是他成道的障碍，那他可就真正成了一个人生的失败者。与其后来有种种忧悲恼苦，再来参禅，倒远不如早点求超脱的好。

"烦恼即菩提"。现在娶不到林妹妹，正促使他大觉大悟了。

要就他所选定的这条路说来，那尤其是种种世间法，都该看得通明透亮，要解除一切苦，而恋爱的得失更算不了什么。不要说他自己了，就是他看见芸芸众生，有为了讨老婆问题而苦闷的，他还得去超度他们哩。

这么着，如果你容我照我那位朋友的说法，这部作品就简直不能说是一部悲剧。

说不定作者自己就不把它当作悲剧写的。

我常常想，要是《红楼梦》不给题作《情僧录》，而写成一篇《高僧传》，则如何？

写法当然会不同些。这主人公为什么要出家，怎样出了家的——这种种也许要交代一下。但不过只要几笔，稍微叙一叙就够了的。着重的可是他做和尚的生活。假若把他的整个生命史划做两期，现在这里的描写——就得把中心移到后一期。而他头前的俗家生活，即使要写它一点点，也不过是一章前奏曲。真正的开场，倒是在他出家出成功了这一点。换一句话说，就是从他这一个"团圆"写起，一步一步发展下去。

于是我们读了，就会另有一种看法，所得的也是另外一种印象。

那些"红楼圆梦"之类也就不会出世。丝毫不必去劳动那批好心的文人。只有碰到这么一种情形的时候——譬如这位高僧忽然染了尘心，或是林妹妹复生，他又还了俗去跟她成亲，等等——这才会逗得那些团圆派的作家着急，不服气，而赶紧去翻案，而写这位主人公偏生是真能够不为那个爱人所惑，真能够清净安乐，而证得了无上正等正觉。

原来现在的团圆与否——不在"世间"而在"出世间"了。

然而宝玉出家以后怎么样，《红楼梦》里没有下文。

这也是不必"且看下回分解"的。

这也像那些恋爱喜剧———经结合，就似乎毫无疑义地会幸福一样，这里一出家，就也似乎毫无疑义地会成道了。

两种题材虽然不同，可是所用的方法及其所得的效果，倒是一样的：一写到团圆就笑吟吟地放下笔，使我们得了这个暗示，就跟二加二等于四那么可以确信，说这一定是圆满无缺的。

而且出家的不止宝玉一个。此外还有甄士隐，芳官，惜春，紫鹃等等。而处理的方法都是一样，一交代了这一步，他们就有了归宿，天大的问题都没有了。

再想一想，我可仍旧忍不住要问：

"以后呢？"

如果要看看别的人出家之后是怎么个情形，好拿来参考参考，那我们简直用不着到别处去找。本书里面就有的是，作者竟在这同一部作品里，还写了各种各样出家人的典型：这实在是他的忠厚处。

道士里面有张道士。替荣国公出了家，封为"终了真人"，被王公藩镇们称为"神仙"的。作者结结实实把他的脸嘴画了几笔，很够的了。另外还有卖膏药的王一贴，甚至于还有马道婆子。偏偏他们这号人倒特别会巴结奉迎，钻来钻去，真是所谓"无为而无不为"了。要说这几位不是真心修炼，算不得数，那就还有宁国府的贾敬。这规规矩矩是个道门里的丹鼎派。可是他把炼好的金丹一吞下，竟尔"羽化"，倒是很有资格录进"幽默"榜上去的。

披袈裟的人物也登场了好几位。秦鲸卿所"得趣"的馒头庵，就是一所清净佛地。一方面宝玉和秦钟在智能手里抢茶喝，嘻嘻哈哈地闹着。一方面智能的师父静虚——诨名"秃歪刺"的——正在为别人家打官司的事拜托凤姐，叽叽咕咕地谈着。这位师父看见人家懒得管这些闲事，她还会使出激将法来，引得人家来包揽。于是"功行圆满"，三千两银子成了交。这一手也算得是引渡了凤姐，"自此凤姐胆识愈壮，以后所作所为，诸如此类，不可胜数"了。

还有一位最不能使我忘记的，那就是妙玉。

她比起那几位姑子来，当然要高得多。可是作者——不知道是故意的呢，还是一时失检，竟把这个"槛外人"也拉进槛里，列入了《金陵十二钗》。要是妙玉自己看见了，或不免要大生其气，惹起烦恼来的。她原是自觉她处处与人不同，当然不容许人家把她写到一般小姐的榜上去。而且个个都知道她脾气古怪，谱儿大。她又是个极有洁癖的人：似乎就拿这洁癖来代替了清净。

这样的人物，往往会把人我之见执著得特别厉害，特别分明。

刘老老观光栊翠庵的场面，随便带了几笔，可就把个妙玉写了出来。这位优婆夷特为把个成窑五彩小盖钟献茶给贾母，可是后来因为刘老老喝了几口，就连这个茶钟都不要了。

而同时我也不会忘记——她口口声声是看不起富贵人家的。

至于她自己——她自己所有的东西，可决不弱于那般富贵人家的。她只不过把"金银珠宝一概贬为俗器"而已。宝玉偶然把她常日吃茶的那只绿玉斗小看了一点，她立刻就抢白——

"这是俗器？不是我说狂话，只怕你家里未必找得出这么一个俗器来呢！"

何以故？何故忽然一下作如是等瞋相？

这是"我"的东西，不许别人忽视故。而"我"的东西，又实在比富贵人家所有的更讲究，更贵重故。

既然提到了这件事，我就顺便记起——她这只常日吃茶的绿玉斗，这回是用来斟给宝玉喝的。这不但跟那刘老老的待遇不可同日而语，就连贾母也要自愧弗如。贾宝玉自又高了一级。他的生日，她偏偏记得，那天还送个拜帖去。她那里的红梅，也只有让宝二爷去，才能够顺顺当当摘几枝来。

这时候她的心理如何，要是给弗罗依德①看见了，是不是就有大篇文章可

---

① 弗罗依德：(Sigmund Freud, 1856~1939) 奥地利心理学家，精神分析学派创始人。

做——这我未敢妄测，免得造了口孽。

但至少有一点是看得出来的，就是她心目中把各色人都分出一个等次，高低分明，好像印度的"喀士德"之四种姓一样。

作者笔底下的这些人物，真写得太真实了。他一点也不替他们掩饰，一点也不替他们辩护。这正是作者可爱可敬的地方。他的确有一个艺术家的美德。

不过我又想到了甄士隐和贾宝玉他们。

假如甄士隐出家之后成了个王一贴（他决不会有张道士那样的威风），贾宝玉出家之后成了个妙玉，那不是冤透了么？

可是《红楼梦》的作者——似乎并没有被这个问题伤过脑筋。

我想，他是把这些人物分成了两种。一种是现实的出家人，一种是理想的。

在他心目中，这两种人物大概都各自有其独立的存在。这是两回事，两个境界，各不相涉。因此他也就用两副脑筋去处理。

他神游于这个境界的时候，他能够完全忘记了那个境界。只要他一睁开眼睛来看现实界里的出家人，就处处只见他使刺，发笑。可是一会儿就把这双眼睛闭上，另换一双眼睛来看理想界，他马上也就另换了一个态度，只见他妙相庄严地在那里说法，告诉我们——只要一出了家，就自然而然会断惑证理：这出家是破烦恼障的不二法门。

索性只写他的理想境界，倒也罢了。现在这位贾宝玉分明是个现实人物，是从现实界出发的，所以我总对他放心不下。

我们就事论事罢，我想作者自己也不至于把"世间"和"出世间"只照字面解释，看成截然的两个世界。佛门的"究竟法"——不记得是不是文殊说的了——也不过在于"在世离世，在尘离尘"而已。既然是"在世""在尘"，那仍旧是生活在现实界里的。

那么出家人里面，当然也有能超脱的，也有不能的：因人而不同。这跟那由恋爱而结婚之得到幸福与否，也因人而不同一样。

所以贾宝玉到底是失败者还是成功者，似乎要看他在"团圆"以后是怎么样，才能够断定。

然而现在，这一点还是疑问。因为书里面没有写到。

三

我们也许会这么想——

"作者已经暗示了我们，宝玉的出家，是不会有什么结果的。这条路走不通。作者笔底下的出家人，都是那么一伙泄气的脚色。作者根本否定了这一道。"

那可怎么办呢？

大概作者也是怕读者有这样的看法，他就弄了个补救办法。在"开卷第一回"里即已安好了一个楔子。

一翻开书，我们看见的只是一块石头。后来被一僧一道带去，投到尘世走了一遭。于是他所经历的事就给记在一块大石头上：这一大部书不过是照那上面抄下来的。

所有的什么宁国府，荣国府，大观园，以及种种生活环境——都不过是这块石头偶游尘世所寄身的地方而已。这一趟旅行，匆匆十几年，只像电光样的一闪。而现在这一切都已经过去了。一切都是梦。所有的男男女女，姊姊妹妹，以至所有的悲欢离合，荣枯满损，也不过是梦里所遇到的东西而已，到头来还是归到青埂峰上去。

这部书中的主人公，只在旅行期间权且姓了贾，叫做宝玉，权且做了一个贾府上的子弟：正如贾政所说的"竟哄了老太太十九年"。而这位暂叫做宝玉的石兄——他之跟林黛玉相爱，以至于闹了悲剧，以至于出了家：这都是由于前生的因缘。

既然这样，要是我还为这个尘世中的旅客悲哀的话，那就该想一想——如今贾宝玉自己都已经了结了这重公案，事过境迁，大梦已觉，我这个读者又何必这么呆，这么看不开呢。

作者原就预先提醒了我们。一开场——他就等于是这么向我们大声疾呼：

"看官注意！这下面所写的人世都是假的！一切都是虚妄！如你们偏要把心住于尘世，而痴里痴气地去感伤，那就不能怪我了。我是已经关照过你们的。"

一方面他还写了许多"梦""幻"这些字样。似乎就可以使我们因而悟一切皆空。

装上这样的一头一尾，倒的确是一个很巧妙的方法。要不然的话，我们就只从他所写的尘世出发，归结于尘世，也就把主人公看做一个人生的失败者了。现在呢，我们是被作者领到了一个更高的处所，是从尘世以外出发，而归结于尘世以外的。立脚点不同，看出去也就可以两样。这也像《枕中记》一样，我们是站在醒位去看人家的梦，知道他所历一切皆非真实。

　　然而——我觉得这里还有点问题。就说同是一梦境罢，也要看各个作者是怎样处理的。处理得不同，我们所感受的自也不同。

　　比如《邯郸梦》这部戏曲——我不知道你觉得如何，至于它所给我的印象，可跟《枕中记》所给的总有点两样。也许那作者是想叫这本戏在舞台上能够演的热闹，就着力去铺排那些梦境。如果挑几场上演，而不把卢生被点化的那几场尾巴演出，那简直是另外一个主题了。这剧本好像一个橄榄：两头轻，中间重。而这重的，偏偏又是作者自己所否定的东西。

　　《红楼梦》也差不多是这种大肚皮。

　　作者一提醒我们几句之后，以为就可以从此放心了，马上掉转笔头，去粘住那些尘世生活，在那里面沉沉浮浮，简直舍不得跳出来。他不但把它表现得非常生动，而且还那么亲切、温暖——就把个尘外的一头一尾弄得失了色，甚至于一点力量都显不出了。

　　一篇作品——作者原意想要读者作怎样怎样的看法。而这要是与他所表现出来的不一致，那我们读了就不免会要违背他的原意。即使他事前事后都说明了一番，也不太容易挽回。这种说明总不如表现的有力。使我们感受的是后者。

　　假如他极力想叫我把贾宝玉看做一个胜利者，而所感受到的却不一定这样，那还是不能完全怪我：有时候作者也该负点儿责。

　　现在我问：

　　"这主人公出家之后又怎样呢？不说别的，那种出家人的生活他过得来么？他从小就娇生惯养的，吃得考究，穿得如贴，住得舒适，又一天到晚有丫头们妈子们伺候着。一旦断了荤腥，他那肠胃吃得消么？那次贾政在旅途中看见了他一回，他光着头，赤着脚，又是下雪天，这样他不会感冒么？"

　　如果作者这样回答：

　　"你放心。一切都不成问题。他的出家是前世就规定了的。如今不过是俗缘已了，就走了。有什么过不来的！"

　　那就等于没有答复。

　　并且事实上，我们读《红楼梦》的人，多半不会去重视那段什么前生因缘。这一手——我们在历来的小说戏剧里看见得太多了。这简直是个传统的写法，好像照例要这么点缀点缀似的。

　　我觉得无论是一种什么写法——哪怕本是极好的东西，可等到个个人都这么遵照办理起来，使它凝成了个老套头，它的感染力往往就会衰弱下去。读者常常会把它轻轻看过，原来这滥调早就把我们的感觉磨疲了。

可是这部书——究竟与那些因袭的作品不可同日而语。

这里主人公所过的生活，所走的路，作者可并不袖手旁观地完全诿之于前世因缘。他倒是着眼在现世因缘：把因因果果抓得紧紧的，一步一步合理地发展下来的。

我们不能不说这一点是本书极可贵的优点之一。

至于那一头一尾，似乎是出于不得已，才硬生生嵌了上去。我看，就是把那个头尾切掉不管，也丝毫无损于这部作品的价值——说不定还更完整些哩。

前生事太渺茫了。还是来看看现世因缘罢。

四

贾宝玉跟林黛玉所以能够特别要好，也来一手前生注定：让甄士隐梦见一僧一道谈什么三生石畔的神瑛侍者和绛珠仙草一段话。要是仅仅拿这一点来使那两个人相爱，这可真成了"千部一腔，千人一面"的作品了。但作者分明还表现出了真正的因缘，就使这段梦呓成了可有可无的东西。

我们平素谈到这部书的时候，常常喜欢评论这里面的姑娘们，说哪一个最可爱，说"我假如做了贾宝玉"，就要娶谁做家主婆，等等。在这样的话题里面，那位史湘云的地位是很高的。许多朋友都很欢喜她。我也有此同感。

尤其是因为有"金麒麟伏白首双星"的疑案，又据说有一种本子写贾宝玉后来跟史大妹妹结了婚，于是她更容易被我们提起了。

这位姑娘的确豪爽得可爱。凡是有她出现的场面，都写得极其动人。我们要是见了林妹妹那种小心小气，而正感到发闷，感到窒息之际，一到史大妹妹面前，就立刻仿佛到了海阔天空的所在，透过一口气来。什么小心眼儿都被她哇啦哇啦一阵冲洗个干净了。陪宝玉抢着烤鹿肉吃的也只有她才行，颦儿可一辈子也莫想干这种有风趣的事。

"爱哥哥"也真的喜欢她。

然而她究竟比不上林妹妹。她还是有点俗骨。

那天她看见宝玉不肯出去会贾雨村，"不愿同这些人来往"，湘云就这么劝他：

"如今大了，你就不愿读书去考举人进士的，也该常会会这些为官作宰的，谈谈讲讲那些仕途经济的学问，也好将来应酬庶务，日后也有个朋友。没见你成年家只在我们队里，搅些什么！"

听了这番话，真叫人像临头泼了一盆冷水。你跟这位小姐要只是做做表兄妹，做做朋友，那诚然谈得来，玩得来，她的确是个极可爱的游伴，可是她如果做了你的太太，那就——唔，恐怕她就得板起面孔，逼你去搞八股文，逼你去应酬官场，把你成年家赶到别的队里去，再也莫想有工夫在闺房里跟她烤鹿肉吃。

她这些劝告原是出于好意。可是贾宝玉受不了。他把湘云跟黛玉一比，马上就分得清清楚楚：

"林姑娘从来说过这些混帐话不曾？要是说过，我早和她生分了！"

不知道作者是不是有意这么安排的——他把这个场面紧接在"金麒麟"事件之后。他似乎是预先告诉人家：

"即使有了什么麒麟之类，你也不要以为宝玉跟湘云结了婚，就算是团圆。"

林黛玉还为了这件事放心不下哩。因为她看"宝玉弄来的外传野史，多半才子佳人，都因小巧玩物上撮合"，"皆由小物而遂终身之愿"。

然而咱们《红楼梦》偏不。

虽然有所谓"金玉之论"，但那是勉强撮合的。结果终于成了破镜。

这部书里写的那些小玩物——倒好像是故意拿来否定一般野史外传那些小玩物的作用的了。

在这里，所谓"金"呀"玉"的都不相干。这一双男女之所以特别相爱，仿佛有缘分似的，这缘分可不在外物，而在他们自身。这是由他们各人的性格，兴味，见解，生活态度等等——总之是由他们各人之为人，而决定的。

至于那位带"金"的薛宝钗——在书里占了那么一个重要的地位，俨然成了林黛玉的一个情敌，但要把她摆到贾宝玉心里去，那可有点格格不入。

我一想起这位姑娘，我首先就要对她的世故之深，而且运用得那么巧妙，深致敬佩之意。她无处不留心，会揣摩人家的意思，她简直是个极顶聪明的御史。

固然黛玉和宝玉也并非资质不如她。可是各人总有各人所专注的方面，各人有各人所特别敏感的方面。人家只会在爱情上用心思，而她则能够在别的方面注意。

元春省亲的时候，宝玉应命做诗，马马虎虎用了"绿玉"字样，宝钗就推他道：

"她因不喜'红香绿玉'四字，才改了'怡红快绿'。你这会子偏又用'绿玉'二字，岂不是有意和她分驰了？况且蕉叶之典故颇多，再想一个改了罢。"

可是宝玉粗心，一下子想不出典故来，还是由宝钗教给他改了的。大概她早就准备了许多合制的语汇在肚子里了。而她一听见宝玉要叫她"一字师"，再不叫她姐姐，她就悄悄地笑道：

"还不快做上去，只姐姐妹妹的！谁是你姐姐？——那上头穿黄袍的才是你姐姐呢。"

元春是个皇妃，那不用说。其次，贾母也忽略不得。

所以那位老祖宗要替她做生日，叫她自己点几样爱吃的菜，点几出爱看的戏，她都照贾母所爱的点，逗得贾母更喜欢她。而且她还能当面讲几句最合适的话：

"我来了这么几年，留神看起来，二嫂子凭她怎么巧，再巧不过老太太去。"

这不但使凤姐听了很舒服，贾母尤其高兴，于是就认为家里所有的女孩儿都不如宝丫头。

王夫人那里当然也很讨喜。第二十八回里有个小小场面，着笔不多，可给了我一个很深的印象。这里大家在王夫人处谈起黛玉的病，宝玉就想起了一个方子，说只要太太给她三百六十两银子，就能替林妹妹配一料特效丸药。可是王夫人不相信：

"放屁！什么药！——就这么贵！"

宝玉这就提起连薛蟠也配过这个方子，要不信——只问宝姐姐。宝钗可就连忙笑着摇手儿：

"我不知道，也没听见，你别叫姨娘问我。"

这一手真使我佩服不置。当然，要是她出来证实了这件事，那就是驳翻了王夫人。这原是做人方法之一种：比方我有讨好你的必要，那么你要是以真为假，或以假为真，我就是明知你的不对，可也决不作兴更正，只许顺着你的嘴说。

此法效力如何，咱们一听王夫人的话就明白：

"到底宝丫头是好孩子，不撒谎。"

后来要不是凤姐出来证明的确有这么一个药方，那宝玉就得一肚子冤气没处诉了。凤姐到底还直爽可爱些。

薛姑娘能够博得上上下下各种人的嘉奖和赞美，这在她还算不了什么。最难得的是——甚至于连林黛玉那么一个顶难对付的人，都能够给治得服服帖帖，信仰她，亲近她，把她当作一个亲姐姐，把她当作一个知己。

按说呢，她在没有制服颦丫头之前，早就已经在众人眼睛里成了个优胜者。例如她的脾气好，宽宏大量，诸如此类，处处都把那个林姑娘压倒了。还有一次，她听见滴翠亭里有两个丫头在谈她们自己的恋爱故事，她生怕她们发见她已经听了她们的"短儿"，会因而怀恨她，这就使了个"金蝉脱壳"法，假装是追黛玉的样子，一面嚷一面跑进亭子，倒问她们把林姑娘藏在了哪里。这么一来，就把这笔帐记到了别人身上：那两个丫头只当是"林姑娘蹲在这里，一定听了话儿去了！"

而其实这时候林姑娘正在那里跟宝二爷淘了气，在那里哭哭啼啼地葬花哩。

宝钗直到抓住了黛玉的弱点之后，才有机会去直接征服她。这就是那颦儿在行酒令的时候，无意中说了《西厢记》、《牡丹亭》里的两个句子。于是她得意扬扬地把那个罪人带到了蘅芜院——

"你跪下！我要审你！"

原来这位薛姑娘是个最正派不过的小姐。她有最正统的妇女观。她口口声声说"女子无才便是德"。女孩儿家不认识字的倒好。

这里她把那个做妹妹的教训了一大顿。

"男人们读书不明理，尚且不如不读的好。何况你我？连做诗，写字等事，这也不是你我分内之事，——究竟也不是男人分内之事。"

至于妇女呢——

"只该做些针线纺绩的事才是。偏又认得几个字。既认得了字，不过拣那正经书看也罢了，最怕见些杂书，移了性情，就不可救药了。"

说得黛玉羞愧万分，心下暗服，只有答应"是"字。

宝姐姐怎么知道人家行酒令说的两句，是出于邪书里的呢？

因为她自己看过。

不过后来宝琴做的诗——因为有《蒲东寺怀古》和《梅花观怀古》两首，这位宝姐姐可又不懂得了，一定要人家另做两首。

她的男子观点呢，自然是正统的。不但不弱视史湘云的见解，而且表现得更具体，更有系统，更坚持。就是女孩儿家——虽然不求闻达，可是能图个出身的话，那也决不放过机会。比如能够像元妃那样，那真是妇道里面的顶儿尖儿，只怕没那么福分就是了。我们不要忘记，薛宝钗之进京，原就是待选才女来的。

凡是她的这些观点，林黛玉不会有。她的这些处世之道，林黛玉也不会有。

　　我常常想，要是贾母跟王夫人在荣府里没有那么高的地位，宝钗还会不会对她们那么孝顺呢？我有点怀疑。假设邢夫人处在王夫人的地位，她恐怕也能享受到这位姑娘的种种体贴。

　　讲到婚姻大事，则宝玉如果不是贾府上的宝贝，或是生在普通人家里的，宝姐姐大概未必肯嫁给他。

　　总之她是个极实际的人。她跟谁好不好，似乎不是人与人的情谊所能决定，而是要看效果的：总要她自己有点儿收获。

　　而林黛玉可不然。那种实利跟她简直是风马牛：她简直是另一个世界里的人。她的生活是被爱所支配着的。

　　谈到这里，我又记起了一个朋友的话：他认为宝玉娶了宝钗，实在是他的一种无上幸福。不消说，这真是一位地道的好太太，真是一个标准的贤妻良母。你要是说她太做作，太不率真，而且面热心冷，她其实对丈夫既没有真正的爱，对别人也没有什么真正的同情，等等——这当然对。她的确是这么一个人。然而这正是她的优点。她的能够面面圆通，处处得利，恐怕也不得不归功于这些地方。否则她就太痴，太呆，不免要吃亏了。

　　这也说得很不错。不过我觉得要有个先决条件，就是她丈夫必须照她心目中的丈夫模子那么去做人，照她的正统生活观那么去生活。这么着，有了这样一位太太，的确是人生不可多得的福气。不但家里的一切都安排得叫你舒舒服服，而且你们贤伉俪在应酬场中也被人人欢迎，可以占到许多便宜。我趁此机会顺便在这里提一笔，以便各位正在选择配偶的男朋友当作一个参考。

　　话虽如此，但我们还是别去强迫贾宝玉的情爱罢。

　　哪怕薛宝钗被人估成一尊最模范的好太太，贤良得无以复加，甚至于可以把她的行状拿去做女学校的修身课教材，可是我们总不能劝得宝玉回心转意。要叫他把心心念念里的林妹妹赶跑，那可办不到。

　　贾宝玉有他自己的一套见解，有他自己的一套做人法，与众不同。贾府里男男女女，上上下下，没有一个不认为他是古怪性儿。他的议论在当时都是些呆话，他的习惯也尽是些不长进的习惯。而薛宝钗既然是大家公认的好妇女，她不用说是属于大伙儿那一队的，而且竟可以说是他们一般传统见解的一个代表。她跟宝玉当然不同调。她和他是两路人。

　　她跟大家都认为一个男子汉应当去钻仕途，非做官之书不读；宝玉偏不讲这一套，听了就生厌，她跟大家都认为女孩儿家是不值钱的动物，宝玉偏偏崇拜女性。你要讲求男女之大防，他偏要混在姑娘队里。照当时正派人的眼睛看来，男女的爱情总是可笑的东西，未婚男女闹这一套则尤为荒唐，而一个男人在女人身上那么用心，那更是没出息的勾当。而那个贾宝玉却偏偏对那些姊妹们体贴得无微不至，恋爱竟成了他全部生活的重心，别的都不大在意。

能够了解他的，同情他的，只有一个林妹妹。

所以不管我们怎样嫌林黛玉的种种缺点——例如她太不健康，太难得伺候，小心眼太多，诸如此类——但在贾宝玉都不成问题。

不错。他的境遇很好，结合之后可以有种种方便：有丫头们妈子们可以使唤，也吃得起药，就是这位宝二奶奶嘴巴尖刁一点，偶然得罪了人家，可是宝二爷在贾府里有这样的地位，人家也奈何他不得。事实上的确如此。

然而这几点——我想根本就不会在宝玉的脑子里打旋。他考虑不到这上面去。他只全神专注在一件事上：怎样去跟林妹妹好。对方的情绪，感觉，心思，哪怕是稍微一闪，哪怕是表现得极不打眼，他也看得出苗头，体会得到。他仅仅在这一方面有特殊的敏感。

至于他俩将来怎样，结合之后利害如何——这类实际问题，大概他连想也想不到它。

这位主人公其实是个孤独者，没有谁了解他。而现在来了一个林黛玉。

假如另外还有别的姑娘们能跟他同调，或是真正能够谅解他，那么他在她们之中还有选择余地，还有考虑余地。但现在却只有一个林黛玉。

于是我这么想，要是我遇见了这位小姐，虽然我未必会爱她，可是我要做了《红楼梦》里的贾宝玉，那我一定也爱她。

然而薛宝钗毕竟得了胜，成功了。这里我是照着她本人的看法来措词的。即令宝玉心里仍旧只有个林妹妹而没有她，可是她实际已经做了宝二奶奶；无论如何总是成功了。

不消说，这是因为贾府上从史太君起，以至于大大小小，都有我那位朋友的那种眼力，把她看做了一个模范妇女的缘故。

换一句话说，她之所以能够取胜，就在于她的合人家的标准。

再换一句话说，她之所以能够取胜，就在于她的偏偏不合贾宝玉的标准。

我们知道贾宝玉出生的时候，婚姻是由不得自己作主的，决定权完全操在别人手里。薛宝钗在别人身上做了功夫，所以她成功。而林黛玉只会一味在贾宝玉一个人身上做功夫，所以她失败。她原就不懂得这些诀窍。

五

这么着，这主人公之所以闹了恋爱的悲剧，那根本原因就不仅在恋爱本身了。即使他婚事遂意，说不定他仍旧会有他的苦闷。

他有他自己的世界，跟别人的不同。可是他实际上又生活在别人的世界里面。于是他被限制住，束缚住了，不能自行发展。他在这里绕来绕去总没有个办法。

人家总是要勉强他按照一定的模子去做人，再也不容他有第二条路。可是他办不到。

由于这一点，他跟林妹妹能够相爱。也正是由于这一点，他终至全盘失败。

他的确是个最无用的男子。作者初次把他介绍给我们的时候，就有两首《西江月》来形容他，真是"极确"。

不过他周围的那些人物——要数出哪几个是怎样有用的男子来，可也不容易。宁荣二府的那些哥儿们里面，实在找不出一个好榜样。倒是他们做得出宝玉所做不出的事，那么荒唐，那么下作：作者真也把他们暴露得够了。一比之下，宝玉却纯洁得多，可爱得多。

而宝玉的短处也正在这里。

那一般子弟虽然绝对谈不上什么文章经济，最怕读书也最没有本领读书，可是他们到底没有把那套举业理论当做"混帐话"。根本他们的脑子里装不下这些思想，而且不会把它看成一个问题。他们对它决不至于有什么批评。这显然就比宝玉明白事理了。

再就两性事件上来说罢。他们也并不是不在女人身上做功夫。不过他们是偷偷摸摸地干的——至少在形式上如此。哪怕大家明明知道他们的行为，可也不大要紧，总比宝玉那么昌明打眼要显得正派些。更还有最重要的一点，就是他们对女性只是玩弄，而宝玉却在用什么真情：那尤其——他们当然就是近情理，合乎常道。

可是要把他们拿来跟宝玉的人格作对照，那他们自不够格：他们并不是那一般正统见解的真代表。他们当然也不配去教训宝玉，也不会去干涉他。不过各干各的事儿就是了。

于是作者另外又引出一个典型来。那就是宝玉的父亲。这位政老按照一定的模子做着人。而且他绝不是出于做作，绝不是出于勉强。他认为一个世家子弟就必须这么个干法。这是天经地义。至于他自己，要不是皇上有特殊的恩典，硬叫他出来做事的话，那他一定去应考，求个正途出身。

他的确是个极可钦佩的长者。作者每一写到了这个人物，就用上了很严肃的态度，怀着了很大的敬意。这贾政为人又非常正直，真可以做得一个表率。在外面做事，他真心真意照他自己的道德标准去做个好官。在家里，则真心真意照他自己的道德标准去做个好儿子和父亲。于是他养成了些合乎这些标准的脾气：严厉，方正，冷板，固执，等等。子侄们非跟着他这么走不可，不许看着别处，也不许有一点点杂念。因为这在他看来是条惟一的人生正路。

作者就这么在宝玉自己的世界旁边，写出了另外那个世界的一个真正代表，一个真正模范。我们也就看出了宝玉做人如何不合适，如何古怪了：这一切贾政当然不能容许的。

凡是有这两父子见面的场面，总不会很愉快。贾政一看见这个儿子就有气，觉得他种种地方都是没出息，不念书固然该骂，就是念书——

"他到底念了些什么书！倒念了些流言混语在肚子里，学了些精致的淘气！"

说得确切之极。这孩子还有许多说不得的事儿——没有让父亲知道的哩。

而在宝玉方面，我觉得他可怜。即使他在快活的时候，只要一听说老爷喊他，他就冷了半截。这孩子的活泼天真，就仿佛一下都结了冰。这样下去，他要给压得一点生机也没有了。

我为那做父亲的和这做儿子的，都感到悲哀。

终于有一次——来了一个大爆发。

这就是第三十三回的"不肖种种大承笞挞"。

要是有人硬叫我在全书中挑出我最喜欢的几段来，我一定首先选这一段，从这件事的发端，到顶点，一直到余波——这不但把书中所有的重要人物都描写到了，并且还显示了那个暗伏着的原动力：这部书的整个故事是怎样发展下去的，以及它发展的方向，这里似乎已经不知不觉给暗示了出来。

就拿这一件事的本身来说，这仿佛也是一种象征似的。

其实宝玉的挨打，并不单只为了金钏儿和蒋玉函的事——这只不过是个导火线就是了。贾政早就看他不顺眼，早就想结结实实教训他一顿，非使他就范不可。

这两种人物的冲突似是不可避免。我总觉得这段描写，是全书中最悲剧性的东西。

不瞒你说，我看到别的那些极惨伤的场面——甚至像晴雯之死，黛玉之死，也不及这里的使我感动。

宝玉给打得太惨了。而同时——我又同情贾政。要是我做了他，我也会要把这样的儿子痛打一顿。平日这孩子躲在祖母的禁地里面，种种不肖，种种胡闹，简直无法去训斥他。贾政一想起就痛心，就愤怒。这回迫不得已地"那样下死手的板子"，实在是出于爱。他有他的悲哀。

可是王夫人出来了，抱着不争气的儿子痛哭。贾政自己也"不觉长叹一声，向椅上坐了，泪如雨下"。接着老太太赶到，没进门就听见她颤巍巍的声音：

"先打死我，再打死他，就干净了！"

于是他跪在老母面前——解释，认错。而且赔着笑——这是多痛苦的笑！

在这么一个场合里，我们能编派谁的不是呢？

这幕悲剧的成因，我想就是在于——他们有爱，而缺少了彼此的了解。

别人虽然都怜悯宝玉，可是没有谁说打得不该，只是太重了一点儿罢了。王夫人也不能不说这儿子太不长进。连宝钗和袭人他们也都这么说宝玉，要是他平日肯听听人家的劝，不那么胡闹，就不会惹得老爷这么生气。总之除开黛玉之外，谁都是这么个看法。

这个哥儿的确太荒唐了一点。即如金钏儿之死罢，他无论如何总是一个罪人。哪怕就是他出于无心，事实上可总是伤害了天理。

不过我又想起——这部书里还写出了贾政的一件事。薛蟠打死了人，问了个死罪，后来是贾政写信去关说的。这件命案就此马马虎虎了结。这比起贾宝玉的那件事来，又如何？

也许这里主要的是写薛蟠，拿这胡行来表现他为人之一端，而又要不把他正法，就用了这个法子：找人去关说。虽然贾政是被作者顺手拖到这个故事里来做了个牺牲，只是给附带地写了这么一笔，但也是顾到可能性才这么安排的，否则就得想个别的门道来出脱那个薛老大了。就在贾政呢，这一手是出于不得已。他明知这是草菅人命，而他实在又是个忠于朝廷，尊重王法的正直人。可是他不得不也通融一下。要不然的话，我们就想像得到他将怎样受一班亲戚的责难，说他太不顾情面了。

而那个不争气的儿子，倒还没有做过这种明知故犯的事。因为那孩子还不够格，还没有他父亲那样的地位，并且根本就不想求得他父亲那样的地位——

而这恰恰就是他的不肖无用。

如果你说这写贾政的一笔，是后四十回里的，不算数，那我就要提一提王夫人。

就说金钏儿这件案子罢。当时宝玉对这个女孩疯疯癫癫说些没正经的话，王夫人却只打骂这个丫头而不责备自己的少爷。否则金钏儿也不至于羞愤得投井。至于晴雯的死，那更是王夫人一手造成的。

宝玉做错了事，无意中害了人，他还流泪忏悔，还去设法举行周年祭。而王夫人可没把这些事放在心上，满不在乎，好像事不干己似的。

这是由于各人的地位不同，对人对事的看法不同。

因此，我们要是在政老跟前为宝玉解释解释，详详细细告诉他这些情形，证明乃郎并不是个坏人，我看也没有什么用处。贾政还是不能宽恕他。

原来宝玉之可恶，根本就不在他有这种过犯，而只在他的与众不同——不肯照他们心目中那个唯一的做人法去做人——这一层。一个不肯庸俗的人，往往会不见容于世的。

这主人公怎样一来有这些特别性格，要推根寻由地谈起来，则贾母似乎该负大部分的责任。她太骄惯了他，从小就把他放到女孩儿队里，随他自己去混。这孩子跟外面的世界少接触，少被熏习；一任他去自己发展。

然而这位老祖宗对于宝玉将来的期望，却又一如贾政。只是她婆婆妈妈地舍不得放开这孩子去受磨练而已。觉得他吃不起苦，就是读书也不要读坏了身体。他虽然不免淘气，那不过是因为年纪小。将来总会上轨道的。她老人家一面放纵他，一面又等着他自己来收缰。可是迟了。不趁早把他照一定的人模子去塑起来，等到他自行生长得定了型，就很难改塑过来了。

而结果，贾母替宝玉安排的事情，正是与他本人的意愿相反的。

他在老祖宗的怀里长起，又在老祖宗的怀里僵掉。

这么着，他无论怎样，总也不能照他自己所愿的那么做人。

平心而论，贾宝玉其实并不是个什么无用的汉子。他倒几乎是个天才。要是容许他自己去发展，他说不定可以成为一个很出色的诗人或哲学家。

可是他的家庭不容许他这样干。

于是他面前就只有两条路，必须选择一条。要呢，就勉强自己就范，或至少表面上是装做那个样子，去适应他所在的这个世界。要呢，就从他所住的这个世界超脱出去。

六

这个主人公的确非归宿到出家不可。

种种遭遇，都与他的希望相反。他所期求的幸福终于是个幻影。他就由此而推及一般，悟到了诸行无常。大观园的荒废，宁荣二府的衰落，更使他参证了这一个真理。

如果他诸事遂意，他会不会出家呢？如果他做了瞿昙①，他父亲用种种方法满足了他，他会不会只因为看到了一般的人生痛苦之故，而毅然决然舍弃自己这种舒服生活，去超度众生呢？

我觉得那可没有准儿。

很显然，贾宝玉的出发点，只是为了要摆脱他个人的苦恼。这实在是出于不得已。要是他不被逼到这么一个境地——即使他已经认识了这世间是这么回事，他也未必会走上这一步。

上面说过，他与他所住的这个世界格格不入，就造成了他的悲剧。假如他真的能够脱出这个世界，倒也未始不是他的成功。要不然的话，他就失败到底了。

据我看，他就得提防这一着。他所住的这个世界——虽然跟他不调洽，使他痛苦，可是他内部还有些别的种子，又使他执著这个世界，舍不得放手。而这些种子还是这个世界给种下的。

贾府里里外外的人，谁都迁就他几分：他是老太太的宝贝。他给小小心心伺候着，生怕有一口风把他吹坏。于是他仿佛成了这个世界的中心，很有点"万物皆备于我"的神气。他甚至以为所有的女孩儿都是为他而生的，心目中只有一个他宝玉，连万女亦"皆备于我"了。

直到他发见龄官只爱贾蔷而不大理他，这才明白了一点实相，"自此深悟人生情缘，各有定分"。

不过他那个根子还是不容易去掉：他那种所谓"管窥蠡测"，原是从他那个"我"窥出来，测出来的。

一方面，作者可再三再四地写这主人公在姑娘们跟前怎样赔小心，专去体

────────────

① 瞿昙：佛教创始人释迦牟尼本姓瞿昙，后人也以瞿昙称释迦牟尼。

贴别人，而忘却了自己。

他的所有物全都可以施舍。像晴雯撕扇之类的事，在他一点也不算稀罕。一为了要博人一喜，自己的什么珍玩都可以牺牲。不但此也，连他的身命都可以施舍。他曾对袭人讲过这些关于生死的话：

"比如我此时——若果有造化，趁着你们都在眼前，我就死了，再能够你们哭我的眼泪流成大河，把我的尸首漂起，送到那鸦雀不到的幽静之处随风化了：自此再不托生为人。这就是我死的得所了。"

这些幻想的确有诗意，的确美。而且简直是到了一种涅槃寂静的境界，离生死，超轮回的了。

就凭这一点，他的确可以修成正果。因为他能够舍掉他那个"我"。

不过再要去追溯一下源头，就有点不大妙。原来这一点完全是出发于他的"爱欲"——那又是个烦恼根子！

人家送给他的什么精美食品，他只要看见这是袭人晴雯爱吃的，就留给她们。可是他的奶妈李嬷也有此同嗜，吃了去了，他就大发脾气，要"回老太太去"。

他刚一见了秦钟人品，"心中便有所失，痴了半日"。他觉得他自己跟人一比，"竟成了泥猪癞狗"，而他自己倒偏偏生在富贵人家。这样代替秦钟抱屈，的确为一般凡夫所办不到。不过关键却是在这里：

"可恨我为什么生在这侯门公府之家！若也生在寒儒薄宦之家，早得与他交接，也不枉生了一世。"

而且——他也不过是这么讲讲而已。

接着就演出了一幕大闹书房。金荣跟秦钟吃醋，打起架来。宝玉替秦钟仗腰，立刻就分了胜负。这个自恨"为什么生在这侯门公府之家"的人喝命跟班的：

"收书！拉马来！我去回太爷去！我们被人家欺负了！"

并且还要"回明白众人，撵了金荣去"。又问"这金荣是哪一房的亲戚"。一知道之后，就冷笑道：

"我只当是谁的亲！——原来是璜嫂子的侄儿！我就去问问他来！"

结果是逼金荣向秦钟赔了不是。作了揖不算，还"给秦钟磕了头。宝玉方才不闹了"。

我看宝玉在某些地方跟妙玉很有点儿共同点。他也是把芸芸众生看成有种种差别相。不但各人所生的家庭有差别，就是同一个家庭里的人也有差别。不但一般男子跟一般女子有差别，就是同为女子也各有差别。他虽然对每个姑娘都那么体贴，可是一般小丫头就没有那个福气。至于妈子们，那更不用说了——连奶娘李嬷嬷也在内，都不值什么。

一提到这个，我总忍不住要念起贾宝玉的那一句名言："女儿是水做的骨肉，男人是泥做的骨肉。"所以他一"见了女儿便清爽，见了男人便觉臭气逼人"。已婚的女人自必比处女次一等，因为这泓水已经被泥搅脏了。他总不免为她惋惜，甚至于憎恶。

然而他自己这坏泥——却任意去污染那些水。

那么所谓水者，只对于其他的泥块是禁物。对于他自己这坏泥，则是祭品。

最高的还是他自己。

像这么一种人物，他自动去舍弃他所在的这个繁华的世界，我看总不是什么轻易的事。不到万不得已的当口，他不会脱出。

他的这种种根子，实在是他成道的最大障碍。我总不免替他担心，觉着他前途仍旧有点渺茫。"放下屠刀，立地成佛"，固然不错。但也得看他是怎样一来才把屠刀放下的。若是他因为大彻大悟，不再作这种恶业，洗心革面地另做一个人，那当然是没有得说的了。若是他因为无牲口可宰，或是买卖不好，没有出路，只好这么放下，那可就有点儿保不定。一旦屠业的行情好转，他或许立刻就向后转走，笑嘻嘻地又拿起屠刀来。

这位贾宝玉呢，当然，他要比起一般沉沦苦海而永远跳不出的人来，自高明得多，有毅力得多。可是——他就能这么顺顺利利走下去么？他不会想起已往的尘世生活而感伤，而惆怅么？假如贾府里把一切安排得使他称心满意了，他会不会还俗？

要说他一经出走，一下子就此断惑证理，那可认错了人。

如果把这个主人公的团圆——看作一个走上正道的范本，那也是认错了人。

瞿昙那样的为了追求真理而出家，是进。而这里所表现出来的贾宝玉——以这样一个人物，因这样而出家，那是退。

七

作者似乎处处想叫我们看破一点。

他写出了这个主人公所住的世界，写出了他周围的种种人物，以至于飞花落叶。这不单是交代出宝玉出家的因缘，我们读了也该有所悟的。

这主人公极爱热闹，可是天下无不散的筵席。这主人公出生的是"昌明隆盛之邦，诗礼簪缨之族，温柔富贵之乡"，可是好景不常，一会儿就烟消火灭。

可是——我们在前面已经提到过，宝玉的出家，主要的不是由于他看透了这些世间相，而只是由于他个人种种的不遂意。

我并不是贾宝玉，我并没有跟着他走的必要。也许作者压根儿就没有打算把他写做解决人生问题的一个模范英雄呢。

但这对于出世间法本身——却不一定就有妨碍。

作者尽不妨这么干：一方面写这主人公的出家不得法，而一方面对于这条出路的本身则加以肯定。只要我这读者看了他所表现出来的人间实相，得了很深刻的印象，得了很强烈的暗示，那——我不管那主人公如何，我自己也可以去参悟这个真理的。

唔，现在我就不去管贾宝玉，单说我自己。那么我读了这部作品，能不能把这里这个尘世看成梦幻泡影，而悟到一切皆空呢？

这就要看看这里所写出来的尘世。

贾府的衰落，甚至于抄家，这并不是突如其来的事。早就种了许多因的。一开场之时，已经是"外面的架子虽没很倒，内囊却也尽上来了"。而"主仆上下，安富尊荣者尽多，运筹谋画者无一"。可是还要讲排场。

接着这书上又把许多人物一个个拿来示众。单说荣府里的罢，那位袭了爵位的贾赦，就为了想要得到石呆子所爱的扇子，竟设法陷害了这个物主，以及逼得鸳鸯没路走，诸如此类。凤姐干的勾当可写得更多了，放债，包揽人家的官司，直接或间接地害死了人，一时也举不完。而她正是个当家婆。贾琏，贾环，赵姨娘，以至于奴才们，都有许多故事。连这府里的自己人都不免有互相猜忌，明争暗斗，甚至于使阴谋。外面人吃了他们的亏的，那更不用说了，冤鬼就不知道有多少。至于宁府——那更是罪薮。就是一般族上的子弟们，也几乎没有一个不荒淫，什么丑事都做得出。

作者对这个世界看得极其清楚。这内部已经腐烂得不堪了。他毫不隐瞒地把它暴露了出来：他带着讽刺，愤怒，甚至于还带着攻击态度。

这样，则一个明白人非舍弃这个世界不可了？

可是——别急。

一谈起作者的态度，我就不免联想到焦大。

那焦大的一场骂，的确来得痛快。什么丑事都给嚷了出来，竟把那些公子哥儿叫做"畜生"，又是什么"每日偷鸡戏狗，爬灰的爬灰，养小叔子的养小叔子。我什么不知道！"

不过这些话只是关起门来说的。他愤怒得无可如何，而发泄之道，则在——

"我要往祠堂哭太爷去！"

到底是自家人。他固然攻击了这些丑事，可是他的愤怒里还带着痛心。那意思很明白：骂是骂，但这是出于一片热忱，希望你们好起来，不要丢太爷的脸。

他焦大是这府里的一分子，当然不由得关心这府上的前途了。

我感觉得作者的笔下——似乎流出了一种什么胶汁，把我也粘到了这尘世里，使我也生怕这贾府衰落下去。

作者尽管尽情暴露，把那些不肖子弟刻画得无所不至，早就预伏了宁荣二府之必败，可是字里行间，总仿佛露出了一种惋惜之情，表示不胜遗憾。

第七十五回里写了贾珍他们的聚赌，玩小幺儿之后，紧接着就写中秋节他们一家子在会芳园饮酒赏月，听见了祖宗的长叹声。而作者也好像时时发出这样的叹声。

然而——"诸行无常"。一切富贵荣华，总不能永住。世间万物，都是有生有灭。那么，替贾府的将来设想，该怎么办呢？

不错，该趁早打算打算。

作者这就写了这么一幕。凤姐做了一个梦，看见秦可卿从外面走来，谈起——

"如今我们家赫赫扬扬的，已将百载。一日倘或乐极生悲——若应了那句'树倒猢狲散'的俗语，岂不虚称了一世诗书旧族了。"

虽然"月满则亏，水满则溢"，是一定的道理，"但如今能于盛时筹画下将来衰时的事业，亦可常永保全了。"

于是这里就提出了几个办法，极其切实，极其具体。该怎样划定四时祭祀的钱粮，怎样使家塾有一定的供给，以至祖茔附近怎样多置田庄，房舍，地亩，如此等等，都计划得周周到到。简直可以给每一家书宦旧族当作治家格言。

这比徒然的叹息可积极得多了。

只可惜王凤姐没有照办。

可见得单只是计划好，还是不相干，最要紧的还要有人，要有好人——热心，顾全大局。所以这里就来了那位模范脚色，贾政。

宁荣两府的那些子弟们，就因为荒唐，没出息，作了种种恶业，以后自食其果，懊悔也来不及了。为什么不学学这位二老爷呢？为什么不照这位二老爷的见解去做呢？要是大家都有贾政这样的品格，都照贾政这样的为人，那么这个世界的内部就不会那么腐烂，也就不至于辱没了显显赫赫的贾府的家声了。

假如我也是贾府那类人家里的子弟，就可以从这里得到一个极好的教训，从这里看到了一条正当的大路。一方面我又可以由此知道这么个世界里原来有真正的好人，不要以为凡是这个坛子里的必然全是些坏醋。

这个人物的确给表现得令人可敬。我说不出一点他不方正的地方。一个好子弟总要学他那么做人，才是道理。

可是——这样一来，又居贾宝玉于何地呢？

两父子是两号人，各人代表一个世界。这两者不但联不到一块儿，就连并行不悖也办不到。如今既然把这世俗的代表当作一个好榜样了，那么贾宝玉呢？

看了这里所写出来的多情公子，我能了解他，并且同情他。一方面我可又听见作者——也像是开玩笑，也像是说正经话，叫大家不要学这样的人。"天下无能第一，古今不肖无双。"

但这也不过如一般做母亲的谈起她的宝贝孩子一样，带着微笑在那里责备的。这孩子的确有点顽皮，淘气，却也没有什么了不起的大坏处；不但可以原谅，有时候倒显出了他的可爱来。或者呢，这孩子的这种种，一般人都以为是不长进，而母亲反把这当作一种优点，则她在人家面前也会用这样口气谈起他。

这孩子太心实，有点呆气，偏要去做些人家不肯做的事，偏要去说些人家不肯说的话，一点也不会巴巴地去讨人家的好。是即所谓"行为偏僻性乖张，那管世人诽谤"了。

怪不得一般人只要一提起宝二爷，总是说他这个人没出息。他们全都是用那双贾政眼睛去品评他的。

现在作者也从这个见地去批评宝玉，说他是"草莽"，"愚顽"，"无能"，"不肖"，"莫效此儿形状"等等——岂不都是些反话了？

可是——我想作者未必肯承认这一点。

他肯定了贾政的一切。而宝玉之在贾政世界里，的确是个没出息的劣子。

那么——我要是问他：

"你是不是也像政老一样看不得宝玉，真的拿他来示众，叫一切子弟们以此为戒呢？你是不是真的把这个主人公看作异端，看得一文不值呢？"

我想，作者更未必肯承认这一点。

这个主人公其实比世俗之见要高一层，因此就不能为俗众所了解。他有与众不同的根器，使他能够有所悟，而踏上出世间的大道。倒是贾政他们心目中的所谓有用子弟——因为执著这世间种种之故，反而不能有他这样的成就，不能像他这样找上一条真正的人生出路。一个是在烦恼的大海里流转，一个是登筏向彼岸渡去，那么该"效"哪个"形状"，是最明白不过的了。

那两首为宝玉下考语的词——我们既不能视为反话，也不能把它当作正面教训。

作者对贾政，对贾宝玉，似乎各都给以同情，首肯。这原是宽大为怀，很好的。可是贾政所代表的这个世界偏容不得宝玉型。这就不容易处理了。于是我们就只好跟着作者的笔——在这两者之间摆来摆去。

我每逢看到书里描写到贾宝玉的时候，我就完全站到了贾宝玉这一边。我常常想，这号人一定可以做一个我的好朋友。而听到薛宝钗之类劝他在读书作官方面用心，我也觉得太恶俗，甚至于也认为那是些"混帐话"。他所爱的那位林姑娘的确比一般人高得多。这时候要是突然说老爷喊他出去，我也觉得非常扫兴，有种说不出的不愉快，生怕这主人公受了委屈，一方面又怪贾政太不近人情。宝玉生在这么一个家庭里，简直是受了迫害。要是我做了他的父亲，那一定让他去自己发展。

等到贾政一出场，可又觉得贾政完全是对的了。宝玉不是一个好儿子，不争气。必须严加管束，逼他就范，使他上正轨。他应当要对得起他的祖宗，毫不惭愧地做一个书宦之家的子弟。贾政对他的教训，以及一般人对他的劝告，实在句句都是至理名言。可恨他竟不听。他性情真的太乖张，一切行为和议论也太不近情理了。

于是我合上书，把两方面都想一想。究竟宝玉要走哪一条路才是正当的呢——走他自己的路，还是走别人的路？

那只有这样：顶好是这个主人公能够去适应他所住的这个世界，照一定的人模子那么去做人，当一名世俗的所谓有用的子弟。如果他办不到，则出家也未始不可：也对。

总之两条路都很正当，都可以走。

至于他的沉湎在"情欲声色等事"之中，那可真正是他的弱点。他一定要从这里跳出身子，才有办法。但要说一跳就只能跳入空门，那倒也不见得。他面前仍有两个出口摆在那里。

咱们翻开那段所谓"神游太虚境"来看看就知道了。这虽然写得有点荒唐，但也有极严肃的东西。原来那位警幻仙子是受了宁荣二公之托，来把贾宝玉"规引入正"的。要使他"跳出迷人圈子"，从此就"留意于孔孟之间，委身于经济之道"。

这是叫他从"情欲"爬出，而钻到"繁华欲"里去：与出世又不可同日而语了。但也是本书为宝玉这种子弟所指出来的一条正路。

可是宝玉的那种怪谲性情——分明是由他所住的这个世界养成的。他要是仍旧住于这个世界，那他到底能不能真的"改悔前情"呢？

我不知道作者有没有顾到这一层。只是这里既然有了贾政这么一个人物来示范，咱们也就可以放心了。咱们就可以不管三七二十一，只是指给宝玉看：

"哪，这里有一条康庄大道在你面前，你爱走不走。"

而"痴儿竟就未悟"者，这是贾宝玉自己不好。他终于只好去做和尚，活该。

不过事实上——这个难题并没有解决。因为对于这个尘世的执著或是舍弃，这两者是互为障碍的。似不能一视同仁地对俩都加以肯定，一点也不分个轻重。

至于作者——我看他也还不免有焦大那么一个立足点。当然，他已经把这个世界里的种种人物及其生活都观察了一个透，他比此中任何人都看得到些，比贾政都还看得到些。他能够把这衰败的因子具体表现出来，而且毫不容情地写出了那里面的丑恶。不过他仍旧是没有从其中跳出来：似乎他不但不能忘情，甚且还有点热中的样子，所暴露的种种，在他是有点儿类乎所谓自我批评了。意思仿佛是说：

"咱们不可这样！"

在痛惜之余，还提出了一些好办法，使这个世界得以"常永保全"。

可是世间一切不都是有生有灭的么？——这时候他仿佛忘记了这一点，或是不忍想到这上面去，虽然他比贾府上谁都清醒，可是他自己住到他们那里舍不得出来，有些地方就到底不如一个局外人见得透彻。

我还设想，即使是贾宝玉自己——虽然他是不被这里的任何人谅解，因种种不遂意而出了家的——他要是写起自传来，恐怕对过去种种也是不免露出一种恋恋之情，也是不免为这个俗家作千年万载的打算，并且肯定贾政，而以自己为不肖无能的吧。

现在这位《红楼梦》的作者呢——假如我们出一个题目，要求他写一写贾宝玉"团圆"以后究竟如何，我想他一定会要大费踌躇：这困难并不下于贾宝玉和林黛玉成亲以后如何的那个假设。

要写他过不惯清净生活吧，作者一定不愿意。要写他过得惯吧，这样可就把他以前住的尘世否定掉了，作者也不愿意的。

然而凭良心说，作者的确是个明白人。

如果我把这部书里的什么《好了歌》，以及那些参禅悟道的句子，以及"梦"、"幻"等字样——全都摘了下来，说这是作者给这么的正面教训，你倒也不能说我不对。而且这一手还正是科学方法，我们搞下去很有当批评家的希望。

那么，作者是叫我们对这尘世不要执著。而我们假如还是执迷不悟，岂不是太不会看书了？

但这是不能责备我们的。如今我们读着的到底是一部文艺作品。表现得怎样，我们就感得怎样。要是他把那些《好了歌》之类的意义，精神，情绪等等，渗透在艺术表现的里面，好像是这篇作品的灵魂似的，则我们所得的印象许要不同得多。而现在呢，那出世的主旨仿佛是一点外加的东西，跟所表现出来的东西没有化合在一块儿，只是各归各地并摆在这里而已。

哪怕作者已经证知了这个世间是个苦海，叫我们也作如是观，但他又不知不觉地挡住了我们。

我看，这是因为——他自己在情感上仍住于这个世间。

或者不妨说是他的情感与他的理智表现得不一致。

而一篇作品里所流露出来的作者的情感，那是可不能虚伪，也不能做作的。

譬如有人——明明知道贪财的不对，并且极力教人莫执著这个，可是他自己又总不免见财就爱。于是他一提起一件什么失去了的捞钱机会，就在无意中流露出一种惋惜劲儿，而且还指示出了一个有效的补救办法来，教训一般要捞钱者以后不可大意。

一个诗人如果——常常是出于不知不觉的——不能真正跳出他个人的"我"，如果他对某一人生相的或爱或憎等等，只是从他个人的种种关系出发的，则他所表现出来的情感态度，往往会与他所知证的真理的态度不一致。他要是有艺术家的良心，而又发觉了这一点的话，他一定会要苦闷。一个艺术家徒只从事知的方面的修养，而忽略了他的人格修养，不把情感弄得博大起来，我看，他总不能解决他自身上的这个矛盾，——而且甚至连他的知的方面都会给照得歪了形，走了样。

因此，这部作品里纵有许多说明寓提醒读者之意，可也就扳醒不过来了。力量太小了一点。要说我们就他所表现出来的读了，就能大彻大悟，看透这一切梦幻的话，那不但是"戴着斗笠亲嘴"——差着好一截子，也许还正相反，倒偏偏去执著这里的尘世，舍不得放松哩。

这么着，作者即使在将要闭幕时举起拳头来叫口号——"出家万岁"，"宝玉出家是人生的成功"，等等，再加上一百个感叹符号，可也还是不相干。

这里——要是再回到我那位朋友《红楼梦》是不是一部悲剧的问题，那我就想要说，这部作品是两重性的：非悲剧，亦非非悲剧。

如果作者是有意识地要把贾宝玉的"团圆"——把他的最后归宿——当作他的胜利，则作者却在无意中把他表现成一个失败者了。

如果作者是无意识地不把这部作品当作个悲剧写，则作者却在无意中把它写成一部悲剧了。

八

这里我还想附带把《红楼梦》的尾巴提一两句，以作这篇短文的尾巴。

贾宝玉是出家了。这是后四十回里的描写。我看了之后就忍不住要滴溜于心，觉得出家也大不容易。譬如贾宝玉罢，已经要出家了，可还得履行种种手续：跟薛宝钗圆房，读文章赶乡试，而且还留下一个儿子，等等。

他自己看破了红尘，却一定要留个后代下来，以便在红尘里面爬来爬去出风头。这叫人联想到有些明末遗老——自己遁迹山野，却让后辈到异朝去做官。

好容易"打出樊笼第一关"，我才替他松了一口气。

可是他还有一部手续未清哩。他必须要去中一个举。

难道成佛成菩萨——也得讲求这么个正途出身么？

这位作者似乎总要要这么一手才甘心。这原不足怪。假使现在我们看见一位高僧——他以前却没有得过任何学位的，那我们总不大把他瞧在眼里。也是人之常情。

而今给了宝玉孝廉出身，大概往各寺院挂单也挂得顺利些。

但还是不过瘾。所以另外又叫这主人公有一个更大的光荣，甚至于惊动了皇帝老子也在所不惜。那位圣上居然"问起宝玉的事来"，居然"称奇"。结果被敕封为"文妙真人"。

我所不放心的"他出家以后又怎么样"，如今可就有了着落了。他日这位"文妙真人"要是驻锡长安，则其威威赫赫，也决不在敕封为"终了真人"的张道士之下。可惜他不生在南北朝，否则他还许当个"黑衣宰相"哩。

至于宁荣两府呢，结果是"复了官，赏还抄的家产，如今府里又要起来了"。

还怕我们读者不放心，再加上了一番甄士隐的预言：

"现在宁荣两府，善者修复，恶者悔过；将来兰桂齐芳，家道复初，也是自然的道理。"

这个世界还是能够恢复老样子，舒舒服服过下去：好景常住，不致坏灭。读者看了，也当为之皆大欢喜。

贾府上团圆了。大家照旧快快活活。比以前稍微有点点儿不同的，只是少了一个宝二爷而已。

于是贾宝玉的出家，可就显得更冤，更无谓了。

然而这种种——或许是出于续作者的俗笔吧。

叫原作者自己来写，会不会这么处理，那倒是个疑问。

我们要是承认前八十回的作者原有度人救世的一点佛心的，那他自己或不能忘情于这个尘世，因此度人之力也显弱了，是有的。但要像这样来一个尾巴，或不至于。我想不会拙劣到这个地步。

至于这位续作者——大概是更热中于这里的世间些，所以总要把宁荣两府的人弄一个圆满结果：前途无穷。连个出家人都不肯放过，一定要揪住他替府上搞出个后代来才甘休，而且还暗示着那个未来的小子必大有出息，跟贾兰凑成一副"兰桂齐芳"。

假如前八十回书中那些伏线之类再隐晦一点儿，一时看不出苗的话，我猜这位续作者也会像那些"红楼圆梦"之类的作者一样，慈悲无量地来为贾宝玉和林黛玉做个撮合山的。

这位先生的心地也是极好，也是团圆派里的一位。

可是他现在总算是救出了《红楼梦》的故事坯子。大体上也许是照着原作者的原来计划发展下来的。不过故事坯子究竟不过是故事坯子而已。同一个故事坯子——也是各人可以有各人的看法，各人可以有各人的处理法，因此各人可以写出各自的意义来，互相不同。

这里的后四十回，虽然是接写了同一故事坯子的后半部，可是——这位续作者比那位原作者似更热中于这里的繁华世界些，就称心称意地安排了这么一个团圆。

于是，那原来的主旨——本来就表现得有点软弱寡力的，现在不单是没有把它救出来，而且更把它消解了好些。

先前咱们还说这部作品是有两重性的哩。而今可算是解决了这个矛盾了。我们读者一看到了这里，就不再徘徊于这世间与出世间两者之间了。干干脆脆钻到这富贵场中去。

那一边只剩下贾宝玉孤零零的一个人。他纯粹成了个悲剧的主角。

这么着，《红楼梦》后四十回的作者似乎很难称为团圆主义者。他把主人公出家的这个团圆权都撤销去了，岂不是太开心了么？

既而一想，我觉得他仍是极懂规矩的一个人，知道一篇小说要写得"积极"，尾巴上要有点甜头。这里分明是照办了的。他只不过是把这个优胜锦标从那个出家人手里抢来，颁给了俗家贾府而已。

有位原作者要是看见了，或许要不愿意。甚至会嫌这写得太消极了一点，也说不定。

这当然是看法两样。同是一个贾宝玉的归宿，可以在这个作者视之为成功，而在那个作者视之为失败。

可见得团圆人人会搞，各有巧妙不同。而其意义也可以各有不同。我们要单是拿团圆与否当作个尺度，去量普天下一切作品的有无"积极意义"——这个方法固然直捷便当已极，不过有时却不免要令人糊涂而已。

《文学创作》月刊1942年11月15日第1卷第3期

《红楼梦》简论

俞平伯

《红楼梦》一名《石头记》，书只八十回没有写完，却不失为中国第一部长篇小说。它综合了古典文学，特剧是古小说的特长，加上作者独特的才华创辟的见解，发为沉博绝丽的文章。用口语来写小说到这样高的境界，可以说是空前的。书的开头说"真事隐去"仿佛有所影射；再说"假语村言"，而所用笔法又深微隐曲；所以它出现于文坛，如万丈光芒的彗星一般，引起纷纷的议论，种种的猜详，大家戏呼为"红学"。这名称自然带一些顽笑性的。但为什么对别的小说都不发生，却对《红楼梦》便会有这样多的附会呢？其中也必有些原故。所以了解《红楼梦》、说明《红楼梦》都很不容易，在这儿好像通了，到那边又会碰壁。本篇拟先就它的传统性、独创性和作者著书的情况粗略地叙说。

一 《红楼梦》的传统性

中国小说原有两个系统。一、唐传奇文，二、宋话本。传奇文大都用文言，写烟粉灵怪的故事。它的发展有两方面，一面为笔记小说，又一面又改编成戏剧，如有名的《莺莺传》之为《西厢记》。话本在宋时，一般地说分四个家数，最主要的是"小说"（这小说是话本特用的术语）和讲史。"小说"更能够反映当时社会的情况，内容偏重于烟粉、灵怪、公案、刀棒。元明两代伟大的小说，如《水浒》、《西游记》、《金瓶梅》都从这一派变化出来。从《红楼梦》书中很容易看出它如何接受了、综合了、发展了这两个古代的小说传统。

《红楼梦》以"才子佳人"做书中的主角，受《西厢记》（《莺莺传》的后身）的影响很深，称为《会真记》，引用有五六次之多，几成为宝黛言情的"口头语"了。引最特出的三节：

（一）有名的如二十三回黛玉葬花。宝玉说，"真是好文章，你看了连饭也不想吃呢。"下文就引《西厢》，"我就是多愁多病身，你就是那倾国倾城貌。"黛玉急了，然而后来也说，"呸，原来苗而不秀，是个银样蜡枪头！"所以宝玉说，"你这个呢，我也告诉去。"两个人都在发《西厢》迷哩。

（二）如二十六回写黛玉在潇湘馆长叹。念着"每日家情思睡昏昏"。宝玉在窗外听见，笑道，"为甚么每日家情思睡昏昏？"后文宝玉借着紫鹃说，"好丫头，若共你多情小姐同鸳帐，怎舍得迭被铺床。"（脂庚本·戚本）

（三）第四十九回文字较长，节引于左：

> 宝玉便找了黛玉来，笑道："我虽看了《西厢记》，也曾有明白的，几回说了取笑，你曾恼过，如今想来竟有一句不解……那'闹简'上有一句说得最好：'是几时孟光接了梁鸿案？'这句最妙。孟光接了梁鸿案，这五个字不过是现成的典，难为他这'是几时'三个虚字问的有趣。是几时接了？你说说我听听。"黛玉听了……笑道，"这原问的好，他也问的好，你也问的好。"……宝玉方知缘故，因笑道，"我说呢，正纳闷是几时孟光接了梁鸿案，原来是从'小孩儿口没遮拦'就接了案了。"

活用《西厢》成句已极微妙委宛之能事。这可谓无一处不大引特引其《西厢记》了。却还不止此。

书中有些境界描写，实暗从《西厢》脱胎换骨的。脂砚斋曾经指出，这儿也引两条。如第二十五回：

> 宝玉……只妆着看花儿，这里瞧瞧，那里望望，一抬头只见西南角上游廊底下栏杆上似有一个人倚在那里，却恨面前一株海棠花遮着，看不真切。
>
> 脂砚斋评曰，"余所谓此书之妙皆从诗词句中泛出者，皆系此等笔墨也。试问观者，此非'隔花人远天涯近'乎？"（隔花句出《西厢》"寺警"折）又同回下文叙红玉事，"睐眼过了一日。"脂评，"必云'睐眼过了一日'者，是反衬红玉'挨一刻似一夏'也，知乎？"（此句出"赖简"折）

这两条评得真不错，他说"知乎？"好比问着咱们，"知道么？"但他又怎么会知呢？这很奇怪。我近来颇疑脂砚斋即曹雪芹的化名假名。不然，作者作书时的心理，旁人怎得知。

《红楼》源本《西厢》，如上所云。给它以最直接的影响的则为明代的白话长篇《金瓶梅》。近人阚铎《红楼梦抉微》一书，虽不免有附会处，但某些地方却被他说着了。如《红楼梦》的主要观念"色"、"空"（色是色欲之色，非佛家五蕴之色）明从《金瓶梅》来。又如叙秦氏死后买棺一节几全袭用《金瓶梅》李瓶儿之死之文。

在"脂评"里也有两条明说《红楼梦》跟《金瓶梅》的关系的。一、即在第十三回买棺一段上，脂砚斋庚辰本眉评，"写个个皆到，全无安逸之笔，深得《金瓶》壶奥。"二、第二十八回，冯紫英、薛蟠等饮酒一节，脂砚斋甲戌本眉评，"此段与《金瓶梅》内西门庆、应伯爵在李桂姐家饮酒一回对看，未知孰家生动活泼。"这跟脂庚辰本第二十四回倪二醉遇贾芸一段眉批很相似。彼文云："这一节对《水浒记》杨志卖刀遇没毛大虫一回看，觉好看多矣。己卯冬夜脂砚。"这显然都是作者自己满意的口气。《水浒》、《金瓶》、《红楼》三巨著实为一脉相连的。

《红楼》、《水浒》两书的关系虽比较是间接的，但看上引第二十四回的脂评，《红楼》作者心中目中固以《水浒传》为范本。又本书第二回，贾雨村的一大段演说，节引如左：

> 彼残忍乖邪之气，不能荡溢于光天化日之下，遂凝结充塞于深沟大壑之中，偶因风荡，或被云摧，略有摇动感发之意，一丝半缕误而逸出者，值灵秀之气适过，正不容邪，邪复妒正，两不相下，如风水雷电地中既遇，既不能消，又不能让，必致搏击掀发后始尽。故其气亦必赋人，发泄一尽始散。

这就是《水浒》第一回之"误走妖魔"。其所谓"一丝半缕误而逸出"者，即《水浒》的"一道黑气滚将出来"也。

《红楼梦》开首说补天顽石高十二丈，方二十四丈，共有三万六千五百零一块，原合十二月、二十四气、周天三百六十五度四分度之一，跟《西游记》第一回说花果山仙石有三丈六尺五寸高，二丈四尺开阔，说法略异，观念全同。这点有人已经说过①。而且这块高十二丈方二十四丈的顽石既可缩成扇坠一般，又变为鲜明莹洁的美玉，我觉得这就是"天河镇底神珍铁"（金箍棒），塞在孙猴子的耳朵里呵。又《经楼梦》有不大可解的"甄宝玉"、"贾宝玉"，

---

① 程甲本高鹗序："作者相传不一，究未知出自何人。惟书内记雪芹曹先生删改数过。"新发见的乾隆甲辰抄本，梦觉主人序："说梦者谁，或言彼，或云此。"

这真假宝玉恐怕也从《西游记》的真假悟空联想得来的。

如上所引诸例，本书采用古小说，非常广博。不但此也，它还继承了更古的文学传统，并不限于说部，如《左传》、《史记》之类，如乐府诗词之类，而《庄子》、《离骚》尤为特出。脂本第一回评明说"《庄子》、《离骚》之亚"。

《红楼梦》第一得力于《庄子》。宝玉读《外篇·胠箧》并戏续了一节，见本书第二十一、二十二回；这是显而易见的。脂庚辰本在二十二回"山木自寇"、"源泉自盗"下都有注，是作者自己注的。又如第六十三回邢岫烟述说妙玉赞"文是《庄子》的好"，借书中人说话，这当然代表了作者的意见。这些还都是形迹，《庄子》更影响了《红楼梦》全书的风格和结构。像这样汪洋恣肆的笔墨，奇幻变换的章法，从《庄子》脱胎，非常显明。

更得力于《楚辞》。如第十七回写蘅芜苑（今本作院）：

> 忽迎面突出插天的大玲珑山石来，四面群绕各式石块竟把里面所有房屋悉皆遮住，且一株花木也无。只见许多异草，或有牵藤的，或有引蔓的，或垂山巅，或穿石隙。甚至垂檐绕柱，萦砌盘阶，或如翠带飘飘，或如金绳蟠屈，或实若丹砂，或花如金桂。

这把《楚辞》芬芳的境界给具体化了。随后宝玉又说了许多香草的名字，而总结为"《离骚》、《文选》所有的那些异草"。

尤可注意的第七十八回的《芙蓉诔》，是本书里最精心结撰的一篇前骈体后骚体的古典文，可窥见作者的文学造诣。此文名为诔晴雯，实诔黛玉，在本书的重要可知。这文脂庚辰本有注，亦出作者之手，主要的共十八条，却八引《离骚》、《楚辞》，六引《庄子》，已得十四条，占全数百分之八十。借这个数目字来表示《红楼》作者得力于什么古书，再明白没有了。

其中有饶趣味的一条不妨略谈的，即宝玉在这有名的诔文里把他的意中人晴雯，比古人中夏禹王的父亲叫鲧的。宝玉说："直烈遭危，巾帼惨于羽野。"作者原注："鲧刚直自命，舜殛于羽山。《离骚》曰，鲧婞直以亡身兮，终然夭乎羽之野。"这是特识、特笔。像晴雯这样美人儿拿她来比自古相传四凶之一的鲧，够古怪的；所以后人把这句改为"巾帼惨于雁塞"，用昭君出塞的故事以为妥当得多了，而不知恰好失掉了作者的意思。赏识这婞直的鲧本是屈原的创见，作者翻"婞直"为"直烈"，为"刚直"，仿佛更进了一步，这是思想上的千载同心，并不止文字沿袭而已。

上边所举自不能包括中国古典文学，但《红楼梦》的古代渊源非常深厚且广，已可略见一斑。自然它不是东拼西凑、抄袭前文，乃融合众家之长，自成一家之言。所以必须跟它的独创性合并地看，才能见它的真面目。若片面地，枝节地只从字句上的痕迹来做比较，依然得不到什么要领的。

二 《红楼梦》的独创性

《红楼梦》的独创性很不好讲。到底什么才算它的独创呢？如"色"、"空"观念，上文说过《金瓶梅》也有的。如写人物的深刻活现，《金瓶梅》何尝不如此，《水浒》又何尝不如此。不错，作者立意要写一部第一奇书，果然，《红楼梦》地地道道是一部第一奇书。但奇又在那里呢？要直接简单回答这问题原很难的。

我们试想，宋元明三代，口语的文体已很发展了，为什么那时候没有像《红楼梦》这样的作品，到了清代初年才有呢？恐怕不是偶然的。作者生长于"富贵百年"的"旗下"家庭里，生活习惯同化于满族已很深，他又有极高度的古典文学修养和爱好，能够适当地揉合汉满两族的文明，他不仅是中国才子，而且是"旗下"才子。在《红楼梦》小说里，他不仅大大地发挥了自己多方面的文学天才，而且充分表现了北京语的特长。那些远古的大文章如《诗经》、《楚辞》之类自另为一局；近古用口语来写小说，到《红楼梦》已出现新的高峰，那些同类的作品，如宋人话本，元人杂剧，明代四大奇书，没有一个赶得上《红楼梦》的。这里边虽夹杂一些文言，却无碍白话的圆转流利，更能够把这两种适当地配合起来运用着。这虽只似文学工具的问题，但独创性的特点，必须首先提到的。

全书八十回洋洋大文浩如烟海，我想从立意和笔法两方面来说，即从思想和技术两方面来看，后来觉得技术必须配合思想，笔法正所以发挥作意的，分别地讲不见得妥当。要知笔法，先明作意；要明白它的立意，必先探明它的对象主题是什么。本书虽亦牵涉种族政治社会一些问题，但主要的对象还是家庭，行将崩溃的封建地主家庭。主要人物宝玉以外，便是一些"异样女子"所谓"十二钗"。本书屡屡自己说明，即第二回脂砚斋评也有一句扼要的话：

盖作者实因鹡鸰之悲，棠棣之威，故撰此闺阁庭帏之传。

简单说来，《红楼梦》的作意不过如此。

接着第二个问题来了，他对这个家庭，或这样这类的家庭抱什态度呢？拥护赞美，还是暴露批判？细看全书似不能用简单的是否来回答。拥护赞美的意思原很少，暴露批判又觉不够。先世这样的煊赫，他对过去自不能无所留恋；末世这样的荒淫腐败，自不能无所愤慨；所以对这答案的正反两面可以说都有一点。再细比较去，否定的成分多于肯定的。在"贾天祥正照风月鉴"一回书中说得最明白。这风月宝鉴在那第十二回上是一件神物，在第一回上则作为《红楼梦》之别名。作者说风月宝鉴"千万不可照正面，只照背面，要紧要紧。"可惜二百年来正照风月鉴的多。所谓正照者，仿佛现在说从表面看问题，不但看正面的美人不看反面的骷髅叫正照，即如说上慈下孝即认为上慈下孝，说祖宗功德即认为祖宗功德也就是正照。既然这样，文字的表面和它的内涵、联想、暗示等等便有若干的距离，这就造成了《红楼梦》的所谓"笔法"。为什么其他说部没有种种的麻烦问题而《红楼》独有；又为什么其他说部不发生"笔法"的问题，而《红楼》独有；在这里得到一部分的解答。

用作者自己的话，即"真事隐去"、"假语村言"。他用甄士隐、贾雨村这两个谐声的姓名来代表这观念。自来看《红楼梦》的不大看重这两回书，或者不喜欢看，或者看不大懂，直到第三回才慢慢地读得津津有味起来。有一个脂砚斋己卯评本，曾对这开端文字大不赞成，在第二回之末批道：

> 语言太烦令人不耐。古人云惜墨如金，看此视墨如土矣，虽演至千万回亦可也。

这不知什么人批的，虽然不对，却是老实话。实在看不出什么好处来。殊不知这两回书正是全书的关键、提纲、一把总钥匙。看不懂这个，再看下去便有进入五花八门迷魂阵的感觉。这大片的锦绣文章，非但不容易看懂，且更容易把它弄拧了。我以为第一回书说甄士隐跟道士而去；甄士隐去即真事隐去。第二回记冷子兴、贾雨村的长篇对白；贾雨村言即假语村言。两回书已说明了本书的立意和写法，到第三回便另换一副笔墨，借贾雨村送林黛玉入荣国府，立即展开《红楼梦》的境界了。

作者表示三点：（一）真事，（二）真的隐去，即真去假来，（三）假语和村言。第二即一、三的联合，简化一点，即《红楼梦》用假话和村粗的言语（包括色情描写在内）来表现真人真事的。这很简单的，作者又说得明明白白，无奈人多不理会它。他们过于求深，误认"真事隐"为灯虎之类，于是大家瞎猜一阵，谁都不知道猜着没有，谁都以为我猜着了，结果引起争论以至于吵闹。《红楼梦》在文学上虽是一部绝代奇书，若当作谜语看，的确很笨的。这些红学家意欲抬高《红楼梦》，实际上反而大大的糟蹋了它。

把这总钥匙找着了再去看全书，便好得多了，没有太多的问题。表面上看，《红楼梦》既意在写实，偏又多理想；对这封建家庭既不满意，又多留恋，好像不可解。若用上述作者所说的看法，便可加以分析，大约有三种成分：（一）现实的，（二）理想的，（三）批判的。这些成分每互相纠缠着，却在基本的观念下统一起来的。虽虚，并非空中楼阁；虽实，亦不可认为本传年表。虽褒，他几时当真歌颂；虽贬，他何尝无情暴露。对恋爱性欲，十分肯定，如第五回警幻之训宝玉；同时又极端的否定，如第十二回贾瑞之照风月鉴。书中的女性大半用他的意中人来作模型，而褒贬互用，是按照各人的性格来处理的。如对凤姐、秦氏就贬斥得很利害。对贾家最高统治的男性，如贾敬、贾珍、贾琏等；对帮贾家作恶的官僚如贾雨村，皆深恶痛绝之，不留余地。凡此种种，可见作者的态度，相当地客观，也很公平的。他自然不曾背叛他所属的阶级，却已能够脱离了阶级的偏向，批判虽然不够，却已有了初步的尝试。我们不脱离历史的观点来看，对《红楼梦》的价值容易得到公平的估计，也就得到更高的估计。《红楼梦》像彗星一般的出现，不但震惊了当时的文学界，而且会惹恼了这些反动统治者。这就能够懂得为什么既说真事，又要隐去；既然"追踪蹑迹"，又要用"荒唐言"、"实非"之言、"胡诌"之言来混人耳目。他是不得已。虽亦有个人的性格、技术上的需要种种因素，而主要的怕是它在当时的违碍性。说句诡辩的话，《红楼梦》正因它太现实了，才写得这样太不现实的呵。

像这样的写法，在中国文学里可谓史无先例，除非拿它来比孔子的《春秋经》。在本书第四十二回说过：

> 用《春秋》的法子，将市俗的粗话，撮其要，删其繁，再加润色，比方出来一句是一句。

正是所谓"夫子自道"了。不过《春秋》像"断烂朝报"，谁也不想读的，《红楼梦》却用最圆美流畅的白话写出迷人的故事，二百年来几乎人人爱读。从前有一位我的亲戚老辈说过，"做了一个人，不可不读《红楼梦》。"我当时年纪还小完全不懂，只觉得这样说法古怪。说起书来，书是未有的奇书；说起人，人是空前的怪杰。话可又说回来了，假如《红楼梦》真有一点儿像《春秋经》呢，岂不也依然承接了中国最古老的文学传统吗。这里可以看出本文虽分传统与独创两部分来谈，实际上只是一回事，一件事物的两方面。所以并不能指出《红楼梦》那段是创造的，那句是因袭的；要说创造，无非创造，要说"古典"，无非"古典"，就在乎您用什么角度来看。

读者原可以自由自在地来读《红楼梦》，我不保证我的看法一定对。不过本书确也有它比较固定的面貌，不能够十分歪曲的。譬如以往种种"索隐"许多"续书"，至今未被大众所公认，可见平情之论始能服人，公众的意见毕竟是正确的。

三　著书的情况

本节只能谈三个问题：（一）著者，（二）书未完成和续书，（三）著者和书中人物的关系。

大家都说曹雪芹做《红楼梦》，到底他做了没有呢？这个问题首先碰到。看本书对雪芹著书一节并不曾说煞，只在暗示。据通行本第一回：

> 空空道人因空见色，自色生情，传情入色，由色悟空，遂改名情僧；改《石头记》为《情僧录》。东鲁孔梅溪题曰《风月宝鉴》。后因曹雪芹于悼红轩中披阅十载，增删五次，纂成目录，分出章回，又题曰《金陵十二钗》，并题一绝，即此便是《石头记》的缘起。

照这里说，有空空道人、孔梅溪、曹雪芹（有的脂砚斋本名字还要多一点）。到底这些人干了什么事？这些名字还真有其人，还出于雪芹的假托？都不容易得到决定性的回答。现在似乎都认曹雪芹一名为真，其余都是他一个人的化名，姑且承认它。即使这样，曹雪芹也没有说，我做《红楼梦》呵。脂砚斋评中在第一回却有两条说是曹雪芹做的。先看第一条：

> 若云雪芹披阅增删，然则开卷至此这一篇楔子又系谁撰，足见作者之笔狡猾之甚。

这很明白，无须多说了。再看第二条：

> 雪芹旧有《风月宝鉴》之书，乃其弟棠村序也。今棠村已逝，余睹新怀
> 旧，故仍因之。

这里说曹雪芹做《风月宝鉴》，他弟棠村做序。新，指《金陵十二钗》；旧，指
《风月宝鉴》。《红楼梦》大约用两个稿子凑起来的，而都出于曹雪芹之手。照
"脂评"看，应该没有什么问题的。但旧抄木刻本的序都说不知何人所为，可
见本书的著作权到作者身后还没有确定下来。

　　这个事实值得注意。依我的揣想，曹雪芹有时说他做的，有时又不肯明
白地说。既做了绝世的文章，以人情论，他也不肯埋没他的辛苦；同时总亦
有不愿承认的理由，这违碍太多。如大胆的色情表现，古怪的思想议论，深
刻的摹写大家庭的黑暗面，这些就我们现在来看，这又算得什么，在当时却
并不如此，可以引起社会的疑怪和非议。而且书中人物事迹难免有些根据，
活人具在，恩怨亦复太多。凡此种种都可以使得他不愿直认，只在本书开首
隐约其词，说什么"披阅十载，增删五次"。有时便借批评家的口气道破一
下。这些自然是我的揣想。还有一说，第一回书上虽写了这许多名字，本书
又有许多矛盾脱节的地方，我始终认为出于一人之笔。八十回文字虽略有短
长，大体上还是一致的。既只出一人之手，这一个人不是雪芹又是谁？所以
这《红楼梦》的著作权总得归给曹雪芹。在脂评和其他记载，还有些别的证
明，不再多说了。

　　作者问题如此决定了，关于他的生平，我们知道的也很少。曹雪芹名霑，
汉军正白旗人。他们上辈做了三代的江宁织造。他是曹寅的孙子。雪芹生于南
京，到过扬州，后住北京西郊，生活很穷困。大约生于一七二三年，死于一七
六三年，得年四十。

　　推定他生卒年月和在世年岁的问题，以近来颇有异说，最简单说明如下。
（一）曹雪芹死于一七六三年二月十二日，在脂砚斋甲戌本上有明文的"壬午
除夕，书未成，芹为泪尽而逝"。这证据很明确。近人根据敦敏《懋斋诗钞》
一首不记年月的诗，只因它在记癸未年诗的后面的，就断定曹卒于癸未，这是
不对的。详见本人所著《曹雪芹的卒年》一文。（二）曹雪芹活了四十岁，见
敦诚挽诗"四十年华付杳冥"。由一七六三上推四十年即生于一七二三年。这

四十年华也不一定是整数，所以可能还早一点。

他写《红楼梦》，本预备写一百多回的。第一段著作时期，约于一七四三到一七五二（详见本人著《红楼梦著作的年代》一文，与《曹雪芹的卒年》一文并收在新版《红楼梦研究》中）。这十年之中完成本书多少也不可考，至迟到一七五九年便有了八十回抄本，中间还缺两回。八十回以后的也有五六段，后来都"迷失"了。再过三年书没写完，他便死去，有妻无子，身后萧条。我们所知简括地讲不过如此。近在上海发见他的画像，王南石绘，跟《枣窗闲笔》所云"身胖头广"相合。这画像可能是真的。

曹雪芹是个早慧的天才，他写《红楼梦》的初稿不过二十多岁，到一七五四，本书已有"再评"的本子了。但此后到一七六三这第二个十年中似乎没有续写多少，以致书始终没完。这跟他晚年的穷愁潦倒有些关系。若连遗失的残稿算上，则本书完成约亦有百分之八九十。残稿的情形大概这样：贾府完全破败，宝玉生活穷困，只有宝钗和麝月跟着他。黛玉先死了。宝玉后出了家。最末有警幻"情榜"，备列十二钗的"正"、"副"、"又副"、"三副"、"四副"的名字共六十人，榜下都有考语，以宝玉居首。这些材料都分散见于脂砚斋评本中。

书一经传抄，流行即很广，大家可惜它没有完。雪芹身后不久，即有高鹗来补书。他说原本有一百二十回的目录，后四十回本文散佚，他陆续的在鼓儿担上配全了。其实后四十回无论回目或本文都出高氏之手，他偏不肯承认，却被他的亲戚张问陶给说破了。这后四十回的著作权高鹗也在推来推去中，可见当时人对小说的看法跟我们现在很不同。高鹗所续，合并于前八十回，程伟元在一七九一年、一七九二年两次排印，称为程甲、乙本。从此社会上流通的《红楼梦》都是这个百二十回本，直到一九一二年以后方才印行了，后来又发见了好些旧的带评的抄本，有的残缺，有的完全些，却没有超过八十回的。这些自比较接近作者的原稿，但很多错乱。若不经过整理，有些地方还不如刻本呢。因程高二人除续书外，对前八十回也做过一些整理的工作，不过凭了他们的意思不必合于原本罢了。补书在思想上、故事发展和结构上、人物描写上都跟原本不同，恐怕远不及原本。《红楼梦》用这样本子流通了一百多年，勉强完全了，却是不幸的。

此外《红楼梦》还有一种厄运，便是各式各样主观地猜谜式的"索隐"。近年考证《红楼梦》的改从作者的生平、家世等等客观方面来研究，自比以前所谓红学着实得多，无奈又犯了一点过于拘滞的毛病，我从前也犯过的。他们把假的贾府跟真的曹氏并了家，把书中主角宝玉和作者合为一人，这样，贾氏的世系等于曹氏的家谱，而《石头记》便等于雪芹的自传了。这很明显有三种的不妥当。第一，失却小说所以为小说的意义。第二，像这样处处黏合真人真事，小说恐怕不好写，更不能写得这样好。第三，作者明说真事隐去，若处处都是真的，即无所谓"真事隐"，不过把真事搬了个家而把真人给换上姓名罢了。因此我觉得读《红楼梦》，必须先要确定作者跟书中人物的关系，尤其是雪芹本人跟"宝玉"的关系。且分作两层来说：

（一）书中人物有多少的现实性？看本书第一回及脂砚斋评，当初确有过一些真人，有几个特出的人，如林黛玉、王熙凤之类，真实性更多。但虽有真人做模型，经过作者文学的手腕修饰以后，却已大大改变了原有的面貌。如将近事一比，即容易了然。如鲁迅先生的《阿Q正传》，据说，绍兴确有过一个阿桂。鲁迅小说里的阿Q，虽以真的阿桂为"范"，却并非当真替阿桂写传。如阿Q大团圆；阿桂并未被杀之类。以此推想，曹雪芹即使有个情人叫"阿颦"，评书的还想为她画像，但其人的美丽，怕决赶不上书中的"潇湘妃子"。她工愁善病，或者有之。这样说来：书中人物的现实性是有限制的；作者的意匠经营，艺术的修饰，占了重要的地位。

（二）为什么要这些人物？即书中人物功能的问题。这些人，若大若小，男男女女，生旦净末丑脚色各异，却大伙儿都来表演这整出的戏叫《红楼梦》。所以他们在某种情况下都可以代表作者的一部分，却谁也不能、谁也不曾代表他的全体。书既自寓生平，代表作者最多的当然是贾宝玉。但贾宝玉不等于曹雪芹，曹雪芹也不等于贾宝玉。

就曹雪芹不等于贾宝玉这一点来说，作者的范围比书中主角照例要宽得多。如焦大醉骂，即作者借此大发牢骚；妙玉说"文是《庄子》的好"，即作者赞美《庄子》；黛玉跟香菱谈诗，不妨看作悼红轩的诗话。如宝玉的《芙蓉诔》，黛玉的《葬花吟》，同样地有资格收在曹雪芹的文集里。就贾宝玉不等于曹雪芹这一点来说，书中宝玉的一言一动，未必合于曹雪芹的日记。宝玉和他本家的关系，未必都合曹氏的谱系。如曹家有过一个王妃，曹雪芹的姑母，而书中元春却是宝玉的姊姊。如曹寅只有一个亲生儿子曹颙，次子曹頫是过继的；而书中却说贾母有两个儿子，而她喜欢次子贾政且过于长子贾赦，恰好把亲生过继的差别颠倒过来一般。如果处处附会，必致种种穿凿。雪芹以宝玉自寓，也不过这么一说，即如书中说宝玉与秦氏私通①，若把这笔帐直写在曹雪芹的名下，未必合于事实，更不近乎情理。他为什么自己糟蹋自己呵。书中人物要说代表作者，那一个都能够代表他，要说不代表作者，即贾宝玉也不能代表他。我另做一比喻，这都好像象棋中的棋子，宝玉好比老将，十二钗好比车马炮，而贾赦、贾政之徒不过小兵而已。那些棋子们都拥护这帅字旗，而这盘棋的输赢也以老将的安全与否来决定的；这老将和车马炮甚至于小兵的行动，都表现下棋人的心思，却谁也不代表棋手这个人，他们的地位原是平等的。若说只有老将代表下棋人，岂非笑话。

在此略见一斑，大家可以想到《红楼梦》里有许多麻烦的疑问，不但此也，《红楼梦》还有不少自相矛盾，前言不搭后语的地方，我在上文既称为绝世无双，读者如发见了有些缺点，恐不免要怀疑。我觉得在最后必须解释一下。这些疑窦和缺点，跟本书的遗憾是相关连的。

本书的不幸，作者的不幸，第一是书没写完；其次，续书的庸妄；再其次，索隐的荒唐；再其次，考证的不能解决问题。其中尤以书的未完为先天的缺陷，无法弥补。假如写完了，我想有些疑问可以自然地解决，有些脱枝失节自相矛盾处，经作者的最后审定，也能够得到修正。但这些还都是小节。

没有写完的最大遗恨在什么地方呢?正因为没有完篇，那象征性的"风月宝鉴"还正悬着，不能够像预期完全翻过身来。这个影响未免就太大了。正照镜子的毛病原不能都推在二百年读者的身上，作品的自身至少要负一半的责任。惟其如此，更容易引起误解。反对这书的，看作诲淫的黄色书籍，要烧毁它；赞成这书的，发生了红迷，天天躺在床上看。对待的态度似绝对相反，错误的性质却完全相同，都正看了这书，而这书，作者再三说，必须反看。他将在后回书中把它翻过身来，可惜这愿望始终没圆满。到了今日，谁能借大荒山的顽石补完这残缺的天呢。

我们对这未完之作觉得加倍的爱惜，读书的时候又必须格外的小心，才对得起这样好书。我们应该用历史的观点还它的庐山真面，进一步用马克思列宁

---

① 俞平伯：《论秦可卿之死》一文，载《红楼梦研究》。

主义的文艺理论来分析批判它，使它更容易为人民所接受，同时减少它流弊的发生。考证研究的工作都配合着这总目的来活动。我们必须对我们的伟大的文学天才负责，我们必须对广大的人民负责。

《新建设》1954年3月号

论《红楼梦》

何其芳

一

伟大的不朽的作品《红楼梦》是我国小说艺术成就的最高峰。关于它的深入人心，清代的笔记里有过一些故事。有一位作者说，他从前在杭州读书的时候，听说有某商人的女儿，貌美，会作诗，因为太爱读《红楼梦》了，后来得了肺病。她快死的时候，她父母把这部书烧了。她在床上大哭说："奈何烧杀我宝玉！"又一位作者说，苏州有个姓金的人，也很喜欢读这部小说，他给林黛玉设了牌位，日夜祭祀。他读到林黛玉绝食焚稿那几回，就呜咽哭泣。这个人后来竟有些疯疯癫癫了①。这些故事是比较奇特的，未必都是真事。前一位作者更是企图用那个故事来反对《红楼梦》。然而这些故事却也反映出来了这样的事实：《红楼梦》的艺术异常迷人，它所创造的人物异常成功，它对许多读者的精神生活发生了强烈的影响。

我们少年时候，我们还没有读这部巨著的时候，就很可能听到某些年纪较大的人谈论它。他们常常谈论得那样热烈。我们不能不吃惊了，他们对它里面的人物和情节是那样熟悉，而且有时爆发了激烈的争辩，就如同在谈论他们的邻居或亲戚，如同为了什么和他们自己有密切关系的事情而争辩一样。后来我们自己读到了它。也许我们才十四岁或十五岁。尽管我们还不能理解它所蕴含的丰富的深刻的意义，这个悲剧仍然十分吸引我们，里面那些不幸的人物仍然激起了我们的深深的同情。而且我们的幼小的心灵好像从它受过了一次洗礼。我们开始知道在异性之间可以有一种纯洁的痴心的感情，而这种感情比起在我们在周围所常见的那些男女之间的粗鄙的关系显得格外可贵，格外动人。时间过去了二十年或者三十年。我们经历了复杂的多变化的人生。

① 以上见陈其元《庸闲斋笔记》卷八和邹弢《三借庐赘谭》卷四。这里只是转述其大意。

我们不但经历了爱情的痛苦和欢乐，而且受到了革命的烈火的锻炼。我们重又来读这部巨著。它仍然是这样吸引我们——或许应该说更加吸引我们。我们好像回复到少年时候。我们好像从里面呼吸到青春的气息。那些我们过去还不能理解的人物和生活，已不再是一片茫然无途径可寻的树林了。这部巨著在我们面前展开了许多大幅的封建社会的生活的图画，那样色彩炫目，又那样明晰。那样众多的人物的面貌和灵魂，那样多方面的封建社会的制度和风习，都栩栩如生地再现在我们眼前。我们读了一遍又一遍。我们每次都感到它像生活本身一样新鲜和丰富，每次都可以发现一些以前没有察觉到的有意义的内容。

伟大的作品，整个世界文学史上也为数不多的伟大的作品，正是这样的：它能获得不同年龄和经历了不同生活的广大的读者群的衷心爱好；它能够丰富和提高我们的精神生活；它能够吸引我们反复去阅读，不仅因为它的艺术的魅力像永不凋谢的花一样，而且因为它蕴藏意义是那样丰富，那样深刻，需要我们去作多次的探讨然后可以比较明了。

《红楼梦》出现于十八世纪中叶，出现于中国最后一个封建王朝的最后一段兴盛的时期。经过了一百余年的统治，以满族入主中国的清朝不但已经打败了汉族的抵抗和反叛，而且征服了北部、西北、西部和西南的少数民族。它这时的统治应该承认是巩固的，强有力的，否则无法解释那样多次的战争的胜利。然而，这并不是说种种严重的社会矛盾，首先是国内的民族矛盾和阶级矛盾，就不存在了。有些和《红楼梦》所描写的那个贵族大家庭相像，这个王朝看起来很显赫，实际却很快就要转入衰败了。就是十八世纪末叶和十九世纪初年，农民起义像火一样连绵不断地燃烧在许多地区。到了一八四〇年，离《红楼梦》的出现还不到一百年，鸦片战争就爆发了。在中国的土地上存在了二千余年的封建社会从此就走向瓦解。《红楼梦》这部巨著为这个古老的社会作了一次最深刻的描写，就像在历史的新时代将要到来之前，给旧时代作了一个总的判决一样。它好像对读者说：这些古老的制度和风习是如此根深蒂固而又如此不合理，让它们快些灭亡吧！虽然在这沉沉地睡着的黑夜里，我无法知道将要到来的是怎样一个黎明，我也无法知道人的幸福的自由的生活怎样才可以获得，但我已经诅咒了那些黑暗的事物，歌颂了我的梦想。

二

《红楼梦》的作者曹雪芹①把自己的名字写在这部不朽的小说的第一回里，并且说他曾"披阅十载，增删五次"，这样来记下他的长期的辛勤的劳动。然而关于他的传记材料，至今为止，我们知道的还是很少。

曹雪芹的先世原是汉人，但很早就入了满洲旗籍。他的祖父曹寅曾作过苏州织造、江宁织造、两淮巡盐御史等官职。曹寅能作诗词戏曲，喜欢藏书和刻书。有名的《全唐诗》就是清朝皇帝要他负责刊刻成的。曹寅死后，他的儿子曹颙和嗣子曹頫相继承袭江宁织造。一七二七年，因亏空罢任，并被抄家②。曹家不久就回北京居住了。曹雪芹到底是曹颙的儿子还是曹頫的儿子，没有材料可考③。他的生年也不能确知。估计约生于一七一六年左右④。他的幼年和少年时代，是曾经历了一段繁华的生活的。他的朋友爱新觉罗敦敏在赠他的诗里说："燕市哭歌悲遇合，秦淮风月忆繁华。"应当不是虚语。他回到北京以后，

---

① 曹雪芹名霑，字梦阮，号雪芹，又号芹圃、芹溪。见敦敏《懋斋诗钞》、敦诚《四松堂集》、张宜泉《春柳堂诗稿》等书。

② 据北京大学藏抄本《永宪录续编》。李玄伯、周汝昌均疑和清朝皇帝胤禛打击他的兄弟胤禩和胤禟的党羽有关，但无确证。

③ 李玄伯《曹雪芹家世新考》因康熙五十四年三月初七日曹頫奏摺中说到他的嫂嫂怀孕已及七月，推测曹雪芹为曹颙的遗腹子。胡适《红楼梦考证》荒唐地把小说和真人真事相混，说贾政就是曹頫，贾宝玉就是曹雪芹，断定曹雪芹为曹頫的儿子。两说都无根据，不如存疑。

④ 甲戌本《红楼梦》第一回眉批："壬午除夕，书未成，芹为泪尽而逝。"如此批可信，则曹雪芹死于公历一七六三年二月十二日，周汝昌因《懋斋诗钞》中《小诗代柬寄曹雪芹》前第三首《古刹小憩》题下注"癸未"，主张曹雪芹死于癸未除夕，即公历一七六四年二月一日。但《懋斋诗钞》原为残本，由收藏者"黏补成卷"（见原书影印本第七页燕野顽民题识），并非按年编排，而且《古刹小憩》题下"癸未"二字也非敦敏原注，而是后人补题（详见《文学研究集刊》第五册王佩璋《曹雪芹的生卒年及其他》）。所以曹雪芹的卒年仍不妨暂定为一七六三年。又《春柳堂诗稿》中《伤芹溪居士》题下注：曹雪芹"年未五旬而卒"。死时当距五十岁不远。如估计他享年约四十七岁，则生年当为一七一六年左右。

经历不详①。只知道他后来住在北京西郊。一七五七年，爱新觉罗敦诚在《寄怀曹雪芹》诗中说他"于今环堵蓬蒿屯"。一七六一年赠诗，更说他"举家食粥酒常赊"。大概中年以后，曹雪芹更为困顿了。后来因为孩子夭亡，他悲伤成疾②，遂于一七六三年二月十二日逝世。

敦敏、敦诚是清朝的宗室。他们也是两个不得志的旗人。敦诚做过一次小官，不久就退休了。他们生活也比较贫困，并且受汉族文人的影响很深，诗文里常常流露出一些牢骚不平之意。敦诚更喜欢流连山水，纵酒谈佛。他们和曹雪芹是很熟的朋友。正是由于他们自己有些牢骚不平，他们很欣赏曹雪芹的狂放和高傲。从他们的诗文里，我们还知道曹雪芹健谈好酒，工诗善画。他们说他的诗的风格近于李贺，并且用阮籍、刘伶来比拟他的为人。敦诚有一首《佩刀质酒歌》，题下的小注记载了曹雪芹的一件轶事：

秋晓，遇雪芹于槐园③，风雨淋涔，朝寒袭袂。时主人未出。雪芹酒渴如狂。余因解佩刀沽酒而饮之。雪芹欢甚，作长歌以谢余。余亦作此答之。

从这件轶事很可以想见曹雪芹的性格。可惜的是他那首长歌我们却读不到了。

虽然曹雪芹说过《红楼梦》写了十年，但到底是在哪年开始写的，已无法确定。根据脂评我们知道贾府衰败以后的故事也写成了若干部分。但现在却只存前八十回，后面部分的稿本早已散失了。他这部小说起初只在朋友间传看，知道的人是很少的④。大约他逝世以后，才以钞本的形式流传起来，而且庙市中已有钞本出卖，每部要卖几十两银子⑤。一七九一年和一七九二年，程伟元

---

① 梁恭辰《劝戒四录》卷四说曹雪芹"以老贡生槁死牖下"。他这段文字是诋毁《红楼梦》的，所说曹雪芹生平未必可靠。奉宽《兰墅文存与石头记》注十三引英浩《长白艺文志初稿》，说曹雪芹曾官堂主事，亦不知有何根据。周汝昌《红楼梦新证》因小说第二回有贾政"升了员外郎"之语，竟断定曹頫罢任回京后曾起官内务府员外郎，那就更不可信。所以这里一概没有采取。

② 据敦诚《挽曹雪芹》诗注。

③ 槐园为敦敏住宅，在太平湖侧。见《四松堂集》。

④ 富察明义《题红楼梦》题下注："曹子雪芹出所撰《红楼梦》一部，备记风月繁华之盛……惜其书未传，世鲜知者。余见其钞本焉。"

⑤ 高鹗一七九二年所作程乙本引言："是书前八十回，藏书家抄录传阅，凡三十年矣。"又程伟元《红楼梦》序："好事者每传钞一部，置庙市中，昂其价，得数十金，可谓不胫而走者矣。"

把它和高鹗所续的四十回放在一起，两次以活字印行，不仅有一个时候北京许多人家的案头都有一部，而且流行到了南方①。等到翻刻日多，这部伟大的小说就流传更广了。

《红楼梦》广泛流传以后，获得了众多的读者的衷心爱好，视为奇珍；但也引起一些顽固的封建主义者的反对，甚至加以烧毁和严禁②。还有一些人则喜欢穿凿附会地对这部书对进行所谓"索隐"。《红楼梦》开卷第一回说："作者自云：因曾历过一番梦幻之后，故将真事隐去，而借通灵之说撰此石头记一书也，故曰甄士隐云云。"③后来又说："虽我未学，下笔无文，又何妨用假语村言敷演出一段故事来……故曰贾雨村云云。"作者的意思不过是说，这部书虽然以他生活经验为基础，但这个故事却是虚构的，却是小说。那些头脑冬烘的"索隐"派却以为这部小说的人和事都有所影射，企图去把那些真人真事都找出来。于是有些人说它是写的康熙时的大臣明珠家里的事，贾宝玉就是明珠的儿子纳兰性德；有些人说它是写的清朝皇帝福临和董小宛的故事，贾宝玉和林黛玉就是福临和董小宛；有些人说它暗中有反满的意思，书中女子多指汉人，男人多指满人，并且说林黛玉、薛宝钗等就是朱彝尊、高士奇等人。所有这一类荒唐无稽之谈都说明了这些人根本不了解文学。王国维的《红楼梦评论》是关于这部巨著的第一篇正式的评论文章。这篇文章推崇《红楼梦》为"宇宙之大著述"，并以哥德的《浮士德》相比。然而它对于这个大著述的内容的解释却是从头错到底的。王国维完全抹杀了这部小说里的对于人生的执着和热爱，对于不合理的事物的反对和憎恶，主观武断地把它和西欧资产阶级悲观主义哲学牵合起来，说它的思想价值在于鼓吹"解脱"和"出世"。五四运动以后，胡适批评了那些"索隐"派，那是对的。然

---

① 郝懿行《晒书堂笔录》卷三《谈谐》条："余以乾隆、嘉庆间入都，见人家案头必有一本《红楼梦》。今二十余年来，此本亦无矣。"毛庆臻《一亭考古杂记》："乾隆八旬盛典以后，京版《红楼梦》流行江浙，每部数十金。至翻印日多，低者不及二两。"

② 毛庆臻《一亭考古杂记》说《红楼梦》有"伤风教"，"更得潘顺之、补之昆仲，汪杏春、岭梅叔侄等指赀收毁，请示永禁，功德不小。然散播何能止息？莫若聚此淫书，移送海外，以答其鸦片流毒之意，庶合古人屏诸远方，似亦阴符长策也。"梁恭辰《劝戒四录》记满洲玉麟云："我做安徽学政时，曾示严禁，而力量不能远及，徒唤奈何。"

③ 本文所引《红楼梦》原文均根据庚辰本。庚辰本有脱误，以有正本或通行本校改。以后不再注明。

而，中国资产阶级学术界的代表人物，无论是王国维还是胡适，由于他们的思想贫乏和思想错误，都无法了解这部小说的价值和意义。胡适和他的信从者说《红楼梦》就是曹雪芹的"自叙传"，说贾政就是曹頫，贾宝玉就是曹雪芹，里面写的都是真事，那就连作者开卷第一回明明说过的"真事"已经"隐去"，这不过是"用假语村言敷演出"的故事，亦即虚构的故事，都直接违反了。

对资产阶级唯心主义的批判扫除了胡适的影响。在对于《红楼梦》的评价上有了很大的进步。我们认为它不但决不是如胡适所说的那样"平淡无奇"，只是描写了一个贵族家庭的"坐吃山空"、"树倒猢狲散"的"自然趋势"，而且它的内容也不限于只是反对和暴露了某些个别的封建制度，而是巨大到几乎批判了整个封建社会的上层建筑和整个封建统治阶级，并且提出一些关于人的合理的幸福的生活的梦想。但是有些具体问题仍然有争论，仍然没有得到解决，还有待于我们的继续探讨。

伟大的作品正是这样的：尽管它早已广泛流传了，早已深入人心了，然而在关于它的解释和说明上都常常有不同的看法，还需要进行长期的研究，因而后来的研究者常常要对于以前的评论作出一些修正。这是并不奇怪的。因为这种作品本身就是一个复杂的庞大的存在，对于它的认识要经过一些曲折和反复，而解释和研究的人又往往要受到许多限制，不仅是个人的思想和艺术见解的限制，而且还有他们的时代的学术水平的限制。

三

贾宝玉和林黛玉的爱情悲剧是《红楼梦》里面的中心故事，是贯穿全书的主要线索。虽然曹雪芹并没有把这个悲剧写完，但在这部小说的第五回，在贾宝玉梦游太虚幻境所听见的《红楼梦》十二支曲里面，他就告诉了我们这个爱情故事的结局将是不幸的：

> ［终身误］都道是金玉良姻，俺只念木石前盟。空对着山中高士晶莹雪，终不忘世外仙姝寂寞林。叹人间美中不足今方信：纵然是齐眉举案，到底意难平。

这就是说，贾宝玉后来虽然和薛宝钗结婚了，却仍然忘记不了林黛玉，仍然认为是终身恨事。如果说这一支曲子还写得比较含蓄，还只说是"美中不足"，只说是"意难平"，紧接着的另一支曲子就把贾宝玉和林黛玉互相爱恋而不能结合的痛苦写得很沉重，简直是一首声泪并下的悲歌了：

> ［枉凝眉］一个是阆苑仙葩，一个是美玉无瑕。若说没奇缘，今生偏又遇着他。若说有奇缘，如何心事终虚话？一个枉自嗟呀，一个空劳牵挂。一个是水中月，一个是镜中花。想眼中能有多少泪珠儿，怎禁得秋流到冬尽，春流到夏！

高尔基曾经说过，"在伟大的艺术家们的身上，现实主义和浪漫主义时常好像是结合在一起的。"①曹雪芹正是这样。《红楼梦》这部小说正是写得人物和生活都那样真实，而又带有大胆的幻想的色彩。关于这部小说的来历，作者首先给它虚构了一个奇异的故事。他说，女娲氏炼石补天的时候，三万六千五百块石头都用上了，单单剩下一块未用。这块石头"自经锻炼之后，灵性已通，见众石俱得补天，独自己无材，不堪入选，遂自怨自叹，日夜悲号惭愧"。这个正式的故事开始以前的故事并不是没有意义的。这显然含有牢骚不平的意思。一块顽石和这部小说又有什么关系呢？故事继续说，有一天，这块石头听到一僧一道坐在它的旁边，谈到红尘中的荣华富贵，它动了凡心，想到人间去。那个僧人就大展幻术，把它变成一块扇坠大小的鲜明莹洁的美玉②；然后把它"携入红尘，历尽离合悲欢，炎凉世态"。于是这块石头就记载了它所亲自经历的一段故事。这就是这部小说的来历。这也是《红楼梦》又名《石头记》的缘故。

关于贾宝玉和林黛玉的爱情的来历，作者也给它编了一个故事。这个故事说，西方灵河岸上三生石畔，有一株绛珠草。它因得到赤瑕宫神瑛侍者日以甘露灌溉，始得久延岁月。"后来既受天地精华，复得雨露滋养，遂得脱却草胎木质，得换人形，仅修成个女性"。等到神瑛侍者要下凡，她也就决心下世为人，好把一生所有的眼泪还他，以偿还甘露之惠。神瑛侍者投生到人间就是贾宝玉；林黛玉就是绛珠仙子。这个故事和上面那个故事又怎样结合起来呢？按

---

① 《我怎样学习写作》，据戈宝权译文。

② 这段故事见甲戌本。庚辰本和以后的本子都删去了。

照脂本系统的本子，那块由石头变成的美玉应当就是贾宝玉出生时嘴里所衔的玉。但在小说里面，作者又常常用这块石头来代表贾宝玉。所以在《红楼梦》十二支曲中说，"都道是金玉良姻，俺只念木石前盟"，"一个是阆苑仙葩，一个是美玉无瑕"。"石"和"美玉"都是指贾宝玉；"木"和"仙葩"都是指林黛玉。后来程伟元印的本子干脆改为神瑛侍者也就是那块石头了。作者开头就声明过，他这是"荒唐言"。把神话式的故事写得这样迷离也没有什么可奇怪的。贾宝玉所姓的贾也就是假语村言的假。或许作者本来有这样的寓意，贾宝玉就是假宝玉，就是说它原是一块石头。这也就是说，在当时的世俗的人看来，在封建统治阶级及其拥护者看来，他并非真可宝贵，并非肖子；然而作者却喜爱他是一块"行为偏僻性乖张，那管世人诽谤"的顽石。按照作者的计划要写成和贾宝玉结婚的薛宝钗，她带有一个金锁。这就是所谓"金玉良姻"的来源。作者在出于自己的情投意合的恋爱和父母包办的婚姻之间虚构了这样一些情节，也可能是有寓意的。在当时的世俗的人看来，也就是在封建统治阶级及其拥护者看来，薛宝钗是一个贵公子的理想的伴侣，正好像他们所珍贵的金和玉两相匹配一样。而一个不肖的子弟和一个不幸的弱女子却不过和石头和草一样卑微。卑微，然而互有深厚的牢不可破的爱情，就像在生前已经有了情谊和盟誓。

从生物学的观点看来，人类的异性之间的互相吸引，互相爱悦，以至要求结合，也不过是受了自然的法则的支配，也不过是为了延续种族。然而人到底和其他生物不同。人类用自己的手创造的文明把人的物质生活和精神生活都大为提高，大为丰富了。男女的互相爱悦和要求结合，在一个文明人看来，并不仅仅是为了生育子女，却首先是和个人的生活、个人的幸福密切有关的事情。而异性之间的爱情，这种本来是基于性的差别和吸引而发生的情感，到了后来竟至升华为一种纯洁的动人的心灵的契合，好像性的吸引反而不是最重要的原因了。人类的生活里面出现了这种感情，就不能不在观念上和实际上都对于两性生活发生了很大的影响：婚姻只有在爱情的基础上才是合理的，幸福的，道德的，否则就是相反的东西。然而，正如恩格斯所说，在所有历史上统治阶级中间，婚姻都是由父母来安排的，中国的封建婚姻制度也是男女结合必须经过"父母之命，媒妁之言"。《红楼梦》第五十七回，薛姨妈对林黛玉和薛宝钗讲了一个月下老人的故事。她说这个月下老人是专管男女婚姻的。如果他用一根红丝把两个人的脚拴住，凭你两家隔着海，隔着国，或者有世仇，也终久会成夫妇。如果他不用红线拴，尽管你本人愿意，或者经常在一起，都不能结婚①。这个故事在过去是很流行的。它反映了封建社会的婚姻制度的特点，它是那样盲目，那样不能由自己选择。《红楼梦》不仅通过许多激动人心的故事诉说了这种婚姻不能自主的痛苦，而且它对不合理的封建婚姻制度作了更深刻的暴露。它写出了这种婚姻制度的牺牲者主要是妇女。它写出了这种婚姻制度容许公开的多妻制，容许各种各样的公开的和秘密的淫乱，然而它却不能容许花一样开放在这不洁的家庭中间的纯洁的痴心的恋爱。

曹雪芹是自己知道他这部作品在描写爱情上的特别杰出的。在开始他的故事之前，他批评了才子佳人小说"千部共出一套"，"自相矛盾，大不近情理"；他认为历来的爱情故事"不过传其大概"，而且大半不过写了些"偷香窃玉，暗约私奔"，"并不曾将儿女之真情发泄一二"。他完全实现了他的艺术上的抱负。放射着天才的光芒的《红楼梦》不仅使那些概念化公式化的文笔拙劣的才子佳人小说黯然失色，而且在内容的丰富和深刻上远远地超过了在它以前的许多著名的描写爱情的作品。

《红楼梦》里面曾经提到两部很有名的描写爱情的戏曲，《西厢记》和《牡丹亭》。贾宝玉对林黛玉称赞《西厢记》说："真真这是好书，你要看了，连饭也不想吃呢。"林黛玉看完以后，觉得"词藻警人，余香满口"。以后他们常常引用它里面的精采的句子。后来林黛玉又独自听到《牡丹亭》的《惊梦》一折中的唱词，她觉得"十分感慨缠绵"，以至"心动神摇"，"如醉如痴"，最后落下泪来。作者把这些情节集中在一回来写，固然是为了描写他们的青春的觉醒，描写他们曲折地表达了爱情而又仍然受到封建礼教束缚的苦恼；但也可以看出，作者是十分欣赏这两部名著的。这两部名著在描写爱情上可以看作是《红楼梦》的先驱。《西厢记》的词句的优美，情节的单纯，和谐，几乎整个作品就像一首抒情诗一样，这在过去的戏曲中是无与伦比的。《牡丹亭》的《惊梦》的那些脍炙人口的曲词也可以说是描写女子伤春的千古绝唱。曹雪芹正是着重从这些方面推崇它们。然而在内容上《红楼梦》决不只是吸取了它们的精华，更主要的却是在描写爱情生活上展开了一个新的世界。

《西厢记》所描写的爱情是一见倾心式的爱情。使张君瑞一下就着魔的不

---

① 原话还说到就是父母愿意或甚至以为是定了亲事，月下老人不拴脚，也不能结婚。那是把这个故事说得更神秘一些。

过是崔莺莺的美貌和风度，引动崔莺莺的也不过是张君瑞的相貌和才情，这就叫做"才子佳人信有之"。然后就是相思病和幽期密约。这样的情节后来成了许多小说和戏曲的公式。我们并不是一般地反对这种情节。异性之间的爱悦最先总是由于外貌的吸引；而且在一般青年男女根本没有接触机会的封建时代，一见倾心式的恋爱也还是比父母包办的婚姻优越。但是，《西厢记》所描写的这样的爱情到底还是比较简单的。所以《西厢记》里面最有吸引力的人物并不是张君瑞和崔莺莺，而是红娘。《牡丹亭》所描写的爱情更离奇一些。它还不是发生于真正的一见，而是发生于梦中。文学的世界里面，奇特的想像是完全可以容许的。这也是反映了封建社会的青年男女太没有接触和恋爱的机会。作者汤显祖在题词中说：情之至者，"生者可以死，死可以生"。他就是以这个大胆的幻想的故事来写爱情的力量。但杜丽娘的爱情的根据是什么呢？她对柳梦梅说，"爱的你一品人才"，"是看上你年少多情"。这也仍然是比较简单的。《红楼梦》所描写的贾宝玉和林黛玉的恋爱有一个最重要的特点，就是它是建立在互相了解和思想一致的基础上面。他们是从幼年时候就在一起长大的。他们是在较长时期的生活之中培养了彼此的感情。两小无猜，这也还是过去的文学作品描写过的。但必须有思想一致的基础这却是《红楼梦》才第一次这样明确地写了出来。贾宝玉对于薛宝钗的美貌和肉体的健康是曾经动过羡慕之心的，然而他所选择的却是林黛玉。这并不是仅仅因为从较长时期的生活中自然形成的感情，而是因为薛宝钗所信奉的是封建正统派的思想，并且用那种思想来劝说他；林黛玉却从来不说那些"混账话"，从来不曾劝他去走封建统治阶级所规定的"立身扬名"的道路。这也正是贾宝玉和林黛玉互相认为"知己"的缘故。必须建立在互相了解和思想一致的基础上这样一个爱情的原则，是在今天和将来都仍然适用的。曹雪芹生活在我国的近代的历史开始之前，然而他在《红楼梦》里面却提出了这样一个关于恋爱和结婚的理想，这样一个在当时一般男女无法实现因而实际是为了未来提出的理想。伟大的作品正是这样的：它所提出的理想不仅属于它那个时代，而且属于未来。

我们说贾宝玉和林黛玉的恋爱已经包含了一个现代的恋爱的原则，这并不是说他们的恋爱就已经和现代的恋爱一样。伟大的作家可以提出未来也适用的理想，然而他却不可能描写出当时并不存在的生活。在曹雪芹的时代，是还不曾出现近代和现代那样的恋爱的。因此，贾宝玉和林黛玉的恋爱又有一个非常触目的特点，就是它仍然带有强烈的封建社会的恋爱的色彩。这种特点首先表现在那种特有的曲折和痛苦的表达爱情的方式上。有相当长的一个时期，贾宝玉和林黛玉常常闹别扭，吵嘴，有时吵得很厉害。今天的读者也许会奇怪，他们既然相爱着，为什么又那样常常闹别扭，为什么在还没有成为悲剧的时候就那样不幸福呢？在封建时代，特别是在他们那样的阶级和家庭，爱情是不能正面地直接地表达的。关于这，作者在第二十九回作了说明。他说，宝玉对黛玉"早存了一段心事，只是不好说出来，故每或喜或怒，变尽法子，暗中试探"；黛玉也是"每用假情试探"，也是"将真心真意瞒了起来，只用假意"，这样就"难保不有口角之争"了。第三十二回，又在这样一种小儿女的口角之后，宝玉和黛玉说："你放心。"黛玉仍然假装不明白这句话。她走了以后，宝玉在发呆的状态里，竟把来找他的丫头花袭人误当作黛玉，大胆地诉说起他的心事来了。花袭人听了，吓得"魄消魂散"；她觉得这种违反封建礼教的爱情是那样可怕，以至"也不觉怔怔地滴下泪来"。这是写得异常深刻的。封建礼教不仅成为贾政和王夫人这样一些人坚决信奉的大道理，而且竟至深入到花袭人这个奴隶身分的人的头脑里面。在她看来，她和宝玉发生了性的关系，那是可以的，因为她不过是一个丫头，而且是宝玉房中的丫头。至于宝玉和黛玉如果也发生了什么事情，那就完全不同了，那就是"丑祸"了。宝玉和黛玉的爱情所处的就是这样的环境。这正像一棵植根在石头底下的富有生命力的小树一样，不管怎样受到压抑，还是顽强地生长起来了。生长起来了，然而不能不是弯曲的，畸形的。因此，他们的爱情不能不是痛苦多于甜蜜，或者说痛苦和甜蜜是那样紧紧地交织在一起，以至分不清到底什么更多。《红楼梦》就是写出了这种"儿女之真情"，而且写得那样细腻，那样激动人的心灵。贾宝玉和林黛玉的恋爱带有强烈的封建社会的恋爱的色彩，还不仅仅表现在他们表达爱情的方式上，而且表现在他们的行动没有更大胆地突破封建礼教的限制。这就说明他们的恋爱不但同近代的和现代的恋爱不同，而且同封建社会的比较下层的人民中间的恋爱也有差异了。

　　曹雪芹在批评才子佳人小说的时候，还指出了它们的一个公式，就是在男女主人公之外，"又必傍出一小人其间拨乱，亦如剧中之小丑然"。其实许多戏曲也是这样。世界上自然是有坏人的；但把一切美好的愿望之受到阻难和破坏都只归咎于这种个别的人物，而且把他们写得很简单和不真实，那就太偶然太表面了。《红楼梦》所描写的贾宝玉和林黛玉的爱情悲剧完全不是这样。在这一对互相爱恋的少男少女之外，书中也出现了薛宝钗这个第三者。她曾经常常是他们吵嘴的原因。她对于贾宝玉也并非没有爱慕之意，而且她后来事实上成为贾宝玉的妻子。习惯于读那些公式化的小说戏曲的人，很可能就会把她看作是一个破坏宝玉和黛玉的爱情的小人。曹雪芹虽然没有来得及把全书写完，他在第四十二回以后就用事实来打破了这种猜想。他写林黛玉和薛宝钗互相亲密起来，不再心怀猜忌，以至后来贾宝玉也觉得奇怪。这固然和黛玉经过了一些痛苦的试探，已经知道了宝玉的爱情的稳固，不再猜疑忌妒有关；但更重要的却是作者所写的薛宝钗本来并不是一个成天在那里想些阴谋诡计，并用它们来破坏别人的幸福的人。只是因为她是一个封建正统思想的忠实的信奉者，贾府才选择她作媳妇，而且我们今天才很不喜欢这个人物。宝玉和黛玉的爱情成为悲剧，不是决定于薛宝钗，也不是决定于凤姐，王夫人，贾母，或其他任何个别的人物，而且这些人物没有一个写得像戏中的小丑一样，这正是写得很深刻的。这就写出来了它是一个封建制度的问题。

贾宝玉和林黛玉的悲剧的必然性，还不只是由于个别的封建制度。不幸的结局之不可避免，不仅因为他们在恋爱上是叛逆者，而且因为那是一对叛逆者的恋爱。封建统治阶级固然很强调所谓"风化"，所谓"男女之防"；但如果并不触犯更多的或者更根本的封建秩序，仅仅在男女关系上有些逾闲越检，对于本阶级的男子，还是完全可以赦免的。在《西厢记》所从取材的《会真记》里，我就可以见到这种事例。那也是一个悲剧的结局，然而那只是女方的悲剧。至于那个男主人公，当时的人不但不责备他始乱终弃，反而多称许他为善于补过。贾宝玉却不但在林黛玉死后仍然爱着她，不像张生那样悔改，而且他对于一系列的封建制度都不满和反对。他反对科举、八股文和做官。他违背封建社会的男尊女卑和严格的等级制度。他讨厌封建礼法和家庭的束缚。他把四书以外的许多书都加以焚毁，那当然包括许多封建统治阶级极力提倡的著作。①这样一个大胆的多方面的并且不知悔改的叛逆者，是不能得到赦免的。这样一个叛逆者，林黛玉却同情他，支持也，爱他，而且她本人也并不是一驯服的女儿，等待着她的自然也就只有不幸的命运了。贾宝玉和林黛玉的悲剧是双重的悲剧。封建礼教和封建婚姻制度所不能容许的爱情悲剧和封建统治阶级所不能容许的叛逆者的悲剧。曹雪芹把双重悲剧写在一起，它的意义就更为深广了。

---

① 第三回，宝玉对探春说："除四书外，杜撰的太多，偏只我是杜撰不成？"第十九回，花袭人说宝玉曾说过："除明明德外无书，都是前人自己不能解圣人之书，便出己意混编纂出来的。"第三十六回，说贾宝玉"祸延古人，除四书外，竟将别的书焚了。"这焚的书当然不会是《西厢记》之类，而一定包括那些"出己意混编纂"的解经著作。

封建制度封建道德的不合理和封建统治阶级的腐败，罪恶，不仅必然要激起人民的反抗，而且也必然要从它的内部产生一些叛逆者。中国过去的历史和文学都不断地记录了这样的事实。贾宝玉就是许多叛逆思想和叛逆行为的一个集中的表现者。

四

贾宝玉和林黛玉都是封建统治阶级的叛逆者，这对于说明他们的悲剧的必然性是很重要的。但如果要再进而分析这两个典型人物的性格的特点，也只是停留在这样的一般的理解上，那就不够了，那就太粗略了。典型被归结为一定社会历史现象的本质，典型问题任何时候都是政治性的问题，这样一些片面的简单化的公式在不久以前的《红楼梦》问题讨论中十分流行。许多论文都重复地引用这些公式，并根据它们来说明贾宝玉和林黛玉这样一些人物。现在苏联已经批评了这些错误的公式，这对于我们要比较完全地了解贾宝玉、林黛玉以及其他许多文学中的典型，是很有帮助的。中国封建社会的历史和文学中都曾出现了许多叛逆者。就在《红楼梦》第二回，贾雨村讲到许多"正邪两赋而来"的人，其中如阮籍、嵇康、刘伶、卓文君、红拂等都是有一定的叛逆性的人物，然而贾宝玉和林黛玉跟他们却又多么不同！《儒林外史》里面的杜少卿，同样是从封建官僚家庭出身的子弟，同样反对科举，然而贾宝玉跟他也多么不同！甚至就是贾宝玉和林黛玉这样两个因为互相是"知己"而相爱的人物，他们的性格之间也存在着多么大的差异！在阶级社会里，人总是有阶级性的，人总是有一定的政治倾向的，不管他是否自觉。然而任何一个人都决不是抽象的阶级性和政治倾向的化身。他或她各有各的个性和特点。文学中的人物，如果不是公式化概念化的而是现实主义的作品中的人物，当然也是这样。特别是那些成功的典型人物，它们那样容易为人们所记住，并在生活中广泛地流行，正是由于它们不仅概括性很高，不仅概括了一定阶级的人物的特征以至某些不同阶级的人物的某些共同的东西，而且总是个性和特点异常鲜明，异常突出，而且这两者总是异常紧密地结合在一起。

同中国的和世界的许多著名的典型一样，贾宝玉这个名字一直流行在生活中，成为了一个共名。但人们是怎样用这个共名呢？人们叫那种为许多女孩子所喜欢，而且他也多情地喜欢许多女孩子的人为贾宝玉。是不是我们可以笑这种理解为没有阶级观点和很错误呢？不，这种理解虽然是简单的，不完全的，

或者说比较表面的，并不是没有根据。这正是贾宝玉这个典型的最突出的特点
在发生作用。《红楼梦》是反复地描写了这个特点的。在他没有出场的时候，
别人就介绍了他七八岁时说的孩子话："女儿是水作的骨肉，男人是泥作的骨
肉。"后来书中又写他有这样的想法："凡山川日月之精秀只钟于女儿，须眉
男子不过是些渣滓浊沫而已。"他对许多少女都多情。不但对于活人，甚至刘
老老信口开河，给他编了一个已经死了的"极标致"的小姐的故事，他也要派
人去找那个并不存在的祭祀她的庙宇。他既然对许多少女都多情，就不能不发
生苦恼。有一次，当林黛玉和史湘云都对他不满的时候，他就不能不"越想越
无趣"："目下不过两个人，尚未应酬妥协，将来犹欲何为？"又一次当晴雯和
花袭人吵闹的时候，他就不能不伤心地说："叫我怎么样才好？把这个心使碎
了，也没人知道。"虽然后来他见到大观园内也有不理睬他的女孩子，才"自
此深悟人生情缘各有分定"，不可能死时得到许多女孩子的眼泪。但他喜欢在
许多女子身上用心的痴性并没有改变。平儿被贾琏和凤姐打骂以后，宝玉让她
到怡红院去换衣梳洗，补偿了他平日不能"尽心"的"恨事"，竟感到是"今
生意中不想之乐"。香菱因为斗草把石榴红绫裙子在泥里弄脏以后，宝玉叫花
袭人把一条同样的裙子送给她换。他也是很高兴得到这样一次"意外之意外"
的体贴和尽心的机会。后来他又把香菱斗草时采来的夫妻蕙和并蒂菱用落花铺
垫着埋在土里，以至香菱说他"使人肉麻"。《红楼梦》用许多笔墨渲染出来
的贾宝玉的这种特点是如此重要：去掉了它也就没有了贾宝玉。这就是这个叛
逆者得以鲜明地和其他历史上的和文学中的男性叛逆者区别开来的缘故。这就
是曹雪芹的独特的创造。当然，这个特点是和贾宝玉身上的整个的叛逆性完全
统一的。从封建统治阶级和封建礼教看来，这本身也就是一种叛逆，也就会引
起"百口嘲谤，万目睚眦"；而且在贾宝玉完全否定他的阶级给他规定的道路，
从他的生活中又再也找不到其他什么值得献出他的青春和生命，这种对于纯洁
可爱的少女的欣赏和爱悦，特别是对于林黛玉的永不改变的爱情，正是他精神
上的唯一的支柱。

　　贾宝玉这个典型人物的这个特点是很明显的。问题在于如何解释它。第七
十八回，贾母也就曾说到他的这个特点：

　　　　我也解不过来，也从未见过这样的孩子。别的淘气都是应该，只他这种
　　和丫头们好更叫人难懂。我为此也担心。每冷眼查看他，只和丫头们顽闹，
　　必是人大心大，知道男女的事了，所以爱亲近他们。既细细查试，究竟不是

如此。岂不奇怪？想必原是个丫头错投了胎不成？

这像是作者向我们提出的问题，要求我们来解答。第二回，贾雨村对这个问题曾作过解释。他说，天地有什么正气和邪气，这两种气相遇必然互相搏击。人要是偶秉这种正邪变错之气而生，生于诗书清贫之族则为逸士高人，生于薄祚寒门则为奇优名倡，生于公侯富贵之家则为情痴情种。这种解释我们自然不会满意。在我们现在，又还可以见到或听到这样的解释，说这是贾宝玉的缺点，这是他的恋爱观和恋爱生活方式不好，这是他的爱情不专一，这是他身上的污浊和颓废的一面。这种意见也是不妥当的。

少年男女和青年男女本来容易有互相爱悦之情。贾宝玉又是生活在那样的环境里，和许多美丽的聪明的少女很接近。他那个阶级的男人和结了婚的妇女本来没有或极少有使他喜欢的，只有少女们比较天真纯洁，而那些被压迫的奴隶身分的丫头尤其值得同情。第七十一回，鸳鸯和探春诉说着封建大家庭的矛盾和苦恼，尤氏说宝玉"只知道和姊妹们顽笑"，"一点后事也不虑"。宝玉笑道："我能够和姊妹们过一日是一日，死了就完了，什么后事不后事！"这句话虽然是笑着说的，却说得很悲伤。宝玉为什么那样爱和女孩子们亲近也可以在这里得到解释。那不仅由于少年男女的自然的互相吸引，而且出于他对他那个家庭和阶级都感到了绝望。在对平儿和香菱的体贴和尽心上，却是同情和喜悦结合在一起，而且更多地是出于同情。书中曾写宝玉想到平儿并无父母兄弟姊妹，独自处于贾琏和凤姐之间，比黛玉尤为薄命，因而伤感流泪；又曾写宝玉对于香菱也是怜惜她没有父母，连本姓都不知道，被人拐出来，卖给薛蟠这样一个霸王。把这种复杂的对于少女们的情感都说成是消极的不好的东西，那是还不如贾母的观察客观和细致的。

贾宝玉曾经说过这样的话："女孩儿未出嫁是颗无价之宝珠。出了嫁，不知怎么就变出许多不好的毛病来；虽然是颗珠子，却没有光彩宝色，是颗死珠了。再老了，更变的不是珠子，竟是鱼眼睛了。分明一个人，怎么变出三样来？"这也是作者要把他的性格的特点写得很突出。我看这也不是什么恋爱观和恋爱生活方式不好，还是书上那个小丫头春燕的评论很对。她说："这话虽是混说，到也有些不差。"为什么有些不差呢？这是因为在那样的社会里，不仅是封建地主阶级的结了婚的妇女，就是她们的女仆，也是年龄越大就沾染恶习越多。至于对黛玉的爱情，宝玉的确是不够专一的。就是在晴雯死去，宝钗搬走以后，他所想到的还是有两三人和他同死同归。这也正是贾宝玉的爱情跟近代的和现代的爱情还有不同之处。这和中国封建社会里面多妻制的合法存在不无关系。在那样的社会、时代和具体环境里，像贾宝玉那样的人物，应该说已经是很纯洁很有理想的少年人了。不把他对女孩子的多情和痴心同他身上的整个叛逆性联系起来看，不把它本身作为对于封建礼教和封建社会的男尊女卑的观念的大胆的违背，不把它里面的合理的和优越的因素看作基本的东西，反而简单地苛刻地加以否定或指摘，那是不合乎历史主义的观点的。

贾宝玉的性格的这种特点也是打上了他的时代和阶级的烙印的。然而少年男女和青年男女的互相吸引，互相爱悦，这却不是一个时代一个阶级的现象。因此，虽然他的时代和阶级都已经过去了，贾宝玉这个共名却仍然可能在生活中存在着。世界上有些概括性很高的典型是这样的，它们的某些特点不仅仅是一个时代一个阶级的现象。但是，如果今天有人有意地去仿效贾宝玉，而且欣赏他身上的那些落后的因素，那就只能说是他自己犯了时代的错误，《红楼梦》是不能负责的。

如上所说，贾宝玉这个叛逆者的叛逆性不仅表现在他对于科举、八股文、做官等一系列的封建制度的不满和反对，而且特别突出地表现在他对于少女们的爱悦、同情、尊重和一往情深，亦即是对于封建礼教和封建社会的男尊女卑的观念的大胆的违背上。这是和作者所写的这个人物的许多具体条件很有关系的。他不但生于公侯富贵之家，而且他是一个还不曾入世的少年人。他的"行为偏僻性乖张"就最容易往这方面发展。至于林黛玉的性格的特点，如果只用叛逆者来说明，那就未免也过于笼统了。有些文章说她是"具有浓厚解放思想的人物"①，说她"几乎兼有崔莺莺、杜丽娘的柔情和祝英台、白素贞的勇敢和坚强"②，这正是一种忽略了这个典型性格的个性和特点的结果。我们还是看在生活中，人们是怎样用林黛玉这样一个共名吧。人们叫那种身体瘦弱、多愁善感、容易流泪的女孩子为林黛玉。这种理解虽然是简单的，不完全的，或者说比较表面的，但也并不是没有依据。这也正是林黛玉这个典型的最突出的特点在发生作用。《红楼梦》也是反复地描写了这个特点的。在她还没有出场的时候，作者就给我们讲了一个"还泪"的故事。她第一次见到宝玉，宝玉发

---

① 《〈红楼梦〉问题讨论集》三集，五十二页。

② 同上，一七五页。

痴摔玉，她就真的第一次还了泪。后来又说明她的性情是"无事闷坐，不是愁眉，便是长叹，且好端端的，不知为了什么常常的便自泪道不干的"。当她经过了多次的暗中试探，知道了宝玉的爱情的可靠以后，她又悲伤父母早逝，无人为她主张，而且病已渐成，恐不能久待。她好像已经预感到她的不幸的结局了。后来写她的病越来越重了，有一次，宝玉劝她保重，不要自寻烦恼。她拭泪说："近来我只觉心酸，眼泪恰像比旧年少了些的。心里只管酸痛，眼泪却不多。"宝玉说："这是你哭惯了，心里起疑，岂有眼泪会少的。"又一次，紫鹃对黛玉说："公子王孙虽多，那一个不是三房五妾，今儿朝东，明儿朝西，要一个天仙来也不过三夜五夕也丢在脖子后头了。"她这样讲了当时的一般上层女子的命运，然后劝黛玉决心爱宝玉。她说，"岂不闻俗语说，万两黄金容易得，知心一个也难求。"就是对这样亲密的伴侣，黛玉也不能吐露她的胸臆，只有暗暗地哭泣了一夜。林黛玉这种封建社会的上层女子就是这样痛苦，这样无法表达自己的爱情，也无法主宰自己的命运。她只有一直同悲伤和眼泪相陪伴。自然，人的性格总是复杂的。作者也曾写到了她的性格的其他方面。写她冰雪一样聪明。写她孤高自许。写她有时候也心直口快，而且善于诙谐。写她对于爱情是那样执着，那样痴心。写她并不只是"好弄小性儿"，对于她所爱的人有时也是很温柔的。然而她的性格上的最强烈的色彩却是悲哀和愁苦。这是一个中国封建社会的不幸的女子的典型。在她的身上集中了许多不幸。父母早死；寄人篱下；因为不愿去讨得周围的人的欢心而陷于孤独；遇到了一个"知己"然而却是没有希望的爱情；异常痛苦地感到了封建主义对于少女的心灵的桎梏而又不能更大胆地打碎它；最后还加上日益沉重的疾病。她首先是一个女子，这就使得她的叛逆性和反抗性和贾宝玉有很大的区别。而许多不幸又使得她和过去的文学中的那些痴情的女子的面貌也很不相同。她自己曾叹息过，她比崔莺莺还薄命。杜丽娘虽然曾经憔悴而死，她的单纯的少女的心灵也不曾经历过这样多的酸辛。祝英台和白素贞，那是从劳动人民的口头创造出来的人物，她们身上具有劳动人民的某些特点和色彩，几乎可以说残酷的封建压迫在她们的性格上留下的痕迹并不显著。林黛玉的叛逆性和反抗性却主要是以这样一种痛苦的形式表现出来：尽管不幸已经快要压倒了她，她却仍然并没有屈服，仍然在企图改变她的命运；尽管她并不能打碎封建主义对于她的心灵的桎梏，她却仍然在和它苦斗，仍然在精神上表现出来了一种傲岸不驯的气概。

第六十三回，在行占花名的酒令的时候，黛玉掣得的是一根画着芙蓉花的象牙花名签子，那上有一句诗："莫怨东风当自嗟"①。这是中国古代的诗的委婉的表现方法，"莫怨"正是"怨"。而这个吹落百花"东风"，在我们今天看来，就是封建社会。林黛玉这个性格特点，比较贾宝玉是更为具有强烈的时代和阶级的色彩的。随着妇女的解放，这个典型将要日益在生活中缩小它的流行的范围。然而，即使将来我们在生活中不再需要用这个共名，这个人物仍然会永远激起我们的同情，仍然会在一些深沉地而又温柔地爱着的少女身上看到和她相似的面影。

《红楼梦》就是这样深刻地通过贾宝玉和林黛玉的悲剧，提出了青年男女的婚姻自主的要求，提出了以互相了解和思想一致为基础的爱情的原则，而又塑造了贾宝玉和林黛玉这样两个不朽的典型。

五

贾宝玉和林黛玉的悲剧是《红楼梦》里面的中心故事和主要线索。然而全书所展开的生活是那样广阔，远不只是写了这个悲剧。《红楼梦》是属于那种世界文学史上为数不多的巨大的作品，内容异常深厚的作品，它不是从生活中抽取了一个故事来描写，出现的人物限制在这单一的故事的范围之内，而是在我们面前就像展开了生活本身，就像在真实的生活中一样，人物是那么众多，纠葛是那么复杂。它写了宁国府和荣国府这样两个封建大家庭，主要地写了荣国府。也可以说，这是贾宝玉和林黛玉的悲剧发生的环境。然而，它却又并不是把这两个家庭仅仅当作背景来写。这也正像生活本身一样，在真实的生活中许多人物和事件常常是互相联系而又各自具有独立的意义，我们难于把它们仅仅当作某一部分的背景。

有人计算过，《红楼梦》里面写了四四八人②。这里面自然也有许多人物是并不重要的。但仅就我们读后留有鲜明的印象，以至长久不能忘记的人物而

---

① 欧阳修《再和明妃曲》："汉计诚已拙，女色难自夸。明妃去时泪，洒向枝上花。狂风日暮起，飘泊落谁家。红颜胜人多薄命，莫怨春风当自嗟。"

② 蛟川大某山民加评本《明斋主人总评》："总核其中人数，除无姓名及古人不算外，共男子二百三十二人，女子一百八十九人。"上有批语："据姜季南云：男子二百三十五人，女子二百十三人。"盐谷温《中国文学概论讲话》与后说同。这里暂用后说。这是包括高鹗续的四十回在内。

论，也至少是以数十计。对于这样巨大的作品，一篇论文是无法接触到它的全部内容的。我们所能做的只是就我们认为最重要的部分来作一些说明而已。

读者们也曾有过这样的经验吗，当我们还是少年的时候，和我们的同学或者朋友一起读完了这部书，我们争论着它里面的人物我们最喜欢谁，最后终于一致了，我们最喜欢的不是探春，不是史湘云，甚至也不是林黛玉，而是晴雯。我想我们少年时候的选择和偏爱是有道理的。

曹雪芹写了许多可爱的或者有才能的丫头。他对于这些身居奴隶地位的少女显然抱有很大的同情。其中写得最出色的就是晴雯。贾宝玉梦游太虚幻境的时候，在薄命司首先看到的是《金陵十二钗又副册》，而晴雯又正居首页。册子上的那几句关于晴雯的话不只是预示了她将来的遭遇，而且充满了同情和悲悼：

> 霁月难逢，彩云易散，心比天高，身为下贱。风流灵巧招人怨，寿夭多因诽谤生，多情公子空牵念。

晴雯原是贾府世仆赖大家用银子买的一个小丫头。因为贾母喜欢她生得"十分伶俐标致"，赖嬷嬷就把她当作一件小礼物孝敬了贾母。她和香菱一样可怜，连家乡父母也不记得。《红楼梦》里描写她的场面并不多，然而每个片段都很吸引人。她的性格是明朗的，健康的，不像林黛玉精神上那样悲苦。她也不像花袭人那样卑屈，而是以平等的无邪的心去对待贾宝玉，就像对待亲密的兄弟和友人一样。对王夫人那样一些高踞在她头上、可以要她生也可以要她死的"主子"，她也并不畏惧和屈服。几乎可以说她是大观园中唯一的一个野性未驯也即是人民的粗犷气息还保留得最多的女孩子。果然她也就是大观园中一个最悲惨的牺牲者。我们已经读不到曹雪芹写的或者打算写的林黛玉之死了，不知道那会多么悱恻动人。但晴雯之死我们却还可以读到。这或许是《红楼梦》最悲伤最缠绵的场面。这一段描写特别感动我们，还不仅仅由于写出了"儿女之真情"，而且由于它表现了这样一种悲恸和愤怒：这是一个没有任何罪过的少女的含冤而死，这是那种死不瞑目或者怨气冲天的含冤而死。花袭人是和贾宝玉有私情的，然而大受王夫人的赏识和信任。晴雯完全是清白的，然而被骂为狐狸精，被摧残至死。作者这种对照的描写正是控诉了封建礼教及其维持者是多么虚伪，多么荒谬而又多么残酷！

晴雯这个人物特别能够激起我们的同情和喜爱，原因就在这里。她美丽，聪明；她的性格很明朗并富有反抗性；她和贾宝玉的亲密的关系是纯洁的；而且她的夭折代表了封建社会里的许多无辜者的屈死。向来有这样的说法，花袭人为薛宝钗的影子，晴雯为林黛玉的影子①。这两对人物的确各有相同之处，而且晴、袭和黛、钗都是用的两相对照的写法。但是，从人物的个性和特点来说，这些人却又是很有差异的。尽管或者同是封建正统思想的拥护者，或者同是叛逆者，但所处的阶级地位不同，所受的教养不同，她们的个性也不同，就不能不有了显著的差异。

一直跟着贾母的鸳鸯，平时看起来是和顺的，善于和这个家庭的人们相处的。然而当年老好色的贾赦要强迫讨她做妾的时候，她也爆发了一次激烈的反抗。她对平儿说："别说大老爷要我做小老婆，就是太太这会子死了，他三媒六聘地娶我作大老婆，我也不能去。"平儿说："可惜你是这里的家生女儿。"她说："家生女儿怎么样？牛不吃水强按头？我不愿意，难道杀我的老子娘不成？"为了表示她的坚决，她许下了一辈子不嫁人的誓愿，并且用剪刀铰她的头发。仅仅因为她是贾母依靠的丫头，贾母也不同意，她才没有立即陷入悲惨的境地。

《红楼梦》中所写的这一类"身为下贱"的女孩子们的反抗都是非常动人的。这像是一片阳光出现在这个大家庭的阴郁的天空上。这些奴隶身分的少女，等待她们的是各种各样的不幸。不是像晴雯、金钏儿那样无辜地惨死，就是像司棋那样触犯网罗而遭到严惩。不是像平儿、香菱那样陷入作小老婆的"火坑"，就是像鸳鸯这样只有一辈子不嫁人。再不然，就是随便配人和当姑子了。在这些人身上，婚姻的不自由和身体的不自由是结合在一起的。

名居《金陵十二钗副册》之首的香菱，按照那个册子上的题词也即是作者的计划，她的结局也是惨死，遭夏金桂虐待而死。香菱这个身世十分可怜的女子，被薛蟠那样一个龌龊不堪的人连抢带买地霸占为妾，已经够不幸了。而薛蟠后来所娶的妻子夏金桂又是一个泼妇。作者描写这个泼妇不是没有用意的。然而高鹗的续书在这些地方却完全违背原意，不惜用虚伪的粉饰现实的大团圆的结局或者善有善报恶有恶报的结局，来代替曹雪芹原来的悲剧气氛十分浓厚

---

① 甲戌本第八回批语："余谓晴有林风，袭乃钗副。"涂瀛《红楼梦问答》："袭人，宝钗之影子也。写袭人，所以写宝钗也。""晴雯，黛玉之影子也。写晴雯，所以写黛玉也。"张新之《红楼梦读法》："是书钗黛为比肩，袭人、晴雯乃二人影子也。"

的结构，不但凤姐死后平儿扶正，而且夏金桂自己把自己毒死，香菱也终于作起大奶奶来了。

尤二姐、尤三姐也应当是《金陵十二钗副册》里面的人物。尤二姐是一个软弱的善良的女子。按照封建道德看来，她曾有淫行，但实际却不过是没有能够对那些荒淫的贵族子弟的诱惑和强暴进行反抗而已。她先和贾珍有暧昧关系，后又嫁给贾琏作妾，最后被毒辣的凤姐害死了。结局是和香菱相同的。尤三姐却是一个泼辣的、敢作敢为的、大观园姊妹以外的另一种类型的女子。她也曾和贾珍同流合污，然而她内心里却埋藏着反抗的火种。她被侮辱到不能忍受的时候就可以突然给贾珍、贾琏以报复。她也是一个要自己选择配偶的叛逆的女性。她对尤二姐说："终身大事，一生至一死，非同儿戏。我如今改过守分，只要我拣一个素日可心如意的人，方跟他去。若凭你们拣择，虽是富比石崇，才过子建，貌比潘安的，我心里进不去，也白过了一世。"她就是这样明确地提出了婚姻自主的要求。她的意中人是柳湘莲。她对这个男子其实也没有什么了解，和旧的爱情故事一样，只是一见就倾心了。她的结局也是悲惨的。和高鹗的续书印在一起的本子，在尤三姐的故事上有些不同。这种后出的本子把尤三姐写成完全是清白的，并不曾和贾珍胡混在一起，这样好像尤三姐的性格前后更一致一些。但这样一来，她的悲剧的结局就是由于误会了，贾宝玉也就不应在柳湘莲面前默认她品行不好了。先写她失足而后来又写她性情刚烈，这仍然是可以理解的。受了践踏而又不甘于被践踏的人积愤已久，就会这样。

《红楼梦》不仅写出了这些社会地位很卑微或者比较卑微，便于封建统治阶级把她们当作奴隶、当作玩物、或者当作蚂蚁一样随便可以夺去生命的女子的种种不幸，而且就是那些《金陵十二钗正册》里面的人物，那些贵族的女儿，也很多都被写为"有命无运之物"。不仅林黛玉，贾府的四姊妹都是薄命的。贾元春作了封建最高统治者的妃子，在那些喜欢千篇一律地把男主人公的结局写为状元及第、奉旨完婚的作者的手中，这一定会写成荣耀而又幸福。但曹雪芹却是怎样写的呢？贾元春回家省亲的时候，大观园装饰得"金银焕彩，珠宝争辉"，静悄得无人咳嗽，十来对红衣太监骑马缓缓地走来，垂手站立，然后闻得隐隐细乐之声，然后是一对对的仪仗队和捧着各种用具的太监过完，然后是这位年轻的妃子驾到。这也真是写得繁华而又庄严。然而写到贾元春见到她的母亲王夫人和祖母贾母的时候，却是——

贾妃满眼垂泪，方彼此上前厮见，一手挽贾母，一手挽王夫人，三个人满心里皆有许多话，只是俱说不出来，只管呜咽对泣。邢夫人、李纨、王熙凤、迎探惜三姊妹等俱在旁围绕，垂泪无言。半日，贾妃方忍悲强笑，安慰贾母、王夫人道："当时既送我到那不得见人的去处，好容易今日回家，娘儿们一会，不说说笑笑，反倒哭起来；一会子我去了，又不知多早晚才来。"说到这句，不禁又哽咽起来。

见到她的父亲贾政的时候也是这样：

> 又有贾政至帘外问安，贾妃垂帘行参等事。又隔帘含泪谓其父曰："田舍之家，虽齑盐布帛，终能聚天伦之乐。今虽富贵已极，骨肉各方，然终无意趣。"

这是写得何等深刻呵，在富贵繁华的气氛的核心里却是沉痛已极的悲伤！这是现实主义所能达到的惊人的成就。贾元春的薄命还不要等到她的早夭，她被送到那"不得见人"的皇宫里，就已经是为人间少有的不幸所选择了。贾迎春是一个懦弱无能的人，她的奶妈的儿媳妇在她房中大闹的时候，她却在那里看《太上感应篇》。这样的人竟嫁给了一个狼一样的男子。回想起作女孩子时候的生活她不能不觉得那比天堂还要美好。按照作者的计划，她出嫁一年后就将被虐待而死。年龄最小而性情很孤僻的惜春，她的结局是"可怜绣户侯门女，独卧青灯古佛旁"。只有混名叫做"玫瑰花"的探春，在前八十回中她被写为得到家庭的宠爱，还管过家，好像并没有遭遇到什么真正的不幸。探春是一个精明的有才干的女子。她的这种性格是写得很突出的，特别是在描写她代替凤姐管家的那一段。她的头脑里的封建思想比较浓厚。她自己是庶出，但却很强调"主子""奴才"之分。因为她的亲舅舅是贾府的仆人，她就不承认他是舅舅。不过她和薛宝钗还是很有区别的。她敢于说朱熹的文章也不过是"虚比浮词"，薛宝钗却俨然以卫道者自居，立刻就加以驳斥，说她"才办了两天事就利欲熏心，把朱子都看虚浮了"。而且她对封建大家庭的矛盾和苦恼多次表示不满，不像薛宝钗那样"随分从时"。像这样一个聪明的有过人的才干的女孩子，如果生长在合理的社会里，她的才能得到充分发展，是可以作出许多有益于社会的事情的。然而，"才自精明志自高，生于末世运偏消"。她也只能等待出嫁罢了。这大概就是她的根本的不幸。作者计划中的她的将来的出嫁是远嫁。不过和史湘云的薄命相似，这个结局在前八十回中不曾写出。

史湘云也是很早就父母双亡，在家庭里并不幸福，然而她却和林黛玉的性格相反："幸生来英豪阔大宽宏量，从未将儿女私情略萦心上，好一似霁月光风耀玉堂"。她是一个快活的豪放的女子。作者把他所欣赏的某些所谓名士风流写在她身上，然而却又仍然是一个天真的少女，这就另有一种妩媚。她总是说薛宝钗好，也曾劝过贾宝玉留意"仕途经济的学问"。然而这都不过表示她的天真和幼稚罢了。她的性格和行为却是和薛宝钗极力推崇的封建主义给妇女们规定的格言，"女子无才便是德"，完全不合的。在作者的计划中，她的结局也是出嫁后的早夭①。

《红楼梦》写了许许多多性格鲜明、使人不能忘记的女子。尽管她们有的是姊妹，有的境遇相似，然而她们的个性的差异却那么大，一点也不会被混淆。在这个主要由少女们构成的世界里，当然不仅有悲伤和痛苦，同时也洋溢着青春的欢笑，生命的活跃。而且正是这些篇章使得这个悲剧不至于使人感到透不过气来。然而这些女子的结局却都是不幸的。这是封建社会的妇女的命运的真实反映。

把许多女子都写得聪明，有才能，行止见识都远远地高出了贾赦、贾政、贾珍、贾琏这样一些男子之上，这像是给贾宝玉的想法作了证明："山川日月之精秀只钟于女儿，须眉男子不过是些渣滓浊沫。"这是一种大胆的发现，大胆的思想。这直接反对了封建社会的男尊女卑的传统看法，而且揭露了封建社会的男女不平等是埋没了多少聪明的有才能的人，并且给她们造成了各种各样的不幸。这就不能不激起了人们的深深的同情，不能不设想到合理的社会不应该是这样。封建婚姻制度是妇女们的不幸的一个具体的原因。《红楼梦》不仅在林黛玉身上，而且在其他许多女子身上都写出了这个问题。封建社会的纳妾制度和奴婢制度是妇女们的不幸的又一些具体的原因。《红楼梦》也十分动人地写出了这些野蛮的制度是怎样摧残和虐杀了许多年轻的妇女。

揭露了封建社会的男女不平等，特别是揭露了那些直接压迫妇女的制度的罪恶，这是《红楼梦》全书的重要内容之一。这是一种深厚的人道主义精神的表现。

---

① 第三十七回史湘云咏白海棠诗第一首"自是霜娥偏爱冷"句下有评语云："又不脱自己将来形景。"似指她将来早寡。高鹗的续书也是把她的结局写为丈夫早死，立志守寡。但据《金陵十二钗正册》和《红楼梦》十二支曲词句："湘江水逝楚云飞"和"终久是云散高唐，水涸湘江"，又似应解释为她自己早夭。

六

列入《金陵十二钗正册》的女子还有薛宝钗、王熙凤、秦可卿、李纨、妙玉、巧姐等人。秦可卿的故事结束得最早。按照那册子上的图画和《红楼梦》十二支曲，她是死于悬梁自缢。由于《红楼梦》稿本的读者，作者的亲属或友人，劝他删去这一段大胆地暴露封建家庭的丑恶的描写，我们就读不到"秦可卿淫丧天香楼"的文字了。和尤二姐姊妹一样，秦可卿也是一个封建统治阶级的男性的荒淫行为的牺牲者。李纨在书中出现的时候已经是一个寡妇。作者计划写她在儿子长大并做官以后就死去了，只留下一个"虚名儿"给后人钦敬或者给他人作笑谈。这也可以说是打算写封建社会的所谓节妇的不幸。但这个年轻妇女的长长的守节生活中的痛苦并没有得到大胆的充分的描写。妙玉是一个带发修行的尼姑，也是生于读书仕宦之家，书中把她写得十分矫情。她竟至称林黛玉为"大俗人"。这个有洁癖的女子不仅"青灯古殿"断送了她的青春，而且"到头来依旧是风尘肮脏违心愿"。巧姐在前八十回中还是一个孩子，要到贾家衰败之后才遭到艰难困苦。但这些结局我们都读不到曹雪芹的描写了。

薛宝钗和王熙凤是书中的两个重要人物。作者给她们准备的结局也是不好的，所以她们的名字列在太虚幻境薄命司的册子上。薛宝钗的结局是结婚以后，贾宝玉仍然不爱她。高鹗的续书在这个情节上是写得大致不差的。王熙凤的结局是"身微运蹇"，"家亡人散"，而且"哭向金陵事更哀"①。高鹗所写的和原来的计划不大相合。这两个人物的结局虽然也不好，但她们的性格和活动却显然含有另外的意义，主要的已经不是表现妇女的不幸了。

对薛宝钗这个人物，读过《红楼梦》的人都是不会忘记的。但在生活里面，她的名字却不像贾宝玉和林黛玉那样流行，成为共名②。这或许是这个性格的特点不像贾宝玉和林黛玉那样突出。因此，对她的看法是曾经有争论，而且现在也仍然可能有争论的。

清代的笔记里面有这样一个故事：

---

① 引文第一句见第二十一回脂评，第二句见《红楼梦》十二支曲，第三句见《金陵十二钗正册》题词。"哭向金陵"究为何事，已无法确定。有解释为凤姐后来为贾琏所休弃者。

② 人们有时叫某些大姐型的女子为薛宝钗，但好像并不普遍。

　　许伯谦茂才（绍源）论《红楼梦》，尊薛而抑林，谓黛玉尖酸，宝钗端重，直被作者瞒过。夫黛玉尖酸，固也，而天真烂漫，相见以天。宝玉岂有第二人知己哉？况黛玉以宝钗之奸，郁未得志，口头吐露，事或有之。盖人当历境未享，往往形之歌咏。诗三百篇，大抵圣贤发愤发所为作也。圣贤且如此，况儿女乎？宝钗以争一宝玉，致矫揉其性：林以刚，我以柔，林以显，我以暗，所谓大奸不奸，大盗不盗也。书中讥宝钗处，如丸曰冷香，言非热心人也。水亭扑蝶，欲下之结怨于林也。借衣金钏，欲上之疑忌于林也。此皆其大作用处。况杨国忠三字明明从自己口中说出，此皆作者弄狡狯处，不可为其所欺。况宝钗在人前，必故意装乔；若幽寂无人，如观金锁一段，则真情毕露矣。己卯春，余与伯谦论此书，一言不合，遂相龃龉，几挥老拳，而毓仙排解之。于是两人誓不共谈"红楼"。秋试同舟，伯谦谓余曰："君何为泥而不化耶？"余曰："子亦何为窒而不通耶？"一笑而罢。嗣后放谈，终不及此[①]。

这个故事不但说明了对薛宝钗的看法可以这样不同，争论到几乎要打起架来，而且还提出了一个对薛宝钗的性格的解释，说她"奸"。这种说法是相当流行的。涂瀛的《〈红楼梦〉问答》中有这样的话：

　　或问："宝钗似在所无讥矣，子时有微词何也？"曰："宝钗，深心人也。人贵坦适而已，而故深之，此春秋所不许也。"
　　或问："宝钗深心，于何见之？"曰："在交欢袭人。"
　　或问："袭人不可交乎？"曰："君子与君子为朋，小人与小人为朋，方以类聚，物以群分。吾不识宝钗何人也，吾不识宝钗何心也。"
　　或问："宝钗与袭人交，岂有意耶？"曰："古来奸人干进，未有不纳交左右者，以此卜之，宝钗之为宝钗，未可知也。"

姚燮《〈红楼梦〉总评》也这样说：

　　薛姨妈寄人篱下，阴行其诈。笑脸沉机，书中第一。尤奸处在搬入潇湘馆。

---

　　① 邹弢《三借庐赘谭》卷十一。

宝钗奸险性生，不让乃母。

凤之辣，人所易见；钗之谲，人所不觉。一露一藏也。

这都是说薛宝钗的特点是奸险①。从这可以看出，过去的有些读者之反对薛宝钗，是和我们不大相同的。我们是讨厌她那样坚决地维护封建正统思想，也即是坚决地维护封建统治阶级的利益，而这些读者却是因为把她看成一个女曹操。根据这种看法，《红楼梦》本书曾两次从林黛玉的口中说过薛宝钗并非"心里藏奸"，都不过是"作者弄狡狯处"而已。但是，曹雪芹如果要把薛宝钗写成个女曹操，为什么不明写她的奸险，却让我们来猜谜呢？

是有那样一些读者，他们把小说当作谜语来猜。他们认为书上明白写的都没有研究的价值，必须刁钻古怪地去幻想出一些书上没有写的东西出来，而且认为意义正在那里。就是上面那个涂瀛，他在《〈红楼梦〉问答》中说黛玉是凤姐害死的，因为黛玉到贾府时带有数百万家资，害死了她贾府才好吞没这笔财产②。还有一个自号太平闲人的张新之，他在《〈红楼梦〉读法》中说"石头记乃演性理之书，祖大学而宗中庸"③。关于《红楼梦》的无稽之谈那是例不胜举的。什么时候我们的许多文学名著才能免于这一类的奇异的灾难呵！

从书上的明白的形象的描写，其实我们是可以看清楚薛宝钗的思想和行为的。她不止一次地劝导贾宝玉，要他顺从地走封建统治阶级给他规定的道路，以至引起贾宝玉很大的反感，说她也"入了国贼禄鬼之流"。她又用"女子无才便是德"那一类封建思想来教导史湘云和林黛玉。有一次她对史湘云谈了她关于做诗的意见以后，紧接着说："究竟这也算不得什么，还是纺绩针黹是你我的本等。一时闲了，到是于你我深有益的书看几章是正经。"她所说的书大概就是《女诫》、《女论语》之类。又一次，因为黛玉在行酒令的时候说了《西厢记》和《牡丹亭》中的句子，她更长篇大论地教训了黛玉一顿。她说：

---

① 应该说明，涂瀛对薛宝钗的看法是有些自相矛盾的。他一方面说她不好，一方面在《〈红楼梦〉问答》中又说："或问：'子之处宝钗也将如何？'曰：'妻之。'"

② 见《〈红楼梦〉问答》。他的"证据"是："当贾琏发急时，自恨何处再发二三百万银子财，一再字知之。夫再者二之名也。不有一也，而何以再耶？"

③ 见妙复轩评本《红楼梦》。他的"证据"是"宝玉说明明德之外无书。又曰，不过大学中庸"。光绪七年刻本孙桐生跋云太平闲人同卜年。一粟编《〈红楼梦〉书录》据抄本五桂山人序，知太平闲人为张新之号。

"咱们女孩儿不认得字倒好。男人们读书不明理，尚且不如不读书的好，何况你我？就连作诗写字等事，原不是你我分内之事，究竟也不是男人分内之事……你我只该做些针黹纺绩的事才是。偏又认得了字。既认得了字，不过拣那正经的看看也罢了。最怕见了这些个杂书，移了性情，就不可救了。"这一席话把黛玉说得低头吃茶，心中暗服。这一段文字写出了黛玉并不像现在有些人所说的那样"具有浓厚解放思想"。她对封建正统思想的排斥没有宝玉那样严格。由于这种原因以及其他原因，她对薛宝钗这段话不但不反感，而且当作关怀和温暖来接受。同时我们从这段文字也可以看到作者是有意识地写出薛宝钗的这种思想倾向。后来还有一次，薛宝钗对着林黛玉和贾宝玉更直接地说出"女子无才便是德，总以贞静为主"，就是女工也"还是第二件"了。这种思想当然并不是薛宝钗的新发明，而是她所说的那些"深有益"的"正经"的书所反复提倡的，也即是封建主义一直要求妇女们遵守的奴隶道德。作者的同情和赞扬显然是在这种思想倾向的反对者方面。

《红楼梦》还明白地写出了薛宝钗喜欢讨好人和奉承人。她一到贾府以后，就"大得下人之心"。甚至那个一直心怀不满，从来不大称赞别人的赵姨娘也说她好。贾母喜欢她"稳重和平"，要给她做十五岁的生日。贾母问她爱听什么戏，爱吃什么东西。她深知年老人喜欢热闹的戏，甜烂的食物，就按照贾母平时的爱好回答。她还这样当面奉承过贾母。她说："我来了这么几年，留神看起来，凤丫头凭她怎么巧，巧不过老太太去。"结果是贾母也大夸奖她："提起姊妹"，"从我们家四个女孩儿算起，全不如宝丫头"。金钏儿投井自杀后，王夫人心里不安。薛宝钗对她说：金钏儿不会是自杀；如果真是自杀，就不过是个糊涂人，死了也不为可惜，多赏几两银子就可以了。王夫人说：不好把准备给林黛玉做生日的衣服拿来给死者妆裹，怕她忌讳。薛宝钗就自动地把自己新做的衣服拿出来交给王夫人。这一段文字不但是写她讨好王夫人，而且还显出这个封建主义的信奉者是怎样残酷无情了。决不是偶然的，林黛玉是贾母的外孙女，比薛宝钗的关系更亲近，然而书中从来没有写过她讨好贾母或者其他什么人。我们知道，曹雪芹本人正是很有骨气的，孤高自赏的。他喜欢和赞扬的也是这种人。他的这些描写显然就是对于林黛玉的肯定和对于薛宝钗的贬抑。

在薛宝钗和贾宝玉的关系上，书中的描写也是明确的。贾宝玉不仅"天分高明，性情颖慧"，而且"神彩飘逸，秀色夺人"。他又是薛宝钗的生活圈子里唯一可以接近的年龄差不多的异性。她无论怎样到底是一个少女。她对贾宝玉也有爱悦之意，那完全是自然的。但按照她所信奉的封建道德，她不但不能自己选择男子，而且也决不容许像林黛玉那样曲折地痛苦地表现自己的感情。所以一方面她并非对宝玉完全无意，她卑屈地答应替袭人给宝玉做针线活，这恐怕不仅是讨好袭人，而且也是出于对宝玉的爱悦；另一方面却又正因为金玉姻缘之说，她"总远着宝玉"，有一次贾元春赐她的东西独与宝玉一样，她"心里越发没意思起来"。封建社会的循规蹈矩的少女正是这样的。书中写她"稳重"，也即是拥薛派所说的"端重"，写她"罕言寡语，人谓藏愚，安分随时，自云守拙"，这种或者可以说是她的性格上比较突出的特点也正是符合封建主义所提倡的淑女的标准的。然而作者并不欣赏她的这种"端重"。在宝玉过生日的怡红院夜宴上，她掣得的酒令牙签上画着牡丹，并且有这样一句诗："任是无情也动人"①。牡丹过去是被称为富贵花或者花王的，但实际却不过是俗艳。按照封建主义的标准，薛宝钗是群芳之冠，但作者却指出她"无情"。"无情"，因为她是一个封建道德的信奉者和实行者；"也动人"，却不过是她的美貌。作者赞扬和歌颂的显然是贾宝玉和林黛玉那样的如痴如醉的大胆的爱情，而不是这种熄灭了青春的火焰的"无情"。

曹雪芹所描写的薛宝钗主要就是这样。我们今天反对和讨厌她也主要是由于这些描写。丸曰冷香，可能作者有暗示她非热心人的意思。但这不过和点明她"无情"相同。无情和非热心人并不等于奸险。水亭扑蝶，自然可以看出她有机心。但这种机心是用在想使小红坠儿以为她没有听见那些私情话，似乎还并不能确定她是有意嫁祸黛玉。借衣金钏，那是讨好王夫人。书上说王夫人原来就怕黛玉忌讳。薛宝钗这样作，其结果自然是在王夫人的眼中和心中，她比林黛玉"行为豁达"。但我们也很难说她这是蓄意使王夫人疑忌林黛玉。我们前面引的那段清人笔记，还说薛宝钗曾经说到过杨国忠，好像就是作者暗示她和杨国忠一样奸；又说她让贾宝玉看她的金锁，好像就是写她很不正经，和平时为人两样。那更是一些十分明显的穿凿附会。

按照书中的描写，薛宝钗主要是一个忠实地信奉封建正统思想，特别是信奉封建正统思想给妇女们所规定的那些奴隶道德，并且以她的言行来符合它们的要求和标准的人，因而她好像是自然地做到了"四德"俱备。如果我们在她

---

① 罗隐《牡丹花》诗："若教解语应倾国，任是无情亦动人。""亦"一作"也"。原句重点在"也动人"；但用在薛宝钗身上，我们不妨重视"无情"二字。

身上看出了虚伪，那也主要是由于封建主义本身的虚伪。她得到了贾府上下的欢心，并最后被选择为贾宝玉的妻子，也主要是她这种性格和环境相适应的自然的结果，而不应简单地看作是由于她或者薛姨妈的阴谋诡计的胜利。那种认为薛宝钗的一切活动都是有意识地有计划地争夺贾宝玉的看法，是既不符合书中的描写，又缩小了这个人物的思想意义的。作者在第五回就写过，薛宝钗入贾府后，因为"行为豁达，随分从时，不比黛玉孤高自许，目无下尘，故比黛玉大得下人之心，便是那些小丫头们亦多喜与宝钗去玩；因此黛玉心中便有些悒郁不忿之意，宝钗却浑然不觉"。这也可以说明她的性格的特点并非奸险，而是按照封建正统思想所提倡的那样做，就自然和环境相适应而自己还不怎样察觉。至于把薛姨妈曾一次搬入潇湘馆也看作是去监视林黛玉，并从而帮助薛宝钗争夺贾宝玉，那就更是一种可笑的奇谈了。当然，我们说薛宝钗有机心，说从她身上可以看出封建主义的虚伪，这就也是说，她并不是一个率真的胸无城府的少女，她并不是没有心眼和打算，她的言行也不可能完全没有矫揉造作和虚伪之处。但这和奸险还是在程度上很有差别的。

花袭人也曾被人看作"蛇蝎"，看作"奸之近人情者"，并且被认为曾以谗言"死黛玉，死晴雯，逐芳官、蕙香，间秋纹、麝月"，幸而她没有早死，后来嫁了蒋玉菡，才知道她的"真伪"①。这种看法也是不恰当的。黛玉死于花袭人的谗言，这是高鹗的续书也不曾写过的②。晴雯、芳官、蕙香的被逐，花袭人有嫌疑，而且宝玉就怀疑过她。但这件事情的发生并不是由于她的谗言，作者在书中曾明白地交代过。第七十四回写王善保家的对王夫人讲了一通晴雯的坏话，王夫人回忆起她对晴雯的不好印象，特别叫来对证一次，这样才决定撵晴雯。第七十七回写王夫人到怡红院来查人的时候，又这样明白地写道："原来王夫人自那日着恼之后，王善保家就趁势告倒了晴雯。本处有人和园中不睦的，也就随机趁便下了些话。王夫人皆记在心中，故今日特来亲自查人。"③这就是芳官、蕙香和宝玉的嬉戏也为王夫人所知的由来。这也就是第五十八

① 见涂瀛《〈红楼梦〉问答》和《〈红楼梦〉论赞》。

② 第九十六回只写花袭人告诉王夫人，宝玉曾误把她当作黛玉，诉说心事。这是为了要写用薛宝钗假装黛玉的缘故，并非谗言。

③ 有正本把这句话改为"原来王夫人自那日着恼之后，王善保家的趁势治倒了晴雯。她合园中不睦之人，她也就随机趁便下了些话说在王夫人耳中……"。把这些谗言都归在王善保家的一人身上，不如原来的写法近情理。通行的一百二十回本更删去了这段话。

回到第六十一回所写的芳官这些小丫头和园中老婆子们的纠纷的一种结果。王夫人那里的人知道怡红院里事，自然是园中的老婆子们告诉的。王夫人训斥芳官的时候，就说到了她和她干娘的那次吵架。花袭人这个人物的使人讨厌和反感，和薛宝钗一样，也不是由于她特别奸险，而主要是由于她的头脑里充满封建思想。她也曾不止一次地规劝贾宝玉，要他顺从地走封建统治阶级给他规定的道路。可能由于她和宝玉的关系很亲昵，规劝的方式又特别委婉，宝玉倒并没有给她难堪，只是嘴里答应而实际上并没有接受。贾宝玉挨打以后，她对王夫人说："若论理，我们二爷也须得老爷教训两顿。若老爷再不管，将来不知做出什么事来呢。"她建议把贾宝玉搬出大观园，因为里头姑娘们也大了，应该男女有别。她说，如果不预防，万一有了什么事，宝玉的"一生的声名品行"就完了。王夫人听了她的话，"如雷轰电掣的一般"，并且非常感激她。这一段文字说明花袭人和贾政王夫人的封建主义立场完全是一致的。她这次进言除了根据平时对宝玉的看法而外，当然和她有一次被宝玉误当作黛玉，向她吐露心事很有关系。然而她这次进言并没有把这件具体的事告诉王夫人，只是从封建大道理来讲。当然，这次进言不仅她本人大得王夫人赏识，而且引起了王夫人对于宝玉的私生活的更加注意，客观上是和后来晴雯、芳官等人被逐有关系的。但这也并不能说她个人特别奸险，而是写出了笃信封建主义的人自然会形成一个壁垒，自然会一致反对贾宝玉的叛逆。晴雯被逐以后，贾宝玉说，怡红院有一株海棠花无故死了半边就是预兆。花袭人不相信草木和人有关。宝玉又说，许多有名的人的庙前或坟上的草木都有灵验。花袭人说："晴雯是个什么东西，就费这样心思，比出这些正经人来？还有一说，她纵好也灭不过我的次序去。便是这海棠，也该先让我，还轮不到她。"作者对这个庸俗不堪的封建主义的信奉者作了有趣的嘲讽，在《金陵十二钗又副册》上，就刚好把晴雯排在她的前面。

花袭人的身分、教养和个性都跟薛宝钗不同，她也不像薛宝钗那样聪明、美貌。王夫人说她"笨笨的"。贾母说她像"没嘴的葫芦"。这个人物的形象就和她的思想上的近似者区别开来了。第三回还写明她有这样一个性格上的特点："这袭人亦有些痴处，服侍贾母时心中眼中只有一个贾母；如今服侍宝玉，她心中眼中又只有一个宝玉"。这就有些像契诃夫所写的那个"可爱的人"了。高鹗的续书写她出嫁那一段，是和这种性格符合的。但这个中国封建社会里的"可爱的人"在宝玉之外还有一个她痴爱的对象，那就是——封建主义。她努力使这两个所爱者合而为一，然而她失败了。

　　贾政和王夫人也是笃信封建正统思想的人物。书中曾用林黛玉的父亲林如海的话说贾政"为人谦恭厚道"，后来又直接说他"礼贤下士，济弱扶危"。然而他所来往的不过是贾雨村之流。他见到宝玉就训斥。宝玉说话被喝，不说话也被喝。就是在不嫌恶他的时候也要喝一声"作业的畜生"。所以宝玉很怕他，见到他就和老鼠见到猫一样。贾政在书中是作为一个宝玉的最激烈的反对者出现的。这一方面写出了他是一个坚决的封建主义的维护者，另一方面也给我们塑造了一个封建社会的所谓严父的典型。第四十五回，赖嬷嬷对宝玉说，贾赦、贾政小时也是经常挨他们的父亲的打；至于贾珍的祖父，更是"火上浇油的性子，说声恼了，什么儿子，竟是审贼"。封建社会的父子之间的关系就是这样不合理，然而世世代代传下来，公认为必须如此。王夫人不像贾政这样严厉，但她的维护礼教也是十分积极的。在她身上，特别集中地写出了封建主义本身的虚伪。明明是封建统治阶级的男性蹂躏了无数的女子，但王夫人却认为"好好的爷们"都是丫头们勾引坏的。金钏儿不过和宝玉说了一句玩笑话，王夫人就劈脸打她的嘴巴，指着骂她为"下作的小娼妇"，而且马上就把她撵出去，逼得她投井自杀。晴雯不过生得样子好一些，眉眼有些像林黛玉，王夫人就把她看作蛇蝎一样，很怕她接近宝玉，亲自带人把这个"四五日水米不曾沾牙"的病人从炕上拉了下来，叫人架走，而且连她多余的衣服都不准带。晴雯就是这样屈死了。但书上还说王夫人"是个宽仁慈厚的人"，"原是个好善的"。封建统治阶级的比较慈善的人也就是这样。书中写傻大姐拾得了绣春囊，邢夫人一看见，"吓得连忙死紧攥住"；后来王夫人把它拿给凤姐瞧的时候，更是"泪如雨下，颤声说道……"这写得多么深刻呵！在宁国府和荣国府这两个封建大家庭里面，我们已经看到了多少男女关系的混乱和荒淫，然而那都是平静无事的，等于合法的。就是像凤姐过生日那一次，贾琏的丑事闹了出来，贾母也说那不是什么要紧的事，"从小儿世人都打这么过"。但这一次拾到了一个绣春囊，却掀起了这样大的波澜。结果是几个丫头作了牺牲品。封建主义的虚伪就是这样的，它的某些拥护者在某些时候，甚至完全不觉得他们的道德的虚伪，他们的行为的虚伪，而是那样诚恳地相信着和行动着！

　　薛宝钗、花袭人、贾政和王夫人这些人物的性格各不相同，然而在诚恳地信奉着封建主义这一点上却是一致的。通过这些人物，《红楼梦》写出了封建主义是怎样深入人心，不仅是贾政和王夫人这种家庭的长辈，就是像薛宝钗这样的少女，花袭人这样的奴隶身分的人，她们的头脑也为它所统治。封建礼教封建道德明明是不合理的，虚伪的，然而这些人却信奉到如此真诚的程度。薛宝钗真诚地提倡歧视妇女压迫妇女的封建思想，真诚地拥护给她本人也只有带来不幸的封建婚姻制度。花袭人真诚地为压迫她的阶级的巩固而努力。曹雪芹就是这样深刻地写出来了封建社会的生活的复杂和残酷。

七

　　王熙凤的更流行的名字是凤姐。她是一个写得非常生动的人物。她在哪里出现，哪里的空气就活跃起来，就常常有了热闹和欢笑。她是贾母宠爱的孙媳妇。她以一个二十岁的年轻妇女就作了荣国府的家政的主持人。本书的开头曾从别的人物谈话中这样介绍她："模样又极标致，言谈又爽利，心机又极深细，竟是个男人万不及一的"；"年纪虽小，行事却比世人都大。如今出挑的美人一样的模样儿。少说些有一万个心眼子。再要赌口齿十个会说话的男子也说她不过"。书中多写的她的语言是最有个性和特点的。她在各种场合说的话都表现出她聪明，有心眼，又很有口才，都是说得那样得体，有时说得很甜，有时说的很泼辣，有时又很诙谐。不用说出她的名字，只要把她的那些话念出来，我们就知道准是她。她在书中第一次出现是在林黛玉进贾府的时候。林黛玉正在和贾母说话，突然听见后院中有人笑声说："我来迟了，不曾迎接远客。"黛玉有些诧异："这些人个个皆敛声屏气，恭肃严整如此；这来者是谁，这样放诞无礼？"原来这就是贾母宠爱的凤姐：

　　这熙凤携着黛玉的手，上下细细打谅了一回，仍送至贾母身边坐下。因笑道："天下真有这样标致的人物，我今儿才算见了。况且这通身的气派，竟不像老祖宗的外孙儿，竟是个嫡亲的孙女，怨不得老祖宗天天口头心头，一时不忘。只可怜我这妹妹这样命苦，怎么姑妈偏就去世了！"说着便用帕试泪。贾母笑道："我才好了，你到来招我。你妹妹远路才来，身子又弱，也才劝住了，快休提前话。"这熙凤听了，忙转悲为喜道："正是呢，我一见了妹妹，一心都在他身上了，又是喜欢，又是伤心，竟忘记了老祖宗。该打该打！"又忙携黛玉之手问："妹妹几岁了？可也上过学？现吃什么药？在这里不要想家。想要什么吃的，什么玩的，只管告诉我。丫头老婆们不好了，也只管告诉我。"一面又问婆子们："林姑娘的行李可搬进来了？带了几个人来？你们赶早打扫两间下房，让他们去歇歇。"

这一段还并不能充分显出王熙凤的说话的特点。要知道她的语言的活泼，多变化，淋漓尽致，或者说贫嘴，那是还要越往下读才越清楚的。然而，就是这简短的平常的几句话，我们也可以看出她是多么面面周到，多么会逢迎贾母，而且她的悲和喜是转变得多么快！世界上是有这样的人的。难得的是作者毫不着力地几笔就把她的为人和说话的特点勾画出来了。

《红楼梦》从第十二回起，连着的几回都主要是写凤姐。"毒设相思局"是写她的狠毒。"协理宁国府"是写她的才干。"弄权铁槛寺"是写她贪财舞弊。从最初出场的印象看，凤姐不过是个聪明的会讨好人的女子。然而，和金陵十二钗中所有其他的人都不同，我们很快就看出来了她是一条美丽的蛇。贾瑞固然是一个肮脏人，但凤姐为什么要那样处心积虑地设毒计害死他呢？送秦可卿的灵枢到铁槛寺的时候，水月庵的尼姑求凤姐利用和贾府有关系的官僚势力强迫人家退婚。结果是凤姐得了三千两银子和平白地害死了一对未婚夫妻。书上写道："自此凤姐胆识愈壮，以后有了这样的事，便恣意的作为起来。"作者的谴责是很明白的。书上还写出了凤姐做这件坏事是这么自觉和大胆：她对水月庵的尼姑说，"你是素日知道我的，从来不信什么是阴司地狱报应的。"这是她表示敢于向一切阻止她做坏事的力量挑战。以后凤姐这个人物就是这样在书中活动的：一方面是谈笑风生，善于逢迎，好像一个灵巧的不会咬人的小动物；另一方面却是继续暴露出她的贪婪和狠毒，好像那已经成为她的天性。她瞒着贾琏放债，收利钱。她甚至把大家的月钱也支来放债。后来贾府钱用的接不上的时候，贾琏想偷借贾母的金银器去当钱，要凤姐向鸳鸯说一声。她就要贾琏给她一二百两银子作报酬。夫妇之间就是这样勾心斗角，唯利是图。贾琏偷娶尤二姐的事情被她发觉以后，她对尤二姐是那样狡诈，对尤氏是那样放泼，最后又那样残忍地把尤二姐折磨死了。她还曾派人去设法害死尤二姐以前的未婚夫。这虽然未成事实，可以看出这个容貌美丽的妇女是怎样冷酷：她是可以随便杀死一个人而她的心灵不会颤动的。正如本书开头曾借别的人物的口讲过她一些好话一样，到了后面，又由贾琏的仆人兴儿给她作了这样的结论："心里歹毒，口里尖快"，"嘴甜心苦，两面三刀，上头一脸笑，脚下使绊子，明是一盆火，暗是一把刀"。

要说金陵十二钗里面有奸险的人物吗，这倒真是一个。她的人生哲学真是和《三国志演义》里的曹操一样："宁教我负天下人，休教天下人负我"。这就是她的道德标准。这就是她的信仰。然而她又并不是曹操这个不朽的典型的简单的重复。女性的美貌和聪明，善于逢迎和善于辞令，把这个极端的利己主义者更加复杂化了，更加隐蔽得巧妙了，因此我们在生活中从来不会把这两个名字混淆起来，不会把应该叫作曹操的人叫作凤姐，也不会把应该叫作凤姐的人叫作曹操。这是一个笑得很甜蜜的奸诈的女性。

这个女性也是高出于贾赦、贾政、贾珍、贾琏以及薛蟠这样一些男子之上的。不过高出于他们的并不是她的天真，她的善良，而是她的阴险，她的毒辣。剥削阶级从它们的本性来说就是利己的，残酷的。然而它们却又不能不提出一些从表面上看来或者从当时看来也好像有一定的合理性的道德观念，这样来巩固它们所统治的社会。中国的封建统治阶级的存在的历史特别长久，它所提出的那些道德观念是很系统化，很根深蒂固的。这样就不能不从那个阶级中产生一些真正信奉封建道德的人。贾政、王夫人、薛宝钗大致就是这种人的代表。但必然还有更多的人，他们感到封建道德给他们所保证的利益还不够满足他们的贪得无厌的欲望，他们的行为就更加赤裸裸地表现出来了他们的阶级本性。贾赦、贾珍、贾琏、薛蟠主要是向肉欲方面发展，而凤姐却主要是向金钱和权力方面发展。这就是他们的相同而又不同的地方。

《红楼梦》描写了这样一些人物，就又从这一方面有力地暴露了封建统治阶级的丑恶和黑暗。

薛宝钗和王熙凤都是作者不赞成的人物。书上那样反复地写她们的不好的思想和行为，而且有时甚至明白表示了作者的贬抑或谴责，那决不是偶然的。但作者又对这两个人物有些同情和惋惜。他把她们也看作是聪明的、有才能的、薄命的女子。这就是他把她们也列入《金陵十二钗正册》的原因。不用说在这点上是和我们今天的看法很有差异的。薛宝钗和探春一起代替凤姐管家的时候，探春的"兴利除宿弊"和薛宝钗的"小惠全大体"都得到了作者的赞赏。薛宝钗宣布完她的所谓"小惠全大体"的办法以后，书上写了这样一句："家人都欢声鼎沸"。这和《儒林外史》写一群读书人祭泰伯祠，"两边百姓"居然"欢声雷震"一样，都是表现了作者的思想的局限。曹雪芹出身于封建大家庭，又经历了破落以后的穷困，所以在书中把如何节省一点家庭开支，如何节省而又不至引起有些人不满这类事情写得那样重要。通过这些情节来描写探春和薛宝钗的性格是很自然的，但作者在这里不止是作了客观的描写，还加上了主观的赞赏。对于王熙凤的同情和惋惜，首先是明显地表现在《金陵十二钗正册》的题词上：

[聪明累] 机关算尽太聪明，反算了卿卿性命。生前心已碎，死后性

空灵。家富人宁，终有个家亡人散各奔腾。枉费了意悬悬半世心。好一似荡悠悠三更梦，忽喇喇似大厦倾，昏惨惨似灯将尽，呀，一场欢喜忽悲辛，叹人世终难定！

其次就是第七十一回写她虽然那样厉害，泼辣，在矛盾众多的封建大家庭中也难免有受到委屈和侮辱，以至灰心流泪的时候。在作者的计划当中，这个人物后来的遭遇和结局是相当悲惨的。我们的看法为什么和作者很有差异呢？这是因为薛宝钗的结局虽然也是封建婚姻制度的一种结果，但我们今天决不会把封建社会的愚忠愚孝式的牺牲者和因为叛逆而得到悲剧结局的人放在一起。至于王熙凤，虽然因为她到底是一个妇女，不管她怎样奸险，到了她所凭借的有利条件有了很大的变化之后，是可能也陷入悲惨的境地的，不能说作者打算这样写没有现实生活的根据，但对于这种露骨地表现了剥削阶级的本性而且手上带有血迹的人，不管她的结局怎样，我们却是不会予以同情和惋惜的。

八

我们就《红楼梦》中的一些重要人物，就他们的性格和故事的意义，作了如上的说明。如果读者们想在这篇论文里找到所有他们感到兴趣的人物的名字，所有他们感到困惑的问题的解答，那就一定要失望了。《红楼梦》是一个森林，一个海洋，我们不可能把它的每一棵树木，每一重波浪都加以说明，虽然这个森林和海洋又正是由这些细小的部分构成的。

在文学理论上被归入史诗类的小说，它固然可以有契诃夫的那种顷刻即可读完的短小而深刻的作品，高尔基的那种像猛烈的风鼓动着船帆一样激动我们的短篇，也可以有屠格涅夫的那种单纯、优美得和抒情诗相似的较长的故事，但按照小说的特性说来，它是更长于表现广阔的复杂的社会生活的。正如托尔斯太的《战争与和平》和《安娜·卡列尼娜》一样，《红楼梦》最大限度地发挥了小说这一形式的性能和长处，因而成为我国小说艺术发展的最高峰。

长篇小说本来是容量最大的文学形式。但像《战争与和平》和《红楼梦》那样展开了异常巨大而复杂的人生的图画，而又艺术上异常成熟和完美，却是世界上极少出现的天才才能创造出的奇迹。世界上也曾有过一些奇迹似的伟大的建筑，但那都是由千千万万的人的手和头脑造成的。《战争与和平》、《红楼梦》以及其他巨大的文学的建筑却是出于一个人的劳动。

托尔斯太写《战争与和平》之前，曾在一封信里说过他的艰苦的准备：

> 我现在很郁闷，什么也没有写，只是辛苦地工作着。你不能想象，我发现在我必须播种的土地上耕得很深的这种准备工作是多么困难。考虑和再考虑我正在作准备的很巨大的作品中的所有那些未来的人物的种种遭遇，并且权衡几百万个可能的结合，以便从它们中间选择那一百万分之一来，真是难极了。而这就是我正在做着的事情……①

没有写过情节复杂和人物众多的小说的人是不可能理解这种困难的。有些关于托尔斯太的回忆录告诉我们，《战争与和平》中的许多人物都有模特儿。任何天才的作家的想象和虚构都必须有生活的基础，他的人物和故事不可能凭空编造出来。但如果以为生活既然提供了基础，文学的创造就不是一件难事，那就完全错了。真实生活中的人物性格的形成和发展，事件的发生和变化，以及人物和人物、事件和事件之间的关系，都是由许多条件规定的，因而是很自然很合理的。以它们为材料来虚构，就常常要把它们拆散，打乱，而又凭借想象去重新创造出一些有机的整体，这就很容易因为某一条件或某一部分的考虑不周密而引起了整个的或部分的不自然不合理。人物越众多，情节越复杂，这种虚构的困难就越大。曹雪芹写《红楼梦》的过程我们知道得不具体。但他自己在这部小说里也曾说他写了十年，改了五次，并且说："字字看来皆是血，十年辛苦不寻常。"②胡适和某些曾经为他的说法所俘虏的人，说《红楼梦》是曹雪芹的自叙传，好像他只是把他的经历记录下来，就成功了这样一部作品。这是完全不懂得文学的创造的艰苦的。世界上也有一些自传式的作品，把它们和《红楼梦》比较，我们就会感到，像这样集中、这样典型、这样完美地描绘出来了封建社会的巨大的真实的小说，不经过很大的虚构是不可能产生的。主张自传说的人常常以脂批为佐证。其实有许多脂批是很不利于自传说的。第二十二回写薛宝钗过生日，凤姐点戏，脂批说："凤姐点戏，脂砚执笔事，今知者寥寥矣，不悲夫？"③第二十八回写贾宝玉和冯紫英、薛蟠等人喝酒，他喝了一

---

① 据阿尔麦·莫德的《托尔斯太传》第一卷第九章转引。

② 甲戌本第一回。

③ 原作"今知者聊聊矣，不怨夫？""聊"和"怨"都当是误字。

大海，脂批说："大海饮酒，西堂产九台灵芝日也，批书至此，宁不悲乎？"第三十八回写吃螃蟹，吟咏菊诗，贾宝玉叫把合欢花浸的酒烫一壶来，脂批说："伤哉，作者犹记矮顿舫以合欢花酿酒乎？屈指二十年矣！"这些批语，如果粗心大意地去读，好像可以解释为《红楼梦》写的都是真人真事。但如果仔细地想想，就知道前一条不过说凤姐有模特儿；后两条更不过由书中某种细节联想到生活中类似的事情，而且可以看出，这仅仅是细节上的类似，书中的故事和生活中的真事其实是并不相干的。还有些脂批更明白地说出了书中许多情节是虚构。第二十三回，贾元春命家中姊妹和贾宝玉入大观园居住，批语说："大观园原系十二钗栖止之所，然工程浩大，故借元春之名而起，再用元春之命以安诸艳，不见一丝扭捏。"① 第四十八回，香菱入大观园居住，批语说："要写香菱入园，必须写薛蟠远行；要写薛蟠远行，才写他挨打和想做生意；要写他挨打，才写赖尚荣请客。"脂批中这一类说明作者的匠心的地方是非常多的。不管这些说明是否完全符合作者的意图，但可以看出，批书人是把这部书当作虚构的小说，也即是作者开头就声明过的"假语村言"看待的，并没有把它当作曹雪芹的自叙传。

第十七回，贾宝玉和贾政等人游赏新建成的大观园，对一个打算取名为稻香村的地方发生了争论。贾政欣赏它有田园风味，宝玉却说它不如另一处风景好：

> 此处置一田庄，分明见得人力穿凿扭捏而成。远无邻村，近不负郭，背山山无脉，临水水无源，高无隐寺之塔，下无通市之桥，峭然孤出，似非大观；争似先处有自然之理，得自然之气，虽种竹引泉，亦不伤于穿凿？古人云天然图画四字，正畏非其地而强为地，非其山而强为山，虽百般精而终不相宜……

他还没有说完贾政就气的喝命出去。不用说，这一次争论也是贾宝玉对。在大观园那样一个城市中的园子里，忽然出现了一个玩具似的假农村，那是多么不调和！但更值得注意的是作者在这里提出了一个很重要的艺术见解：虽然文学艺术作品都是人工创造出来的，但它们应该像生活和自然界一样天然。

---

① 原作"不见一丝扭捻"。"捻"当是误字。

《红楼梦》正是这种艺术见解的卓越的实践。它也是一个人工建成的大观园；但在它的周围却或远或近地、或隐或现地可以看见村庄和城郭，群山和河流，并非一个孤立的存在；而在它的内部，既是那样规模宏伟，结构复杂，却又楼台池沼以至草木花卉，都像是天造地设一样。

伟大的文学家和艺术家决不是不讲求匠心，不讲求技巧。不讲求匠心和技巧，文学艺术就不可能比生活和自然更集中，更典型，更完美。他们正是讲求到这样的程度，他们在作品中把生活现象作了大规模的改造，就像把群山粉碎而又重新塑造出来，而且塑造得比原来更雄浑，更和谐，却又几乎看不出人工的痕迹。

这就是《红楼梦》在艺术上的一个总的特色，也就是它的最突出的艺术成就。伟大的作品正是这样的：它像生活和自然本身那样丰富，复杂，而且天然浑成。

一个线索和三两个重要人物的故事是容易安排的。要反映广阔的复杂的生活，线索和人物就不能不众多，就不能不寻求与之相适应的结构和写法。《战争与和平》和《安娜·卡列尼娜》是这样：像可以旋转的舞台似的，这一个线索和这一些人物出场的时候，其他的线索和人物都退居幕后。复杂的人生和戏剧就是这样轮流地在我们面前演出。这本来是向来的小说都用的手法，所谓一张口难说两家话。但场景的变换和交替那样繁多，而又剪裁衔接得那样自然，那样恰到好处，却是托尔斯太的发展和创造。线索和人物复杂了，场景的变换繁多了，还有一个更大的困难，就是它们不容易被记住。情节和人物要不被人忘记，当然最根本的是它们本身要写得精采和有性格；但在结构和写法上托尔斯太也是很有匠心的。凡是一个重要的事件或人物，不出现则已，一出现就必给以相当充分的描写，一直到在读者的心中留下了不可磨灭的印象，然后移笔去写别的。《红楼梦》主要是写一个家庭，不像平行地写几个家庭那样便于分出几个清楚的线索，但在这个范围内它又不是仅仅写一个主要故事和三两个主要人物，而是把许多事情许多人物都加以细致的描写。这样它的结构和写法就又不同，而且从某种意义上说，是更为错综的。

我们不打算在这里详细分析《红楼梦》的结构。那样会写得冗长而且繁琐。极其简单地说来，八十回或许可以分四个部分。开头十八回主要是介绍荣国府、宁国府和大观园这些环境，贾宝玉、林黛玉、薛宝钗、王熙凤、秦可卿这些人物。第十九回至第四十一回主要是写宝玉和黛玉之间的爱情的试探，宝玉和封建正统思想的矛盾，以及薛宝钗、史湘云、花袭人、妙玉和刘姥姥。第四十二回至七十回，因为宝玉和黛玉之间的爱情已经互相了解，黛玉和宝钗之间的猜忌也已经消除，小说就从已经写过的生活和人物扩展开来，主要去写一些从前还不曾着重写过的、或者新到贾府来的、或者大观园以外的女孩子，鸳鸯、香菱、薛宝琴、晴雯、探春、邢岫烟、尤二姐以及一些小丫头了。最后十回开始转入贾府的衰败的描写。主要是写了这个家庭的入不敷出，大观园的搜查和晴雯之死。这四个部分各有重点，而又和全书的主要线索主要人物联系在一起；而且每个部分又不只是写了它的中心内容，而且还写了许多情节许多人物。所有这些线索、情节和人物就是这样复杂地交错着。这样，全书的情节和人物虽然是有计划有步骤地展开的，我们却不大感到有一个作者在那里有意安排，而只是看到生活的河流是那样波澜壮阔，汹涌前进了。

描写广阔的复杂的生活，不能不寻求与之相适应的作品的结构。但还有一个更为根本的条件，却是写规模巨大的作品和短小的故事都必须具备的，那就是要把生活写得逼真和生动，那就是作品里要充满了生活的兴味。规模巨大的作品在这个问题上的困难也许在这里：它不能不写到很多日常的生活，平凡的生活，也不能不写一些大事件，大场面；前者要写得很吸引人固然需要杰出的才能，而敢于正面地去描写后者，并且写得很出色，那就更需要大手笔了。《红楼梦》在这两方面的成就都是惊人的。我们且不说那许许多多脍炙人口的细腻而又生动的场面。像刘姥姥第一次进荣国府见凤姐，那不是很平常的生活吗？但你看它写得多么活现：

那凤姐儿……端端正正坐在那里，手内拿着小铜火筋儿，拨手炉内的灰。平儿站在炕沿边，捧着小小的一个填漆茶盘，盘内一个小盖钟。凤姐也不接茶，也不抬头，只管拨手炉内的灰，慢慢的问道："怎么还不请进来？"一面说，一面抬身要茶时，只见周瑞家的已带了两个人在地下站着了。这才忙欲起身犹未起身时，满面春风的问好，又嗔着周瑞家的怎么不早说。

刘姥姥在地下已是拜了数拜，问姑奶奶安。凤姐忙说："周姐姐，快搀起来。别拜吧，请坐。我年轻，不大认得，可也不知是什么辈数，不敢称呼。"

周瑞家的忙回道："这就是我才回的那姥姥了。"凤姐点头。

刘姥姥已在炕沿上坐了，板儿便躲在背后。百般的哄他出来揖，他死也不肯。

凤姐儿笑道："亲戚们不大走动，都疏远了。知道的呢，说你们弃厌我们，不肯常来。不知道的那起小人，还只当我们眼里没人似的。"

刘姥姥忙念佛道："我们家道艰难，走不起。来了这里，没的给姑奶奶打嘴，就是管家爷们看着也不像。"

凤姐儿笑道："这话说的叫人恶心。不过借赖着祖父虚名，作个穷官儿。谁家有什么，不过是个旧日的空架子。俗语说，朝廷还有三门子穷亲戚呢，何况你我?"

又像书中第一次写贾宝玉到薛宝钗家里去，后来林黛玉来了，那也不是很日常的生活吗? 但是，林黛玉一出场就写得很有特点:

话犹未了，林黛玉已摇摇的走了进来。一见了宝玉，便笑道："嗳哟，我来的不巧了!"宝玉等忙起身笑让坐。

宝钗因笑道："这话怎么说?"

黛玉笑道："早知道他来，我就不来了。"

宝钗道："我更不解这意。"

黛玉笑道："要来一群都来，要不来一个也不来。今儿他来了，明儿我再来，如此间错开来着，岂不天天有人来了，也不至于太冷落，也不至于太热闹了? 姐姐如何反不解这意思?"

后来他们一起喝酒。宝玉说，酒不必暖了，他爱吃冷的——

薛姨妈忙道："这可使不得。吃了冷酒，写字手打颤儿。"

宝钗笑道："宝兄弟，亏你每日家杂学旁收的，难道就不知酒性最热，若热吃下去，发散的就快; 若冷吃下去，便凝结在内，以五脏去煖它，岂不受害? 从此还不快不要吃那冷的了!"

宝玉听这话有情理，便放下冷酒，命人煖来方饮。黛玉磕着瓜子儿，只抿着嘴笑。可巧黛玉的小丫鬟雪雁走来与黛玉送小手炉。黛玉含笑问他："谁叫你送来的? 难为他费心。哪里就冷死了我?"

雪雁道："紫鹃姐姐怕姑娘冷，使我送来的。"

黛玉一面接了，抱在怀中笑道："也亏你到听他的话。我平日和你说的，全当耳旁风。怎么他说了你就依，比圣旨还快些?"

宝玉听这话，知是黛玉借此奚落他，也无回复之词，只嘻嘻的笑两阵罢了。宝钗素知黛玉是如此惯了的，也不去睬他。

《红楼梦》是充满了这一类日常生活的描写的。这些描写能够吸引我们，不觉得厌倦，还不仅仅因为它们写得细腻、逼真，而人总是对于各种各样的生活都有兴趣的；这里还有一个秘密，就是通过这些描写，故事正在进行，人物的性格正在显现。既然这部书的故事和人物是吸引我们的，这些组成部分自然也就引起我们的兴趣了。曾经有那种不能够欣赏文学作品的人，说《红楼梦》老是细细描写吃饭一类的事情，实在讨厌。他们就是不懂得这点道理。第四十三回写贾母给凤姐作生日，脂批说："一部书中若一个一个只管写过生日，复成何文哉？故起用宝钗，盛用阿凤，终用贾母，各有妙文，各有妙景。"批书人在这里还没有说到贾宝玉的过生日。那样众多的人物只写四个人的生日，固然这已表现作者有匠心，有剪裁。但更难得的是写得一点不重复，而且全部成为书中的十分必要的部分。薛宝钗过生日，那主要是写贾母喜欢她，她也讨好贾母，林黛玉有不平之意，后来又生贾宝玉的气，使他感到痴情的苦恼。凤姐过生日，贾母倡议"学小家子，大家凑分子"，这写法已和第一次很不同了。结果在凤姐意满酒醉之余，却碰到贾琏在和别的女人私通。通过这个事件，描写了凤姐的性格，暴露了封建家庭的丑恶。贾宝玉过生日，那是他和薛宝琴、平儿、邢岫烟四人同在一天，而且白天过了晚上又过。怡红夜宴那是繁华已极的文章，作者在这里又把全书的这些重要人物的性格或结局暗示一次，和第五回相照映。然而这已是"开到荼蘼花事了"，不久就要转入萧条的季节，我们再也读不到如此欢乐的描写了。最后贾母过生日，关于宴会的正面的描写是很简单的，主要却是写到了这个大家庭的许多矛盾，宁国府的尤氏碰了荣国府的值班的老婆子的钉子，凤姐受了她的婆婆邢夫人的气，探春感慨他们这种大家庭还不如"小人家人少"，"大家快乐"，宝玉说他是过一日算一日，而且最后鸳鸯碰见了一对青年男女在幽会。作者集中地描写了这个封建大家庭的矛盾、苦恼和破绽，全书的空气就从此为之一变。以后再用几回来写贾府的入不敷出，搜查大观园的风波，晴雯之死，过中秋节的强为欢笑，月夜的呜咽的笛声和林黛玉、史湘云在水边的余音袅袅似的联句，就完全笼罩着一种凄凉悲楚的气氛了。我们可以看出，四个生日不但写得各有各的特点和内容，而且它们是那样和谐地成为全书的整个情节的发展的一些组成部分。

第五十八回至第六十一回，我们初读的时候，也许会觉得这些情节过于琐碎，这个小丫头和那个老婆子吵嘴，那个丫头又在厨房里大闹，诸如此类的事情有什么必要去写呢？我们再细读一遍，就知道它们的意义了。这是作者有意识地要写一些以前不曾写到的小人物，写这个大家庭中的人和人之间的种种矛盾，写连厨房这种差事也有人在钻营争夺。这些情形难道不像整个封建社会的不安定吗？而展开这些纠葛的时候，又继续描写了贾宝玉的性格，写他总是同情女孩子们，总是替她们说话，而且小丫头们和老婆子们的吵嘴和后来的情节的发展也有关系，这样就也和全书的主要线索连结起来了，并不显得多余和枝蔓。

也许《红楼梦》里面写得比较平淡的是那些结社吟诗的场面。这些描写当然也可以看作是当时的某种生活的反映，而且和那些结社吟诗的人物的生活也是很和谐的。但写得过多，就显得作者是主观上对这些事情很有兴趣，有些未能免俗了。写诗并不是一件坏事，为什么写多了就不大好呢？这是因为《红楼梦》写的那些女孩子的结社吟诗，正是和当时的一般文人一样，常常是出题限韵，即席联句，老实说那已经不是真正写诗，而是近乎一种文字游戏了。那是中国文人的诗歌衰落已久的表现。有些读者很欣赏《红楼梦》中的这些诗，比起那些才子佳人小说中的拙劣不堪而又在书中自己喝采的所谓诗来，这些诗自然是像样多了。特别值得肯定的是这些诗写得各自符合人物的性格，因而成为书中的一个有机的部分。但如果真把它们当作诗看，那就必须说明，其中绝大部分是格调不高的。更多地表现出作者在诗歌方面的才能的是《红楼梦》十二支曲，而不是这些替书中人物拟作的诗词。这些拟作的诗词，正因为要切合不同的人物的身分、性格以至写作水平，而并不是曹雪芹自由地抒写他自己的思想感情，所以就并不能充分地表现他在诗歌方面的才能。从香菱学诗那一段还可以看出，作者对于写诗的意见似不如他对于写小说的见解精到。他好像认为写诗主要是依靠学古人和苦吟。只是那样，还是写不出很好的诗来的。唐宋以后有不少诗人都是苦学古人和硬做诗，所以写不出很好的诗来。然而历史规定要完全打破中国古典诗歌的末流的那些陋规和恶习，恢复到诗歌真是从深厚的生活的土壤和作者的感动里产生，那要经过五四文化革命以后才有可能。因此我们就不必惋惜曹雪芹没有写出李白和杜甫的那样的诗篇，而应该非常庆幸他把他的主要劳动放在写小说上，给我们留下了这样一部用散文写成的伟大的史诗。

关于《红楼梦》里面的日常生活的描写，我们已经说了不少的话。然而这些说明仍然远不足以表现它在这方面的成就。真要详细地说明作者的描写的手腕和匠心，那是要像过去的有些批评家一样，每一回都给它加上一些评语才行的。日常生活的描写，细节的描写，是小说的基础。能够写得细腻、逼真，这就需要有才能。但是，并不是一切生活细节都可以进入文学艺术的世界。一个有头脑的小说家也不能为描写而描写。有时我们可以看到这样的作品，它们或者把细节的描写变成了沉闷的琐碎的刻画，或者并不能给人以美的感觉，或者仅仅成为一些没有深刻的思想内容的现象的描摹。因而并不是能够描写生活细节就是一个好的小说家。

生活中不但有日常的细节，而且还有重要的事件和波澜。它们是日常生活的发展的结果，是生活的意义和矛盾的集中的表现。如果说在现实里，这种集中的表现是稀有的现象；在文学艺术里它却是常见的不可缺少的部分。特别是规模较大的作品，如果没有重大的事件和大波澜，那就必然是沉闷的。《红楼梦》里面的大事件和大波澜都描写得非常出色，也只有托尔斯太的长篇小说才能相比并。像贾宝玉、贾政等游赏新建成的大观园，贾元春省亲，贾府眷属到清虚观打醮，以及多次的大宴会，没有魄力的作家是根本不敢去正面描写的。曹雪芹却在一部作品里写了这样多的大场面，而且写得那样不费力，那样明晰而又生动。在这许多大场面的描写里，也是故事在进行，人物性格在显现，洋溢着生活的兴味，而且揭露了生活的秘密。《红楼梦》里面的波澜更是很多很多的。它从来不作过长的平静的流泻。它常是在一段细腻的描写之后，或者就在细腻描写之中，突然就发生了波澜和变化。全书中的最大的波澜是贾宝玉挨打和搜查大观园。经过了多次的曲折的爱情试探，林黛玉了解了贾宝玉果然是知己，贾宝玉也向她吐露了胸臆，我们想大概总有一段平静的生活的描写了吧。然而接着就发生了金钏儿的自杀。贾政碰见贾宝玉在为这件事叹气；虽然贾政还不知道是为什么，已经引起平时对他的反感了。接着又有忠顺亲王府来索取蒋玉菡，贾环来说金钏儿自杀也是由于他。这真是写得山雨欲来风满楼的样子。贾政决心要打死贾宝玉了。在这个时候却又穿插贾宝玉想找人捎信到里面去，结果只碰到了一个耳聋的老婆子，更增加了紧急的气氛。大打的时候，先是王夫人出来哭劝，最后是贾母出来阻止。于是通过这个事件，不但集中地表现了封建正统思想的拥护者和叛逆者之间的矛盾，而且鲜明地写出了贾母、贾政、王夫人、贾环等人的性格。搜查大观园也是用的集中写矛盾的方法。作者用这个事变来结束了大观园的和平和欢乐的生活，写出了这个封建大家庭的许多矛盾，而且晴雯、探春、惜春等人的性格也是一齐活现在纸上。进搜查的"奸谗"并直接执行的王善保家的，一次再次地遭到了晴雯和探春的反抗，而且结果是自己打自己的嘴，只搜查出来了自己外孙女儿的秘密，更是波澜中的波澜，更是写得变化多端，大快人意，就是画家的笔也无法描写得这样生动酣畅了。

史诗类的文学作品都是用文字来描写生活，描写人物。由于这个共同点，中国和外国的伟大的作家就不谋而合地把小说艺术发展到如此惊人的高度。它能够容纳很广阔很复杂的生活。它能够把生活细节和大事件都描写得十分真实，十分生动，从而写出了巨大的典型环境和众多的典型人物。在这些根本的地方竟是这样一致。然而这并不是说《红楼梦》在艺术上没有强烈的民族色彩。它的结构、语言和写法都继承了中国过去的小说的特点。《红楼梦》的结构我们在前面已经说过，那是十分错综复杂的。甚至常常在一回里，也不是一个单纯的生活的片段，而是几个线索交织在一起。这自然和它的题材有关系，但同时也是继承了我国过去的章回体小说的特点。它的语言更显然可以看出和以前的白话小说的语言的血统关系。不过那样生动，丰富，并且以北京话为主，却是它的进一步的发展。其他写法上的特点当然还有。"冷子兴演说荣国府"的第二回，开头有这样一段话：

> 此回亦非正文，本旨只在冷子兴一人，即俗语所谓冷中出热，无中生有也。其演说荣府一篇者，盖因族大人多，若从作者笔下一一叙出，尽一二回不能得明，则成何文字。故借用冷子兴一人略出其文，好使阅者心中已有一荣府隐隐在心，然后用黛玉、宝钗等两三次皴染，则耀然于心中眼中矣，此即画家三染法也……

下面还有一些说明作者匠心的话。这一段话像是批语误入正文；但也很可能是作者自己写的文字。开头几回，作者有时是自己出来说话的。这一段话值得注意，不但因为它再一次声明书中所写的贾家的故事是"无中生有"，是虚构，而且因为它说明了作者的一种手法。它说作者描写荣国府的手法是这样的：先介绍一下它的大概情形，以后林黛玉、薛宝钗和刘姥姥等人进荣国府，又再对它作一些描写，用了这样几次类似中国绘画上的皴染的手法，这个家庭给读者的印象就很鲜明了。这的确是一个作者常用的手法。不但写荣国府，写贾宝玉和林黛玉之间的爱情，写贾府的转入衰败，写贾宝玉、林黛玉、薛宝钗、王熙凤等许多重要人物的性格，都是先用这种或那种方法略为介绍一下，然后是断断续续地加以多次的皴染。这就可以作为一个《红楼梦》的写法上的特点的例子。曹雪芹不但是小说家，诗人，同时还是一个画家。他用这种所谓皴染的手法，可能是有意识地参考了中国的绘画的方法的。这种手法不能说别的小说家就没有用过。但曹雪芹特别用得多。这样，《红楼梦》就具有一种近于油画似的色彩，和《战争与和平》、《安娜·卡列尼娜》那种精雕细刻的写法有些不同了。这一类结构、语言和写法的特点，孤立起来看，好像并不是很重要的。然而文学艺术常常并不是由于它们在艺术原理上的根本差异，而正是由于这些具体的从过去的传统继承和发展而来的特点结合在一起，就构成了它们的强烈的民族色彩。

九

　　塑造了众多的性格鲜明的人物，而且其中不少人物流行在生活中，成为不朽的典型，这也是《红楼梦》在艺术上的一个突出的成就。要广阔地多方面地反映生活，就不能不出现众多的人物。这种规模巨大的作品的最困难之处，也许还并不在于如何把复杂的千头万绪的生活现象很自然地组织起来，甚至也不在于如何把各种各样的生活都描写得真实，生动，细节逼真，善于写大事件，并且富有波澜和变化，而正是在于不容易把那样众多的人物写得成功。我们曾经说过，《红楼梦》里面使人读后长久不能忘记的人物至少是以数十计。为了说明它的主要内容，我们已经分析了一些人物。那已经写得够冗长了。然而还有许多性格鲜明的人物我们没有能够包括进去。溺爱孙子，很会享乐，胆小得见了马棚走水的火光就吓得口里念佛的贾母是一个封建大家庭的老祖母的典型；年老好色而又很霸道的贾赦和"禀性愚强"①的"尴尬人"邢夫人是贾政、王夫人之外的又一对性格不同的夫妇；混人式的呆霸王薛蟠写得那样有色彩；从近郊的农村来到荣国府和大观园的刘姥姥写得尤为活跃；对林黛玉忠心耿耿的紫鹃，作了王熙凤的助手却仍然保持着善良的性格的平儿，想爬到高枝儿去的小红和孩子气很重的芳官，都各有特点；甚至只是寥寥几笔描绘的，因为说了几句真话嘴里便被填满马粪的焦大和拾到绣春囊的傻大姐，都一概使人不能忘记。这些人物以及其他写得有个性的人物我们都没有机会评论。在这些人物里面，刘姥姥或许是更重要的。刘姥姥"只靠几亩薄田度日"，她一起生

---

　　① 见庚辰本第四十六回。有正本把"愚强"改作"愚拙"，通行本改为"愚弱"，都改错了。"强"亦写作"强"，读如绛，是固执己见，不听人劝的意思。至今口语中仍有这个词。

活的女婿也以"务农为业"。她年纪比贾母大却身体健壮得多。作者把这样一个下层的人物引到官僚贵族的家庭生活中来，显然是有对比的用意的。她曾感慨地说，大观园里随便吃一顿螃蟹，所花的钱就够庄家人过活一年。我们知道，这次吃螃蟹还是薛宝钗替史湘云出的主意，是一次最省钱的宴会呢。写得更深刻动人的是凤姐叫鸳鸯捉弄刘姥姥，要她吃饭的时候说几句粗话来招得大家大笑那一段。如果以为那只是为了写她的乡气，就完全错了。作者接着就交代，刘姥姥并非真可笑，她早就明白那是捉弄她，那是要她取笑，只是因为她也愿意凑趣，才事先装做不知道罢了。这样就不仅写出了这个穷亲戚的本来的忠厚和不得不如此的酸辛，而且使我们明确地感到，真正可笑的并非这个乡下老太太，而是贾府的那些饱食终日，无所用心的人了。包括后来叫刘姥姥作"母蝗虫"的林黛玉，她那样得意她的"雅谑"，其实是一点也不能使人同情的。对于刘姥姥这个人物，作者也充分地写出了她的复杂性，因而好像显得有些矛盾。一方面描写了她的乡气和见识不广，因而这个人物流行在生活中就带有几分可笑的意味，产生了"刘姥姥进大观园"这样一个谚语，并且由于她的善于凑趣，人们有时又用这个名字来称呼旧社会的统治阶级的某些年老的帮闲；但另一方面，由于作者经历了贫困的生活，对于下层人物已经有些接触，他就不但赞赏了醉金刚倪二的豪爽和义气，而且着力地描写了刘姥姥这样一个人物，写她是忠厚的，健康的，因而激起了我们的同情。

写出了人物的性格的复杂性，同时又集中地着重地描写了他们的性格上的突出的特点，这样人物的形象就鲜明了。《红楼梦》正是这样描写人物的。如我们已经作过的分析，贾宝玉、林黛玉、薛宝钗和王熙凤这样一些人物，她们的性格都是复杂的，多方面的，然而各有各的突出的特点，而且这些特点都蕴含有深刻的社会意义；他们的性格的复杂性和各个方面是通过先后的重点不同的描写来互相补充，来完满地表现出来；他们的最突出的特点却是多次地反复地显现在许多不同的事件和行动中，甚至贯穿全书；而由于事件和行动的差异，变化，我们读时又完全不感到重复，这样这些人物就自然而然地给予我们以不可磨灭的印象。许多次要人物，包括刘姥姥在内，虽然用的篇幅多少不同，也基本上是采取了这种描写方法。这和生活是一致的。我们对于生活中的人物的全部性格及其主要特点的认识，也是必须经过多次的反复才越来越明确起来。文学艺术的表现方法不过更为集中，删削了许多不必要的枝节而已。

为了使人物的性格鲜明，《红楼梦》还常采取这样的写法：关系很亲近的人总是写得个性的差异很大，使人决不至于混淆起来。迎春、探春、惜春三姊妹是这样。花袭人和晴雯，尤二姐和尤三姐也是这样。薛蟠和薛宝钗是一母所生的兄妹，然而一个是封建地主阶级的标准淑女，一个却是那样横蛮和没有文化的混人。人的性格本来有很多差异。人的性格的形成的原因也很复杂。阶级出身当然是形成人的性格的一个基本条件，然而并不是唯一的条件。因此，同一的阶级，同一的家庭环境，甚至是一母所生，而性格上仍可以有很大的差异。曹雪芹写的是小说，并不是科学记录式的各个人物的性格的形成史；因此他在我们面前展开了生活，展开了人物的性格的千差万异，但常常并不详细交代这些差异到底是怎样形成的。不仅薛蟠和薛宝钗，尤二姐和尤三姐这样一些人物，就是贾宝玉的性格为什么和贾珍、贾琏等人那样不同，也并没有把所有的条件都写出来。有些研究《红楼梦》的同志企图从小说中去找出形成贾宝玉的性格的全部原因，那是失之拘泥的。

我们曾以《红楼梦》和托尔斯太的长篇小说相比。托尔斯太写作于十九世纪的后半，他继承了俄国和欧洲的经过了长期发展的小说艺术的传统，因而在细节的描写上他是更为精致的。但在人物的塑造上，或许因为我们是本国人吧，我们觉得《红楼梦》里面写得使人永远不能忘记的人物，好像比较《战争与和平》或者《安娜·卡列尼娜》还要多一些。并不是每一部著名的作品都能创造出一个在生活中流行的典型人物的。《红楼梦》所创造的却不止一个。不仅贾宝玉和林黛玉，凤姐和刘姥姥也同样流行在生活中，成为某些真实的人的共名。

善于在一部作品里塑造出众多的人物形象，这是我国过去的长篇小说的宝贵的传统。《三国志演义》是最早的一部成功的长篇小说，大约产生于十四世纪至十五世纪之间，它所展开的画幅就异常广阔，其中使人不能忘记的人物也至少是以数十计，而且创造了诸葛亮、曹操、张飞这样一些流传在我们生活中的典型。由于产生得早或其他原因，它里面的比较细致的描写不多，语言也不够生动。不用细致的描写，也能够创造出性格鲜明的人物，典型的人物，这里面的秘密是很值得研究的。这说明人物的性格的创造主要是依靠通过不同的事件和行动去多次地反复地表现他们的特点，细节描写的细致与否并不是决定的条件。不过小说艺术本身到底还是需要生活的描绘的。同样是雄伟的史诗式的作品《水浒》，就在细节的描写和语言的生动上有了显然的进步。《水浒》中的许多人物也是个性很分明的，虽然流行在生活中成为共名的典型人物好像只有一个李逵。《西游记》展开了另外一个世界，一个神话式的世界，但孙猴子和猪八戒也同许多著名的典型人物一样广泛地流行在我们的生活中。《红楼梦》正是在人物的创造、细节的描写以及语言的运用上都继承和发展了这些传统，从而达到了我国小说艺术成就的最高峰。

在《红楼梦》以前，以家庭为题材的著名的长篇小说有《金瓶梅》。过去有些谈论《红楼梦》的人喜欢把它和《金瓶梅》比较。我们估计曹雪芹是读到过这个作品的[①]。《金瓶梅》里面的许多人物也是写得很有个性，而在描写生活细节的细腻和运用口语的生动上，或许更可以说它超过了以前的几部长篇小说。曹雪芹很可能吸取了它的优点。然而《红楼梦》的总的成就却比它巨大得多。《金瓶梅》所描写的那些生活和人物当然也是真实的，尽管你不喜欢那些生活和人物，你不能不承认它们是真实的。然而，这是许多人共同的感觉，我们更喜欢读《红楼梦》。理由也许不止一个。但其中有一个深刻的原因，就是我们在一个规模巨大的作品里面，正如在我们的一段长长的生活经历里面一样，不能满足于只是见到黑暗和丑恶，庸俗和污秽，总是殷切地期待着有一些优美的动人的东西出现。

那些最能激动人的作品常常是不仅描写了残酷的现实，而且同时也放射着诗的光辉。这种诗的光辉或者表现在作品中的正面的人物和行为上，或者是同某些人物和行为结合在一起的作者的理想的闪耀，或者来自从平凡而卑微的生活的深处发现了崇高的事物，或者就是从对于消极的否定的现象的深刻而热情的揭露中也可以透射出来……总之，这是生活中本来存在的东西。这也是文学艺术里面不可缺少的因素。这并不是虚伪地美化生活，而是有理想的作家，在心里燃烧着火一样的爱和憎的作家，必然会在生活中发现、感到、并且非把它们表现出来不可的东西。所以，我们说一个作品没有诗，几乎就是没有深刻的内容的同义语。

人对于各种各样的生活都是有兴趣的。在生活的辽阔的原野上，本来没有什么区域是文学艺术所不可到达的禁地。然而要求从平凡的生活看到美的事物，从阴郁的天空出现阳光，从人的心灵发现崇高的、温柔的和善良的东西，

---

① 庚辰本第十三回和第六十六回批语都提到《金瓶梅》（影印线装本二七九页和一五九〇页。二七九页眉批：“写个个皆别，全无安逸之笔，深得金瓶壶奥”，原脱“瓶”字），可见此书当时并不难见。至于《西游记》，更不成问题。《红楼梦》七十八回正文就曾说宝玉听见贾政和赵姨娘在说他什么，“便如孙大圣听见了紧箍咒一般，登时四肢五内一齐皆不自在起来”（影印线装本一七四〇页）。

这也是人的自然的愿望。据说普希金的诗体小说《欧根·奥涅金》的第三章发表的时候，那封达姬雅娜的信使得所有俄罗斯的读者激赏若狂。那样谦卑和真诚的少女的爱情的告白的确是很动人的。但在所有关于达姬雅娜的描写里面，最深地感动我们的或许还并不是那封信，而是接近全诗结束的她成为贵妇人以后对奥涅金所说的这样一段话：

> 对于我，奥涅金，所有这些奢侈，
> 这种令人厌恶的生活的华美，
> 我在社交界的旋风中获得的重视，
> 我的时髦的家和这些晚会，
> 它们算得什么？我愿意马上
> 抛弃这些化装舞会的破衣裳，
> 抛弃这些豪华、喧嚣和尘烟，
> 为了一架书，一座郊野的花园，
> 为了我们那乡间的简陋的宅第，
> 为了那个地方，在那儿，奥涅金，
> 在那儿我第一次见到您，
> 为了那一片幽静的坟地，
> 在那儿十字架和树枝的阴凉
> 正覆盖着我的可怜的奶娘……

这是《欧根·奥涅金》里面的诗中之诗。这是普希金称为"我的忠实的理想"的达姬雅娜的最优美最动人的感情的流露。我们读的时候，已经感到这不仅是这个虚构的人物在说话，而且也是诗人自己在抒写他对于贵族社会的厌弃和对于朴素的单纯的生活的向往了。曾经成为俄罗斯革命青年的"生活的教科书"的车尔尼雪夫斯基的《怎么办》，那是对于今天的读者仍然具有强大的道德力量的。书中着重描写的薇拉·巴芙洛芙娜、罗普霍夫和吉尔沙诺夫，据作者自己说，他们不过是"新的一代中的平常的正派人"，而比他们更崇高的革命家拉赫美托夫，书中还只是描画了他们的侧影的淡淡的轮廓。然而就是这三个平常的正派人，而且就是他们对于私生活的处理，他们的结婚和因为性格不合而产生的婚后的分离，他们那样互相尊重独立的人格，互相为别人的幸福着想，是至今仍然闪耀着理想的光辉的。尽管我们的社会已经比那个时代前进了，我们仍然不能说今天的所有的男女都已经达到了那样高的道德水平。如果在私生活上都达到了那三个平常的新人物的水平，社会上许多很不理想的恋爱和婚姻的纠纷就不会有了。

《金瓶梅》所缺少的就是这种诗的光辉，理想的光辉。问题还并不仅仅在于它是那样津津有味地描写那些淫秽的事情。就是把那些描写全部删削，成为洁本，在它里面仍然是很难找出优美的动人的内容来。或许可以这样为它辩护：这是题材的限制。写西门庆那样一个"市井棍徒"，写他的生活范围所及的妻妾、帮闲和官僚等人物，黑暗、污秽和庸俗或许正是它应有的内容和色彩。如果不是一个规模巨大的作品，这也是可以容许的。但是它却写了一百回，从头到尾都是那样一些人物和生活。尽管它描写得那样出色，那样生动，仍然不能不使读者感到闷气。意在显示"恶德和缺失之点"的《死魂灵》只写了一本。而且还应该说，《死魂灵》的作者对他们描写的坏人坏事的态度是更明朗的，是无情的讽刺和鞭打；而《金瓶梅》，虽然客观的效果也是淋漓尽致的暴露，它的作者的主观爱憎却不够分明。李瓶儿对待他的前夫花子虚比西门庆还要恶毒，到后来她却被描写成为一个比较善良的人物。这或者还可以说仅仅是前后矛盾。奇怪的是在写出了西门庆的很多恶霸行为以后，居然又歌颂他"仗义疏财"，"救人贫难"，"济人之急"。这就更类似莫泊桑的《俊友》了。《俊友》这部充满了坏人坏事的小说也是表现出它的作者的惊人的艺术才能的。然而它却写得那样旁观和阴冷，几乎使人分不清作者到底是憎恶还是欣赏那些黑暗的事物。

《红楼梦》所写的主要也是剥削阶级的人物和生活，也是这个阶级中的一个腐烂和没落的家庭。然而它却从这个阶级的叛逆者和奴隶们身上写出了黑暗的王国的对立物。残酷、污秽和虚伪并没有完全压倒诗意和理想。所以我们能够一读再读而不觉得厌倦。我们从它感到的并不是悲观和空虚，并不是对于生活的信心的丧失，而是对于美好的事物的热爱和追求，而是希望、勇敢和青春的力量。

常常有这样的作品，它能够把生活细节描写得逼真，然而却写不出使人不能忘记的人物。又常常有这样的作品，它不但能够描写生活，而且能够把某些人物写得有个性，然而仍然不能获得读者的衷心的喜爱。根本的原因就是它里面没有诗，没有理想。换句话说，也就是没有对于人生的深刻的认识，没有热烈的爱憎，没有崇高的思想。正是因为这种艺术上的贫血病的普遍存在，《红楼梦》在放射着强烈的诗和理想的光辉这一方面的突出的成就，就更加值得我们重视。

<h1 style="text-align:center">十</h1>

《红楼梦》就是这样：它以十分罕见的巨大的艺术力量，描绘了像生活本身一样丰富、复杂和天然浑成的封建社会的生活的图画，塑造了可以陈列满一个长长的画廊的性格鲜明的人物和典型的人物；通过这些生活和人物，它深刻地暴露了封建统治阶级的丑恶和腐败，封建主义的残酷和虚伪，封建社会的男女不平等；而在这个黑暗、污秽和罪恶的世界里，它又描写了青年男女的纯洁的美丽的爱情，描写了封建社会的叛逆者们和奴隶们的反抗，描写了他们对于合理的幸福生活的追求；这些描写是这样重要，它们成为全书的突出的内容，并从而使全书闪耀着诗和理想的光辉。《红楼梦》就是这样，准确些说，它的主要内容就是这样，它的总的意义和效果就不能不是对于整个封建社会的批判和否定。

当然，这并不是说，从《红楼梦》里面就完全找不到封建思想的流露。曹雪芹生长在封建贵族的家庭里，又处于中国最后一个封建王朝的最后一段兴盛和巩固的时期。尽管他的家庭破落了，他个人从封建贵族的行列中被排挤了出来，他是那样深刻地多方面地看到了封建社会的种种黑暗，种种不合理，然而他的头脑里却不可能不同时也存在着一些封建思想，而且这些思想不可能不在他的作品里流露出来。秦可卿死的时候，王熙凤做了一个梦，她梦见秦可卿对她说：

> 今祖茔虽四时祭祀，只是无一定的钱粮。第二，家塾虽立，无一定的供给。依我想来，如今盛时，固不缺祭祀供给；但将来败落之时，此二项有何出处？莫若依我定见，趁今日富贵，将祖茔附近多置田庄房舍地亩，以备祭祀供给之费皆出自此处。将家塾亦设于此。合同族中长幼，大家定了则例，日后按房掌管这一年的地亩钱粮、祭祀供给之事。如此周流，又无争竞，亦没有典卖诸弊。便是有了罪，凡物可入官，这祭祀产业连官也不入的。便败落下来，子孙回家读书务农，也有个退步。祭祀又可以永祭。若目今以为荣华不绝，不思后日，终非长策……

这段话和秦可卿的故事没有关联。这并不是在写她的性格，而是借这个人物写出作者的一种思想。这种思想显然是带有封建色彩的。尤二姐自杀之前，也曾经做过一个梦。她梦见尤三姐对她说："你我生前淫奔不才，使人家丧伦败行，故有此报。"尤三姐劝她用鸳鸯剑去斩凤姐。她不愿意，并且还希望她的病痊愈。尤三姐又说：

> 姐姐，你终是个痴人。自古天网恢恢，疏而不漏，天道好还。你虽悔过自新，然已将人父子兄弟致于聚麀之乱，天怎容你安生？①

这几句话和尤三姐的性格不合，也应看作是作者的思想的流露。这种思想不用说是和尤二姐、尤三姐故事的客观意义直接矛盾的。书中还有颂扬清朝的统治的地方。贾宝玉给芳官取名耶律雄奴的时候，他讲了这样一段话：

> 雄奴二音又与匈奴相通，都是犬戎名姓。况且这两种人自尧舜时便为中华之患，晋唐诸朝深受其害。幸得咱们有福，生在当今之世，大舜之正裔，圣虞之功德，仁孝赫赫格天，同天地日月亿兆不朽。所以凡历朝中跳梁猖獗之小丑，到了如今，竟不用一干一戈，皆天使其拱手俯头，缘远来降。我们正该作践他们，为君父生色。

芳官笑他不能真正立武功，却借他们来开心作戏。他又说：

> 所以你不明白。如今四海宾服，八方宁静。千载百载，不用武备。咱们虽一戏一笑，也该称颂，方不负坐享升平了②。

由于受到文字狱的威胁，曹雪芹在《红楼梦》开头即点明此书无朝代年纪可考，以免触犯当时统治者的忌讳；但这里所歌颂的显然是当时的清朝，是清朝对于国内其他少数民族的征服。孟轲说过舜是东夷之人，所以贾宝玉称满族是大舜之正裔。这些歌颂到底是真心话还是敷衍之词，就很难判断了。歌功颂德的风气在当时是很盛行的。吴敬梓作的《金陵景物图诗》，本来主要是歌咏自然风景，和清朝的统治有什么相干，但他也要颂扬几句③。吴敬梓的朋友程

---

① 通行本删去了这些话。
② 见庚辰本和有正本六十三回。通行本删去。
③ 见《文学研究集刊》第四册。

廷祚作《上元县志序》，那也是大可不必颂扬清朝的，但他几乎处处不忘"颂圣"，就像专门做来给皇帝看一样①。曹雪芹的朋友敦诚，也是一方面很有牢骚，一方面又歌颂清朝的皇帝。②曹家虽曾被抄家，但当时的确像是一个"升平"之世。曹雪芹借贾宝玉的话来歌颂几句，也是不足奇怪的。这些思想以及其他类似的思想，都带有封建色彩。不过这些部分在全书中所占的比重极其微小，无损于《红楼梦》的总的意义和效果，无损于它对封建主义的批判的总倾向。

俞平伯先生曾主张《红楼梦》的主要观念是"色"、"空"，许多文章已经批评过，那当然是错误的。但在《红楼梦》问题的讨论当中，又曾出现了两种不恰当的意见。一种是否认曹雪芹真有"色"、"空'和"梦"、"幻"等思想。③一种是过分强调曹雪芹有宗教情绪，过分强调佛教思想对他的影响。④作者在第一回里面说："此回中凡用梦用幻等字，是提醒阅者眼目，亦是此书立意本旨。"第十二回写跛足道人给贾瑞送风月宝鉴的时候，他说："这物出自太虚幻境空灵殿上警幻仙子所制，专治邪思妄动之症，有济世保生之功。所以带他到世上，单与那些聪明俊杰，风雅王孙等看照。千万不可照正面，只照它的背面。"这个镜子的正面和背面是什么呢？正面是贾瑞的意中人凤姐，背面却是一个骷髅。不能不说，作者主观上是有"梦"、"幻"和"色"、"空"这一类的思想。不过《红楼梦》的主要内容实际是和这种所谓"立意本旨"相违背而已。它里面的感染人的地方并不在这些消极的成分，却刚好是和这些思想相反的描写和精神。梦幻也好，红粉骷髅也好，都是一些在封建士大夫中间流行已久的思想，并非作者特有的人生见解。正如他的头脑里不可能不多少还带有一些封建思想一样，他的时代、他的阶级和他的个人遭遇也不能不使他受到这一类消极思想的传染。这些一般性的东西并不能掩盖他的主要的思想的光芒。他的主要的思想和倾向显然是对于封建社会的一系列的不满，显然是对于青春、爱情和有意义的生活的赞美，对于不幸的叛逆者和被压迫者的同情。这些才是构成曹雪芹的思想和《红楼梦》的内容的特色的要素。至于过分强调他有宗教情绪，过分强调他受了佛教思想的影响，这实际上不过是强调"色"、

---

① 《青溪文集》卷六。

② 《四松堂集》卷一第十七页："圣心念疴瘵，惠爱何谆谆。"卷二第六页；"岁廪戴君德，堕体报吾颜。"卷二第十八页："平时教养皆逾厚，此日恩施信觉崇。"

③ 《红楼梦问题讨论集》一集，三八三至三八四页。

④ 这种意见在有些讨论会上出现过，尚未见于发表的文章。

"空"观念的换一种说法而已。如果把"梦"、"幻"和"色"、"空"一类说法看作佛教思想，不能不说曹雪芹多少沾染了这种思想的影响。但这并不等于信奉佛教。沾染了在封建士大夫中间曾经很流行的某些佛教思想和老庄思想，和对待佛教和道教的实际态度还是有差别的。按照《红楼梦》里面的描写，不仅贾敬服丹砂致死，否定了道家修炼之说，而且从书中的正面人物贾宝玉"毁僧谤道"，很恨人"混供神，混盖庙"，又说烧纸钱"原是后人异端"，也可以看出作者并不迷信宗教。对于带发修行的妙玉，书中说她"云空未必空"，并且叹息她"青灯古殿人将老，辜负了红粉朱楼春色阑"。对于惜春的出家结局，书中也说"可怜绣户侯门女，独卧青灯古佛旁"。芳官、葵官和药官①的出家。更和晴雯的惨死并列，显然作者认为同是不幸的结局。我们不可能知道贾宝玉的最后的出家曹雪芹将要怎样去描写，但我们也很可以怀疑一下，未必真正是由于所谓"解悟"。

和这样的理解有一些矛盾的，是第一回描写甄士隐昼寝，梦见一僧一道对他说："到那时不要忘我二人，便可跳出火坑矣。"这好像作者又的确有以宗教为出路的意思。甄士隐后来果然是跟着一个跛足道人隐去了。林黛玉幼时，曾有一个癞头和尚化她去出家。贾宝玉为魔法所害，也是这一僧一道所救。这一对神秘的僧道在书中是多次出现的。应该怎样解释这些情节呢？这或许不过是小说家言。正如谚语所说的，"演戏无法，出个菩萨"，或许是为了某些情节的发展和结束的方便，作者才采取了这一类的写法。如果作者真是相信一切皆空，相信宗教可以解决人生问题，如果这是他的主导思想，他就不会以十年辛苦来写《红楼梦》，不会以许多女孩子和儿女之真情来占据全书的主要篇幅，而且写得那样有兴味，那样充满了对于生活的激情。有人批评小说中关于太虚幻境的描写，说它"很足以反映出作者思想中虚无神仙的思想"②。这也是把小说家言看得过于认真的。叫作太虚幻境，就和子虚、乌有先生等人名一样，已经点明了是假托。何况它又还是出现在贾宝玉的梦中。为什么要写贾宝玉做那样一个又长又离奇的梦呢？或许也是出于结构上的需要，或许也是一种艺术手法。《红楼梦》的人物是那样众多，情节是那样复杂，在结构上不能不有一二次笼罩全局的提纲挈领式的叙述。通过这样一个梦，不但描写了贾宝玉，而且

---

① 庚辰本原作葵官、药官。通行本改作蕊官、藕官，大概因为五十八回写过药官已死的缘故。

② 《红楼梦问题讨论集》一集，一一五页。

对书中的十几个重要的女子的性格或结局都作了介绍。这和从冷子兴的谈话介绍荣国府的轮廓，同样出于作者的匠心。已经发生的事情，可以从别人的口中谈出；尚未发生的事情，作者就只好用这种迷离的梦境和神秘的金陵十二钗册子来作一次总的暗示了。根据这就判定作者有虚无神仙思想，恐怕结论未免下得太快了。在话本和拟话本里面，在《聊斋志异》里面，都有许多精采的短篇作品；但它们有一个共同的缺点，就是因果报应的思想表现得很普遍，而《聊斋志异》更喜欢描写信佛念经真有灵验。《红楼梦》却极少这一类的迷信。除了宝玉、凤姐为魔法所害，好像真相信那种法术有效验而外，秦钟临死见鬼，那是游戏笔墨；①贾宝玉衔之而生的通灵宝玉，全书写它真有灵异不过一次②，那也是照应最初的虚构不得不有之笔。高鹗的续书就迷信闹鬼，层出不穷，在这方面也是和曹雪芹的原作不合的。

当然，也还可以这样追问一下。虽然文学艺术容许奇特的幻想，容许大胆的浪漫主义的手法，但我们今天来写小说，却无论如何是不会在故事中穿插那样一对神秘的僧道，也不会描写那样一个太虚幻境的。这个差别不就说明了曹雪芹并没有完全摆脱宗教和迷信吗？曹雪芹当然是和我们有差别的。他当然不能完全超越他的时代的限制。他不但没有现代的自然科学的知识，而且他虽然对他的阶级和封建社会怀抱不满，却不可能有也不可能看到真正的出路。热爱生活而又有梦幻之感，并不是真正相信宗教而又给小说中的人物以出家的结局，都是可以从这里得到解释的。

真实的人物往往比小说中的人物更为复杂。不承认曹雪芹的世界观中存在着矛盾③，那显然是错误的。从《红楼梦》里面表现出来的曹雪芹的思想已经够复杂了。但他的几个朋友的诗文所描写的他的某些性格，在《红楼梦》里面就还不能全部看到。《红楼梦》开头的那些自述和议论当然就更不能代表他的全部思想。那里面有一些他的重要的艺术见解。那里面说明了这部小说有褒有贬④，并且流露出来了牢骚不平之意。但那里面说这部作品"凡伦常所关之处

---

① 庚辰本十六回眉批："石头记一部中，皆是近情近理必有之事，必有之言。又如此等荒唐不经之谈，间亦有之，是作者故意游戏之笔，耶（聊）以破色取笑，非如别书认真说鬼话也。"

② 庚辰本二十五回眉批："通灵玉除邪，全部百回只此一见"。

③ 《红楼梦问题讨论集》四集，一二八页就有这种意见。

④ 开头就称赞了一些女子，后来又说书上有"指奸责佞，贬恶诛邪之语"。

皆是称功颂德、眷眷无穷"，说"毫不干涉时世"，说作者的动机是告罪天下，说梦幻等字是此书立意本旨，却都是靠不住的。总的看来，他所不满和反对的都是封建社会的不合理的黑暗的事物，他所肯定和赞扬的主要是对于封建统治阶级的叛逆和反抗，是被压迫和被埋没的有才能的妇女，是带有理想色彩的爱情和人对于自由幸福的生活的渴望。虽然他的头脑里也仍然带有一些封建思想和其他消极的思想，对于已经失去的繁华的贵族生活有时也流露出有些留恋，但《红楼梦》里面的积极的进步的内容却是压倒了这一切的。只有王国维那样一些自己原来有浓厚的悲观思想的人，才会把它局部的东西加以夸大，说它是旨在鼓吹"解脱"和"出世"。《红楼梦》对于很多具体事物的否定和肯定，都是出于作者的自觉的。不过在当时的历史条件之下，他不可能整个否定封建社会，整个否定封建统治阶级。在这点上《红楼梦》的客观效果就和作者的主观思想有了很大的差异和矛盾了。在有些人物和情节上，作者的主观认识和客观效果也是有距离的。对于贾政和王夫人，对薛宝钗和花袭人，甚至对于王熙凤，曹雪芹的感情都和读者并不完全一致。许多文章都提到的黑山村庄头乌进孝向贾珍交纳租子那一段，作者的原意不过是要写出贾府已有些入不敷出罢了；但我们现在却从它可以看出贾府的豪华生活是建筑在对于农民的剥削上。这自然是作者未必意识到的。

十一

如果以上的说明符合实际的话，那么我们就可以说，《红楼梦》的内容主要就是这样，从《红楼梦》所表现出来的曹雪芹的思想也大致就是这样。这种内容和思想的性质是怎样的，它们的社会根源是什么，从《红楼梦》问题的讨论到现在，一直是不曾解决的有争论的问题。

先是李希凡同志提出了这样的解释："红楼梦正面人物形象所达到的思想高度，是与当时最进步的思想潮流相互辉映的"；当时最进步的思想潮流"一方面反映了民族斗争，一方面反映了工商业者反对封建压迫的要求"①。邓拓同志的说明就更加明确，更加强调了。他说，"红楼梦应该被认为是代表十八世纪上半期的中国未成熟的资本主义关系的市民文学的作品"，"曹雪芹就是属于贵族官僚家庭出身而受了新兴的市民思想影响的一个典型的人物"，"应

---

① 《红楼梦问题讨论集》三集，三十六页。

该说他基本上是站在新兴的市民立场上来反封建的"①。邓拓同志的这种主张发表以后，李希凡同志说，"在大部分同志之间，对于这一问题才取得了比较一致的看法"②。不但他后来写的文章讲得更肯定了，而且的确有不少的作者都采取了这种说法。有些文章对于《聊斋志异》、《桃花扇》、《儒林外史》等作品也用这种"新兴的市民思想"来解释，而且其中有一篇竟至说《红楼梦》和它们"赋有资产阶级革命期的性质"③。

也有不少的人怀疑或反对这种解释。报刊上曾发表过一部分怀疑或反对的意见。但争论并没有充分地展开。这个问题涉及整个中国的历史，整个中国的思想史和文学史，还有待于这方面的专家们的研究和讨论。我这里所能作的也不过是提出一些怀疑的意见而已。

主张市民说的同志们的论点和看法并不完全相同。为了叙述的方便，我们在这里把不同的作者提出的一些有代表性的理由综合在一起来介绍和评论一下：

首先是有些作者强调清初的资本主义经济因素的萌芽的发展和代表这种萌芽的市民力量的强大。关于这个问题，史学界已经展开了讨论。读了许多辩论的文章，作为一个普通的读者，我觉得那种比较谨慎地承认这种新的经济因素的萌芽的存在、然而又反对加以不适当的夸大和附会的说法是更为符合实事求是的精神的。至于为了壮大当时的市民的声势，把东林党和三合会也说成是代表市民的组织，那恐怕并不恰当。

其次是把黄宗羲、顾炎武、王夫之、唐甄、颜元、戴震这样一些清代的著名的思想家都说成是"新兴的市民"的代表，想用这来证明当时这种性质的思想潮流的普遍，《红楼梦》等文学作品不能处于这种潮流之外。但是这些人的著作都还存留在人间，如果我们不满足于许多论文中的片言只语的摘引和勉强牵合的解释，而去直接阅读他们的原著，就不能不越读越怀疑起来。详细说明这个问题并不是这篇论文的任务。但也不妨略为举几个例子来看看。

要从这些思想家的著作中找出比较明显的好像代表市民的语句是不容易的。所以许多文章都喜欢引用这样两句话：黄宗羲说过的"夫工固圣王之所欲

---

① 《红楼梦问题讨论集》三集，四页、十九页。

② 同上四集，一五四页。

③ 同上四集，八十二页。

来，商又使其愿出于途者，盖皆本也"，王夫之说过的"大贾富民，国之司命"。但我们查一查《明夷待访录》，就会发现黄宗羲所说的"盖皆本也"的工商业并非一般的工商，而不过是限制很严的极少的经营。所以他说"倡优有禁，酒食有禁，除布帛外皆有禁。今夫通都之市肆，十室而九，有为佛而货者，有为巫而货者，有为倡优而货者，有为奇技淫巧而货者，皆不切于民用，一概痛绝之，亦庶乎救弊之一端也。"我看当时的工商界是不会欢迎这样一个思想家作他们的代表的。我们再查一查《黄书》，又会发现王夫之所说的"国之司命"的"大贾富民"也并非一般的商贾，而是"移于衣冠"的"良贾"，而是"冠其乡"的"素封巨族"，而是"豪右之门"，用现在的话说，就是大地主和已经升到大地主之列的大商人。王夫之为什么说他们是"国之司命"呢，也并非因为他们负担了代表资本主义萌芽的光荣任务，而是据这位思想家说，穷苦的劳动人民有困难的时候，遭遇到旱灾水灾的时候，可以去向他们借高利贷。实在扫兴得很，这位著名的思想家说这句话的用意不过如此。黄宗羲和王夫之的这两句话，是被称为可以从它们看出新兴的市民阶级要求的"鲜明的标帜"的①，原来并不鲜明。

说这些思想家代表"新兴的市民"的理由当然还有。比如，说黄宗羲的《原君》一篇"就渗透着近代启蒙思想的色彩"，"虽然还披着古代贤王理想的外衣，而内里却有着完全崭新的内容"②。像这种出现在封建末期的攻击封建帝王的民主思想，或许也可以说是有新的内容的。但这种新的内容到底是反映了当时广大人民的抗议，还是专门地单独地代表市民，也还可以研究。因此，说它"完全崭新"恐怕也就割断了以前的有民主因素的思想的传统。远在先秦，不但孟轲说过"闻诛一夫纣矣，未闻弑君也"，"民为贵，社稷次之，君为轻"这样一些人所共知的名言，而且《吕氏春秋》上也有这样的话："天下非一人之天下也，天下之天下也。"汉朝人撰的《韩诗外传》有一个故事："齐桓公问于管仲曰：'王者何贵？'曰：'贵天。'桓公仰而视天。管仲曰：'所谓天，非苍莽之天也。王者以百姓为天。百姓与之则安，辅之则强，非之则危，倍之则亡。'"汉朝的董仲舒说："且天之生民非为王也，而天立王以为民也。"③

———————

① 《红楼梦问题讨论集》四集，一一九页。

② 同上，一一八页。

③ 以上引文见《吕氏春秋·贵公》，《韩诗外传》卷四，《春秋繁露》："尧舜不擅移，汤武不专杀。"

这都是我国古代的一些可宝贵的思想。而且这种思想传统是并未断绝的。南宋末年的邓牧就曾经写过一篇《君道》。他说"天生民而立之君，非为君也"。他说"彼所谓君者"，"状貌咸与人同，则夫人固可为也"。他又说，"天下何常之有！败则盗贼，成则帝王。"这都是一些很大胆的见解。黄宗羲的《原君》应该说是这些思想的继承和发展，和邓牧的《君道》中的思想尤其接近。戴震的《孟子字义疏证》里面所说的"理"，也被看作"有着'近代'的议题"，"已经有了非常鲜明的新内容，即人与人的平等关系"①。根据是他有这样一段话：

> 理也者，情之不爽失也。未有情不得而理得者也。凡有所施于人，反躬而静思之：人以此施于我，能受之乎？凡有所责于人，反躬而静思之：人以此责于我，能尽之乎？以我絜之人则理明。天理云者，言乎自然之分理也。自然之分理，以我之情絜人之情，而无不得其平是也。

很容易看出，这段话的主要意思是从孔丘的"己所不欲，勿施于人"来的，并不是近代的平等观念。近代的平等观念应该包括政治地位的平等，社会地位的平等，而不是这种古已有之的"将心比心"的思想②。还有几句被许多论文和著作反复地引来引去的话，那就是王夫之"终不离人而别有天，终不离欲而别有理"，"随处见人欲，即随处见天理"，曾被有些作者称为"彻头彻尾的人性解放论"③，"中等阶级反对派的先进思想家"的"人文主义思想"④。这几句话也是需要查对一下原书的。如果我们查一查王夫之的《读四书大全说》卷八，就会发现这些话原来和《孟子》上面的一段话很有关系。孟轲劝齐宣王行王政，齐宣王说："寡人有疾，寡人好货。"孟子说：好货不要紧，只要让百姓也富足，一样也可以王天下。齐宣王又说："寡人有疾，寡人好色。"孟子说：好色不要紧，只要让百姓也婚姻及时，一样可以王天下。王夫之的议论就是对这段话和朱熹以及辅广的注释而发的。所以他说：

> 于好货好色与百姓同之上体认出克己复礼之端，朱子于此指示学者入处

---

① 《红楼梦问题讨论集》四集，一六六页。
② 参看恩格斯《反杜林论》第一编第十节关于"平等"的说明。
③ 《红楼梦问题讨论集》四集，五十五页。
④ 尚钺《中国资本主义关系发生及演变的初步研究》，三○三、二○四页。

甚为深切著明。

下面他批评《四书大全》上所录的辅广对于朱熹的话的解释，说不能把克己和复礼分先后，于是就发挥起他的"终不离人而别有天，终不离欲而别有理"这样一些道理来了。最后他说：

> 孟子承孔子之学，随处见人欲，即随处见天理。学者循此以求之，所谓不远之复者，又岂远哉？不然，则非以纯阴之静为无极之妙，则以夬之厉、大壮之往为见心之功，仁义充塞，而无父无君之言盈天下，悲夫！

读者也许会奇怪，这位被称为市民的代表的思想家怎么居然对朱熹大为称赞呢？所以我们也有必要查一查朱熹的《孟子集注》。原来朱熹的注文是这样的：

> 愚谓此篇自首章至此，大意皆同。盖钟鼓苑囿游观之乐，与夫好勇好货好色之心，皆天理之所有，而人情之所不能无者。然天理人欲，同行异情。循理而公于天下者，圣人之所以尽其性也。纵欲而私于一己者，众人之所以灭其天也。二者之间，不能以发，而其是非得失之归相去远矣。故孟子因时君之问而剖析于几微之际，皆所以遏人欲而存天理，其法似疏而实密，其事似易而实难。学者以身体之，则有以识其非曲学阿世之言，而知所以克己复礼之端矣。

在这段注文中，朱熹的有些话和王夫之的意见差不多，所以"甚为深切著明"的评语就被加上了。当然，应该说句公道话，王夫之和朱熹是有区别的。就是在这段话中，朱熹虽然承认了"钟鼓苑囿游观之乐，与夫好勇好货好色之心，皆天理之所有，而人情之所不能无"，但后来还是提出了"遏人欲而存天理"。但把孟轲和王夫之比较又怎样呢？王夫之的这些话虽然说得更概括，更理论化一些，孟轲对于钟鼓苑囿游观之乐和好勇好货好色之心一概承认其有合理的因素，不也同样是适当地肯定了人欲吗？可见适当地肯定人欲未必一定是"新兴的市民"才有的思想。还有一位同志引了这样一段话，把它作为黄宗羲主张个性解放的证据：①

---

① 《红楼梦问题讨论集》四集，一一九页至一二〇页。这位作者注明是"引文"，但在引文前却又这样写道："黄黎洲也同样说过。"

人心本无所谓天理，天理正从人欲中见。人欲恰好处即天理也。向无人欲，则亦无天理之可言矣。

但我们查一查《南雷文案》卷八的《陈乾初先生墓志铭》，原来这根本不是黄宗羲的，而是陈确的话，怎么能够引来证明黄宗羲主张个性解放呢？陈确是黄宗羲的朋友。黄宗羲既然在他的墓志铭中特别引出这段话，也许总会是赞成的吧？但就在这篇墓志铭中，黄宗羲就说："其于圣学，已见头脑。故深中诸儒之病者有之；或主张太过，不善会诸儒之意者亦有之。"① 原来他还是有保留的。我们再查一查《南雷文案》卷三《与陈乾初论学书》，就更会大吃一惊，原来黄宗羲对陈确的这段话曾经大反对而特反对：

老兄云："周子无欲之教，不禅而禅。吾儒只言寡欲耳。人心本无所谓天理，天理正从人欲中见。人欲恰好处即天理也。向无人欲则亦无天理之可言矣。"老兄此言，从先师"道心即人心之本心，义理之性即气质之本性"，"离气质无所谓性"而来②。然以之言气质言人心则可，以之言人欲则不可。气质人心是浑然流行之体，公共之物也；人欲是落在方所，一人之私也。天理人欲正是相反。此盈则彼绌，彼盈则此绌。故寡之又寡，至于无欲，而后纯乎天理。若人心气质，恶可言寡耶？"枨也欲，焉得刚"，子言之谓何？"无欲故静"，孔安国注《论语》"仁者静"句，不自濂溪始也。以此而禅濂溪，濂溪不受也。必从人欲恰好处求天理，则终身扰扰，不出世情，所见为天理者，恐是人欲之改头换面耳。

这篇论学书题下注明"丙辰"，即一六七六年，黄宗羲已六十六岁。《陈乾初先生墓志铭》未注明是哪一年写的。但陈确死于丁巳，即一六七七年，作墓志铭当不会隔得太久。难道黄宗羲原来这样坚决地反对这种所谓市民思想，等到

---

① 黄宗羲晚年编定的《南雷文定》后集卷三中仍有这几句话。只有在更晚的《南雷文约》中却删去了，改为"乾初论学，虽不合诸儒，顾未尝背师门之旨，先师亦谓之疑团而已"。这样，对他的死友好像没有什么批评了。但仅称之为"疑团"，仍然并不是完全肯定陈确的意见。

② 先师指刘宗周。这里所引的刘宗周的话见《明儒学案》卷六十三《蕺山学案》中的《语录》。

他的朋友一死，忽然又变成了所谓市民思想家吗？恐怕还是陈确的这一类的话未必是"在本质上反映着新兴的市民阶级强大的要求"吧。清初有些思想家对于人欲的适当肯定，是对于程朱学派的否定人欲的反动。这应该是反映了长期受到封建礼教压迫的人民的抗议，而不像是仅仅代表了所谓新兴市民的要求。

我想不必再多举例子了。这已经很可以说明我们有些同志的论点的根据是一点也经不起查对原书的。把清代的王夫之、黄宗羲、唐甄、戴震等人称为代表"萌芽状态中的市民政治思想的主要人物"①，把王夫之、黄宗羲、顾炎武、颜元等人的思想倾向说为"接近于代表城市中等阶级的反对派"或"接近于代表城市平民反对派"②，本来是有些研究中国历史和中国思想史的同志的主张，并不是讨论《红楼梦》问题时的新发现。这些同志的著作提出了许多材料，并且试图用马克思主义的观点来解释许多历史现象，我们研究《红楼梦》的人是可以参考的。但由于这些问题还大有讨论之余地，我们应该抱有独立的研究态度，不宜把他们的看法和材料不加考察就盲目相信和照样抄引。清代这些思想家的思想的性质，产生的原因，以及他们的共同之处和差异，都是涉及许多复杂的问题的。详细说明这些问题不但不是这篇论文的任务，而且也不是我的能力所能胜任。还是希望治中国历史和中国思想史的同志们用实事求是的态度多作一些研究和讨论吧。我在这里不过是提出我的怀疑：我觉得断定这些思想家代表"新兴的市民"的理由并没有足够的说服力，而且完全经不起认真的考察。马克思主义的结论应该建立在大量的可靠的材料的基础上，而且对于这些材料的研究和说明必须采取严格的实事求是的态度。孤立地或者片面地摘出一些话来，而且加以牵强的解释，我看是不能解决问题的。对于清代的这些著名的思想家，我决无菲薄之意。虽然他们的思想和成就是有差别的，而且其中有些人差别很大，但大体上说来，都是一些当时的杰出的人物。黄宗羲、顾炎武和王夫之不但在思想上学术上各有各的独特的贡献，而且他们那种坚持民族气节、至死不屈的精神也令人敬佩。黄宗羲、顾炎武和唐甄的思想中的民主成分更比较显著。应该说在不同的方面，不同的程度上，他们的思想和学说的某些部分是反映了当时的人民的要求。我们也不能把当时的市民排除在人民的范围之外。我所怀疑的不过是现在有些同志把他们思想中的许多好的部分都一概归

---

① 吕振羽《中国政治思想史》，五八三页。

② 侯外庐《中国早期启蒙思想史》，三五、三六、一四六、二四一等页。

结为代表"新兴的市民阶级",而且对他们思想中的封建性的一方面却避而不谈，这实在和他们的著作所客观呈现出来的他们的思想面貌不符合而已。在这些思想家中，或许王夫之的政治思想是封建性最浓厚的。如果说他反对农民起义那还是当时一般封建地主阶级的知识分子所共有的限制，他那样强调"君臣之义"，反复说"君臣者，彝伦之大者也"，"君臣之义，生于性者也，性不随物以迁，君一而已，犹父不可有二也"，甚至认为"非是则不能以终日"①，却就比黄宗羲在《原君》中表现出的政治思想落后多了。他还强调"辨男女内外之别"，说"妇人之道，柔道也"，"天地之经，治乱之理，人道之别于禽兽者在此也"②。他对封建等级制的拥护尤为狂热。他为封建社会里"士之子恒为士，农之子恒为农"，"倡优隶卒之子弟"不准参加科举辩护，甚至说草野市井之中没有"令人"③。他说南北朝重门阀为"三代之遗"，"天叙天秩之所显"④。封建科举制度是那样腐败，他却认为它可以"别君子野人"⑤。他甚至低毁庶民为禽兽⑥。他反复强调"民可使由之，不可使知之"，认为"后世庶人之议，大乱之所归也"⑦。他说："天下之大防二：夷狄华夏也，君子小人也。"⑧关于"君子小人"之"大防"他作了这样的说明：

> 君子之与小人，所生异种。异种者，其质异也。质异而习异，习异而所知所行蔑不异焉。乃于其中自有其巧拙焉。特所产殊类，所尚殊方，而不可乱。乱则人理悖，贫弱之民亦受其吞噬而憔悴。防之于滥，所以存人理而裕人之生，因乎天也。呜呼，小人之乱君子，无殊于夷狄之乱华夏；或且玩焉，而孰知其害之烈也！小人之巧拙自以类分。拙者安拙而以自困，巧者炫

---

① 《读通鉴论》卷二十七、卷二十、卷五。

② 同上，卷五。

③ 同上，卷十。

④ 同上，卷十五。

⑤ 同上，卷二十三。

⑥ 《俟解》："小人之为禽兽，人得而诛之。庶民之为禽兽，不但不可胜诛，且无能知其为恶者。不但不如其为恶，且乐得而称之，相与崇尚而不敢逾越。学者但取十姓百家之言行而勘之，其异于禽兽者百不得一也。""庶民者，流俗也。流俗者，禽兽也。"

⑦ 《读通鉴论》卷七、卷十。

⑧ 同上，卷十四。"夷狄华夏"四字原缺。据下文补。

巧而以贼人。拙者，农圃也，自困而害未及人者也。然夫子未尝轻以小人斥
人，而指斥樊迟，恶之甚，辨之严也。汉等力田于孝弟以取士，而礼教凌
迟。故曰，三代以下无盛治。夫以农圃乱君子，而弊且如此，况商贾乎？商
贾者，于小人之类为巧，而蔑人之性，贼人之生已亟者也。乃其气恒与夷狄
而相取，其质恒与夷狄而相得，故夷狄兴而商贾贵。

王夫之所强调的这两个"大防"是他的最根本的政治思想。强调"夷狄华夏"
之"大防"是反对满民族的压迫和统治，客观上不无积极的作用，但这种思想
的性质仍然是封建的。至于强调"君子小人"之"大防"那就更彻头彻尾是反
动的封建思想了。特别值得注意的是他对商贾的态度。他盛赞刘邦"不令贾人
衣丝乘车，重租税以困辱之"，称他为"知政本"①。他说，"农人力而耕之，
贾人诡而获之，以役农人而骄士大夫，坏风俗，伤贫弱，莫此甚焉"，所以主
张"重其役""以抑末而崇本"②。他反对"盐之听民自煮，茶之听民自采"③。
他说，"割盐利以归民"，"所利者豪民大贾而已；未闻割利以授之豪民大贾
而可云仁义也"④。对这样大量存在的材料置之不理，或者加以隐蔽，反而断
定王夫之为代表"新兴的市民"的思想家，实在不能不使人觉得十分奇怪了。

清代这些思想家是否代表市民，这是我们研究清初和稍后的文学应该考察
的一个方面，但他们的学说的性质和《红楼梦》的思想内容时性质并不一定一
致。如果小说本身真是明显地反映了当时的市民的观点和要求，我们不能以这
些思想家并不代表市民来否定；反过来，如果小说本身没有这样的内容，这些
思想家就是代表市民也不能用来证明这部小说是市民文学。因此，最重要的还
是要去分析作品。主张市民说的作者们在这方面也是提出了一些理由的。有的
说，贾宝玉和甄宝玉"本是一人，终于分化成为两人，且是相反的两人，就表
明着当时社会正是处于一个分化的过程：旧的人物在衰落着、死亡着，新的人
物在诞生着、发育着。这表明着一个新兴的阶级即市民阶级正在抬头和说明着
当时的社会正在发生着急剧的变化"⑤。有的说，《红楼梦》里面说过"除了

---

① 《读通鉴论》卷二。
② 同上，卷三。
③ 同上，卷二。
④ 同上，卷九。
⑤ 《红楼梦问题讨论集》三集，一一八页。

'明明德' 外就无书了"，在曹雪芹，这 "明德" 正是 "个性的天真"。他主张
"明明德" 就是主张个性解放①。还有人把《红楼梦》、《儒林外史》和《聊斋
志异》的反对科举也算成 "作为新兴的市民社会力量之反映的近代民主思想的
主要内容" 之一②。为了节省篇幅，这些显然是牵强附会、甚至可以说只能作
为谈笑资料的说法我们就不一一评论了。比较值得考虑的是这样几个理由：说
曹雪芹有平等的思想，有个性解放的思想，有以思想一致为爱情的基础的新的
进步的婚姻观。如我们在前面所说明的，曹雪芹以一种敢于向封建秩序挑战的
大胆的精神写出了他所见到的封建社会的男女不平等，写出了许多聪明的有才
能的女子都受到埋没和摧残。从这种现实主义的描写和揭露，我们是可以引申
出男女应该平等的结论来的。对于封建等级制他也和王夫之的态度不同。他虽
然不曾明白反对，但也并不积极拥护。他把从贵族家庭出身的女子列入金陵十
二钗正册，把作妾作丫头的女子列入金陵十二钗副册或又副册，说明他并没有
完全摆脱了封建等级观念，但他对许多社会地位低下的女子却给予了同情和赞
扬。不过我们知道，平等这一概念是有不同的内容的。恩格斯在《反杜林论》
中说明过： "一切人，作为人来说，相互之间都有一些共同之点，在这共同点
所涉及的范围内，他们是平等的———这样的观念自然是自古已有的。"市民
阶级所提出的近代的平等要求却是商品生产的反映，却是 "为着工业和商业的
利益"，因而它所要求的是政治上和法律上的平等。《红楼梦》里面所包含的
一定程度的平等思想更接近前者而不像是后者。封建社会的男女不平等是长期
地普遍地存在的事实。观察锐敏的有人道主义精神的现实主义的作家是可以从
生活中直接发现这种残酷的真实，而且加以描写的。所以唐代的诗人白居易就
有这样的诗句： "人生莫作妇人身，百年苦乐由他人"。而封建社会的不少传
说、戏曲和小说更常常把其中的女子描写得比男子出色。尊重个性的思想也有
和这相似之处。封建主义对于个性的束缚也是长期地普遍地存在的事实。对于
这种束缚的不满和反对是可以很早就发生的，不一定要以资本主义萌芽的存在
和发展为前提。远在三国时的嵇康，就是一个 "为礼法之士所绳，疾之如仇"
的人物。他不喜酬答，不喜吊丧，也不耐烦 "官事鞅掌"， "裹以章服，揖拜

---

① 《红楼梦问题讨论集》，四集六十页。

② 同上，八十二页。

上官"①。这和《红楼梦》里面所描写的贾宝玉，"懒与士大夫诸男人接谈，又最厌峨冠礼服，贺吊往还等事"，叫"读书上进的人"为"禄蠹"，是很相似的。曹雪芹还不敢把贾宝玉写成非难孔丘和四书。而嵇康却公然"非汤武而薄周孔"，②公然说"不学未必为长夜，六经未必为太阳"③：

> 六经以抑引为主，人性以从纵为欢。抑引则违其愿，纵欲则得自然。然则自然之得，不由抑引之六经；全性之本，不须犯情之礼律。固知仁义务于理伪，非养真之要求；廉让生于争夺，非自然之所出也④。

可惜的是嵇康生得太早了，他生在三世纪。如果他生在明末清初，岂不也就很可能被我们今天的某些作者给他加上代表"新兴的市民"的主张个性解放的思想家或文学家的头衔吗？至于以思想一致为爱情的基础，而且是以一种进步的思想为基础，我们在前面也说明过，这的确是一种至今仍然适用的恋爱原则。但这种恋爱观和婚姻观是否只有市民阶级才能提出，也是很可怀疑的。恋爱和婚姻既然不只是在市民中间才有的生活现象，关于它们的理想也就不一定要市民才可以提出。

我们在讨论清代的几位思想家和《红楼梦》的思想的性质的时候，常常提到它们的某些内容都有过去的传统。这并不是说，新兴的阶级的思想就不要继承或利用过去的传统；更不是说，从过去找得到和它们相类似的思想就可以证明它们不是新兴的东西。问题的关键是在这里：新兴的阶级的思想除了这种和过去的传统的继承关系或相类似而外，还必须有质的差异，还必须有它那个阶级特有的色彩。而我们从清代的几位思想家和《红楼梦》的思想中都找不到这种质的差异，这种特有的色彩。

确定曹雪芹基本上是站在"新兴的市民"的立场上，而又说他"找不到出路"，⑤这本身好像就是矛盾的。既然是"新兴的"，为什么又没有"出路"呢？说是当时的资本主义关系还未成熟。还未成熟，不正是很有希望，很有发展前途吗？曹雪芹从封建地主阶级看不见希望，从别的阶级也没有看到什么出路。

---

① 《与山巨源绝交书》。
② 《与山巨源绝交书》。
③ 《难自然好学论》。
④ 《难自然好学论》。
⑤ 《红楼梦问题讨论集》三集，二十二页。

《红楼梦》里面没有出现代表资本主义萌芽的"新兴的市民",但商人却是写到了的。贾芸的舅舅就是一个开香料铺的商人。他把这个商人写得很刻薄,而且给他取个名字,叫做"卜世仁"。"卜世仁"很可能就是"不是人"的谐音①。他还写到了两家不是一般商人的皇商。一是薛家。薛家开有当铺。史湘云、林黛玉不认得当票,薛姨妈给她们说明了缘故。她们笑道:"原来如此。人也太会想钱了。"这是作者对于高利贷的态度。薛蟠想跟伙计出去做买卖,薛姨妈不放心他去。薛宝钗劝她同意,并且把做买卖叫做"正事"。这倒有些和"工商""皆本"的说法相似。但可惜主张市民说的同志们也并不把薛宝钗看作正面人物,看作"新兴的市民"的代表。还有一家是夏家。夏金桂却写得那样不堪。可见作者和吴敬梓一样,是有他的阶级偏见的。他们都很讨厌这一类的"大贾富民"。

十二

在市民说之外,还有一种对于《红楼梦》的思想性质的解释。为了叙述的方便,不妨把它简称为农民说。在许多问题上它都是和市民说针锋相对的。

市民说认为:十八世纪上半期的中国封建社会"不同于以前的任何时期",因为"在封建经济内部生长着新的生产力和生产关系的萌芽,代表着资本主义关系萌芽状态的新兴的市民社会力量有了发展"②。农民说认为:"《红楼梦》所反映的社会,按其实质说来,还是封建制度子夜时期的社会,当时根本矛盾和根本问题只能是封建地主阶级和农民之间的矛盾","其中的进步的、革命的、人民的方面,只能是农民以及以农民为首的劳动人民"③。

市民说认为:"从对于社会矛盾的深刻的揭露上,从对于反面人物的无情的批判上,从对正面人物的新的思想、新的性格及其对他们的热烈的歌颂上,都可以看出《红楼梦》的人民性是以带有前资本主义期的性质和色彩的近代民主思想为内容的"④。农民说认为:"就产生在这个时期中的文学作品的人民

---

① 庚辰本第二十四回关于"卜世仁"的批语:"既云不是人,如何肯共事。想芸哥此来空了。"

② 《红楼梦问题讨论集》三集二页。

③ 《人民日报》一九五四年十一月二十九日第三版《对〈红楼梦〉研究问题的意见》。

④ 《红楼梦问题讨论集》四集九十四页。这篇文章主要赞成市民说,但同时又说《红楼梦》也反映了农民和封建统治阶级之间的矛盾,和农民说并非完全对立。这里只是借用它的一些话来代表这一类的意见。以下有些引文也是这样。

性而论，如果不是从农民以及以农民为首的劳动人民的革命的发动、革命的思想感情和愿望以及他们对于封建制度的憎恨、仇恨吸取源泉，那它就根本没有任何人民性可言"①。

市民说认为："《红楼梦》反映了反对科举、反对礼教、反对等级、主张男女平等、主张婚姻自由和要求个性解放等进步思想"，"这些思想正是作为新兴的市民社会力量之反映的近代民主思想的主要内容，在以前的中国古典现实主义文学作品中，这些思想是薄弱的，或者没有的"②。农民说认为："争取个性解放、婚姻自由的民主自由思想"，"在封建社会内，这也是农民以及以农民为首的劳动人民的思想。农民以及以农民为首的劳动人民的这种思想，一直是比资产阶级的这种思想要坚强得多，并且早就在许多文学作品和民间故事里提出来了"③。

市民说认为："正因为曹雪芹是站在新兴的市民阶级方面，并以先进的民主思想为指南认识现实、反映现实的，所以他能够无比深刻地揭露当时社会的各种矛盾"④。农民说认为：正是酝酿着起义的农民群众的革命情绪，"构成了曹雪芹深广的社会批判的主要动力"⑤。

市民说认为：《红楼梦》的"虚无主义和宿命论的色彩"是反映了"新兴市民社会力量的脆弱性和它的历史命运"⑥。农民说认为：这是反映了"农民的反抗"和"失败"⑦。

我们说市民说是可怀疑的。那么农民说又怎样呢？

从我们所作的这些摘引就可以看出，农民说同样有许多牵强不妥之处。

没有问题，曹雪芹当时的社会的主要矛盾仍然是封建地主阶级和农民的矛盾。但为什么要把封建社会的人民的范围划得那样狭窄，好像只有农民以及以农民为首的劳动人民才是人民呢？为什么要把封建社会的文学作品的人民性也解释得那样狭窄，只能从农民以及以农民为首的劳动人民的"革命的发动、革

---

① 《人民日报》一九五四年十一月二十九日第三版《对〈红楼梦〉研究问题的意见》。
② 《红楼梦问题讨论集》四集八十二页。
③ 《人民日报》一九五四年十一月二十九日第三版《对〈红楼梦〉研究问题的意见》。
④ 《红楼梦问题讨论集》四集八十四页。
⑤ 同上三集一四三页至一四四页。
⑥ 同上，二十二页。
⑦ 同上，一四四页。

命的思想感情和愿望以及他们对于封建制度的憎恨、仇恨"去吸取呢？而且说构成曹雪芹的创作的主要动力的还不是一般的农民的思想感情，而是正在酝酿着起义的农民群众的革命情绪，这又有什么根据？

同样没有问题，从《红楼梦》里面是可以看到曹雪芹对于农民的同情和好感的。秦可卿出殡的时候，贾宝玉路过一个村庄。农民常用的锹镢锄犁等物他都不认识。人家对他说明以后，他点头叹道："怪道古人诗上说，'谁知盘中餐，粒粒皆辛苦'，正为此也。"作者把刘姥姥写得健康而又忠厚。按照作者的计划，贾府衰败以后，她还要成为援救巧姐的恩人。这都可以看出曹雪芹对于农民的态度。但《红楼梦》的主要内容并不在这些地方。我们在前面分析过的那些内容，都很难用什么正在酝酿着起义的农民群众的革命情绪来解释。就是对于刘姥姥，一方面是同情，另一方面也带着嘲笑。这仍然流露出来了他的阶级偏见。对于农民的反抗，他在第一回更这样写道："偏值近年水旱不收，鼠盗蜂起，无非抢田夺地，鼠窃狗偷，民不安生。"第七十九回的《姽婳词》也是称起义的农民为"流寇"为"贼"，而且歌颂了因为镇压农民而战死的恒王和他的姬妾。难道这样的话这样的诗也可以看作是正在酝酿着起义的农民群众的革命情绪的表现吗？

很显然，这样的农民说是既不能解释我国封建社会的文学的历史，也不能解释《红楼梦》的。

主张农民说的人还有这样一个根据：

俄罗斯革命民主主义艺术家车尔尼雪夫斯基认为："只有这种文学的倾向才能达到辉煌的荣誉，它是在有威力和重要的思想的影响下产生的，并且符合时代的迫切需要。""所有现代欧洲文学引以为荣的作家们，无例外地都是被那成为我们时代动力的一种精神所激动着的……反之，这些天才家，如其他们的作品里没有浸染着这种精神的话，那不是依然默默无闻，便是博得了一种决不令人欢喜的名声，因为他们并没有作出一部配享盛名的作品。"①那么，曹雪芹在其无情地批判本阶级罪恶的时候，已经通过自己头脑的"折光"，不自觉地或不完全自觉地被那成为"时代动力的一种精神"，无疑地也

---

① 引用者原注："转引自谢尔宾纳著、曹庸译：《车尔尼雪夫斯基美学的主要特点》。"旁点为引用者所加。

就是正在酝酿着起义的农民阶级的革命精神所浸染着、激动着。他在写《红楼梦》时已经没落到"贫穷难耐凄凉",也就可能接近人民生活,从而获得革命精神的影响(具体过程还有待于进一步的探究)。既然曹雪芹无保留地揭露了地主阶级的罪恶,宣告了它的死刑,也就必然意味着,他是由下而上,从被剥削阶级,从身受其害者的角度来观察他们,否定他们的。正是农民群众的革命情绪,构成了曹雪芹深广的社会批判的主要动力①。

这里所引的车尔尼雪夫斯基的话见于《俄国文学果戈理时期概观》。对于译文的引用,我们有时候也是需要查对原书的。要比较完全地看出这段话的意思的译文应该是这样:

> 只有那些在强大而蓬勃的思想底影响之下,只有能够满足时代底迫切要求的文学倾向,才能得到灿烂的发展。每一个时代都有它的历史的事业,都有它的特殊的追求。我们这时代的生活和光荣是由这两种彼此紧紧相连而又互相补充的追求构成的:人道精神和关于改善人类生活的关心……凡是新的欧洲文学所赖以自豪的一切人——大家都受到这种推动我们时代的生活底追求所鼓舞,毫无例外。贝朗日、乔治·桑、海涅、狄更斯、萨克莱的作品,它们也是受到人道主义和改善人的命运的思想底启示。而那些在生活中没有贯穿着这些追求的有才能的人,他们或者默默无闻,或者得到的完全不是有利的名声,因此就创造不出什么值得称颂的光荣②。

读者们不要嘲笑和奇怪:"你怎么在论文里做起翻译的校正来了?难道你这篇论文还不够冗长吗?"我们在这里碰到的是一种很重要的现象,一个很典型的例子。这是值得花一点篇幅来评论一下的。我们在许多论文里面常常见到这样一种情形:它们的作者不是认真地去分析问题本身,不是对问题的各个方面去作必要的考察,这样来寻求问题的解决,却是引用了一些名人的话,就以之为根据、为前提来得出结论。这些被引用的话好像是最高法院的判决书,是不能上诉的。我们当然不能绝对地完全地否定引用前人的话。世界上从古至今的事

---

① 《红楼梦问题讨论集》三集,一四三至一四四页。旁点为原文所有。
② 辛未艾译《车尔尼雪夫斯基论文学》上卷五四八至五四九页。

情和问题是那样众多，我们不可能每一项都自己去从头研究一遍。而且马克思主义的经典作家们的著作都是以大量的材料为基础、经过了深思熟虑的科学的研究的结果。很多问题他们都已经解决。不充分地重视和利用他们的正确的结论就是不要理论的指导。然而这种以引用名人的话来代替自己的思考和研究的风气无论如何是很坏的。第一，世界上从古至今的名人很多，他们的话未必句句都正确。第二，即使他们的话是正确的，也未必和我们所碰到的问题完全适合。自然和社会都不断地在提供着新的问题，他们不可能预先知道今天的一切问题，给我们都准备好了答案。第三，即使他们的话是正确的，如果我们习惯于盲目引用，不肯多加思考，还有一种可能，就是我们的理解未必对。我们这里的例子就接近于第三种情况。车尔尼雪夫斯基所说的他那个时代的"追求"或"精神"本来是很广泛的，那就是明白地重复地说了的"人道主义和改善人的命运的思想"。这种广泛的精神或思想其实曹雪芹也是有的。然而我们的引用者却好像不满足于这种说法，不知是有意还是无意，竟至把点明这个主要思想的句子删节去了，①硬在译文的"动力"二字上做文章，于是就得出正在酝酿着起义的农民群众的革命情绪构成了曹雪芹深广的社会批判的主要动力这种奇异的结论来了。尽管这种渺茫的说法在曹雪芹的传记材料和《红楼梦》里面都一点也找不到证明，也不要紧，因为这是根据车尔尼雪夫斯基的话！

　　读者们会说，"对，这是教条主义。"不但这样地运用车尔尼雪夫斯基的话是教条主义，而且用农民说来解释《红楼梦》，本身就是一种教条主义的表现。这些作者大概都记熟了"封建社会的主要矛盾是农民阶级与地主阶级的矛盾"，"在中国封建社会里，只有这种农民的阶级斗争、农民的起义和农民的战争才是历史发展的真正动力"这样一些结论。这些结论是用马克思主义的观点来研究中国的历史的结果，当然是正确的。但这是就整个封建社会和它的历史来说。至于封建社会的文学家和文学作品，那却是情况非常复杂的，差异很大的，怎么能够都用这样的结论来解释呢？曹雪芹从封建官僚家庭出身，就是他破落以后，也还是和封建地主阶级的知识分子往来最多。他住在北京西郊。他当然可能和郊区的农民接触，但那也不会很多很深入。所以《红楼梦》里描

---

　　① 引用者所根据的译文就略去了"我们这时代的生活和光荣是由这两种彼此紧紧相连而又互相补充的追求构成的：人道精神和关于改善人类生活的关心"这样一句话，但"贝朗日、乔治·桑、海涅、狄更斯、萨克莱的作品，它们也是受到人道主义和改善人的命运的思想的启示"这句话却是有的（只是文字上略有出入），不知为什么引用者也把它删去了。

写的主要还是他最熟悉的生活和人物，而关于农民和农民生活的描写却非常少。这样一个作家，他从哪里去接受正在酝酿着起义的农民阶级的革命精神革命情绪的影响呢？这样一部作品，又从哪里可以看出它反映了这种革命精神革命情绪呢？

用市民说来解释清初的思想家和《红楼梦》，其实也是一种教条主义的表现。这是搬运关于欧洲的历史的某些结论来解释中国的思想史和文学史。这些作者把清初看作欧洲的文艺复兴时期，因而对清初和稍后的许多著名的思想家和文学家都加以"新兴的市民"的代表的头衔。"中等阶级反对派"和"平民反对派"，这是恩格斯在《德国农民战争》中对于当时德国的不同的市民集团的分析，现在也被用在清初和稍后的某些思想家身上了。其实中国的历史和欧洲的历史，中国的思想史文学史和欧洲的思想史文学史，是有很多具体的差异的。中国封建社会里没有欧洲中世纪那种市民当权的城市。中国历史上也找不出和文艺复兴相当的那样一个历史时期。如果不是牵强附会地而是客观地去观察清初和稍后的思想和文学的状况，很容易看出它们和欧洲文艺复兴时期的思想和文学的面貌实在大不相同。为什么清代那些杰出的思想家的思想，只能以资本主义萌芽和"新兴的市民"为它们的社会基础呢？难道从中国封建社会发展到它的末期、它的各种矛盾日益尖锐化这一总的原因以及明王朝的崩溃和灭亡、满民族的入侵和压迫、宋明理学及其流弊所引起的不满和反对等具体的原因，就不可以得到解释吗？这些思想家的思想，有的表现为强调"夷狄华夏之大防"或"保天下者，匹夫之贱与有责焉"；有的表现为针对封建统治，特别是针对明朝的统治的各种积弊和问题，提出了一些积极的带有民主性的政治主张或仅仅是企图加以补救的改良的办法；有的表现为对宋明理学整个的否定或部分的修正，或仅仅是提出了对它们的流弊的反对和批评——我看都是和这些原因很有关系的。所以我说，在不同的方面，不同的程度上，他们的思想和学说的某些部分是反映了当时的人民的要求，然而又不能简单地把它们归结为只是代表市民，尤其不能归结为只是代表所谓"新兴的市民"。清代出现了《儒林外史》、《红楼梦》这样一些小说，也未始不可以从这里去得到解释：中国封建社会发展到它的末期，它的黑暗和腐败日益显露，必然要激起广大的人民以及一部分从封建统治阶级内部分化出来的知识分子的不满和反对，而长期存在的民主性的思想传统和现实主义的文学传统，包括最初是从市民社会生长起来的白话小说的传统，也必然要在这样社会条件下发展，而且这种发展必然要在文学上得到新的杰出的表现。这样的解释虽然是很粗略的，虽然还并不是深入的研究的结果而仅仅是凭我们现有的一般的知识提出来的，也比简单的直接的市民说更为合理，更为符合这些作品的客观面貌。

用农民说或市民说来解释《红楼梦》的同志们，总的理由其实不外乎是这样一个：它对封建地主阶级和许多封建制度都作了深刻的批判。农民和市民当然都是有反封建的要求的。但对封建主义怀抱不满的人并不限于农民和市民。中国的思想史和文学史都告诉我们，从封建统治阶级的知识分子当中常常分化出一些不满分子和有叛逆性的人物来。《红楼梦》里面所描写的那些丫头，她们的身分既不是农民，也不是市民，然而我们却不能因此就把她们排斥在封建社会的人民范围之外，而且不能不承认她们也有反封建的要求。所以对封建秩序封建主义怀抱不满是封建社会的被压迫的广大人民所共有的，甚至在封建统治阶级内部也可以出现一部分这样的分子。而且这些分子很熟悉他们所从出身的封建统治阶级的生活和人物，很了解那种生活的腐败和那些人物的灵魂，再加上他们有高度的文化修养，包括文学修养，因而从他们当中就可以产生出一些深刻地批判封建社会的现实主义的作家。吴敬梓和曹雪芹都是这样的作家。我们怎么能够因为《红楼梦》深刻地批判了封建统治阶级和许多封建制度，就断定它的作者是站在农民的立场上或者市民的立场上呢？何况还不是一般的农民，一般的市民，而是正在酝酿着起义的农民或代表资本主义萌芽的市民？像《水浒》，那的确主要是反映了农民的革命情绪的。它不但以农民起义为题材，而且对农民起义和农民领袖是那样同情，那样赞扬，对造成农民起义的封建统治和镇压农民起义的封建官僚充满了火一样的憎恨。像宋元明的话本和拟话本，那也的确是大量地反映了市民的生活和思想的。它们把商人和手工业者作为小说中的正面人物和主人公，这在中国文学史上是一个很重要的新的变化。而且例如《卖油郎独占花魁》和《迁居奇程客得助，三救厄海神显灵》①那样的作品，或者对男女爱情有它的特别的看法，提倡什么"帮衬"，说"只有会帮衬的最讨便宜"，或者对于海神也幻想她化作美女来和商人同居，帮助他囤积居奇，获得暴利，那就的确只能用市民思想来解释了。从《红楼梦》的主要内容却找不出这种特别的色彩。《红楼梦》的全部内容所表现出来的作者的思想都可以用这样一句话来概括，而且这种概括要比农民说和市民说自然得多，合情合理得多：它的作者的基本立场是封建地主阶级的叛逆者的立场，他的思想

---

① 见《醒世恒言》和《二刻拍案惊奇》。

里面同时也反映了一些人民的观点。前者是和人民相通的；后者是直接地或间接地受到了人民的影响。曹雪芹在他少年时代的繁华生活里，可以遇到类似晴雯和鸳鸯那样的丫头，类似焦大那样的老仆人，类似刘姥姥那样的穷亲戚；在他坠入困顿以后，就更可能同城市和郊区的人民有些接触。这就是直接的影响。他所继承的以前的富有民主性的思想传统和富有人民性的文学传统，其中必然也包含有人民的思想和观点。这就是间接的影响。封建社会的人民自然主要是农民和市民，但不能缩小到只是农民或只是市民，尤其不能缩小到只是正在酝酿着起义的农民或只是代表资本主义萌芽的市民。文学理论上的人民性这个术语有存在之必要，正是因为有许多作品都并不能用这种狭隘的简单的农民说或市民说来解释。

应该说明，用市民说来解释我国封建社会的某些文学现象，是比较农民说更为流行的。不仅对于清代的一些杰出的作品，而且还有作者认为现实主义的产生和资本主义的出现分不开，认为中国从南宋以后，在封建社会中就孕育着资本主义的萌芽，就从市民中间产生了话本，所以中国的现实主义的历史开始于南宋，即第十一到十二世纪，而不会更早①。这些看法涉及文学这种上层建筑和基础的关系这一根本理论问题。虽然马克思、恩格斯一直是把文学、哲学这一类"更高地飘浮在空中"的意识形态和政治、法律加以区别，明确地指出过艺术的某些繁荣时代并不和社会的一般发展相适应，经济对于文学、哲学的最后决定作用大半是间接的，而且对于这些意识形态的本身的传统不可忽视，但我们有些作者仍然常常把文学、哲学这一类上层建筑和基础的关系看得那样简单，那样直接，那样机械。正是由于这种机械的观点，他们才局限于用资本主义萌芽和新兴市民的思想来解释《红楼梦》和清代的那些思想家，不愿考虑产生它和他们的更为复杂也更为符合实际的社会根源；而且甚至对同资本主义萌芽和市民本来没有什么必然的关系的中国文学史上的现实主义的形成问题，也不能不借助于这种流行的对于马克思主义的误解了。

做过实际工作的人都会有这样的体会，我们在工作中努力了解客观的情况，努力使我们主观的认识和客观的情况相符合，还常常有犯主观主义的错误的可能。如果我们看问题本来就主观片面或者本来就有教条主义的倾向，那就更不用说了。学术工作也是如此。我国的学术有许多很可宝贵的优良的传统，

---

① 《文艺报》一九五六年第二十一号：姚雪垠《现实主义问题讨论中的一点质疑》。

但牵强附会的传统也是很古老的，是从汉朝起就大量存在的。这种老的牵强附会再加上新的教条主义，学术工作中的主观主义现象就显得相当普遍了。这种主观主义不克服，我们的学术水平是很难提高的。

十三

我们在前面分析的是曹雪芹的八十回的《红楼梦》。对于高鹗所续的后四十回，只是偶尔涉及，并没有把它放在一起来评论。这是不得不如此的。我们对曹雪芹的《红楼梦》给予了最高的赞扬，称它为伟大的不朽的作品，称它为我国小说艺术成就的最高峰。如果把这样的评语用在高鹗的续书上，那就很不适当了。

后四十回还没有确定为高鹗所续的时候，早就有人对它深为不满了。清代的一位距曹雪芹并不太后的作者说："此四十回全以前八十回中人名事务，苟且敷衍。若草草看去，颇似一色笔墨，细考其用意不佳，多杀风景之处。故知曹雪芹万万不出此下下也。"他又说："且其中又无若前八十回中佳趣，令人爱不释手处。诚所谓一善俱无，诸恶俱具之物！"①

在关于《红楼梦》问题的讨论中有这样的意见："胡适和俞平伯从他们的考证观点出发，拦腰一锯，把一部完整的《红楼梦》锯为前后两橛。他们对八十回以后的四十回，采取深恶痛绝的否定态度。"②其实这是不完全符合实际的。胡适根据俞樾的《小浮梅闲话》，说后四十回为高鹗所作。但他并没有对后四十回采取深恶痛绝的否定态度。他说后四十回"虽然比不上前八十回，也确然有不可埋没的好处"。他还说里面有不少部分"都是很有精采的小品文字"，而且佩服高鹗"作一个大悲剧的结束，打破中国小说的团圆迷信"。俞平伯先生倒的确是对后四十回作了更多的贬责。在这一点上，是不是胡适的看法比俞平伯先生高明呢？我看是不然的。俞平伯先生和我们在上面引过他的话的那位清代的作者有相似之处，虽然他们对于后四十回的评价并不完全恰当，而且某些具体的意见还表现出来了他们的观点的错误，但他们有一种艺术欣赏能力，他们直觉地感到了后四十回的艺术上的拙劣。这种艺术欣赏能力正是胡适

---

① 裕瑞《枣窗闲笔》。周汝昌《红楼梦新证》说，根据《玉牒宗室谱》稿本，"知道裕瑞生于乾隆三十六年，去曹雪芹之卒（二十八年）才仅仅八年而已"。

② 《红楼梦问题讨论集》一集，二一〇页。

所缺乏的①。

高鹗的最大的贡献在于他的续书帮助了曹雪芹的原著的流传。如果没有一百二十回本的出版，《红楼梦》未必很快地就发生那样大的影响。这还不仅仅是活字本和钞本的差异问题。就是把前八十回排印出来，许多情节和人物都没有结局，特别是贾宝玉和林黛玉的爱情故事没有结局，一定是不像一个有头有尾的故事那样容易被广大的读者接受的。

当然，续书和原著印在一起，能够为广大的读者所接受，也有它本身的原因。绝大多数情节都和前八十回大致接得上。贾宝玉和林黛玉的爱情故事不但保存了悲剧的结局，而且总的说来也还写得动人。有些片段也还写得较好。比如宝玉娶宝钗那一段，虽然未必曹雪芹也会那样写，高鹗的构思还是不错的。又比如夏金桂放泼、贾政作官和袭人改嫁等片段都写得符合这些人物的性格，而且也比较生动。这都是后四十回的可以肯定之处。

然而曹雪芹没有能够写完《红楼梦》，却无论如何是一件天地间的恨事。如果我们读文学作品不满足于只是读情节，不满足于只是某些片段还可读，不满足于常常要读到一些平庸的甚至拙劣的描写，我们就不能不感到后四十回实在太配不上原著了。俞平伯先生曾说凡书都不能续，并非高鹗才短。《红楼梦》的续书要写得和前八十回一样好，或许是不可能的。但比高鹗写得更可读，更有文学的意味，更符合曹雪芹的原意，那却不一定不可能做到。如果有那样的有才华的作者，他愿意去做这件事情，像写历史小说一样依据曹雪芹的计划和自己的想象去加以重写或改写，高鹗的续书我看还是可以"取而代之"的。

正如前八十回的艺术上的精采之处多到不可胜数，要一一指出只有用过去的评点的办法一样，后四十回的缺点和败笔也是可以逐回批注，批它一二百处

---

① 在《没有批评就不能前进》一文中，我对俞平伯先生的《红楼梦辨》除了批评其错误而外，还写了这样一句肯定的话："列举更多的理由来证明后四十回确系续书，说明高鹗的'利禄熏心'的思想和曹雪芹不同，指出艺术性方面远不如原书，但仍肯定其保存悲剧的结局，这是《红楼梦辨》的可取部分。"李希凡同志在《俞平伯先生怎样评价了〈红楼梦〉后四十回续本》中说这"是简单化了的评价，""在客观上，起着帮助俞平伯先生贬低后四十回续本的作用"。我那句话并不是随便写的。这里以及后面的看法都是我写那句话的一些根据。虽然俞平伯先生对于《红楼梦》后四十回的贬责许多地方是和他的观点有联系的，一个人的艺术欣赏能力也不可能离开他的观点而独立存在，但如果加以分析，我们仍可以看出，有些地方的确是对于后四十回的艺术方面的不满。

的。在这篇论文里不可能这样作。我们只能概括地简单地作一点说明。

关于高鹗的思想，有这样一种说法："高鹗和曹雪芹的思想基本上是一致的，同属进步方面"；"即使最后布置了一个'兰桂重芳'，暴露了高鹗思想上的弱点，但这弱点，也是由于历史的限制，不得不然。即使在曹雪芹思想上，也未必没有这种弱点"①。但后四十回的内容是直接反对这种高曹思想基本一致论的。诚然，在宝玉和黛玉的爱情故事上，高鹗保存了曹雪芹原来的计划中的悲剧的结局。这是他的续书能够附原著以流传的根本原因。然而在贾府的衰败这另一重大情节上，高鹗却并未打破大团圆的老套，却直接违背了曹雪芹的原意，因而大大地削弱了整个故事的悲剧气氛。贾府抄家不抄全家，只抄贾赦一房。贾政仍然承袭荣国公世职。到了后来，连贾赦也完全免了罪名，贾珍也仍袭宁国公世职，所抄家产全行偿还。最后的结局是"荣宁两府善者修德，恶者悔祸，将来兰桂齐芳，家道复初。"这样，由曹雪芹所已经描写的和尚未写完的宝黛悲剧，由他在前八十回所作的种种有力的批判和揭露所展开的封建社会的巨大的深刻的裂痕，就由高鹗的手把它勉强捏合起来了。而且高鹗把宝玉的结局写成不但"高魁贵子"（就是这四个字就显出了高鹗是多么封建，多么庸俗），还加上成了佛，又被皇帝赏了一个文妙真人的道号。在高鹗看来，这大概也可以心满意足了，就是说这也是一种团圆的结局，剩下的苦命人不过是林黛玉一人而已。高鹗在最后把点明真事已经隐去的甄士隐这样一个人物忽然又拉出来，而且强迫他讲了这样几句话：

> 贵族之女，俱属从情天孽海而来。大凡古今女子，那淫字固不可犯，只这情字也是沾染不得的。所以崔莺、苏小，无非仙子尘心；宋玉、相如，大是文人口孽。凡是情思缠绵的，那结果就不可问了。

这不但是责备敢于触犯封建礼教的林黛玉，说她的不幸是咎由自取，而且对敢于描写儿女之真情的曹雪芹，也是加以口诛笔伐了。还能说高鹗曹雪芹的思想是基本上一致吗？

由于他有这种封建的庸俗的思想以及其他原因，高鹗在后四十回中就把有些人物写得不符合或不完全符合原来的性格。宝玉对黛玉说："我想琴虽是清

---

① 《红楼梦问题讨论集》三集，一○九页。

高之品，却不是好东西。从没有弹琴的弹出富贵寿考来的，只有弹出忧思怨乱来的。"探春出嫁的时候，宝玉先很悲伤。后来探春对他说了一些"纲常大体"的话，他便"转悲作喜"。宝玉不但去应科举，而且那样重视"举人"，和王夫人告别的时候居然说："母亲生我一世，我也无可答报，只有这一人场，用心作了文章，好好的中个举人出来，那时太太喜欢喜欢，便是儿子一辈的事也完了，一辈子的不好也都遮过去了。"这和曹雪芹所写的贾宝玉不是显然不同吗？有些作者连宝玉中举这种十分违背曹雪芹的原意的谬误也强为辩护，说是宝玉"在矛盾中对科举制度嘲笑般的消极抵抗"，说是"一种反抗形式"，而且"对'读书上进'的禄蠹们说"，"倒又是一记响亮的耳光"①。这实在只能说是一种奇谈了。高鹗还把他自己对八股文的看法硬加在黛玉头上。黛玉有一次居然对宝玉这样说：八股文中"也有近情近理的，清微淡远的"，"不可一概抹倒；况且你要取功名，这个也清贵些"。这一次高鹗倒没有忘记宝玉是很鄙视八股文的，所以他接着写道："宝玉听到这里，觉得不甚入耳。因想黛玉从来不是这样人，怎么也这样势欲熏心起来？"真的，黛玉怎么也这样势欲熏心起来？这只有高鹗自己才能回答了。在前八十回中，妙玉是一个非常孤僻矫情的人。到了高鹗的笔下，妙玉竟至听说贾母偶有微恙，便特别赶到贾母床前来请安。请安以后，还和王夫人和惜春都说了一阵不相干的闲话。大某山民加评本上有这样一句评语："何套话如此之多？"妙玉怎么也这样势欲熏心起来？这也只有高鹗自己才能回答了。

我们曾说，像生活本身那样丰富，复杂，而且天然浑成，这是曹雪芹的《红楼梦》的一个总的艺术特色。我们又曾说，在曹雪芹的《红楼梦》里面，无论是日常生活的描写还是大场面的描写都洋溢着生活的兴味，而且揭露了生活的秘密。在这一点上高鹗的续书刚好相反。这是后四十回在艺术上的一个非常突出的根本弱点。连我们前面提到的那位清代的作者也早就感到了，他说它"全以前八十回中人名事务，苟且敷衍"，"且其中又无若前八十回中佳趣，令人爱不释手处"。俞平伯先生说，顾颉刚先生最初是很赏识高鹗的。他的理由是"凡是末四十回的事情，在八十回部能找到他的线索"。俞平伯先生的看法却不同。他说，"我总觉得后四十回只是一本帐簿。即使处处有依据，也至多不过是很精细的帐簿而已。"②后四十回在艺术上的根本弱点正在于它常常模仿

---

① 《红楼梦问题讨论集》一集二二二页和四集一七一至一七二页。

② 《红楼梦研究》，十六页、三十一页。

和重复前八十回的情节而缺少生活内容。八十回以后进入贾府的大衰败、宝黛悲剧的高潮以及贾府大衰败以后众多人物的遭遇和结局这样一些情节的描写，应该有多少新的生活内容，多少动人的事件和场面呵！如果在天才的曹雪芹的手中，那将描写得多么丰富多采，多么紧紧地吸引住读者的全部的心灵！然而高鹗的续书，除了很少一些片段较有生活的味道而外，绝大部分都是写得那样贫乏，那样枯燥无味，那样永不厌倦地而且常常是拙劣地去模仿和重复前八十回的情节。这种模仿和重复实在太多了，如果一条一条地写出，我们这篇论文的这一部分也就会变成一本帐簿。随便举几个例子吧。第八十三回，贾母入宫去看元春。元春含泪说："父女兄弟反不如小家子得以常常亲近。"这是照抄第十八回元春省亲时对贾政讲的话，不过把文言改写为白话而已。连"含泪"二字都是原来有的。第八十八回，贾芸在重阳时候买了些时新绣货，来走凤姐的门子，求凤姐在贾政跟前提一提，要贾政派他办一两种工程。这是模仿第二十四回端阳节前贾芸买了些冰片麝香来求凤姐派他办贾府的差事。但香料是端阳节要用的，绣货和重阳何干？而且要凤姐这种年轻的媳妇去在叔公公面前替人求差事，也很不合情理。第九十一回至第九十二回之间，袭人派秋纹到黛玉处去叫宝玉，秋纹诳称是贾政叫他，吓得他连忙起身。这种细节也是从第二十六回薛蟠逼着焙茗用贾政之名去叫他那一段抄袭来的。薛蟠是一个混人，他可以这样胡闹。秋纹凭什么要这样吓宝玉呢？连庄头、焦大、倪二这些并不重要的人物也要重复地写他们一遍。薛蟠要再打死一次人。凤姐要再办一次丧事。写得最拙劣不堪的是宝玉要重游一次太虚幻境，再看一次金陵十二钗正副册。而且"太虚幻境"居然改为"真如福地"，宫门上的"孽海情天"四字居然改为"福善祸淫"，牌坊上的对联"假做真时真亦假，无为有处有还无"也被改为直接和曹雪芹作对的"假去真来真胜假，无原有是有非无"，这种地方只能说是对于曹雪芹的《红楼梦》的糟踏了。

第一百〇四回贾宝玉说他"一点灵机都没有了"。用这句话来作为后四十回的绝大部分的评语倒是很适合的。第八十七回黛玉吃饭的时候，吃的是"一碗火肉白菜汤，加了一点虾米儿，一点江米粥"，还有"五香大头菜，拌些麻油醋"，这已写得和贾府那种生活很不相称了。但黛玉居然还称赞它们"味儿还好，且是干净"，好像她很馋的样子。第九十二回，外国来的洋货不但有围屏，而且上面雕刻的景物居然是"汉宫春晓"。第一百〇八回，薛宝钗过生日，贾母见大家都不是往常的样子，她着急道，"你们到底是怎么着？大家高兴些才好。"湘云道："我们又吃又喝，还要怎样？"我们读到诸如此类不合理或者拙劣的地方，实在不能不失笑了。至于求签占卦，闹鬼见怪，这类关于迷信的描写层出不穷，也是高鹗的续书的败笔。

曹雪芹的前八十回并不是没有缺点和漏洞，然而它写得太好了，这些小小的缺点和漏洞完全无损于整个放射着天才的光辉的宏伟的建筑。高鹗的后四十回并不是没有一些可以肯定之处，然而弱点和败笔却太多了，而且它们常常关联到作品的思想和艺术的一些根本方面。

总起来说，后四十回就是这样：它保存了宝黛悲剧的结局，这是它的最大的优点，但另外有些部分的思想内容却违背了曹雪芹的原意；在艺术的描写方面，除了有些片段还写得较好或可以过得去而外，绝大部分都经不住细读。所以它虽然能够以它的某些情节某些部分来吸引读者，在艺术欣赏上要求较高的人读完以后还是会感到不满足。所以它的作用一方面是大大地帮助了前八十回的流传，另一方面却又反过来鲜明地衬托出曹雪芹的原著的不可企及。曹雪芹的《红楼梦》是我国小说艺术成就的最高峰，是我们至今还不曾充分认识的小说艺术的宝库。我们今天的作家要克服许多艺术上的弱点，都可以从它取得有力的辅助。从高鹗续的后四十回我们也可以得出这样的结论：一个要求自己很严格的作家应该不满足于他的作品仅仅有较好的题材和情节，不满足于仅仅有某些部分还写得可读，不满足于仅仅依靠题材、情节和这些可读的部分在读者中间获得成功，还必须努力去创造出思想性和艺术性都更高也更统一的作品。

一九五六年八月至九月初写成前八节，十月至十一月二十日续写完

选自《何其芳文集》（第五卷），人民文学出版社1983年版

图书在版编目（CIP）数据

20世纪中国文学研究论文选.清代卷/张燕瑾，赵敏俐丛书主编；汪龙麟选编.
—北京：社会科学文献出版社，2010.1
ISBN 978-7-5097-1166-8

Ⅰ.①2… Ⅱ.①张… ②赵…③汪… Ⅲ.①古典文学–文学研究–中国–清代–文集
Ⅳ.①I206-53

中国版本图书馆CIP数据核字（2009）第201340号

20世纪中国文学研究论文选·清代卷

丛书主编 / 张燕瑾　赵敏俐
选　　编 / 汪龙麟

出　版　人 / 谢寿光
总　编　辑 / 邹东涛
出　版　者 / 社会科学文献出版社
地　　　址 / 北京市西城区北三环中路甲29号院3号楼华龙大厦
邮政编码 / 100029
网　　　址 / http://www.ssap.com.cn
网站支持 / (010) 59367077
责任部门 / 人文科学图书事业部　(010) 59367215
电子信箱 / bianjibu@ssap.cn
项目经理 / 宋月华
责任编辑 / 段景民　张晓莉
责任校对 / 陈　波
责任印制 / 岳　阳　郭　妍　吴　波

总　经　销 / 社会科学文献出版社发行部
　　　　　　　(010)59367080　59367097
经　　　销 / 各地书店
读者服务 / 读者服务中心(010)59367028
排　　　版 / 北京春晓伟业
印　　　刷 / 三河市文通印刷包装有限公司

开　　　本 / 787mm×1092mm　1/16
印　　　张 / 38.5
字　　　数 / 686千字
版　　　次 / 2010年1月第1版
印　　　次 / 2010年1月第1次印刷

书　　　号 / ISBN 978-7-5097-1166-8
定　　　价 / 1680.00元(共十卷)